不薄新诗爱旧诗

古今诗歌文本解读

杨景龙／编著

中国文史出版社

图书在版编目（CIP）数据

不薄新诗爱旧诗：古今诗歌文本解读／杨景龙编著.
—北京：中国文史出版社，2021.12
ISBN 978-7-5205-3221-1

Ⅰ. ①不… Ⅱ. ①杨… Ⅲ. ①诗歌欣赏-中国-文集
Ⅳ. ①I207.2-53

中国版本图书馆 CIP 数据核字（2021）第 194473 号

责任编辑： 方云虎
封面设计： 新成博创

出版发行：**中国文史出版社**

社　　址：北京市海淀区西八里庄路 69 号　　　　邮编：100142
电　　话：010-81136630
传　　真：010-81136666
印　　装：廊坊市海涛印刷有限公司
经　　销：全国新华书店
开　　本：710 毫米×1000 毫米　　1/16
印　　张：30.25
字　　数：450 千字
版　　次：2022 年 6 月北京第 1 版
印　　次：2022 年 6 月第 1 次印刷
定　　价：79.00 元

诗歌史大河的上游与下游

——古典诗歌传统与 20 世纪新诗

（代前言）

　　20 世纪的中国新诗，借鉴西方、横向移植较多本是客观事实。从白话取代文言、自由取代格律的大趋势看，新诗无疑是对古典诗歌传统的背离和反叛。但是，综观 20 世纪中国新诗，从创作实践到理论批评，仍然纵向继承了中国古典诗歌的诸多优良传统，却也是不争的事实。不过，这种继承不是亦步亦趋的墨守成规的仿效，而是在横向移植的外来参照之下的现代创造性转化。"横向移植"只是事实的一半，"纵向继承"则是事实的另一半。文学史是一条流不断的大河，上游之水总要往下游流淌。居于大河上游的那些蕴含积淀着深厚的民族文化心理—情感内容的"母题"和"原型"，作为"背景或大的观念"，总要对后世文学进行笼罩性的渗透，致使一些题材形成"一个特殊形式或模型，这个形式或模型在一个时代又一个时代的变化中一直保存下来"。或显性或隐性地，出现"每一篇文本都是在重新组织或引用已有的言辞"的结果。因此说，后来的诗歌接受前代的影响就是必然的。胡适的《尝试集》作为白话新诗的发轫，其秉承古典诗歌的遗传基因即至为明显。胡适自己就承认，他的《尝试集》第一编里的诗"实在不过是一些刷洗过的旧诗"。《尝试集》作品的说理言志性质、伦理品格和新旧体兼收的编排，呈现出一种典型的过渡状态。胡适之后，白话诗人的创作或强或弱、或显或隐、或多或少，都无法完全逃离古典诗歌传统的一脉血缘之外。小到一个意象、一句诗、一篇作品，大到一个诗人、一个流派、一种诗体、一种诗学主题、一种表现手法，古今之间均有着千丝万缕的内在联系，皆可寻绎出彼此施受传承的脉络和痕迹。

　　古今诗歌意象、诗句之间，存在着直用、活用、化用几种关系。戴望舒

《雨巷》的中心意象"丁香一样结着愁怨的姑娘",即来自李璟《摊破浣溪沙》词句"丁香空结雨中愁",卞之琳就说《雨巷》"读起来好像旧诗名句'丁香空结雨中愁'的现代白话版"。席慕蓉《长城谣》中有句"敕勒川,阴山下/今宵月色应如水",直用北朝乐府《敕勒歌》开头成句。闻一多《口供》中有句"鸦背驮着夕阳/黄昏里织满了蝙蝠的翅膀",活用了温庭筠《春日野行》中的"鸦背夕阳多"和周邦彦《玉楼春》中的词句"雁背夕阳红欲暮"。余光中《碧潭》中有句"如果舴艋舟再舴艋些/我的忧伤就灭顶",活用了李清照《武陵春》词句"只恐双溪舴艋舟,载不动,许多愁"。卞之琳那首脍炙人口的《断章》:"你站在桥上看风景/看风景的人在楼上看你//明月装饰了你的窗子/你装饰了别人的梦。"原是一首长诗删改后留下的几句,诗中意象之间的主客关联转换,一如南宋杨万里《登多稼亭》中的诗句"偶见行人回头望,亦看老子立亭间"和清代厉鹗《归舟江行望燕子矶》中的诗句"俯江亭上何人坐,看我扁舟望翠微"。而李瑛的《谒托马斯·曼墓》中的诗句"细雨刚停,细雨刚停/雨水打湿了墓地的钟声",也很容易让人想起杜甫《船下夔州郭》中的诗句"晨钟云外湿"。舒婷《春夜》中的名句"我愿是那顺帆的风/伴你浪迹四方",与宋代张先《江南柳》中的词句"愿身能似月亭亭,千里伴君行",可说是活脱相似。这几例都属化用。还有洛夫的诗句"清晨,我在森林中/听到树中年轮旋转的声音",与杜甫的"七星在北户,河汉声西流"具有同样的超现实艺术效果,也是新诗化用古典诗歌句意的典型例子。

　　古今诗歌作品之间的传承,如何其芳的名篇《罗衫》,语言、意象、情思有着浓重的唯美色彩,含蕴着晚唐五代温李爱情诗词的遗韵。它的整体构思和比兴手法,则有意无意间模仿了汉代班婕妤咏纨扇的《怨歌行》中的诗句:"常恐秋节至,凉飙夺炎热。弃捐箧笥中,恩情中道绝。"将二诗对比,可以清楚地看到,何其芳的《罗衫》是对班婕妤《怨歌行》的改造重组。郑愁予的名篇《错误》,主题仍是传统游子思妇的闺怨情感,"我不是归人,是个过客"的误会与巧合的艺术构思,显然借鉴了苏轼《蝶恋花》下篇:"墙里秋千墙外道,墙外行人,墙里佳人笑。笑渐不闻声渐悄,多情却被无情恼。"笑声无意,行人有情;马蹄无意,思妇有情。苏词里的墙外行人错解墙内佳人的笑声,郑诗里的江南小城思妇错把过客当作归人,从情节因素来看,二者均构置了带有无焦点冲突性质的戏剧化情境。郑诗对苏词的借鉴还有更深的比兴象征层面,诗中那古典的游子思妇的浓重怨情里,掺入的是现代社会迫于政治分裂而去国怀乡者的浓重乡愁。可见郑诗不仅借鉴了苏词单相思的生活喜剧情节,郑诗更像苏词那样,寄托了社会政治意义和身世悲凉之感。席慕蓉的名篇《悲喜剧》,写"白苹洲"上的等待与相逢,是对温庭筠《望江南》词意的翻新与掘进。舒婷的名篇《船》，表现咫尺天涯的永恒阻隔，与《古诗十九首》中的《迢迢牵牛星》同一机杼。还有陈江帆的《穷巷》与王维的《渭川田家》、高准的《香槟季》与《诗经·关雎》、洛夫的《长恨歌》与白居易的《长恨歌》、冯青的《最好回苏州去》与周邦彦的《少年游》等，措辞、构句、立意皆有直接的联系。在古今比较的"溯本求源里"，就会看到"前人的文本从后人的文本里从容地走出来"的有趣现象。

古今诗人之间的传承，像郭沫若、贺敬之诗歌的豪情气势与李白诗歌的大气包举、豪放飘逸，艾青诗歌的深沉悲郁、臧克家诗歌的乡土写实与杜甫诗歌的关心民瘼、沉郁顿挫，李金发象征诗的生涩凄美与李贺、卢仝诗歌的险怪冷艳，戴望舒、何其芳诗歌的辞色情调与晚唐李商隐、温庭筠诗词的艳情绮思，余光中诗歌的骚雅、才气、琢炼与屈赋李诗姜词，席慕蓉、舒婷诗歌的浪漫忧伤气质与温庭筠、柳永、晏几道、秦观、李清照等为代表的唐宋婉约词的浪漫感伤气息等。以舒婷诗与唐宋婉约词的关系为例，舒婷诗歌的美感风格，即酷肖以浪漫感伤为抒情基调的唐宋婉约词。20世纪七八十年代之交崛起于中国诗坛的朦胧诗，曾因所谓"难懂"等原因引发争论，招致诘难。作为朦胧诗派代表人物之一的舒婷也曾一度受到攻讦，但其作品很快又被持有不同诗观的人们广泛接受认可。这和迄今仍在评价上存在较大分歧的北岛等人的遭遇大为不同。其重要原因之一，就是舒婷诗作的美感风格酷肖唐宋婉约词以浓重的感伤为抒情基调的浪漫主义气质风韵，与闪射着冷峻阴郁的现代晦涩色彩的北岛诗作大相径庭。与北岛等同派诗人相比，舒婷诗歌的观念和手法都是相当传统的，她的诗作选取的爱情离别题材的人性内涵、流露的忧伤执着的悲美情调、语言的柔婉清新、结构的曲折层递、意境的隐约朦胧，均深得唐宋婉约词之神髓。唐宋婉约词是古代文学优美风格的代表，其感人之深，入人之切，古代文学诸文体无出其右，至今仍拥有广大读者。寻绎舒婷诗的艺术魅力，离不开对其与唐宋婉约词之间承传关系的探讨。

古今诗体之间的传承，像胡适之体诗歌的语言节奏，俞平伯、严阵、流沙河诗歌的语言节奏与古代词曲句式，闻一多等人倡导的新格律诗与古典格律诗的影响，郭小川诗歌的铺排夸饰与古代辞赋歌行，白话小诗与古代绝句小令的形式、内容异同等。中国新诗虽以彻底破坏旧诗的诗体（语言形式）开始，但在自己的诗体（语言形式）建设方面，还是和传统诗歌发生了千丝万缕的联系。新诗在用韵上基本遵从的逢双押韵的原则，大致还是古代诗歌几种押韵方式的借用或变通。新诗的章节安排惯例，多以四行为一节，有律绝的形式痕迹；白话小诗一体，有很多四句一首，更像是古代绝句的现代白话版。20世纪30年代中期，林庚发表了《小春吟》《落花》等许多四行诗，戴望舒就认为林庚是在用"旧瓶装新酒",为了证实这些白话四行诗的"旧",戴望舒不惮烦劳地把它们一首首还原为绝句,而意思和韵味基本不变。除了四行体,还有诗人尝试五行体、十行体和三句体。而那些两节一首、句子参差的新诗,总让人感觉出双调词的形式遗留。任钧在《谈谈胡适之的诗》中曾指出:《尝试集》里的诗"跟旧词有着不可分离的血缘关系",许多诗"都带着词调"。公刘50年代的"八行体"诗,全诗句数与律诗相等,结构方式又与双调词的上下片分工十分吻合,应是受双调词的结构和表现方法启发影响的产物。新诗在字句节奏上对传统诗词的借取更多,古典诗词曲和民歌以三、四、五、七言为主,节奏分明,流畅顺口,凝练简洁。初期新诗如刘大白、刘半农的作品,即是三、五、七言句子居多。稍后如俞平伯的新诗,朱自清认为他运用词曲的腔调去短取长,闻一多也说他的诗"音节是从旧诗和词曲里蜕化出来的"。从40年代到70年代,一直强调新诗向民歌和古典诗歌学习,所以在音韵节奏行句方面仿效古典词曲和民歌的情况更为普遍,成就突出者如郭小川、严阵、流沙河等,他们的新诗的语言句式节奏甚至意境韵味都逼肖古典词曲,是古典词曲体式在白话新诗领域里变通演化的结果。

古今诗歌流派之间的传承,像新生代诗的口语谐趣与元散曲本色派浅俗的"蛤蜊风味",新边塞诗的激昂豪迈、地域特色与盛唐边塞诗的激情悲壮、异域风光等。以新边塞诗与盛唐边塞诗的关系为例,"新边塞诗派"的流派命名,即显示其与古代边塞诗之间的渊源有自。从时代的角度看,新边塞诗创作繁荣的20世纪七八十年代之交,与唐代尤其是盛唐时代同样都是变革、开放的时代,民族成员尤其是知识分子大都具有理想主义、英雄主义的浪漫精神气质,表现出气势宏大地吸收外来、融汇古今的襟怀与魄力。这一切由时代决定的创作主体的心理、情感,正是构成盛唐边塞诗和80年代新边塞诗的共同审美特质的基本内涵。从地域的角度看,古今边塞诗产生的地方主要是河西走廊、天山南北等西北边地。从诗人的角度看,古今边塞诗人基本上可分为三类:从内地到边塞观光的"行吟诗人",世代生活在边塞的"土著诗人",较长时期生活在边塞的"羁旅诗人"。古今边塞诗的代表诗人、诗作都是"羁旅诗人"和他们的作品。从诗风的角度看,古今边塞诗豪放、粗犷、刚健、悲壮的流派风格大同,但古今两大边塞诗派成员的个人风格各异,如盛唐边塞诗人高适悲壮而厚,岑参奇逸峭丽,王昌龄雄豪深沉;新边塞诗人昌耀悲慨奇崛,周涛机智犷放,杨牧高远达旷。从新边塞诗对盛唐边塞诗的继承与超越方面看,二者在语言形式上的不似之中显示出深刻的相似性,盛唐边塞诗多用七言和古体这种"长句""大篇",新边塞诗的行句和篇幅一般也较长较大;在题材内容上,新边塞诗的劳动建设基本上取代了盛唐边塞诗的战争生活;在情感指向上，新边塞诗抒写的建设开拓的劳动热情，取代了盛唐边塞诗抒写的追求功名功业的豪情；在情景关系上，盛唐边塞诗的写景更纯粹，更富异域色彩，更富地域性，新边塞诗的写景已与历史、现实、社会、人性等因素糅合在一起，更为繁复，更富人文色彩，更富社会性。

古今诗歌主题之间的传承，像社会政治主题、爱国主题、爱情主题、时间生命主题、历史主题、自然主题、乡愁主题等；以社会政治主题为例。在《诗》《骚》传统和孔子说诗、《诗大序》等儒家诗论的影响下，中国诗歌、诗论始终与社会政治息息相关。沿着"修齐治平"道路前行的中国知识分子，有着难解的"入世情结"，士大夫文人的身份，决定了他们对社会政治、对社稷苍生有着特别的关怀。他们创作了大量的社会政治性的抒情诗，在诗歌和社会生活之间建立起良性的互动关系。但同时也应看到，属于社会政治、政教伦理范畴的"志""道""礼""理"，对诗歌中的个人化的"情"的抒发，构成了巨大的压抑和损害，个人的、情感的、唯美的带有与政教伦理疏离倾向的诗人、诗作，一再受到批评、指责和贬低、攻击。一些诗人、诗论家急功近利，为了政教目的，忽视诗歌艺术，审美视野单一狭隘，使诗歌沦为政教目的的附属物，甚至牺牲品，取消了文学、诗歌的独立性和审美、娱乐价值。这种不良影响一直延伸到现当代白话新诗的创作、批评领域。20世纪的白话新诗革命，作为新文学革命的首要部分，既是为社会政治思想革命而发起的，又是为社会政治思想革命服务的，革新诗歌与革新政治、革新社会是联系在一起的。从启蒙到救亡，从普罗诗歌、国防诗歌、抗战诗歌、根据地诗歌到五六十年代"政治标准第一""为政治服务""为阶级斗争服务"的"颂歌"与"战歌"，六七十年代的地下诗歌，七八十年代的朦胧诗和归来者诗歌，以及与这些诗歌创作紧密联系、引导呼应的诗歌理论批评，在本质上都是社会政治性的。新诗这种与中国古代诗歌一脉相承的与时代人群、社会政治的胶着状态，其正面价值与积极意义自不待言。但其负面作用也导致了政治压倒艺术，政治学取代诗学，群体伦理道德对个人化、个性化的自由抒情构成压抑排斥，从而降低了诗歌的艺术品位，出现了大量粗糙、假大空甚至滥施语言暴力的诗歌文本，其经验教训无疑是沉痛的。

古今诗歌形式手法之间的传承，像构句分节押韵，意象化，比兴象征，构思立意的借鉴，意境营造与氛围渲染，叙事性与戏剧化，互文性与用典，主情、主知与主趣等。以意象化为例，中国诗歌文本的基本构成单位是"意象"，中国诗歌是典型的意象诗，诗人表情达意时，一般不采用直抒的方式，而是借助意象来间接传示。这与中国诗人的生存环境有关，又与诗人接受《易经》"圣人立象以尽意"的哲学思维表达方式有关。传统中国社会是早熟的农业社会，人与大自然关系密切，对自然物像了解、稔熟、亲和，即目兴感、见景生情就成为一种普遍的创作心理发生机制，借景抒情、托物寓情即意象化的方法，也就成为一种普遍采用的表现方法。诗歌中的意象是主客契合的，所以意象既具客观的形象性，又涵容了诗人主观的情感状态和审美趣味，因此，意象在很大程度上可以呈示一首诗或一个诗人的风格特色。一首内涵丰富的诗或一个风格鲜明的诗人，都拥有自己的意象群落和中心意象。意象往往成为一首诗或一个诗人的标志性代码。古代诗歌史上那些最有个性风格的诗人，都找到了自己的中心意象，建立起了属于自己的意象群落。如屈原的"灵修美人、善鸟香草"，陶潜的"园田、松菊、南山、桃源、归鸟、孤云"，李白的"月亮、大鹏、黄河、蜀道、剑侠、酒仙"，岑参的"大雪、沙碛、热海、火山"，李贺的"酸风、铅泪、黑云、冷雨"，李商隐的"锦瑟、梦雨、蓬山、青鸟、金烬、红楼"等；形成个人风格的现当代新诗人亦是如此，如郭沫若的"凤凰、天狗"，闻一多的"死水、红烛"，戴望舒的"雨巷、断指、暗水、残阳"，艾青的"大堰河、火把、太阳、土地"，纪弦的"狼、铜像、6 与 7"，余光中的"莲、白玉苦瓜、五陵少年、李白"，昌耀的"高原、古堡、牦牛、吐蕃特女人"，舒婷的"橡树、双桅船、神女峰、鸢尾花"，海子的"麦地、亚洲铜"等。可以这样说，古典诗歌的意象化手法被现当代新诗人较为自觉地加以继承，这对新诗人形成个人风格大有助益。而一些古代诗人诗歌经常写到的通用意象，如"莲荷、月亮、黄昏"等，在现当代新诗中被继续反复抒写，这也从一个方面证明了新诗对古典诗歌艺术手法的承传。

　　如果说初期白话诗中的古典诗词因子，是那一代诗人深厚的旧诗功底的不自觉（或不情愿）流露；那么，20 世纪 20 年代以后的新诗人和诗论家，则明确地意识到，要想提高新诗艺术，必须向辉煌灿烂的古典诗歌艺术学习，在继承借鉴中创新发展，实现古典诗歌艺术在现当代新诗创作中的创造性转化。在新诗发展史上，新诗人、诗论家认同古典诗歌传统的表述很多，20 年代，可以朱自清、梁实秋、朱湘为例。朱自清说"我们现在要建设新诗的音律，固然应该参考外国诗歌，却更不能丢了旧诗词曲"，因为"旧诗词曲的音律的美妙处，易为我们领解、采用"。梁实秋在《新诗与传统》一文中反思新诗得失之后表示："新诗之大患在于和传统脱节"，"新诗应该是就原有的传统而探询新的表现方法与形式"。朱湘在《诗的产生》一文中具体分析了传统诗词曲的艺术特色，从而说明了新诗必须向旧体诗词学习的道理。30 年代以后，可以何其芳、叶公超、冯文炳（废名）为例。何其芳说自己童年时就喜欢古典诗词"那种锤炼，那种色彩的配合，那种镜花水月"，他"读着晚唐五代时期的精致的冶艳的诗词，蛊惑于那种憔悴的红颜上的妩媚"。叶公超 30 年代主张新诗人应多读文言诗文，从而扩大意识，包括对传统文化的认识和现阶段的知觉，他强调"以往的伟大的作家的心灵都应当在新诗人的心灵中存留着。旧诗的情境，咏物寄托，甚至于唱和赠答，都可以变态地重现于新诗里"，他指出新诗"要在以往整个中国诗之外加上一点我们这个时代的声音，使以往的一切又重新配合"。叶氏的观点，与艾略特在《传统与个人才能》中表述的诗人与历史传统的联系看法大致相近。可见传统诗歌与现代诗歌之间的关系，是东西方诗人、诗论家所共同关注思考的一个问题。冯文炳于三四十年代在北京大学讲授新诗时，认为温庭筠、李商隐一派诗表现出的感觉的联串、自由的想象和视觉的盛宴，"倒似乎有我们今日新诗的趋势"，"新诗将是温李一派的发展，因为这里无形式，意象必能自己完全"。

20世纪50年代以后，可以卞之琳、余光中为例。卞之琳总结自己的创作特点时说："我总喜欢表达我国旧说的'意境'"，"我也常吸取文言词汇，文言句法"，他自评前期诗作"冒出过李商隐、姜白石以至《花间》词风味的形迹"。西语系出身、终生讲授西方诗歌的蓝星诗人余光中，与中国古典诗歌的关系最深，他追求受过现代意识洗礼的"古典"，和有着深厚古典背景的"现代"。他说"蓝墨水的上游是汨罗江"，指出了新诗与以屈原为代表的古代诗歌传统一脉相承的联系。从余光中与古典诗歌传承关系的角度，可以清楚地看到，他那永不释然的祖国情结主要来自屈原赋，他那天马行空般的纵逸才气主要来自李白诗，而他的雅致琢炼的语言风格则主要来自姜夔词。80年代以来，可以洛夫、郑敏为代表。创世纪诗人洛夫指出："现代诗人在成熟之前，必然要经历长期而艰辛的探索和学习阶段，古典诗则是探索和学习的主要对象之一。"他认为，"人与自然的和谐关系""诗的意象化""诗的超现实性"三点，是现代诗人向古典诗歌学习的主要内容。而早在40年代西南联大即已成名的九叶诗人郑敏，90年代以来屡屡撰文，立足西方现代诗与中国古典诗的相通性，呼吁新诗应向古典诗歌学习，借鉴古典诗歌的表现艺术经验。她认为：中国当代新诗创作要想跳出困境，就需要重新发现认识"自己的诗歌传统（从古典到今天），使古典与现代接轨，以使今后的新诗创作不再引颈眺望西方诗歌的发展，以获得关于明天中国新诗发展的指南"。这就从诗歌史发展的高度，指明了沟通古今诗歌的现实和未来意义。除了诗人个体化的表述，还有一些诗歌流派呈现出共同的回归趋势，表达了他们孺慕古典诗词传统的群体愿望。30年代的现代派诗人如戴望舒、何其芳、卞之琳、废名、林庚等，就不约而同地表达过对晚唐五代诗词和姜吴雅词的爱好与醉心。70年代台湾的笠诗社、龙族诗社、大地诗社、草根诗社诗人群，也表现出共同的反拨西化、回归传统的倾向。

　　依照解释学和接受美学理论，古今诗歌之间的传承关系研究，应属于诗学领域的影响史和接受史研究范畴。这是一个涉及古今、十分复杂的诗学课题，研究难度之大是不言而喻的，但开展相关研究的意义则更为重大。它不但有利于古典和现代诗歌研究者扩大视野，完善知识结构，重建中国诗歌史发展演变的整体观，以使自己有能力透视古典诗歌对 20 世纪新诗所施与的影响，理出 20 世纪新诗人的诗学背景和诗艺渊源，从而对古典诗歌的现代价值和现代新诗的艺术成就，作出较为准确公正的评估，并以辉煌灿烂的古典诗歌艺术为参照，剖析现当代新诗艺术的利弊得失，肩负起诗歌史家指导当代诗歌创作的义不容辞的责任；它更有助于打通当前新诗与旧体诗词创作、欣赏上仍然存在的互相对立的森严壁垒，纠正热爱旧体诗词的人认为新诗语言芜杂、意味寡淡，而喜欢新诗的人又认为旧体诗词观念陈旧、形式过时的偏颇之见，加强当代新诗和旧体诗词之间的互相学习交流，让旧体诗人和新诗人携起手来，优势互补，共同促进民族诗歌的再度繁荣；它还有望打破古典诗歌研究领域的僵化保守局面，避免大量的重复无效研究，在中国诗学领域拓展出一片边缘交叉的新垦地，培育出一个新的学科生长点，构建起一个新的分支学科；而在广泛的意义上，它更有益于培养古典诗歌研究者和现代学人丰富的审美趣味、弘通的历史视野和对优秀的民族文化传统进行创造性转化的能力。

目　　录

第一辑　古今诗歌文本对比解读

第二辑　古代诗歌文市解读

第三辑　新诗文本解读

第四辑　朦胧诗新生代诗文本解读

第五辑　评论与序跋

附　录

第一辑

古今诗歌文本对比解读

拟作、效体与互文性

——古典诗歌文本与新诗文本

　　创造从模仿开始。在中国诗歌史上，从魏晋时代起，因为有了丰厚的前代诗歌传统积累可资效法借鉴，诗人中开始兴起拟作的风气。西晋诗人喜欢模拟《诗经》、汉乐府和《古诗》。陆机的《赠冯文罴迁斥丘令诗》八章、《与弟清河云诗》十章，潘岳的《关中诗》十六章、《北邙送别王世胄诗》五章等，均为学习《诗经》的四言体名篇，但文辞趋向华美。在《乐府诗集》的《相和歌辞》中，大多数曲调都有陆机的拟作，陆机的其他乐府诗也多成为后来拟作同题乐府诗的样本。陆机的《拟古诗》十二首，基本上都是拟《古诗十九首》的，在内容上皆沿袭原题，描写由简单趋向繁复，格调由朴素趋向华丽，显示出诗歌的文人化倾向。此后，拟作成为历代诗人的一项基本功训练，或抒情达志的一种方式。连文学史上最天才的李白，也曾经前后三拟《文选》，皆不满意，诗人把这些拟作都烧掉了，唯存《拟〈恨赋〉》一篇。李白今存的乐府体诗，大量沿用乐府古题，或用其本意，或翻案另出新意，皆能曲尽拟作之妙。

　　效体是拟作的一种方式。古典诗词体式繁多，如《诗经》体、《楚辞》体、乐府体、歌行体、建安体、永明体、初唐体、元和体、晚唐体、西昆体、花间体、陶体、康乐体、徐庾体、太白体、少陵体、香山体、香奁体、半山体、山谷体、易安体、诚斋体、铁崖体、拗体、回文体等，均具有某种典范意义，引起后来诗人模拟的兴趣。仅以对陶渊明诗的模拟为例，自从鲍照写出《奉和王义兴学陶彭泽体》后，历代效陶体仿作不断，而以白居易和苏轼为最。白居易有《效陶彭泽体》16 首，苏轼遍和陶潜存诗 100 多首，作品中与陶潜有关者多达 300 余篇。这些效体拟作表达陶潜式的归隐田园的人生理想，诗风大多平淡自然而富理趣，深得陶诗真味。陶渊明作品中的酒、琴、归鸟、

3

南山、东篱菊、五柳树、桃花源等意象，也反复出现在历代诗人的无数作品中，成为隐逸放达、高雅脱俗的文化人格的象征。

拟作也是20世纪新诗人乐意采用的有效创作方法。考察20世纪新诗文本的诗艺渊源，就会看到，不少新诗佳句、名篇都是对古典诗词佳句、名篇的模拟。或显性或隐性地，出现许多新诗文本"都是在重新组织或引用已有的言辞"的结果。（罗兰·巴特：《文本理论》，转引自蒂费纳·萨莫瓦约《互文性研究》，邵炜译，天津人民出版社2003年1月版，第12页。）西方文论把这种由经典文本派生出新的文本的文学现象，称为"互文性"。

"互文性"现象在新诗中大量存在。卞之琳曾经指出：戴望舒的《雨巷》"读起来好像旧诗名句'丁香空结雨中愁'的现代白话版"。（卞之琳：《〈戴望舒诗集〉序》，《人与诗：忆旧说新》，安徽教育出版社2007年4月版，第198页。）戴望舒《夕阳下》中的首句："晚云在暮天上散锦"，活用谢朓《晚登三山还望京邑》中的诗句"余霞散成绮"。闻一多《口供》中有句"鸦背驮着夕阳/黄昏里织满了蝙蝠的翅膀"，活用了温庭筠《春日野行》中的诗句"鸦背夕阳多"和周邦彦《玉楼春》中的词句"雁背夕阳红欲暮"。卞之琳那首脍炙人口的《断章》："你站在桥上看风景／看风景的人在楼上看你／／明月装饰了你的窗子／你装饰了别人的梦。"原是一首长诗删改后留下的几句，诗中意象之间的主客关联转换，一如南宋杨万里《登多稼亭》中的诗句"偶见行人回头望，亦看老子立亭间"和清代厉鹗《归舟江行望燕子矶》中的诗句"俯江亭上何人坐，看我扁舟望翠微"。而李瑛的《谒托马斯·曼墓》中的诗句"细雨刚停，细雨刚停／雨水打湿了墓地的钟声"，也很容易让人想起杜甫《船下夔州郭》中的诗句"晨钟云外湿"。舒婷《春夜》中的名句"我愿是那顺帆的风／伴你浪迹四方"，与宋代张先《江南柳》中的词句"愿身能似月亭亭，千里伴君行"，可说是活脱相似。余光中《劫》中有句"断无消息/石榴红得要死"，活用李商隐《无题》中的诗句"断无消息石榴红"，略加改动；他的《碧潭》中有句"如果舴艋舟再舴艋些/我的忧伤就灭顶"，则活用了李清照《武陵春》中的词句"只恐双溪舴艋舟，载不动，许多愁"。洛夫说："我曾写过这样的句子：'清晨，我在森林中/听到树中年轮旋转的声音——'，这与杜甫'七星在北户，河汉声西流'的诗句，具有同样的超现实艺术效果。"洛夫还"做过一些将杜甫、李白、王维、李贺、李商隐等诗句加工改造，旧诗新铸的实验"，例如他曾"把李贺的'石破天惊逗秋雨'一句，改写为：'石破/天惊/秋雨吓得骤然凝在半空'"。（洛夫：《诗的传承与创新》，《洛夫精品》，人民文学出版社1999年9月版，第5页。）

用中国古典诗学的"拟作"或西方现代诗学的"互文性"理论来看，

何其芳的《罗衫》与班婕妤的《怨歌行》、陈江帆的《穷巷》与王维的《渭川田家》、郑愁予的《错误》与苏轼的《蝶恋花》、高准的《香槟季》与《诗经·关雎》、席慕蓉的《悲喜剧》与温庭筠的《梦江南》、冯青的《最好回苏州去》与周邦彦的《少年游》、舒婷的《船》与《古诗十九首·迢迢牵牛星》之间，均存在着文本模拟的"互文性"关系，前者显系后者的"拟作"。把几组作品放在一起对读，在古今比较的"溯本求源里"，就会看到"前人的文本从后人的文本里从容地走出来"的有趣现象。（罗兰·巴特《文本意趣》，转引自蒂费纳·萨莫瓦约《互文性研究》，邵炜译，天津人民出版社2003年1月版，第12页。）我们可将几组古今对应的诗歌文本进行微观比较解读，以便更清楚地看出古典诗学对新诗名家的具体影响，同时为中国古今诗歌之间的传承演变关系，提供一些坚实的证据。

古典文本的现代改写重组

——何其芳《罗衫》与班婕妤《怨歌行》

罗 衫

我是，曾装饰过你一夏季的罗衫，/如今柔柔地折叠着，和着幽怨。/襟上留着你嬉游时双桨打起的荷香，/袖间是你欢乐时的眼泪，慵困时的口脂，/还有一枝月下锦葵花的影子/是在你合眼时偷偷映到胸前的。/眉眉，当秋天暖暖的阳光照进你房里，/你不打开衣箱，检点你昔日的衣裳吗？/我想再听你的声音。再向我说/"日子又快要渐渐地暖和。"/我将忘记快来的是冰与雪的冬天，/永远不信你甜蜜的声音是欺骗。

怨 歌 行

新裂齐纨素，皎洁如霜雪。裁成合欢扇，团团似明月。出入君怀袖，动摇微风发。常恐秋节至，凉飚夺炎热。弃捐箧笥中，恩情中道绝。

何其芳的《罗衫》，咏物拟人，是失爱者往昔欢乐的回忆、被弃怨情的诉说、痴心依旧的表白。

"罗衫"喻指昔日的"我"，曾装饰过"你"一个夏天。而今，夏去秋来，"罗衫"被折叠着放进衣箱。在遭受冷落的幽怨中，"罗衫"回忆着夏天曾经的欢乐：我曾和你一同放舟荡桨，襟上沾染着你嬉游荷塘的荷香；我曾和你狂欢到慵倦，袖间浸染着你喜悦的泪水和口脂；我曾和你月夜幽会，胸前映着锦葵花的影子。回忆的内容香艳馥郁，富有暗示性，见出"我"和"你"亲密到何种程度。而这也正是致怨的原因。所谓爱之也深，怨之也切。但怨而不怒。"我"仍像夏天一样爱恋着你，并且希望你能再度把"我"想起，当秋天暖暖的阳光照进你的房里，你打开衣箱把"我"捡出。"我"想听你说日子又要渐渐暖和，"我"将忘记秋去冬来的严寒冰雪，你甜蜜的声音即使是欺骗，"我"也永远不会相信。"我"仍一如既往地痴迷于你，怀着深深的渴望，渴望夏天再次来临，渴望和你旧梦重温。

此诗执着地追寻、眷恋那已然失去的爱与美，抒写的是诗人早期诗作对爱情、梦想的追求与幻灭的一贯主题。诗的语言、意象、情思有着浓重的唯美色彩，既含晚唐诗和五代词的遗韵，又受徐志摩、闻一多、戴望舒等人诗风的熏染。至于诗的整体构思和比兴手法，则是模仿汉代班婕妤咏纨扇的《怨歌行》，又加上了自己的创新改造。

《怨歌行》与《罗衫》的相同之处在于：所使用的手法均是咏物拟人，比兴寄托；"纨扇"和"罗衫"都是女性的服用之物，所比拟的抒情主人公，在爱情关系中均处于被弃者的弱势位置；诗的抒情基调，均是被弃者的幽怨情怀。二诗的不同之处在于：班婕妤的诗是宫怨体，中心意象"纨扇"用作女性的自喻，是宫中失宠者的化身，她之被遗弃的不幸遭遇，是封建制度造成的命运悲剧；在表现上班诗是顺叙，身在夏天，心忧秋天。何其芳则以中心意象"罗衫"作男性的自喻，寄托一个年轻人对现实中不美满的爱情的怨艾，"罗衫"是现代社会里的失爱者的化身，他之被弃置不顾的不幸遭遇，是对方的个人感情迁移所导致的结果；在表现上何诗是倒叙，身在秋天，回忆夏天，并且憧憬着挽回旧情，心理层次显得更为复杂繁缛。将二诗加以对比，可以清楚地看到，何其芳的《罗衫》是对班婕妤《怨歌行》的现代改写重组。

模拟之中的变化出新

——陈江帆《穷巷》与王维《渭川田家》

穷　巷

日暮的斜坡，/牛羊肃穆地下来了。/穷巷的老人是多思绪的，/当他为牧群的下宿捧出了干刍//是因为他怕日暮吗？/阳光放出最后的弧线，/爬向斜坡的高树了。//而他在深深的巷子。/一个没有白昼和黄昏的实感的，/忧郁着日暮是无谓哪！/从肃穆的牛羊之群，/他记起了一些生之诱吧。/但是，永远在深深的巷子呢！//我们将见群动息了，/待牛羊已经鼾睡，/穷巷中无有式微的呻吟。

渭川田家

斜光照墟落，穷巷牛羊归。野老念牧童，倚杖候荆扉。雉雊麦苗秀，蚕眠桑叶稀。田夫荷锄立，相见语依依。即此羡闲逸，怅然歌式微。

无疑，陈江帆写于 20 世纪 30 年代的《穷巷》，是对唐代王维田园诗名篇《渭川田家》的模拟和改写，二者是一组互文性文本。陈诗的标题"穷巷"，出自王诗的第二句，并以之作为全诗的空间框架；陈诗的时间词"日暮"，就是王诗里的"斜光"；陈诗里的"牛羊下来"，就是王诗里的"牛羊归"；陈诗和王诗的"日夕牛羊下来"意象，又皆源自《诗经·王风·君子于役》的

"日之夕矣，羊牛下来"。陈诗里的"穷巷的老人"，就是王诗里的"野老"；陈诗里的"多思绪"，就是王诗里的"念"；这是陈诗对王诗的模拟。

　　但陈诗在模拟中也有变化，主要表现在三个方面：一是加强了对"穷巷的老人"的心理刻画。在王诗里，"野老"所念的对象是"牧童"，陈诗里"牧童"不见了，所以也就不用再写"倚杖候荆扉"的等待牵挂情景，而集中笔墨揣测"老人"在穷巷黄昏里的"思绪"。诗人先猜想"老人"可能是"怕日暮"，但他转念又想，"深深的巷子"与外界隔绝，住在巷里的"老人"已经衰老得麻木，失去了对"白昼和黄昏的实感"，谅他不会再为"日暮"而"忧郁"了；那么"老人"是从外出觅食归来的牛羊身上，感受到某种"生之诱惑"，并回忆起野外放牧的年轻时代的相关情事吧？但是，"老人"已衰朽到无力走出"深深的巷子"，"生之诱"对"老人"来说也已经没有任何实质意义。二是省去了对田园优美的自然风光和亲密的人际关系的描写。王诗里"雉雊麦苗秀，蚕眠桑叶稀。田夫荷锄立，相见语依依"几句，被陈诗略去，腾出篇幅来反复强调"日暮黄昏"的时间和"深深的巷子"的空间，以时间的迟暮和空间的破败、封闭，对应"老人"生命状态的疲乏衰败。三是对作品主题的改变。王诗以黄昏田园人、物皆有所归的及时自在、安闲惬意，反衬自己混迹官场、归隐太迟的怅惘苦闷，面对恬然自乐的田家晚归情景，诗人由衷羡慕，油然而生归隐之意。陈诗反复突出时间的迟暮、空间的破落和时空中的人物晚景的黯淡、孤绝、衰败，意在暗示现代的田园黄昏已无任何动人之处，它已失去了大唐盛世田园黄昏的那份诱人魅力。所以，当"群动息了""牛羊舐睡"之后，穷巷里一片死寂，现代的"我们"再也没有兴趣对它怅吟"式微"了。陈江帆借助对王维文本的模拟改写，使特定年代农村的凋敝景况和现代知识分子的心态，得到了成功的显现和揭示，这比直接描写、议论表态要艺术得多。

无焦点冲突与戏剧化情境

——郑愁予《错误》与苏轼《蝶恋花》

错　误

　　我打江南走过/ 那等在季节里的容颜如莲花的开落//东风不来，三月的柳絮不飞/你的心如小小的寂寞的城/ 恰若青石的街道向晚/ 跫音不响，三月的春帷不揭/ 你的心是小小的窗扉紧掩//那达达的马蹄是美丽的错误/我不是归人，是个过客……

蝶恋花

　　花褪残红青杏小。燕子飞时，绿水人家绕。枝上柳绵吹又少，天涯何处无芳草。　　墙里秋千墙外道。墙外行人，墙里佳人笑。笑渐不闻声渐悄，多情却被无情恼。

　　郑愁予的《错误》是一首颇负盛名的抒情诗，主题仍是传统游子思妇的闺怨情感。

　　第一节两行，分写游子和思妇。第一行用叙述性短句写出游子的匆匆行色，第二行用比喻性长句写出思妇的漫长等待。读者从诗行的长短，即可直观地感知游子漂泊旅程的促迫、思妇独守空闺的寂寞。

　　第二节集中笔墨，从第一节对思妇"容颜"的比喻描写，转入对思妇"心态"的细微刻画，浓墨重彩地展示思妇的寂寞心境。三月的江南，本应是杂花生树、草长莺飞的时节，但此诗中的江南小城，却没有一点春意，"东风不来"，"柳絮不飞"。思妇的心，一如这小城薄暮的青石街道，"跫音不响"，"春帷不揭"，"窗扉紧掩"，一片寂静，毫无生趣。又到了"暝色起春愁"的"向晚"时节，思妇一天的苦苦等待眼看又要落空了。

突然，黄昏的时间临界点上响起一阵"达达的马蹄声"，在这一片寂寞的小城里，显得格外引人注意。蹄声由远渐近，声声踏响在凭窗盼归的思妇的心上。思妇以为是游子归来，她那"等在季节里的容颜"如莲花般绽开了美丽的喜悦。然而，她错了，让她怦然心跳的马蹄声，从她的窗前骤然驰过，那"不是归人，是个过客"。深心专注、痴迷等待的她，犯了一个"美丽的错误"。她那乍喜的容颜，倏然间便如莲花般凋谢萎落了。

这首诗中包含的情节因素是"误会与巧合"，江南小城思妇错把过客当作归人的艺术构思，显然借鉴了苏轼的《蝶恋花》下片："墙里秋千墙外道。墙外行人，墙里佳人笑。笑渐不闻声渐悄，多情却被无情恼。"一堵高墙所隔，墙内佳人笑本无意，墙外行人听者有心。佳人打完秋千转回闺房去了，行人驻足有顷之后也赶路走了，欢声笑语渐渐地听不到了。然而，孤寂的行人被这活泼的笑声触动，凝然神往，浮想联翩，当笑渐不闻时，行人竟有一种失落感油然而生，心绪缭乱，十分苦恼。生活中，这类莫名其妙的单相思喜剧很多，作者把这种普通的题材作了集中的处理，让"墙里/墙外""佳人/行人""多情/无情""笑/恼"构成对比，产生出类似"无焦点冲突"的喜剧效果，奇情四溢，妙趣横生。郑诗的马蹄无意，思妇有情，一如苏词的笑声无意，行人有情。苏词里的墙外行人错解墙内佳人的笑声，郑诗里的江南小城思妇错把过客当作归人，从情节因素来看，二者均基于误会与巧合，构置了带有无焦点冲突性质的戏剧化情境。

其实，郑诗对苏词的借鉴不仅止于此，还有更深的比兴象征层面。在苏词中，"多情"的行人是苏轼的自比，"无情"的佳人指最高统治者。积极用世的作者对"佳人"一往情深，忠贞不贰，而最终却被冷落在象征封建统治圈子的一堵高墙之外，四顾茫然，无所归宿。在郑诗中，犯下"美丽的错误"的当不仅是思妇，游子恐怕也怀有犯错误的负疚感：为什么"我"只是"过客"而不是"归人"？为什么"我"让"季节里的容颜"等待落空？为什么"我"只能"打江南走过"而不能停留？诗中那古典的游子思妇的浓重怨情里，掺入的是现代社会迫于政治分裂而去国怀乡者的浓重乡愁。可见，郑诗不仅借鉴了苏词单相思的生活喜剧情节，郑诗更像苏词那样，寄托了社会政治意义和身世悲凉之感。

古老而又永远年轻的季节

——高准《香槟季》与《诗经·关雎》

香槟季

蕉花紫了/噯,五月来了/五月是玫瑰的颜色//小溪的梦珍珠般地闪动/雎鸠起劲地叫着了/香槟般的季节/浮起了/遍野的花香,莹莹的/浮起了大地欢畅的呼啸//几多的相思哦——/明艳的榴花,燃烧在眼底/草原上有了丁香朵朵/雎鸠在起劲地叫着/噯,玫瑰已开遍了大地/采一束哪/也采一束/蕉花榴花和丁香/以及鸟的鸣/以及梦的精圆//然后/到小溪的对岸去吧// 雎鸠在起劲地叫着/噯,雎鸠叫着/雎鸠/叫着

关　雎

关关雎鸠,在河之洲。窈窕淑女,君子好逑。参差荇菜,左右流之。窈窕淑女,寤寐求之。求之不得,寤寐思服。悠哉悠哉,辗转反侧。参差荇菜,左右采之。窈窕淑女,琴瑟友之。参差荇菜,左右芼之。窈窕淑女,钟鼓乐之。

雎鸠鸟是古老的,香槟酒是现代的,五月花季的醉人爱情是古老而又现代的。

一年一度,五月来了。蕉花紫了,榴花红了,玫瑰花开遍大地,小溪闪动着珍珠般的梦影,雎鸠鸟在河边起劲地鸣叫,连一向沉稳的大地,也发出了欢

畅的呼啸。五月的花香鸟语，热烈繁闹，把季节酿成了醉意熏人的香槟酒。

这是令人亢奋的季节。人与季节，有着深刻的对应。缤纷的姹紫嫣红，涨涌的溪流春潮，河边鸟儿的叫声，唤醒的是人们心底强烈的生命意识和爱情意识。原野上百花在开放，青春的花儿也在开放；小溪中春潮在涌涨，人体内的生物潮也在涌涨；河岸上雎鸠在啼唱，心中的爱情也在歌唱。你看五月那"明艳的榴花"，正燃烧在人们激情的眼底，撩起了人们"几多的相思哦"！人们呼吸着香槟酒一样醉人的空气，采一束芬芳的花儿，"然后到小溪的对岸去"，去追寻那个"精圆的"绮梦。

这是古老而又永远年轻的季节。《诗经》中的那只"关关雎鸠"，那只栖息"在河之洲"的爱情鸟，已经啼唱了三千多年，啼唱了三千多个春天，啼唱了三千多个五月。而今，五月来了，它又在河边起劲地鸣叫起来，叫得仍像《诗经》里那般热切，像三千年前那般焦灼。因为"所谓伊人"，仍然"在水一方"，距离仍然没有消除，追求的歌声就不会停止。那手持鲜花的追求者，虽然把手中的"蕑"和"芍药"换成了"蕉花榴花"和"丁香"，但他仍像三千年前一样，想望着"方涣涣兮"的小溪那"洵圩且乐"的对岸。"彼岸"，是一个永恒的美丽诱惑。

这首《香槟季》，融化、改造了《诗经·关雎》以及《溱洧》《蒹葭》等多篇作品的意蕴，使用了"雎鸠""对岸"等带有原型性质的诗歌意象，将古与今连为一体，将人与自然融为一片，热烈歌赞青春、爱情和生命的永恒欢乐。季节有过往，但年年都有一个五月，鲜花都要盛开，春水都要涌涨，大地都要芬芳。人世有代谢，但每一代人的青春都永远热烈亢奋，每一代人的爱情都永远馥郁馨香。你听，河边上的那只雎鸠鸟又开始叫了，起劲地叫着，叫着，叫着，叫得一唱三叹，叫得荡气回肠。它的叫声，将响彻所有的春天，响彻所有的五月，从过去，至现在，到未来，穿透所有的耳膜，与人们心中不老的爱情歌声共鸣、应和……

图书在版编目（CIP）数据

不薄新诗爱旧诗：古今诗歌文本解读/杨景龙编著.
—北京：中国文史出版社，2021.12
ISBN 978-7-5205-3221-1

Ⅰ.①不… Ⅱ.①杨… Ⅲ.①诗歌欣赏—中国—文集
Ⅳ.①I207.2-53

中国版本图书馆CIP数据核字（2021）第194473号

在等待之时虚拟相逢

——席慕蓉《悲喜剧》与温庭筠《梦江南》

悲喜剧

长久的等待又算得了什么呢/假如 过尽千帆之后/你终于出现/（总会有那么一刻的吧）//当千帆过尽 你翩然来临/斜晖中你的笑容 那样真实/又那样地不可置信/白蘋洲啊 白蘋洲/我只剩下一颗悲喜不分的心/才发现原来所有的昨日/都是一种不可少的安排/都只是为了 好在此刻/让你温柔怜惜地拥我入怀/（我也许会流泪 也许不会）//当千帆过尽 你翩然来临/我将藏起所有的酸辛 只是/在白蘋洲上啊 白蘋洲上/那如云雾般依旧飘浮着的/是我一丝淡淡的哀伤

梦江南

梳洗罢，独倚望江楼。过尽千帆皆不是，斜晖脉脉水悠悠。肠断白蘋洲。

席慕蓉的《悲喜剧》，用温庭筠的《梦江南》词做蓝本，依旧是思妇盼归，依旧在白蘋洲上，依旧等到斜晖黄昏，依旧数得千帆过尽。从9世纪的温庭筠小令词，到20世纪的席慕蓉白话诗，历千年岁月沧桑而不变的，是一颗忠贞依旧、深情依旧的东方女儿心。

但从晚唐词到现代诗，虽说是题材相同的两篇作品，在古今的继承中也肯定会有推陈出新的变化，这主要体现在席慕蓉对蓝本加以手法上的翻新和意蕴上的掘进。

从手法上看，温词实写思妇从早到晚一天漫长等待落空的情形。词中的思妇早起梳洗一罢，就急忙来到白蘋洲，登上望江楼，满怀热切的希望，注视着水天相接处飘来的第一叶帆影。船慢慢地驶近了，又从楼前驶过了，她等待的人不在船上。于是她眺望、凝眸下一艘船，第一百艘船，第一千艘船……她望眼欲穿地把它们一艘艘从天边外迎来，又遗憾失望地把它们一艘艘向天尽头送过，"期待是最漫长的绝望"，一天过去了，最后还是不见归人船，"皆不是"三字，是思妇绝望的沉重感喟。"斜晖"句寓情于景，等待落空的思妇孑立江楼，痴痴地看着夕阳西下，脉脉无语，东流江水，悠悠不尽，顿觉痛断肝肠。她那深情的思念、极度的失望、无穷的憾恨，都融入这脉脉斜晖、悠悠流水的"眼前景"之中，词情含蓄隽永，耐人寻味。

席诗则虚实结合，且避实就虚，以虚为主，入手便把实际的等待撇过，直写虚拟中的相逢："当千帆过尽/你翩然来临"，这在仅写等待的温词中根本不曾涉笔。本是悲哀的等待事实，席诗却用"假如"把它虚设为喜悦的重聚：假如"长久的等待"终有结果，那等待又算得了什么呢？所有的昨天漫长等待的痛苦，都将成为今夕相逢的喜悦的不可缺少的铺垫；假如"千帆过尽"，得睹你归来的翩然风姿、亲切笑颜，能被你温柔怜惜地拥入怀抱，那么所有等待的酸辛都将烟消云散。但这毕竟是虚拟中的相逢，所以"我"又觉得"斜晖中你的笑容"，真实得有些"不可置信"，又感到"白蘋洲上"那云雾般飘浮着的"一丝淡淡哀伤"，拂之不去。虚实相间的此情此境，在回环复沓的章法中氤氲着梦幻般的情绪戏剧的朦胧氛围。

从意蕴方面看，实写的温词，只是单向度地抒发了思妇一天等待落空的痛苦哀伤之情。席诗则化虚为实，大大拓展了诗歌的抒情空间，展示了现代人丰富复杂的心理层次和情感维度。等待令人悲，相逢令人喜，在悲伤的等待中虚拟喜悦的相逢，不知是悲是喜，故曰"悲喜剧"。这就触及了现代人生活的分裂和心灵的矛盾，席诗中的抒情主人公所承受的情感折磨，比温词中的思妇更加剧烈。可以说，席诗的内涵复杂化程度，远远超过了作为"蓝本"的温词的单向度情感抒写。

15

起自午夜的渴意

——冯青《最好回苏州去》与周邦彦《少年游》

最好回苏州去

午夜/什么才能解渴呢？/最好回苏州去/骑匹小毛驴/不要带书童/七拐八拐地走进/青石弄堂/纸窗里/一把明晃晃的火/新橙如刚开脸的新妇/甜净的笑/在白脂玉盘里脆响/而切橙的小刀/确曾在黄河的冰上/磨过//想那时/爱情总在霜与马蹄间踌躇/把你的墨香留在屏风上的/应是那/持杯的手吧/蕉花榴花和丁香/以及鸟的鸣/以及梦的精圆//然后/到小溪的对岸去吧//雎鸠在起劲地叫着/嗳/雎鸠叫着/雎鸠/叫着

少年游

并刀如水，吴盐胜雪，纤手破新橙。锦幄初温，兽香不断，相对坐调笙。　　低声问：向谁行宿？城上已三更。马滑霜浓，不如休去，直是少人行。

周邦彦的《少年游》，被张端义的《贵耳集》、周密的《浩然斋雅谈》说成是描写宋徽宗幸李师师的情事，近于"小说家言"，不足为信。这首词大约是写词人的艳游生活，但表现上分寸得体，"至此便足"。（周济：《宋四家词选》，古典文学出版社1958年6月版，第10页。）器物服用的明净皎洁，居室环境的雅美温馨，渲染出一种既透明鲜亮又令人迷醉的氛围，烘托男女双方的知音相得、体贴温柔。下片曲尽缠绵的人物语言、细腻微妙的心理活动，蕴藉袅娜，温婉可人。这首词中的爱情，雅洁而不失于生疏冷淡，亲密而不失于甜腻热昏，"艳而不俗"，让人悠然神往。难怪引得千年后的冯青在"午夜"时分，想入非非，打算"骑匹小毛驴"，回到这场宋词中的爱情里去，以解感情之干渴呢！

　　冯青诗中的"午夜"来自周词的"三更"；"新橙""刀"系直接使用周词意象；"爱情总在霜与马蹄间踌躇"，则把周词下片六句"低声问：向谁行宿？城上已三更。马滑霜浓，不如休去，直是少人行"，浓缩为一句；"纸窗里／一把明晃晃的火"置换了周词"锦幄初温，兽香不断"的居室环境描写；"小刀在黄河的冰上磨过"，也由周词"并刀"生发出来，因为以产剪刀著称的"并州"靠近黄河；恍惚间，周词里的宾语"新橙"变成了冯诗里的主语，鲜果变成了刚开脸的"新妇"，人与物已是浑然不分，本是剖开的甜橙盛在白脂玉盘里，却又像是新妇"甜净的笑／在白脂玉盘里脆响"；地点也换了，周词写的是汴京里巷的故事，冯青是江苏武进人，所以感觉"最好回苏州去"；骑匹毛驴，不带书童，独自拐进幽折的青石弄堂，则是冯青想象中的古代书生行状和苏州街巷居舍的样子，为周词所无；持杯的手留墨香于屏风，也是冯青的顺势发挥。

　　理解冯青这首仿作的关键，在诗的前三句，尤其是午夜的渴意，最值得解读时加以关注。这渴意起自诗人生命的最深处，是对宋词里的美妙爱情的向往，更是对故乡、祖国历史文化的渴慕；古色古香的苏州，则是诗人的爱情向往和文化渴慕的最合适的载体。冯青借助对周邦彦《少年游》的模拟、改写，达到了归宗传统、慰藉乡愁的创作目的。

咫尺天涯的永恒距离

——舒婷《船》与《古诗十九首·迢迢牵牛星》

船

一只小船/不知什么缘故/倾斜地搁浅在/ 荒凉的礁岸上/油漆还没褪尽/风帆已经折断/既没有绿树垂荫/连青草也不肯生长 //满潮的海面/只在离它几米的地方/波浪喘息着/水鸟焦灼地扑打翅膀/无垠的大海/纵有辽阔的疆域/咫尺之内 /却丧失了最后的力量 //隔着永恒的距离/他们怅然相望/爱情穿过生死的界限/世纪的空间/交织着万古常新的目光/难道真挚的爱/将随着船板一起腐烂/ 难道飞翔的灵魂 / 将终身监禁在自由的门槛

迢迢牵牛星

迢迢牵牛星，皎皎河汉女。纤纤擢素手，札札弄机杼。终日不成章，泣涕零如雨。河汉清且浅，相去复几许？盈盈一水间，脉脉不得语。

《船》是舒婷的早期作品，写于1975年6月，以咏物的形式，托喻在极左路线专制的不正常年代里，一代青年所处的爱情难境。

动乱的岁月，困顿的时光，极左的封建专制主义思潮对自由正常的人性和爱情的压抑与扼杀，是舒婷和她的同代人必须面对的不幸现实，尽管已是20世纪六七十年代，但此时的极左路线对人性和爱情的剿杀，与程朱理学在

"以理灭情"上并无本质的不同，甚至有过之而无不及。缘于现实的重压，缘于重压的现实中的爱情总是无法实现，舒婷在诗中一再抒写了与美好的爱情理想之间的一段无法消除的距离："也许有一个约会／至今尚未如期／也许有一次热恋／永不能相许"（《四月的黄昏》）；"一幅色彩缤纷但缺乏线条的挂图／一题清纯然而无解的代数／一具独弦琴，拨动檐雨的念珠／一双达不到彼岸的桨橹"（《思念》）。这种"距离"与"阻隔"仿佛宿命一般，折磨得诗人痛苦不堪。

《船》托喻的，即是现实与爱情理想之间的距离和阻隔。一只小船，不知什么缘故，被搁浅在荒凉的礁岸上："满潮的海面／只在离它几米的地方／波浪喘息着／水鸟焦灼地扑打翅膀／无垠的大海／纵有辽阔的疆域／咫尺之内／却丧失了最后的力量／／隔着永恒的距离／他们怅然相望"。《船》中寄托的这种咫尺天涯之恨，与《古诗十九首·迢迢牵牛星》同一机杼：在《迢迢牵牛星》里，虽说"河汉清且浅，相去复几许"，但牛郎织女也只能受困于"盈盈一水间"，终于"脉脉不得语"。《船》的构思立意受《迢迢牵牛星》的启发当无疑问，二者都是写爱情的间阻与距离，在相似的意蕴框架内，舒婷进行了意象的置换，即把被间阻的"牵牛星"与"河汉女"，置换为"海水"与"小船"；把间阻物"清浅的河汉"置换为"荒凉的礁岸"；还有"几米的地方""咫尺之内"，也就是"相去复几许"的意思；"怅然相望"亦即"脉脉不得语"的景况。二诗的思想性亦复相似，《迢迢牵牛星》中牛郎织女的遭遇，具有批判封建礼教扼杀爱情的意义；《船》所托喻的爱情难境，也是对极左路线摧残爱情和人性的控诉。

在更宽泛的意义上，对《迢迢牵牛星》和《船》的象征意蕴，还可以作形而上的读解："牛郎"与"织女"、"船"与"大海"之间的咫尺天涯的永恒距离、阻隔，象征着人的生存处境，尽管作为"有欲望的存在物"，人永远追求自我和理想的实现；但作为"有限的存在物"，人却注定不能完全充分地实现自我和理想。《迢迢牵牛星》的借天上写人间，《船》的托物寓意，即是关于人的生存本质的悲剧性质的暗示。

当然，二诗的情调还是有着古典与现代的明显差异的。《迢迢牵牛星》的情调悲伤无奈，有着更多古典的哀婉缠绵；《船》的结尾则把爱情难境上升为灵魂自由的追求，伤感的情调也随之变得执着悲壮："爱情穿过生死的界限／世纪的空间／交织着万古常新的目光／难道真挚的爱／将随着船板一起腐烂／难道飞翔的灵魂／将终身监禁在自由的门槛？"结尾这几句呐喊般的反诘，固然使诗意过于直白了，但也因此显示了被无法实现的爱情忧伤所困扰的女诗人，那执着不屈的现代追求精神和抗争意识，诗情因此而产生新变。

　　这里顺便说及郭沫若的《天上的街市》，此诗与文学史上第一篇以爱情形态写牛郎织女关系的《古诗十九首·迢迢牵牛星》，同出一个神话原型，但在郭沫若笔下，牛郎织女已不再被分隔，他们"能够骑着牛儿来往"，还"提着灯笼""在天街闲游"，表达了诗人对美好理想的追求，对冲破封建礼教的自由幸福的爱情生活的向往，体现了新诗具有的反封建的时代精神和现代意识。与《迢迢牵牛星》和以后大量的七夕诗词相比，郭诗在情节、意境、主题方面，有了较大的蜕化，其构思立意已有新变性质。

间阻思慕模式的现代演变

——金克木《邻女》等新诗文本与《蒹葭》《汉广》

《蒹葭》和《汉广》，都是《诗经》十五国风中的名篇。《蒹葭》里的"秋水伊人"之思，《汉广》里的因"可见而不可求"而"悦慕益至"的心理，形成了诗歌史上"在水一方"的"间阻/思慕"原型模式。《蒹葭》《汉广》"在水一方"的"间阻/思慕"模式，在传统文人诗词中多有涉笔，但文人方式总不外瞻顾徘徊、望而弗及地"作隔岸观"。当然，充当"间阻物"的不一定非得是水，也可以是山，是路，是园，是墙，是雾霭，是帘幕。但不管是什么，这类诗词的风格总是迷茫哀怨、缠绵伤感。到现当代新诗中，终于出现了为这一古老的原型模式添加变量的"异数"。首先是现代派诗人金克木写于30年代的《邻女》：

> 愿我永做你的邻人/啊，祝福我们中间的这垛墙。//愿意每天听着你的咯咯的笑声，/愿意每天数着你的轻快的脚步，/愿意每天得你代我念一章书。/这垛墙遮住了我的痛苦和你的幸福。//你换上一件绯红的春装，/我的窗上便映出一片霞光。/你再换上一件深黑的素服，/我的窗上又有了迷蒙的烟雨。/你的四季在身上变换，/我的四季却藏在心里。//你的眼睛是我的镜子，/我的眼泪却掩不住你的羞涩。/最好我忘了自己而你忘了我，/最好我们中间有高墙一垛。//愿我永在墙这边望着你，/啊，愿我永做你的邻人。

此诗以反向构思挣脱"模式"的限制。诗中的"我"不仅不憎恶、诅咒"墙"，不打算逾墙、拆墙，反而感谢、祝福"墙"；不必跨越距离，也不必消除间阻。即使不从感情心理的层面考虑，仅从写作策略的角度说，这样的立意

21

构思也是不俗的，因为它走出了原型母题，从一般化的"类"走向了创新性的"个"，既不因循前人，也不重复他人，为"间阻思慕"类诗歌真正提供了"新"的文本。还有冯至的《桥》不甘心"作隔岸观"，表示要在"隔离的海"上，建造一座连通彼岸的桥梁：

> 你同她的隔离是海一样的宽广。／纵使是海一样地宽广啊，／我也要日夜搬运着灰色的砖泥，／在海上建筑起一座桥梁。／／百万年恐怕这座桥梁也不能筑起。／但我愿在几十年内搬运不停——／不然，空教我怅望着彼岸的奇彩，／我怎能度过这样长，这样长久的一生！

爱情的追求一如理想的追求，结局并不重要，没有结果是明白清楚的，行动的过程是让空洞的生命充实的过程，只要"我"的一生是以实际行动不停追求的一生，这就够了。这种行动的努力真有精卫填海般的悲壮！

1980 年代大学生诗人燕晓冬的《寻诗的我们几个》、王晓丹的《朝夕河》，则采用"正面强渡"的方式。先看燕诗：

> 去年三月有一个人站在桥头／三月不久我收到一封信／／溯水而上伊在水中央／溯水而上伊在水中央／／天色很暗，微露已打湿山野／我们几个一起去采扶桑／／溯水而上宛在水中央／溯水而上宛在水中央／／情人们站在树下／扫视我们打量我们／水天白茫茫／我们白茫茫／／溯水而上，我们倒在扶桑树下／惊飞一群鸟／诗经醒来／屈原醒来／诗醒来／而我们，死亡……

燕诗借助"现代意识"，对彼岸的"伊人、扶桑、诗歌"的"可见而不可求"的内心企慕，终于转成了以牺牲生命为代价的实际行动，距离在接近的行动过程中最终消失。寻诗者虽然死去了，但那是在到达目的地后，可以死而无憾。诗的意象、意境来自《诗经》《楚辞》的相关作品，但突破模式的构思立意，表现出的鲜明强烈的行动意识、为实现理想不惜生命的拼搏意识，则是典型的现代人的时代意识，而为古人所不具备。再看王诗：

> 那条朝夕河——隔开山与山角逐的朝夕河／结在朵儿枣盘根上的朝夕河／两肩飘摇炊烟的朝夕河／岸上哞叫种公牛的朝夕河／朝朝夕夕／在这块古老土地上流过／／河这边是姑娘村／河那边是一群常年伐木的男人／／朝夕河里的水线／总是一浪一浪颠着／落日里／荡来那

群汉子们不要命的怪叫声/"我那会纺麻的蜘蛛喂——/我那会唱歌的蝈蝈喂——/我那热窝窝里的燕子喂——/我那干唇儿的婆姨喂——"//姑娘村里的女人们/总是在同一时辰侧耳倾听/水浪线搔痒空虚寂寞哪/一浪一浪颠过女人们心尖心谷/所有五颜六色的想望/都随那长庚星悄悄绽开//朝夕河/流去朝阳流去夕阳/朝朝夕夕/流淌着那群汉子突破胸腔的火/流淌着女人们绵长的期盼//终于在某个午夜时分/星星们探头探脑窃窃议论/朝夕河的水线/荡来一只宽阔的木筏/一场蓄谋已久的"抢亲剧"/便悄悄拉开了序幕……

王诗采用"民间方式",一群"常年伐木的男人"对彼岸的"姑娘村"的女人们,从"不要命的怪叫"挑诱,到乘着夜色渡河"抢亲"的行动,与古典诗词中的传统文人方式大相径庭。这首民歌般的作品散发的浓郁土风,有种既原始又现代的野性美,这是无数"间阻/思慕"模式的古代诗词作品所不具备的。

戏仿：互文性写作的另一种形态

——洛夫《长恨歌》与白居易《长恨歌》

新诗文本中，有一些对古代诗歌文本的拟作带有明显的戏仿性质。如洛夫的名诗《长恨歌》，是一首和唐代诗人白居易的《长恨歌》同题的叙事长诗，白居易的《长恨歌》为读者稔熟，这里从略，只引洛夫的《长恨歌》如下。

长恨歌

那蔷薇，就像所有的蔷薇，/只开了一个早晨

——巴尔扎克

一

唐玄宗/从/水声里/提炼出一缕黑发的哀恸

二

她是/杨氏家谱中/翻开第一页便仰在那里的/一片白肉/一株镜子里的蔷薇/盛开在轻柔的拂拭中/所谓天生丽质/一粒/华清池中/等待双手捧起的/泡沫/仙乐处处/骊宫中/酒香流自体香/嘴唇，猛力吸吮之后/就是呻吟/而象牙床上伸展的肢体/是山/也是水/一道河熟睡在另一道河中/地层下的激流/涌向/江山万里/及至一支白色歌谣/破土而出

三

他高举着那只烧焦了的手/大声叫喊：/我做爱/因为/我要做爱/因为/我是皇帝/因为/我们惯于血肉相见

四

他开始在床上读报，吃早点，看梳头，批阅奏折/盖章/盖章/盖章/盖章/从此/君王不早朝

五

他是皇帝/而战争/是一摊/不论怎么擦也擦不掉的黏液/在锦被中/杀伐，在远方/远方，烽火蛇升，天空哑于/一绺叫人心惊的发式/鼙鼓，以火红的舌头/舐着大地

六

河川/仍在两股之间燃烧/仗/不能不打/征战国之大事/娘子，妇道人家之血只能朝某一方向流/于今六军不发/罢了罢了，这马嵬坡前/你即是那杨絮/高举你以广场中的大风//一堆昂贵的肥料/营养着/另一株玫瑰/或/历史中/另一种绝症

七

恨，多半从火中开始/他遥望窗外/他的头/随鸟飞而摆动/眼睛，随落日变色/他呼唤的那个名字/埋入了回声//竟夕绕室而行/未央宫的每一扇窗口/他都站过/冷白的手指别着灯花/轻咳声中/禁城里全部的海棠/一夜凋成/秋风//他把自己的胡须打了一个结又一个结，解开再解开，然后负手踱步，鞋声，鞋声，鞋声，一朵晚香玉在帘子后面爆炸，然后伸张十指抓住一部《水经注》，水声汩汩，他竟读不懂那条河为什么流经掌心时是嘤泣，而非咆哮/他披衣而起/他烧灼自己的肌肤/他从一块寒玉中醒来//千间厢房千烛燃/楼外明月照无眠/墙上走来一女子/脸在虚无缥缈间

八

突然间/他疯狂地搜寻那把黑发/而她递过去/一缕烟/是水，必然升为云/是泥土，必然踩成焦渴的苔藓/隐在树叶中的脸/比夕阳更绝望/一朵菊花在她嘴边/一口黑井在她眼中/一场战争在她体内/一个犹未酿成的小小风暴/在她掌里/她不再牙痛/不再出/唐朝的麻疹/她溶入水中的脸是相对的白与绝对的黑/她不再捧着一碟盐而大呼饥渴/她那要人搀扶的手/颤颤地/指着/一条通向长安的青石路……

九

　　时间七月七／地点长生殿／一个高瘦的青衫男子／一个没有脸孔的女子／火焰，继续升起／白色的空气中／一双翅膀／飞入殿外的月色／渐去渐远的／私语／闪烁而苦涩／／风雨中传来一两个短句的回响

　　拿洛夫的《长恨歌》与白居易的《长恨歌》比较，从整体叙事框架来看，白诗是顺叙，洛诗是倒叙；从故事情节安排看，洛夫删去了道士为杨贵妃招魂、代为传递信物等情节；在与白诗的情节重叠之处，加以变化，如杨贵妃死后的栖身之所和她与玄宗的相互思念，与白诗不同；从表现手法上看，白诗基本上是古典的写实，再辅以浪漫的想象，采用情景相生、相衬、相融的手法，文采斐然，调性缠绵。洛诗更多运用声音与色彩的交感、矛盾情景的酿造、远取譬、象征与暗示、极度变形、荒诞情境的设置、具象与抽象的嵌合等手法，不再对故事、人物进行描述和直陈，而以一系列具有暗示和象征功能的意象加以呈示，全诗调性阴冷怪诞，显现出一种区别于古典美的鲜明现代美感。洛诗在改写白居易《长恨歌》的时候，多处带有戏仿的性质，如诗的第三、四两节。第三节里，唐玄宗高举着那只被自身的欲火和安史之乱的战火"烧焦了的手"，仍在歇斯底里地叫喊"做爱"，显得自是而可憎，足见其惑于色相，耽溺之深，执迷不悟。这一节极度夸张与变形的描写，实际上是对白居易《长恨歌》第一部分"承欢侍宴无闲暇，春从春游夜专夜。后宫佳丽三千人，三千宠爱在一身"等诗句的戏仿性质的改写，入骨三分地写出了那份不可救药的由皇权滋生出的骨子里的荒淫。第四节则是对白诗"从此君王不早朝"一句的具体演绎，现代性的语言，尤其是那一连串的"盖章"，见出玄宗贪恋床笫之欢，对军国大事的敷衍潦草，昏庸皇帝玩忽天下的可笑行径跃然纸上。这首诗中还有一些片段，如第六节的"征战国之大事／娘子，妇道人家之血只能朝某一方向流／于今六军不发／罢了罢了，这马嵬坡前／你即是那杨絮／高举你以广场中的大风"，第七节的"他把自己的胡须打了一个结又一个结，解开再解开，然后负手踱步，鞋声，鞋声，鞋声""千间厢房千烛燃／楼外明月照无眠／墙上走来一女子，／脸在虚无缥缈间"，第八节的"她不再牙痛／不再出／唐朝的麻疹""她不再捧着一碟盐而大呼饥渴"，或是本之于原作的发挥，或是想象虚拟的添加成分，均在改写之中含有戏仿性质。

　　戏仿被台湾诗歌理论界称为"谐拟"，意指在对原作品的仿效中进行嘲讽式操作。摩森认为谐拟应具备三个特点：一是必须有另一声音作为"目标文类"；二是目标文类和谐拟版本之间必须处于敌对状态；三是谐拟版本须较原

始版本享有更大的权威，更令人信服。（孟樊、林耀德编：《世纪末偏航》，台湾时报文化出版企业有限公司 1990 年版，第 312 页。）三点之中第二点是关键，至于结果则很难说，因为戏仿的对象均为经典名作，正面超越已不可能，于是才有了剑走偏锋的解构性戏仿。这类作品对熟悉经典的读者往往会造成强烈的心理刺激，产生出人意表、耳目一新之感，但除了逆向思维的新奇效应，在诗质上戏仿和经典原作恐怕还是无法抗衡。戏仿在台湾新诗界已很普遍，戏仿的对象包括古代、现当代和外国名篇，如罗青的《观沧海之后再观沧海》，戏仿曹操的《观沧海》；对汉乐府《上邪》的戏仿，就有林耀德、夏宇等 5 人；苦苓的《错误》，戏仿郑愁予的名诗《错误》；夏宇的《也是情妇》，戏仿郑愁予的《情妇》；欧团圆《我是忙碌的》，戏仿杨唤那首进入多种选本的同题之作。大陆诗人受其影响，近年也有戏仿之作出现，如曲有源的《雨巷》，戏仿对象即为戴望舒脍炙人口的现代诗名篇《雨巷》。对于戏仿之作日趋普遍的现象，陈仲义指出："屹立于眼前的毕竟是一座连一座古典的浪漫的现代的艺术群峰，原创性写作模式已非昔日那样容易建立，纵然再大的天才，往往也难逃大师们的掌心。在日渐'枯竭'的山穷水尽处，'愤'而以经典大师为'开刀'目标，不管是否达到预期成效，仍不失为一条生路，于是就有了谐拟之举。"（陈仲义：《台湾诗歌艺术六十种》，漓江出版社 1997 年 12 月版，第 418—419 页。）对戏仿（谐拟）之作产生原因的分析，是深刻准确的。

无法释怀的影响焦虑

——纪弦《诗的复活》对古代咏月诗的反向模仿

正如里希滕贝格指出的那样"做迥然相反的事也是一种形式的模仿"（转引自哈罗德·布鲁姆《影响的焦虑》，徐文博译，江苏教育出版社 2006 年 2 月版，第 31—32 页。），所以，现代派诗人纪弦的反格律与反抒情、主知与散文化的理论倡导和创作实践，仍然无法跳出诗歌传统影响的巨大"影子"的笼罩，用布鲁姆的话说，对纪弦等急于突围的晚生者而言，这种无所不在的影响，是一片无边的"阴影"（哈罗德·布鲁姆：《影响的焦虑》，徐文博译，江苏教育出版社 2006 年 2 月版，第 27 页。），逼使他时作逸出之想。早在 1947 年的上海，他就宣布了《诗的灭亡》："诗情呀，诗意呀，/悉为二十世纪文明辗毙了。"作这样的宣布，乃是基于对"20 世纪文明"已经"辗毙"了传统的"诗情诗意"的严酷现实的清醒认识。当他被迫与"艺术再会"，喊"科学万岁"时，他是"忍着熬煎"，很觉痛苦的。对于"没有感动。/没有陶醉。/没有神往。/没有梦"的现代工业文明社会，他显然是不适应的。但他深感无能为力。诗的末节："便是'举杯'在手，/也觉得头顶上的'明月'/不过是个卫星，/有什么值得'邀'的？"反用李白"举杯邀明月"句典，正说明他之不能忘情于李白对月畅饮之美妙古典诗意。虽然现代科学知识让他知道月亮不过是地球的"卫星"，因而淡褪了月亮的诗意光辉，但在李白诗中被抒写得无比美好的古典诗歌原型意象"月亮"，终让纪弦无法释怀，所以才有了这最初的对于李白诗歌的"反向模仿"。到 20 世纪 50 年代倡导现代派的时候，大约是选择与传统背离的心意已定，所以他以与《诗的灭亡》不同的声调，重新宣布了《诗的复活》：

被工厂以及火车、轮船的煤烟熏黑了的月亮/不是属于李白的；/而在我的小型望远镜里：/上弦、下弦，/时盈、时亏，/或是被地球的庞大的阴影偶然而短暂地掩蔽了的月亮/也不是属于李白的。//李白死了，月亮也死了，所以我们来了。/我们鸣着工厂的汽笛，庄严地，肯定地，如此有信仰地，/宣告诗的复活；/并且鸣着火车的尖锐的，歇斯底里亚的，没有遮拦的汽笛，/宣告诗的复活；/鸣着轮船的悠悠然的汽笛，如大提琴上徐徐擦过之一弓，/宣告诗的复活

对于"20 世纪的工业文明"，从原本不适应到如此"庄严地信仰"，诗人纪弦已然脱胎换骨。出于"寻求摆脱传统诗歌的田园主题和牧歌模式，表现工业社会的生活现实和城市精神"的企图（刘登翰、朱双一：《彼岸的缪斯：台湾诗歌论》，百花洲文艺出版社 1996 年 12 月版，第 139 页。），他指出"被工厂以及火车、轮船的煤烟熏黑了的月亮/不是属于李白的"这样一个事实，然后像尼采宣布"上帝死了"一样，宣布"李白死了，月亮也死了，所以我们来了"。这里确有截断众流、重新出发、开辟诗国新纪元的宏大气魄，这与他"创造经典""追求不朽"的理论宣示是一致的（纪弦：《从自由诗的现代化到现代诗的古典化》，《现代诗导读·理论篇》，台湾故乡出版社 1982 年 4 月版，第 29 页。）。但"李白"和"月亮"——这古典诗人、诗歌的代表——的"影子"，在这首《诗的复活》里仍然无处不在，躲避不开，作为"晚生的诗人"，纪弦所能做的，也仍不过是用"煤烟熏黑的月亮""望远镜中的月亮"和古典的"李白们"的皎洁的"月亮"唱唱反调而已。至于"月亮"，还是那个"月亮"，是无论怎样都忽略不了的。事实上，在非刻意的情况下，纪弦也多次写到常态的月亮，如《台北之夜》描写"更圆更好看"的月亮，为夏夜"织着镶银边的蓝梦"，使"睡眠在月光下的台北有七种美"，在这"神秘，宁静"的古典的月夜，纪弦不禁像古代诗人词客那样，小立桥上感受那无言的诗意之美。这让我们想起冯延巳的"独立小桥风满袖"（《鹊踏枝》），和刘禹锡的"无限新诗月下吟"（《酬淮南廖参谋秋夕见过》）。《四月之月》是诗人满 60 岁之作，写"皎皎的月光下"把酒时"要飞"的遐想。这首咏月之作也可视为诗人"宇宙诗"家族中的一首，虽然具有现代科幻意识，但总体上仍是自《诗经》中的《陈风·月出》起始的"望月怀思"心理模式，只不过所怀不是远人、家乡、亲友，而是宇宙空间。想象月球上阿姆斯壮的脚印，是对李白诗句"欲上青天揽明月"的现代化用。《半岛之歌》写于移居美国后，和妻一起"坐在明亮的月光下"怀想众多诗友，月光当是搅动他的思绪的诱因，亦是"望月怀思"的心理模式的演示。纪弦"反向模仿"性质的名作，

还有《直线与双曲线》，此诗逆接陈子昂《登幽州台歌》诗意。纪弦用现代物理学的知识，把陈子昂诗中直线展开的一维流逝的时间，改写为"走双曲线"的时间，于是，他可以叫时间"暂停"，可以在"四度空间"里"立于任何一坐标，/无论属古人的或来者的，/属东方的或西洋的"。这样当然也就避免了陈子昂"前不见古人，后不见来者"的生不逢时之悲，可以自由出入于无穷无尽的时间和无边无际的空间上的任意一点。只要高兴，不但纪弦本人可以和"陶潜共饮"，他的朋友洛夫也可以"走向王维"（《洛夫精品》，人民文学出版社 1999 年 9 月版，第 76 页。）。这种从心所欲的"心灵之舞"，果真能够跳起来的话，的确会是"很过瘾"的。

"来自桥那边"的纪弦，就这样"留几个脚印在桥上，不再回顾"，决绝地告别了"很宁静，很闲，很可以抒情"的古典的"那边"，走向了"桥"这边的"效率、工业化、夜总会的性感明星和咖啡威士忌"以及"无耻的摇滚音乐"构成的现代生活。于是他喊着"机器万岁"，从机器上发现"诗意"；于是他"与马达同类"，"用噪声写诗"；于是他相信"要是陶潜生在今日，/他也·定很懂得非欧几里得几何学/和爱因斯坦相对论；/纵有火车狂吼着驰过他的东篱外，/他也不至于请律师和招待记者的。//要是李白生在今日，/他也一定很同意于我所主张的/'让煤烟把月亮熏黑/这才是美'的美学"。（《我来自桥那边》）然而不幸得很，以"壮士一去兮不复还"的决心走到"桥这边"的纪弦，又一次下意识地提起了"桥那边"陶潜的"东篱"和李白的"月亮"，又一次不自觉地露出了"反向模仿"的形迹。

寒山寺的钟声与幽州台的涕泪

——任洪渊《那几声钟》与张继《枫桥夜泊》

　　任洪渊的《那几声钟，那一夜渔火》与张继的《枫桥夜泊》《望》与陈子昂的《登幽州台歌》之间，也是一种模拟改写性质。先看他的《那几声钟，那一夜渔火》：

　　寒山寺/那几声钟，震落了夜半的/月，霜，鸦，震落了泊在这晚的/船和梦，也震落了/钟。此后的钟声都沉寂/还要震落我今夕的躁动成永久的宁静/从未绝响的那几声钟//那一夜渔火犹自燃着/一个个早晨都已熄灭/渔火自那一夜，燃着/一丛不凋的枫/暖着寒山/一个秋深过一个秋/在我的身上堆积//我的一切都沉进霜夜里/只有这瞬间照亮的笑容/不会隐去，一个明亮的裂痕/黑夜不能在这点上合拢/等千年后的相见/等一个一个微笑和我相对/围着这一夜渔火，在几声钟之间

　　诗共三节，第一、二两节模拟、改写唐代张继的名诗《枫桥夜泊》，突出诗中的"钟声"和"渔火"两个意象，寒山寺的夜半钟声，成了诗歌史上和历史上最著名的钟声，它不仅"震落了夜半的/月，霜，鸦，震落了泊在这晚的/船和梦"，它"也震落了/钟。此后的钟声都沉寂"。唯有那几声钟，千年未曾绝响；还有那"一夜渔火"，从唐代一直燃烧到现在，从张继泊船的那夜一直燃烧到今夜，一个个早晨都熄灭了，只有那渔火一直燃着，燃成"一丛不凋的枫/暖着寒山"。因了那永久传响的"钟声"和永不熄灭的"渔火"，任洪渊沉浸于展延自历史深处的永久的霜夜、永久的秋意、永久的宁静。这里有任洪渊对于古典诗歌所达到的不可逾越的艺术高度的深刻认知。

31

第三节里渔火"瞬间照亮的笑容",如"黑夜不能合拢"的一道"明亮的裂痕",是属于任洪渊的,属于当代和今夜的,因了千年前传响至今的"钟声"和燃烧至今的"渔火",任洪渊期待自己的"笑容"也能在千年后与"一个一个微笑相对"。这里,任洪渊通过拟作,实现了一个当代诗人与经典诗歌文本一起百世流芳的不朽愿望。再看他模拟陈子昂《登幽州台歌》的《望》:

> 幽州台不见了/幽州台上的那双眼睛,还望着今天/等我偶然一回顾//回头/已经远在他的视线之外/不能相遇的目光/碰不掉他眼眶里/千年孤独//幽州台不见/寂寞的高度,还在/空蒙的视野,还在/太凛冽了/幽州的白日/被距离隔成孤零零的眸子/寒冷地发亮//不用登临,一望/我已在悲怆之上/能在我的眼睛里/睁破这一片空茫吗/仰起头,接滚过幽州的泪滴/从我的脸上落尽/尽落谁的脸上

"怀才不遇"是中国知识分子面临的体制性的永久生存困境,缘此,生不逢时的"千年孤独和寂寞",也就成了古典诗歌抒写不尽的永恒的主题。面对无穷无尽的时间和无边无际的空间,只存在于时空相交的微不足道的一点上的"现在"的人,无比渺小短暂,如不能及时有为建功立业,时光一去,将万劫不复。心非木石岂无感,念此怎能不怆然涕下?!当年登上幽州台的陈子昂如此,当代看不见幽州台但可以诵读《登幽州台歌》的任洪渊亦然。尤其是任洪渊那一代经历了1957年"反右"和1966年"文革"的知识分子,磨难不断,命途多舛,大好年华,付诸流水,读陈子昂的《登幽州台歌》,特别容易引发共鸣。

任洪渊的大学时代在"蓟门""幽燕"度过,后来也在北中国生活、工作,他自剖心迹说:"我在这里的剑气和筑韵里慷慨悲歌。我总想在幽州台上量一量我寂寞的高度,悲怆的高度。我尤其想在黄金台上量一量我知识分子的现代价值。尽管幽州台连残迹都没有留下,但我时时回头,总想碰见幽州台上那双最孤独的眼睛,碰掉眼眶里的千年孤独。"(《女娲的语言》代序,中国友谊出版公司1993年9月版,第17页。)任洪渊可能比谁都明白,生逢极左政治运动一个接着一个的时代,他自己作为一个现代知识分子的生存"价值"究值几何。看来任洪渊对命运的确已有自觉,不然写不出诗的末几行:"仰起头,接滚过幽州的泪滴/从我的脸上落尽/尽落谁的脸上?"他已意识到自己的悲剧命运传承者的角色,陈子昂的泪滴滚落任洪渊的脸上,再从任洪渊的脸上落在"谁的脸上"?这诗末的一问,暗示这一切也许真的还远远没有结束。

使事用典：丰富深化与敞亮刷新

——任洪渊《你是现在》对古典诗歌文本的广泛指涉

使事用典是具有中国民族特色的诗歌创作手法，这种手法在西方诗人如庞德的《诗章》、艾略特的《荒原》《四个四重奏》中也被使用，西方文论称这种手法为"互文"或"互文性"。魏晋以来的中国诗人诗歌，把使事用典作为创作时的常备手法加以普遍地运用。一方面，是诗人的学者化，遍读典籍，学问淹博，创作中信手拈来，为我所用，无不妥帖。另一方面，古典诗歌尤其是近体诗词形式精短，字数有限，要达到以有限传示无限的创作目的，嵌入典故不失为一种有效的做法。还有就是诗人不便、不愿直说时，可以用典故来代指、暗示。古代诗歌的使事用典手法，在现当代新诗中得到了传承，尤其是在20世纪二三十年代诗歌和台湾诗歌中，使事用典的例子极多。二三十年代新诗人和台湾新诗人，都有较好的旧诗旧学根底。50年代以后，大陆部分诗人知识结构较为贫弱，使事用典在主观上非其所能，客观上也与大众化、通俗化的提倡相违背。至80年代社会生活渐趋正常，诗人的知识结构普遍得到改善，随着传统文化热的持续升温，在朦胧诗人和新生代诗人中，都有一些"文化诗"创作者，写出了一批规模宏大的"文化史诗"，其中包含了大量的传统诗歌和历史文化内容，使事用典成为这类"文化诗"的必备手法。任洪渊的学院派文人诗，总体上也是传统文化热的产物，可以归入20世纪八九十年代兴盛一时的"文化诗"的范畴。但任洪渊又不像那些文化诗人竭其心力，演绎、铺排历史文化知识，构筑史诗规模的鸿篇巨制，他的诗大多写得精短，保持了抒情诗的纯粹性，在当代人的生命体验和语境氛围中，恰到好处地嵌入典故，唤醒民族成员关于古典诗词和历史文化的共同记忆，激活读者新鲜如初的审美感觉。使事用典对任洪渊的诗歌美感是一种丰富和深化，同时也是对典故意象的一种敞亮与刷新，他让古典美焕发出簇新的当代光芒。试看他的《你是现在》：

　　　如果没有你的眼睛/斑竹上打湿了几千个春天的泪/怎么会打湿我的/秘密如果不在你的唇边/诗经初开的那朵笑，也早已枯萎//有你的江天，春潮花潮月潮/才汹涌着你/假如你不倾斜，如大陆/天上的黄河/也奔流不到海//假如敞开你的四月/随李贺的红雨乱落/那么你的落在哪里/你有一个最深的黄昏/淹没所有的傍晚/你有一个滂沱的雨季/落尽过去的云/你是现在，现在是你

　　诗中的"你"，应该就是诗人的"F·F"。诗人强调"你是现在"，凸显此时此刻的"你"，对诗人的感知的无比重要。但在这"现在时态"之中，无法遏制地泛涌而出的，却尽是"过去时态"的内容："斑竹上的泪"用舜帝之二妃的凄美爱情神话，同时指涉了古代无数咏此神话的言情诗词；"诗经初开的那朵笑"，用《诗经·卫风·硕人》对庄姜"巧笑倩兮，美目盼兮"的出色描写形容；"江天"与"春潮花潮月潮"，用初唐张若虚《春江花月夜》的意象和诗境；"李贺的红雨"，用晚唐李贺《将进酒》诗句"况是青春日将暮，桃花乱落如红雨"中的意象；"黄昏"既与李贺诗句中的"日将暮"相关，同时又关合了古典诗词最常写及的"黄昏"时空意象和意境；而"滂沱的雨季""落尽过去的云"中的"云"和"雨"，起码在潜意识中，恐怕也暗含有宋玉《高唐赋》中"云雨"意象的原型意味。诗人就此曾经说过"宋玉的高唐梦，曾经是一个美的极限。从那以后，中国漂载着女性的想象似乎都再也飞不过神女高唐的高"，就是到了今天，诗人们面对巫山，也"没有一个现代眺望不顿时掉进宋玉高唐的古典里"（《找回女娲的语言——一个诗人的哲学导言》，《女娲的语言》代序，中国友谊出版公司1993年9月版，第3页）。

　　的确如此。在这个文本里，我们发现一个奇妙的现象：那就是古典与现代的互相映衬、互相唤醒、互相激活，诗人面对的是"现在"的"你"，恍然之间，又从你的眼泪里读出了"娥皇女英"洒在斑竹上的泪痕，从你的笑靥里读出了"庄姜"的动人巧笑，从你的"江天"里读出了初唐汹涌澎湃着青春之美的"春潮花潮月潮"，从你的"敞开的四月"里读出了晚唐那场美艳伤感到让人难以忘怀的"乱落的红雨"，从你的"最深的黄昏"里读出了巫山缥缈的云情雨意……"现在的你"因了纯美的古典内涵的加入，而更见精彩绝艳；那已淡入历史记忆的渺远的古典美，也被"你的现在"复活过来，宛然在目，焕然一新。

　　这一切诚如诗人所言："不是由于蒙娜丽莎神秘的微笑，她（按：即这首诗中的"现在的你"）的唇边才有笑的神秘。相反，由于她笑了，蒙娜丽莎

的笑才没有在嘴角枯萎。不是蒙娜丽莎的笑照亮了她的面容，而是她的笑照亮了蒙娜丽莎的面容。她的笑才是最初的。因为她，画里，诗里，神话里，甚至埋葬在厚厚的坟土里的迷人女性，再一次活在我们的四周，与我们相追逐。"（《找回女娲的语言——一个诗人的哲学导言》，《女娲的语言》代序，中国友谊出版公司 1993 年 9 月版，第 2—3 页）女娲、娥皇、女英、简狄、褒姒、庄姜、巫山神女、虞姬、卓文君、昭君、李香君、金陵十二钗、海伦、蒙娜丽莎，这些中外传说中、历史上、诗歌里、艺术中的"迷人女性"，全都姿容妙曼地出现在任洪渊的诗歌里。作为读者，当我们看到"前人的文本从后人的文本里走出来"时，我们在鉴赏中所获致的美感就不仅仅是当下的、单一的，而是集合了文化史上、诗歌史上无数经典的青春爱情之美的内蕴无限丰沛的复调，"古典美"和"现代美"，在这首大量用典的当代诗歌文本中实现了"双赢"。

第 二 辑

古代诗歌文本解读

"风"中的情歌

——《关雎》《蒹葭》《君子于役》解读

有"风"自上古吹来，吹送过来 2500 年前的歌声。歌声中咏叹着追求理想的执着和思念亲人的深情。歌声从祖先们的心灵里唱出，又融入我们后代子孙的心中。

中国文学史上第一部诗歌集《诗经》，从音乐的角度分为"风、雅、颂"3 部分。其中"风"诗 160 篇，分"十五国风"，是周代 15 个诸侯国和地区的地方民歌。"饥者歌其食，劳者歌其事"（《春秋公羊传注》），这些民歌充满强烈的现实主义精神，全面反映了 2500 多年前的上古时代的劳动生产、战争徭役、爱情婚姻等社会生活内容，是《诗经》的精华所在。在"风"诗中，表现男女爱情婚姻的作品，占有很大比重，所以南宋学者朱熹在他研究《诗经》的著作《诗集传》"序"里说："凡诗之所谓'风'者，多出于里巷歌谣之作，所谓男女相与咏歌，各言其情者也。"干脆就把"风"诗等同于"情歌"。《关雎》《蒹葭》《君子于役》，就是优美动人的"风"中情歌的佳篇。

《周南·关雎》列《诗经》305 篇之首，全诗 5 章（段），每章 4 句，表现君子对淑女的思念追求过程，抒写求之不得的焦虑和求而得之的喜悦。第一章以雎鸠关关和鸣于河中的小沙洲上，兴起淑女是君子的好配偶。雎鸠雌雄固定，挚而不乱，比喻男女爱情要忠贞专一，为全诗定下抒情基调。第二章"参差荇菜"也是即目所见的洲上生长之物，以荇菜在水中流动不定，兴起淑女的难以追求。"求"字是诗意凝聚的焦点。第三章抒发"求之不得"的忧思，男子日夜思念、焦灼不安的形象，生动逼真，是全诗情感和结构上的关键。第四、五两章，写经过全身心投入的苦苦追求，而得到爱情的欢乐。也有人认为，第四、五两章写的是男子极度思念时出现的幻境，他在幻境中与河边相遇的采荇姑娘结成美满婚姻，琴瑟和谐，钟鼓相乐，梦幻般的境界令人陶醉。诗的第三章极写思念而不流于悲伤，第四、五章极写快乐而不失去分寸，被孔夫子评为"乐而不淫（过分），哀而不伤"（《论语·八佾》），全诗的感情是真诚热烈、纯洁健康的。

《秦风·蒹葭》全诗3章，每章8句，抒写对意中人执着痴迷的不倦追求。抒情主人公的性别身份难以确定。三章都以主人公见到的清秋早晨河边景物起兴，苍茫的芦苇沾满浓重的霜露，浩渺的秋水笼罩着迷蒙的晨雾，萧瑟冷落、朦胧凄迷的物色，渲染烘托出追求者凄婉怅惘的怀人心绪。"所谓伊人，在水一方"，意为所思念的人在水的那一边，可望而不可即，于是激发起追求的行动。"溯洄从之，道阻且长"，是说逆着曲折的河道去追寻"伊人"，道路险阻而又漫长，难以到达。那就改为"溯游从之"，顺着直流的河道，去开始一番新的追寻，但又看到伊人"宛在水中央"，好像处在三面临水的地方，仍是可望而不可即。如果说《关雎》是有结果的追求的话，这首《蒹葭》就是没有结果的追求。第二、三章与第一章的意思基本相同，只是在句子的相应部位变换几个词汇，这种重章叠句的复沓章法，反复咏唱，把执着不倦的追求情怀，抒发得更加真挚感人。

《王风·君子于役》全诗2章，每章8句，运用复沓章法，抒写山村妇女在黄昏时分对外出服徭役的丈夫的思念牵挂之情。诗以赋笔描写山村黄昏景色，渲染气氛，构成一种迷离怅惘、深沉绵邈的艺术境界。"鸡栖于埘（桀），日之夕矣，羊牛下来（括）"几句，以家禽的上架入窝和家畜的下山回圈，反衬丈夫的不归，"时节欲黄昏，无聊独倚门"的女主人公，一天的盼望等待又落空了。在黄昏这时间也是心理的临界点上，思妇是多么孤独、冷落、凄凉啊！朴素的诗句，真实地刻画出女主人公的心理活动，展示了她的内心独白：她对亲人无限深挚的关心忧虑、无比细腻的怀念牵挂，就是通过"不知其期""不日不月""曷至哉""曷其有佸""苟无饥渴"这几个心理焦点反映出来的。征夫在外的一切奔波劳碌，一切衣食住行的艰辛，无一不在这位善良的妻子的忧思挂念之中。

《关雎》《蒹葭》《君子于役》三诗的艺术表现，带有《诗经》作品的共同特点。首先是赋、比、兴手法的成功运用。宋代朱熹说："赋者，敷陈其事而直言之者也；比者，以彼物比此物也；兴者，先言他物以引起所咏之辞也"。用今天的话说，"赋"就是一种铺陈直叙事物的方法，多用在诗的总体方面。像《君子于役》中山村景色的描写和思妇内心独白式的抒情，就是"赋"的手法。"比"就是比喻和比拟，多用于局部修辞。像《关雎》中雎鸠求偶与君子求女，采荇菜与求姑娘，虽主要是兴，但也含比，比和兴在此无法截然分开。前人注《诗经》所说的"兴而比也",指的就是这种情况。"兴"即托物起兴,借助对客观事物的描写,引出诗人的主观思想感情。兴多用在诗的开头,起联想起韵、比拟象征、烘托渲染的作用。《关雎》以雎鸠的成双和鸣情景,引发诗人"窈窕淑女,君子好逑"的联想;《蒹葭》开头两句景物描写,渲染萧条清冷的气氛,烘托忧伤失望的心情,交融成朦胧迷茫、韵味无穷的深幽意境,都是兴的手法。赋、比、兴三种手法在文学史上影响深远,成为后世诗歌和几乎所有文学样式的基本表现手法。

其次是复沓章法和双声迭韵连绵字的运用。《蒹葭》和《君子于役》的段落结构,都是重章叠句的复沓章法,《关雎》的第二、四、五章,也是重叠复沓。《关雎》中的"窈窕"是叠韵,"参差"是双声,"辗转"是双声叠韵;《蒹葭》中的"苍苍""凄凄""采采"是双声叠韵。或修饰动作,如"辗转反侧";或模拟形象,如"窈窕淑女";或描写景物,如"参差荇菜""蒹葭苍苍";莫不活泼逼真,声情并茂。重言叠字的运用,有效地增强了诗歌音调的和谐美和描写自然景物、刻画人物形象的生动性。

《诗经》作为中国文学的源头,它的意象和意境往往具有"原型"的性质,或成为"母题",或形成"模式",渗透并笼罩后世的同类作品。如《蒹葭》中的景物意象,迷蒙凄清,与追寻不遇的怅惘心绪十分吻合,它有效地把主观感情客观化,为主观感情找到契合的客观对应物。后世诗人的抒情,即多采用这种用意象呈示的方法,化无形的情感为可视可感、鲜明生动的形象。而《关雎》中的水边和鸣的鸟声,则一直啼叫到当代台湾著名诗人高准的《香槟季》一诗里。《君子于役》中思妇的"日夕起愁",更成为一种心理和表现的模式,给后世伤离怀远的作品以深刻的影响。清代许瑶光《雪门诗抄》卷一《再读〈诗经〉四十二首》之十四"鸡栖于桀下牛羊,饥渴萦怀对夕阳。已启唐人闺怨句,最难消遣是昏黄",即指出了这一情形。其实,《君子于役》的影响不限于唐人"闺怨"一体,孟浩然《秋登兰山寄张五》中的"愁因薄暮起",崔颢《黄鹤楼》中的"日暮乡关何处是,烟波江上使人愁",皇甫冉《归渡洛水》中的"暝色起春愁",赵德邻《清平乐》中的"断送一生憔悴,只消几个黄昏",都不同程度地借鉴了《君子于役》中"日夕起愁"的原型意境。

一首好诗,在它表达的基本意义之后,往往还潜藏着更深层的启示义。尤其是运用比兴手法的作品,大多具备象征的功能。对《蒹葭》《关雎》的理解,就不必太拘泥于它们的"情歌"性质,可以用更超越的审美眼光去观照、读解。"淑女"和"伊人",都可视为美好理想的象征。这两首诗中的热烈执着的追求精神,也是每一个要取得生活和事业成功的人必备的素质。特别是

《蒹葭》中的"秋水伊人"，象征了困扰人类心灵的理想与现实的永恒矛盾。"伊人"所在的彼岸，可望而不可即，那是永恒的彼岸，是人类追求的真善美的极境，是人类社会的终极彼岸。在进化完善自我的漫长过程中，人类一步步地接近它，但却永远不能完全进入和到达。"伊人"作为真善美理想的化身，吸引人们去进行永不疲倦的追求，这首诗也因此获得不朽的艺术生命。

——"风"中的情歌，在象征的意义上，唱出的是人类追求美好理想的心声。人类世代生生不息，人类追求永无止境，这抒发追求美好理想的"情歌"，必将化入"风"中，吹送到一代又一代人的心里，传唱到无穷……

大政治家的人生追问

——曹操《观沧海》《龟虽寿》解读

　　曹操生活的东汉末年，是一个动乱的年代。连年的军阀混战，造成了社会生产力的极大破坏和人口的大量死亡，"白骨露于野，千里无鸡鸣"，"中野何萧条，千里无人烟"，这些悲凉的诗句，就是当时悲惨的社会现实的真实写照。在这个生命受到严重摧残的时代，人的"时间/生命意识"也在深重的苦难之中空前觉醒。生命是一个时间过程，认识到自身生命的有限和短暂，是走出蒙昧之后，人的理性意识的标志，它提醒人去珍惜时间，把握现在，以充分实现生命的价值。诗歌向来是社会心理最敏感的载体，伴随着人的"时间/生命意识"的觉醒，人生苦短的叹息遂弥漫于东汉末年的诗坛。产生于此时的无名诗人笔下的《古诗十九首》，抒发及时行乐、享受人生的思想感情，显得消极空虚。以曹操、曹植、王粲等人为代表的建安文学（建安，汉献帝年号，196—220 年）诗人们，则侧重抒发及时有为、建功立业的思想感情，显示出积极进取的人生态度。曹操的《观沧海》《龟虽寿》以及《短歌行》、《秋胡行》等诗，唱出的都是乱世人生积极进取、奋发有为的慷慨雄豪之志。

　　《观沧海》和《龟虽寿》，列曹操组诗《步出夏门行》的第一首和第四首。《步出夏门行》是汉乐府古题，又名《陇西行》。诗作于建安十二年（207 年）曹操北征乌桓胜利途中，诗人借用古题，表现了宏大的人生抱负和深刻的人生思考。

　　在镇压黄巾起义中崛起的曹操，经过多年征战，逐渐削平了北方的军阀势力。建安十年（205 年），曹操击败了他在北方最强大的敌手袁绍，基本上统一了北方。袁绍的儿子袁谭、袁尚逃到居住在辽西的乌桓部族，勾结乌桓多次入侵掳掠幽州一带的汉族民众，成为东北边境地区的大患。建安十二年（207 年）五月，曹操采用谋士郭嘉的建议，率军北征，出卢龙塞，直捣柳城，一战告捷，巩固了后方，为挥师南下实现统一全国的宏愿提供了可能。九月胜利回师，途经位于今河北省昌黎县北渤海之滨的碣石山，豪情满怀的曹操登山观海，写下了我国文学史上第一首完整的观景诗《观沧海》。

"东临碣石，以观沧海"写登临俯视，点明了观赏的立足点和对象。诗人登上碣石山顶，凭高临海，视野开阔，大海的壮阔景象尽收眼底。一个"观"字统领全诗，以下十句描写，都是从这里生发出来。"水何澹澹，山岛竦峙"写放眼一望的总体印象：在那苍茫浩瀚、平阔无边的海面上，高高耸立着突兀的山岛。诗人大处落笔，总写全景，着力渲染大海浑茫动荡的气势。"何"是"多么"的意思，表达诗人初见大海的无限惊叹赞美之情！

"树木丛生，百草丰茂"承接"山岛竦峙"，具体描写竦峙的山岛上草木繁茂的景色，虽是摇落的秋天，却给人以生意盎然之感。"秋风萧瑟，洪波涌起"是对"水何澹澹"的进一层描写，在无风的情况下，海水尚且动荡不已；当萧瑟的秋风掠过海面，大海更是洪涛巨澜，泼浪接天，汹涌澎湃，声势赫然。

面对这壮丽恢宏、气势非凡的大海风光，激动得大约有些晕眩的诗人恍惚觉得"日月之行，若出其中；星汉灿烂，若出其里"。运行的日月、灿烂的银河，仿佛都蕴含在大海的怀抱之中。这几句互文见义，是诗人的联想想象和夸张比喻，更是诗人审美直觉中的错愕心理的反映。以创作主体的审美心理发生机制来看，这种情形与唐代边塞诗人岑参的名句"忽如一夜春风来，千树万树梨花开"一样，都是在初见时惊喜愕然的心理错觉与幻觉状态下，产生出的奇美无比的诗句。

《观沧海》是我国文学史上第一首完整的写景诗，在文学史上具有特殊的意义。全诗描写秋天的大海景色，展示一派恢宏的气势和蓬勃的生机，而无丝毫衰飒凄凉的悲秋情绪。"自古逢秋悲寂寥"，在我国文学史上，从战国时代宋玉的《九辩》首开"悲秋"的先声，历代诗人多是临秋风而洒泪，见落叶而伤怀。曹操却能迎着拂面的萧瑟秋风，领略大海的辽阔壮美，一扫凋残低沉的悲秋情绪，这种崭新的高昂格调，反映了诗人振奋进取的人生态度。尤其是"日月之行，若出其中；星汉灿烂，若出其里"几句，匪夷所思，浪漫恢奇，极写大海之大，连日月星辰这些巨大的天体，好像都是由大海孕育而出的，这种吞吐日月、包蕴星汉的博大境界，乃是诗人阔大胸襟的自喻。《观沧海》的壮阔气象、宏大意境，正是诗人扫平群雄、统一天下的宏大人生抱负的象征。

如果说《观沧海》是借助写景来象征诗人的宏大人生抱负的话，那么《龟虽寿》则是采用抒情议论来表达诗人深刻的人生思考。击败袁绍父子、扫平北方乌桓的曹操，虽然踌躇满志，乐观自信，但他毕竟已是53岁的垂老之人，回首乱世人生艰难的奋斗历程，统一天下的远大目标尚未实现，因而痛感短暂的人生"譬如朝露，去日苦多"！所以，在《龟虽寿》的开头，曹操便无限感慨地吟唱道："神龟虽寿，犹有竟时；腾蛇乘雾，终为土灰。"这四句一层托物起兴，以神龟和腾蛇作比，形象地说明世间一切事物有生必有死，有盛必有衰，这是一个不以主观意志为转移的客观规律。连神龟和腾蛇这些本领非凡之物都难逃一死，何况短暂的人生呢？这种对待生死的清醒认识，正是人的"时间/生命意识"觉醒的标志，在汉末谶纬迷信、神仙方术盛行的社会风气下，显得十分难能可贵。

清醒地认识到人生的短暂有限，死亡的不可避免，有的人流入消极颓废，选择了及时行乐，如《古诗十九首》的作者；但曹操拔出流俗，一扫汉末文人感叹浮生若梦、劝人及时行乐的消极情调，慷慨激昂地唱出了人生暮年仍当自强不息、奋斗不止、建功立业、留名青史的高远意识："老骥伏枥，志在千里；烈士暮年，壮心不已！"诗人以年老的千里马自喻，虽伏居在马槽边，但形衰而志不减，胸中仍然激荡着驰骋千里的豪情；志向远大的人虽然到了暮年，但老当益壮，勃勃雄心永远不会消沉。全诗的感情在此涌向高潮，从前四句的理性冷静升温为炽热沸腾，诗情如水，壮怀激烈，巨大的情感力量催人奋进，鼓舞人心。

在经历了对万物生死的清醒慨叹、对暮年壮心的激情抒发之后，诗人进入了人生哲理的深沉思辨："盈缩之期，不但在天；养怡之福，可得永年。"这四句是抒情之后的议论，诗人指出：人的寿命长短，虽不能逃脱自然规律的最终限制，但也决不是完全被动地听凭上天的安排；如能善自保养，善加护持，使身心健康愉快，也可以延年益寿。诗人向往"可得永年"不是单纯为了延长生命，而是为了实现其"不已"的"壮心"，即在晚年完成统一天下的大业。在这里，诗人将尊重自然规律与发挥人的主观能动性，进行了辩证的结合，就如何对待人生的问题，作出了那一时代的人所能作出的最为科学的回答。

《龟虽寿》是一首追问人生的咏怀诗，议理、明志、抒情的完美结合，是其鲜明的艺术特色。哲理的智慧之光与诗情的昂扬之志交融辉映，既给人的心智以启迪，又给人的情感以激励。"老骥伏枥"四句，千百年来传诵不衰，脍炙人口，令后世无数英雄志士击节叹赏，从中汲取无穷的精神力量！

隐者的田园歌吟

——陶渊明《归园田居》《饮酒》解读

  中国古典诗歌内容丰富，品类众多，与山水诗并称的田园诗，就是其中一个重要的题材类别。中国传统农业社会的性质和读书人因为不满现实而隐逸的风气，决定了田园诗创作的长盛不衰。在这一题材领域内，产生过许多优秀的诗人与诗作。号称"古今隐逸诗人之宗"的陶渊明，是中国诗歌史上第一位田园诗人，他因看不惯官场和世俗社会的种种丑恶现象而辞官归隐，作品内容大多描写田园的优美自然风光，抒发热爱淳朴的农村劳动生活、不与统治者同流合污的高尚感情。诗风平淡自然，而又醇厚含蓄，清新朴素的语言蕴含着深沉的思想感情和浓郁的生活气息。作为东晋时期的杰出诗人，他现存的130多篇作品尤其是他的田园诗，为中国诗歌开辟了一个崭新的天地，在文学史上产生了深远的影响。

  组诗《归园田居》五首，是陶渊明田园诗的代表作，写于他不肯为五斗米折腰而辞官归隐的第二年（406年）。这里赏读的组诗第三首"种豆南山下"，描写诗人归田后早出晚归的日常劳动和内心感受，最能体现陶诗朴素平淡的风格特点。

  "种豆南山下，草盛豆苗稀"，白描的诗句开头，如老农闲谈，实话实说，浅显明白，朴实亲切。由组诗第一首"开荒南野际"一句可知，南山下的豆地是新开垦的荒地，再加上诗人初归田园，经验不足，体力有限，所以出现了豆地里"草盛豆苗稀"的情况。对这两句诗，也可以作一种更加诗意化的理解："诗人的豆地"和"农夫的豆地"是不一样的，农夫只问收获，可以毫不犹豫地锄草保苗；诗人则更偏重审美，豆地的情况于是就不同了，在诗人的眼里，草叶和豆苗都是鲜绿可爱的生命，应该让它们一样物尽其性，自由自在地生长，诗人甚至不忍心去锄掉那些生命力异常旺盛的野草。因此，"诗人的豆地"也只能是"草盛豆苗稀"的局面了。作以上这样的理解，虽不一定符合作者的本意和作品的实际，但却可以使阅读欣赏活动更有情趣和意味，更能体现作为接受主体的读者在赏读作品的过程中，进行审美再创造的主观能动性。

由于豆地"草盛豆苗稀"，所以诗人一大早就下地干活去了，整整在地里干了一天，披星戴月，收工归来："晨兴理荒秽，带月荷锄归。"劳动时间漫长，诗人的肢体肯定是疲倦乏累的；但是沐浴着如水月光荷锄晚归，劳作一天的诗人，也从这田园清景中获得了生命的充实愉悦。这两句诗写景非常出色，画面优美逼真，被古代诗歌批评家温汝能称赞为"诗中有画"（《陶诗汇评》）。

接下来"道狭草木长，夕露沾我衣"两句，续写归途情景。山间小道上草木茂盛，夜露浓重，打湿了诗人的衣裳。凉露湿衣的细节，更见出诗人归田后劳动生活的艰辛。诗人放弃坐享俸禄的官职，打破传统思想鄙视体力劳动的偏见，躬亲务农，不辞劳苦，这在封建时代的读书人中是罕见的，因而显得十分难能可贵。

诗人之所以有如此坚定的决心和勇气，不惧劳动的繁重艰辛，是因为归耕田园才不违背自己的心愿："衣沾不足惜，但使愿无违。"这最后两句，是全诗的主旨所在，"愿"字是全诗的"诗眼"，是人的心"愿"，就是告别官场、自食其力、回归自然的人生愿望。陶渊明认为：一个人要在世上活得心安理得，首要任务就是经营自己的衣食："人生归有道，衣食固其端。孰是都不营，而以求自安？"（《于西田获早稻》）并进一步强调："衣食终须纪，力耕不吾欺。"（《移居》）能够按照自己的愿望去生活，依靠自己的劳动换取自己的生存，诗人深感如愿，虽苦犹乐，甘之如饴。

《归园田居》（种豆南山下）代表陶诗平淡自然的一面，《饮酒》（结庐在人境）则更能体现陶诗醇厚隽永的另一面。《饮酒》共20首，也是陶诗的代表作，约写于东晋安帝义熙十三年（417年）秋，诗人这时53岁，归隐田园已经12年了。据诗前的小序说，这一组诗都是酒后的感怀，所以总题为《饮酒》。《饮酒》（结庐在人境）列组诗之五，表现复归自然的诗人悠然自得的生活和心境，在组诗中最为有名。

诗的前四句是议论说理："结庐在人境，而无车马喧。问君何能尔？心远地自偏。"在人群聚居之地建房居住，却听不见车马的喧闹声。"车马喧"指的是世俗之人追逐功名富贵的纷乱扰攘情状。头两句之间用"而"字上下连接，使语意转折。第三句承上提问，引发思考，第四句自己作出回答。"心远"是说思想上不慕荣华富贵和高官厚禄，只求返归自然，淡泊超脱。只要在思想上摆脱了世俗观念的束缚，疏远了追名逐利之徒，那么即便"结庐在人境"，也自会觉得偏僻幽静。"心远"是关键所在，它强调了人的主观心灵对外界事物、对生活环境的过滤和净化作用。提高主观修养，升华精神境界，是可以减少或改变客观环境对自我的不良影响的。这四句诗富于理趣，在平易自然之中显示着深刻和警策，被宋代大文学家王安石誉为"奇绝不可及"之语，并认为"自有诗人以来，无此句也"。

诗的后六句是写景抒情。"采菊东篱下，悠然见南山"是古今同赏的名句。心既已远离了尘俗，则所为所见无不舒心适情，高雅脱俗。秋日傍晚，诗人在庭院的东篱边随意地采摘菊花，偶然抬起头来，悠闲的目光恰与住所南边的庐山相遇。菊花是高洁品格的象征，服食又可健身延年；南山是远离尘世的胜景，同时又是长寿的代指。诗人采菊盈把，目接南山，情景妙合，感到十分舒心惬意。"见南山"，有的版本写作"望南山"，宋代大文豪苏轼对这一字之差做过很好的分析，他说，"因采菊而见山，境与意会，此句最有妙处"，若改作"望南山"，则"一篇神气都索然矣"（《东坡题跋》）。苏轼的意思是说，这两句写的是无意之中偶见南山，南山的佳景正好与诗人悠闲自得的心情、在隐居中所感受到的"真意"相吻合，所以显得"悠然"，如果有意去"望南山"，人为地去寻找"真意"，就损害了诗人与自然的默契与和谐统一，诗句就失去了自然散淡的隽永韵味。

"山气日夕佳，飞鸟相与还"两句，具体描写诗人所见的南山景色：黄昏时分，夕阳在山，岚烟缥缈，成群的鸟儿，在落霞晚照中结伴飞回山林。山色鸟影，隐约朦胧，大自然的一切显得那么美妙，那么和谐！陶渊明经常在诗文中以"鸟"自喻，他把出仕为官喻为囚入笼中的"羁鸟"，把归隐田园喻为"鸟倦飞而知还"。此刻，他又从飞鸟回林的自然和谐景象中，领悟到万物应各顺本性，各有所归，这正与他归田适志的心情契合，因而深感"此中有真意"；当他想把此时情境中领悟到的生命真意辨别出来，却"欲辨已忘言"，忘了该怎样用语言去表达。这里还有一层潜在的意思：既然已经领会到了"此中真意"，又何必再加辨别，用语言去说出来呢？

总之，这首诗的语言朴素活泼，立意高远深邃，韵味醇厚隽永。诗人以平淡浑朴之笔，写秋日晚景，抒归隐乐趣，道人生哲理，形象、诗情、哲理三者水乳交融，浑然一体，收到了最佳的表现效果。

自由率真的诗仙风度

——李白《闻王昌龄左迁龙标遥有此寄》《行路难》解读

"酒入豪肠，七分酿成了月光／余下的三分啸成剑气／绣口一吐就半个盛唐。"在古今众多题咏李白的诗作中，当代诗人余光中先生《寻李白》中的这几行诗，可谓李白诗仙风度的传神写照。

李白是中国文学史上的天才诗人。天才，总是伴随着某种程度的神秘性，李白的籍贯和生平，均留有大量难解的疑团，使这位极富魅力的天才诗人，显得更加神秘诱人。传说母亲生他的时候，梦见太白金星坠入怀中，按当时人们的理解，他就是太白金星下凡了，所以给他取名白，字太白。就像天幕上的太白金星十分明亮耀眼一样，在群星灿烂的盛唐诗坛，李白是一颗光彩夺目的巨星。年长于李白的老诗人贺知章，一读到李白的《蜀道难》，就惊叹他是"谪仙人"。从此，李白便有了"诗仙"的美誉。他那自由率真的诗仙风度，倾倒了当代和后世无数的读者。

李白有着非凡的先天禀赋，"铁杵磨锈针，功到自然成"的故事，又说明他付出过极为刻苦的后天努力。他"五岁诵六甲，十岁观百家"，博览群书，锻炼诗艺，成为我国文学史上继屈原之后的伟大浪漫主义诗人。李白一生创作了大量作品，流传下来的近千首诗，仅是其中的一部分。他的诗追求自由理想，揭露政治黑暗，抨击权贵，蔑视礼教，描绘祖国河山，同情人民疾苦，歌唱友谊亲情；想象丰富瑰丽，夸张大胆奇特，激情饱满强烈，气势恢宏豪迈，格调崇高壮美，结构变幻莫测，语言自然明净。他那不胜枚举的名篇佳句，千百年来脍炙人口，深受历代人们的喜爱。

李白的创作众体兼备，但他最擅长的诗歌体裁，当数七言绝句和七言古诗。七绝在唐代是众口传唱、近于流行歌曲的"声诗"，受到社会各阶层的普遍欢迎，也为诗人所看重。这一诗体的写作，需要高度的才华，李白正是

"斗酒诗百篇""敏捷诗千首"的诗歌天才。在众多唐代诗人中,李白和王昌龄是历代公认的写作七言绝句的"圣手",也许是在共同的创作实践中,他们以诗会友,建立起彼此之间的深厚友谊。所以,当李白听到王昌龄被贬往荒远偏僻的龙标(在今湖南省西部)的不幸消息后,便写下这首充满同情和关切的七绝名篇《闻王昌龄左迁龙标遥有此寄》。

首句"杨花落尽子规啼",写暮春景物,杨花漂泊无定,子规泣血悲鸣,这两个意象暗含飘零之感和离别之恨,未言情事已是情随景迁,景中含情,渲染出一种沦落哀愁的气氛。次句"闻道龙标过五溪"叙事,"闻道"表示惊闻消息的心理震动,"龙标过五溪"是说到龙标要经过辰溪、酉溪、巫溪、武溪、沅溪,这五条溪流在今湖南西部和贵州东部,见出贬谪之地的荒蛮僻远和路途的艰险难行。

"我寄愁心与明月,随风直到夜郎西"两句,借明月抒情,用丰富奇特的想象,把本无知觉情感的自然物月亮拟人化,让照耀两地的一轮明月,把自己对友人的挂念和同情,随风传送到遥远的夜郎之西,慰藉那不幸的迁谪者。这两句诗的意境,对曹植《杂诗》中的"愿为南流景,驰光照我君"、谢庄《月赋》中的"美人迈兮音尘缺,隔千里兮共明月"、张若虚《春江花月夜》中的"此时相望不相闻,愿逐月华流照君"等诗句有所借鉴,而蕴涵更加丰富,当代学者沈祖棻对此做得很好的分析,她指出:"两句之中,又有三层意思,一是说自己心中充满了愁思,无可告诉,无人理解,只有将这种愁心托之于明月;二是说唯有明月分照两地,自己和朋友都能看见她;三是说,因此,也只有依靠她才能将愁心寄寓,别无他法。"(《唐人七绝诗浅释》)

李白喜欢写大鹏,写山水,写神仙,写酒和剑,但他最喜欢写的还是月亮,月亮是李白诗歌的中心意象。皎洁的月亮,可以寄托诗人的理想和想象,可以分担诗人的欢乐和忧愁,也可以承载诗人的乡情和友情。在这首诗里,月亮就成了传递诗人对朋友的殷切关爱牵挂之情的信使。

七言古诗在李白的创作中占有最重要的地位,这种诗体句式错落,开阖自如,腾挪变化,适宜抒发大起大落、跌宕跳跃的思想感情,与李白酷爱自由、不受拘束的天性正相吻合。他那些震古烁今的杰作,如《蜀道难》《将进酒》《庐山谣》《梦游天姥吟留别》《宣州谢朓楼饯别校书叔云》和这里要谈到的《行路难》,都是用七言古诗的形式写成的。

《行路难》共三首,这是第一首。写于李白应诏入京遭到奸佞谗毁,被迫离开长安以后。诗借一次饯别宴席,展示了诗人激烈复杂的内心世界。

"金樽清酒斗十千,玉盘珍羞直万钱"铺写豪华宴席,起势飞扬。嗜酒的李白,面对这美酒佳肴,朋友盛情,按理说是应该"一饮三百杯"的。然而,他却"停杯投箸不能食，拔剑四顾心茫然"，情绪陡然跌落。这两句化用鲍照《拟行路难》"对案不能食，拔剑击柱长叹息"句意，"停、投、拔、顾"四个连续急剧的动作，形象地显示了诗人苦闷抑郁的情感变化。"欲渡黄河冰塞川，将登太行雪满山"比兴象征，进一步表现人生道路的艰难险阻，有如冰塞黄河，雪满太行，几乎山穷水尽，寸步难行。"闲来垂钓碧溪上，忽复乘舟梦日边"，则又别开生面，神游千载，想起在政治上初不顺利、终有作为的吕尚、伊尹。吕尚80岁时在磻溪钓鱼，知遇周文王；伊尹受商汤聘用之前，曾梦见自己乘船经过日月旁边。吕尚、伊尹遇合明君大展宏图的往事，给濒于绝望的诗人以信心，诗情因此再度振起。

但是，当诗人的思绪回到眼前现实中来，又觉歧途甚多，不知出路何在？"行路难，行路难，多歧路，今安在"四句，就是矛盾心态的再一次反复回旋。这四个短句复沓反诘，跳荡急切，进退失据的诗人，仍在做着不懈的探索。积极用世的强烈欲求，终于使他挣脱了彷徨歧路的困扰，唱出了充满信心与希望的时代最强音："长风破浪会有时，直挂云帆济沧海。"这末两句诗借用南朝宗悫"愿乘长风破万里浪"的典故，在前面的反复顿宕之后，把全诗的感情抒发引向激动人心的高潮。

如上分析，此诗的情感状态复杂多变，失望中交织着希望，痛苦中潜藏着热情，悲愤地吟唱应和着豪迈地放歌。而贯穿全诗的抒情基调，始终是坚信未来奋发进取的乐观精神，它是积极浪漫主义文学的思想本质，也是诗篇产生鼓舞人心的巨大力量的根源所在。与内容的表现相适应，这首诗的抒情结构反复转折跳跃，如江海之波，波翻浪涌，一波未平，一波又起；又如黄河落天，风雨骤至，神龙变幻，奇兵出没。它赋予此诗"落笔惊风雨，诗成泣鬼神"的巨大艺术冲击力、震撼力和感染力！

诗圣的兼济情怀

——杜甫《春望》《茅屋为秋风所破歌》解读

在群星闪烁的唐代诗歌天幕上，素有"双子星座"之称的诗仙李白和诗圣杜甫，是两颗璀璨夺目的巨星。豪放飘逸的李白诗歌的最为动人之处，在于他依托盛唐这一伟大时代，不管在人生道路上遇到什么样的崎岖坎坷，都始终保持着高昂的进取热情和搏击信心；沉郁顿挫的杜甫诗歌的最为感人之点，则在于他置身"安史之乱"这一动荡的时代，不管在现实生活中遇到什么样的灾难不幸，都始终忧念着国家和人民的命运。儒家"达则兼济天下，穷则独善其身"的处世信条，在一生落魄潦倒的杜甫那里，被演绎、升华为"穷亦兼济天下，决不独善其身"。这种忧国忧民、同情悲悯的博大兼济情怀，是杜甫留存至今的一千四百多首诗歌的抒情基调。

唐肃宗至德元年（756 年）六月，安史叛军攻占了唐朝的都城长安。七月，杜甫把家小安顿在鄜州（今陕西富县）的羌村，便只身去灵武（今宁夏灵武县）投奔肃宗，为平叛效力。不料半途被叛军俘获，押往长安。次年三月，诗人眺望沦陷后的长安城池的破败景象，写下了五律名作《春望》，抒发感时忧国、恨别思亲之情。

全诗紧扣"望"字展开，前二联写"望中景"，而景中含情。首联"国破山河在，城春草木深"写春望所见。司马光分析说："'山河在'，明无余物矣；'草木深'，明无人矣。"（《温公续诗话》）长安原是繁华的都城，如今惨遭破坏，人事已非，只剩下山河草木了。这一联对仗工巧，诗意翻跌，"国破"的残垣断壁与"山河在"的亘古如斯，意思相反；"城春"应是景色明媚，而接以"草木深"，则写荒芜之状，对照强烈。明代诗论家胡震亨极赞此联道："对偶未尝不精，而纵横变幻，尽脱陈规。"（《唐音癸签》）颔联"感时花溅泪，恨别鸟惊心"由泛览满城草木，收为具体描写花鸟。在结构上，

"感时"句承上,"恨别"句启下。这一联可作两种理解:一是触景生情,诗人因为感伤国事,怅恨离别,所以见花草而落泪,闻鸟声而惊心。花鸟本为娱人之物,却惹起了诗人的无限烦恼。二是移情于物,将花鸟拟人,由于感时恨别,花也溅泪,鸟也惊心。诗人以含情之眼观物,物亦有情,借物之情传人之情,使抒情更为曲折深沉,被前人评为"加一倍写法"(施补华:《岘佣说诗》)。

诗的后二联抒"望中情",而情中有景。颈联"烽火连三月,家书抵万金"。上句承接"感时",下句承接"恨别"。据史籍记载,杜甫被扣押的这年春天,唐政府军与安史叛军战事不断,烽火不息,无数家庭亲人离散,生死不明。杜甫一家,妻儿在鄜州,弟妹等人远在山东、河南,诗人这时候多么盼望家人的消息,可是在这兵荒马乱的岁月,捎一封家信谈何容易!正因家书难得,所以更觉珍贵。"家书抵万金",是杜甫此时的迫切心情,也是普天下所有离散之人忧念亲人、祈愿平安的共同心声。这句诗概括了一种具有普遍意义的心理感受,引人共鸣,千古传诵。尾联"白头搔更短,浑欲不胜簪"。写诗人望后的情态。烽火连天,音信不通,诗人眼望都城的残破景象,挂念远方的离散家人,徘徊踟蹰,愁苦不堪。但诗人没有直抒愁苦之情,而是描写动作和细节,达到抒情的目的。"白头"为愁所致,"搔"是解愁的习惯动作,满头白发因不停地搔抓而"更短",以至于连发簪都快要插不住了,可见诗人的愁苦达到何等强烈的程度!诗人把无形的内心情感,转化为可见可感的形象,使抽象的愁苦之情变得具体直观,富于感染力,收到了良好的抒情效果。

写下《春望》后的757年4月,杜甫从长安城逃出,找到住在凤翔的唐肃宗,先后担任左拾遗、华州司功参军等低级官职。唐肃宗乾元二年(759年)秋天,杜甫被迫弃官西行,携家漂泊入蜀,于年底到达成都。次年春天,友人帮助杜甫在成都郊外浣花溪边盖起几间茅屋,历尽艰辛的一家人,总算有了一个栖身之所。不料到了秋天,茅屋又被风雨所破,诗人长夜难眠,感慨万千,写下了七言歌行体名篇《茅屋为秋风所破歌》。

全诗可分为四节。第一节六句:"八月秋高风怒号,卷我屋上三重茅。茅飞渡江洒江郊,高者挂罥长林梢,下者飘转沉塘坳。"首先点明季节、天气,一个"怒"字,将风拟人化,接下来用"卷、飞、渡、洒、挂罥、飘转"等动词,描写风势之猛,风力之大。秋风破茅屋,是诗中叙写的中心事件,也是借以抒情的基础。从风入手,紧扣风与茅的关系行笔,因风大而茅飞,由茅飞见风势,既点明题意,又为下文写群童抢茅、屋破漏雨作了铺垫。

第二节五句:"南村群童欺我老无力,忍能对面为盗贼。公然抱茅入竹去,唇焦口燥呼不得,归来倚杖自叹息。"写顽童抢茅场面,是第一节的发展和补充。呼群童为"盗贼",全出于惜茅而非恨童。诗人跌跌撞撞追不上茅草,口干舌燥喊不住群童,无可奈何,只有归来倚杖叹息。矫捷灵活的儿童与衰老无力的诗人的冲突,更显出了诗人爱茅如命的心情。

第三节八句:"俄顷风定云墨色,秋天漠漠向昏黑。布衾多年冷似铁,娇儿恶卧踏里裂。床头屋漏无干处,雨脚如麻未断绝。自经丧乱少睡眠,长夜沾湿何由彻!"写屋漏又遭连阴雨的苦况。黄昏时分,风定云黑,秋雨降下。入夜,陈旧的布被冷硬如铁,睡相不好的孩子把被里蹬烂了,茅飞屋破,雨漏如麻,床头又冷又湿,令人无法入睡。眼下的狼狈处境,使诗人想起安史之乱以来的种种痛苦经历;一家人的遭遇,使诗人想起天下无数人的疾苦。辗转难眠之际,一贯忧国忧民的诗人推己及人,唱出了这首歌行极为感人的"尾声":"安得广厦千万间,大庇天下寒士俱欢颜,风雨不动安如山!呜呼!何时眼前突兀见此屋,吾庐独破受冻死亦足!"这长句联翩、激情澎湃的末节诗,是诗人从切身的痛苦生活体验中产生的美好愿望。在前三节叙事写足了茅屋为秋风所破的苦况之后,末节诗展开想象,联想抒情,拓宽境界,翻出新意,揭示主题。诗人没有局限于个人的不幸遭遇,而是通过自己的苦难,关心天下寒士的苦难,展示社会和时代的苦难。诗人表示,甘愿舍弃自己的一切,来换取大多数人的幸福。这种从切身的磨难熬煎中升华出来的深广人道同情、崇高牺牲精神、博大兼济情怀,是人性中最为美好的部分,也是杜甫诗歌最为感人的地方。

表层寓意与深层象征

——骆宾王《在狱咏蝉》解读

在狱咏蝉

西陆蝉声唱，南冠客思深。
不堪玄鬓影，来对白头吟。
露重飞难进，风多响易沉。
无人信高洁，谁为表予心。

优秀的抒情诗，其情感内核凝缩的总是群体和人类共有的经历或体验，在表层结构之下，潜藏着一个与之相关，而又远远超之的深层结构，从而把情感的抒发导向形而上的高度，把诗人个人的具体经验抽象为象征的喻指符号。这一抽象的过程当然不是靠概念的逻辑推演完成的，而是借助浸透作者主观情绪的意象来强烈摇撼读者的心灵，使之油然而生的启悟来实现的。作品的深层结构因之成为群体心灵模式的对应，诗人的个体经验升华为具有普遍意义的人类情感。一些人人熟知的中外诗词名篇，像李白的《玉阶怨》，表层写的是宫女的怨情，但它打动无数读者的因素，却正在于它表象下潜藏的"等待"主题，这是人类共有的或强或弱、或隐或明地对远方、对未来的一种心灵渴盼。可以肯定地说，传诵不衰、耐人咀嚼的中外好诗，意蕴大都不是单层面的，诗篇的深层结构总是对应着人类存在的某种共同"范型"。骆宾王的《在狱咏蝉》也不例外，这首千古扬名的初唐五律，正是由表层喻意和深层象征共同构成的有机整体。

《在狱咏蝉》的表层结构，是以咏物诗的比兴寄托方式来抒写诗人的艰危处境和痛苦心情。这首诗作于唐高宗仪凤三年（678 年），作者当时任侍御史，因上疏讽谏武后触忌，被诬以贪赃罪下狱。诗的首联偶句起兴，用蝉声引发客思。"西陆"指秋天，"南冠"指囚徒。秋蝉嘶鸣不已，深深触动了狱中诗人的思乡之情。颔联仍用比兴，以流水比照物我，形成鲜明对比：狱外槐树上高唱的秋蝉，两鬓乌玄；狱中的自己因上疏论事，遭诬被逮，大好岁月，竟成泡影，两鬓已是星星白发；诗人心里凄怨，感到难以承受这无情的现实。"白头吟"语意双关，暗用汉乐府《白头吟》的典故，喻自己的冤屈。《白头吟》乐府古辞起句云"皑如山上雪，皎如云间月"，结句云："男儿重意气，何用钱刀为？"后代文人拟作，如鲍照、虞世南等均取义于此，所谓"自伤清正芳穰，而遭鲧金南玉之谤"（唐朝吴兢：《乐府古题要解》）。骆宾王用"白头吟"说明自己是白雪皎月般的高洁之士，原非贪财之人，被诬为贪赃下狱，实在是天大冤枉。颈联以下，纯用比体，句句咏蝉，实为喻己。"露重""风多"，见出环境的恶劣，"飞难进"比身陷囹圄而难以解脱，"响易沉"喻积毁之多而含冤莫白。写蝉翼被浓重的秋露打湿而难以飞进，蝉声被凄紧的秋风所淹没而难以成响，实际上都是在写自我的处境。尾联仍用比体：无人相信高树秋蝉餐风饮露的高洁，又有谁会去为蝉表明不食人间烟火的心迹呢？以蝉的高洁品性来比喻自己不贪不侵的高洁情怀，自己对国君的一片忠爱之忧，无人相信，怀瑾握瑜，不为人知。谁来为诗人辩白心迹，昭雪冤狱呢？

《在狱咏蝉》咏物寄情，借蝉喻人，比兴双关，物我一体，语意悲怆，的确是咏物诗中难得的佳构。如上所说，它的表层结构"是患难人语"（施补华：《岘佣说诗》），"蝉"的意象寄托的是骆宾王个人的不幸遭遇和痛苦的心情。在这纯属个人的经历、情感层面之下，潜藏着一个与之相关而又比它深湛、宽广得多的深层结构，其间的意蕴，象征性喻示了人类所面临的普遍的生存难境。

人生而渴望自由，但又无往而不在难境之中。骆宾王满怀忠爱之忧上疏讽谏，其动机无非想对国事有所补益，结果却触怒了武则天，竟被诬陷以贪赃的罪名，成了幽拘狱中的囚犯。在这里，愿望和结局之间呈现出一种非逻辑的极大的乖谬性，动机和效果是何等地乖违！有翅翼欲飞进，有口舌欲鸣响，这是主观具备的可能性、主观的欲求；但露浓重，沾湿翅翼，欲飞而不得；秋风四起，其声嘈嚣，欲鸣而不能，这是真实而无情的存在，是客观的现实性。在这里，可能性与现实性之间存在着多么大的距离，主观和客观之间有着多么严峻的对立！居高枝之上的秋蝉餐风饮露，但却没人相信它不食烟火的高洁，又有谁能为它表明心迹呢？人生在世，或含冤负屈而无从申辩，或用心良善而遭到误解，或满怀感触而无以陈说，真是"知音其难哉"！"世间只有情难诉"，心与心之间的沟通是那么艰难，沉重的灵魂背负着冤屈和误解的十字架踽踽独行。从这一层意义上来说，人与人之间又是何等隔膜和陌生！所以，不一定非得有骆宾王的遭遇——上疏触忌，被诬下狱；但生存中类似的境遇和感受、阅历和惆怅，比如动机和效果的乖违、愿望和现实的距离、主观和客观的对立、人与人的隔膜陌生，却常在多有。于是，从骆宾王这比兴寓意、寄慨遥深的诗句中，人们似乎悟得了某种关于人的生存和命运的必然性，以及形象的诗句在解读的过程中走向人类生存的窘境。

穷目之观，更在高处

——王之涣《登鹳雀楼》解读

登鹳雀楼

白日依山尽，黄河入海流。
欲穷千里目，更上一层楼。

北宋沈括《梦溪笔谈》中说："河中府（今山西永济）鹳雀楼三层，前瞻中条，下瞰大河。唐人留诗者甚多，唯李益、王之涣、畅当三诗能状其景。"沈括认为"能状其景"的三首诗中，李益的一首是七律，王之涣、畅当的是五言绝句。从三首诗的艺术成就和知名度来说，又首推王之涣的《登鹳雀楼》。王之涣《登鹳雀楼》的成功首先得力于全诗的虚实安排。"白日依山尽，黄河入海流"二句实写登楼所见之景，"欲穷千里目，更上一层楼"二句虚写，即景生意，传登楼远望之神，总体上是前实后虚。"白日"二句，写景壮阔，气势雄浑，作者以非凡的笔力把广大视野中的万里河山之景凝入十个字中。这两句实写构成的画面，由于笼罩了上下、远近、东西的景物，所以显得格外广阔、辽远。诗人伫倚楼头，不可能看到黄河流入大海，"黄河入海"是诗人意中之景，实中寓虚，更进一步强化了画面的深度和广度，给人以咫尺万里之感。在似已写尽望中景色时，后二句笔锋一转，化实为虚，正如李瑛在《诗法易简录》中指出的："后两句不言楼之如何高，而楼之高已极尽形容，且于写之外，更有未写之景在。"正是这种"未写之景"的虚笔，诱使读者在领略了"日没山河之景"后再生匪夷之思，去联想、想象"更上一层楼"所看到的景观，又该是如何壮伟美妙呢?! 唐人咏月诗有句"最好莫如十四夜，一分留得到明宵"，可以用来形象地说明王之涣诗虚实搭配的妙处。王诗头二句所写就如"十四夜"的月亮，"更上一层楼"所见则是十五的月亮，但这一层意思虚化处理了，诗句留下的是最美好的想望，产生的是最强烈的吸引，含不尽之意见于言外。表面看，后两句不过是写了由二楼登上三楼的过程，但诗句中郁勃而出的不正是盛唐这个伟大时代奋发进取、激昂向上的时代精神，以及生活在这个伟大时代的人们那种特有的开阔胸襟、视野和积极有为的人生态度吗？这二句化景物为情思、即景生意的虚写，紧承上文，转接自然，把诗篇引入更为高远的境界，在赋登楼之景后进一步传登临之神，试如唐汝询在《唐诗解》中所说："日没河流之景，未足称奇；穷目之观，更在高处。"

其次，王之涣诗的句式句法和观察点选择也值得称道。王诗头二句对偶，但一写山、一写河、一西望、一东眺、一仰观、一俯瞰，对偶中有变化；后两句用流水对，内容上有转折、延伸、递进，圆转灵活，诗意深长。这就有效地避免了绝句句法上二二并列，就像截取律诗中二联、板滞而不圆转的毛病。在前二句与后二句之间用"欲穷千里目"过渡衔接，使四句诗既虚实相间、婉曲回环，又能一气贯注而下。前人在探讨绝句的表现手法时，曾总结出这样的创作经验："绝句之法要婉曲回环，删芜就简，句绝而意不绝，多以第三句为主，而第四句发之……至如宛转变化，工夫全在第三句，若于此转变得好，则第四句如顺流之舟矣。"（元杨载：《诗法家数》）王诗第三句正很好地起到了承上启下、联贯全诗的转接作用。关于诗人立足的观察点，王诗巧妙地把观察点选在第二层，留有余地；更上一层，所见之景当比第二层更为壮观。这里顺便说一句，盛唐诗人由于注重诗篇的整体和谐，兴象浑成，所以他们写诗的技巧便容易被读者忽略，不像中唐诗人"吟安五个字，捻断数茎须"那样去"推敲"字句引人注意。但细绎盛唐诗人的作品，你就会发现，实有大巧寓于其中。王之涣《登鹳雀楼》的成功，从一个角度上可以说全得力于选择第二层楼作为立足点，实写第二层所见而虚写第三层，从而留下了不尽的想象，产生出无穷的魅力。

当然，王之涣《登鹳雀楼》之所以成为传诵古今的名作，还在于其景物、形象中所蕴含的理思。诗不同于哲学，不能以诗去谈玄，东晋"理过其辞，淡乎寡味"的玄言诗在诗与哲学的结合方面留下的是失败的教训。但是，杰出的诗人诗作又总离哲学不远。关键就在于如何在诗中化哲理为情思，把理性的知识化为感性的启悟。在这一点上，盛唐诗人的表现是出色的，写下了不少景物、情思、哲理三者水乳俱化的佳作。具体到王之涣《登鹳雀楼》，如前分析，后二句虚写第三层所见之景，把最壮观的景色留给读者的审美想象。除了字面浅层的宣示义之外，诗句深层的启示义极为丰富深湛，读者从中不仅可以感受到盛唐进取向上的时代精神，诗人积极有为的人生态度，更能品味出一种悠长的哲理，受到诗人盐溶于水般寓于景物、情思中的哲理启迪：也就是说，人的眼界阔狭、胸襟宽窄总是与人的立足点高低密切相关的，只有站得高才能看得远；而人生最美好的境界，总是在不断向前、向上进取的过程中才能发现。面对眼前的美景，切莫忙于叹为观止而裹足不前，永远地向前开拓、向上攀登吧，更新更美的人生境界正在等待你的到来。明王世贞说："绝句固自难，五言尤甚，离首即尾，离尾即首，而腰腹亦自不可少，妙在愈小而大，愈促而缓。"（《艺苑卮言》）王之涣诗中蕴含的这些给人以启示鼓舞的哲思，就使得这首诗中体制最小的五言绝句，变得小而能大，浅而能深，促而能缓，境界恢宏，意兴悠远，具有一种恒久的启迪人心的艺术力量。

回归自然的必由之路

——杜甫《后游》解读

后　游

寺忆曾游处，桥怜再渡时。

江山如有待，花柳自无私。

野润烟光薄，沙暄日色迟。

客愁全为减，舍此复何之？

　　每当一个人饱受了人世的冷落，饱经了人间的坎坷之后，便会掬出一颗伤痕累累的心，回归大自然的怀抱，在自然公正无私、至情至性的慈爱中得到抚慰、求得平复。这一状况古今皆然。杜甫的《后游》一诗对此作出了典型的表现。

　　身遭丧乱的杜甫于唐肃宗上元元年（760 年），开始了他漂泊大西南的岁月。上元二年（761 年）春，杜甫曾一度离开成都浣花溪畔的草堂，前往新津县。新津县东南五里，有修觉山，上有修觉寺、绝胜亭，杜甫游览后写有《游修觉寺》诗。这首《后游》，即是第二次游寺后所作。此诗结构上"在四句分截"（仇兆鳌：《杜诗详注》），可分为前后两部分。前四句回应初游写今日之游，后四句写观景减愁之感。

　　这首诗在内容上有两点值得注意：其一是诗人和自然、主体和客体的高度契合，其二是物我契合使得主体的愁绪为之消逝。

　　诗人和自然的高度契合，主要表现在前四句游寺的叙写上面。"寺忆曾游处，桥怜再渡时"，是两个倒装句式，将宾语"寺""桥"提到动词谓语"忆""怜"之前，突出游览的处所，点明寺和桥都是前次旧游之地，此番重

61

游，对寺桥周围的景物更熟悉了，体验更深了，领会了初游时所不曾领会的佳处，所以对寺和桥的热爱之忱也加深了一层。这两句是从诗人的角度写对自然（寺桥）的有情。"江山如有待，花柳自无私"，转换角度，写此地的山水花木对诗人的有情。自从上次游览之后，仿佛有约，美丽的江山在等待着诗人重游，花儿含笑，柳丝袅袅，无保留地展示，欢迎诗人再次来临。在此，人与自然、主体与客体，可谓两心相印、深情依依。四句诗透露了诗人在遭时丧乱、辗转流离的过程中，对人间冷暖、世态炎凉的感慨，大自然的有情、无私更衬出了人世间的无情和冷漠，因此，诗人才分外感受到"寺桥""江山""花柳"等自然物的亲切和温情。

诗的后四句，写自然景物消逝了诗人的愁绪。"野润烟光薄，沙暄日色迟"两句具体描绘晨昏之景：早晨轻雾如烟，原野一派清新滋润；傍晚阳光迟迟不散，沙地映照得熠熠生辉。这两句"润字从薄字看出，暄字从迟字看出，写景极细"（《杜诗镜诠》引张上若评语），且从写景中见出时间的推移。诗人在物我契合中陶醉了，从晨到暮，流连忘返，自然的美景使诗人流浪漂泊中的"客愁全为减"，诗人流落异乡，饱谙秋荼世昧，心系君国，忧念时局，一腔愁闷，得以宣泄，不禁发出了"舍此复何之"的深沉慨叹。除了"江山""花柳"这些自然风物，诗人还能往哪儿去寻求心的抚慰与灵的归栖呢？对于这首诗，论者往往只把它看作杜甫个人经历感受的记录，而不能以更为宏阔深邃的目光来进行观照，所以，一般只注意到"江山"两句形象描写中蕴含的理趣。其实，作为一个艺术整体，"江山如有待，花柳自无私"所写的物我契合，形象地喻示了人和自然的亲和感；"客愁全为减，舍此复何之"。所表现的自然景物对愁绪的消释，则暗含着人向自然回归的必然性。这两层意蕴的完整结合，使这首诗在总体上构成了关于人类和自然之间的关系的一种象征。

观杜甫的《后游》，不难看出，"江山如有待，花柳自无私"表现的正是人和自然融合无间的亲和感，诗句形象地启示我们：只有仁厚、无私的大自然是人类的真正亲眷。"客愁全为减，舍此复何之"正道出了人在龌龊、逼仄的人世间生出的"孤凄、烦闷"的"食愁"，因为大自然那母亲怀抱般的抚慰而释然消解；离开了带着人类的全部积极成果向大自然——亦即向人的本性的回归，人类还有哪条道路可走呢？

情景分离，深化抒情

——岑参《山房春事》之二解读

山房春事（其二）

梁园日暮乱飞鸦，极目萧条三两家。

庭树不知人去尽，春来还发旧时花。

《山房春事》共二首，这里选的是第二首。这首感叹今昔盛衰之作，在表现吊古情思上颇具特色。

历来抒写悲凉衰飒意绪的作品，在时间上多写黄昏，以取其冥漠惨淡的光色来渲染浓郁的氛围。此诗首句即出现"夕阳天"的典型意象，写"日暮"时分夕阳残照中，梁园上群鸦聒噪欲栖之景。梁园又名兔园，为西汉梁孝王刘武所建林苑，故址在今河南省商丘东部，规模宏大，周300余里，内有山岩、洲渚、宫观，奇果嘉树错杂，珍禽异兽出没（见枚乘：《梁王兔园赋》）；梁孝王宴游其中，一代赋家枚乘、司马相如都曾住园内，可谓极一时之盛的繁华之地。然而，天地斡旋，四运鳞次，昔日车马喧闹、仕女如云的场所，如今极目望去，所见不过是稀稀疏疏的三两人家。高台楼阁不见了，珍禽异兽不见了，游赏的王侯、赋客、仕女不见了，昨日市朝，今朝荒芜，当年的王家园囿，而今成了一片废墟。作者在此虽只写眼前所见日暮萧条之景，但由"梁园"一词提示的昔日繁荣，已知此刻的冷落，暗中构成了对比，作者的今昔盛衰之感尽在不言之中。

诗的前两句，作者的视角从注目西天落日归鸦，转换为极目平视远眺；诗的后两句，作者收回视线，察看庭院园中的树木，但见"年年岁岁花相似"，在骀荡的春风吹拂下，庭园里的树木还和往常一样，开出满枝繁华。王夫之在

63

《姜斋诗话》中云："以乐景写哀，以哀景写乐，一倍增其哀乐。"此诗的后一句即是"以乐景写哀"。在人事皆非的满目苍凉中涂抹了一片风景依旧的绚烂俏丽，作为反衬；欲写人事的衰残，偏写树木之繁荣，让繁荣衬托衰残；欲写人有知有情偏写树无知无情，让无知无情衬托有知有情。相反相成，倍增哀感，梁园景色因之更见萧条，诗人的情感抒发也愈加深沉。

诗的后两句分离情景的表现手法，除了收到以反衬表达主题、使抒情含蓄深沉的效果外，还给读者提供了更高层次上的形象启示，即人事与自然构成的巨大的落差。年年繁华的"庭树"，在诗中代表的是长存的自然；梁园的今昔盛衰则代表着短暂的人事。那如火如荼的花枝一如当年，映入诗人眼帘唤醒的是一种强烈的生命意识和历史感。"旧时"二字在时间上"倒流"，把作者的"此时"与梁园的"彼时"连接起来，深化了诗中的陵谷互迁、沧海桑田之感。在以年年花团锦簇的"庭树"为标志的永恒的自然面前，人事上任何极一时之盛的繁华都不过是过眼云烟，人的存在因以永恒的自然作为参照系而愈见渺小和促迫，人事之可哀便愈益惊心动魄。在此，诗人已不再是从梁园的今昔对比（亦即自然和人事的对比）中，意识到每一时代的人都无法超越的此生之有限。所以，诗人虽是吊古实亦伤今，虽是伤悼古人实亦自伤自悼，这是一种清醒而成熟的生命意识和历史感，即从历史和古人的归宿中看到了今世和自我的未来，其间包含着人类永远无法超脱的万古同悲。这两句之所以引起历代无数读者的共鸣，正在于其深层结构中潜存的这种深沉的意蕴。

摆去拘束的大欢喜大快活

——孟郊《登科后》解读

登科后

昔日龌龊不足夸，今朝放荡思无涯。
春风得意马蹄疾，一日看尽长安花。

孟郊于唐德宗贞元十二年（796 年）进士及第，这一年诗人已 46 岁，熬过漫长的穷困、压抑的苦闷岁月之后，终于，命运出现了天翻地覆般的转机。诗人以为从此以后风云际会，便可辟开人生的新境界，心头的狂喜难以遏制，化为这首明快畅朗、喜气洋溢的《登科后》。

这首七绝的头两句，构成了今昔鲜明的对比："龌龊"，指往昔的生活窘迫、思想郁闷；"放荡"，指今朝的自由自在、无拘无束。"登科后"的诗人直抒快意，认为以往岁月中的生活的困顿和心情的苦闷，再不值一提，用"不足夸"三字将其一笔抹去；今朝金榜高中，昔日的愁闷如烟消云散，可以自由自在、无拘无束地放任一下自己的情思了。诗的后两句是在第一句铺垫，第二句提起之后的传神展开。唐制，进士考试一般是在正月进行，二月放榜（《登科记考》叙例）。这时候的长安城，正是春风吹拂、百花盛开的季节，城东南的曲江一带春光更浓，新进士赐宴曲江后骑马游赏、题名雁塔，"公卿家倾城纵观"（《唐摭言》卷三）。在此，诗人没有涉笔铺写观者如潮、万头攒动的热闹场面，绝句体制短小，不宜于此，而是忠实于自己此时此刻的内心感受，承接第二句的"放荡"，抒写一朝登科后骑马游赏、万人羡仰之时所体验到的美妙无比的身心大舒放、生命自由感。这二句诗情与境合、意到笔随，淋漓酣畅地挥洒出诗人神采飞扬的得意之态与心花怒放的得意之情。

"春风"二句，则在心理感觉方面展开表现，是写心而非写实。几次落榜后终得一第的爽快的心情，为得意之人平添洋洋喜气。车马拥挤、游人争睹的长安闹市上，是容不得诗人策马疾驰的，但在此际，开朗的心境已幻化为阔如青天的长安大道。人在快乐兴奋时，心理对时间的感觉偏短，由于心理时间的加速，一切在人的眼中都流动活泼，显得生机勃勃。这种运动的速度感反转过来，又起到进一步强化心理快感的作用。所以，抒写欢乐情绪的作品，总是由心理时间的加速开始，通过运动的快速来表现主体的快意，比如李白的《早发白帝城》和杜甫的《闻官军收河南河北》，都是如此。在孟郊的这首诗中，处于极度亢奋状态的诗人，由于对时间的感觉带上了强烈的主观情绪色彩，心理时间的加速使他觉得坐骑扬霞飞驰、四蹄生风了。他要用运动的速度把自己的兴奋一下子释放出来，偌大的长安城，街衢纵横，花草无数，他竟要在一日之间全都看遍。

唐诗人中试者不只孟郊一人，中试后赋诗志一时之兴者也非止孟郊一个，但在中试后感受到空前的大快活并把这种情绪渲染得笔飞墨舞的，当首推孟郊。

"春风得意马蹄疾，一日看尽长安花"，传达出的确乎一种心境，一种超越人生困窘局促摆去拘束的大欢喜，一种生命历程中从未有过的、空前的舒放感和自由感。每一个经历过困顿而又超越了困顿的人，都不难体会到这一点。

《登科后》可称得上潦倒一生的孟郊的"生平第一快诗"。

一切的现在都孕育着未来

——窦庠《醉中赠符载》解读

醉中赠符载

白社会中尝共醉，青云路上未相逢。
时人莫小池中水，浅处无妨有卧龙。

《醉中赠符载》是一首抒写不得志的愤懑之作。与作者在酒席宴中"共醉"的符载，字厚之、署人，早年隐居庐山，后辟西川节度使幕掌书记，加授监察御史，有集14卷，今存诗2首。符载是作者的友人，也是诗人，诗友相遇，正是酒逢知己千杯少，平添诗思，诗助酒兴，频频把盏，一醉方休；诗题"醉中赠符载"，当是纪实之语。"青云"句表明窦庠和符载当时还没有考中科举，踏入仕途。这一句诗隐约流露出有志未遂的感慨。由此再返观第一句，作者和友人的"共醉"，既有诗友相逢高兴的一面，也不无同怜不遇、借酒消愁的意味。但是，酒毕竟能为人添许多豪气，作者和友人又都是怀瑾握瑜的有才之士，所以，就有了这醉中挥就的壮语惊人的后二句："时人莫小池中水，浅处无妨有卧龙！"

何等自负、自信甚至自命不凡！是自诩，也是许人；是自慰，更是慰人。作者和友人当时都处于落魄失意之时，一介书生，书剑飘零，对人情的冷暖、世态的炎凉、世路的坎坷当有十分痛切的感受，白眼如芒在背，冷漠如冰似霜，心中郁积了许多感慨不平之气。"时人莫小"即作者和友人常遭"时人"的小看，被"时人"冷落、嘲弄、欺侮。对潦倒的读书人，目光短浅的世俗之辈往往表现得极为势利，除了不屑一顾的蔑视，毫无尊重可言。诗人在气质上都是极为敏感的，有才能的人更是每每气盛，当他们的自尊心被刺伤、尊重需要得不到满足，心理失去平衡的时候，便向那些恣意轻慢自己的势利者发出警告，要他们切莫鼠目寸光，切莫看不起一池浅水，焉知池水中没有蛟龙潜藏？"蛟龙终非池中物"，有朝一日风云际会，卧龙一定会得志行时，兴云作雨，潜渊腾天。失意的士子又焉知不能为浅池中的卧龙？

　　世俗之人的势利短见，古今皆然，是一个谁也无法否认的历史性存在。在那些世俗之辈的眼中，除了"权""钱""势"外，世界上再没有其他有价值的东西。对于不能福祸他们的读书人，他们向来是最看不惯，也最看不起的。他们是社会上一个相当广大的阶层，来自他们的这种带有普遍性的轻易而随意的鄙视轻慢，给不遇的士子们人格心灵上带来极大的痛苦：羞恼、愤懑、不甘、不平，备受精神压抑的读书人恨到极处，便常常以未来的前程对抗世俗，对"时人"的蔑视报以更高的蔑视。李白诗云"大贤虎变愚不测，当年颇似寻常人"；杜荀鹤诗云"时人不识凌云木，直到凌云始道高"，都表现出自我建立在高度自信的基础上那种企望超脱世俗困境的心态。士人们那种"春风得意马蹄疾，一日看尽长安花"的狂傲，虽不免有器小易盈之嫌，但却是可以理解的。

　　"浅处无妨有卧龙"，其实也是一种社会现象。在不起眼的地方，往往隐藏着某种重大的潜能；在表象的背后，往往隐伏着和表象相悖的实质。这就启示人们，观察事物，必须"善识"，在平凡处发现不平凡事物的价值，看到事物的发展大势，看到表象背后的本质，看到"一切的现在都孕育着未来"。

古钗喻指的宫女与士子

——张籍《古钗叹》解读

古钗叹

古钗坠井无颜色，百尺泥中今复得。
凤凰宛转有古仪，欲为首饰不称时。
女伴传看不知主，罗袖拂拭生光辉。
兰膏已尽股半折，雕文刻样无年月。
虽离井底入匣中，不用还与坠时同。

这首诗紧扣"古钗"的际遇命运展开。首句写一支金钗在过去了的遥远年代里坠入深井，从此隐没了它那照人的光彩，坠入万劫不复的沉沦。第二句陡然转折，大概是因为淘井的缘故吧，从百尺井底的泥泽之中，又把那支坠钗挖了出来。两句诗展示两重天地，诗意转折起伏极大。第三句写古钗的形状：美妙的凤凰造型显露出过去时代的风格，所以，得到这支古钗的女子（可能是宫女）有心把它戴上云鬓，但又觉得它太不时新了，因此还是打消了这个念头。三、四两句在诗意上又是一个极大的跌宕。四句诗展示的古钗的命运际遇可谓大悲大喜、大起大落。由坠入深井忽而重见天光，回到一位宫女手中，这是由落而起、由悲而喜；这位宫女正准备佩戴它时，转念之间又嫌其不够趋时，而改变了主意，这是起而复落、喜而转悲。

这样，这支久遭沉埋的古钗就成为女伴手中递来递去的传看之物。大伙你摸她瞧，用衣袖拭去古钗上的尘泥锈迹，古钗又焕发出昔日照人的光亮。但毕竟经历了太久的沉沦岁月的埋没糟蹋，所以，当年在美人云鬓之上所沾的"兰膏"已荡然无存，两股中的一股也已不幸折断，钗身雕刻的花纹，刻制年

69

月字迹都已磨蚀，无法辨认。"无年月"三字照应诗题中"古钗"的"古"字。大家传看一番，议论品评一番，在好奇心得到满足以后，这支"离开井底"的古钗便被放入"匣中"珍藏起来。至此，古钗在经历了命运际遇的大起大落、大悲大喜之后，又还原到和坠井时形式不同但实质完全一样的境地。

古钗的故事显然是诗人用比兴寄托的方法讲述的一则"寓言"。这则"寓言"是由"古钗"和它所喻指的"宫女""士人"这三重意蕴层层递进地建构而成的。其中古钗由沉埋到被发现再到锁入匣中的过程，是这首诗文字表层的显义。它所暗寓的宫女命运和士子的命运，则是此诗深层结构中包含的比兴象征的启示义。"古钗"的遭际首先可以成为那位得到它的宫女的命运的象征：宫女原本住在民间，犹如宝钗之在井中；民女被皇家选入后宫，就像井底的坠钗被发现。然而"后宫佳丽三千人"，有多少宫女在与世隔绝的深宫禁地，耗尽青春，老去红颜，幽闭终生，甚至连见皇帝一面的机会都没有，这又如同古钗从井中捞出却又锁入箱筐，被人置之不理。有姿色的女性在乡野蓬荜之中是一种埋没；因为有姿色而被皇家选美发现，但入宫后又难以得到皇帝的恩宠青睐，同样也是一种埋没。如此说来，发现与不被发现，身处皇宫与身处草野实际上都是一样的。古钗的际遇更可作为包括诗人在内的士子们的命运的象征：考中科举、踏入仕途之前，就像坠井的古钗。一朝运转，天开日出，榜上有名，犹如钗之出井。但是，正如等待出井坠钗的不是花颜翠鬓而是匣中弃置，士子中第后也往往不被任用，青云直上者少，而沉沦潦倒者多。即以此诗作者而论，早年的生活卑屈清寒，一朝登第之后，也并没有得到大用，而是终生沉沦下僚，落魄失意。《古钗叹》那由频频转韵形成的哀感缠绵的情调，融入的正是作者自身及与他同命运的士人们的遭遇和感慨。

爱宝与不爱宝、怜人与不怜人、惜才与不惜才，关键在"用与不用"。"珍藏"不过是一种变相的埋没，是束之高阁式的弃置不顾。古钗的"出井""入匣"，喻示的是生命、才能在一种更高雅的形式下的虚度、空耗。"不用还与坠时同"，何等一针见血，又何等凄恻、无奈！人生的小舟在现实的偶然性中倏而漂起，又在命运的必然性中终归沉沦。仿佛从一点出发作圆，绕上一大圈，最后又回到原点上来。这一大圈不过是画出一个没有任何实质意义和用处的"零"。《古钗叹》形象地告知我们：天生我才必有用"的盛唐式的对人生命运的豪迈冲决、高昂自信，已随国运的衰颓、现实的信仄，转成了中唐士子们沦落不遇而又徒唤奈何的哀叹。这种情形在李贺、孟郊等中唐诗人的笔下都有突出的表现。《古钗叹》正是以乐府诗比兴言怀的委婉寄托方式，抒写了这一走向衰落的时代的士子们遭压抑埋没、被弃置不用的共同命运，千载之下，引人浩叹。

以 旷 达 超 脱 沉 沦

——刘禹锡《酬乐天扬州初逢席上见赠》解读

刘禹锡（772—842 年），字梦得，洛阳人。793 年与柳宗元同榜进士，唐顺宗永贞元年（805 年）与柳宗元一道参加王叔文政治集团，在当政的几个月内实施了一些政治改革。永贞革新失败，刘禹锡被贬为朗州（今湖南常德）司马。后迁连州（今广东连县）刺史、夔州刺史、和州刺史，晚年迁太子宾客分司东都（今河南洛阳），与白居易唱和甚多，世称"刘白"。年 71 卒。有《刘宾客集》40 卷，存诗 800 余首。刘禹锡是一位朴素的唯物主义思想家，他的诗内容丰富，有讽刺时政之作，有民歌体作品，还有许多著名的咏史怀古诗，如《金陵五题》等，曾使白居易"掉头苦吟，叹赏良久"。刘禹锡的诗歌有一种豪爽、乐观、向上的风格，白居易因此称他为"诗豪"。

酬乐天扬州初逢席上见赠

巴山楚水凄凉地，二十三年弃置身。
怀旧空吟闻笛赋，到乡翻似烂柯人。
沉舟侧畔千帆过，病树前头万木春。
今日听君歌一曲，暂凭杯酒长精神。

刘禹锡因参加王叔文、王伾的政治革新活动，于唐顺宗永贞元年（805年）九月，与柳宗元、韩泰、韩晔、陈谏、凌准、程异、韦执谊等人同被贬为远州司马，这就是历史上有名的"二王八司马"事件。元和十年（815 年），朝廷有人想起用他和柳宗元等，便召他们回长安。刘禹锡回京后写了《元和十年自朗州至京，戏赠看花诸君子》一诗，讽刺当朝权贵，于是再度被派为远州刺史，直至敬宗宝历二年（826年）冬应召回京。其间共在朗州（今湖南常德）、连州（今广东连县）、夔州（今四川奉节）、和州（今安徽和县）等古属巴、楚的边远荒僻之地做司马、刺史达22年之久，估计回到京城时，已跨进第23个年头了。刘禹锡路过扬州，与从苏州归洛阳的白居易相逢。筵席上，白居易有感于刘禹锡的坎坷遭遇，写了《酬赠刘二十八使君》："为我引杯添酒饮，与君把箸击盘歌。诗称国手徒为尔，命压人头不奈何。举眼风光长寂寞，满朝官职独蹉跎。亦知合被才名折，二十三年折太多。"表达了对友人怀才不遇的深切同情。刘禹锡读后，便写下《酬乐天扬州初逢席上见赠》这首诗相答。

这是一首即席酬答的七律。首联"巴山楚水凄凉地，二十三年弃置身"，接过白居易赠诗尾联"亦知合被才名折，二十三年折太多"的话头，概写23年的贬谪生活，凄凉、辛酸、愤懑。颔联"怀旧空吟闻笛赋，到乡翻似烂柯人"，连用两个典故。"闻笛赋"指向秀的《思旧赋》。《晋书·向秀传》载，向秀与嵇康为友，嵇康因反对司马氏代魏被杀后，向秀经过他的故居，听到邻人吹笛，因而想起已经去世的老友嵇康和吕安，作《思旧赋》。"烂柯人"典出《述异记》，相传晋人王质上山打柴，看到两个童子下棋，观至一局终了，手中的斧柄（柯）已经朽烂了。下山回村，才知道已过去100年，同时的人都死尽了。"闻笛赋"的典故寄寓着作者对已故朋友的深切怀念，当年永贞革新的同道，王叔文被杀，王伾、凌准、韦执谊、柳宗元等先后死于贬所。"烂柯人"的典故，说明作者离京时间之久，此番回京，人世沧桑，不禁生出恍如隔世之感。

颈联"沉舟侧畔千帆过，病树前头万木春"，是以鲜明的艺术形象表现深刻哲理的名句。承上转折，振起全诗。关于这两句诗，理解上颇多歧义：有人认为"沉舟、病树"是"指当时代表大地主阶级的保守势力"；有人说是"形容腐朽没落的事物"；有人指出这两句诗揭示了"新陈代谢、推陈出新的客观规律"。第一种说法带有明显的以阶级斗争说诗的痕迹，后两种说法则是把今人的理解强加于古人，恐均非作者本意。其实，这一联是答白诗中"举眼风光长寂寞，满朝官职独蹉跎"两句的。白居易说他"长寂寞""独蹉跎"，他便顺势以"沉舟""病树"自比；而沉舟旁过往的"千帆"，病树前争荣的"万木"，则对应了白诗中的"举眼风光""满朝官职"。所以，就作者本意来看，"千帆"与"万木"，与出现在《戏赠看花诸君子》诗中的"千树桃花"和《再游玄都观》诗中的"满庭菜花"的意象是大致相同的，实在不是指什么"新生事物"，而是指那些打击永贞革新集团后春风得意、手执权柄的新贵。作者在此以"沉舟""病树"自比，承接上意，寓有感慨；但他此时显然已从对朋友和自己的不幸遭遇的沉湎中拔出，面对沉舟侧畔千帆竞发、病树前头万木峥嵘的自然景象，由物理及人理，悟出了自然盛衰与人生荣枯的相通之处，从而超脱了朋友和自己的不幸遭际，转以旷达态度面对这一切。诗意因此由沉滞哀叹变而为通脱达观。

作这样的辨析，只是为了澄清作者的原意。笔者无意否认"沉舟"一联客观上显现的种种意蕴，读者自可在弄清原意的情况下，作这样那样合理的引申发挥。所谓"诗无达诂""作者未必然，读者何必不然"。若拿这两句诗和它同时应和的白诗"命压人头不奈何""亦知合被才名折"相比，意思有共同的地方，但白诗拈出宿命、直说明言、语尽义尽；刘诗则纯用写景寄意，在鲜明的意象中深蕴哲理，由于作者话未说破，意不点明，所以留给读者审美再创造的品位余地就比白诗大得多。面对无情的政治迫害，面对人生的宠辱穷通，刘禹锡能持如此通脱达观的态度，是与他的思想、性格、气质分不开的。刘禹锡是个朴素的唯物论者，他的哲学思想中含有较多的辩证法成分，所以，他很少孤立地、静止地看待问题，而善于对复杂纷纭的事物作全面、相对的思考与观察。他气质豪犷、秉性刚强、性格豁达。《云溪友议》记禹锡语曰："浮生谁至百年？倏尔衰暮，富贵穷愁，其实常分，胡为叹惋。"这种辩证思想、豪犷气质、豁达性格化为形象的诗思，便在刘诗中出现了"芳林新叶催陈叶，流水前波让后波""不知何日东瀛变，此地还成要路津""莫道桑榆晚，为霞尚满天"等写景言理、超脱旷达的名句。这就使得刘禹锡在播迁面前较为坦然，而不至于像柳宗元和白居易等友辈那样发出过多的怅叹。

既然作者不以"沉舟""病树"般的劫后余生为意，既然作者以辩证、豁达的态度对23年的沉沦往事实行了超越，因而，"长寂寞"与"独蹉跎"已不能使作者介怀，不能继续困扰作者了。诗的尾联"今日听君歌一曲，暂凭杯酒长精神"，应答白诗首联"为我引杯添酒饮，与君把箸击盘歌"。一方面答谢朋友的关怀之意，一方面以"长精神"与友人共勉，表现出刘禹锡虽历尽摧折仍然自强不息的"豪劲骨力"。

若 是 真 金 不 镀 金

——李绅《答章孝标》解读

答章孝标

假金方用真金镀，若是真金不镀金。
十载长安得一第，何须空腹用高心。

 《答章孝标》是李绅答他的晚辈诗人章孝标的一首七绝。李绅镇守淮南时，春日遇雪，因孝标颇有诗名，就请他赋诗，孝标挥笔立就，李绅非常欣赏，于是把他推荐给朝中的主考官。孝标得以中元和十四年（819 年）进士，授校书。章孝标是浙江桐庐人，及第后从长安南归时，先行寄给在扬州的李绅一首诗："及第全胜十改官，金鞍镀了出长安。马头渐入扬州部，为报时人洗眼看。"诗中流露了章孝标中进士后的得意自矜的心理。李绅看到章孝标的寄诗后，"亟以一绝箴之"（《唐才子传》卷六），写下这首《答章孝标》，以前辈和朋友的身份、口吻来规劝他。

 因章孝标的寄诗中有"金鞍镀了出长安"句，意思是说自己今日得中进士，身价倍增，很有光彩，就像普通马鞍镀了金，和往日大不相同。所以，李绅答诗头两句即针对这一点说"假金方用真金镀，若是真金不镀金"，用比喻的方式指出：一个人果有真才实学，不需要靠外在的东西去装潢门面，就像假金才镀金，真金不需要镀金一样。中进士对一个人来说，只是给他增添了一份外在的荣耀，其实并不能对这个人的品德、学问、才能有所损益。一个人的品德才能俱佳，即使没有外在的修饰，仍无损其美质；一个人的品德才学如果有所欠缺，即使通体流光溢彩，对其质地仍然无补。后两句"十载长安得一第，何须空腹用高心"，提醒章孝标不要忘记成进士的艰难，困守长安多年，才好不容易考中，而中进士只是一个人政治生涯的开始，今后在仕途上有无进展，尚难预料，所以不要忙着去唱"十改官"的畅想曲，而想入非非、得意忘形，就像一个眼下连普通饭菜都没吃饱的人，空着肚子却多侈谈美酒佳肴，山珍海味，那是颇有点怪诞意味的。这两句当是由国子助教起家，而入相出将、在风波宦海沉浮多年的李绅，作为过来人的经验甘苦之谈。"十载长安得一第"中的"十载"，是多年的意思，章孝标《初及第酬孟元湖见赠》"六年衣破帝城沉，一日天池水脱鳞"，可知孝标是在长安度过了 6 年破衣尘颜的落魄岁月后才得中进士的。

从哲理的角度来看这首诗，"假金方用真金镀，若是真金不镀金"两句，触及了外观与内涵、表象与本质的问题。外观诱人的东西往往有假，这种现象在现实生活中和历史上，都不乏其例。物假方饰真，不需要文饰才是真，就是表里如一。不管人或事物，其性质和价值都是由内在的质的规定性所决定的，外观、表象与本质之间，并没有必然的联系。

复杂难言的人生况味

——贾岛《渡桑干》解读

渡桑干

客舍并州已十霜，归心日夜忆咸阳。

无端更渡桑干水，却望并州是故乡。

　　《渡桑干》一诗作者有争议，据李嘉言先生考证，是中唐诗人刘皂的作品，题作《旅次朔方》。但多数人习惯把它归到贾岛名下，这里从众说，仍把《渡桑干》当作贾岛的作品解读。这是一首写出了复杂难言的人生况味的佳作，诗中传达出的是具有典型意义的心理感受。

　　《渡桑干》形象地展示了物理、心理两种距离。距离是一个空间概念，客观存在的物理距离是不能任意改变的。但心理距离则不然，它依主体心灵对客体的不同感受而定，也就是依据主体和对象的亲和融洽程度而定。亲和融洽虽远犹近：如"海内存知己，天涯若比邻"；反之虽近犹远：如"长安无相识，百里是天涯"。所谓"天上人间之感，咫尺天涯之恨"，原不必定要一在天上一在人间，咫尺之间，如天堑不能逾越，在心理感觉中，这咫尺的间隔也就无异于天涯一般遥远了。在《渡桑干》中，作者10年客居的并州（今太原），只是权作栖身之所而已，身在并州，而心却飞向咸阳（指长安，贾岛久住长安，视为家乡）。10年之中，日日夜夜，无时无刻不在思念故乡，就物理距离而言，作者身处并州，但就心理距离而言，却是咸阳装在作者心中。和某一地方的远近，主要就是和一个地方的人的远近。身在他乡，心在家乡，主要是因为眷念家乡的骨肉亲朋。思乡之情的主要内涵就是思亲，游子思乡之感的产生皆缘于身边没有亲人。所以，游子和故乡身远而心近，和他乡身近而心远——

这不只是贾岛一个人的体验，古今离乡背井之人都有同感。当然，《渡桑干》后两句，由于客观条件的变化，引起主观感觉的变化，北渡桑干河回望并州时，方才感到和 10 年寄身的并州竟也生出丝丝情缕，别并州竟像别故乡一样。这时，心理上和并州近了，但身已远离并州了。

《渡桑干》一诗还成功地表达了作为社会存在的人，那种不由自主的命运感。不愿离乡辞亲，却不得不离乡辞亲；不愿久客他乡，却是漫长的 10 年客居。日思夜想，梦绕魂牵，天可怜见，也该让诗人回乡和亲人团聚，可是，人世的冷酷和现实的无情充分表现为：熬过漫长的 10 年后，诗人不仅不能回乡，反而"离家日益远"，连久客之地也难以再居住下去。"游子已叹身是客，况客又作长别离"。人的存在就是这般无奈，这般尴尬、难堪。"无端"，没来由地，无缘无故地。桑干河即永定河上游，在太原以北数百里之遥，过了桑干河，就是荒凉的塞上了。作者无端北走的原因，这里不拟考究；从更宽泛的意义上来理解，人作为被动的存在物，在面对社会这一巨大的由人组成而又异己力量时，往往无力主宰自己的命运。社会的残酷性表现为它常让个人的希冀落空，它常常迫使人向着与主观愿望相反的方向身不由己地走去。像一枚树叶，像一棵蓬草，人生在世，真难预料生活的风气把自己吹向何处。日夜萦怀的事，长期努力的目标，不仅难以实现，有时竟是你越在主观上强烈地追求，客观上就变得越发遥远。就像诗中所写，10 年盼归，而结果"今非不能归，反北渡桑干，还望并州又是故乡矣"（王世懋：《艺圃撷馀》）。

误会唤醒并加深人生的失落感，也是《渡桑干》一诗传达出的复杂心理体验。真正地失去了，才会产生对虚假的误会。误会唤醒的是人心中更深更强的失落感。贾岛《渡桑干》"却望并州是故乡"，正因为真正的故乡归不得，才不得已在并州客居 10 年；而今，连"旅居十年，交游欢爱，与故乡无异"的第二故乡并州也住不下去了，又要北渡桑干向塞外浪迹。正因有家难归，才生出久客之地如同故乡的错觉，在这误会的深处，是对返回真正的故乡的彻底绝望。贾岛此诗写久客不得归，反认他乡作故乡；贺知章《回乡偶书》之一则写久别还乡，却被误为"客"人，处故乡如在他乡。两首诗中的误会似相反而实相同，都是一种包含着深深的失落感的普遍人生经验。

寓意深远的登临怀古杰作

——许浑《咸阳城西楼晚眺》解读

咸阳城西楼晚眺

一上高城万里愁，蒹葭杨柳似汀洲。
溪云初起日沉阁，山雨欲来风满楼。
鸟下绿芜秦苑夕，蝉鸣黄叶汉宫秋。
行人莫问当年事，故国东来渭水流。

《咸阳城西楼晚眺》，诗题一作《咸阳城东楼》，因与诗中所写和作者自注不符，所以今人多不取此题。许浑的诗中有不少登临怀古之作，这首《咸阳城西楼晚眺》，语言整密，气势雄浑，在如画的写景中寄寓怀古的深沉感慨，并且形象地昭示了重大变故将要发生的迹象，景意俱佳，情理兼胜，是许浑登临怀古诗中有代表性的作品。

首句起势不凡，"一上"高楼即生"万里"之愁，巧用两个悬差极大的数字收到一种特有的艺术效果。次句写登上高楼眼前所见景物：蒹葭苍苍，杨柳依依，渭北水土风物仿佛江南汀洲草树，这一句写景透露了首句登高而望所生"万里愁"的性质。诗人家在江南润州，眼前景物略似江南，触动身在异乡的诗人的思乡之情，"万里愁"即怀乡思亲之愁。句中的"蒹葭""杨柳"二词，出自《诗经》中秋日怀人的《蒹葭》篇和征夫思乡的《采薇》篇，是积淀着浓挚的"怀人""思亲"情感的古老的"原型意象"。从写法上看，首句"万里"放笔推开，虚摹笼罩，次句用眼前所见，结实收住，一虚一实，开合擒纵，极有法度。

三、四句写诗人为乡愁所困扰，楼头凝伫、"远望可以当归"之际，看到城南磻溪之上，一片云气水汽漂浮弥漫；西斜的夕阳，渐渐隐没到寺阁之后。作者自注："南近磻溪，西对慈福寺阁。""溪云初起"是作者南望所见，因怀乡而南望，承上句"蒹葭杨柳"，由水边之景写到水上之生。水烟茫茫，暮气沉沉，阻遮了诗人南望怀乡的视线。这时，诗人转而西望，看到西沉的落日已隐没于慈福寺阁楼的后面了。（由诗句写景和自注中显示的方位，可知作者的立足点是在咸阳城"西楼"而不是"东楼"，"日沉阁"与第五句的"秦苑夕"间应题中"晚眺"二字，所以，诗题当以作《咸阳城西楼晚眺》为是。）日落之际，云起风生，骤然而来，荡满空楼。凭栏眺望，怅楚不已的诗人意识到：一场风雨即将来临了。

五、六句写诗人迎着扑面凉风、危楼独倚，将视线投向汉宫秦苑，但见秦苑的黄昏一片荒草凄迷，汉宫的树林满是瑟瑟的黄叶，鸟在风中仓皇翻飞急于投栖，蝉在雨前不住地嘶鸣，传达出一种荒落惊惧、焦躁不宁的气氛。咸阳是秦汉的故都，旧时的皇家禁苑，巍巍宫殿，如今荒草滋蔓、野树杂生，强盛的秦汉帝国早已土崩瓦解、灰飞烟灭。这两句写秦苑汉宫的荒凉秋景，诗的意脉至此转入对怀古之情的抒发。

七、八句写诗人由秦苑汉宫的荒凉秋景引发的千古兴亡之叹。"行人"是作者自指，也可泛指过往之人："当年事"即秦汉兴亡之事。盛极一时的秦汉王朝都归灭亡，诗人痛感历史不堪回首，所以说"莫问"。咸阳，这秦汉的故都，昔日繁华早已消歇，唯余悠悠渭水，不舍昼夜地向东奔流，流走了多少岁月，流走了多少豪杰，流走了几代百姓的江山社稷。结句包含着诗人怀古所产生的沉重历史感，以"渭水东流"作结，含不尽之意见于言外。

许浑此诗通体浑成，但最为人称道的还是它的颔联——"溪云初起日沉阁，山雨欲来风满楼"这千古传诵的名句。许浑生活在大唐帝国走向衰落的晚唐时代，盛世早已淡化为一缕辉煌而遥远的梦忆，中唐统治阶级的自救运动也未能在真正的意义上使王朝中兴，统治阶级的内部矛盾、对立阶级间的矛盾以及唐政府同少数民族间的矛盾，错综交织、潜滋暗长，愈演愈烈。像强大的秦汉王朝终归覆亡一样，此时的大唐帝国已是日暮途穷，整个社会正处于风雨飘摇的大变动的前夜。所有的咏史怀古之作总是有感于现实而发的，许浑此诗也不例外。

诗人锐感而又思深，当他登上秦汉旧都的咸阳城楼，看到暮色苍茫之中溪云初起，感到一阵凉风扑面而来，从云起风来的前兆中，他预知一场风雨的来临已是不可避免。这两句诗蕴含丰富，寓意深远，在对眼前自然景色变化的形象描写中，暗寓了诗人对社会政治形势的直觉，"风云变色""山雨欲来"成为一种具有普遍意义的象征。

在这一联中，诗人对自然的敏感、对生活的敏感、对社会政治的敏感，浑化无痕地交融在一起。诗人捕捉将变未变、最富包孕性的时刻加以表现，以其画面形象丰富的暗示性和不确定性，启人深思、发人警醒、耐人寻味。"山雨欲来风满楼"这一哲理名句至今还被广泛使用于自然和社会生活领域，以其象征义保持着千古常新的艺术生命力。

无缘的诗人不是太早就是太迟

——杜牧《叹花》解读

叹 花

自是寻芳到已迟，往年曾见未开时。

如今风摆花狼藉，绿叶成荫子满枝。

　　杜牧《叹花》诗的写作本事，《唐诗纪事》《太平广记》《唐才子传》等书中有大致相同的记载：杜牧在宣州任职时，往游湖州，认识了一个"奇丽"的民女，时仅 10 余岁。杜牧和这女子的母亲约定，过 10 年来娶。14 年之后，杜牧出任湖州刺史，女子嫁人 3 年，生 2 人。杜牧有感此事，写下了这首《叹花》。这则故事颇多传说性质，未必可靠。这首诗的文字一作："自是寻芳去较迟，不须惆怅怨芳时。狂风落尽深红色，绿叶成荫子满枝。"

　　这首诗题为《叹花》，诗的文字表层，抒写的正是对花的叹惋之情。首句从目前入笔，满怀踏青寻芳的勃勃兴致，前去赏花，可惜为时已晚了；次句转入过去：当年曾经来过，但又为时过早，还不到姹紫嫣红开遍的时候。三句接第一句，又回到现在，落实第一句中的"迟"字：暮春几度风雨，花已零落，满地狼藉残红，绿叶成荫，一派翠色，枝条上结满了累累青果。今番重来，花事已尽，春天已然挥手作别了。诗人本为赏花，当年前来花尚未开，如今前来花又凋谢，几番不成，转为懊恼，诗句中流露出诗人深深的惆怅、惋惜、无奈之情。

　　从这首小诗中，我们也可以体会到一种很深刻的哲理意蕴。在人生途中，总伴随着某种无可奈何，不论是在事业上，抑或是在生活上、在情感上，时光如白驹过隙，机遇更是稍纵即逝，你瞪大眼睛紧紧地盯着它，可就在你一眨眼之间，它已无影无踪。物理意义上时间是永远匀速地一直向前流逝的，不会超前也不会倒流，不会加快也不会减慢，机遇的捕捉就在于对时间的把握恰到好处，过早不行，过迟也不行，其间有着说不清道不明、只可意会难以言传的微妙。正是由于机遇太难把握了，所以它特别容易失去。你忠实地等待还不一定能等上，更不要说放任机遇了。"谁耽于幻想而倦于守候，谁就将错过"，而一次错过往往意味着永远失去，终其一生寻寻觅觅也难再找回。"情景一失永难摹"，徒留下无尽的懊丧和无限的怅惘。面对已经失去的机遇，就像面对暮春风雨中满地狼藉的落红，徒然感叹着"无可奈何花落去"而已！

机遇的稍纵即逝性固然增加了人们恰到好处地把握它的难度，但这并不意味着机遇本身不可把握或不存在。相反，它启示人们：应该学会准确地抓住"现在"，抓住一切可能的机遇，并且加倍地珍惜这种机遇。

女子之丽色与士子之长才

——曹邺《怨诗》之一解读

怨诗（之一）

美人如新花，许嫁还独守。
岂无青铜镜，终日自疑丑。

《怨诗》之一选自曹邺组诗《四怨三愁五情诗》，列十二首中第一首。组诗前有序。关于这组诗的写作背景，元人辛文房《唐才子传》说："累举不第，为《四怨三愁五情诗》，雅道甚古。"参照诗人在组诗前的自序，可知这组诗是在作者多次应试而不中第的情况下，为抒泻心中郁积的怨愁之气，写下的一组比兴寄托之作。

《怨诗》之一的文字表层写的是一个美丽少女欲嫁还休的疑惑心理。对于漂亮的女性，出嫁是其天生丽质的无上价值的一种自我实现方式。漂亮女性之欲嫁，客观上亦非什么难事。"美人如新花"，即是以"新花"之娇艳来比美之人"美"。所谓"有花堪折直须折""为乐当及时"，否则就会美人迟暮，"过时而不采，将随秋草萎"。这些道理"美人"想是明白的，所以她"许嫁"了。可是，她忽而又改变了主意，不愿嫁人，而情愿"盛年处房室"，一个人孤单寂寞地"独守"下去。这是为什么呢？原来，这位"美人"对自己的美貌还有点不自信，整天对着"青铜镜"照呀照的，照来照去竟疑惑自己的花容月貌有些丑陋。于是矛盾了，收回了原来"许嫁"的允诺。

以女子比士子，以女子的美艳之色比士子的优长之才，是中国古典诗歌中的一个惯例。此诗亦不例外，诗中女子欲嫁还休的微妙心理，不过是一个从偏远的家乡桂林，初到皇都长安，面对光怪陆离的大千世界，自信心有所动摇的士人，所产生出的犹疑惶惑心态的映现。"终日自疑丑"一句所表达的意思，和中唐朱庆馀《近试上张水部》中"画眉深浅入时无"传达的心理大致相近，表现手法上也大致相同。然而这首小诗所具备的理解张力决不止此。"美女"而"疑丑"，"许嫁"还"独守"，这种悖论式的矛盾心理行为，很有一种触发人生哲理的启示力。美女由"许嫁"而改变主意去"自守"，起决定作用的是"自疑丑"，这是美女违背初衷的心理基础。"美女"之所以会"自疑丑"，一个人的自信心之所以会动摇，究其实质，不外乎两个方面的因素。从客观方面来说，因美色而招嫉妒，因贤能而遭谗毁，因行高而致诽谤，这种现象古今常有。屈子《离骚》云"众女嫉余之蛾眉兮，谣琢谓余以善淫"；韩愈在《原毁》中说"事修而谤兴，德高而毁来"；曹邺的《成名后献恩门》一诗也写道"为物稍有香，心遭蠹虫啮……辛苦学机杼，坐对秋灯灭。织锦花不常，见之尽云拙"。你本是美玉无瑕，但"皎皎者易污"，偏被"营营青蝇"玷，叫你"欲洁何曾洁"。当你的形象被客观现实如此这般"塑造"一番之后，你有时也会不免疑心自己大约也许就是这样不干不净、不洁不修吧。于是，你便由主动的存在变为被动的存在，由活在自己的信心里变为活在他人的眼光中。客观作用于主观的结果，主观上便生出自惑、不自信，这种心理的产生，一方面固然表明了人们认识自我的困难，难于认识他人和客观；但更重要的是，它会在一个人的心灵上投下浓重的阴影。自信心的动摇，意味着人生目的的失落，它使本来主动、开放、进取的心态，变为封闭、保守、退让，自我构筑一个严密的封闭系统，束缚起手脚，剪除掉翅膀，不敢表现自己，不敢施展才干，畏畏缩缩，疑疑惑惑，由自信自负、果决刚毅变得庸人自扰、瞻前顾后以至无所适从，终于画地为牢般地把自我禁锢起来，让青春、生命、美色、才能在无所事事中浪掷闲抛。

人们啊，从"终日自疑丑"的疑惑畏葸中大踏步地走出来吧！从世俗和传统强加于你的巨大心理压力下自我解放吧！恢复和重建崇高的自信——既然色貌如花，就让鲜花在阳光下舒展自由地开放，让鲜花的美姿艳态尽情展示在世人面前。

"几时你不再画地自狱/心便同世界一样宽广"。从丧失自信导致的自我封闭的心理壁障中挣脱的人们，将拥有整个世界，世界也将拥有你！

老农的心愿是收获的心愿

——曹邺《怨诗》之四解读

怨　诗（之四）

手推呕哑车，朝朝暮暮耕。

未曾分得谷，空得老农名。

在曹邺组诗《四怨三愁五情诗》中，此首列第四。这首小诗写得很朴素，语言明白如话，富有民歌风味，但又言浅意深，触及了社会、人生的某些本质方面。

对这首小诗的意蕴，我们可分为三个层面来理解。首先，在文字的最表层，我们看到的是一个终日辛苦劳作、最后一无所获的老农形象。手推呕哑作响的小车的老农，早出晚归，披星戴月，辛勤地耕耘，无非是想多打些粮食。老农的心愿是收获的心愿。然而，这位夙兴夜寐耕种耘耨的农人，除了空落个"老农"的虚名外，并没有"分得"应得的谷物。诗句展示的这种不合理现象，必定会引起人们的思考，这样，对诗意的理解也就自然地转入第二层面。

这首小诗第二层面的意蕴，揭示的是一个尖锐的社会问题，这个问题在封建社会里具有普遍意义。农民辛苦种来的粮食，大都交了租税，被封建官僚、地主阶级盘剥一空，劳动者的血汗赢得的只是贫穷。统治者四体不勤、五谷不分，却可以不劳而获，最大限度地占有被统治者创造的物质财富。劳动成果归谁占有的问题，标志着一个社会的本质方面。诗人用形象的诗句思考表现这一问题，从《诗经·伐檀》中农奴们那愤怒的诘问声里就已开始。唐代诗人如耿湋的《代园中老人》"林园手种唯吾事，桃李成荫归别人"、罗隐的《蜂》"采得百花成蜜后，为谁辛苦为谁甜"、秦韬玉的《贫女》"苦恨年年压金线，为他人作嫁衣裳"等诗句，和曹邺此诗表达的都是相同的题旨，这一题旨触及了封建社会阶级关系的本质方面，因而，曹邺这首小诗的意蕴显得深刻、正大。

如果对曹邺此诗的把握仅是到此为止，那么实际上还只是一个善意的误会。曹邺现存不多的诗中确有不少揭露封建社会阶级矛盾之作，这首小诗也确实表达了如上分析的两个层面的意义。但是，曹邺在这首诗中只是借社会上的不平现象，来抒写自己苦读多年而无所成的失意之感。作者在《成名后献恩门》中说"一辞桂岭猿，九泣都门月。年年孟春时，看花不如雪"。可知曹邺在科场上经历过长期的蹭蹬，"累举不第"，未官未禄，一如老农一年四季辛勤耕种，却得不到任何报酬。明白了曹邺笔下"老农"形象包含的这一层寓意，我们就可以上升到对此诗第三层意蕴的体认了。

这是更有超越时空的普遍意义的人生启示和感悟。辛勤的耕种未必能赢得硕果累累的收获，在人生的四季里，并不是必然地有一个金谷盈畴的秋天在等待你，尽管你经历了春的耕犁播种、夏的耘锄浇灌，有汗水的挥洒、挥汗如雨；有心血的滴沥、沥血成渠；付出的也许很多很多，而得到的却是极少极少，甚至于无。你孜孜矻矻地劳作过，踏踏实实地奋斗过，无所保留地献出过，但成功和收获并没有幸运地降临到你的头顶。因为一百个奋斗者中常有九十九个失败者，你可能就是失败者之一。人生的逻辑就是如此，名与实之间多有不符，无论从哪个意义上说，空担虚名者往往有之。不过，只要你推着负载生命重荷的车，"朝朝暮暮"地在人生长途上不辞艰辛地跋涉过，行色匆匆，风雨兼程，即若是最终没有达到目的地，那么，也仍然可以无愧于人生，而大可不必去私心怨艾，去计较名与实、得与失了。

因为，生命的意义和价值仅仅在于——朝朝暮暮不停的耕耘过程之中。

去蔽方能敞亮存在的真实

——聂夷中《杂兴》解读

杂　兴

两叶能蔽目，双豆能塞聪。
理身不知道，将为天地聋。
扰扰造化内，茫茫天地中。
苟或有所思，毛发亦不容。

聂夷中的《杂兴》，说的是人应该摒除尘心杂念，归依于对"道"的追求。诗以比兴起首，两片树叶就能遮蔽人的双眼，两颗豆粒就能堵塞人的双耳，让你无法看到目标，无法听到声音，让你的视觉和听觉丧失功效。这两句诗喻指人的心智很容易受到外物的蔽塞，有些微不足道的因素、毫无价值的东西，往往会使一个人轻易地迷失生存的目的，忘却人生的要义，放弃对更高境界的追求，从而陷入琐屑、卑微、庸俗的无意义生存状态："理身不知道，将为天地聋。"因为"不知道"，即不了解社会、历史、自然、人生的根本意义和规律，所以，自在的存在方式就显出了十足的麻木、迟钝和蒙昧。

《杂兴》一诗最能给人以启示的是它的开头："两叶能蔽目，双豆能塞聪。"也许，你本是明察秋毫、洞幽烛微的，但仅仅因为那么一点点遮蔽，就让你"一叶障目，不见泰山"；也许，你本是耳听八方、心灵善感的，但仅仅因为那么一点点堵塞，就让你重听如聋，充耳不闻。主体意识是很容易受外部条件的限制和制约的，相隔只有一层纸，但不捅不破，事物的真相隐匿起来了，真实的声音无法听到了。被蜗角虚名、蝇头微利所惑的人，不明白人生的要义和目的，就像被两片树叶、两粒豆籽挡住视听，再伟大的景象、再洪亮的声音，都无法看到听到。何况，"大象无形"，"大音希声"，宇宙间有一种奇妙难言的存在，是作为视听器官的眼耳难以看到听到的，它需要你张开心眼去凝视，竖起灵耳去谛听。对世界的本质当作如是观，对真理的声音当作如是听。在这用"心眼""灵耳"视听的过程中，是容不得纤毫尘杂之想的，"一念还成不自由"，必须挥去浮嚣、琐屑的一切，以碧海青天般湛湛的心境，向无边的辽远处凝眸，向无声的忧深处倾耳——"人生归有道"，在"求道"的过程中，人方能走向生命的本质真实。

事物发展的渐进性与认识的局限性

——杜荀鹤《小松》解读

小　松

自小刺头深草里，而今渐觉出蓬蒿。

时人不识凌云木，直到凌云始道高。

　　《小松》咏物说理，借物喻人，托物讽世，是一首意味深长、颇富理趣的小诗。

　　在中国古典诗歌中，"松"的意象和兰、竹、梅、菊等自然植物的意象，因被历代诗人的反复吟咏，积淀了深厚的文化——心理和思想人格内涵，作为自然物，它们早已人格化、文化化了。在传统诗文中，"松"的意象喻指的往往是坚贞的气节、不贰的操守、崇高的志向、出众的才具。杜荀鹤的这首诗写的"小松"，即是突出其埋头杂草、到高处蓬蒿，终将凌云直上的长势，象征诗人所具备的崇高的志向和出众的才能。杜荀鹤出身贫贱，如幼树生于荒草，但犹如"刺头"的小松具有不同凡响的卓异禀赋，杜荀鹤早年即饮誉诗坛，显示了出众的才华。但世俗社会并没有看准诗人的发展潜力，他像小松一样久被埋没，屡试不第，穷困潦倒。诗中"小松"意象正是诗人人生经历的缩影。

　　这首小诗的启示意义是多方面的。首先，它形象地显示了事物发展的渐进性过程。诗的首句"自小刺头深草里"，即是从刚刚破土的幼草写起，因为"松"小，荒草才显得格外"深茂高大"。但一个"刺"字，则从形貌特点传达出内在精神，小松那长满针刺的头，有一股坚强不屈、向上冲刺的锐气，它的形体虽弱，但志向和生命力却是强大的。新生的东西往往是弱小的，它必将由小而大、由弱渐强。诗的次句即写小松渐渐成长，由原来的埋头荒草，到现在的高出蓬蒿，"出"是"刺"的必然结果，也是未来必将"凌云"的先兆。"渐觉"告诉我们，新事物由弱小而壮大，是一个渐进性的过程，它需要时间，需要耐心的期待和真诚的关注。"时人"的"不识"，正和新事物渐进的发展过程有关，由于它还没有发展到足够强大的程度，所以，让时人首肯，让大众承认，都还不可能。譬如"小松"，只有当它长成凌云大树时，时人才看到它的高大、仰视它的伟岸，方能认可它。

其次，人在认识事物的过程中，总是存在着不可避免的局限性，尤其是对新事物的认识。囿于以往的经验和价值观念，人们很难对新事物作出恰如其分的估价，认清它的价值和意义。对于既成的事实，人们大都可以容纳；但对于一种潜藏在新事物内部的发展可能，对新事物未来的发展趋势，一般人往往缺乏清晰、正确的估计和预见。应该承认，对未成事实的预见性展望，只有少数识力卓越之士才可以作出；绝大多数"时人"，并不具备此等非凡的识力。"时人"往往因自己识力的欠缺，而蔑视它的存在，不加眷顾和爱护。不过，仅仅"不识"而不加看护，还不可怕；更令人担忧的是"刺头"的小松因为个性鲜明，不同于"深草""蓬蒿"，而被时人视为异类，故意去加以践踏、剪伐，使小松即便是"虽小天然别，难将众木同"（杜荀鹤：《题唐兴寺小松》），最终也还是逃脱不了和"众木"一同被摧为柴薪的命运，永远失去参天凌云之时，构成大厦栋梁之用。李商隐在《初食笋呈座中》一诗中就曾明白地道出了和幼松一样具有凌云之志的"竹笋"的悲惨命运："皇都陆海应无数，忍剪凌云一寸心。"现实的冷酷无情，对"林木"也是对"才士"的迫害摧残，于此可见！当然，杜荀鹤这首诗只写"时人"缺乏远见，并没有写"小松"像李商隐笔下的竹笋一样被剪。假定小松幸免于被剪伐的命运，长成了参天大树，也可能"木秀于林，风必摧之"，一场风暴将它拦腰吹断；一阵雷电将它劈成枯桩。若是因为"才大"触犯了"造物"之忌，躲得过"时人"，逃得脱"天谴"吗？"小松"的成长，似乎命定般地永远伴随着这种种无端的担忧。

人生安危与事业成败的经验总结

——杜荀鹤《泾溪》解读

泾 溪

泾溪石险人兢慎，终岁不闻倾覆人。

却是平流无石处，时时闻说有沉沦。

泾溪，又名赏溪，在安徽省南部，源出安徽省绩溪县徽岭山，流经泾县与徽水汇合处，东北流为青弋江。杜荀鹤是安徽石台人，此诗所写"泾溪"，当即安徽南部清弋江上游的泾溪。有的注释者谓"泾溪"指"陕西泾河或其支流"，不确。

"泾溪石险人兢慎，终岁不闻倾覆人"二句，以"兢慎"两字为枢键。泾溪流急滩险，礁石密布，航道险恶，船只往来之际，稍有不慎，很容易触礁倾覆，船毁人亡。一般情况下，在险恶的水路上发生船只"倾覆"的事故，也算是"正常"现象。然而，正是由于客观环境的恶劣引起了主观上的高度重视，人们因深谙泾溪航行的危险性，总是十分谨慎、全神贯注地绕过险滩，小心翼翼地避开石礁，而得以平安地通过这一段险象环生的水面。这样，由于过往者的"兢慎"，本来很容易发生毁船事故的地方，"终岁"竟然听不到有关"倾覆"的不幸消息。相反地，倒是在"平流无石处"，"时时闻说有沉沦"。波平浪静，缓缓流淌的水域，没有礁石阻碍航程通行，也没有急流险滩漩涡，在这样的水面上行船，本来是十分安全的。可是，一种反常的现象偏偏出现了：平稳的航道上，却不时传来船只沉没、乘客灭顶的噩耗。之所以有此类反常事故频频发生，就是因为客观条件的好转使行船的人滋生了麻痹情绪，丧失了警惕性，由谨小慎微变得满不在乎。这首诗前二句和后二句构成鲜明对比：

由于"兢慎",在险恶的"泾溪"中可以化险为夷;由于"不慎",在安全的"平流"上却夷亦成险。不同的客观环境,决定了不同的主观态度,不同的主观态度带来的是两种截然不同的后果。

杜荀鹤这首平实质朴的小诗,虽不像盛唐诗人那些化理趣为形象之作,但它质实道来,以其直捷性给人以更深刻的箴戒。读这首诗,使人神思清醒,它所道出的是朴素而又深湛的人生哲理,所概括的是极为丰富复杂的生活内容和切身的阅历体验,是人生安危、事业成败的经验的总结。在艰难险阻之中,保持高度警惕;在平安顺利之时,决不忘乎所以;人生事业,只有从小处着眼,慎之又慎,勿懈勿怠,居安思危,才能永远立于不败之地。这使人想到孟子"生于忧患,死于安乐"的遗训。一个人平安地翻越了一座巍峨大山,却在一个不起眼的小土丘上栽跟斗,问题就出在放松了警惕,由高度重视变得漫不经意了。成语云"千里长堤,溃于蚁穴",谚谓"大江大海不淹人,小河沟里会翻船",都是同一人生道理的不同表述,和杜荀鹤的《泾溪》一诗同出一脉。

理性意识更趋成熟的标志

——李山甫《寓怀》解读

寓　怀

万古交驰一片尘，思量名利孰如身。
长疑好事皆虚事，却恐闲人是贵人。
老逐少来终不放，辱随荣后直须匀。
劝君不用夸头角，梦里输赢总未真。

李山甫的《寓怀》是一首醒世之作，其中既有诗人个人的阅历体验，又有前人和他人（亦即历史的和群体的）共同经验，是个体和群体、现实和历史的哲思的诗化概括。《寓怀》虽基本上以议论构成，形象性略有不足，但由于诗句中含蕴着饱满的人生体验和历史经验，使得此诗仍不失为一首裨益世人、醒神益智之作。

这首诗写的是人生和世事的无常，在不无消极虚无的情绪中，包含着相对合理的辩证因素。首句即囊括时空，起势不凡，将有史以来所有追名逐利之人一网打尽。"天下攘攘，皆为利往；天下熙熙，皆为利来"，多少年多少代多少人，为物欲所役使，驰骛追逐，奔走竞进。然则，世间没有永保之名禄，也没有长存之富贵，"节物风光不相待，桑田碧海须臾改"，时间的无情风雨，将辉煌显赫的一切都剥蚀成一片尘泥。仔细思量，追名逐利，甚至殉名殉利何如保身全生，那一分真性情、真生命的价值岂是过眼云烟般的虚浮名利所能比拟的。更何况，追名者未必得名，逐利者也未必得利。由以身殉名利到将名利与生命相比，思考究竟哪个更有价值、更值得珍惜，这是人的理性更趋成熟的标志，是从梦幻人生的狂热中，从"密臣臣蚁排兵，乱纷纷蜂酿蜜，闹嚷嚷蝇争血"般的昏醉中，猛睁睡眼产生的清醒意识。这种清醒的理性精神，正是人们对人类社会历史和世界的变动不居状态有所认识的结果。

变是永恒的、绝对的，不变是暂时的、相对的。人生一世，最美好的岁月无过于青春少年，但"春去秋来者将至"，不知不觉中，皱纹爬上了额头，秋霜斑驳了两鬓，由"红颜美少年"变成"半死白头翁"，人谁能免？"芳林新叶催陈叶，流水前波让后波"，由春到秋，由少到老，谁也无法逃脱这一生命新陈代谢的法则。"风雨相催，兔走乌飞"，时间在流逝，人生命处在不停的变迁之中。月盈则亏，日午必庚，盛极而衰，否极泰来，"祸兮福所倚，福兮祸所伏"，冥漠之中，仿佛有造物主操持着"生态平衡"。成败荣辱、利害得失、生死贫富、盛衰升沉、苦乐悲喜，往往是那样如影随形，相克相生。何须夸头角露峥嵘？世事不过是一场大梦，梦中的输赢，正未见分晓。而况最终，任你是输是赢，都是一样地归于消失、归于空无。这种人生、世事如梦如幻的空无感，不仅在中国古典诗歌史上触目即是，在西方，《圣经》中也有如下诗句："虚空的虚空，虚空的虚空，凡事都是虚空。"这种空无感乃是人类对永动不息、未尝稍驻的世界的普遍感受。

《红楼梦》第一回里，那被跛足道人称赞"解得切"的甄世隐的《好了歌》注说："陋室空堂，当年笏满床。衰草枯杨，曾为歌舞场。……金满箱，银满箱，展眼乞丐人皆谤。正叹他人命不长，那知自己归来丧。……因嫌纱帽小，致使锁枷扛。昨怜破袄寒，今嫌紫蟒长……"李山甫的《寓怀》所表达的对人生和社会历史的理解感受与这支《好了歌》注，正复相似，这是对人生命运和社会历史经过深沉思考而达到的大彻大悟，是只有饱阅了人世无常、翻过筋斗来的人才道得出的人生哲理。"长疑好事皆虚事，却恐闲人是贵人"二句是李山甫的个人体验，上句说的是因为幻灭太多所以生疑，下句则是无聊之甚时的自我嘲弄。命运难以把握，世事变化莫测，推己及人，由个体而群体，由现实上溯历史，整个人类社会莫不处于无法预测、难于控制的变化之中，矛盾互转，因果互易，没有"天不变道亦不变"的永恒存在，也没有"万世一系"的长治久安，一个人、一个家族、一个阶级、一个朝代莫不如此。这种关于人生、社会、历史的发展变化辩证的相对性的思考，正是这首冷眼看世的《寓怀》诗的合理内核。

警世箴人的奇作

——贯休《行路难》其二解读

行路难（其二）

不会当时作天地，刚有多般愚与智。

到头还用真宰心，何如上下皆清气。

大道冥冥不知处，那堪顿得羲和辔。

义不义兮仁不仁，拟学长生更容易。

负薪为炉复为火，缘木求鱼应且止。

君不见烧金炼石古帝王，鬼火荧荧白杨里！

　　贯休组诗《行路难》共 5 首，此为其二。此诗内容可分三层。前四句为第一层。"不会当时作天地"，劈头而来，很能代表贯休的奇险诗风。在古人的观念中，世界原本是混沌一气的存在。盘古开天辟地、女娲抟土做人的神话就是讲世界和人类的起源的。有了天地的开辟，才有人类的产生。诗人为什么竟说当初不该开天辟地呢？后三句回答了这个问题：天地开辟而人类产生，有了人类的生存，这个世界就永远失去了清净。不管是智者还是愚者，都在那里用尽心力、耗费生命，占有着、争夺着、攫取着、希求着，天地间到处是熊熊欲火、扰扰红尘，在人类进步的同时，贪鄙和丑陋也充斥着这个世界。早知这般光景，还不如天地当初不曾开辟，上下一片清气，那该是何等洁净安谧、单纯、美好。

　　"大道"以下六句为第二层，在这里，智者亦是愚者，智愚混同为一。"大道"指自然和社会的规律，它冥漠无涯，不知在什么地方。《离骚》云："吾令蹇修和再节兮，望崎峨而勿迫。路漫漫其修远兮，吾将上下而求索。"

贯休诗中表达的意思与屈子相反，他认为毅和手中的警头是停不得的，也就是说时间是永远不停地流逝的，而人生有限、时不我待，以有限的人生去追求无涯的大道，将永远难以企及。"义不义兮"二句，谓由于求大道而不得，就转求仁义。然而，求仁未必得仁，求义未必得义；何况，仁义自唐虞以下已成为"禽贪者器"，成了许多人谋取私利、祸国殃民的工具。而真正行仁义之道的人，还常常要为仁义之道失去一切人生的欢乐，直至牺牲生命："自虞氏招仁义以挠天下也，天下莫不奔命于仁义。"（《庄子》）于是人们又转求长生不死之术，"负薪为炉复为火"，即是描写道教炼丹的情形。古人对神仙的向往，有其两重性：一方面学仙反映了人们企望超越有限的生存时间和生存空间；另一方面学仙又表现出古人十足的无知和愚昧。尤其是统治者的迷信神仙，更是想永远保有荣华富贵的无耻贪欲的标志。不管是出于什么动机，长生是不可求得的。求长生如同缘木求鱼，世人还是不要去做这种徒劳无益的事吧。在这一层中，诗人谓求大道、求仁义、求长生的人，动机上也许都是"智者"，但行动上则无一例外都成为"愚者"。"君不见烧金炼石古帝王，鬼火荧荧白杨里。"死，是万生同赴的大结穴，是智愚贵贱谁也逃脱不了的，任你是殉道殉仁义还是假道假仁义，任你是学长生还是不学长生。这两句是第三层，用"君不见"提示，揭出"古帝王"，是为了引起世人注意。末句"鬼火荧荧"、森森可怖的气氛，大大强化了诗作警世箴人的效果。

　　贯休这首愤世、讽世、警世之作，给人的哲理启迪是双重的。首先，它真实地写出了人类社会充满"二律背反"窘境的悲剧历程：一代代希求，一代代落空，一代代死去；但是，新的一代又在作着新的幻想、新的希求，孜孜不倦，生生不息。而人类正是这样"代代无穷已"，悲壮而艰难地一步一步向前的。其次，它还可以启发读者思考一个更普遍的社会历史现象。"人固有一死"这本是常识以下的道理，却并非人人都真正懂得。古人囿于认识上的局限，曾幻想出一个个长生不死的故事。特别是古代的帝王们，为了永享占有天下的权势富贵，除"太医保健"外，迷信方术，烧金炼丹，让臣民山呼"万岁"，企求长生不死。但自古迄今，无论是"短命死"式，或"老寿星"式的皇帝，他们的结局又有哪一个异于芸芸众生，脱逃过冥冥墓穴！常识或常识以下的道理，并不是人人都能真正认识的；若是每个人都在真正的意义上深刻理解了自然、社会、人生的基本常识，人类生存的世界将会避免多少可悲可笑复可恨的事情发生！

事物矛盾统一的倚伏性存在

——唐备《失题二首》其一解读

失题二首（其一）

天若无霜雪，青松不如草。
地若无山川，何人重平道。

《失题二首》，语言平浅朴拙，命意警策，内涵厚重。此首的前两句，揭示的是青松和霜雪的关系。在和风微雨的春日一派苍翠的盛夏，松枝不见得比草色更加可人。它跻身于众草之间，枝干很可能被丰草绿蓐、青藤翠蔓所遮蔽，所谓"青松在东园，众草没其姿""青松不如草"云云，就是从这个意义上说的。但当西风劲吹、严霜骤至、百草凋零、万木叶脱的秋季来临，"凝霜殄异类，卓然见高枝"，青松才显出自己"寸寸凌霜长劲条"的风姿。尤其是朔风凛冽，大雪漫天的严冬时节，松树盘根如虬，直干似铁，枝叶因白雪的映衬而更见苍翠——那在严寒的日子里唯一给人们带来希望的苍翠。霜雪之于松有如霜雪之于梅，宋人卢梅坡诗云"有梅无雪不精神"，松树亦如是，只有在傲霜斗雪时，松树才充分展现它四季常青、硬骨铮铮的凛凛风采、堂堂气概、英雄本色。

"岁寒，然后知松柏之后凋也。"松如此，人亦然。松树的风格只有在霜雪之中才能见出，人的品格也只有在关键时刻才能得到本质的表现，"疾风知劲草，板荡识诚臣"，只有临难不苟、临危不惧、处变不惊的人，才是顶天立地的勇者！在平时，勇者也多不会像世故者那样八面玲珑、巧言令色、"处事得体"。但在严峻的考验面前，在利害得失之间、荣辱生死之际，他那崇高的品质、坚毅的意志、伟岸的人格，便会在瞬间一派辉煌，照彻人寰。从某种意义上说，正是霜刀雪剑玉成了青松，艰难困苦玉成了勇者。

诗的后二句，以"山川"和"平道"对比，正因为有"难于上青天"的险峰峻岭，人们才备感"平道"的易行；有水的惊涛骇浪、急流暗礁，人们才更看重坦荡如砥的康庄大道。山道行旅，高峰峡谷，悬崖峭壁，深林幽涧，稍不小心，即有失足坠落粉身碎骨之虞；山中野兽出没，"朝避猛虎，夕避长蛇"，常有性命被吞噬之患；水上往来，一帆风顺者少，而樯倾楫摧者多，"阴风怒号、浊浪排空"之时，葬身鱼腹往往不可避免。古典诗歌中履兴"行路难"之慨叹，即便撇开它的社会人生象征意义，单纯从自然的角度来看，也确是如此。

世界上的事物无不是既矛盾又统一的倚伏性存在，失去了一方，另一方也就同时失去；矛盾对立的双方相互制约，构成对方共同存在的前提。就譬如光和影，有光的地方必须有影，反之亦然。有比较才有鉴别。看似相反的双方，却互为参照物，共同构成一个完整的系统。因为有了比较，有了参照，各自的特点才更加鲜明突出，引人注目。谚谓经过严冬的人才知道炉火的温暖，熬过暗夜的人才懂得阳光的明媚，就是这个道理。霜寒雪冷，对草木无疑是一种毁灭性的灾难，但正是在傲霜斗雪中，青松的斗士风骨才得以展现，让人备感生命、意志、品节的坚忍不拔和不可征服！"山川"和"平道"的坦荡易行才越发显得可贵，人们才能更充分地体验到在平坦的大路上从容行走、安步当车的欣慰和快乐。人生的四季里，少不了降霜的早晨和下雪的夜晚，那时，去想一想青青的松枝，人生的旅途中，也一定会遇上山川险阻，人们不惮于跋山涉水，奋然前行，当"坎坷终处通坦途"之时，也会因为那一段长长的充满风险的山道水程，而倍加珍爱脚下洒满阳光的平坦大路。

长 恨 人 心 不 如 水

——唐备《失题二首》之二解读

失题二首（其二）

一日天无风，四溟波尽息。
人心风不吹，波浪高百尺。

唐备的《失题二首》之二，通过大海与人心的对比，反衬出"人心不平"的题旨。面对波翻浪涌的大海，人们常常发出惊惧的感叹；但当风暴停息下来的时候，所有的水域都会波平浪静，波浪是由风暴卷起来的，只要风暴停息，水面自然就波澜不惊。"一日天无风，四溟波尽息"，强调的就是风暴对于波浪的决定性意义：风起则浪生，风平则浪静。自然界的风有停止的时候，遇上一个无风的日子，大海的波涛潮沙都会消歇了它的喧响。但在人心的海洋里，却永远没有平静的时候，尽管没有风能吹到那里，可那里却总是翻腾喧嚣着百尺高浪。这是因为，社会没有平静的时候，矛盾无处不在、无时不在，生活变动不居永动不息。作为"社会存在物"的人，主体心灵感应着客观现实的种种纠葛、纷争、冲突，生活的流程不会凝定，心便永远不会真正地平静下来，社会的矛盾会不断地转化为心头之波澜。除了对社会的感应之外，人又是"有欲望的存在物"，对物质、情感、精神等方面都有强烈的要求，这种个体生命的需求作为纯粹的主观愿望，总是和客观现实之间存在着一段不可消解的距离，也就是说，现实永远无法满足人的无穷欲望，人便会永远地陷入主观欲求无法满足所造成的痛苦之中，灵魂在理想与现实、情感与理智、物质与精神等无法统一的矛盾冲突之中徒劳地挣扎。一个人，表面看来也许是很平静的，在他的心灵深处，在那看不见的一片无边辽阔、比真正的海洋还要浩瀚的心的海洋里，正有着惊涛拍岸、白浪滔天。"人心风不吹，波浪高百尺"，正是对作为"社会的存在""有欲望的存在"的人的灵魂真实状态所作出的简练准确的概括。

如上分析，人心的难以平静，是作为社会关系和自然关系总和的人的必抉状态。作为社会人，他永远在感应着生活中种种永远也不可能真正解决的矛盾；作为自然人，他又时刻体验着肉体生命的极为深刻的焦渴。灵魂的骚动不宁就成为势所必然。从一个方面来说，"人心不平"是人的生命力、创造力健旺的标志，是个体生命生机勃勃的表现。能够用主体心灵及时地感受社会生活，表明了主体对客体的关注，这是人的社会责任感和历史使命赖以产生的基础，它使人面对纷纭多变的社会现实作出自己的判断和抉择，推动自我去为社会人群作出应有的贡献。而肉体生命那种深不可测的内在需要，那种无穷的欲望和无边的渴求，又会时刻作为巨大的内驱力去推动人与人竞争、创造，去不停地奋斗、不断地进取，从而充分实现自我生命的价值。马克思、恩格斯认为人的欲望，即使是那些恶的欲望，也是推动社会前进的杠杆，主要就是因为马克思、恩格斯看到了无穷的欲望可以转化成无限的创造力，没有创造便没有文明的进步。为责任感、使命感所激荡的心灵，为生命的内驱力所催动的充满创造激情的心灵，怎么可能平静下来呢？相反，当一个人对社会、生活、他人、自我表现出厌倦、冷漠、麻木的时候，也就是他的责任感、使命感和创造激情沦丧的时候，他的心平静了——心如枯井、心如死灰、心如死水，但这"死水"般的平静，让人感到的只能是鲜活生命涅槃了的悲怆！

然而，转换一种角度看，"人心不平"又有它的负面价值，它构成了对社会、他人和自我的一种威胁。骚动不宁的心潮催生的可能是一首美妙无比的纯诗，也可能是一个不可告人的阴谋；呼啸澎湃的心海之水冲洗出的可能是一幅宏伟的创造蓝图，也可能是一张卑劣的灵魂底片。生活的矛盾转化为心海的浪潮，心海的浪潮会使社会愈加不平静，冲突、纠葛、纷争，永无了时。小而言之，出于一己的私欲，尔虞我诈、钩心斗角、倾轧争夺、诬蔑陷害，一切的丑恶现象都因一念歪斜而产生；大而言之，专制、垄断、高压、强权、谋略、屠戮、限人自由、夺人权利、害人性命、灭人种族、亡人邦国，人类社会上演着一场场惊心动魄的弱肉强食的多幕悲剧，生活中每天都涌现着数不清的可悲可叹可惊可怪之事。"人心不平"不仅对社会的正常秩序构成冲击，也对他人的正常生存带来灾难。而贪婪的欲望无法满足之时，熊熊欲火烧得人坐卧不安，对自我也是一种极大的折磨和痛苦。对凡此种种，诗人们投以极大的关注，他们在对人心的不平惊愕不已之际，将自然的风浪与人心的风浪进行比较，结果令他们深深感慨："常恨人心不如水，等闲平地起波澜""人间底是无波处，一日风波十二时""人海阔，无日不风波"。唐备的《失题二首》之二是这一类为数不少的诗作中较有代表性的一首，它以其鲜明的对比和包含深厚的简洁引起读者的共鸣。

阴极而阳始至

——张栻《立春日禊亭偶成》解读

立春日禊亭偶成

律回岁晚冰霜少，春到人间草木知。
便觉眼前生意满，东风吹水绿差差。

《立春日禊亭偶成》是一首节令诗。一年四季，春与秋是两个特征最鲜明的季节。春天万物萌发，生命由此步入夏的壮大；秋天草木摇落，生命从此进入冬的休眠。春秋这两个处于冷暖转接点上的季节，最能引发情绪反应，因而，古代诗歌吟咏春秋二季的作品最多。历代诗人咏春，或赋早春，或赋仲春，或赋暮春；或新鲜，或欣悦，或感伤，各借一时之景来寄托情怀，佳构迭出，名作如云。《立春日禊亭偶成》写立春之日的印象感受，受诗题限制，字面上必须紧扣"立春"来写，时间的具体和固定使诗人不可能放纵笔墨。

这是一首在创作难度较大的情况下写出的颇具特色之作。

诗的首句暗点题面，"律"指律历；夏历立春日，或在旧年岁尾，或在新年岁首，"律回岁晚"说明立春在新年之前。春回大地是悄然无声的，地气稍稍转暖了，阳光比先前明亮了，刀般的风竟也渐渐刮出些许温柔来，冰霜开始融化。"冰霜"承"岁晚"，"少"接"春回"，严冬将近，春天乍回，首句从时间上写出冬春两个季节的交替，写景上以"冰霜少""律回岁晚"，显示了新旧交替点上的景物特征。次句"春到人间草木知"，直接点题，借草木写春来，草木知，人更知。人与自然界的万物共同守候了一个漫长的冬天，终于盼得"春到人间"，连草木以人的意识，借物态传人情，是透过一层，加重一倍的写法。

第三句"便觉眼前生意满",用虚笔写诗人的感觉。展开历书,刚看到今日立春;转眼顾盼,顿时觉得天地间充满了欣欣的生意。这里的"便觉"与上句的"草木知"连成一片,社会和自然、人与草木、眼前和心中,都被益然生意遍布充满。"生意满"的"满"可谓一字千钧、凝重传神,遍布充满这一切的是造化的伟力!第四句"东风吹水绿差差"是《立春日禊亭偶成》中唯一的实写句:"绿差差"写出了水面解冻后的活泼意态。有东风吹拂,有绿水滋润,预示着大地回黄转绿、姹紫嫣红开遍已为时不远了。

冬与春的转换、旧事物与新事物之间的嬗递演变,是一个辩证的过程。冰天雪地的隆冬是寒冷的极点,但"物到极时终须变",寒冷的极致也就是转暖的开始。"如果冬天来了,春天还会远吗?"旧事物的内部往往孕育着新的转机。"海日生残夜,江春入旧年",残夜未尽,一转朝日已在升起;旧年尚在,江上已是春意益然了。新与旧之间就是如此奇妙地交织替换。一件事物在它出现的时候,自身就伴随着否定性因素,譬如"冬至"标志着数九隆冬的开始,但也就是从冬至起,太阳从南回归线向北回归线移动,"阴极而阳始至"(《通纬·孝经援神契》),日脚长一线中,阳和之气微微萌生了,春天开始了重返人间的归程。

《立春日禊亭偶成》哲理意蕴深厚,但作者并无意于故意说理,他所要传达的只是在立春这个特定时日一种强烈的情绪体验。"便觉眼前生意满","便觉"二字写的是一种骤然的感觉——一下子就觉得益然春意铺天盖地而来。"春风才一笔,便胜却丹青无数",这里表现的只是渴盼春归的诗人,在立春日无限兴奋喜悦的心理真实。实际上,其时别说"花开红树乱莺啼"的热闹春景,恐怕连"草色遥看近却无"的早春景色都难以见到。从作为认知主体的人的角度来看,世界不过是存在于主体感知中的世界,存在不过是被主体反映了的存在,对象不过是被主体观照的对象,客观的真实不过主体认识到的真实,是心理的真实。尤其是在抒情诗中,表现得更为突出。这首诗很典型地体现了这一点。

从几首古诗谈谈对孝道的认识

——以《陟岵》《木兰辞》《游子吟》为例

　　我其实不大懂传统文化，也不是从事孝道文化研究的专家。遵奉少波会长之命参加这次孝道文化论坛，首先是出于朋友情义，同时也是为了有机会向各位专家学习。我是在中文系教书的，主要从事中国诗歌教学、研究工作，三句话不离本行，我就从几首古诗切入，谈谈自己对孝道文化的一些粗浅认识，借此就教于各位方家！

一、《魏风·陟岵》

　　陟彼岵兮，瞻望父兮。父曰：嗟！予子行役，夙夜无已。上慎旃哉！犹来无止。

　　陟彼屺兮，瞻望母兮。母曰：嗟！予季行役，夙夜无寐。上慎旃哉！犹来无弃。

　　陟彼冈兮，瞻望兄兮。兄曰：嗟！予弟行役，夙夜必偕。上慎旃哉！犹来无死。

　　这是《诗经》"国风"里的一首诗。这首诗中所写的征人，在异乡奔波劳顿，他在登上山岗想念亲人的时候，亲人也在担忧、牵挂着他。征人登高远望之际，恍惚听到了家乡亲人们那一声声体恤艰辛、提醒保重、祝愿平安的嘱咐叮咛，见出征人与父母兄弟之间心心相印、息息相通的骨肉手足的浓挚血缘亲情。这是乡愁主题诗歌登高思亲、远望当归的原型模式的初始文本。诗里用的是并时互想、对面着笔的写法，这种表现手法，对后世同类诗歌的写作影响深远。读这首诗，有助于我们具体理解所谓父慈子孝，兄友弟恭的伦理情感。即此可知，孝道亲情是对等的血缘伦理之爱，是所有家庭成员彼此之间的互相体贴关爱。即如《孝经》所讲孝道，本来就包括天子、诸侯、卿大夫、士和庶人几个层面，就是对全体社会成员的全方位要求。并非像一般对孝道的狭隘理解那样，只是对子女的单一向度的要求。从忧念亲养的孝道角度看，"读之令人酸痛摧肝"的《唐风·鸨羽》一诗，可能更典型些。这里没有列举《鸨羽》，而是以《陟岵》为例，目的就是为了印证对孝道的一些不一定正确的，当然也不一定不正确的个人理解。

二、《木兰辞》（节录）

阿爷无大儿，木兰无长兄。愿为市鞍马，从此替爷征。

《木兰辞》是入选中学语文教材的一首南北朝乐府诗，大家耳熟能详，所以就不再引录全诗了。木兰代父从军，主观上为亲人，客观上为国家。可以从中引申出化家为国、移孝作忠的重大意涵。儒家文化讲推己及人，讲老吾老以及人之老，幼吾幼以及人之幼。这就是爱心和仁义的普适性。由事父到事君，就是孝道的推衍和扩大。所以讲《木兰辞》，不要一上来就讲巾帼英雄，就去人为拔高，去搞灌输说教；要下大力气，先讲好木兰的爱亲人，然后自然升华为爱国家，就易于被人感知接受，这样才不会流于说教，才能收到良好的育人效果。对于我们自以为熟悉的、正确的东西，我们其实往往不得要领，这就是所谓的自蔽或曰灯下黑。就像我们讲《木兰辞》的思想感情，往往抓不住重点一样，讲《木兰辞》的艺术，往往也抓不住"女扮男装"这个天才的情节模式，而去大讲什么民歌的铺排夸饰之类。假如我们认定《木兰辞》是民歌，那么就可以说民间有天才。其实，《木兰辞》最大的艺术成就，就是提供了一个"女扮男装"的天才的原型模式，为后世叙事文学的故事情节开展和人物命运变迁，打开了无穷的法门。就像在讲《木兰辞》的思想内容时，应该大讲特讲木兰爱亲人一样；在讲《木兰辞》的艺术成就时，就应该大讲特讲"女扮男装"这一叙事文学中的前无古人、后开来者的天才情节模式。

三、孟郊《游子吟》

慈母手中线，游子身上衣。临行密密缝，意恐迟迟归。谁言寸草心，报得三春晖。

中唐诗人孟郊命途多舛，幼年丧父，后又丧妻丧子，与母亲相依为命。长期科场失意，46 岁才中进士，50 岁入仕为溧阳尉，把母亲从几千里外的洛阳，接到任上，奉母尽孝，报答养育之恩。这首诗就是孟郊迎接母亲时写的，诗题下有个自注"迎母溧上作"，被后人称许为"诗之尤不朽者"。"慈母手中线"几句所写，大概就是一次次赶考离家前，母亲一针一线、针针线线、千针万线为自己缝补冶装的永不磨灭的细节印象。诗的末二句，说明父母对子女的恩情，父母养育子女的高天厚地之恩，子女对父母的报答，哪怕是尽心尽力的报答，也只能报答其万一，也总是严重不对等的。这种不对等的深层原因，基于人性本身。对于这种不对等，《诗经》作品已有过感人的表达，如《邶风·凯风》："母氏圣善，我无令人。""有子七人，莫慰母心。"《小雅·蓼莪》："哀哀父母，生我劬劳。""父兮生我，母兮鞠我。拊我畜我，长我育我。顾我复我，出入腹我。欲报之德，昊天罔极。"如此说来，任何时代讲孝道，主要都还是教育感发子女，唤醒子女的感恩之心，来竭尽心力，报答父母的养育深恩。

我们今天在讲孝道，弘扬孝道文化的时候，一定要明白，包括孝道文化在内的传统文化，不可能是包治百病的灵丹妙药，一百多年来的近现代史早已证明，它在总体上已经不能适应和满足现代社会的需求，它只能成为现代文化的某种补充，为现代文化所取资，而不可能取代现代文化。所以，我们今天讲孝道，一定要注意以下几个方面：一是要有五四的民主科学、自由平等精神，要具备真正的现代意识，辩证地看待传统文化，包括孝道文化，处理好继承与扬弃的关系。离开五四精神和现代意识的观照，传统文化可能更多的是负面效应。传统孝道文化里面，就有一些明显不合乎基本人性的东西，不宜再被继承和发扬。也就是说，在现代社会的文化建设活动中，不能再去盲目宣传和仿效"愚忠愚孝"这些过时的、有害的观念和做法。二是要厘清人的权利、责任和义务，包括父母，包括子女，包括全社会的所有成员。谁也不能缺位，谁也不能随意推卸、随意放弃属于自己的权利、责任和义务。在此前提下，才好建立起来彼此良性互动的合理关系。而不是一味地要求一方，而不提当事的另外方面。三是要把制度建设和社会保障，与对孝文化的宣传提倡结合起来，哪些是社会应该负责的，哪些是子女应该承担的，要有一个基本清晰的分际。避免把社会应负的责任，以孝道之名，全部转加到子女头上。因为今天的子女们已不可能像古代那样专事养亲，他们都在为社会工作，压力山大，如果不工作，没有工薪收入，连基本的生活、生存都不能保障，还谈何养亲尽孝？所以必须统筹协调，建立健全社会保障制度，与孝道文化的弘扬互补互助，如此才能真正解决养亲、孝亲的问题，才能收到良好的社会效果，才能真正建成幸福的和谐社会。

第三辑

新诗文本解读

诗的人生三段论及风与火的二重关系

——刘大白《旧梦之群》三十六、五十九解读

旧梦之群（三十六）

少年是艺术的，/一件一件地创作；/壮年是工程的，/一座一座地建筑；/老年是历史的，/一叶一叶地翻阅。

旧梦之群（五十九）

风吹得灭的，/只是星星之火，/可奈燎原之火何！——/火到燎原，/风没有不反作火的助手的啊！

受古诗绝句小令和印度泰戈尔小诗、日本和歌俳句以及西方现代派诗歌的综合影响，在"五四"前后的新诗坛上，小诗的创作蔚为大观，涌现出了胡适、冰心、徐玉诺、郑振铎、宗白华等小诗名家。这些小诗多写一时的景观，刹那的印象，片刻的感悟，佳者短小精练，词约意丰，耐人咀味。刘大白也是小诗创作的佼佼者，写有《花间之群》49首，《看月之群》10首、《秋之泪之群》45首、《落叶之群》33首、《春底复活之群》14首、《快乐之群》18首、《孤树之群》3首、《再造之群》62首、《丁宁之群》63首、《泪痕之群》141首、《花间的露珠之群》12首、《流萤之群》10首、《旧梦之群》101首、《小鸟之群》4首，数量之巨，堪称第一。刘大白的小诗多数抒发从大自然中得到的灵感和启示，也有一些抒写人生、社会的体验思悟。虽不押韵，但大多数写得优美简洁，富有诗意。这里选析的是他的《旧梦之群》第36首和第59首两首小诗。

《旧梦之群》第36首，由三个比喻构成整齐匀称的排比，分写人生三个不同的年龄阶段的特征，在此姑称之为"诗的人生三段论"。在古今中外文学作品对人生不同阶段所进行的大量描述说明中，这首六行小诗堪称精要确切之最。"少年是艺术的／一件一件地创作"两句，是说少年阶段，阅历不丰，经验不广，人生基本上还是一片空白，每做一件事都是新鲜尝试，都是第一次，就像从事艺术创作一样。文艺创作除了不事沿袭、注重独创的尚新特点外，就是高度重视想象、幻想，而热衷想象、追求幻想也正是少年人的心理行为特征，虽说不切实用，但确无比美妙。"壮年是工程的／一座一座地建筑"两句，是说人生进入中年阶段，理想色彩渐次减轻，务实主义大为增强，不再闭起眼睛编织青春期五彩缤纷、不切实际的迷离梦幻，转而注目现实的目标，并且用脚踏实地的勤恳劳作，去一件一件地完成，就像建筑工程一样，一砖一石地构筑起人生的亭台楼厦，而人的一生基本框架格局亦是在这一阶段的实打实的垒砌中大致定型的。"老年是历史的／一叶一叶地翻阅"两句，是说人到老年，既乏少年人的热情憧憬，又无壮年人的经营心力，不能奢望未来，也无力把握现在，所以只好回忆过去聊充慰藉。而老年人已然经历了人生诸事，往昔的一切都已成为"历史"，正好可供"一叶一叶地翻阅"之用。这首小诗启示人们：处在少年的时代一定要敢想敢做，要为青春涂抹一片多彩多姿的斑斓；处于壮年时代一定要务实劳作，为自己也为他人筑起遮风挡雨的栖息家园；进入老年时代则到了回首人生路，好好地省视总结一番的时候了，为后人留下成功失败的宝贵经验教训。

《旧梦之群》第59首，是诗人从自然现象中得到的启示。"风"与"火"的关系，也是相反相成的。"风吹得灭的／只是星星之火"。但一星微火，却可以燃成燎原之势。等到大火"燎原"的时候，"风"就不能再把它"吹灭"，"风"就无可奈何了。还不仅如此，这时候，本是与"火"为敌的"风"，反作了"火的助手"，火会因为风的吹扇烧得更旺更猛，所谓火借风势，风助火威，说的就是此种情形。诗人在这里写的虽是自然现象，喻示的则无疑是社会现象。人间诸事往往就是这样，动机和效果往往乖违，事物往往走向它的反面，而本来是矛盾的双方，又会在特定的情况下发生奇妙的转化。结合20世纪20年代中国社会错综复杂的矛盾状况来看，这首小诗恐怕还是有它的现实所指性的。

展望未来才是出路所在

——刘大白《看月之群》三解读

看月之群（三）

明明是今夜明月，/偏爱说是旧时明月。/难道今夜月色，/还是旧时月色吗？//与其说是旧时明月，/何如说是明年明月？/难道今夜月色，/到明年不是旧时月色吗？//且把今夜明月，/当作明年明月看吧！/如果爱看旧时月色，/还不是预看了明年的旧时月色吗？//要看旧时明月，/是不可能的；/要看明年明月，/是或许可能的。/人生只有将来，/怎地尽留恋那过去的旧时月色呢？

诗人喜欢吟咏月亮，中外皆然，而以中国诗人为甚。从《诗经·陈风·月出》滥觞，一部诗歌史上，咏月诗多到不胜枚举，名篇佳句，层出不穷。诗人偏爱选取月夜这一时空背景展开抒情，不是偶然的。现代科学证实，月亮作为地球的卫星，它的运行直接影响了地面江海潮汐的涨落。人体的三分之二是水，月亮的运行也引起人体生物潮的律动，人在月夜，情绪要么特别亢奋，要么特别沮丧，情绪的波动比平时大得多。月夜使本就比常人敏感的诗人的诗情诗思异常活跃，这就是诗人为什么特别喜欢在月光下展开抒情的生理心理依据。现代诗人也有不少咏月之作，刘大白就写有一组10首的《看月之群》，这里选析的是其中的第三首。

综观古今咏月诗，诗人在描写月光的皎洁清幽的时候，或怀人，或念远，或忆旧，或凌空蹈虚，想入非非，或思索天机，感悟世理。其格局大致如此。刘大白这首诗属于借月色抒写理思的类型，对"今夜明月""旧时明月""明年明月"的关系展开思辨，启示人们不要一味耽溺于往事的回忆，重要的是

111

向前看，展望未来才是出路所在。小诗写得颇含理趣和禅机。

诗的第一集首先指出了一种现象："明明是今夜明月/偏爱说是旧时明月。"这种现象不论是在大量的咏月诗词中还是在日常生活中，都普遍存在着，究其原因，无非人们的怀旧心理使然。人世多变迁，而一轮明月依然。所谓"人生代代无穷已，江月年年只相似""古人今人若流水，共看明月皆如此"。所以，人们总觉得"今夜明月"和"旧时月色"没有什么差别。北宋晏几道在《临江仙》结尾写道："当时明月在，曾照彩云归。"南宋姜夔在《暗香》开头就说："旧时明色，算几番照我梅边吹笛。"都是因为回忆往事而把"今夜明月"视为"旧时明月"。但从时间一维向前流逝的角度看，"今夜"就是"今夜"，不会变成"当时"或"旧时"，时间不会倒流，现在不会退回过去，"今夜月色"不能等同于"旧时月色"。缘此作者发出诘问："难道今夜月色，/还是旧时月色吗？"即是提请人们清醒地意识到，怀旧是徒劳的，过去的永远过去了。

如果说诗的第一节坚持强调"现在就是现在"这层意思的话，那么诗的第二、三节则采取灵活的态度："与其说旧时明月，/如何说是明年明月？"诗人指出："难道今夜月色，/到明年不是旧时月色吗？"表现上让过一步，承认"今夜月色"可以是"旧时月色"；实则进逼一层：因为"今夜月色"只有"到明年"才能变成"旧时月色"；转换了时空，对象的性质就随之发生变化。这样既在一定程度上满足了怀旧心理的需要，又把诗意导入了"向前看"的题旨，显得机智灵活，富于禅机。

诗的前三节就"今夜明月"与"旧时明月""明年明月"的关系作思辨的处理后，诗的第四节，作者直言相告，明白地说："要看旧时明月，/是不可能的"，不容置疑的语气不啻当头棒喝，目的是为了彻底打消人们的怀旧心理、耽溺情绪，让人们不再对过去存在幻想，而徒然地浪费生命。"要看明年明月，/是或许不可能的"两句，一方面指明了"向前看"的出路，但"或许"两字，又以不定的语气传达出了人生无常、世事难料这一层意思，可见这里的肯定未来、指向未来，是过来人的深刻老道的坚定的人生信仰，而非少年人一味热望未来的天真烂漫的憧憬心态。诗的结尾，诗人直揭主题："人生只有将来"，对"留恋过去的旧时月色"的怀旧心理、耽溺情绪进行了完全否定。

作者在此否定的实质上是那种"向后看"的思维方式、消极没落的人生态度，宣扬的是"向前看"的思维方式、积极进取的人生态度。

心镜明澈，才无眩惑

——沈玄庐《读大白的〈对镜〉》解读

读大白的《对镜》（一）

　　镜中一个我，/镜外一个我；/打破了这镜，/我不见了我。/破镜碎纷纷，/生出纷纷我。

　　镜子，是日常生活用品，人人都照过。历代文人照镜之余，往往加以吟咏，留下了不少咏镜诗。古代如张九龄的《照镜见白发》，刘禹锡的《昏镜词》、苏舜钦的《览照》等，现当代如艾青的《镜子》、纪宇的《哈哈镜》等，都是此类作品中的名作。新文学运动初期诗人玄庐，写有《读大白的〈对镜〉》二首，于通俗浅显之中见哲理，是新诗史上早期咏物佳制，这里选析的是第一首。

　　镜子古称鉴，其用途主要在于照面、整容。由于这种"自见自知"的作用，从中引申出了"分真伪""知善恶""辨妍媸""见成败"等意义。所以《汉书》里有"以镜考己行"的说法，唐太宗发挥了这个观点，进一步提出了"三镜"的名言："以铜为镜，可以正衣冠；以古为镜，可以知兴替；以人为镜，可以明得失。"照镜，便由看看自己的容貌这样一件日常生活小事，变为认识自我、认识历史、认识社会的喻指性说法，镜子便具有了象征的意蕴。古今诗人咏镜，也多是就其象征意蕴生发开去，并非拘泥于吟咏镜子本身或览镜整容的日常生活琐事。

　　玄庐这首诗，旨在喻示人对自我认识的困难，取的也是照镜的象征意义。相比之下，人对世界、对他人的认识固然不易，但对自我的认识往往更加困难。因为世界和他人作为客体存在，便于自我这一认识主体进行观照；人对自我的认识，则是主体对主体的认识，主体同时又是自己的客体，是自我认识和观照的对象，这当然会增加看清楚的难度，影响自我评价公正和准确性。知人难，知己更难，所以自知之明才显得分外可贵。人要进行自我认识、自我观照，必须借助"参照物"。诗人选中的"参照物"是镜子，借镜审容，借镜见性，借镜悟理。所谓"借鉴"云云，原本是为了确认自我。"借鉴"是"假物"，即借助它物，一方面是"我"对"他物"的利用，同时，"我"又要受到"他物"的限制。"镜外我"是真我，"镜中我"是"镜外我"映入镜中的影子，人借助镜子进行的自我认识、自我观照，所看到的也不过是自己的影子罢了。影子是虚的表象，本质深隐着，是照不出也看不见的。若是"打破了这镜"那就连自己的影子也看不见了。而在"纷纷"的破碎镜片中，又会"生出纷纷我"，映现出无数个"我"的影子来。"我"还是"一个我"，没有变，影子却多起来了。本为自我认识观照而览镜，面对这破碎镜片中无数个我的影子时，反而会看得眼花缭乱。碎镜如此，如果面对的是一面哈哈镜、一面变色镜，自我形象不仅看不真切，而且不免要遭到歪曲。

可见，照镜自审并不能解决确认自我的问题。确认自我还必须依靠自我而非外物，需要自我的心境而非外在的物镜。月印万川，无非一月。"镜中我"本"镜外我"，任你"一个"或"纷纷"，处处无非我。只要"心镜"明澈，自我即无眩感。"内求诸己，无待于外"，或许是应该采取的态度。

哲学家诗人的经验主义艺术哲学

——胡适《梦与诗》解读

梦与诗

　　都是平常经验，/都是平常影像，/偶然涌到梦中来，/变幻出多少新奇花样！// 都是平常情感，/都是平常言语，/偶然碰着个诗人，/变幻出多少新奇诗句！// 醉过才知酒浓，/爱过才知情重：——/你不能做我的诗，/正如我不能做你的梦。

　　胡适是中国新诗的倡导者，他的诗以写实为主，语言平浅朴实，并且特别喜欢在诗中说理，号称胡适之体——这大概与他本身是哲学家有很大关系，同时也与"五四"这一启蒙时代的现实需要分不开。康白情说："胡适的诗以说理胜，宜成一派的鼻祖。"朱自清说："新诗的初期，说理是主调之一。新诗的开创人胡适之先生就提倡以诗说理。"在他的《尝试集》中，有表现社会哲理的《威权》，有表现人生哲学的《应该》，这首《梦与诗》，表现的是艺术哲理，可视为经验主义哲学家的诗人的经验主义的艺术哲学。

　　这首诗强调的是"经验"的重要性，不论是"做梦"或是"作诗"，都要以"经验"作为底子。梦是日常生活经历感受在人脑中的折光反映，"平常经验"与"平常影像"偶然涌到梦中，就能变幻出无数"新奇花样"。但不管梦幻多么光怪陆离、匪夷所思，它仍然是日常经验的投影，所谓"日有所思，夜有所梦"。同理，美妙动人的"新奇诗句"也是诗人对"平常情感""平常言语"的提升加工，没有日常生活的见闻体验作为素材，无论多么高明的诗人也写不出好的诗句来。岂止是写不出好的诗句，甚至连起码的常识都要违背，闹出笑话来的。胡适在这首诗的"自跋"中就举了两个例子："北京的一

115

位诗人说：'棒子面一根一根往嘴里送'；上海一位诗人大家说：昨日蚕一眠，今日蚕二眠，明日蚕三眠，蚕眠人不眠'。"这两个例子中，前一例本欲表现民众的生活贫穷，但作者不知道"棒子（玉米）面"是无法擀成"一根一根"的面条的；后一例本欲表现蚕农的劳动艰辛，但作者不知道蚕的三眠之间是隔许多时日的，并非"昨日一眠""今日二眠""明日三眠"。应该说："北京诗人""上海诗学大家"写诗同情民生疾苦的动机都是好的，但由于脱离实际，并不真正了解下层劳苦大众的劳动和生活，所以无不在诗中违背常识，出乖露丑，良好的主观愿望导致的是相反的结果。这种情况在那时候还不是个别的，胡适指出："现在人的大毛病就在爱做没有经验做底子的诗。"对此，胡适尖锐地批评道："吃面养蚕何尝不是世间最容易的事？但没有这种经验的人，连吃面养蚕都不配说——何况作诗？"

胡适写这首《梦与诗》，针对的就是当时诗坛上这种不懂常识凭主观捏造的错误创作现象。在诗的第三节，胡适把他的"经验主义"的诗学观引向深入：诗人不仅要熟知一般的常识，而且还要根据自己亲身经历体验去创作，这样作出的诗才是个人的、个性化的、不会与他人雷同的、无法被别人替代的："你不能作我的诗/正如我不能做你的梦"——"我的诗"是"我"的个人生活经验的艺术表达，"你的梦"是"你"的个人生活经验的变形显示，"你"没有"我"这样的经验作不出"我"这样的诗，正如"我"没有"你"这样的经验也做不出"你"这样的梦。个人生活经验不同，彼此无法取代替换。

从艺术哲学的高度来看胡适这首诗，他的朴素的"诗的经验主义"与我们今天反复强调的"生活是创作的源泉"正相吻合。"醉过才知酒浓/爱过才知情重"，的确道出了朴素而深刻的哲理，其中包含的是实践的观点，它所揭示的不仅是"生活"与"创作"的关系问题。而且触及了更宽泛的"行"与"知""存在与意识"的关系问题。这应作格言记取的诗句，不仅对从事文艺活动的人们具有教育意义，而且具有更普遍的人生启迪性。

当然，胡适在此诗中表达的"经验主义"诗歌艺术观，其哲学基础是乃师杜威以经验为根本的实用主义哲学思想。胡适是实用主义哲学大师杜威的高足，这一点众所周知，毋庸赘言了。关于这首诗的形式技巧倒是还需再说几句，胡适的新诗被人们称为"胡适之体"，这种诗的结构一般比较松散，不大讲究押韵，语言上也不太注重锤炼修辞工夫，其失在于浅易。但这首《梦与诗》，却异常严谨整饬，三节诗的句数、每一句的字数都完全相等，语言凝练，韵脚密致，的确是一首艺术上相当成熟的哲理诗。

一曲心灵解放的人的颂歌

——胡适《一念》解读

一 念

我笑你绕太阳的地球，一日夜只打一个回旋；/我笑你绕地球的月亮，总不会永远团圆。/我笑你千千万万大大小小的星球，总跳不出自己的轨道线；/我笑你一秒钟行五十万里的无线电，总比不上我区区的心头一念！/我这心头一念：/才从竹竿巷，忽到竹竿尖，^①忽在赫贞江上，忽在凯约湖边；/我若真个害刻骨的相思，便一分钟绕遍地球三千万转！

①原注：竹竿巷是我住的巷名。竹竿尖是吾村后山名。

与庞大的自然天体相比，人无疑是相形见绌的渺小存在物。人的心头"一念"，就更加微不足道了。然而，新诗开山始祖胡适的《一念》，在构思上却跳出了既定思维模式的窠臼，表现出与惯常看法迥异的旨趣。

"地球"载育万物，被尊为"后土""地母"，是人们顶礼膜拜的对象；"月亮"更受到了从古至今无数诗人的吟咏、赞美；天宇上的大小"星球"，被视为"星宿"，高高在上，也无不引起人们的敬畏之意。但在这首《一念》中，"地球""月亮""星球"，却无一例外地遭到胡适的一番谐谑嘲笑：我笑你围绕太阳旋转的地球，一天一夜也不过是只能转那么一圈；我笑你围绕太阳旋转的月亮，自己却无法永远团圆；我笑你大大小小的无数星球，永远在既定的轨道线上运转，只能服从必然，毫无自由可言。这些庞大的天体，没有生命，没有意志，受必然规律的支配，虽然永恒，但在诗人不恭的观照中，无不存在局限，露出呆相，显得好笑。接下来，诗人再对"一秒钟行五十万里的无线电"加以嘲笑，并由此引出诗的主旨："心头一念"。诗人的"心头一念"，可以从他的住所小巷瞬间飞到他家乡的山头，可以一会儿在赫贞江上，一会儿在凯约湖边，如果刻骨思念远方的话，还可以一分钟绕地球转三千万圈。——只要有这"心头一念"，即可"万物皆备于我"，随心所欲，无往不适，无适不可了。地球、月亮、星星，虽然在时空占有方面比人的优势大得多，但它们受必然支配主宰的局限性也比人大得多。人作为有生命、有性情、有心灵、有意志、能思维的存在，所享有的精神自由度，是一切永恒存在的庞大天体所永恒不可企及的。

这首诗洋溢着乐观、自信、幽默的情调，映现出五四时期张扬个性、崇尚主体、思想解放、心灵自由的时代精神。作为五四新文化运动领袖人物的胡适，如此抬高自己的"心头一念"，正是打破了精神枷锁偶像崇拜之后才会出现的崭新现象。北宋的苏轼在他的名作《前赤壁赋》中写道："盖将自其变者而观之，则天地不能以一瞬；自其不变者而观之，则物与我皆无尽也。"将短暂渺小的人生与永恒存在的自然摆平，用的是道家的"齐物"的相对主义思维，并不能给人们提供新鲜有力的思想启迪。五四时代的胡适在这首《一念》中，将短暂渺小的人类的微不足道的"一念"，提升到超过任何自然天体的高度，唱出了一曲自由解放的人的颂歌。读过这首诗，受诗人乐观自信情绪的感染，受诗人新颖诗思的启迪，我们会树立起万物之灵长的坚定信心：人类正不必去艳羡自然天体的永恒，在宇宙间所有存在物中，只有人类能用意志支配自身，进而也能够支配大自然。

关注现实人生和大众命运的叩问吁请

——徐玉诺《杂诗》解读

杂　诗

　　在这滔滔不息，/向下流的波浪里，/我也是一个小浪；/并且还立在浪峰。/我的动静/我渐渐不能做主了。/大浪们啊！/我们要到什么地方去？/什么地方是我们要到的底？/大浪一刻不停地流去了。/大浪们啊！/我们怎样保持我们一闪的生命，/作为彼此的相照？/小浪们一看也不看地翻下去了。

　　早期白话诗多被人诟病，玉诺的诗却赢得了为人生或为艺术等不同文艺观念的人们的一致好评，这是罕见难得的。论者认为，玉诺的想象力十分丰富，捕捉瞬刻直觉的能力格外出色，因此"常常有奇妙的句子花一般怒放在他的诗篇里"（叶圣陶：《玉诺的诗》）。可见，人们多是从作诗技巧、佳句营构等形式因素方面着眼的。其实，玉诺的诗除了上述优长之处外，真正打动人的，还是他对自我生命、现实人生和大众命运的真诚强烈的关注之情。表现这些内容时，又不采用早期白话诗人惯用的肤泛直说、就事论事的方式，这在新诗发展初期显得格外与众不同。玉诺的诗都是有感于个人和现实而发的，情绪色彩和宣泄意味相当浓郁，但又往往能够超越于一己遭际和现实状况的表象之上，传达出深切的人生体验和命运感，从而使他的一些优秀诗篇触及了生存的本然和本质。这才是徐玉诺作为早期白话诗人的真正过人之处。

　　即如《杂诗》这首诗，坐实说来，所写内容无非五四运动之后，进步知识分子普遍陷入的困惑之感。在困惑中的叩问，显示了诗人彷徨于歧路的苦闷。然而，诗人一旦摒弃了直说明言，运用比喻拟人手法，把意思转化为意象，并上升到象征的高度，就使得这首诗内蕴宽大，意味转深。这"滔滔不息/向下流的波浪"，即是时代的潮流，它由流逝的时间和前行的生活两方面构成。每一个个体的人，不过是这浩浩洪流中的"一个小浪"，但是不一定都有机会"立在浪峰"。诗人自觉是一个"立在浪峰"的"小浪"，表明他对自己走在时代前列所具有的自信心和使命感。但不管是在"浪谷"也好，"浪峰"也罢，作为"小浪"，都注定了无力导引洪水的流向而必然受洪流的卷裹："我的动静/我渐渐不能做主了"，即是写"小浪"亦即个体无法支配自我、主宰命运的被动生存状态。

对这种被现实的强大异己力量所左右、所摆布的状况，诗人显然是不甘的，但又是无奈的，这似乎是命运，然而总令人困惑。于是诗人禁不住叩问那决定洪流走向的"大浪们"："我们要到什么地方去？/什么地方是我们要到的底？"敢于叩问，也是一种抗争命运的勇者之举，何况这叩问已逼近了人生的终极关怀，何况这叩问是代表"我们"——即包括诗人在内的所有"小浪们"发出的，而不仅仅是诗人这"一个小浪"；并且，正是无数"小浪"汇成了"大浪"，小浪们"要到的底"也正是大浪们的去处，对于"小浪"关注的"目的性"和"目的地"问题，"大浪"怎么能够不加关注呢？然而，"大浪一刻不停地流去了"，对于"小浪"的叩问竟然置若罔闻，不予理睬。是因为"大浪"也身不由己，受着更大的异己力量的控制，只能"一刻不停地流去"，并不明白流向何处去呢？抑或是"大浪"根本无视了"小浪"的存在权利和存在价值呢？

但结果都一样：自我无法自为，未来不可预知，异己对主体、时代对个人视为蔑知，不屑一顾——那么，处此境况之下，"小浪们"该怎么办呢？"我们怎样保持我们一闪的生命/作为彼此的相照？"从弥漫一片的无目的、无价值、被忽略、被蔑视的迷惘、失望、空幻之感中，诗人吁请"小浪们"彼此出生关爱之意，把渺小、短暂的被动生存的悲凉可怜化为相互怜惜的瞬间而永恒的温情暖意。可是，"小浪们"对诗人的吁请，也和"大浪们"对诗人的叩问一样没有反应："小浪们一看也不看地翻下去了。"是缘于"小浪们"主体意识匮乏的蒙昧，还是缘于被大浪灭顶的自顾不暇的自私？总之，"小浪们"也是彼此互不援手、漠不关心的。

诗人的叩问和吁请、抗争和努力都落空了。但是，诗人对自我生命、现实人生和大众命运的真诚强烈的关注之情却感动着读者。彷徨歧路的苦闷和无以自为的忧伤加倍困扰着诗人，此境此情，诗人陷入悲观主义是必然的。悲观主义是一种深刻的思想，唯它能够透破人生和命运的底蕴，抵达存在的本然和本质。如果"小浪们"一派乐观，满足于追随"大浪"，没有疑惑，没有叩问，也没有吁请，尽管空幻感会因之而消失，但可怕的盲目、麻木、愚昧即会随之产生。清醒地走向幻灭尽管更痛苦，但毕竟还有一份"清醒"在，这份"清醒"，正是作为存在主体的人的理性成熟的标志。

出路通往明天，希望在于未来

——徐玉诺《小诗》解读

小 诗

假设我没有记忆，/现在我已是自由的了。/人类用记忆/把自己缠在笨重的木桩上。

抒情诗人，大抵靠对过去的回忆和对未来的幻想滋养生命和艺术。诗歌创作离不开联想和想象，诗人的生存便也离不开回忆和幻想。诗人又多是些天生的不满现状的人，这就更使他们耽于嚼味过去和憧憬未来。20世纪20年代初期徐玉诺的诗歌创作，也鲜明地表现出在"回忆"和"展望"这两个维度上展开的态势。

温馨的回忆给人的心灵带来慰藉，但若是"往事只堪哀"，回忆带给人的便只能是心灵的折磨了。20世纪初从兵匪横行、民不聊生的河南农村走上诗坛的徐玉诺，他的记忆是目睹扛着枪炮的匪徒们洗劫城乡后扬长而去的惨景，是父兄姊妹"日间给地主修堡，夜间给地主守堡"的苦劳，是古庙里将死的乞丐或惨死荒郊的饿殍的辛酸场面。在"五四"新文化运动高潮过去、大革命的高潮尚未到来的20年代初期，进步的知识分子普遍处于苦闷和彷徨之中，徐玉诺那颗接受过《新青年》强烈的民主思想影响的觉醒了的心灵，也同样沉浸在深深的苦闷寂寞里。眼前的世界整个"被黑暗占有"，诗人在现实中找不到出路，"现实是人类的牢笼"。在愤怒地诅咒黑暗的现实，对现实实行否定之后，苦闷寂寞的诗人便去牛羊般"反刍"记忆的草，便去记忆的"湖里"游泳了。但诗人发现，记忆的湖是一片让他"沉沦"的"伤心的湖"（《小诗》），"寂寞中反刍"的也是"肚中这么多的苦草"（《记忆》）。往事不堪回首，苦难的过去留给记忆的并没有什么值得欣慰的东西，在诗人的感觉中，"记忆"成了"人类自己的魔鬼"，诗人便又诅咒起"记忆"这个"魔鬼"来，好让折磨人的"记忆"死灭。这首《小诗》表现的就是诗人对"记忆"的诅咒和否定的思想感情。

这首《小诗》的前两行："假使我没有记忆，/现在我已是自由的了。"抒写的是诗人的个人体验。记忆的重荷压迫得诗人直不起腰杆，抬不起头颅，记忆的藤蔓捆缚了诗人的手足，使他张不开翅膀，迈不开脚步。"记忆"使诗人失去了"自由"，诗人希望做一个"没有记忆"的"自由的"人，转而羡慕那"自己能够减轻负担的""没有尝过记忆的味道的"海鸥了（《海鸥》）。这首诗的后两行："人类用记忆/把自己缠在笨重的木桩上。"是从个人体验出发，用形象的诗句描写出耽于回忆的人类的普遍情形。人生而自由，但又无往而不在困境之中。现实没有自由，人类往往转身走回过去，走入记忆。但记忆同样是羁绁人的"笨重的木桩"，层层叠叠的记忆压在人类的背脊上，人类成了可悲的"负蝂"。从现实中找不到自由的人类，再次陷入了"记忆"的泥淖，缠在记忆"笨重的木桩上"，无法解脱，失去了人类应该享有的轻松愉悦、画地自狱、作茧自缚，不能大踏步地前进，难以放开手脚创造。

这首《小诗》深刻地启示人们：耽于记忆是没有出路、没有希望的。要享有自由、追求进步，必要时就得善于忘却。忘却，是主体心灵的自我解放。记忆像沉重的包袱，要轻装前行就必须卸却包袱。一个人不能背负包袱赶路，不能过多地沉溺于自己的过去。一个民族，乃至整个人类，同样不能只去向后看，如数家珍般喋喋不休地数说过去的历史。出路通往明天，希望在于未来。诗人认清了这一点，所以在诅咒了"记忆"这"人类的魔鬼"之后，便瞩目未来，将颂歌唱给了"将来之花园"："我们将否定世界上的一切——/记忆！/一切的将来都在我们心里/我们将把我们的脑袋/同布一样在水里洗净，/再造个新鲜的自由世界。"（《宣言》）

从记忆的梦魇中警醒，从记忆的羁绊中挣脱，抛掉记忆的沉重的包袱，把"脑袋"中记忆的旧痕"洗净"，轻装上路，放开手脚，投入对"新鲜的自由世界"的追求和创造——这不仅是每个个体应该采取的积极的人生态度，也应该成为人类群体的共同态度。

声响的绝唱，超等的作品

——徐玉诺《夜声》解读

夜　声

在黑暗而且寂寞的夜间，/什么也不能看见；只听得……杀杀杀……时代吃着生命的声响。

20世纪20年代初，郑振铎先生在为诗集《将来之花园》所写的卷头语中，说它的作者徐玉诺是"中国新诗人里第一个高唱'他自己的挽歌'的人"。徐玉诺的"挽歌"，出于来自苦难农村，又热望于人生的青年之口，其所表现出的对人生的憎恶，乃是他对人生热爱的一种曲折反映，美好的愿望无法实现，"热爱"才以"憎恶"的方式出之。正是基于这种对个体人生的热爱，衍生出他对大众命运的同情关切。所以他在"高唱自己的挽歌"的同时，也为20世纪20年代初多灾多难的中国高唱一曲"时代的挽歌"。《夜声》一诗就是诗人诅咒吃人的旧世界死灭的一曲"时代挽歌"。

《夜声》是由听觉切入表现的。抒情诗人摹写夜晚的声响，不外乎微风低语、虫鸣唧唧、蝉唱蛙鼓、夜莺啭啼之类，甚或能从一片清幽的月光中听见叮响银币的叮当声。无非一种良好心境与安谧环境的诗意契合。尽管据茅盾先生说，玉诺也"是个Diana（月亮神）型的梦想者"，但生活在20世纪初兵匪横行的河南农村的徐玉诺，环境和心境都不允许他有如此曼妙的兴致。所以，在"黑暗而且寂寞的夜间，/什么也不能看见"的时候，诗人盈耳"只听得……杀杀杀……时代吃着生命的声响"。其时，长夜漫漫，四面如漆，看来玉诺是极为清醒、极度警觉、极其敏锐的，"时代吃着生命"的"杀杀"声响，虽不悦耳、不动听，但更真实、更本质。这里表现出的已不单纯是诗人"像猎人搜寻野兽一样"的"特别灵警"的作诗的"感觉"（叶圣陶:《玉诺的诗》），而是诗人对那个兵匪横行的黑暗残酷的时代的典型感受。诗人从出身贫苦农家的切身体验和朴素的阶级直觉中，已经深刻认识到支配那一时代的封建军阀官僚、土豪劣绅兵匪，是与人民，特别是与农民群众根本对立的，他们已把时代现实搅得如"黑暗的夜晚"，正义、公理"什么也不能看见"，他们是靠盘剥榨取、劫掠攫夺农民、靠吞噬农民的血肉生命来维持其骄奢淫逸、恣睢横暴的统治。他们操纵着时代的生杀予夺之权，成了"立在黑暗中的命运"，穷凶极恶地"挥动死的大斧"，"截断了一切人的生活和希望"（《命运》）。"杀杀杀……时代吃着生命的声响"，就是诗人通过瞬间即逝的听觉印象，对这个吃人时代的本质真实所作的深刻揭示和典型概括。"杀杀杀"地"吃着生命"的"时代"，是应该而且注定要被埋葬的"时代"。徐玉诺这首捕捉了瞬间即逝的直觉印象的《夜声》，正是诗人唱给这个以扼杀生命为己任的、已经没有任何"希望"的罪恶时代的"挽歌"，诅咒这吃人的时代，毁灭这黑暗的世界，是这首《夜声》虽未宣却深含的题旨所在。

　　当然，读者在这首极为警策的小诗里，除了领受深刻的思想启迪，对那一时代的真实特征产生更加本质的理解之外，也不妨从形而上的角度，对诗意作一种更宽泛的领悟。生命是一个时间过程，时间一分一秒地不停流逝，正是在一口一口地不停啮食着个体生命，每个个体生命都是在时间的不停流逝中消耗殆尽的。寂寥的黑夜里，人类生命并没有停止被啮食，仍在时间的流逝中无形地损耗着，尽管看不见，但敏感的诗人竖起灵耳，却听得了盈耳的"时代吃着生命"的"杀杀杀"的"声响"。能够听到这种声音的诗人，能不感到飒然股栗、惊心动魄吗？能不对时间、生命、存在的本质豁然憬悟吗？能不去思考处于被时间不停消磨的过程中的短暂人生，应该何以自为、何以自处吗？诗人从"杀杀杀"的"夜声"里，瞬刻直觉到黑夜同人类生命消亡的联系，这种直觉把握的确颇富深邃的生命哲学意味。宜乎闻一多把"杀杀杀……时代吃着生命的声响"推许为"声响的绝唱"，把《夜声》推许为"超等的作品"（《致梁实秋等人的信》）。

125

烦恼情绪的客观对应物

——徐玉诺《跟随者》解读

跟随者

烦恼是一条长蛇。/ 我走路时看见了他的尾巴，/ 割草时看见了他 / 红色黑斑的腰部，/ 当我睡觉时看见他的头了。// 烦恼又是红线一般无数小蛇，/ 麻一般的普遍在田野村庄间；/ 开眼是他，/ 闭眼也是他了。// 啊！他什么东西都不是！/ 他只是恩惠我的跟随者，/ 他很尽职，/ 一刻不离地跟着我

早期新诗在奋力挣脱旧体诗词的束缚之后，为求表达明白，直接诉说、宣泄情绪的作品很多。这类早期白话诗因为舍弃意象寄托，直抒主观感情，往往显得直白浅露，缺乏诗味，不耐品读。徐玉诺的佳作与此不同，他总能择取恰切的比喻性意象，由比喻上升为象征，从而避免了直抒的空泛浅白，取得诗意浓郁、情味湛永之表现效果。这首《跟随者》，抒写烦恼情绪，也是容易流于直接宣泄的题材类型。诗人通过意象寄情，比拟象征，与早期大量的情绪宣泄类白话诗划开了界限。全诗共三节，从构思的角度看，诗人取象奇特，摒弃了"烦乱如麻"一类常见的习惯性比拟，替烦恼这一主观情绪，寻找到一个客观对应物——"蛇"。蛇的体形和习性，诸如在暗处潜藏爬动，不经意时突然出现，阴森恐怖，纠结缠绕，令人无法摆脱等，确与烦恼情绪有某种相似之处。

诗的第一节写烦恼之长，无时不有。第一行乃是生新之喻构成的奇兀之句，横出全诗。既喻"烦恼"为"一条长蛇"，后三行就突出其"长"：蛇尾迤于路上，蛇腰隐在草丛，蛇头探出墙隙，任你是"走路时""割草时"或"睡觉时"，白天或黑夜，劳作或闲处，那条"长蛇"随时可见，让你心生不

快或受到惊恐。这一节通过写蛇之长来表现诗人时刻被烦恼纠缠不休的痛苦。第二节写烦恼之多，无处不在。上节既喻烦恼为"一条长蛇"，这里再喻烦恼为"无数小蛇"，如线如麻乃喻中之喻。这"无数小蛇"遍布"田野村庄间"，任你"开眼闭眼"，总有红线乱麻般的无数小蛇蠕动于眼前，厌恶着你，恐怖着你，让你无法摆脱，无处逃遁。这无处不在的"无数小蛇"，比那无时不有的"一条长蛇"，更让人不堪！在前两节诗以蛇为喻，写足了烦恼的无时不有、无处不在的强烈程度之后，第三节突然转折，把烦恼的喻体"蛇"转化为"跟随者"，好像舍弃了前两节的比拟，实际上是一个转喻，"跟随者"和"蛇"的匍匐爬行、潜伺窥人的特点相切合。那很"尽职"的"一刻不离"的"跟随者"，如影随形、如蛇缠身，让诗人难以解脱。诗人似乎有些愤怒，只斥"他什么东西都不是"！但"恩惠"和"尽职"，则显示出诗人面对烦恼，终归于无可奈何。

象征之作有时也会流于概念化，抽象浮泛，晦涩寡味。这首《跟随者》则写得具体、生动。"蛇"是乡野田间常见之物，为出生于豫西南农村的徐玉诺所熟悉。诗中所写"走路时"看见蛇尾，"割草时"看见蛇腰，"睡觉时"看见蛇头，"无数小蛇"遍布于"田野村庄间"，都是生长在乡野、劳作于田间的诗人早期的实际生活经验。诗人当前陷入的无法解脱的烦恼，触动了他早年的关于"蛇"的经历体验，诗人于是取象托喻，二者妙合于诗中，成就了这篇相当出色的比拟象征之作。

在解读这首发表于1922年的《跟随者》时，很自然地会使我们想起冯至写于1926年的名作《蛇》："我的寂寞是一条长蛇，／静静地没有言语。／你万一梦到它时，／千万啊，不要悚惧！／／它是我忠诚的伴侣，／心里害着热烈的乡思：／它想那茂密的草原——／你头上的、浓郁的乌丝。／／它月影一般轻轻地／从你那儿轻轻走过；／它把你的梦境衔了来，／像一只绯红的花朵！"一以"蛇"比"烦恼"，一以"蛇"比"寂寞"，喻体相同，本体义近，而且两首诗都是三节，诗的第一句又是惊人相似！冯诗中的"它是我忠诚的伴侣"，也就是徐诗中"他很尽职／一刻不离地跟着我"的意思。这可能是两位诗人先后在表现上的某种巧合吧。当然，这两首现代新诗史上以"蛇"取象的名篇，一以蛇喻人生烦恼，一以蛇喻个人爱情，题旨并不重复。冯诗寓意较狭，不容歧解；徐诗则寓意较宽，以之象征时代的普遍心理感受，人们在解读时自然可以生发联想，空筐对位，上升为人类的普遍经验。大千世界，芸芸众生，"不如意事常八九"，那"蛇"一般的烦恼，亦将无处不在、一刻不离地跟随着人类，与人类难分难解、无休无止地纠缠下去。

心镜映照的灿烂星空

——宗白华《夜》解读

夜

　　一时间/觉得我的微躯/是一颗小星/莹然万里星/随着星流//一会儿/又觉着我的心/是一张明镜/宇宙的万星/在里面灿着。

　　星空，是人类目力所能及的最浩瀚博大、最邈远幽邃的自然景象。夜阑人静，仰望星空，令多少人频生浩叹，令多少诗人齐思联翩。宗白华的《夜》，写的就是他面对星空时的奇妙感觉，富有哲人之思，意境优美，隽永可爱。

　　夜空墨蓝，万星莹然。诗人仰望星空，默然有顷，神思飞越，渐渐忘怀了身外的一切，甚至忘记了自身的存在，精神向着无尚的审美境界飞升而去，恍然间觉得自己的身体离开了地面，变成了一颗小星，加入了满天星斗的行列，随着天体的运转作自由的流动。在这里，诗人一方面抒写了仰望星空时产生的美妙感觉，同时更强烈地感悟了个体的人存在的渺小，人的微不足道。面对寥廓的星空，面对无垠的宇宙，世世代代的人无不发出同样的惊愕和赞叹！诗人宗白华也不例外。无比恢宏的星空，衬出了人身何其小！人在这时，往往会加倍强烈地意识到宇宙的博大永恒和人生的短暂可怜，一种莫可名状的时空恐惧心理便从生命的深处油然而生。唐代陈子昂的《登幽州台歌》，就是一首表现人类时空恐惧感的绝唱，往来茫茫，天地悠悠，时间无穷无尽，空间无边无际，对比之下，人生何其短暂，个体多么渺小，忧念此时，怎不令人感慨系之、怆然泣下！与陈子昂不同，宗白华在感觉到人的微小时，并未产生时空恐惧，或者说他至少没有去那样表现。而是用精美的语言抒写人在物化中才能体验到的天人合一的美妙境界，化身为"一颗小星"，在"莹然万里星"，"随着星流"优哉游哉，自由运转，那情境真是乐哉猗欤，妙不可言！诗人显然是在无比绮丽的星空面前深深地陶醉了。导致这种差异的关键在于，陈子昂以失意的士大夫登上幽州台，"前不见古人，后不见来者"，悠悠天地之间孤独无依，既无法与"古人""来者"认同，更无法与"天地"认同，深刻的孤独感使他产生出强烈的时空恐惧。而创作这首《夜》时的宗白华，则是一个深受斯宾诺莎哲学和中国古代哲学影响的泛神论者，他在《信仰》一诗中，对太阳、月亮、众星、万花、流云等自然物视同父母、兄弟、姊妹一般，最后由衷咏叹道："一切都是神"，"我也是神"。在万物有灵的泛神论观念中，诗人与自然物达成了完全的认同。所以，宗白华夜望星空，感到自己的微小，但又觉得自己的"微躯"已化作一颗小星加入万星之列，找到了归属。正是这种人与自然、主体与客体的认同和归属，使得宗白华只有物我为一的审美陶醉感，而没有物我分离的时空恐惧感了。

因为宗白华意识到人之微小时没有产生时空恐惧感，所以才有第二节诗里更加美妙的感觉产生："一会儿/又觉着我的心/是一张明镜/宇宙的万星/在里面灿着。"与第一节诗突出的"人身何其小"构成鲜明对比，这里展现的是"人心无穷大"。无论是从审美的情感体验还是主客的认知关系来看，对象只能是主体观照的对象，而存在也只能是主体反映了的存在，世界的意义是人赋予的意义，离开了主体的人，一切都将无从谈起。自然孕育了人，也只是在有了人之后，大自然的一切才可能被认识和反映，所以，公正地说，人和自然应该是互为前提、互为决定的，片面强调存在第一性、意识第二性并不完全合适。在这首诗里，离开诗人的审美观照，夜空星流将变得毫无美感和诗意可言，星空所具备的一切素质都是认识审美主体的诗人给出的。正是诗人的精神之光照临于一切星光之上，诗人的心灵明镜辉映出宇宙万星的灿烂。宗白华在此诗第二节所展示的"人心无穷大"，使人想起法国诗人雨果的名言："世界上最广阔的是海洋，比海洋广阔的是天空，比天空广阔的是人的心灵。"人的心灵，的确是能够容纳一切的；人心的明镜，的确是可以映摄星空的。宗白华的诗句洋溢而出的是人在审美境界中体验到的无比自由、自豪感，张扬的是主体意识，人格的无穷的能量。

宗白华在任《学灯》主编与郭沫若交往的过程中，写了不少诗作，1923年12月结集为《流云》出版，这首《夜》即选自《流云》。任钧认为，宗白华的诗"跟冰心的比较起来，更是哲理的"，又说："在思想方面，他正如郭沫若诗一样，泛神论的色彩很浓厚。"（《新诗话》）朱自清则干脆说他"全是哲理诗"（《中国新文学大系诗集·诗话》）。他自己也认为诗只有"以哲学作为骨子，所以意味浓厚"（《三叶集·宗白华致郭沫若信》）。这里鉴赏的《夜》，语言精约，意境优美，虽然是纯粹的诗性的吐嘱，但如上分析，其哲学内涵之深湛、哲理色彩之浓郁，正可以很好体现宗白华的诗学观念和诗艺特色。

新创的比喻与理性的经验

——汪静之《时间是一把剪刀》解读

时间是一把剪刀

　　时间是一把剪刀，/生命是一匹锦绮；/一节一节地剪去，/等到剪完的时候，/把一堆破布付之一炬！//时间是一根铁鞭，/生命是一树繁花；/一朵一朵地击落，/等到击完的时候，/把满地残红踏入泥沙！

　　生命是一个时间过程。是否具备明确的时间意识，是人走出蒙昧与否的标志。中国人的时间意识觉醒很早，在文学史上第一部诗歌集《诗经》中，就有《蟋蟀》《蜉蝣》等表现时间、生命意识的作品。《诗经》之后，屈原《离骚》、汉乐府《长歌行》，抒写了时间意识觉醒之后，认识到人生的短促，从而珍惜时间、及时有为、建功立业的思想情感。东汉末年无名氏的《古诗十九首》，则突出地表现了时间、生命意识觉醒后享受生活、及时行乐的人生选择。嗣后，文学史上多到不胜枚举的表现时间、生命意识的作品，基本上就是在上述两种题旨向度上展开抒写的。社会进入新时代，生活节奏的加快、生活内容的繁杂使人们对时间感受愈加敏锐强烈，现代新诗必然要担负起表现现代人的时间、生命意识的责任，现代诗人创作了不少此类作品。汪静之写于20世纪20年代的《时间是一把剪刀》，就是早期新诗中抒写时间、生命意识的名篇。

　　古代诗人抒写时间意识的作品，往往承接孔子"逝者如斯夫"和庄子"白驹过隙"的比喻，突出强调的是时间快速不停地流逝过程。与古人相比，汪静之的这首诗，首先在比喻上创新，把时间比作"一把剪刀""一根铁鞭"。

131

"剪刀"的功用是把完整的剪裁破碎,"铁鞭"的功用是实施击打笞挞,这两个比喻意象已然显示了时间的全部残酷性!紧接这两个对时间的比喻之后,是两个对生命的比喻。"锦绮""繁花"固然是生命美好本质的传真写照,但诗人的用意却是让生命与时间构成对比,产生联系,让时间这把剪刀"一节一节地"去"剪完"生命的"锦绮",让时间这根铁鞭"一朵一朵地"去"击完"生命的"繁花"。"锦绮"和"繁花",是为"剪刀"和"铁鞭"而设置的施虐对象,把生命比喻得越加瑰丽,生命被糟蹋就显得越加可惜,糟蹋生命的时间也就越加可恶!生命多么美好,时间又何其无情!这首诗每一节前两行构成对照的比喻和后三行在对照比喻的基础上展开的描写,真有令人竦然股栗、惊心动魄的力量。

用相对的眼光作辩证地看待,时间无疑也具有两重性,它能成全也能毁灭。生命在时间过程中从无到有,再从有归无,走完她的全部历程。时间既使生命织成一匹锦绮,开出一树繁花;又使生命的锦绮碎成一堆破布,繁花落成满地残红;这一切都是不可避免的自然规律。在这首诗中,诗人对时间与生命的关系不作辩证相对地看待,只凸显时间无情毁灭生命的一面,目的是要在有限的诗句中制造出无限的恐怖效果,对那等根本缺乏时间生命意识或此种意识稀薄的人击以猛掌,警其痴顽,催其醒悟,使其清晰认识到美丽的生命是十分短暂的"明媚鲜妍能几时,一朝漂泊在尘泥",有时甚至脆弱得不堪一击"大都好物不坚牢,彩云易散琉璃脆",从而获取、增强时间意识,加倍珍惜宝贵生命,及时有为、创造生命的价值,也及时行乐,享受生命的丰盛。

汪静之是新诗史上著名的湖畔派四诗人中成就最高的一位,1992 年 8 月出版的《蕙的风》,是新诗坛上第六本诗集,代表他的前期风格。这本诗集里情诗最多,他常喜欢以一种单纯、幼稚的语气,来表达青年男女纯洁无瑕的爱情,语言形式上采用自由体,多不押韵。《时间是一把剪刀》出自汪静之 1925 年出版的《寂寞的国》,与《蕙的风》不同,这本诗集中的作品在形式上受新月派诗人讲求格律的影响,大都押韵,句式也较整饬,题材内容上也有拓展。像这首《时间是一把剪刀》,两节诗的建行形式和句数、字数完全相同,各自押韵,整饬精严,朗朗上口;内容上也一改前期情诗的柔媚之气和天真单纯的孩子般的口吻,转写过来人的深刻的理性经验,使这首诗具备一种刚健警拔的成熟风格。

欧化与古典化杂糅的象征诗

——李金发《弃妇》解读

现当代诗歌选本选李金发的诗，《弃妇》的入选频率最高，因此可以说，此诗是李金发象征诗的第一代表作：

> 长发披遍我两眼之前，/遂隔断了一切羞恶之疾视，/与鲜血之急流，枯骨之沉睡。/黑夜与蚊虫联步徐来，/越此短墙之角，/狂呼在我清白之耳后，/如荒野狂风怒号：/战栗了无数游牧。//靠一根草儿，与上帝之灵往返在空谷里。/我的哀戚唯游蜂之脑能深印着；/或与山泉长泻在悬崖，/然后随红叶而俱去。//弃妇之隐忧堆积在动作上，/夕阳之火不能把时间之烦闷/化成灰烬，从烟突里飞去，/长染在游鸦之羽，/将同栖止于海啸之石上，/静听舟子之歌。//衰老的裙裾发出哀吟，/徜徉在丘墓之侧，/永无热泪，/点滴在草地/为世界之装饰。

全诗四节，第一节写弃妇的心理痛苦。因无心妆梳，弃妇的长发披散在眼前，遂隔断了周围人们投来的一切羞辱与厌恶的目光，同时，也隔断了自己生的欢乐与死的痛苦。"鲜血之急流，枯骨之沉睡"，即是此意。由众人的羞辱的眼神，转向弃妇心理上的绝望。夜色降临了，成群的蚊虫从墙角阴暗处飞来，在弃妇耳后嗡嗡叫着，如荒野上的狂风怒号一般，使无数的放牧者为之战栗。蚊虫的叫声是可畏的"人言"的喻指。

第二节写弃妇不被理解的孤独感。她已经不堪忍受人们的"羞恶之疾视"和黑夜蚊虫的"狂呼怒号"，而躲进了远离世人的"空谷"之中。弃妇的痛苦在现实的层面是无人理解的，只能靠"一根草儿"，与上帝的灵魂在空谷中

133

"往返",达成某种交流,得到些许安慰。弃妇的悲哀忧戚,只有飞过的蜜蜂留下印象,或被山泉泻下悬崖,随着水面漂浮的红叶流向远处。

诗的第三节转换了抒情主体,由弃妇独白变为诗人出场。这一节写弃妇的"隐忧与烦闷"是无法排遣的,它们层层叠叠堆积在弃妇的"动作"上,压迫着她,使她的行动变得迟缓而艰难。"夕阳"暗示时间的流逝,不仅指一日之暮,也指弃妇生命的暮年。她的"隐忧"连"夕阳之火"都无法焚毁,可知她在被弃之后形同放逐的空谷中,仍然忍受着无休无止的心理情感的痛苦折磨。而且这种痛苦不仅不会随着时间的流逝而消失,还会转化附着于他物:"长染在游鸦之羽",哪怕是在"海滨礁石"上的"舟子"美妙的歌声里,也会有弃妇的"隐忧与烦闷"的隐隐回响,可知这世界上的痛苦是普遍的、无所不在的。

诗的第四节,再由诗人的出场转回弃妇本身。在空谷中的漫长岁月里,极度的孤独和哀戚已经快要耗尽弃妇的生命,连她的"裙裾"都在发出衰老的哀吟。她只身来到墓地,是想向那"垄中人"一倾心愫吗?抑或,"徜徉在丘墓之侧",只是喻指她的不幸的生命已将走到尽头。但无论怎样,她都被漫长的痛苦折磨得麻木绝望了,然而也似乎决绝而坚强了:"永无热泪,/点滴在草地/为世界之装饰。"这诗的结尾三句,正是弃妇与痛苦地折磨了她一生的现实世界,最后诀别的心声。

这是一首相当欧化的象征诗。如"靠一根草儿,与上帝之灵往返在空谷里"两句,就有明显的基督教文化痕迹,"战栗了无数游牧"也是一个典型的欧化句式。诗中词语的搭配,如"隐忧堆积在动作上","裙裾"不仅"衰老"且能发出"哀吟"等,显得陌生、怪异,不合早期白话诗"明白、通顺"的语言习惯。诗中的痛苦、衰败、死亡气息,均为欧洲象征主义诗歌的常见内容。

然而,我们也不能就此忽略其中的古典传统因素。首先,吟咏弃妇本是中国传统诗歌中的常见题材。以"弃妇"名篇者如曹植的《弃妇诗》、顾况的《弃妇词》、刘驾的《弃妇》、曹邺的《弃妇》、沈周的《弃妇吟》、赵执信的《弃妇词》等;不以"弃妇"名篇而实质乃弃妇诗的作品亦不少见,如汉乐府的《上山采蘼芜》、杜甫的《佳人》等。这些弃妇诗往往以被遗弃的女子喻指被摒弃的士子,明写弃妇而实抒诗人的身世之感。李金发以《弃妇》为题,且以"弃妇"作为"自身命运感慨的象征"(孙玉石等:《新诗鉴赏辞典》,上海辞书出版社 1991 年 11 月版。),其与传统诗歌的内在联系即此可见。李诗中的"空谷""山泉"意象,即出自杜甫表现弃妇的《佳人》一诗。"红叶"意象则出自唐代御沟流水、红叶题诗的典故。"狂呼"的"夜蚊"意象,也系由古典诗文中"聚蚊成雷"(《汉书·中山靖王传》)、"雷声吼夜蚊"(金刘著:《渡辽》) 等比拟性语句脱化而来。在古典诗文中"蚊虫"声音喻指"谣诼"这一层意思,也保留在李诗中。弃妇的"披发",则更让人联想起屈原的"披发行吟泽畔",李金发把"弃妇写成披发者,也就显示了这也是一个超越庸众而被社会放逐的孤独者"。(谈蓓芳:《由李金发的弃妇谈古今文学的关联》,《中国文学古今演变研究论集》,上海古籍出版社 2002 年版,第 331 页。)

当然,李金发的《弃妇》也绝不仅是古典"弃妇诗"的改写,在接受西方象征主义诗风影响的过程中,《弃妇》打破古典的和谐,凸显尖锐的矛盾冲突。诗篇一开始就构建了弃妇与世界的紧张对立:一切生者和死者都投向弃妇"羞恶之疾视",而弃妇则以"长发披遍两眼之前"相回应。迫害者发出"如荒野狂风怒号:/战栗了无数游牧"的"狂呼",在弃妇的"清白之耳"听来,不过如黑夜之蚊虫嗡嘤。回看开头弃妇"长发"披散两眼之前的特写形象,则不单是防卫意义上的畏惧,更含有轻蔑和厌恶的意味。第二节的进入"空谷",与上帝之灵往返,"唯游蜂之脑"感知自己的"哀戚",皆是与社会的对立无法调和的结果。第三节的"隐忧"和"烦闷",即第二节里的"哀戚",更有强化之趋势,它不仅"堆积在动作上",而且虽经夕阳之火的焚烧,也不曾消失,却借助游鸦之羽,进一步扩散开来。这就暗示了弃妇与迫害她的世界的矛盾扩大和升级,于是达于末节的巅峰状态。(谈蓓芳:《由李金发的弃妇谈古今文学的关联》,《中国文学古今演变研究论集》,上海古籍出版社 2002 年版,第 331 页。) 在末节里,弃妇与社会环境的冲突已达顶点,当憎恨一旦代替了"哀戚",弃妇便显示出决绝的姿态:"永无热泪"作为迫害她的"世界之装饰"。也就是说,弃妇已然透破这世界的本质:它总是以弱者的痛苦来粉饰其残酷,所以弃妇拭去泪水,拆穿了这迫害者的虚伪。当然,对于末节也可以做另一种意义上的解读:那就是漫长的岁月已消尽了弃妇的"哀戚、隐忧、烦闷",当"衰老"的她"徜徉在丘墓之侧",作为将死之人,她的生命感觉已经麻木。这样理解,也证明了象征诗的多义性。

清新明朗之中的神秘阴影

——李金发《记取我们简单的故事》解读

朱自清曾指出"中国缺少情诗，有的只是'忆内''寄内'，或曲喻隐指之作。坦率的告白恋爱者绝少，为爱情而歌咏爱情的更是没有"，只有到了个性解放的五四时期，新诗才"做到了'告白'的一步"。（朱自清：《中国新文学大系·诗集导言》，上海良友图书印刷公司 1935 年版，第 4 页。）与湖畔四诗人一样，李金发也是五四时期较早专心写作情诗的一位诗人，他的诗集里最多的题材类别就是爱情诗。这是由时代思潮、留欧的环境所形成的人生观、爱情观和艺术观所决定的。他认为："能够崇拜女性美的人，是有生命统一之快感的人。能够崇拜女性美的社会，就是较进化的社会。""欧洲文学几于女性美为中坚，……没有女性崇拜的人，其诗必做不好。""就诗道来说，我敢说，大概可分为哲理诗、爱情诗与革命诗。但我结果还是愿永久做爱情诗。因为女性美，是可永久歌咏而不倦的。"（李金发：《女性美》，载《美育》创刊号。）他的第一部诗集《微雨》里，爱情诗占到一半多。《为幸福而歌》里的爱情诗就更多了。他在《为幸福而歌弁言》里说"这集多半是情诗，及个人牢骚之言情诗的'卿卿我我'，或有许多阅者看得不耐烦"，但他又称自己的情诗是"公开的谈心"，并寄望这些作品"或能补救于中国人两性间的冷淡"。这说明他创作情诗的动机，是反对封建礼教对人性的压抑和传统诗教对爱情诗创作的束缚，具有时代的进步意义。

自五四以来，李金发一向被视为中国第一个象征派诗人，他既横向移植19 世纪末欧洲象征派诗人诗作，又受我国中唐诗人李贺、卢仝险怪诗风的影响，其诗常被人诟病为"晦涩、消沉、破碎"，有人甚至说"如果要从他的诗集里找出一首文情并茂或结构完整的诗，的确是比较困难的"。（孙琴安：《现代诗四十家风格论》，上海社会科学院出版社 1987 年版，第 169 页。）"比较困难"是事实，但是并非找不到，像这首《记取我们简单的故事》，就是一首

"结构完整，文情并茂"的好诗：

> 记取我们简单的故事：/秋水长天，人儿卧着，/草儿碍着簪儿，/蚂蚁缘到臂上，/张皇了，/听！指儿一弹，/顿消失此小生命，/在宇宙里。//记取我们简单的故事：/月亮照满村庄，/——星儿那敢出来望望，——/另一块更射上我们的面。/谈着笑着，/犬儿吠了，/汽车发出神秘的闹声，坟田的木架交叉/如魔鬼张着手。//记取我们简单的故事：/你臂儿偶露着，/我说这是雕塑的珍品，/你羞赧着遮住了/给我一个斜视，/我答你一个抱歉的微笑，/空间寂静了好久。/若不是我们两个，/故事必不如此简单。

这首诗共三节，每节九句，都用"记取我们简单的故事"一句领起，然后展开对爱情故事的回忆，诗的最后用"若不是我们两个，/故事必不如此简单"与开头和段落首行相呼应，全诗脉络清晰，结构完整。第一节写秋郊草地上的幽会，第二节写乡村月夜的幽会，第三节写幽会中的微妙情态心理，而均出之以李金发笔下少见的清新自然的白描手法。第一节里"秋水长天，人儿卧着，/草儿碍着簪儿，/蚂蚁缘到臂上"几句，第二节里"月亮照满村庄，/——星儿那敢出来望望，——/另一块更射上我们的面。/谈着笑着，/犬儿吠了"几句，优美的画面洋溢着田园牧歌的情调。三节里写我看到你露出的手臂，发出情不自禁的赞美，你羞赧的斜视，我抱歉的微笑，两小无猜的少男少女的爱情心态，描摹得纯洁动人，微妙传神。尤其是"空间静寂了好久"一句，简直妙不可言，活画出当时的情景气氛，使人仿佛听到了静寂中两颗心的跳动起伏。诗的末两句"若不是我们两个，/故事必不如此简单"，以他人的复杂来反衬我们的单纯，也是不可多得的神来之笔。

当然，在解读此诗时，我们也应该看到，如果一味的清新纯美、简单明朗，而没有神秘，没有阴影，也就不是象征派诗人李金发了。事实上，在这首对李金发来说也许是最简明的诗中，仍不乏哲理暗示的幽深。第一节里，弹指之间"缘到臂上"的"蚂蚁"被捻死，一个微小的生命顿时在茫茫的宇宙里消失，对比反差如此巨大，蕴含着人生与存在无常之感喟，这在作者虽是轻描淡写，在有心的读者那里，却有着震悚之心理效果。第二节里，乡村月夜言笑晏晏之际，却听到"汽车神秘的闹声"，且看到"坟田的木架交叉/如魔鬼张着手"，拥有的实在与不可知的身外，青春生命的欢乐与死亡笼罩的阴影，相互交错，则暗示一切美好的事物终归消逝。而有死亡的在场，更加反衬出青春生命和纯洁的爱情的无比美好与珍贵。这样，就使得这首诗在亲切自然的清新白描里，仍然具备了象征诗的深度与质地。

肤浅的快乐与深刻的忧郁

——梁宗岱《散后》之一解读

散　后（选一）

在生命的路上，/快乐时的脚迹是轻而浮的，/一刹那便模糊了。/只有忧郁时的脚印，/却沉重的永远的镌着。

组诗《散后》，见于梁宗岱1924年12月出版的诗集《晚祷》。这里选析的是《散后》中的一首，这首诗对比展现"快乐"与"忧郁"对"生命"的不同影响结果。

缘于社会生活驳杂错综、反复多变，人的一生便不会处在一种恒定状态，甜酸苦辣诸般滋味，都有机会尝到。所谓人生无常，有顺境也有逆境；有成功也有失败，有笑容也有泪痕。虽说趋利避害是人的本能，追求欢乐是人的天性，但在人的一生中，肯定有欢乐愉快的时候，也注定有悲哀忧郁的时候。诗人在此诗第一行即运用比喻，把人的生命过程比作一条道路，道路是供人行走的，上面肯定会留下"脚迹"。人的生命过程若是一条道路，而人的一生又免不了经历欢乐和忧郁诸般情事，那么，欢乐和忧郁便会很自然地在人的生命道路上留下"脚迹"了。这是把"快乐"和"忧郁"两种精神情绪状态拟人化、形象化，使之与第一行诗中的比喻相适应。诗人认为："快乐时的脚迹是轻而浮的，/一刹那便模糊了。/只有忧郁时的脚印，/却沉重的永远的镌着。"诗句中包含的显然是作者的人生体验，同时也是人们共同的经验。从人的心理对时间的感觉来看，欢乐的时间似乎过得特别快而忧郁的时间似乎过得特别慢，正是这心理时间的一快一慢，便决定了"快乐"和"忧郁"给人造成的印象有了轻浅和深重的差别。从人对所经历的事件的承受情形看，快乐的事情像蜜，只给人甜的滋味，像轻风像流云，习习地吹过，悠悠地飘过，除了快适，并不给人更多地留下来什么；而忧郁的事情就不同了，它更像盐，除了咸味，还有苦涩，若是多了，还能把人的皮肉渍得红肿，留下斑痕；忧郁像乱麻，像绳网，像长蛇，像钝刀，像锯齿，扰你、缚你、缠你，慢吞吞地没完没了地切割你，让人久久摆脱不掉，甚至留下终生的伤疤。"快乐"和"忧郁"对"生命"的不同影响结果，导致人们总是去寻找"快乐"而厌弃"忧郁"。

然而，人毕竟不是浅薄无聊的猴子，只是一味地闹闹嚷嚷，兴高采烈。人之所以为人，在于人有记忆、有思想，并且渴望超越生命的"轻浮""短暂"性，进而执着追求生命的"重量"和"永恒"。人珍视记忆、重视思想，而足资箴戒的记忆和富有价值的思想，多是在忧郁痛苦之中产生的。人在忧郁痛苦之中，方能感受到生命的沉甸甸的重量。这种生命的沉重感觉，也就是生命的"分量"感。让生命获得"分量"，正是主体意识觉醒的人孜孜以求的，因为它使生命摆脱了"浮云柳絮无根蒂"的轻浮盲动状态，赋予生命以价值和意义。为了价值和意义的实现，人进而去奋力追求生命的"永恒"，在"生命的路上"镌下"永远"的"脚印"。

人必然要寻找"快乐"，但也有必要"回避"快乐。一味追欢逐乐的"生命的路上"，只会印下"轻浮"的"脚迹"，而且很快就模糊、消失了。人在感情的层面厌弃"忧郁"，但在理性的层面，"忧郁"又是不可缺少的。在"生命的路上"，只有"忧郁时的脚印"，才能"沉重而永远的"留下来。

有道是"生于忧患，死于安乐"。浮浅的"快乐"和深刻的"忧郁"，对生命的影响结果的确是大相径庭的。

颇具象征意味的命运际遇关口

——施蛰存《桥洞》解读

桥　洞

小小的乌篷船，/穿过了秋晨的薄雾，/要驶进古风的桥洞了。//桥洞是神秘的东西哪/经过了它，谁知道呢，/我们将看见些什么？//风波险恶的大江吗？/淳朴肃穆的小市镇吗？/还是美丽荒芜的平原？//我们看见殷红的乌桕子了，/我们看见白雪的芦花了，/我们看见绿玉的翠鸟了，/感谢天，我们的旅程，/是在同样平静的水道中。//但是，当我们还在微笑的时候，/穿过了秋晨的薄雾，/幻异地在庞大起来的，/一个新的神秘的桥洞显现了，/于是，我们又给忧郁病侵入了。

这算一首旅途志感诗。江南水乡，常见古朴的石拱桥横跨水面，乌篷船从桥洞下悠然过往。若是普通乘客，坐在船上，看前头水面那如半轮月亮似的桥洞，也不会产生什么特殊的感觉、联想。灵心善感的诗人就不同了，当施蛰存乘坐"小小的乌篷船/穿过了秋晨的薄雾"就"要驶进古风的桥洞"时，江南水乡司空见惯的石拱桥洞，在他的感觉中竟自变成"神秘的东西"了。

"桥洞"之所以在诗人感觉中显得"神秘"，是因为他在悬想"经过了它，谁知道呢，/我们将看见些什么"。拱桥横在水面，挡住了船上人的视线，桥这边望不见桥那边，不清楚一桥之隔，那边会是什么样的所在，会有什么样的景观呈现："风波险恶的大江吗？/淳朴肃穆的小市镇吗？/还是美丽荒芜的平原？"一连串的猜测，显示出作者对未知的"前程"的关切之情。

这是一种相当典型的心理体验。人在旅途，不管乘车坐船，欣赏眼前风景的时候，便禁不住会去想象前面将出现什么样的风景；庆幸既往旅程的顺利平安时总祈望一路顺风、一路平安。就像诗中所写，有煞是好看的"殷红的乌桕子""白雪的芦花""绿玉的翠鸟"等美不胜收的景致映入眼帘，一路看下去，有"平静的水道中"的平安的"旅程"在前面等待着，这样，旅人真不免要去"感谢天"了。

　　"但是，当我们还在微笑的时候，/穿过了秋晨的薄雾，/幻异地在庞大起来的，/一个新的神秘的桥洞显现了，/于是我们又给忧郁病侵入了。"在全诗中，这末节是关键性的，全诗在此由写实上升到象征。若没有这末一节，这首诗的内涵，也不过就是江南水乡旅途的一幅诗意的风景速写，一份诗意的印象感受。有了这末一节，情形就大不相同了。诗人眼前"幻异地在庞大起来的"一个"新的神秘的桥洞"，既是具象写实，又是抽象象征。显然，在这里，"神秘的桥洞"隔断的已不是作者对前头风光的瞻望，而是对前路是否平静平安的预测。这样，诗意就从一般的旅途见闻感受，演绎为面对人生命运的感悟。乘坐命运之舟载沉载浮的人生，就是一次漫长的航行，行行重行行，这一程连着下一程；但因隔着"桥洞"的缘故，这一程又望不见下一程。前程究竟如何？风景是否优美？水道是否平静？过了"桥洞"方能见出分晓。"桥洞"仿佛成了前路否泰的决定者，命运际遇的"关口"。人生的航行接近这"入口处"时，船上人免不了产生出前途未卜的担心、疑虑、恐惧感。"愉快的微笑"换成"忧郁病的侵入"，就没有什么奇怪了。

　　因为毕竟，人不是先知，不能预卜吉凶祸福。但能领悟到"桥洞"的"神秘"，感受到"桥洞幻异地庞大起来"造成的心理压力，在"桥洞"这颇具象征意味的命运际遇的"关口"前，人也就同时获得了相应的心理准备，而不至于待船"穿过桥洞"后，对迎面而来的一切惊诧莫名、措手不及。

一首美丽隽永的象征小诗

——卞之琳《断章》解读

断　章

　　你站在桥上看风景，/看风景的人在楼上看你。//明月装饰了你的窗子，/你装饰了别人的梦。

　　卞之琳的自选诗集名曰《雕虫纪历》，他说自己作诗时有"克制、淘洗、提炼或雕琢"的习惯，还说自己的诗气魄小，规模小，微不足道，"方向不明，小处敏感，大处茫然"。这正是李商隐、温庭筠、姜夔、吴文英等人的路数。他的代表作《断章》《鱼化石》《距离的组织》《圆宝盒》《白螺壳》《无题》，均是串联感觉、组织意象、局部清晰亲切、整体含蓄朦胧甚至晦涩无解的格局和篇幅短小的象征诗。相比之下应该算是最好懂的《断章》，一旦着手解读起来，也颇费神。

　　这首两节四行的小诗，原是一首长诗删节后留下的断句，所以题目就叫《断章》。写于1935年10月，收入《鱼目集》。关于这首诗的寓意，批评家刘西渭曾与诗人多次往返讨论，此后又有许多文章进行分析评鉴。一首美丽隽永的象征小诗，"永久在读者心头重生"，读者"凭自己的理解和想象，在这个小小的艺术世界中做一番遨游，构建自己'灵魂的海市蜃楼'"。（刘西渭：《答〈鱼目集〉作者》）

　　针对《断章》的理解多有歧义，如刘西渭认为"装饰"是关键，暗示人生不过是互相装饰，含有无可奈何的悲哀情绪。诗人却说："'装饰'的意思我不甚着重，……我的意思是着重在'相对'上。"（《关于〈鱼目集〉》）诗人刻意"淘洗"个人感情，增强"非个人化"的普适性，在仅只四句的短小格局篇幅内，表达形而上层面的"相对"哲学观念，是这首《断章》的创作主旨。

在诗的领地内，形而上层面的哲学观念，离不开形而下画面中的人物风景意象。全诗两节，主要意象"你、桥、风景、人、楼、明月、窗子、梦"互相关联转换，手法一如南宋杨万里《登多稼亭》中的诗句"偶见行人回头望，亦看老子立亭间"、清厉鹗《归舟江行望燕子矶》中的诗句"俯江亭上何人坐，看我扁舟望翠微"。这种手法与现代派艺术的意象叠加和电影的蒙太奇相近。当"你"站在桥上看风景时，"你"是审美的主体，映入眼帘的"风景"是审美的客体；在同一时空中，另一个在楼上看风景的"人"，已变成审美的主体，"你"这个原本在看风景的"人"，又变成了被他"人"看的"风景"，原来的主体此时又成了客体。在这形而下的意象画面中，作者巧妙地传达了他的哲学沉思：世间一切事物都是"相对"的，因而一切存在也都是互为关联、互为主客、互相依存、互相转化的。

为了强化这一哲学思考，诗人又推出了现实与想象图景结合的第二节诗。"你"是这幅"月色临窗图"的主体，照进窗子的"明月"是客体；然而就在此时此夜，浑然不觉的"你"已经进入哪位朋友的梦中。梦见"你"的"别人"已成为主体，变成梦中人的"你"则又成了客体。

在美丽隽永的画意诗情里，诗人传达了超越情感之上的诗的经验，象征性地寄托了知性思考所获得的人生启示。

感觉的联串与视觉的盛宴

——废名《十二月十九夜》解读

十二月十九夜

深夜一枝灯，/若高山流水，/有身外之海。星之室是鸟林，/是花，是鱼，/是天上的梦，/海是夜的镜子。/思想是一个美人，/是家，/是日，/是月，/是灯，/是炉火，/炉火是墙上的树影，/是冬夜的声音。

20世纪二三十年代风靡诗坛的象征派、现代派诗歌，最初是受西方现代主义文学的触发，但李金发、戴望舒、卞之琳、何其芳、废名、林庚等诗人，对晚唐温李诗词和宋代姜吴雅词情有独钟，浸淫甚深，在他们诗生命里埋下了曲母，一经外因作用，便发起酵来。他们在创作和理论方面对温李姜吴多有借取，或迷醉于辞色，如何其芳；或借鉴其朦胧凄美的抒情氛围，如戴望舒；或师法其雕镂琢炼，如卞之琳；或掇拾其"碎璧零玑"（张采田评梦窗词语），如李金发；还有废名和林庚，都很看重晚唐温李诗风，他们本身就是30年代的现代主义诗人，不仅创作出了《十二月十九夜》《时代》这样深奥难懂的象征诗，还在理论上多有阐发。

废名认为晚唐温李一派真正有诗的感觉，李诗的典故就是"感觉的串联"，自由地表现其幻想。温词则是"视觉的盛宴"，但不只是一个平面，而是玻璃缸里的水，是四度空间。废名在《谈新诗》里，讲到过中国新诗对于温李古典象征主义诗风的传承，他说温李诗是从沙里淘出的金子，有生气，是整个想象，自由的表现，犹如雕刻，给人立体的感觉。温李诗确如一盘散沙，可是粒粒都是珠宝。他认为晚唐诗的这些长处，在新诗里得到了发展。他们推崇晚唐的看法不一定全有道理，这正如他们的创作并不完全成功一样，但他们确实是从探索新诗发展路向的动机出发，在创作和理论上，较为全面地借鉴了晚唐的象征诗风。废名的《十二月十九夜》，真可谓"感觉的串联"和"视觉的盛宴"。

朱光潜说："废名先生的诗不容易懂，但是懂得之后，你也许要惊叹它真好。有些诗可以从文字本身去了解，有些诗非先了解作者不可。废名先生富敏感好苦思，有禅家和道人的风味。他的诗有一个深玄的背景，难懂的是这背景。"（《文学杂志》第 2 期编后记，1937 年 6 月版。）这个"深玄的背景"，应是庄禅静观本心、直悟自性的生命感觉与超诣体验。这首诗写的就是"十二月十九夜"诗人屏居静室、燃灯向火时的心理感觉和意识流动。诗人采用了象征主义的意象直觉手法，用一连串跳动跨越的意象，来暗示和隐喻自己的心境，表现飘忽不定的思绪。诗中的意象联翩而至，灯、高山、流水、海、星室、鸟林、花、鱼、梦、镜子、思想、美人、家、日、月、炉火、树影、声音，繁复璀璨，恍惚眩惑，给读者排一席"视觉的盛宴"。

细绎此诗，串联众多互不连贯的事物的中心意象是"思想"，"灯"和"星室"是"思想"的象喻，与思想三位一体；其余意象均由这三个意象派生，"灯"派生"高山""流水""海"；"星室"派生"鸟林""花""鱼""梦""镜子"；"思想"派生"美人""家""日""月""灯""炉火""树影"；"日月"亦是星辰，"灯"又回应了开头的"深夜一枝灯"。诗人于苦寒孤寂的冬夜，燃灯向火，光影摇曳变幻之际，浮想联翩，因心灵的活跃，感觉生命的美好。这里的"思想"非纯知性逻辑的，它也是感觉和联想想象的，"思想"如灯火，如日月，如家，光明而又温暖；如星空，如夜海，如镜子，如树影，如梦幻，浩瀚、幽邃而又缥缈；如鸟林，如游鱼，如花朵，如美人，生动、自由、美丽；如一曲高山流水，天籁自成而又渴望理解，渴望诉求知音。寒夜孤灯，本该令人不堪，但有了"思想"，诗人的生命状态竟是如此的丰满充盈。"禅家和道人风味"竟然一点也不枯寂，而是有光有热、有色有声，有相有影，活泼生动。诗中有李贺式的心理印象，李商隐式的意识流动，温庭筠式的意象藻采，而以庄禅式的玄妙感悟相串联，成就了废名独特的诗歌美感风貌。

神圣的总是安宁的

——郑敏《金黄的稻束》《痕迹》解读

金黄的稻束

金黄的稻束站在/割过的秋天的田里，/我想起无数个疲倦的母亲，/黄昏路上我看见那皱了的美丽的脸，/收获日的满月在/高耸的树巅上，/暮色里，远山/围着我们的心边，/没有一个雕像能比这更静默。/肩荷着那伟大的疲倦，你们/在这伸向远远的一片/秋天的田里低首沉思，/静默。静默。历史也不过是/脚下一条流去的小河，/而你们，站在那儿，/将成为人类的一个思想。

郑敏是"九叶诗派"著名女诗人，著有诗集多种。《金黄的稻束》选自她的《诗集1942—1947》，是她早期的一首咏物名诗。

这首诗以接目兴感的方式展开抒情，由眼前看到的秋天田野里收割后的金黄稻束，联想起"无数个疲倦的母亲"，从而作出比喻，由咏物到拟人，自然而妥帖地完成了诗歌中心意象的转换，即由"金黄的稻束"引出"疲倦的母亲"，由秋野景物的描写过渡到思想感情的抒发，在意象的转换过程中，实现了诗意的生成。借用中国传统诗歌艺术表现术语来说，这是"兴"的手法，用现代的术语来说则是"象征"。

诗的主旨是礼赞母亲，礼赞从母亲身上体现出来的高尚品质。这类诗思往往叫人激情难抑，写起来容易采用直抒胸臆的表达方式，感情流泻，直露无余。在西南联大读书时开始创作的郑敏，受西方诗人歌德、里尔克的影响，又借鉴我国古典诗歌的"意象化"经验，情思的抒发结合着对具体事物的描写刻画，不直不露，蕴藉深沉。此诗在前四行完成了由咏物到拟人的转换之后，诗人并没有脱离自然意象"金黄的稻束",去进行诗情诗意的架空发抒和抽象升华,而是紧紧结合对"金黄的稻束"的进一步描写刻画,将礼赞母亲的寓意寄托在已经拟人化从而带有象征意味的咏物之中,咏物拟人和比兴象征,金黄的稻束和疲倦的母亲,被收割的庄稼和收割的劳动者,在诗中已融为一体,密不可分,自然意象之上承载着深沉凝重的人世寓意。

在这首诗的中心意象"稻束"和"母亲"之间,构成类比关系的条件有二:一是形貌,秋田里一捆捆稻束与劳作着的一个个农妇,沉甸甸低垂的稻束与劳动后疲倦的母亲,株秆干枯而穗实饱满的稻束与皱了美丽的脸的母亲,确有形貌上的相似之处。更重要的是品质,庄稼是人类的养育者,在经受了长年的日晒风吹雨打后成熟了的稻子,默默地把自己无条件奉献给人类;这很自然地就让人想到母亲,母亲的含辛茹苦,母亲的隐忍沉默,母亲的不伐善、不施劳,母亲的竭尽所有的付出奉献,母亲的养育深恩和博大爱心;田野里的稻束和人世间的母亲,她们都有着金子般的高尚品质!

值得注意的还有诗中通过描写和反复完成的情境氛围渲染。满月悬在树上,远山围在心边,辛勤劳作后的秋日黄昏,一切都那么静默。只有稻束,只有肩荷着伟大的疲倦的金黄稻束,在无边的静默中低首沉思。和这凝重难言的静默相比,"历史也不过是 / 脚下一条流去的小河"。诗人对情境氛围的出色渲染,使诗意变得神秘起来,一种类似宗教感的东西正冉冉升起,衬托出勤劳隐忍、默默奉献的母亲品格的崇高神圣。天地有大美而不言,神圣的从来是安宁的,赏读《金黄的稻束》,使我们具体领受了这种恒久庄重、逾越时空的无上境界。

痕　迹

　　黄色的沙发上留下坐痕/白蓝花的杯上留下茶渍/唯有时间的脚步没有留下足印/它已经走出这间静寂的客厅/消失在门外,画上句号/我呆呆地听着,竟没有一声门响

在一定的时间过程之中发生的事情,总要在一定的时间过程之后结束。不停流逝的时间,从不在乎当事人是否乐意情愿,也全不管那事情有多么美好,多么让人留恋。

虽说"人似秋鸿去有信",该走的终究是走掉了,要结束的到时也非结束不可。但也并非"事如春梦了无痕"。你看,不仅在沙发上留下了凹陷的"坐痕",杯子上也留下了暗黄的"茶渍"。"坐痕"和"茶渍",无疑是坐在"黄

色的沙发上",端着"白蓝花的杯"品茶闲话者的"痕迹",它们共同成为一段刚刚结束的事情的见证,留在散后的空寂的客厅里,无声无息地回响着袅袅余音,如丝如缕地牵系着依依眷恋,不动声色地展示着某种程度的触目惊心。随着时间过程的告一段落,此前生动充实、温情暖意的客厅,片刻之间,已然物是人非,荒凉冷落。

其实,荒凉冷落的不止是散后的客厅,更是诗人那颗惜时惜缘的心。以"坐痕""茶渍"的"留下",反衬"时间的脚步没有留下",有突出强调之意。而留不住时间,便注定留不住一切。面对无法挽回的消失,无可奈何的诗人也只能显出力不从心的样子,一如诗中所写,空对静寂,发呆失神,怅然惘然。但这看似平白无力的诗句,却又分明是在热烈地诉说着一份殷勤挽留的执着,字面与内涵间的反向张力,足以让读者从中体味到一种深刻内在的感动。

郑敏是 20 世纪 40 年代即已成名的九叶派诗人,这首近作以冷写热,以淡写浓,情感内敛,蕴藉节制,豪华落尽,可谓绚烂至极归于平淡,足见其历经岁月的诗艺已臻于炉火纯青。

无中生有，有归于无

——田地《我是〇》解读

我是〇

我是圆圈；/我是点点。/我是空虚；/我是饱满。//我是静止；/我是发展。//我是衰迈；/我是华年。//我是可摸的平面；/我是无底的深渊。//我可以有减无增；/我可以有增无减。//我有时小得不可捉摸；/我有时大得难以计算。//我是忧患；/我是喜欢。//我能成为锁链；/我能变成花环。//我是完整的自己，/我是我的对立面。

诗的方式与数学的方式相悖，正如别林斯基在《一八四七年俄国文学一瞥》中所说："政治经济学家靠着统计数字，诉诸读者或听众的理智……诗人靠着对现实的活泼而鲜明的描绘，诉诸读者的想象。"但中世纪著名数学家普罗卡拉斯却认为"哪里有数，哪里就有美"，近年的新潮批评更宣称"诗的最高形式是数学"，似乎数字和诗美天然地联系在一起，未免绝对化。平心而论，一般情况下，用以表示数目的数字，单调、枯燥、乏味，的确不宜于诗。但是，一些技巧高明的诗人，又常以数入诗，化数为美，在他们的妙笔之下，抽象的数字变成诗歌中具体生动的形象，情趣横生，诗意盎然，往往产生独具的艺术魅力，给人以特殊的艺术享受。有人把诗歌巧用数字的方式归纳为对仗式、层递式、重叠式、夸张式、铺垫式、算式式等，都在修辞技巧的范围内。真正以某个数字为诗题对之加以表现，似还未见。田地这首《我是〇》，不仅选取了数字作诗题，而且选取了数字中无价值的"〇"，深入开掘其内涵，托物喻怀，涉笔成理，把本无任何意义的"〇"，成就为一首颇有启迪意义的好诗。可见"诗有别材",信然。

作者在标题中就把"〇"人格化,全诗十小节二十句,每一句开头都以"我"领起。让"〇"作第一人称的"自我表现"。"〇"首先夫子自道:"我是圆圈",实话实说,颇有自知之明。"圆圈"标志着完成、结束,因为它是封闭的。但紧接着第二句"我是点点",已从完结变成初始,一个"圆点"也是一个"原点",从它出发可以作无限的延长线,它具有无限的发展可能性,"圆圈"是一无所有的一片"空虚",但"圆圈"又可包容万有。地球是浑圆的,天体是浑圆的,宇宙是浑圆的,一切都涵容在这无边无沿的"生存圆圈"之中,所以又可以说"〇"这个"圆圈"是最为"饱满"的。

作为"圆圈"的"〇",是"静止"的,但作为"原点"的"〇",则无疑是"发展"的。纸上画出的"〇",是一个"可摸的平面";但现实中的"〇",就可能是"无底的深渊"。比如阴谋设计的"圈套",比如伪装着的"陷阱",比如埋伏着的"包围圈",表面上什么也看不到,一旦陷进去则难以脱身、终归灭顶。"〇"在数轴上,可以朝负方向一直减少到"小得难以捉摸",也可以朝正方向一直增多到"大得难以计算"。一个又一个"〇"相扣相连,以串成一条囚禁人的锁链;然而"花环"也是"圆圈",它带给人的却是胜利与光荣。可见,"〇"这个数字,也和世界上的一切事物一样,既是"完整的自己",又是自己的"对立面",都是矛盾双方的集合体,是对立统一的存在物。这首诗的作者在深入开掘"〇"的内涵时,正是运用的辩证思维、每一小节的两行诗,两两相对并列,表达相反的意思,又有相成的效果。作者的全部诗情哲思。正是借助两两相对的并列诗句形成的反向张力,释放出来的。

在所有的数字中,似乎无意义、无价值的"〇",也许是最具潜信息的一个数,它的内涵几乎是不可穷尽的。它的"圆圈"的形状也最具暗示、象征意义。古代哲学中讲的"太极"是一个"圆圈",认识论上否定之否定规律所讲的"正反合"也构成一个"圆圈",还有美学上所说的"圆美",等等。

世界原本一无所有,但太初有为,从"〇"开始,无中生有,终至万有,成一大千世界,然大千世界的万事万物终要过往消失,有归于无,恢复为"〇","〇"是一切事物的最终结穴。面对"〇"默作玄想,真觉妙不可言。

最好莫如十四夜，一分留得到明宵

——孙静轩《不要成熟》解读

不要成熟

　　不要成熟，不要成熟……/熟透了，就会凋落、干枯/不要摘它/就让它悬挂在枝头/半是甜，半是酸/半是生，半是熟/留给你一些期待和幻想/保持一些神秘的引诱/倘若摘落了它/连同你的幻想和希冀/将永远沉没在腐烂的泥土

　　春华秋实，是自然的普遍规律；渴望成熟，是大众的普遍心理。植物经历春的开花、夏的生长。人们经历春的播种、夏的耕耘。共同走向秋的成熟——成熟了才能收获，收获了才能享有果实。可诗人孙静轩却执拗地表示"不要成熟，不要成熟……"，这是为什么呢？

　　答案在诗的第二行："熟透了，就会凋落、干枯。"这就是诗人一迭声表示"不要成熟"的原因。树枝上留不住成熟的果子。果子熟透了，要么自行"凋落"，要么被人"摘落"，结果都将"沉没在腐烂的泥土"，化为乌有。所以诗人吁请："不要摘它/就让它悬挂在枝头/半是甜，半是酸/半是生，半是熟。"果子只有处于这种半酸半酸、半生半熟的状态，才可以给人"留一些期待和幻想"，对人"保持一些神秘的引诱"，让人感受着美妙的引力，满怀着期待和幻想，企它由酸变甜，由生到熟，猜测着它几时才能熟透甜透，憧憬着那令人陶醉的收获季节的到来。

　　凡事尽则绝。成熟的时候也就是生长的尽头。从此以往，生命再不会有所发展，再无法拓开新境，一切都静止了，一切都凝定了，一切也都清楚明白。终端已经显示，谜底已被揭开。神秘感消失了，诱惑力没有了，无尽的期待转

成了有限的存在，无穷的幻想转成了唯一的现实——这是成熟的局限，更是成熟的悲哀。这就导致人们面对成熟产生出复杂的情感心理：一方面呼唤成熟，一方面又惧怕成熟；一方面渴望成熟，一方面又拒绝成熟。看来任何事物都具有两面性或多面性，同时具含正价值和负价值，就连"成熟"也不例外。

这首小诗在表现形式上也颇有讲究。第一行用句中反复和省略号，首先突出地强调"不要成熟"的鲜明态度。第二行诗申述"不要成熟"的原因。接下来从第三行到第八行，具体展现"不成熟"状态的诱人佳处。末三行诗又通过假设，揭示成熟和获取的可怕后果，把此诗讽劝世人切莫一味地肯定成熟、急于收获的意旨，表达得透彻有力。全诗明白晓畅，感情强烈而又深刻警策，耐人咀味。诗人在此说的虽然是果子，但显然是以果子不成熟时的可爱和成熟后的可怕来设喻，暗示的是人世的相应内容，表现了诗人对生长、发展、变动、进步的肯定，对停滞、僵化、衰败、死亡的厌弃。

读孙静轩这首小诗，让我们很自然地想起唐人诗句："最好莫如十四夜，一分留得到明宵。"人们都喜欢十五的月亮，这首咏月七绝的作者却对"十四夜"的月亮最感兴趣，因为它尚留有"一分"余地，把最美好最圆满留给了"明宵"——十五的夜晚，让人们去想望去等待。十五的月亮虽然圆满，但月盈则亏，到了极限也就走向了反面。世间的一切事物都是如此，概莫能外。所以宋邵雍诗云"美酒饮教微醉后，好花看到半开时"。微醉后还可大醉，半开时还有盛开，都是留有余地的意思。孙静轩的"不要成熟"。也是如此。若成熟了，便一切都完结了。唯其不成熟，才能进入属于未来的成熟的新境界、新天地。

位置的高下绝不等同于价值的高下

——林希《土》解读

土

附着在大地上/你是土壤//沉浮在空间里/你是尘埃

若把"土壤"与"尘埃"合二为一，便都是"土；"若把"土"一分为二就有了"土壤"与"尘埃"的区别。"附着在大地上"的是"土壤"，"沉浮在空间里"的是"尘埃"——二者之所以不同，全在于所处"位置"的悬差。

"土壤"是安于下位的，附着在大地上，被踩成道路，托举起来往的脚步、旋转的车轮、奔驰的马蹄；被垦作田园，承受犁刃的切割、锄头的砍斫，把金质的种子，埋入温热的内心，生长葱郁的菜蔬、丰稔的谷物，生长人类赖以生存的衣食；即便是荒山野岭，也会滋蔓芊绵的芳草、绽放烂漫的野花，茁壮挺拔的树木，成为一株翠色、一派绿荫、一片风景。"土壤"永远处在天空之下，处在翅膀之下，处在风之下云之下，处在脚步蹄印车轮之下处，在草木果蔬稻麦之下，但离开了这处在一切之下的"土壤"，世间万物将无以存在。可见，位置卑下的"土壤"，功用是无尚崇高的。所以，一位当代诗人曾深情礼赞"土地的高度/天空无法企及"，绝非夸大之辞。

"尘埃"与"土壤"脾性相反，不甘下位，离开大地，"沉浮在空间里"。它虽然获取了令。"土壤"仰望莫及的高度，但也因此失去了"土"的功用和意义。茫茫乱扑、扰扰乱飞的"尘埃"，污染清清的空气，使鲜亮明净变为污浊混沌。好高骛远、高自位置的结果，是本性的异化和价值的沦丧，"尘埃"完全走向了"土"的反面，变成纯害无益之物。

由上分析可知，"土壤"所处的位置最卑下，但它却有着最大最高的功用和价值，"尘埃"所处的位置比"土壤"高得多，但它的功用是负作用，它的价值是负价值。位置高升了，价值却无可挽回地沉落了。可见，位置的高下决不能等同于价值的高下，高位不一定有价值，下位也不一定无价值甚或，高位没有任何价值，而下位则具有最大的价值。

一样的"土"，是选择做下沉的"土壤"，增加大地的厚度呢，还是选择做上升的"尘埃"，让大气变得浑浊？

当然，作"土壤"或作"尘埃"也不全由自己做主。一阵旋风可以把"土壤"扬为"尘埃"，一阵骤雨又可以把"尘埃"落为"土壤"，二者的互相转化正有着几多被动的无奈，这也可算作一种存在的难境吧，对于此点亦应给予理解。

头上的天命与肩上的使命

——刘湛秋《忏悔录》解读

忏悔录

　　匆匆走了半个世纪/仿佛才懂得了人生/是不是该考虑死亡/最后环顾落日的美丽//生命到底该承受重还是轻/过去的历史是不值钱的影子/有时这只船无帆无舵又无桨/有风狂癫　无风僵滞//是该考虑留下一些什么/为了相识和不相识的朋友/好不容易寻求到的感受和体验/像河蚌用血肉磨砺出的珍珠//只是，永远不去后悔或忏悔/既然生命已那么短暂和宝贵/只是，永远不和别人斗争或比高低/既然都要完蛋　何必相撞和对骂//因此　我又痛苦又爱恋我笔下的文字/否则思索将随我的死亡而陨灭/那些轻快流露出的诗行是路边的野花/只任爱慕者采摘　却不污染大自然。

　　"五十而知天命"。诗人刘湛秋"匆匆走了半个世纪"之后，感到自己"仿佛才懂得人生"了。这首《忏悔录》，就是诗人已届"知天命"之年时，用他那支个性独具的"轻抒情"的诗笔，絮絮诉出的对既往人生的总结和对此去人生的承诺。尽管仍不乏面对人生这一题无解代数的些许困惑惘然，但毕竟"知天命"了，所以又了悟得相当豁达透辟。

　　按说，"半个世纪"的人生阅历，是足够丰富的，诗人若操起过来人的口吻，居高临下地告诫读者一些"处世须知"之类的道理，是完全有资格的。但这不符合刘湛秋的风格——为人的风格和作诗的风格。诗人的"气质天然就倾向于自然"，作诗更崇尚内心深沉情感的"自然流露"，反对故弄玄虚、故作高深。所以，他的诗像早晨草叶上的露珠一样晶莹透明，从透明中映现着世界的影子和太阳的光辉。即如此诗所写，在"匆匆走了半个世纪"之后，诗人诚实地承认自己只是"仿佛"刚刚"懂得了人生"。因为是"仿佛"，所以仍有困惑，他拿不准"是不是该考虑死亡/最后环顾落日的美丽"，拿不准"生命到底该承受重还是轻"。死亡意识与生之留恋，生命承受的畸轻畸重，在他那里都处在不甚明朗的两难状态——不过，诗人虽然困惑，但毕竟阅历得多了，"懂得"了"过去的历史是不值钱的影子"，超越了过去的旧我，省去了俗人难免的敝帚自珍的俗气和累赘。看清了生命"这只船"有时"无帆无舵又无桨"的无情现实，明白了个体存在的孤立无助、被动受制，"有风狂癫无风僵滞"，受外在于己的巨大异己力量支配、掇弄，处在无法主宰自我的难堪境遇。

在惘然的明白中总结了既往人生之后，诗人意识到自己"是该考虑留下一些什么/为了相识和不相识的朋友"，表达了诗人对此去人生的承诺，其中有诗人的责任感和使命感在。但这责任感不是盲目，使命感不是冲动，而是"看破了，但不放弃"的透彻豁达的执着。这首诗的第四节最具箴戒意味："只是，永远不去后悔或忏悔/既然生命已那么短暂和宝贵/只是，永远不和别人斗争或比高低/既然都要完蛋 何必相撞和对骂。"生命是短暂的，分分秒秒都宝贵得"寸金难买"，因此，人们就应该抓紧分分秒秒的时间去认识生命、享受生命、创造生命，既没有工夫也没有必要去"后悔"或"忏悔"，生命无悔。匆忙的生命如飞鸟投影、白驹过隙，一闪即逝，终归空无，智愚贤不肖，古今一切人，最后"都要完蛋"。斗出胜败，争出输赢，比出高低，结果都一样，万生同赴的"死"，终将把胜者败者、输家赢家、高贵低下的差别抹平，抹得什么也不剩。那么，为些须鸡虫得失、蜗角虚名、蝇头微利，还值得去"相撞对骂"，碰个你死我活吗？

人对生命的领悟达到这步田地，心智虽已澄明，但行动也极易蹈入歧途。认识到生命短促宝贵，有些人怀着"不干白赔，干了白赚"的心态，追欢逐乐、任意胡为去了。认识到生命终归空无，有些人颓唐得放弃努力、无所作为了。这是聪明的糊涂、智慧的错误。诗人当然不会这样。在承诺了此去人生"永不后悔或忏悔"，"永不和别人斗争或比高低"之后，有所不为才能有所作为，于生命的澄明之境中，诗人空前清晰地意识到此生的责任和使命：要"像河蚌用血肉磨砺出的珍珠"一样，去把自己大半生的"感受和体验"变成"笔下的文字"——真挚的诗篇，以精神产品的创造去完成生命的不朽，让"思索"超越"死亡"，永不"陨灭"。

这里有意识到"年命有时而尽，荣乐止乎其身，未若文章之无穷"的那份属于诗人作家的高度生命自觉。在这一点上，古今文人的认识和做法大致相同。古代如曹丕肯定创作是"不朽之盛事",李白赞美"屈平辞赋悬日月",杜甫认定"四杰"诗篇将如"不废江河万古流",韩愈推许"李杜文章在,光焰万丈长"。现代如沈从文也在《烛虚》中写道:"自然既极博大,也极残忍,战胜一切,孕育众生。蝼蚁虮蜉,伟人巨匠,一样在它怀抱中,和光同尘。因新陈代谢,有华屋山丘。智者明白'现象',不为困缚,所以能用文字,在一切有生陆续失去意义,本身亦因死亡毫无意义时,使生命之火,煜煜照人,如烛如金。"这种认识和做法可用《庄子》中的一句话来概括,即是"薪尽火传"。难能可贵的是,古今作家诗人们都不是单纯追求狭隘的个人名声的不朽,他们总是竭尽全力地想让自己的作品裨益当世,霑溉后人。刘湛秋亦是如此,他要让自己笔下"轻快流露的诗行",开放成"路边的野花",听任"爱慕者采摘",装点得"大自然"更加美丽、可爱。

"五十而知天命"的诗人,更知道自己作为诗人同时也是作为人所肩负的责任和使命。

为人间祈爱，为人类祈福

——刘湛秋《苹果因阳光而红晕》解读

苹果因阳光而红晕

苹果因阳光而红晕/女人因男人而美丽/存在的价值在于依存/在于补充而不是相斥/天堂的钟声不是来自天外/伊甸园就是人和自然/夜露默默地滋润花朵/火狐穿过淡青的草原//和谐是宇宙最伟大的发明/阴阳构成其妙的平衡/啊，四月，我是你的精灵/愿天空纷纷降落的是微笑和热吻

以第一行诗作标题，这首诗实际上是一首无题诗。刘湛秋在一段时期内写了许多无题抒情诗，都是撷取第一行作为标题使用。这些无题诗，多数写得清新朴素、自然平易，往往能够毫不做作地传达出作者新鲜的情绪感受和哲理发现，让读者在享受轻松诗情的审美愉悦中透彻自然与社会的某些本质方面。《苹果因阳光而红晕》就是这样一首上乘之作。

金秋时节，红艳艳的苹果缀满枝头，那诱人的红晕，来自阳光的普照。正是在生长的过程中，吸纳了足够的阳光，才有了苹果成熟的红晕。阳光普照万物的功德也在苹果的红晕里充分体现出来，赢得人们对它的感戴和赞美。离开了阳光，苹果无以红硕；没有果实的红硕，阳光的价值也难以得到显示。这是自然界的情形。在人世间，女人因为对男人的爱，生理、心理发生一系列重大变化，女为悦己者容，恋爱中的女人最美丽。有雄健、犷放的男性美为柔媚、娟秀的女性美构成衬托，更能见出女性那如花如草如水如云的优美的魅力。当然，男性的阳刚之美也只有在与女性的阴柔之美的对比之下，才展示得更充分。这是人世间的情形。在列举了自然和人世两方面的例证之后，作者从现象

中推导出令人折服的结论："存在的价值在于依存/在于补充而不是相斥。"

　　的确如此。离开了相互依存，世界上的许多事物都将无法存在，当然更谈不上实现其存在的价值了。事物的和谐完美有赖于彼此的互补互衬。没有飞鸟，天空会显得呆板；没有游鱼，河水会显得死寂。花朵有了夜露的滋润更娇艳，草原有了火狐的穿行而生意盎然。与人世相比，自然界的问题简单得多，自然物之间不会有意识地相互排斥，天空不会拒绝翅膀，苹果不会拒绝阳光。人世就不同了，尔虞我诈，钩心斗角，阴谋倾轧，杀戮战争，可谓司空见惯，皆是溺于一己一方的私利不能自拔，以害人始以害己终，不弄到两败俱伤绝不肯罢手。人对自然的伤害更是触目惊心，无厌的攫取导致生态失衡的严重后果，人类正在自食其果。所以，问题的症结在于人类自身。人与人之间若能放弃敌视、仇恨、损害、嫉妒，兼相爱，交相利，同情、友善、互助、关怀，人间就会变成"天堂"，"天堂的钟声"就不再"来自天外"，而响彻在人性之中、生活之中。人与自然不再对峙，和平共处，人性向着大自然回归，大自然张开宽厚的胸怀养护人类，世界就成为"伊甸园"——乐园了。人类曾经长期地"失乐园"，当人性和自然性融为一体之时，人类才能最终"复乐园"。

　　"一阴一阳之谓道"。平衡与和谐离不开相互依存：自然物的相互依存，人与人的相互依存，人与自然的相互依存。唯有依存，才有完善，才有平衡，才有和谐。"和谐之为美"，美即自由。在和谐自由之美中，人类才能体验到生命、生活、生存的幸福。在这首诗中，诗人用优美生动的诗句，教导人们明白这个道理。在诗的结尾，诗人吟唱道："啊，四月，我是你的精灵/愿天空纷纷降落的是微笑和热吻。"诗句撩人情热，令人感动。为人间祈爱，为人类祈福，正是这首诗的创作主旨，是诗人强调"存在的价值在于依存/在于补充而不是相斥"的用心所在。

　　这首诗有说教之实，无说教之态，思想力量通过才情灵性加以显示，真实的感触出之以清新的诗句，优美清丽之中见出耐人寻味的哲理。

人的自然化与自然的人化

——刘湛秋《大自然之恋：第五首》解读

大自然之恋：第五首

　　岛上一棵老银杏树/中午。阳光像静止的风/树下的我，树上的小松鼠/树上树下，只有小松鼠和我/它的眼睛胆怯而又淘气/我的眼睛快活而又好奇/海水在远方窃窃私语/青苔在脚下轻轻呼吸//岛上一棵老银杏树/中午。时间像静止的阳光/我和小松鼠默默对视//目光是生物世界的共同语言/它理解了我，我也理解了它/在漫长的宇宙中我们都是匆匆而过的动物

　　尽管都富于现代意识和现代手法，但刘湛秋和昌耀仍代表了当代中年诗人艺术风格的两个极端。与昌耀大幅度新创的重浊、雄放的西部现代诗大异其趣，刘湛秋近年以提倡和创作"轻抒情诗"活跃于诗坛。也许与刘湛秋翻译俄罗斯诗歌的浸润濡染有关，读他的轻抒情诗，总让人依稀感觉到普希金尤其是叶赛宁诗歌的醉人气息。刘湛秋也确实和叶赛宁一样倾心热恋着大自然，用手中那一支饱含情愫的轻灵优美的诗笔讴歌大自然的亲切可人和美妙神秘。刘湛秋认为好诗都是沉浸于大自然中有所感悟的"自然流露"，他曾为此公开呼请道："让我们习惯于大自然那种原始状态。让我们到大自然中去，呼吸那清新的空气，使感情留恋于本色的山色，先不忙故作发现去评头论足，让大自然融化我们的思维细胞……这时，我们恢复了自己，也发现了自己——我们是天之子、大自然之子，我们也终究成了诗人——大自然之人！这时，你流露吧，那些字句将是美好的诗。"（《诗的秘密》）《大自然之恋：第五首》可说是刘湛秋上述诗观最好的作品证明。

　　这首诗一共两节，写诗人与小松鼠的默默对视与相互理解。诗人远足海岛，在一棵银杏树上看到了一只小松鼠。"岛"的意象，提示一个远离扰扰尘世的自然环境，"银杏"是洪荒年代的孑遗树种，"银杏"这一意象因之而具含原始的意味。"中午"的海岛，悄然无声，风静止了，阳光静止了，时间也静止了，唯余一片安谧。"海水在远方窃窃私语/青苔在脚下轻轻呼吸"两句，更衬出了岛上的幽静氛围。诗人对海岛幽秘气氛的渲染，仿佛"山静似太古，日长如小年"的古诗意境，但又不是一片空寂或死寂，而是在悄然无声之中潜跃萌发着无限生机，自然生命在无边律动，生之欣悦在无涯蔓延。尤其是当"树下"的诗人和"树上"的小松鼠互相发现彼此对视，更把自然环境中生命的自在活泼展示为生命的自由和谐："树上树下，只有小松鼠和我/它的眼睛胆怯而又淘气/我的眼睛快活而又好奇""我和小松鼠默默对视/目光是生物世界的共同语言/它理解了我，我也理解了它"。诗句弥漫着天人合一的温柔亲和气息。这里已经不是"拟人"或"拟物"的修辞技巧问题，而是自然性与人性的交融，人已完全投身大自然之中，完成了人的"自然化"；大自然也在人的亲切认同之中，完全实现了自然的"人化"；人与自然、诗人与松鼠已合二而一。

　　如上分析，这首诗表现的是人与动物之间也就是人与大自然之间的关系。在社会动荡鼎革时期，人际矛盾、利害的社会关系压倒一切，人无暇去思考和大自然的相处问题。在承平稳定时期，人如何利用大自然、爱护大自然、与自然万类和平共处的问题，就会摆到人类的面前，这当然不仅是环境保护方面的事情，而是关乎自然与人的辩证依存的宇宙观与生命哲学问题。从健全的意义上讲，人不仅是社会的，也是自然的，并且首先和最终应是自然的，人应该是一切社会关系和自然关系的总和。但在人类社会漫长的发展过程中，人与自然的关系问题始终没有真正解决。尽管在东方有古老的"天人合一"观念，在西方有卢梭等人的自然主义哲学，然而，更多的情形是，人对大自然的无厌索取、滥施虐害，人类把自己摆在与自然对立的位置上，面对鸟兽虫鱼等动物类，号称万物之灵的人类更是任意生杀予夺，并误认为这一切都是天经地义的。环境的破坏、生物链的破坏导致生态失衡的恶果，大自然对人类的忤逆忍无可忍，实施报复，人类才意识到应该对自然环境加以保护，但这仍不能说是从根本上解决了问题，保护环境云云，仍然是把人凌驾于自然之上，并没有真正摆正人在大千世界应有的位置。

　　只有像这首诗中所写，诗人在与松鼠的彼此观照中，获得了透彻的了悟：既然"在漫长的宇宙中"，人类与松鼠等鸟兽一样，"都是匆匆而过的动物"，彼此生命何其短暂，那就不该再去相残，而应该相互理解、同情、关爱，共处共生、共灭共荣。人类虽然早已是从自然界进化出的高级动物，但高级动物毕竟还是动物，虽与低等动物"分家"了，但终究是"兄弟行"，在生命的短暂和有限这一根本点上，高等动物的人与低等动物的小松鼠没什么两样，人没有什么值得夸耀的优势——事实如此，并非人的自我贬抑。心平气和地承认这一点，才会与自然物平等相处，万类共存的和谐的自然与和谐的世界才可能出现。

地球这壁无语独处的沉默者

——昌耀《斯人》《在古原骑车旅行》解读

斯　人

　　静极——谁在叹嘘？/密西西比河此刻风雨，在那边攀缘而走。/地球这壁，一人无语独坐。

　　新边塞诗派代表诗人昌耀，被推许为当代的"大诗人""诗人中的诗人"，他的奇崛悲壮的新边塞诗，在当代诗坛上风格鲜明独特。这里解读的两首短诗，颇能体现昌耀诗歌独具的抒情特色。他的名诗《斯人》，是一首感遇之作，诗题出自杜甫感叹李白命运不济的诗句"冠盖满京华，斯人独憔悴"（《梦李白》）。

　　昌耀当年因一首小诗而错划右派，头戴荆冠，蛰居青藏高原，在与世隔绝中，被监督劳动达二十二年之久。青春理想，付诸流水；壮志热血，化为冷灰。时耶？命耶？诗人于静极之境，回顾平生遭际，无数坎坷辛酸纷至沓来，又烟云散去，唯余一声沉重的"叹嘘"——自古诗人多薄命呵！昌耀从自身的不幸想到了历史上许多同命运的人的不幸，这"叹嘘"是自叹也是叹人，是悲悯自我也是悲悯命运。

　　诗人的内心世界显然是极不平静的。他所居住的青藏高原，是长江黄河的源头，在同一纬度的地球那一边，是密西西比河的流经之地。"地球这壁"，困守穷荒的诗人无语独坐，孤寂的心在这"静极"之时，竟穿透地球，听到了"那边攀缘而走"的密西西比河上的风声雨声。"心事浩茫连广宇"，此之谓也。但生动蓬勃的大千世界，虽令诗人心向往之，毕竟离诗人太遥远，与诗人几乎无缘；向隅独坐，沉默无语才是诗人必须面对的冷酷无情的现实。其间

163

有多少渴盼、无奈与不甘！读之让人凄然复恻然。

小诗静对自我，感悟命运，纵贯古今，横接世界，调性悲怆崇高，内涵广阔深厚。虽只有三行，但在艺术容量上是一首大诗。

在古原骑车旅行

> 潜在的痛觉常是历史的悲凉。/然而承认历史远比面对未来轻松。/理解今人远比追悼古人痛楚。//在古原骑车旅行我记起过许多优秀的死者。/我不语。但信沉默是一杯独富滋补的饮料。

昌耀蛰居的莽莽古原，高寒僻远荒凉。漫长的历史上，这是一片迁客罪人戍边流放的土地，是中原民族与边地民族争夺厮杀的土地。"君不见，青海头，古来白骨无人收"，戍边流放者一去不返，争战杀伐者死伤无数，"一将功成万骨枯"呵！敏感的诗人骑车在古原旅行，一个地名、一片遗址，都会引发他的思古之幽情。而历史又是那样不堪回首，触摸历史，到处都是隐隐作痛的伤口，"潜在的痛觉"让诗人深深地体认着"历史的悲凉"。

然而，历史终究是翻过去的书页，古人亦长已矣。因此，让诗人更觉沉重的倒不是"承认历史"，而是"面对未来"，让诗人更觉痛楚的也不是"追悼古人"而是"理解今人"。诗人毕竟是生活在"今天"，生活在"今人"中间，22年的劳改生涯，30多年为出版一本诗集犯难，种种屈辱坎坷、磨难辛酸，毕竟全都发生在"今天"，是与他同时空的"今人"加之于他的。由受虐者去理解施虐的侪辈，怎能不生切肤之"痛楚"；思考着如何避免历史悲剧的重演，怎样让伤痕累累的阴沉历史，走向轻松明亮的美好未来，诗人怎能不忧心忡忡！因为，诗人毕竟是有记忆的。而记忆又不是一句"向前看"可以抹掉、忘却的；未来毕竟是现在的延续，而不幸的是，现在又连接着过去了的历史。

于是，在古原骑车旅行的诗人，缅怀着埋骨荒原的"许多优秀的死者"，在历史和未来之间，在古人和今人之间，在死者和生者之间，选择了"沉默不语"。

舍此，诗人还能有别的更好的选择吗？

思想鸟振翮于精神的自由王国

——潘万提《眺望》解读

眺　望

不倦的眺望／便是心灵的翅膀／／有时，人生的风雨／会折落几支羽毛／但，向往是倔强的／会穿越岁月的迷障／／眺望是一只思想鸟／越是沉重／越是奋力飞翔

这首《眺望》，列潘万提组诗《人生之旅》第一首。《人生之旅》共10首，是诗人对人生旅途上的情感经验和生命体验进行成功表现的一组力作，意象简净质朴，语言落尽铅华，意蕴饱满深邃，触着灵魂，融深湛的人生哲理于浓挚的人生情思之中，是一组不可多得的哲理诗佳制。

人是一种有限的存在，外部行为受社会历史背景和现实生存环境的制约，无法实现真正的自由。但是，人的精神活动却可以精骛八极，心游万仞，腾天潜渊，不受规范。作为主体存在的人，在感受到现实的压抑、禁锢时，主体意识便转化为心灵的渴盼，放逸的目光必然要度越眼前、身边的腥酲灰暗，"不倦的眺望"远方透出一抹曙色的地平线。此时，"思想鸟"便舒展开"心灵的翅膀"，飞向海阔天空，飞向憧憬理想，飞向迢遥又迢遥的幻美世界。

人既受困于现实，便去补偿于心灵。但追求心灵自由是一种精神历险，注定会遇到挫折，付出代价："有时，人生的风雨／会折落几支羽毛"。这两句诗承接第一节里"眺望／便是心灵的翅膀"的比喻展开抒写。然则"折落几支羽毛"是否就敛翅铩羽，不思奋飞了呢？不，"安能蹀躞垂羽翼"！"翅膀"的"向往是倔强的／会穿越岁月的迷障"。不管有多少艰难险阻，不理会层层叠叠的障碍，"心灵的翅膀"一旦扑展开来，便会向着未来未知的天遥地远，向着

梦萦魂牵的精神新大陆，向着诗意的栖居地和永恒的梦境，不停地飞去……

——在这里，阻力变成了动力。横亘的"岁月迷障"，挑起的是"翅膀"飞越它的欲望和勇气。在飞越障碍的过程中，也就是在战胜压迫的过程中，翅膀经受了锻炼更善于飞翔了；思想经过困厄的淬火，闪烁出真理的光芒。的确是这样，思想鸟"越是沉重/越是奋力飞翔"；人越是在现实中碰壁，对社会的认识就越清醒，"内求诸己，无待于外"的结果，使人的精神全部聚敛于内心，人的思想力量变得空前强大。人类多少深刻新鲜的思想创获，人类对真理的每一次认识和揭示，往往都是在沉沉的铁幕笼罩之下，像一道闪电劈开黑云密布的夜空一样撕裂了铁幕，让思想之光把世界重新照亮的。轻松快适之中并不产生思想，只会泛起些肥皂泡一样的情绪沤沫。"思想鸟"是勇敢无畏的，沉重的压力转化成"间阻效应"，刺激"思想鸟"飞得更远、更高。

这首小诗给人的启示是巨大的："眺望"喻示人对精神自由的追求，可见人已然受困于现实生存，或曰人天然地不满于现实生存。而追求自由，必然要承受压力、付出代价，不管是在现实的维度还是在理想的维度。

人生之路上的三种不同步态

——潘万提《关于跋涉》解读

关于跋涉

脚步/仅仅流连于春的原野/这只能算作春游//脚步/如果迈不出秋季的果园/便可称为采摘//脚印/深深嵌刻于峭壁和坚冰之上/便有权解释跋涉

路是人走出的。人都要走路。人与道路，密切相连。从人与道路的关系的角度看待人生，人的生命过程就是一个"走"的过程。每个人都"走"在人生路上，但人生态度、人生目的、终极关怀不同，"走"的步态便有差异。有人在流连光景，有人在掇拾果实，有人在漫步闲行，有人在艰难跋涉。而与"跋涉"相连的，总是山水的险阻、坎坷的道路、漫长的征途。潘万提的《关于跋涉》，就是对"跋涉"作出的诗化的哲学阐释，是诗人对人生目的、人生价值进行深度哲学思考之后的形象简洁的诗化表述。

这首诗共三节，前两节是宾，后一节是主，前两节是后一节的铺垫陪衬、对比参照。诗人首先在第一节展示一类人的"步态"："脚步/仅仅流连于春的原野"，这一类人可称为"春游者"，他们陶然于春日原野的美景，明媚的阳光、和煦的春风、烂漫的花朵、飞舞的蜂蝶，引起了他们莫大的兴趣，为之耽溺迷醉。至于"春天是短暂的""一年之计在于春""春天是播种的季节""花朵是为果实开放的"一类基本的道理，显然都给他们忽略到爪哇国去了。这一类人的人生目的是娱乐，只愿在生命之轻中享受游戏的愉悦快适。这种流连光景的春游步态，自然不可能把人生导入创造价值的有意义的路途。

在第二节诗中，诗人展示了又一类人的"步态"："脚步/如果迈不出秋季的果园"。这一类人可称为"采摘者"。与"流连于春的原野"的"春游者"终无结果不同，"迈不出果园"的"脚步"踏入的并非一片虚空。秋季的果园硕果满枝，"采摘"是有收获的，并且可能收获颇丰。但我们在此不禁要问：园里的果子是他们种出来的吗？如果不是，他们便是不劳而获的"摘桃子"的人。这一类人的人生目的是"得到"，只愿在不停地索取中满足一己的私欲，耽于利己而忘了利他，对于奉献，对于劳动，对于创造，他们显然无暇顾及。话说回来，这类人采摘的即使是自己种出的果子，但一味耽溺于已然取得的成绩，"脚步迈不出"自己的那一方"果园"，也会影响新的开拓进取的。因为，掇拾果实与栽种新的果树毕竟不是一码事。何况，掇拾过多，背负过重，势必难于迈出新的脚步。

诗的第三节是全诗主旨所在。诗人认为："脚印/深深嵌刻于峭壁和坚冰之上/便有权解释跋涉。""跋涉"的本义是爬山蹚水，山一程水一程的路途，走起来颇不轻松，所以，"跋涉"这一语词本身就形容着旅途艰辛，"跋涉"的"脚印"决不如"春游"和"采摘"来得快适满足。但是，当一类人的"脚步"流连于春的原野，一类人的"脚步"迈不出秋的果园时，还有不同于这两类人的另外一类人，他们举步攀登悬崖峭壁，踏入冰天雪地，置身于险境之中，向着人类的未知之域、未历之境出发了。峭壁失足之虞和冰窟灭顶之灾，都不能撼动他们的跋涉意志！他们向往新的发现，追求新的创获，他们的人生目的、人生价值是创新开拓。"跋涉者"是走向未来的哨探，是人类进步的先行，是通往明天的开路者。他们不惮于危险和牺牲，能够承受生命之重，他们那"深深嵌刻于峭壁和坚冰之上"的"跋涉"的"脚印"，是为后之来者签署的通行证。

这首《关于跋涉》，列潘万提组诗《人生之旅》第二首。如前分析，诗中展示的人生之路上三种人的三种不同"步态"，实质上是诗人对人生意义、人生目的、终极关怀进行深度哲学思考的反映，诗人的价值取向、情感评价寄寓其中。"有权解释跋涉"的"跋涉者"，才为诗人心仪赞许，从中不难看出诗人的人生态度、人生理想，不难看出诗人选择的人生道路、追求的人生境界。对于"春游者"和"采摘者"，诗人只作客观呈示，不作讽喻评判；对于"跋涉者"，也不刻意张扬、大事咏叹；一切都抒写得质朴、沉稳、凝重，的确是"有了内在真理"后才有的"艺术表现"（罗丹语）。

疲于抒情之后的另类情诗

——夏宇《疲于抒情后的抒情方式》《甜蜜的复仇》解读

疲于抒情后的抒情方式

4月4日天气晴一颗痘痘在鼻子上/吻过后长的/我照顾它//第二天院子里的昙花也开了//开了/迅即凋落/在鼻子上/比昙花短/比爱情长。

不吝辞藻的人类，对爱情进行了太多的赞美；古今爱情诗，也大都采用优美的抒情方式。爱情是否已被过分美化？爱情诗在有意无意中，是否在对爱情进行溢美？爱情究竟是什么样子？爱情诗应该怎样写？在现代人的感觉中，在现代人的笔下。

夏宇用现代人"疲于抒情后的抒情方式"，抒写了现代人对爱情的感受和理解。

女孩子被人吻，应是幸福甜蜜的。但在这首诗里，被人吻后的感觉似乎不太美妙：鼻子上好像长了一颗痘痘。尽管如此，它毕竟是爱的标记，所以我还是"照顾它"。为了留下接吻的快感，为了留住爱的记忆，我还特意郑重地记下接吻发生的月日和当日的天气情况。

不知是不是为了和我鼻子上长出的痘痘相呼应，第二天，院子里的昙花也开了。昙花的开放，为爱情提供了一个可资比较的参照物。

昙花旋开旋落。鼻子上长出的痘痘，在昙花凋落之前，已经消失。但由于我刻意"照顾"，它留存的时间，虽说比昙花短一些，可还是比爱情要长一些。

——看来，夏宇的确是"疲于抒情"了，因为她已经透破了现代人的爱

169

情。快节奏的生活、快节奏的情感，在泡沫社会里，一切都泡沫化了。当下与即兴，倏生倏灭，倏真倏幻。美国小说家毛姆在《月亮与六便士》里，已借人物之口宣称"爱情是一种疾病"；大陆青年诗人洪烛也在组诗《玫瑰与字母》中写道："爱情仅仅能持续／做一次深呼吸的时间。"还有李敖的一首歌词里的这样的句子："不爱那么多，只爱一点点。别人的爱情天地长，我的爱情短。"可见，现代人已相当普遍地感觉到，那被历代诗人反复赞美的缠绵不已的古典式爱情的虚妄。夏宇在这首诗中，用现代诗人黑色幽默的"抒情方式"，对历来被视为魅力神圣的爱情，实施了令其难堪的反讽。

当然，用传统的语码解读这首诗，认为诗人通过对"昙花""痘痘""爱情"三者的对比，谴责情人的不忠，抒写了一段爱情的悲剧。这样的理解，当然也能成立。

甜蜜的复仇

把你的影子加点盐／腌起来／风干／／老的时候／下酒

情到深处，爱到极时，凝成这首奇特的情诗。

人的一生，最幸福的日子莫过于恋爱时期。情人的身影，苗条而又丰满，魁梧而又矫健，让对方爱之不足。恋爱中人多想永远留住这美好的时光。但岁月催人老，年轻的身影会变得伛偻萎缩，青春的倩丽会变成迟暮老丑。于是诗人忽发奇想，要预为之备，像腌制越冬咸菜一样，把情人的影子加盐、风干，作防腐保鲜处理。这样，便可使情人的影子永远年轻，使甜蜜的爱情永远年轻。待到年老的时候，用以佐酒，有滋有味地反刍品咀，以为暮年的慰藉。

加盐、腌制、风干、下酒，的确很有点残酷的意味，这是落实题目中的"复仇"二字，但这一道道工序都是为爱情保鲜，让爱情永不变质，所以这"复仇"的手段原本是"甜蜜"的事业。爱极的嗔语，俗人说出来是"恨不得吃了你"，诗人说出来便是这首诗。爱极生恨，这恨是憾恨于爱情不能永远处在新鲜年轻的峰巅状态，是一种深层的不满足心理。恨而复仇，这复仇的方式乃是爱得疯狂的极端方式。

此诗格奇，匪夷所思。

行人眼里的树

——邓万鹏《树》解读

树

　　站在城市里/永远也不会摔倒/还不是因为有根儿吗//行人是要赶路的/他们不会停下来/让脚下生出根子/站成树//树有树的悲哀/一辈子不知道什么是路/一辈子迈不出一步

　　这是一首通过咏物托寓生活哲理的诗。托物言志的特殊质性要求咏物诗在表现上必须做到不沾不滞、若即若离，既要切合所咏之物的形貌特点，又要遗貌取神，从所咏对象之中生发出人世的寓意，邓万鹏的《树》就成功地做到这一点。

　　《树》一共三节，第一节正面承题，运用拟人的手法，写树"站在城市里/永远也不会摔倒"，在咏物之中已然关合了人事的内容。诗人在这里限定了他所写的"树"是生长在"城市里"的"树"，是比生长在荒野、山林里的树木享有更优越的生存环境的一种"树"。它占据城市一个舒适的位置，稳稳地立在那儿，任什么也妨碍不了它，安全得"永远也不会摔倒"。因为它"有根儿"，深深扎进城市的地层，伸展蔓延，盘根错节。"根儿"这一意象义含双关，它让人联想到现实中那些寻找靠山、有所依恃、编织关系网、占据优越位置、立于不败之地的善于处世的人们。

　　从咏物诗辩证处理"即"与"离"的技巧角度看，如果说第一节承题写"树"是"即"，那么第二节转写"行人"就是"离"了："行人是要赶路的/他们不会停下来/让脚下生出根子/站成树。"引入"行人"的意象，让"行人"与"树"构成对比，亦即亦离的当儿，把诗意推进到新的层次。"行人"

和"树"在本质上截然不同。"树"谋求的是安稳地"站在城市里","行人"则是"要赶路的",并且"不会停下来",以免"脚下生出根子",迈不开脚步,无法走向远方。"树"企望的是安逸,"行人"则更热爱奔波。"树"的理想境界是静止,"行人"的理想境界是运动。"树"通过站稳脚跟来实现自己的生命价值,"行人"通过不断前进来实现自己的生命价值。"树"是安于现状的,并且努力把现状永远维持下去;"行人"则永远不满足于现状,行色匆匆地追寻人生的新境。

在第二节引入"行人"作为"树"的参照系后,诗的第三节又回到题面,诗人指出:"树有树的悲哀/一辈子不知道什么是路/一辈子迈不出一步"。生命在于运动,安稳的静止乃是生命的准死亡状态。一辈子走不出自我也就最终无法实现自我。在封闭的生存圈中自囿,势必目光短浅,视野狭窄,思想层次浅薄,生命境界低下。"不知道什么是路""迈不出一步",虽说免除了奔忙之劳,跋涉之苦,坎坷之虞,但对于不断延伸的道路上不断变换的景观,却无从领略了;对于穿越过程、征服险阻、抵达目的的快乐,也无从体验了。永远停留在生命的原点上,就永远无法开辟生命的新境界,永远无法从旧我走向新我——这是"树"的悲哀,当然,更是"树"所比拟的那一类人的悲哀。至此,诗人达成了由咏树来讽喻世人的创作意图。

联系邓万鹏的生活经历,可以更好地理解这首诗。为了拓开人生的新境,邓万鹏辞别亲人故乡,千里迢迢,一路风尘,从东北走向黄河,走向中原,他就是一个不停赶路的"行人"。对"站在城市里的树"的生存方式,他当然是摒弃的。诗中融入的正是诗人自身的经验和体悟。以"行人"的眼光来看"树",自然能够看清"树"的局限性,"树"的"悲哀"。古今中外诗人咏树寄意的作品很多,选择这样一个独特的角度表现"树"的诗似还未见过。这棵"站在城市里的树",的确是邓万鹏"这一个"诗人笔下的"树",是不能与其他诗人笔下的"树"混同的"这一棵"树。读罢这首诗,你是选择做一棵城市里的"不会摔倒"的安稳的"树"呢,还是去做一名在道路上不停奔忙、让生存处于动态的开放系统之中的"行人"?

第四辑

朦胧诗新生代诗文本解读

朦胧诗的压卷之作

——北岛《回答》解读

回　答

　　卑鄙是卑鄙者的通行证，/高尚是高尚者的墓志铭。/看吧，在那镀金的天空中，/飘满了死者弯曲的倒影。//冰川纪过去了，/为什么到处都是冰凌？/好望角发现了，/为什么死海里千帆相竞？//我来到这个世界上，/只带着纸、绳索和身影，/为了在审判前，/宣读那些被判决的声音。//告诉你吧，世界/我——不——相——信！/纵使你脚下有一千名挑战者，/那就把我算作第一千零一名。//我不相信天是蓝的，/我不相信雷的回声，/我不相信梦是假的，/我不相信死无报应。//如果海洋注定要决堤，/就让所有的苦水都注入我心中，/如果陆地注定要上升，/就让人类重新选择生存的峰顶。//新的转机和闪闪星斗，/正在缀满没有遮拦的天空。/那是五千年的象形文字，/那是未来人们凝视的眼睛。

　　在现今流行的几个朦胧诗选本中，北岛的《回答》一无例外地作为开卷第一篇，放在最引人瞩目的位置。

　　这不是偶然的。

　　首先，《回答》一诗对一个时代的现实作了高度概括。这首诗写于1976年"四五"天安门事件中，多难的中国处在又一个漫漫长夜将尽的黎明前，黑漆漆的沉重，让人透不过气的压抑和窒息。整整十年了，人妖莫辨，黑白混淆。正直、善良、友爱、人性被摧残殆尽，而出卖、投靠、丑恶、奸邪却得意非凡、青云有路、畅行无阻。"卑鄙是卑鄙者的通行证，/高尚是高尚者的墓志铭。/看吧，在那镀金的天空中，/飘满了死者弯曲的倒影"。这冷峻的诗句正是异常时期社会生活的精确写照。"卑鄙是卑鄙者的通行证，/高尚是高尚者的墓志铭"，这样的诗句，产生在一个畸形的时代，但又超越了时空，成为对人类社会发展的苦难历程的不朽总结。毫无疑问，就其蕴含哲理的深刻和形式的凝练精警，是可以作为当代新诗创作的最优秀的名句，长期地流传下去的。从内容和形式接近完美统一的角度看，在朦胧诗中似乎只有顾城的那首两行的《一代人》一诗可以与之比美。

"冰川纪过去了"，祖国在 1949 年进入一个新时代；但从 20 世纪 50 年代后期开始，新生的共和国的命运便多灾多难，一连串的失误终于导致了"文革"期间"到处都是冰凌"的残酷现实。新民主主义革命的胜利使中国人民发现了"好望角"，但社会主义的航船又被"四人帮"一伙政治野心家、阴谋家引入了"死海"。诗的第二段虽在力度上不及第一段，但"到处都是冰凌""死海里千帆相竞"的意象，也是对十年动乱、灾难丛生、满目疮痍、封闭僵化的社会现实的形象表现。

对"四人帮"一伙的倒行逆施，对"以太阳的名义/黑暗在公开地掠夺"的现实，毕竟有人舍命抗争：遇罗克站起来了，张志新站起来了，"四五"英雄们站起来了……尽管他们横遭残害，但他们殷红的血，已化作燃亮黑夜的第一道晨曦。因此，诗人坚信"从星星的弹孔中/将流出血红的黎明"（《宣告》）。诗人把目光投向如磐暗夜的"没遮拦的夜空"，看到了新的转机般的"闪闪的星斗"；诗人把满天星斗变形处理为"五千年的象形文字""未来人们凝视的眼睛"，升华了诗篇的历史纵深感，预示了未来的希望，使沉重有力的诗句增添了鼓舞人心的力量。的确是这样，"四五"天安门事件前后的中国形势，一方面仍是黎明前的沉沉黑暗，但同时，社会生活出现新的转机和希望，也如满天星斗般闪烁在人们的头顶。

其次，《回答》一诗异常大胆而鲜明地表现了觉醒一代的怀疑主义精神。这是对现实的欺骗、肮脏、乖谬有了深入的认识之后，所导致的必然结果。北岛的思想也经历了一个由狂热到怀疑的觉醒过程。最初，诗人他的同代人一样"正步走过广场/为了更好地寻找太阳"，诗人"弓起了脊背/自以为找到了表达真理的/唯一方式，如同/烘烤着的鱼梦见海洋"，于是，诗人情不自禁地喊起"万岁"，但"只他妈喊了一声/胡子就长出来/纠缠着，像无数个世纪"（《履历》）——在这一刻，诗人的理智受到了极大的震惊，"上帝死了"，诗人的心灵经历着空前的幻灭。当诗人再度审视世界的时候，发现了许多可疑之处：诗人发现"自由不过是/猎人与猎物之间的距离"（《同谋》）；发现了现实是"与孩子的心/不能相容的世界"；发现"悲哀的雾/覆盖着补丁般错落的屋顶/在房子与房子之间/烟囱喷吐着灰烬般的人群/温暖从明亮的树梢吹散/逗留在贫困的烟头上/一只只疲倦的手中/升起低沉的乌云"，"人民在古老的壁画上/默默地永生/默默地死去"（《结局或开始》）；当然诗人更发现了在《回答》一诗第一、二两节所概括的社会现象。原来的价值体系崩解了，旧有的坚定不移的信任感产生了危机。诗人不再把自己思考的权力无条件地交给一尊神祇，而用黑夜给他的黑色眼睛，在黑暗中寻找，他不再轻信和盲从。面对世界，诗人以思想者的胆识和勇气，喊出了那石破天惊的一声"我——不——相——信"！"我不相信天是蓝的/我不相信雷的回声/我不相信梦是假的/我不相信死无报应"。

　　一声"我——不——相——信"的呼喊，标志着一个蒙昧时代的结束，宣告了一个现代神话的破产。这撼人心魄的呼声，表现了诗人的觉醒和对现实否定的彻底。在"四五"事件前后的血腥日子里，喊出这样的声音，不仅需要哲人的聪敏，更需要勇士的气骨；正是集哲人、勇士于一身，北岛才显示出如此卓伟的雄毅魄力！与他的同代人相比，尽管都是思想的先觉者和艺术的探索者，可舒婷的自叙传式的诗歌，着力表现的是对理想的追求和追求的不能实现，理想与现实的矛盾在她的一颗敏感纤小的心灵里引起的波澜和痛苦；而顾城则像是一个"永远长不大的悲哀的孩子"，眼睛"省略过颓墙、病树、锈崩的铁栅"，专心致志地营造着他的"童话世界"，顾城的诗歌领地经过了诗人的纯洁如朝露的心灵的过滤和净化。相比之下，在对现实的怀疑否定方面，只有北岛，表现得最深刻、最大胆。

　　没有怀疑，就不会感到现存的不合理，更不会产生对现实的反叛和矫正。人类对真理的每一次接近和发现，人类社会的每一个进步的取得，几乎都是以对现实存在的怀疑为前提和原始动力的。而这，也正是怀疑主义精神的最可宝贵的价值。在这首诗中，北岛代表一代人喊出了"我——不——相——信"的觉醒心声。正是从这一代的怀疑出发，全国人民终于起来否定了一个荒谬的时代。而在新时期迅速开展的思想解放运动，其深层的社会心理基础，也是潜藏在人们胸中的对颠倒了的现实的普遍怀疑情绪。

　　再次，《回答》一诗表现了北岛强烈的英雄主义精神。看到了现实的混乱颠倒，经历了心灵的怀疑觉醒，诗人体验着生活的全部悲哀与痛苦，意识到自己肩负的责任的沉重。诗人以现存秩序的反叛者的姿态出现了，他大义凛然地告诉世界："纵使你脚下有一千名挑战者/那就把我算作第一千零一名。"他不无激愤地宣称："我来到这个世界上/只带着纸、绳索和身影/为了在审判之前/宣读那些被判决的声音。"尽管北岛曾表示"我并不是英雄/在没有英雄的年代里/我只想做一个人"（《宣告》），但是，在那艰难的岁月，仅仅为了做一个人，他还是不自觉地扮演了悲壮的英雄角色。他义无反顾地承受着现实和历史的全部苦难、全部重荷："如果海洋注定要决堤/就让所有的苦水都注入我心中。"从这铁骨铮铮的殉道式的诗句中，我们可以体悟到挑战者的凛凛风骨，感受到先觉者的博大胸怀，品味出"没有别的选择"的献身者的浓重悲剧色彩。

毫无疑问，《回答》是一首杰出的政治抒情诗。诗人在表现时，没有像传统的政治抒情诗那样去直抒胸臆，也没有去浮浅地演绎心中既定的主题概念。在概括现实，表现怀疑精神和英雄气概的时候，诗人借助的是几组新异奇特的意象：如诗的第一段用"通行证"展现卑鄙者的畅行无阻，"墓志铭"表明高尚者的被摧残被葬送；"镀金"暗示粉饰的虚假，"弯曲的倒影"则喻指无数死者的冤屈。在诗的末段，诗人把冷灰的现实中潜藏的"新的转机"化为"闪闪的星斗"，又把"缀满没有遮拦的夜空"的星斗，比作"五千年的象形文字"和"未来人们凝视的眼睛"，这些经过变形处理的意象，充分表现了诗人奇异的联想。意象化的表现手法把直说明言变为象征暗示，赋予这首主旨相当明确的政治抒情诗几分朦胧色彩，从而加大了诗句的张力，扩展了诗句的艺术容量。

朦胧诗是失落、迷惘、沉思、觉醒一代的诗。朦胧诗人们大都身受过十年浩劫的灾难，经历了由怀疑到觉醒的心灵历程。面对悖谬迭出的现实挑战，肩负起历史赋予的使命。北岛的《回答》一诗，无论是就对十年动乱现实的高度概括，对现存秩序的怀疑否定的彻底，还是作为挑战、反叛英雄的悲壮程度，抑或对这一切的崭新艺术表现，在同派诗人的同类作品中，都是无与伦比的。因此，这首沉雄、冷峻、大气磅礴、激荡人心的作品，成为现今流行的几个朦胧诗选本的压卷第一篇，是当之无愧、非其莫属的。

理想的爱情和人格

——舒婷《致橡树》深层抒情内涵探析

致橡树

我如果爱你——/绝不学攀援的冰霄花，/借你的高枝炫耀自己；我如果爱你——/绝不学痴情的鸟儿，/为绿荫重复单调的歌曲；/也不止像泉源，/常年送来清凉的慰藉；/也不止像险峰，/增加你的高度，衬托你的威仪。/甚至日光。/甚至春雨。/不，这些都还不够！/我必须是你近旁的一棵木棉，/作为树的形象和你站在一起。/根，紧握在地下，/叶，相触在云里。/每一阵风过，/我们都互相致意，/但没有人/听懂我们的言语。/你有你的铜枝铁干，/像刀，像剑，也像戟；/我有我红硕的花朵，/像沉重的叹息，又像英勇的火炬。/我们分担寒潮、风雷、霹雳；/我们共享雾霭、流岚、虹霓。/仿佛永远分离，/却又终生相依。/这才是伟大的爱情，/坚贞就在这里：/爱——/不仅爱你伟岸的身躯，/也爱你坚持的位置，足下的土地。

爱情，是人类生活这树上的鲜花，是人类心灵竖琴上的小夜曲。她以其特有的不可替代的魅力，成为以表现人类生活、心灵为中心的文学作品的永恒主题。从古至今，她吸引了多少文人骚客，留下了无数动人的诗篇。而舒婷的《致橡树》一诗，则是浩如烟海的爱情诗篇中颇具特色的一首。它以诗人对理想爱情与理想人格的追求的艺术抒写，赢得了人们广泛的赞赏。

诗篇开头，女诗人以木棉树的口吻，含蓄而果决地向自己爱人的化身——橡树，开始个性鲜明的诉说：

> 我如果爱你／绝不学攀援的冰霄花，借你的高枝炫耀自己；／我如果爱你／绝不学痴情的鸟儿／为绿荫重复单调的歌曲。

诗人以"我如果爱你"领起全诗，既明白无误地传送了爱的信息，又不失追求独立不羁的人格的现代女性那深沉含蓄的风度美。若把"如果"这一假定之词去掉，直陈"我爱你"，诗句则因过于直白而失去婉转的诗意。女诗人在传递爱的信息时是以不确定的语气，但在表现自己如何爱的态度上则是明确和坚决的："绝不学攀援的冰霄花"，因为诗人不想借对方的显赫高度来炫耀可怜的虚荣；"绝不学痴情的鸟儿"，因为诗人不需借对方的巨大绿荫来筑巢栖息、躲风避雨在这里，诗人毫不犹豫地否定了"冰霄花"攀援高枝和鸟儿依托绿荫的爱情方式。这实质上是诗人对漫长的传统中形成的一种依附型的爱情观的否定！从女方的角度看，依附反映了历史上女性地位的长期低下和由此积淀的卑微孱弱的心理意识。在封建社会里，女子一旦委身于人，就把他视为自己终生的依托。封建社会中的许多诗文反映过女性这种扭曲的心理。甚至在"五四"以来的新文学作品中，仍不乏这种病态心理的表现。而…年代以后的一些爱情诗，又不免会贴上显眼的政治标签：即不能容忍爱人是一个平凡的人，而必须是高大完美的英雄模范。这实质上仍变态地传达了爱情中缺乏自立意识的攀附炫耀心理。爱情作为一种人与人之间的最复杂微妙的关系，它受着人类文明发展程度的制约，受着历史文化传统和社会政治、经济、伦理诸种因素的影响。由于现实中权势财富魅力的引诱，结合双方往往出现主人和奴仆、统治和受制的关系，从而导致爱情的本质的异化。所以，诗人在此对依附爱情观的否定，实际上是对社会现实中人身依附关系的否定，它的意义已经超出了爱情本身。诗句中"如果"与"绝不"的对比，既表现了诗人人格上的自爱与自重，也流露出了舒婷诗歌柔中有刚的气质和抒情个性。

与依附型爱情观相对的，是奉献型爱情观。应该说，为爱情而奉献，是美好的情感引发出的高尚行为。献出的一方在精神境界上因行为的高尚而升华为崇高，接受的一方在情感上也往往能因对方无私的给予而深感幸福。对这种爱情关系，诗人的回答是：

> 也不止像泉源，／常年送来清凉的慰藉；／也不止像险峰，／增加你的高度，衬托你的威仪。／甚至日光。／甚至春雨。

爱情需要奉献，奉献欲是热恋着的人都可能产生的一种心理状态，它的动人引来了古今中外的诗人们的多姿多彩的抒写。晋朝陶渊明为爱人曾一口气发出了十个愿意："愿在莞而为席，安弱体于三秋"，"愿在丝而为履，附素足以周旋"，"愿在昼而为影，常依形而西东"，"愿在夜而而烛，照玉容于两楹"，"愿在竹而为扇，合凄飚于柔握……"而匈牙利著名诗人裴多菲毫无悔意地表示："我愿意是废墟，/在峻峭的山岩上，/这静默的毁灭，/不使我懊丧……/只要我的爱人/是青春的常春藤，/沿着我荒凉的额，/亲密地攀援上升。"（《我愿意是……》）这是何感等人的为爱情而献身的赤诚！但是，在舒婷看来，爱情仅有奉献是不够的；她在自己的诗中只是有保留地肯定了它，而没有到此为止，以此为满足。作者把"绝不"换成了"也不"，语气委婉了，但作者的态度在根本上仍未改变。因为在具备明确的现代爱情观的女诗人心目中，奉献型的爱情并非最完美的爱情。因为奉献，就意味着以牺牲一方为前提，它与依附关系中以压抑一方为前提一样，反映了长期封建社会在我们民族文化心理中的一种历史积淀。依附与奉献，同样反映出爱情双方在人格上的不独立、地位上的不平等；而失去了独立平等的同时也就失去了爱的完美。所以，尽管是出于纯情的、热烈的爱，在一种近乎纯洁的情绪支配下作出的崇高奉献：像泉源为对方"送来清凉的慰藉"；像山峰，增加对方的"高度"，"衬托对方的威仪"；像月光无保留地赠对方以七彩的温暖，像春雨而无私地洒对方以生命的霖汁。所有这一切，诗人没有在她的诗中轻易首肯这一几乎是世代赞美、人人讴歌的题旨。正是这一点使得《致橡树》一诗在立意与境界上迥异于前人和他人，从而实现了观念上的超越、突破，闪射出独具的个性光彩。针对奉献诗人果决地说：

　　不，这些都还不够！

诗人否定一方对一方的依附，不满足于一方为另一方牺牲，是为了追求爱情双方在真正意义上的独立平等。所以，诗人对自己爱人的化身——"橡树"宣告：

　　我必须是你近旁的一株木棉，/作为树的形象和你站在一起。

这里有的是作为一个人格上独立不倚的现代女性的庄严！如果说诗人在前面是以否定和有保留地肯定来从反面和侧面表现自己的爱情观的话，那么，全诗至此意义上是一个转折，即转入了对自己理想爱情的正面抒写：作为树，卓立丛林，你我同高；作为人，人格尊严，你我等值！诗人在追求理想爱情的同时追求自我人格价值的实现：橡树既是木棉的爱人，同时又是木棉作为主体寻求自我实现的客体；反之亦然。这是精神上勇于自立的青年一代崭新的当代意识。这当代型的爱情关系，爱的双方彼此是平等的。这平等的基础是独立不倚的人格。既是互不依托的，又是"站在一起"，深深相知的："根，紧握在地下，／叶，相触在云里。／每一阵风过，我们都互相致意，／但没有人，／听懂我们的言语。"

有了彼此精神的沟通，沟通得深沉："根，紧握在地下"；才有双方形体的结合，结合得高尚："叶，相触在云里。"他们是心心相印、息息相通的，他们对变幻莫测的风云共同的敏感："每一阵风过，我们都互相致意"，交换着信息，交流着体验，互赠着鼓励，互传着警醒；或相顾无言，或相视而笑，或朗朗地大声问好，或窃窃地对耳私语。试问，这在相爱双方心领神会的高度默契下发出的灵魂密码，又有谁能够破译得了呢？相爱双方已远远超越了肌肤之亲的低级境界，而臻于神交："心有灵犀一点通"，这是爱情关系的最佳状态。德国诗人海涅曾借彼此相望的星星，来描写过这种美妙的情形："他们说着一种语言，……这样丰富，这样美丽；……却没有一个语言学者，……能了解这种言语。"（《星星动也不动……》）其风韵与舒婷笔下木棉与橡树"互相致意"相仿佛，可谓有异曲同工之妙。

深切的相知可以产生巨大的愉悦，相爱的一方既为对方是自己的知己感到欣慰，又为自己是对方的知音感到满足。这种感觉使爱情双方在精神上得到极大的充实；这种心理感受是爱情历程中醉人的高级体验，它在一个更高的情感层次上把爱情引入审美的境界，爱情双方互为主客可以进行审美的观照。于是，诗人以柔韧而又富于力度的诗笔，挥写出如下诗行，为爱人也为自己画像：

> 你有你的铜枝铁干，／像刀，像剑／也像戟；／我有我红硕的花朵，／像沉重的叹息，／又像英勇的火炬。

你有你的伟岸，我有我的丰满；你有你的锋芒，我有我的火焰；在形象特征上木棉与橡树离之双美，互不替代。木棉既热情礼赞橡树那伟丈夫的阳刚之气：铜枝铁干、雄风凛凛；同时，木棉也深深认识到自身女性美的象征：沉重的叹息、英勇的火炬，"沉重的叹息"在舒婷的诗中曾得到过不止一次的或直接或间接的表现。这"叹息"盖源于历史与现实的纵横交错，缺憾、不满、苦恼与理想、希冀、追求的矛盾交织。这是从失落的一代、思考的一代的胸腔深处发出的感喟，这不是个人的患得患失的哀怨，它的分量因为有巨大的社会内涵而显得十分沉重！"红硕的花朵"这一意象是美丽的，但"沉重的叹息"又不免微露伤感、抒情的美丽而忧伤，正是舒婷诗歌表现上的特征。这首诗写于十年动乱结束后的第一个春天，无论是从自然还是从社会来说，那都是一个乍暖还寒时节："她的另一端还连着冰雪"，"似乎比深秋还要'萧条'，似乎比残冬更为'荒凉'"（《青年诗选·早春之歌》）。其时，大路上的残雪尚未融尽，航道里漂着块块碎冰，天边，破布似的冬云还在阴险地窥伺着，晃来晃去不肯消退。这是一个为万紫千红的繁荣的降临，早春还要同残冬战斗的季节。因此，诗人一方面礼赞那刀枪剑戟般的橡树枝干，另一方面也让自己的红硕花朵化作"英勇的火炬"。可以说，为了大好春光，诗人在抒写爱情的时候也没有忘记一代人的现实责任和历史使命。事实上，往昔岁月的阴影无法以忘却的历史记忆，与一代人的责任感和使命感，几乎像盐溶于水一样同时化为舒婷的潜意识，不期然地隐现在诗人抒写爱情的诗篇中。

如果说诗中的"叹息"流露了灾难深重的岁月的诸多不幸给诗人浸染的感伤，那么，"火炬"将"叹息"焚烧，诗句则变沉重为豪迈了：

> 我们分担寒潮、风雷、霹雳；/我们共享雾霭、流岚、虹霓。

以人格独立为基础，以地位平等为前提的爱情，是真正的爱情；它既能担当朝风夕雨、艰难困苦的严峻考验，也能经受朝花夕月、欢乐、安逸的缱绻消磨，而不失爱的本质寒潮涌来，风雷滚来，霹雳击来，他们昂首顶住；雾霭迷离，流岚缥缈，虹霓绚烂，他们能以醉心共享。爱在甘苦与共，爱在风雨同舟，这才是舒婷心目中理想的爱情。诗人总结性地概括了这种理想的爱情关系：

> 仿佛永远分离，/却又终生相依。

从某种意义上可以认为这两句是全篇的"诗眼"。"永远分离"表明并不因为相爱而泯灭一方的价值，掩遮一方的形象。"铜枝铁干……"的橡树与"红硕花朵"的木棉，各自的个性因相爱相映而相得益彰。"永远分离"是表象，"终生相依"是实质。"永远分离"是为了真正的、彻底的"终生相依"，即在人格独立、地位平等的基础上的同声相应，同气相求，同甘共苦，相互扶持。在诗篇的最后，诗人把这种亦即亦离、貌分神契的理想爱情上升到理性的高度，抒情议论：

> 这才是伟大的爱情，/坚贞就在这里：/爱——/不仅爱你伟岸
> 的身躯，/也爱你坚持的位置，足下的土地。

摒弃了依附与奉献，独立、平等、深相知、同甘苦的爱情，在诗人看来才

是"伟大"而"坚贞"的爱情。它意味着不仅在外表上互相爱慕，更要在精神上互相拥有；爱，不仅是被对方"伟岸的身躯"所倾倒，更是被对方"坚持的位置"、立足的土地所吸引；不仅是形貌上的高度愉悦，更是思想上的深刻理解：与爱人站在相同的位置上，怀着共同的信念，追求同一事业，执着同一目的。这"位置"，是一代人为使命感激励，为责任感昭示而奋斗的位置；这"土地"，是我们这个历尽劫难的民族繁衍生息的祖国母亲的热土。这样，诗人所抒写的爱情就不是一己之狭隘私爱，它的容量因此变得十分丰满和宽厚了。

综观全诗，从思想上说，诗人在诗的前半部分反处落笔，否定了以奴役一方和牺牲一方为前提的爱情关系。在诗的后半，诗人正面表现了以双方人格独立、地位平等为前提的、貌分神契、同甘共苦的理想爱情关系。在这首诗的爱情外观上蕴含了追求人格独立、平等、尊严的思想内核，这是一个比爱情更广泛也更深刻的主题。在表现上，此诗采用拟物手法，把相爱的男女双方物化为木棉和橡树，述说自己的理想爱情和理想人格，诗中木棉与橡树两组意象共同构成了诗篇总体上的象征框架，诗人独立平等的爱情、人格理想正是附丽在这两组意象上表达出来的。在这两组主要意象之间，诗人又精心选取冰霄花、鸟儿、清泉、险峰、日光、春雨等意象，来表现她要否定的依附与奉献的爱情和人格类型，选取刀剑火炬、寒潮、霹雳、雾岚、虹霓等意象，来深化她要正面肯定的独立、平等的爱情和人格追求。以木棉和橡树为中心的意象群既主体明晰又陆离斑斓，既有统一的基调又色彩缤纷、诗意浓郁。整首诗呈现主干突出而又层次复杂的立体交叉状态。因而，这首诗给读者所留下的感觉，就是意思既清楚，可又非三言两语所能说明。你可以认为诗人在抒写理想的爱情，但诗中分明又有对独立、平等的人格尊严的着意追求；诗意是单纯的，又是丰厚深邃的。在此，我们引诗人自己的话来概括这首诗的特点，也许是再准确不过了，诗人说："我简单而丰富，所以我深刻。"（《馈赠》）

当代女性的崭新价值尺度

——舒婷《神女峰》解读

神女峰

　　在向你挥舞的各色花帕中/是谁的手突然收回/紧紧捂住了自己的眼睛/当人们四散离去，谁/还站在船尾/衣裙漫飞，如翻涌不息的云/江涛/高一声/低一声/美丽的梦留下美丽的忧伤/天上人间，代代相传/但是，心/真能变成石头吗/为眺望天上来鸿/而错过无数人间月明//沿着江岸/金光菊和女贞子的洪流/正煽动新的背叛/与其在悬崖上展览千年/不如在爱人肩头痛哭一晚

　　神女峰是古今诗人共同的热门话题。过三峡，赋巫山，古代诗人喜欢在她面前搬弄楚王云雨的典故，作绮靡无聊之想；当代诗人多采渔人妻化望夫石的传说，对着她赞美劳动妇女的坚贞。古代诗人将其异化为"玩物"，当代诗人将其异化为"神圣"。"玩物"和"神圣"都是非人的，并无本质区别。从古迄今，几乎没有哪位诗人从人的命运出发，去思考一下"神女"的遭遇。就此而论，舒婷的《神女峰》是为数众多的古今"神女诗"中一个罕见难得的特例。

　　船过巫峡。当游客们蜂拥到江轮甲板上，面对神女峰，"挥舞的各色花帕中，一瞻神女丰采，陶醉在"美丽的梦"中之时，我们的女诗人的"手突然收回"，并且"紧紧捂住了自己的眼睛"。众人的热闹陶醉反衬出作者的掩面悲泣。这是一个由游客与诗人形成鲜明对照的不和谐画面。当人们尽情挥舞一番花帕，宣泄一番思古好奇之情绪后，便"四散离去"了。可我们的不忍目睹神女的诗人，却仍"站在船尾"，一任浩荡江风拂她"衣裙漫飞，如翻涌不

息的云"，听着"高一声、低一声"的不平静的"江涛"，在一种剧烈的情绪动荡中陷入了沉思。这又是一个游客与诗人形成鲜明对比的不和谐画面，这画面极富造型感，诗笔富于力度。在这两个前后相连的不和谐画面中，凸显出诗人沉思者的形象。

诗人应当是敏感的。我们不必以"众人皆醉我独醒"为口实，去责备诗人。仅能感受到常人所能感受到的，不能算是一个好的诗人。诗人应该捕捉那些常人体验不到的东西，并把它传达出来，从而"肩负起影响民族气质的任务"。因此，当人们以花帕为心香"朝拜神圣"的时候，诗人却陷入了"神圣忧思"。画廊一般的巫峡美景，"晓雾乍开疑卷幔，山花欲谢似妆残"的神女峰，在诗人眼中竟不忍睹，诗人"徘徊何所见，忧思独伤心"之际，拆穿了这个"美丽的梦"所掩遮着的"美丽的忧伤"：神女是人，不是神，神女是诗人的姊妹，她也有血肉之躯，也有七情六欲。她应当享有青春的权力、生命的渴望。她的心毕竟不是石头，她应该拥有一个女人所应拥有的一切！可悲的是，在她被当作坚贞的化身成为朝拜的对象的时候，这一切属于活生生的人的感性的东西都被悄然而残忍地抽取掉了。她从苦难寂寞的现实被引渡到虚幻缥缈的彼岸，一片五彩祥云笼罩了她，彩云背后则是更长久、更巨大的苦难寂寞："为盼望天上来鸿/而错过无数人间月明。"

致力于在诗中表现"对'人'的一种关切"的舒婷，设身处地想象、思考了这一切。在诗人眼中，神女是一尊超时空的妇女命运的活化石，她背负着"天上人间，世代相传"的传统因袭的重担。诗人的情绪触角已伸入深厚的历史和现实土壤，怅望千秋一洒泪，为神女掩泣，为世代不幸的妇女一哭！这是一种基于人道主义的同情，它否定了神的彼岸世界的虚幻空寂，它只肯定人的此岸世界的真实可爱。记得傅立叶曾说过："某一历史时代的发展总是以妇女走向自由的程度来确定"，"妇女解放的程度是衡量普遍解放的天然标准。"对此，马克思、恩格斯深表赞同。在中国封建社会作为一种政治制度已经成为过去，但封建主义的伦理道德观念并未彻底消失。政治革命的成功并不意味着意识形态领域内革命的完成，封建社会的终结也不宣告封建思想的过去。当一种传统已经积淀为民族的"集体无意识"时，想改变它绝非如人们想象的那样简单，十年"文革"封建主义登峰造极的表演为此作了严峻的注脚。历史已经证实了中国的资产阶级民主革命未能完成妇女解放的任务，现实也已无情地表明封建余毒是何等根深蒂固，荼毒国人。因此，使妇女也使所有的人从封建残余的无形束缚中彻底解放出来仍然是今天摆在我们面前的重要课题。舒婷在诗中通过情感形象对这一课题进行了严肃而深刻的思考。剥去美丽的面纱，还神女以人的悲伤；否定彼岸的欺诳，肯定此岸的真切，正是为了让人们彻底抛弃装饰着宗教花朵的精神锁链、为新时代的女性在情感、心灵和外部行动上争得更大限度的自由和解放。应该承认，这是一个意义重大的题旨。

既然有深长的忧伤无法消弭，既然心终究不能"变成石头"，那么，对封建伦理道德残余的冲击、传统价值尺度的遗弃就成为不可避免："沿着江岸/金光菊和女贞子的洪流/正煽动新的背叛/与其在悬崖上展览千年/不如在爱人肩头痛哭一晚。""金光菊"和"女贞子"是富于象征性的隐喻，大江两岸的"洪流"则喻示着这是一次大规模的"反叛"。这"反叛"因为合乎历史的必然进程而显得气势浩瀚，不可逆转。在这里，诗人用感性的意象表达了清晰的理性判断：改变女性的命运关键在于变被动为主动，关键在行动，不做异化的工具或神祇，不做"在崖上展览千年"的贞节牌坊，要去勇敢选择命运，主宰命运。

至此，诗人由第一节的不幸发现，经历第二节的沉重思考，层层蓄势，终于迫发了这第三节的激情喷薄："与其在悬崖上展览千年/不如在爱人肩头痛哭一晚"——面对神女这一声石破天惊的呐喊，是从包括诗人在内的失落的一代人的切身感受中进出的，他们曾毫无保留地把自己的一切交给一个靠不住的五彩光环，到头来他们却一无所有，因此，这一代人对于今天有更明确的把握："过去的已经过去，未来尚且遥远，对于我们这代人来讲，今天，只有今天。"一代人的责任使命在今天，一代人的痛苦欢乐这实在的感性生命历程也在今天；同时，它也是诗人对历史上人的生存状态思考的结晶。因而可以说，这末两行诗是无数历史和现实感受在诗人胸中郁集、奔突而撞击出的电光石火，这燃烧着浓挚情感的深刻的思想火花，霎然照彻全诗，为全诗的感性意象镀上一层亮人心目的理性光辉。摒弃神圣的虚幻，抛掉花环缀饰的枷锁，真正从自我的情感心愿出发，努力把握今夕，充分享有现在，而不是在幻觉中编织美丽的梦以自欺欺人。这是当代新女性的崭新价值尺度，《神女峰》一诗因蕴含了崭新的观念，而显示出崭新的美感。

最难消遣是黄昏

——舒婷《四月的黄昏》解读

四月的黄昏

四月的黄昏里/流曳着一组组绿色的旋律/在峡谷低回/在天空游移/要是灵魂里溢满了回响/又何必苦苦寻觅/要歌唱你就歌唱吧，但请/轻轻，轻轻，温柔地/四月的黄昏/仿佛一段失而复得的记忆/也许有一个约会/至今尚未如期/也许有一次热恋/永不能相许/要哭泣你就哭泣吧，让泪水/流啊，流啊，默默地

四月，是"绿肥红瘦"的季节；黄昏是"愁因薄暮起"的时候。四月，那如火如荼、层层叠叠的花，在"雨横风狂三月暮"里，已然零落尽了，暮春挥手作别，初夏悄然离去。黄昏，那明亮的天色、强烈的光线，渐次罩上几缕暖暗的晚霞，笼起一片淡淡的岚烟，天幕上隐约着几颗浅浅的星子，月儿轻洒朦胧的柔光……这时令的节物风光，多么撩人意绪，让人怅触百端；这次第的溟溟天色，多么扰人情怀，教人频生遐想。"掺揉着回忆与欲望"的四月呵，"情侣的头发在你肩头飘动"的黄昏啊！

在这红花凋谢但绿叶繁茂的四月，在这诱人萦想也使人愁怅的黄昏，诗人开始了柔婉迷人的低吟。

情思美丽而忧伤的舒婷，首先敏感到"四月黄昏里""流曳着"的"一组组绿色的旋律"。在这里，诗人把隐现浮动在黄昏里的浅深浓淡的绿树绿草绿山绿水，化为绿色流动飘忽的旋律。"绿色"诉诸视觉，是眼看；"旋律"诉诸视觉，是耳闻一片绿色，是无所谓动静的，一组组乐句则像一条春水涨渌的小溪，潺潺流向暮色深处。诗人化静态的色彩为富有韵致的声音，又赋声音以

鲜嫩的色泽。声音本是无形的，但用"流曳"一词描写它，则又让声音呈现为可以看得见的运动状态。这是运用了诗艺中"通感"的艺术手法。

需要进一步体会的是，绿色的旋律不仅是指自然界的色彩、声音，它更融入了作者主体心灵的情感因素。四月黄昏里一组组动人的绿色的乐句，飘满了辽远的"天空"，低回在幽深的"峡谷"，惝恍迷离的暮霭如浮动游移的绿色音符，天地间充盈一片绿的和声。这声音怎能不溢满人的灵魂在心中引起深长绵渺的回响呢？有了"回响"，也就是产生了感应、共鸣，这是一种得到、一种心灵的接收。既然得到了，"又何必去苦苦寻觅"呢？于是，诗人的"你"（可以理解为诗人黄昏里的同伴，也可以是每一个有同感的人）说：应和着绿色旋律的回声，轻轻地、温柔地歌唱吧，不必有什么保留，也不要有什么顾虑，既然"从心到心／一道彩虹正在悄然升起"，那又何必把歌声锁在喉咙里呢？！诗人在这里是渴望人与人之间的沟通、理解。诗人曾屡屡感叹过："也许我们的心事／永远没有读者"（《也许》）；同时诗人又坚信："不是一切真情／都流失在人心的沙漠里""不是一切呼唤都没有回响""不是一切歌声／都只掠过耳旁／而不留在心上"（《这也是一切》）。仿佛是诗中的情感走向温暖明亮，因为从诗人指缝间流出的绿色旋律，渗透了人的灵魂，心与心启开了门扉。

但可惜的是，这灵魂的回响竟是"一段失而复得的记忆"。事入春梦了无痕，失落了的往事再也找不回来了；但失落了的往事的记忆，却又伴随着"唤醒了普遍忧伤"的"洞箫和琵琶在晚照中"的合奏，隐然而至。诗意实际上流露着无法排遣的怅惘：

也许有一个约会／至今尚未如期／也许有一次热恋／永不能相许。

那一段如四月的黄昏般凄迷的记忆，内容是什么呢？诗人以不肯定的语气说，也许是一次约会，也许是一次热恋，其蕴藉口吻酷似一个婉约派女词人；可那个约会"至今尚未如期"，那次热恋也"永不能相许"——真不知情何以寄，而人何以堪，其怅惘感伤亦逼肖一个婉约女词人。这几句诗，语言极平淡朴素，情致极深致，的确是言情的当行本色之作。约会的不能如期与热恋的永难相许，根本的原因当是理想与现实的距离，情感与理智的矛盾，这正是人类心灵悲剧的两大基本范型，困扰折磨人类的一切痛苦都从此生出，既然约会难以如期，既然热恋不能相许，既然理想与现实的距离无法消除，既然理智与情感的矛盾无法克服，精神的痛苦即成为不可避免，那么，"要哭泣你就哭泣吧，让泪水／流呵，流呵，默默地"——不必把痛苦深埋心底，让咸涩的泪水流平，重新鼓起理想和憧憬的勇气。

在此，我们不妨把关注的目光从诗的本身稍稍移开些，来粗粗观览一下诗人的生活经历。舒婷1952年诞生于中国沿海省份福建的泉州，她的童年如共和国当时所有的孩子一样，过着美好而又单纯的生活：夏令营、歌咏比赛、朗诵会……在她的童年幻想中："未来和理想五光十色地闪烁在遥远的地平线上，仿佛只要不断地朝前走去，我能把天边的彩霞搂在怀里。"（《生活、书籍与诗》）她天真地认为："上学，一级一级往上升，像母校门口的石阶一样，不要花很大力气，以为小学、中学、大学，是人生的必然站口。"（《自叙传略》载《绿洲》1982年第1期）但生活以极其荒谬的逻辑和残酷无情的铁则一举击碎了她的少年美梦。舒婷1967年初中毕业时，已无高中、大学可以一级一级往上升；1969年去上杭县一个小山村下乡三年，1972年底回城当临时工，1975年分配到织布厂当徒工，1977年调到一家灯泡厂工作，这期间又先后干过水泥工、挡车工、炉前工等。

从诗人的经历可以看出：五光十色地闪烁在遥远的地平线上的天边彩霞消失了，人生的班车也没有依次经过小学、中学、大学的"必然站口"；诗人从少年时就与大学订下的约会，"至今尚未如期"；与天边彩霞的热恋，也"永不能相许"；这一切都成了"一题清纯然而无解的代数""一双达不到彼岸的桨橹"（《思念》）。坎坷磨难的生活经历使走过了多梦时节的诗人，产生了深深的失落感：《在潮湿的小站上》一诗里，诗人写南国深秋雨夜，"一位喜孜孜奔来"的少女，没有寻找到她要找的，"又怅然退去"，"她等待谁呢？/月台空荡荡/灯光水汪汪"。这里写的显然是一次不能如约的等待。在《船》这首诗中，诗人又把理想与现实之间存在的无法消弭的距离感，化为大海和船的意象："一只小船/不知什么缘故/倾斜地搁浅在/荒凉的礁岸上"，"满潮的海面/只在离它几米的地方"，但船在"咫尺之内/却丧失了最后的力量"，船和海只能"隔着永恒的距离/他们怅然相望"。这里展示的人生愿望与到达之间的永恒悲剧感，和《四月的黄昏》里所表达的不能如愿的永远的遗憾，正是诗人所代表的一代人的普遍经历和感受。甚至可以说，岂止一代人，在人类古往今来的整个历史过程中，这种永恒的悲剧感和永远的遗憾贯穿始终，作为催动人不断追求、不断完善自我和社会的深层生命动力。有阳光就有阴影，有喜剧就有悲剧，人不可能一切如愿，现实也从不会以圆满成全一个人。一首小诗作为一个情感载体，能够传达出这样的人类永恒情绪，它的思想价值也就不能算很小了。

这首诗艺术表现上最大的特点就是高度的主观情绪化。在舒婷的其他作品中，大都从各个不同的角度和侧面，精心选取众多的意象，构成五彩纷呈的意

象群，来立体化地抒写情感。舒婷还有一些诗干脆就是一串意象的并置，如
《往事二三》。在《四月的黄昏》里，作者则基本上没有裁辑什么意象，没有
对四月黄昏的自然景物进行直接的描写，作者只是对四月黄昏的风光进行了两
次变形处理："四月的黄昏里/流曳着一组组绿的旋律"，"四月的黄昏/仿佛一
段失而复得的记忆"，诗人以饱蘸情愫的柔毫在黄昏的布景上濡染浸晕，使之
构成一种特定的艺术情境和氛围，在这意境和氛围中烘托出人生之永久遗憾
来。《四月的黄昏》就像一首婉约派词人的伤春小令，它们在神韵上有某种极
微妙的相似。读这首诗，会使人禁不住嗟叹：高田地之厚兮，谁知余之永伤！
诗中蕴含的是触及生命本质的深沉的伤感，这种情绪只有人类进入理性成熟时
代才能深切体验到。我们认为，深沉的伤感是一种生命的自觉，它并不一定是
颓废，而浅薄的高尚也不一定是健康。意识到人生悲剧根源和遗憾的不可避免
后的深沉感伤，可以对人生苦难实行穿透，从而超越之，开始新的追求；一如
在诗中，让眼泪默默地流过，弹去泪水后将是更坚韧的行动。而浅薄的高尚只
能是对人生缺乏本质感悟的盲目乐观，它对人类的进步和健全并无帮助。我们
无须讳言，《四月的黄昏》里流注的是一股深沉的感伤情绪，但正如上述，我
们也不能因此就去有意贬低它的思想意义和美感价值。

生命交响诗

——舒婷《会唱歌的鸢尾花》解读

会唱歌的鸢尾花

我的忧伤因为你的照耀/升起一圈淡淡的光轮。

——题记

一

在你的胸前/我已变成会唱歌的鸢尾花/你呼吸的轻风吹动我/在一片叮当响的月光下/用你宽宽的手掌/暂时/覆盖我吧

二

现在我可以做梦了吗/雪地、大森林/古老的风铃和斜塔/我可以要一株真正的圣诞树吗/上面挂满/溜冰鞋、神笛和童话/焰火、喷泉般炫耀欢乐/我可以大笑着在街上奔跑吗

三

我那小篮子呢/我的丰产田里长草的秋收啊/我那旧水壶呢/我的脚手架下干渴的午休啊/我的从未打过的蝴蝶结/我的英语练习：I love you，love you/我的街灯下折叠而又拉长的身影啊/我那无数次/流出来又咽进去的泪水啊/还有/还有/不要问我/为什么在梦中微微转侧/往事，像躲在墙角的蛐蛐/小声而固执地呜咽着

四

让我做个宁静的梦吧/不要离开我/那条很短很短的街/我们已经

走了很长很长的岁月/让我做个安详的梦吧/不要惊动我/别理睬那盘旋不去的鸦群/只要你眼中没有一丝阴云/让我做个荒唐的梦吧/不要笑话我/我要葱绿地每天走进你的诗行/又绯红地每晚回到你的身旁/让我做个狂悖的梦吧/原谅并且容忍我的专制/当我说：你是我的！你是我的/亲爱的，不要责备我……/我甚至渴望/涌起热情的千万层浪头/千万次把你淹没

五

当我们头挨着头/像乘着向月球去的高速列车/世界发出尖锐的啸声向后倒去/时间疯狂地旋转/雪崩似的纷纷摔落/当我们悄悄对视/灵魂像一片画展中的田野/一涡儿一涡儿阳光/吸引我们向更深处走去/寂静、充实、和谐

六

就这样/握着手坐在黑暗里/听任那古老而又年轻的声音/在我们心中穿来穿去/即使有个帝王前来敲门/你也不必搭理/但是……

七

等等？那是什么？什么声响/唤醒我血管里猩红的节拍/当我晕眩的时候/永远清醒的大海啊/那是什么？谁的意志/使我肉体和灵魂的眼睛一齐睁开/你要每天背起十字架/跟我来

八

伞状的梦/蒲公英一般飞逝/四周一片环形山

九

我情感的三角梅啊/你宁可生生灭灭/回到你风风雨雨的山坡/不要在花瓶上摇曳/我天性中的野天鹅啊/你即使负着枪伤/也要横越无遮拦的冬天/不要留恋带栏杆的春色/然而，我的名字和我的信念/已同时进入跑道/代表民族的某个单项纪录/我没有权利休息/生命的冲刺/没有终点，只有速度

十

将要作出最高裁决的天空/我扬起脸/风啊，你可以把我带去/但我还有为自己的心/承认不当幸福者的权利

十一

亲爱的，举起你的灯照我上路/让我同我的诗行一起远播吧/理想之钟在池沼后面敲响，夜那么柔和/村庄和城市簇在我的臂弯里，灯光拱动着/让我的诗行随我继续跋涉吧/大道扭动触手高声叫嚷：不能通过/泉水纵横的土地却把路标交给了花朵

十二

我走过钢齿交错的市街，走向广场/我走进南瓜棚、走出青稞地、深入荒原/生活不断铸造我/一边是重轭，一边是花冠/却没有人知道/我还是你的不会做算术的笨姑娘/无论时代的交响怎样立刻卷去我的呼应/你仍然能认出我那独一无二的声音

十三

我站得笔直/无畏、骄傲，分外年轻/痛苦的风暴在心底/太阳在额前/我的黄皮肤光亮透明/我的黑头发丰洁茂盛/中国母亲啊/给你应声而来的儿女/重新命名

十四

把我叫作你的桦树苗儿/你的蔚蓝的小星星吧，妈妈/如果子弹飞来/就先把我打中/我微笑着，眼睛分外清明地/从母亲的肩头慢慢滑下/不要哭泣了，红花草/血，在你的浪尖上燃烧……

十五

到那时候，心爱的人/你不要悲伤/虽然再没有人/扬起浅色衣裙/穿过蝉声如雨的小巷/来敲你的彩色玻璃窗/虽然再没有淘气的手/把闹钟拨响/着恼地说：现在各就各位/去，回到你的航线上/你不要在玉石的底座上/塑造我朴素的形象/更不要陪孤独的吉他/把日历一页一页往回翻

十六

你的位置/在那旗帜下理想使痛苦光辉/这是我嘱托橄榄树/留给你的/最后一句话/和鸽子一起来找我吧/在早晨来找我/你会从人们的爱情里/找到我/找到你的/会唱歌的鸢尾花

这首复调式的 156 行长诗，是迄今为止舒婷发表的最长的作品，也是内容

最复杂，因此涵盖量也是最大的作品。它几乎囊括了舒婷此前作品全部的思想意蕴和艺术表现特点。这首诗发表于 1982 年 2 月号《诗刊》，关于它的创作有三点值得注意：一是它写于作者结婚前夕，长期追寻而易于失落的爱情终于得到了实现；二是对作者诗歌创作毁誉皆有的论争已持续了两年多；三是这篇作品发表之后，作者从烽烟四起的诗坛抽身退隐三年之久。这首诗是作者人生和事业转折点上的一座里程碑式的作品。此刻的爱情令人沉醉，往事的烟云缭绕不散，未来的展望喜忧参半。缠绵炽热交织着感伤深沉，似水柔情中激荡着责任感和使命感的悲壮崇高。这是一首五音繁会的生命交响诗。

以抒写柔婉深致的爱情来表现丰富多变的人生，把生活的悲喜苦乐转化为内心的怅触感慨，是舒婷惯常采取的个性独具的抒情方式。《会唱歌的鸢尾花》一诗也是借助爱情而展开多姿多彩的抒写的。诗的第一节，作者即以美丽动人的意象烘托出、渲染出一个醉人的氛围：纯银一样"叮当响的月光下"，一朵蓝紫色的鸢尾花绽开喜悦，偎在爱人的胸前，翕动着爱人的"呼吸的轻风"，沉浸在爱的"宽宽的手掌"的"覆盖"下——这是多么安谧而又温馨的爱的画面啊！诗人在《四月的黄昏》里叹息的"永不能如期"的"约会"终于得以如期了，"永不能相许"的"热恋"终于能够相许了，经历过无数次失落的诗人怎能不全身心地沉醉于爱的怀抱呢？于是诗人在爱之梦里寻找她的"雪地、大森林/古老的风铃和斜塔"，寻找她的圣诞树上挂满"溜冰鞋、神笛和童话"，寻找她的"从未打过的蝴蝶结"，寻找她不曾有过的"大笑着在街上奔跑"的放浪美丽的青春欢乐。这幸福的时刻，勾起了抒情主人公情不自禁地回忆"往事，像躲在墙角的蛐蛐/小声而固执地呜咽"起来。灾难岁月的阴影在诗中隐现，爱情的抒写在诗的第三节呈现一个回旋曲折。

回旋同时也是蓄势，随之而来的将是更猛烈的爆发。在那条充满象征意味的"很短很短的街"上跋涉了"很长很长的岁月"的诗人，感到疲惫；"盘旋不去的鸦群"般的往事纠缠得诗人困倦，她多想在爱的护卫下做一个宁静的、安详的梦啊！过多的失落让人更懂得珍惜，冷寂的心一旦燃起情感的火焰将会分外炽烈。诗人不无"荒唐""狂悖"地"涌起热情的千万层浪头"，"千万次"把爱人"淹没"，也把往昔岁月的阴影和周围世界的一切忘却，唯留爱欲爆发时的山崩海啸和升华后的恬静美妙：

当我们头挨着头/像乘着向月球去的高速列车/世界发出尖锐的啸声向后倒去/时间疯狂地旋转/雪崩似的纷纷摔落/当我们悄悄对视/灵魂像一片画展中的田野/一涡儿一涡儿阳光/吸引我们向更深处走去/寂静、充实、和谐在诗的第六节几经曲折往复、一浪高过一浪的爱情抒写达到高潮：

> 就这样／握着手坐在黑暗里／听任那古老而又年轻的声音／在我们心中穿来穿去／即使有个帝王前来敲门／你也不必搭理

人间至尊的帝王和爱情相比，也不免黯然失色，根本不屑一顾。仿佛在这世界上，再没有什么比爱情更宝贵的了，再没有什么比爱情更有价值了。

但是……

如在诗人乘坐的高速爱情列车前突然亮起红灯，"但是……"一声沉吟，将长诗前六节对爱情的抒写拦腰截断。在爱的眩晕里，有一种声响唤醒了诗人"血管里猩红的节拍"，有一种意志使诗人"肉体和灵魂的眼睛一齐睁开"。诗人感应到了仿佛来自上苍、来自天国的神圣宣谕："你要每天背起十字架／跟我来"——这是责任感和使命感的昭示，这是不可抗拒的时代的感召，它使诗人从爱的沉醉中清醒，意识到甜蜜的爱情不是人生的要义所在，自己不仅属于爱人，更属于祖国母亲，属于理想使命责任。于是，使人从狭小的爱情"伞状梦"中醒来，背起沉重的"十字架"，面向更加广阔崇高的领域，迈上一片更加辽远的抒情开阔地。

诗人确信自己肩负着义不容辞的责任，当仁不让的使命：

> 我的名字和我的信念／已同时进入跑道／代表民族的某个单项纪录／我没有权利休息／生命的冲刺／没有终点／只有速度

诗人勇敢地选择了"没有终点，只有速度"的"生命的冲刺"，从而实现了对一己情爱的超越。宁肯让情感的三角梅在风风雨雨的山坡上生生灭灭，也绝不"在花瓶上摇曳"；宁肯让个性的野天鹅背负枪伤飞越无遮拦的冬天，也决不留恋"带栏杆的春色"！应当承认，凡是真诚地为理想献身的人都会有一种悲剧感笼罩心头；既要实现理想又不准备付出巨大代价，只能是一种肤浅的乐观，那是没有什么深刻意义的。舒婷既从波涛潮汐的情海中仄身游向理想的彼岸，就已经面对"将要作出最高裁决的天空"，做好了"不当幸福者"的准备；诗人知道"理想之钟"只在"池沼后面敲响"，也预感到跋涉的路上会有"大道扭动触手高声叫嚷：不能通过"；但是既然选择了理想，又何惧陷入"一边是重轭，一边是花冠"的两难境地。她甚至祈望着"如果子弹飞来，就先把我打中"，这是何等壮美的诗情！我们不必责怪舒婷面对现实保持了过多的警觉，眉头皱得过紧，作为十年动乱的亲历者，她曾被无情地剥夺过青春的权利；而在现实中，作为思想觉醒和艺术探索的先驱，她又遭到了许多误解乃至诋毁污蔑；诗人的名字"像踢烂的足球在双方队员的脚边盘来盘去，从观众中间抛出的不仅有掌声、嘘声，也有烂果皮和臭鸡蛋"（舒婷《以忧伤地明亮透彻沉默》）。诗人经受了过多的失落、过多的缺憾、过多的痛苦、过多的不如人意，因而深知实现理想的艰难曲折和必须为之作出的巨大牺牲。诗人在《献给我的同时代人》一诗中写道："为开拓心灵的处女地/走入禁区/也许——/就在那里牺牲/留下歪歪斜斜的脚印/给后来者签署通行证。"还有《在诗歌的十字架上》："我钉在/我的诗歌的十字架上"，"任天谴似的神鹰/天天啄食我的五脏/我不属于自己/而是属于，那篇寓言/那个理想"。就表达了类似的悲壮的献身激情。诗人感受到了时代变革的脉搏的律动，感到了地心岩浆的奔突，感到了打破禁区、开始探索已是中华民族进入新时期后的必然要求，于是，诗人奋起承担一代人的责任和使命，以忧愤深广的眼睛勇敢地正视现实的崎岖坎坷，这是柔美婉约的女诗人走向坚毅无畏的理性成熟的标志。

在诗的后半部分，诗人终于一改诗的前半的缠绵、伤感、痴情，在响应了时代的召唤之后，以全新的风姿站在历史、现实和未来的交汇点上，接受祖国母亲的检阅："我站得笔直/无畏、骄傲、分外年轻/痛苦的风暴在心底/太阳在额前/我的黄皮肤光亮透明/我的黑头发丰洁茂盛/中国母亲啊/给你应声而来的儿女/重新命名。"多么葱茏的诗意，何等蓬勃的生机！这是一尊新时期中华民族优秀儿女的风采照人的雕塑：年轻、坚定、清醒。深沉，勇于承担责任，敢于肩负使命，不惮于为理想作出任何牺牲。祖国母亲应该为这样雄强无畏的儿女感到由衷的骄傲和自豪！

由上文的分析不难看出，这首人生交响诗表现了丰富复杂的思想感情，它熔现实、历史、回顾、展望、想象、祈愿于一炉，调动了多种修辞和表现手法。全诗的十六个小节既相对独立、自具面目，又山环水抱、峰断云连，一如回廊曲槛沟通的广厦千间，在读者眼前展现出一个瑰丽的艺术世界。从总体上看，全诗可分为两大部分。前六节为第一部分，重点抒写一浪高过一浪的爱情大潮：初尝渴望已久的爱情的甜蜜，令人产生美妙的遐想；"我可以吗"的小心翼翼的语气，又很自然地引出对心灵伤痕的回忆；以往的失落激起诗人更高的情感潮头，以至于卷入波浪翻滚的爱河，几乎忘记整个世界的存在。第六节最后一行"但是……"是全诗内容转折的突出标志。第七节至诗的结尾是第二部分，尽管其中仍有不能忘记的爱情抒写，但诗的侧重点已实现了根本性的转移，即由前半抒写爱情、忧伤，转向抒写胸襟抱负，抒写为理想献身、为祖国牺牲的悲壮愿望。在诗的后半部分，诗人响应历史、时代的召唤，毅然忍痛割舍自己的爱情，投身于崇高的事业，使更多的人赢得爱情的幸福，诗人柔美而热烈的情思融化在"人们的爱情里"，诗人的爱因此升华到更高的境界。诗的结尾，在鸽子一样纯净的早晨，歌唱在"人们爱情里"的鸢尾花，与诗的开头那朵歌唱在爱人胸前的鸢尾花的意象遥相呼应，使得这首长诗的艺术结构浑然完整。

在这首长诗中，诗人以刚柔宏丽兼济的诗笔，塑造了既有鲜明时代特征又有独特个性气质的抒情主人公形象。她有如鸢尾花如月光一样的柔美情感，也有如火烈烈、如水滔滔的狂热爱欲；她的心灵蒙受过太多的时代苦难，因此她有无法消除的阴影，无法排遣的忧伤；但是，她终究超越了这属于一己的狭小情绪，去听从理想的感召；她有宏伟的自信和抱负，也不乏献身的勇气和激情；她敢于承担除旧布新的变革时代的责任使命，也能够清醒地面对阻碍重重的社会现实；她没有盲目浅薄的乐观，却有的是作出牺牲的悲壮；她可以为祖国母亲贡献一切，但又始终不能忘记自己的爱情……从这样一位抒情主人公身上，我们不难发现失落的一代、思考的一代、奋起的一代的总体形象特征。但这并不意味着遮掩了诗人的个性光彩，诗中那亦豪亦秀、亦柔亦健、美丽忧伤而又悲壮的情感形态，是舒婷所独有的。诗中复杂的内容都是经过诗人心灵化的处理而表现出来的，诗人没有去浮泛地铺排外部世界的存在，也没有去直接解说主观世界的思考，而是以心灵的五彩斑斓去折射时代的云蒸霞蔚。舒婷的诗让人体会到的始终是诗人"对事物的内心观照和观感"（黑格尔：《美学》三卷下册），而不是对事物的外部临摹和再现。《会唱歌的鸢尾花》一诗则更全面、更典型地体现了舒婷诗歌表现艺术的这一根本特点。

勇敢地踏上人生的长旅

——舒婷《春夜》解读

春　夜

我还不知道有这样的忧伤/当我们在春夜里靠着舷窗/月色像蓝色的雾了/这水一样的柔情/竟不能流进你/重门紧缩的心房//你感叹：/人生真是一杯苦酒/你忏悔：/二十八个春秋无花无霜/为什么你强健的身子/却像风中抖索的弱杨//我知道你是渴望风暴的帆/依依难舍养育你的海港/但生活的狂涛终要把你托去/呵，友人/几时你不再画地自狱/心便同世界一样宽广//我愿是那顺帆的风/伴你浪迹四方 ……

在漫长坎坷的人生路上，每个人都会产生不胜重负的感觉，每只生命的小舟都可能有搁浅的时候。手脚被现实的困苦捆缚，灵魂陷入无法自拔的泥淖。在这人生奋进抑或沉沦的攸关，多么需要援以一双温暖而有力的手啊——像霜晨里明亮的火，像暑热时清凉的风，像焦渴中甘洌的泉，像永夜里闪烁的星，把一颗挣扎的心从困境中解脱出来。这只温暖有力的手就是深挚的友情。舒婷的《春夜》正是一首以沉挚的友情鼓舞友人走出困境、勇敢地踏上人生长旅的暖人情怀之作。

《春夜》是舒婷的早期作品，写于 1975 年。那是人们共同面临物质和精神双重匮乏的年代，每一个过来人都会记得动乱岁月里普通人的艰难。一方面，人们，尤其是对生活充满美好向往的青年一代，捧出了自己如华一般鲜嫩的理想，却被社会无情地嘲弄之后破布似的丢弃了。他们普遍感到了失落。迷惘、彷徨、苦闷沉重地压迫着他们，使他们一度变得冷漠、软弱，失去了开拓生活走向未来的勇气。另一方面，频繁的政治运动使得社会空气高度紧张，人与人之间失掉了信任和热情："既不准大声地笑/也不准大声地哭"，人们"总是那么安详/街上遇见了朋友/就慢慢地微微地点个头"（黄永玉：《不准》），心与心处于互相戒备的隔膜状态，真情流失在人心的沙漠里。这是一个只准无条件、无保留地爱一个人，而不许普通人之间交流、爱抚和温情的残酷年代。丧失了爱的人生，同时也丧失了人格尊严与价值，从而沦落到"齿轮、螺丝钉、砖瓦"的可悲境地。

在人性被放逐的时候，敏感而纤柔的舒婷以女性温情的手，擎起了爱的旗帜。舒婷曾经说过："我从未想到我是诗人。我知道我永远也成不了思想家（哪怕我多么愿意）。我通过我自己深深意识到：今天，人们迫切需要尊重、信任和温暖。我愿意尽可能用诗来表现我对人的一种关切。"（《诗三首》小序，见《诗刊》1980 年第 10 期）。正是从这种愿望出发，诗在舒婷手中成为表现对"人"的一种关切的手段，抒写普通人的自爱与爱人之情。用诗去抚慰困倦的灵魂，给苍白的生活抹上一缕温馨的暖色。

《春夜》是一首送别诗。在情感饥渴的年代，舒婷分外珍惜人间的情谊友爱，为此写下了许多真挚隽永的题赠送别之作。这一类诗中一般有两个抒情形象：一个是诗人自身，一个是为诗人所关注的对象，往往以第二人称"你"出现在诗中。诗中的"你"多是有才无命、遭遇坎坷、性格被困顿的命运扭曲挫伤的人物。《春夜》也是如此。诗的第一节写一个春天的月夜，诗人海边送友。轮船还没有起航。倚着舷窗，诗人与即将迈上漫漫长途的友人话别。这是一个美丽的夜晚：窗外、码头、海上，轻笼着蓝色的雾一样的月光，这月光一如诗人依依惜别之际的似水柔情。可对这一切，"你"的反应竟是那样冷漠："这水一样的柔情/竟不能流进你/重门紧锁的心房。"为此，连擅长表现动人的忧伤的诗人，也不得不感叹"我还不知道有这样的忧伤"了。可见，"你"的忧伤是何等深重！

诗中的"你"是灾难岁月里无数的生活失意者中的一个。诗人的这位友人，也许献出过美好的理想，也许捧出过火热的感情，但这一切都被生活糟蹋了。困厄的境遇、艰辛的生活酿造了一杯人生的苦酒，友人一边品啜一边忏悔"二十八个春秋无花无霜"的无所作为的平庸。失意是冷漠的原因，它使友人心灵的"重门紧锁"、失去了热情和希望。它把友人"强健的身子"扭曲成"风中抖索的弱杨"。友人在生活的重压下已是不胜厌倦、不胜萎靡了，不幸把友人封闭在"重门紧锁"的心灵里。

但"风中抖索的弱杨"毕竟是严酷的现实异化了友人的形象，友人本来不是这样，而是一面勇于搏击进取的"渴望风暴的帆"，这才是拂去生活的浓重烟尘之后，显露出来的友人性格的本质。对此，作者有深刻的理解。尽管依依难舍，但"渴望风暴的帆"离开港湾是必然的，因为"生活的狂涛终要把你托去"。"帆"不为港而开，"帆"的价值在于搏风击浪的险恶而壮丽的航程上。冲出自我封闭、自我禁锢的港湾，驶入生活的大海，让狂涛恶浪重新唤醒心中的勇气，以伟岸的自信去驾驭自己的命运之舟，树起人格尊严，实现人生价值，在完成自我的同时改造生活，开辟生命的新境界。于是，诗人以富于哲理的诗句忠告友人：

几时你不再画地自狱/心便同世界一样宽广

作者希望友人抛开个人的失意、一己的悲欢，不要在厄运面前低下头颅，不要被不幸折磨得软弱抖索，不要沉溺在自我的小天地里不能自拔。要对个人的灾难实行超越，把小我融进时代的大我之中，去关注、思考国家和民族的难堪处境，把一己的遭遇同民族的遭遇联系起来，把个人的不幸同人民的不幸联系起来，把自我的命运同祖国的命运联系起来，奋起承担一代人的历史使命和现实责任。认识到："一切的现在都孕育着未来/未来的一切都生长于它的昨天"，一代人应当"希望而且为它奋斗"，应该把这一切放在自己的肩上（《这也是一切》）。为此去"忍受一切艰难失败/永远飞向温暖、光明的未来"（《馈赠》）。这样，"重门紧锁"的心便能从"画地自狱"中解放出来，"心便同世界一样宽广"了。

如果说诗的第三节后两行是对友人的理性鼓舞的话，那么在诗的第四节，诗人则倾注了极大的感情温暖：

我愿是那顺帆的风/伴你浪迹四方……

这催人泪下、更暖人肺腑、让人铭心难忘的炭火般的诗句啊！谁读了能不为之感动呢？有帆就有风，帆飘扬到哪里，风就吹送到哪里；友人到哪里，诗人的友情就追随到哪里；天涯海角，朝朝暮暮……真正的友谊是恒久的，真正的友谊的力量是无穷的！这样的诗句潜蕴着极大的感情力量，让人倍觉温暖，叫人怦然心动。从友情中汲取巨大力量的友人，心中的冷漠将冰释雪消，重新升起生活的信念，勇敢地踏上人生的长旅。

舒婷是泛爱的。对人，她抱有一种本能的爱意和同情，尤其是对那些才华卓越而又遭遇不幸的朋友们，她的关怀和同情显得更为深挚持久。人道主义的爱，成了她的人生和诗歌的理性支柱。她的许多优美动人的题赠送别诗如《寄杭城》《秋夜送友》《心愿》《小窗之歌》《赠别》等，都是通过友情实现对人的一种关切。珍视人间真情，同情他人的不幸，以细腻深挚的情感去抚慰困倦的灵魂，以温馨动人的爱给落难者以生存的巨大勇气——可以说，关注和爱护他人，已经内化为诗人生命深处的一种本能。动乱的岁月虽然过去，但不管现在抑或未来，人生的苦难还不会绝迹。在不同的时候人们会遇到不同的现实困难，人们将永远需要友爱和温暖。这，也许就是舒婷那些富有时代特色的赠答送别诗，深深地打动读者的原因所在吧。

光明的追寻与距离的远近

——顾城《一代人》《远和近》解读

一代人

黑夜给了我黑色的眼睛／我却用它寻找光明

作为朦胧诗派的代表诗人之一，顾城的诗多从童稚视角切入表现，故而有"童话诗人"之称誉。但这并不是说他的诗作就一定缺乏重大题材的处理和内涵的深度。比如这里解读的两首短诗，处理的就是重大题材，而且颇具内涵深度。

诗题《一代人》，表现在"文革"十年动乱中成长起来的一代年轻人的生存背景和心路历程。"黑夜—黑眼睛—光明"，三个意象之间同构而又背反的转换生成，凝结为两行坚实饱满的诗句。"黑夜"是那场史无前例的浩劫的象征。那是一个风雨如晦的年代，充斥着迷信与欺骗、暴力与摧残、阴冷与幽暗、狂热与蒙昧，人性的与文化的丑恶暴露无遗。"黑色的眼睛"是"黑夜"的产物，曾被"黑夜"蒙蔽、熏染，它首先是和"黑夜"同质同构的。但这双"黑眼睛"在饱看了人间的悲剧之后，对"黑夜"般的年代产生了深刻的怀疑，它逐渐觉悟、觉醒了，与"黑夜"终成异质，而成为一代人告别污染、走出昏昧、探索自身和民族的光明前途的象征。

诗的第一行与第二行用"却"字转折顿宕，"黑夜""黑眼睛"与"光明"之间黑白两色对比，色彩反差效果强烈，凸显了"一代人"顽强不屈的求索精神。

"一代人"是一个大题目，仅用两行诗就完成了表现。诗的艺术，是概括与凝练的艺术，此诗是以一当十、以少许胜多许的典范作品。"文革"结束后，伤痕文学、反思文学回顾一代人的生活道路和心路历程的作品很多，但最脍炙人口的，大概要数这首二行的小诗。

远和近

你/一会儿看我/一会儿看云//我觉得/你看我时很远/你看云时很近

远和近，属于空间距离的范畴。空间有物理空间、心理空间之分，空间距离也就有物理距离和心理距离之别。

六行诗包含三个意象：你、我、云。诗写你看我、看云的情态和我对你的感觉。就物理距离而言，你与我近而与云远；但在心理距离上，你却是与远天白云近而与近在咫尺的我远。这是什么原因呢？

原因是人与人之间失去了应有的信任、友爱之情。欲望的膨胀、利益的冲突、生存的竞争，使人性中充斥了太多的机巧、伪诈、算计和诡谋。人在面对同类时，便不免显得陌生、疏远、戒惧；只有面对大自然时，才显得放松、投入、亲和。顾城曾谈过这首诗的创作意图是：想用影视中的推拉镜头手法，来显示人与人之间的戒备和人与自然的亲密，从而表现"文革"对人际正常关系的破坏。其实，不唯"文革"中是这样，人类在进入文明社会后，从来如此，"文革"中的人斗人不过是极端而已。这种亲近自然而疏远同类的孤独、隔膜的生存状态，李白曾表述为"相看两不厌，只有敬亭山"（《独坐敬亭山》）；辛弃疾曾表述为"我见青山多妩媚，料青山见我亦如是。情与貌，略相似"（《贺新郎》）。顾城在此以他的方式把现代人这种更为强烈的生存体验，又作了一次现代性的表述。这是人类的共同悲哀。

此诗纯粹言理而又不直接言理，只用日常生活画面来自然呈示，可谓"不涉理路，不落言筌"。随便省力、浅而能深，是此诗的过人之处。

也有人认为《远和近》是一首情诗，"你"有接近"我"的愿望，但彼此的距离又难以一下子消除，所以，"你"看我时有几分闪烁不定，诗中的情景是一种爱情的"前发生"状态，这是一枚尚未红熟的爱的青果。作这样的理解也未尝不可，因为古人早说过"诗无达诂"，"作者未必然，读者何必不然"，而诺贝尔文学奖得主墨西哥当代诗人帕斯也说："每一个读者就是另一首诗。"

力量的震撼与嘹亮的召唤

——芒克《阳光中的向日葵》解读

阳光中的向日葵

你看到了吗/你看到阳光中的那棵向日葵了吗/你看它，它没有低下头/而是在把头转向身后/它把头转了过去/就好像是为了一口咬断/那套在它脖子上的/那牵在太阳手中的绳索//你看到它了吗/你看到那棵昂着头/怒视着太阳的向日葵了吗/它的头几乎已把太阳遮住/它的头即使是在太阳被遮住的时候/也依然在闪耀着光芒//你看到那棵向日葵了吗/你应该走近它去看看/你走近它你便会发现/它的生命是和土地连在一起的/你走近它你顿时就会觉得/它脚下的那片泥土/你每抓起一把/都一定会攥出血来

无法设想，在中国人的心目中，会有一棵不愿向阳的"向日葵"。同样也无法设想，在中国诗人的笔下，会表现一棵不礼拜太阳的"向日葵"。在没有读到芒克这首诗之前，我实在是没有看到过，也没有想到过竟然有这样一棵"向日葵"：一棵挺立于阳光里、毫无自卑之感、毫无萎蔫之态的"向日葵"。这棵"向日葵"的"头"（葵盘）背着太阳转了过去，转向身后，奇迹正是在这一刻出现了。在向日葵"把头转了过去"的这一刻，它的虔敬、恭顺的"良民"姿态不见了。它并不是去朝向太阳的，它并不因为随着太阳转动而感到荣幸，它把太阳射向它的葵盘、牵引它的葵盘转动的光线，看成套在自己脖子上的、支配摆布自己的绳索，它要在转头之间一口咬断这根操纵在太阳手里的绳索！它要的是自由，为的是挣脱羁绊——看来，这是一棵觉醒了的"向日葵"，一棵不愿在感恩戴德的梦呓中沉睡的"向日葵"。芒克笔下的这

棵"向日葵",向着太阳,那几乎是宿命般的支配者、主宰者,决绝地发起挑战了。

这棵向日葵"昂着头/怒视着太阳",完全是一副反叛者的姿态。一旦沉睡的思想苏醒,一旦意识到个体存在的天赋神圣,一旦痛彻了被摆布的附庸者的屈辱,"向日葵"必然不会再安于以往的境遇,浑浑噩噩,稳做太阳王国里最驯服的子民。"向日葵"愤怒了,生命的尊严在周身涌动,独立不倚的精神支撑它昂头怒视太阳。当膜拜的本能被要求平等的抗争所取代的时候,"向日葵"由于内在精神的饱满亢奋,它的躯干也仿佛变得伟岸高大起来:"它的头几乎已把太阳遮住。"是的,从自然本源的意义上说,宇宙间的一切存在都是平等的,包括太阳,它也并不比一粒尘埃、一滴水或一丝空气、一叶小草更尊贵些。天生万类,并无高低贵贱之分,帝王的人格并不比百姓高贵,总统首先是一名公民。只要你站起来拒绝下跪,你就会发现,自己和帝王、总统一样,都是一个人。何须感戴,何须膜拜,何须自甘于被愚弄的地位还要去愚蠢地陶醉于巨大而虚假的幸福之中。每一个体都有生存的权利,每一个体的生命光辉都源于自己,就像这棵向日葵,"它的头即使是在太阳被遮住的时候/也依然在闪耀着光芒"。至此,芒克笔下的这棵向日葵在峰巅状态中走向了生命的极致,它"自认为它赶走了太阳/而且已占据了太阳的位置"(芒克《昨天与今天》)。这不是卑微者的自我膨胀,这是觉醒后的个体生命必然产生的感觉,在向日葵那颗闪耀着光芒的头颅遮住太阳的瞬间,它完全可以宣告:我就是照亮自己的太阳,我就是主宰自己的上帝!

我们在前两节诗中领略了那棵昂首挺立、怒视太阳、要一口咬断太阳的绳索、用自己的头颅取代太阳的向日葵的凛然风采之后,诗人怕我们还没看清楚,怕我们对那棵背叛太阳的向日葵印象还不够深刻。于是诗人在第三节诗中再一次向我们发出呼告:"你看到那棵向日葵了吗?"并且提示我们"应该走近它去看看",那样才会看得更清,印象更深。在诗人的引领下,我们走近他笔下的那棵向日葵,我们深深感到了一种生命存在的悲壮!我们懂得了,那敢于怒视太阳的向日葵,它的力量和勇气源自它立足的大地。我们看到了向日葵为摆脱奴役所付出的巨大代价:"它脚下的那片泥土/你每抓起一把/都一定会攥出血来。"此时,我们的生命仿佛接通了强大电流的电源,感应着穿透生命的不可遏止的战栗!芒克笔下的向日葵,令人肃然起敬的向日葵,给人勇气、力量、信念的向日葵!它痛苦地挣扎着,以自己的鲜血抗争来自太阳的奴役,终于,它有了辉煌的一瞬:它的头遮住了至高无上的大阳,它的头依然在闪耀光芒,闪耀着源自个体生命深处的辉煌光芒!

显然,芒克笔下的向日葵,是一个象征。向日葵对太阳的抗争,是觉醒的人对主宰自己的传统、主宰自己的外部力量的抗争的象征。这一点是每个清醒的读者都能够感受到的。"日者，君象也"，几千年的封建社会里，国人都是围着太阳团团转的"葵藿"；曾几何时，国人又一次淋漓尽致地扮演了这"向日葵"的可悲角色，向着那神祇般的太阳，开放、欢笑、转头、拜舞。没有独立意志、独立人格，自由和平等丧失殆尽，连生存的权利也被解释成救世主的恩赐。"葵藿倾太阳"，几乎成了困扰国人的魔咒般的不可言喻的宿命。然而，追求平等是人的本能，酷爱自由是人的天性，昏睡之后是睁眼觉醒；更何况，那些本不愿昏睡的人是被不可抗拒的外力强制着注射了催眠剂后才睡去的，催眠效应一过，觉醒就是必然的，抗争和反叛实乃无可避免。葵藿不是为证明太阳存在，葵藿只为葵藿存在；群氓不是为证明救世主的伟大，群氓的生存全靠自己的努力。向日葵对太阳的反叛虽说付出了血的代价，但它的个体生命意识的觉醒，使它不惮于那套在自己脖子上、牵在太阳手中的绳索，它要咬断绳索，让自己的头颅取代太阳，让自己的光芒照亮自己的生存、照亮自己的生命。这是觉醒者追求平等自由、独立意志、独立人格的写照。由于外部异己力量的强大，这抗争染上了浓重的悲怆色彩。也正因此，那昂头怒视太阳的向日葵更值得自豪！芒克笔下的这棵向日葵，是一面屹立天地之间，高扬主体精神的旗帜，它的勇敢，它的悲壮，它的辉煌，对于众生，是力量的震撼，更是嘹亮的召唤。

青 春 的 颂 歌

——江河《追日》解读

追　日

　　上路的那天，他已经老了/否则他不去追太阳/青春本身就是太阳/他在血中重见光辉，他听见/土里血里天上都是鼓声/他默念地站着扭着，一个人/一左　一右　跳了很久/仪式以外无非长年献技/他把蛇盘了挂在耳朵上/把蛇拉直拿在手上/疯疯癫癫地戏耍/太阳不喜欢寂寞//蛇信子尖尖的火苗使他想到童年/蔓延地流窜到心里//传说他渴得喝干了渭水黄河/其实他把自己斟满了递给太阳/其实他和太阳彼此早有醉意/他把自己在阳光中洗过又晒干/他把自己坎坎坷坷地铺在地上/有道路有皱纹有干枯的湖//太阳安顿在他心里的时候/他觉得太阳很软，软得发疼/可以摸一下了，他老了/手指抖得和阳光一样/可以离开了，随意把手杖扔向天边/有人在春天的草上拾到一根柴禾/抬起头来，漫山遍野滚动着桃子

　　江河（1949—　），本名于友泽，北京人。与北岛、舒婷、顾城、杨炼齐名的朦胧诗派五大代表诗人之一。1979 年开始发表作品，著有诗集《从这里开始》等。《追日》是江河组诗《太阳和他的反光》第四首，组诗共十二首，均取材于中国上古神话传说，这组发表于 1985 年的诗作，标志着江河创作从近距离观照现实，到远距离观照民族历史文化的转折。江河曾说过："我要写这个古老大陆的神话，写中国的史诗。"这组诗就是江河以上古神话传说为题材而创作出的史诗性的"文化诗"代表作。

　　夸父追日的神话出自《山海经》，本是一则气魄非凡的悲剧英雄故事。关

于夸父追日的原因，后世的诗人们做过种种不同的揣测，东晋诗人陶渊明指出"夸父诞宏志，乃与日竞走"（《读山海经》）；当代诗人叶文福理解为"追日／原本是想挽救那堕落的夕阳"（《逐日》）；当代诗人裘小龙则认为"本质其实就是干渴／永远不能满足的干渴"（《追太阳的人》）。江河是把追日看作追赶青春："上路的那天，他已经老了／否则他不去追太阳／青春本身就是太阳。"太阳是生命之源，是青春的象征。"太阳不喜欢寂寞"，于是夸父便"把蛇盘了挂在耳朵上／把蛇拉直拿在手上"，和太阳"疯疯癫癫地戏耍"，年老的夸父因此变得年轻："蛇信子尖尖的火苗使他想到童年／蔓延地流窜到心里。"人作为"太阳的反光"，人世精神作为自然规律的对应存在，在此实现了彼此的亲和。

这表现了江河对东方传统文化精神的认同和回归。江河本是一个主观意识和忧患意识极强的诗人，客体的主观化，情绪的心灵化、使他此前的诗作显得忧郁、悲愤、雄烈。但在他发誓要写这个民族的神话和史诗以后，在他反复阅读中国历史、神话、诗歌的过程中，深深的沉潜使他对主客亲和、天人合一的东方传统文化精神憬然感悟。他觉得夸父追日不一定是对太阳的竞争和超轶，太阳和夸父的关系是融洽无间的："其实他把自己斟满了递给太阳／其实他和太阳彼此早有醉意"，"太阳安顿在他心里的时候／他觉得太阳很软，软得发疼"。这实在是一种不知庄周之为蝴蝶、蝴蝶之为庄周的悠然境界。人与自然既已融为一体，不分彼此，个体生命的律动便成为天籁的一个声符，短暂的生存便融入宇宙的整体和谐之中。于是，当太阳安顿在夸父心里的时候，追日英雄的悲剧性结局，就被顺理成章地改写为以死亡获取了青春的胜利："可以离开了，随意把手杖扔向天边／有人在春天的草上拾到一根柴禾／抬起头来，漫山遍野滚动着桃子。"桃子是青春胜利的象征。在江河的笔下，悲剧化为喜剧，奋争和死亡的悲感，被一派生生不息、祥和安乐之气所笼罩，天人合一的精神充盈诗中，显示出鲜明的民族化和东方化色彩。

江河向传统的回归是超越性的回归，对传统的认同是扬弃后的认同。江河是用现代人的眼光、用现代精神意识去观照上古神话素材的。"他在血中重见光辉／他听见／土里血里天上都是鼓声"，诗句中正有着夸父否定旧我、追求新生的不可遏止的生命激情的强劲骚动！在《追日》的物我一体、天人合一的悠远境界中，包蕴着一种巨大而蓬勃的人的力量、主体的力量，夸父以和太阳合一的方式，取得了对太阳的拥有，最终实现了自己的意志，用旧我的死亡换取了青春的新生，这正像凤凰涅槃、浴火更生一样，体现出簇新的时代精神。

没有方向，也似乎有一切方向

——杨炼《飞天》解读

飞 天

我不是鸟，当天空急速地向后崩溃/一片黑色的海，我不是鱼/身影陷入某一瞬间、某一点/飞翔，还是静止/超越，还是临终挣扎/升，或者降（同样轻盈的姿势）/朝千年之下，千年之上？//全部经历不过这堵又冷又湿的墙/诞辰和末日，整夜哭泣/沙漠那麻醉剂的咸味，被风/充满一个默默无言的女人/一小块贞操似的茫然的净土/褪色的星辰，东方的神秘/花朵摇摇欲坠/表演着应有的温柔//醒来，还是即将睡去？我微合的双眼/在几乎无限的时光尽头扩张，望穿恶梦/一种习惯，为期待弹琴/一层擦不掉的笑容，早已生锈/苔藓像另一幅壁画悄悄腐烂/我憎恨黑暗，却不得不跟随黑暗/夜来临。夜，整个世界/现实之手，扼住想象的鲜艳的裂痕//歌唱，在这儿/是年轻力壮的苍蝇的特长//人群流过，我被那些我看着/在自己脚下、自己头上，变换一千重面孔/千度沧桑无奈石窟一动不动的寂寞/庞大的实体，还是精致的虚无/生，还是死——我像一只摆停在天地之间/舞蹈的灵魂，锤成薄片/在这一点，这一片刻，在到处，在永恒//一根飘带因太久地垂落失去深度/太久了，面前和背后那一派茫茫黄土/我萌芽，还是与少女们的尸骨对话/用一种墓穴间发黑的语言/一个战栗的孤独，彼此触摸//没有方向，也似乎有一切方向/渴望朝四周激越，又退回这无情的宁静/苦苦漂泊，自足只是我的轮廓/千年以下，千年以上/我飞如鸟，到视线之外聆听之外/我坠如鱼，张着嘴，无声无息

　　敦煌，千佛洞，名闻遐迩的飞天壁画。那袅娜的飘带，那云水的线条，那欲飞还坠的花朵，那轻漾神秘的微笑，那一曲反弹琵琶流美的清韵，引得多少看客称赏，行者参悟，画家驻足，诗人凝眸……仿佛瞬刻之间，一个所有时空里最美的飞姿凝定于永恒。于是，永恒的时空中便弥漫着这翩飞的精灵，这自由和美的象征。

　　《飞天》一诗选自杨炼组诗《敦煌》。敦煌石窟名闻遐迩，于前秦建元二年（366 年）由乐尊和尚所开凿，历十六国、北魏、西魏、北周、隋、唐、五代、北宋、西夏、元，各代皆有建造，而以唐最盛，今存壁画和雕塑 492 窟，为我国佛教艺术宝库之一。杨炼取材敦煌石窟，作为构筑他的东方史诗的智力空间的原材料，而观照以现代精神之光，这反映了杨炼以文化寻根为旨归的创作追求。"飞天"作为千佛洞中一幅著名佛教壁画，在杨炼的诗里，承载的是鲜明的当代意识和深刻的象征意蕴。

　　诗中的"我"指飞天，这首诗是以飞天的内心自白方式展开表现的。飞天的内心世界极为矛盾："飞翔，还是静止／超越，还是临终挣扎／升，或者降（同样轻盈的姿势）／朝千年之下，千年之上？"可见，在追求或安于现状、升华或沉沦、回归往昔或面向未来之间，飞天面临着选择的痛苦，陷入一种两难的处境。

　　飞天对自己的内心世界和生存环境作了真实的剖白：在画外人看来，飞天是一片贞操似的茫然净土上的东方神秘的星辰，在飞天则自感为一个充满了沙漠咸涩的默默无言的女人，自己的"全部经历不过这堵又冷又湿的墙／诞辰和末日，整夜哭泣"。有"噩梦"的缠绕，有"黑暗"的牵扯，面前背后有"一派茫茫黄土"，黄土地里埋葬着"少女们的尸骨"。自己的笑容已经生锈、腐烂，鲜艳的想象已被"现实之手"扼住。飞天感到茫然，感到无所适从："醒来，还是即将睡去？""生，还是死？""没有方向，也似乎有一切方向"，"萌芽，还是与少女们的尸骨对话？"感到被异己力量支配，感到无法主宰自我："憎恨黑暗，却不得不跟随黑暗"，"渴望朝四周激越，又退回这无情的宁静"。

　　飞天承认，那流畅的线条勾画出的自由自在飞翔的自足实体只是自己的轮廓，实际上，自己的心灵在"苦苦飘泊"，在苦苦寻求着一种"期待"。自由自在飞翔的自足实体掩遮的是无法克服异己力量、无法支配自我的茫然无所适从。可自己还得"表演着应有的温柔"，无可奈何地忍受着千度沧桑一动不动的寂寞。但不管什么时候，"千年以下"或"千年以上"，挣脱困缚力求超越是必然的："我飞如鸟／到视线之外聆听之外"；然又苦于不得超越："我坠如鱼，张着嘴，无声无息"——是因为"世纪堵住喉咙／发不出一丝哼声"（《朝圣》），还是因为"最嘹亮的，恰恰是寂静"（《诺日朗》）？

以上，飞天对自我存在状态的描述和心灵困惑的倾诉，正是人的生存处境的一种象征。受制于异己力量，无所适从的茫然、选择的痛苦、超越的艰难，将与人类的总体生命历程相始终。其实，不止是人的现实生存处于困境之中，人的精神追求——文学艺术所表现出的自由和美，也同样处于难境之中。时空的无限性为自由提供了可能，但任何一定时空中的存在物都不可能完全占有时空，而必定要受一定时间长度和空间范围的制约，包括万物之灵长的人，人的精神追求，概莫能外。于是，人几乎是必然地陷入难境，陷入时间空间构成的社会存在的难境。在一切社会关系、自然关系的总和的无尽纠缠困扰中，人企求着超越，寄意于作为自由的象征的文学艺术美，但由于文学艺术总是现实困缚中的人祈望摆脱羁绊的载体，因此，作为自由的象征的文学艺术美，也难免陷入难境之中。这是杨炼用现代意识去烛照古老的飞天壁画时的智力的悟得。

相比于杨炼组诗中显得雄浑或显得芜杂的庞大意象群，这首《飞天》的意象则显得相对单纯、洗练；相比于杨炼组诗为构筑史诗而展示的族类群体共性存在，这首诗中的飞天自我心灵独白显得相当个性化；相比于杨炼组诗对哲学意识的过分追求带来的枯燥，这首诗中活跃的个体生命灵性加强了诗的抒情气息。此外，飞天壁画虽是佛教艺术，但诗中到处可见的相对思维形态，一点可当无限瞬刻即是永恒的审美人生态度，都显示出东方道家思想色彩，增加了赏读此诗的亲切感。

杨炼对他的诗歌艺术追求做过这样的表述："以诗人所属的文化传统为纵轴，以诗人所处时代的人类文明（哲学、文学、艺术、宗教等）为横轴，诗人不断以自己所处时代中人类文明的最新成就去'反观'自己的传统，于是看到了过去许多由于认识水平原因而未被看到的东西，这就是'重新发现'。"（《传统与我们》）这首《飞天》作为人的生存困境、自由和美的难境的象征，正是杨炼以现代意识观照传统题材之后的"重新发现"。

"山民望海"的三种状态

——韩东《山民》、沈奇《上游的孩子》、王家新《在山那边》解读

　　群山和大海，在当代中国的诗歌文本里，已经成为凝缩、透射无数国民心态的象征意象。"山"表征着传统的闭塞、蒙昧、僵化、保守，表征着有限、自足的封闭生存圈；"海"则喻指着现代的辽阔、不羁、变动、希望，喻指着无限、自由的开放型生存。"山"和"海"的意象内涵，已经溢出它原有的意义范畴而上升为象征性符号。走出封闭的群山，面向辽阔的大海，也就是说，告别陈旧的传统，拥抱崭新的现代，已经成为"山坳上的中国人"的心灵渴望。

　　只是，悠久而强固的传统仿佛四面围困的万重山嶂，真要走出去又谈何容易！它需要的不仅是觉醒灵魂的向往，更需要敢为天下先的勇气和百折不挠冲出包围的行动，甚至需要付出几代人前赴后继的代价。由于实现这一理想困难重重，于是便有只想不行的人，如韩东笔下的"山民"；或是浅尝辄止的人，如沈奇笔下的"上游的孩子"；他们或惮于牺牲，或知难而退。而王家新笔下的抒情主人公"我"，则化知为行，不达理想决不罢休，终于走出群山，走到大海面前。韩东的《山民》、沈奇的《上游的孩子》和王家新的《在山那边》，均写于改革开放之初的20世纪七八十年代之交，对由封闭走向开放过程中的国人心态，进行了深度的透视。把这三首象征诗放在一起加以对比解读，可以从中受到深刻的启示，获得巨大的教益。

《山民》：只想不行的望海者

　　小时侯，他问父亲/"山那边是什么"/父亲说"是山"/"那边的那边呢"/"山，还是山"/他不作声了，看着远处/山第一次使

他这样疲倦//他想，这辈子是走不出这里的群山了/海是有的，但十分遥远/他只能活几十年/所以没有等他走到那里/就已死在半路上了/死在山中//他觉得应该带着老婆一起上路/老婆会给他生个儿子/到他死的时候/儿子就长大了/儿子也会有老婆/儿子也会有儿子/儿子的儿子也还会有儿子/他不再想了/儿子也使他很疲倦//他只是遗憾/他的祖先没有像他一样想过/不然，见到大海的该是他了

——韩东《山民》

　　韩东是著名的新生代诗人，他的《山民》借助"山"和"海"的象征意蕴，讲述了一则"山民望海"的寓言。作者采用新生代诗的"冷抒情"手法，避免直接出面议论抒情，只以干净简洁的诗句客观呈示"山民"的心态，从而体现出作者对传统文化心理的深刻洞见和反思。

　　诗以新一代"山民"和老一代"山民"对话的方式切入表现。作为新一代"山民"的儿子，已不同于老一代"山民"的父亲。父亲大概早已习惯了"山外还是山"的现状，而心安理得地安居山中稳做山民。儿子则不然，连连的提问在显示出渴望走出群山的冲动。只是，当他听到父亲那"山外还是山"的回答之后，不是奋然出走，以求突围，而是在愿望受遏之后，产生出无可奈何的慵懒倦意。尽管他不像父亲那样认为山外永远是山，他已经知道山外有海，但他却在还没有上路时，就"明智"地承认自己"这辈子是走不出这里的群山了"。究其实质，他是惮于半路上的牺牲。既然走不到海边"就已死在半路上"，那还不如不走呢。

　　但遥远的"海"终究是簇新的诱惑，"一念还成不自由"，已经想到了"海"，"海"就继续困扰他。你看他甚至想"带着老婆一起上路"了，谋划着让老婆在路上为他生儿子，儿子还会有儿子，让子子孙孙去完成他的未竟之业。惜乎这一切仍然仅仅停留于"想"，当"儿子也使他很疲倦"时，他就"不再想"了，剩下的只有"遗憾"——对祖先的不满："他只是遗憾/他的祖先没有像他一样想过/不然，见到大海的该是他了。"可他恰恰忘记了，自己也会变成未来儿孙们的祖先的；他为祖先没有想过大海而遗憾，可是像他这样仅只想想大海而已，并不付诸实际行动，显而易见，他留给子孙们的将是也只能是同样的循环往复以至无穷的"遗憾"！

　　这首在整体上构成象征的诗作，具有深刻的批判性和普遍的启迪性。众所周知，我们的古国是盛产"君子"的国度，君子们的信条是"动口不动手"，只说不练。所谓"秀才不出门，便知天下事"，陶醉于"心斋"里的"神游"，耽于想望而拙于行动。古老的礼仪之邦标榜的理想人格是谦谦君子，"三思而

后行"的结果往往是"三思而不行",不愿冒天下之大不韪,更不敢起而为天下先。常常是不曾搏杀,就拱手认输;不曾奋斗,就甘心失败;然后沉湎在无穷的遗憾感伤中把玩不已,且美其名曰"非功利的审美的人生观"。这种民族心理的痼疾,在《山民》一诗中得到了成功的展示和冷峻的剖析。

想是没有用的。但想比不想,是一个了不起的进步。关键在于做。你只能在踏破芒鞋、踏遍群山之后,走到海边。大海却永远不会因为你想看到它,就自动来到你的面前。这是再简单不过的道理,但并非人人都十分明白。代表过去的老一代是从来不想,年轻些的过渡一代是想而不做,更年轻的当代人应该是想了就做,敢想敢做。在历史向未来转折的现在,是用行动实现山坳上的中国人渴望大海的梦幻的时候了。突破十万大山的围困,走向充满永不枯竭的活力的无边蔚蓝,去赶海,去冲浪……

《上游的孩子》：去而又回的望海者

上游的孩子/还不会走路/就开始做梦了/梦那些山外边的事/想出去看看海/真的走出去了/又很快回来/说一声没意思/从此不再抬头看山/眼睛很温柔/上游的孩子是聪明的/不会走路就做梦了/做同样的梦/然后老去

——沈奇《上游的孩子》

沈奇是20世纪80年代初活跃在诗坛上的青年诗人。这一代青年诗人,长于思考,富有责任感和使命感,他们在国门初开中拓宽视野,从改革的时代汲取诗情。他们深知,封闭的山坳上的中国必须走向开放的蔚蓝色的大海,黄皮肤包裹的内向型必须转换为蓝海洋激荡的外向型。从自足的生存圈出走,走向海阔天空、五光十色的绚烂世界。同时他们更懂得,传统的因循、习惯的惰性、文化的重荷、乡土的温情,缠绕纠结,共同组成巨大的合力,它不仅使每一位出走者都难于迈开双脚,它更能使好不容易出走的"浪子"回头。东方古国从19世纪中叶以来步履蹒跚的现代化进程,充分显示了走出源远流长、根深蒂固的传统的艰难。走不出古老传统的国人,怎能走向现代的世界呢?现代化问题首先是人的问题,不具备现代素质的人,不可能建成真正的现代社会。安于现状从不想迈出双脚的人,不满现状又迈不出双脚的人,迈出双脚走出去然后再转回来的人,均难肩负起实现现代化大业的重任。

与韩东笔下的"山民"一样,"上游的孩子"显然也是文化载体,是一个喻指符号。两相比较可以看到，韩东的"山民"只一味地想，一直想到疲倦，终于不能迈出山坳一步；沈奇的"上游的孩子"，则与山民同而不同，他不但"梦那些山外边的事/想出去看看海"，而且"真的走出去了"。这是"上游的孩子"比"山民"的进步之处。

可惜的是，"上游的孩子"对山外边的崭新世界终因无力认识，无力把握，无力适应，也就是无力从根本上改变自己，所以，便"又很快回来"。越雷池一步就感觉后悔，浅尝辄止便厌烦怠倦，尚未及深入就认为已经看透："说一声没意思/从此不再抬头看山"。眼睛温柔得像驯顺的羔羊，心中熄灭了"想出去看看海"的激情的火焰，从此"和梦也无"，直到老去。韩东的"山民"尽管没能把走出大山的愿望化为行动，但最终仍为看不到海而"遗憾"；此诗中的"上游的孩子"，在走回来之后则完全死了心，不再看山，不再想山外边的事了。哀莫大于心死，从这个意义上讲，"上游的孩子"比起"山民"来又是一个退步。

沈奇在讲述"上游的孩子"的故事时，与韩东讲述"山民"的故事时一样不动声色。但此诗也和韩诗一样极富引人思考的魅力，简洁的诗句留下了巨大的审美再创造的空间，平浅的语言涵盖着极为深邃的思想。其间蕴积了一代青年诗人的深重忧虑，这一忧愤之情因为不是以直抒胸臆的方式写出，因而更具一种引人长久品味的力量。"上游的孩子是聪明的/不会走路就做梦了/做同样的梦/然后老去"，这几乎是纯客观的评述性的诗句，在你反复阅读时，便有了入骨的讽刺与刻骨的悲凉意味。只会"做梦"而不去执着不懈地实现梦想的"上游的孩子"，"聪明"对于你们，又有什么用呢？！

《在山那边》：百折不回的望海者

一

小时候，我常伏在窗口痴想/——山那边是什么呢/妈妈给我说过：海/哦，山那边是海吗//于是，怀着一种隐秘的渴望/有一天我终于爬上了那个山顶/可是，我却几乎是哭着回来了/——在山的那边，依然是山/山那边的山啊，铁青着脸/给我的幻想打了一个零分//妈妈，那个海呢

二

在山的那边，是海/是用信念凝成的海/今天啊，我竟没料到/

一颗从小飘来的种子/却在我的心中扎下了深根/是的，我曾一次又一次地失望过/当我爬上那一座座诱惑着我的山顶/但我又一次次鼓起信心向前走去/因为我听到海就在远方为我喧腾/——那雪白的海潮啊，夜夜奔来/一次次漫湿了我枯干的心灵……

三

在山的那边，是海吗/是的！人们啊，请相信——/在不停地翻过无数座山后/在一次次地战胜失望之后/你终会登上这样一座山顶/而在这座山的那边，就是海呀/是一个全新的世界/在瞬间照亮你的眼睛……

——王家新《在山那边》

对有限的生存圈的突破，是人类与生俱来的天性。随着人类社会的发展，这种天性也越来越得到强化。尤其是在经过了漫长的禁锢岁月之后，灵魂就像渴望拱破地壳发芽的种子一样，渴望着对艰窘局促的生存现状实行超越。一如世代山居的人，望着世世代代围困他们的崇山峻岭，想象着山外的全新世界：大海，浪花，帆影，鸥翅……"到山那边去"，就成为"山里人"共同的渴望，这种渴望到年轻一代身上表现得尤为强烈。

然而，对现实生存状态的超越又何其艰难！当"我"牢记"妈妈"关于山那边是"海"的回答，一大早就"怀着一种隐秘的渴望"上路，日暮时分好不容易"爬上了那个山顶"时，不见大海，但见"夕阳山外山"，尽管"那个山顶"已经踩在"我"的脚下，但"一山放过一山拦"，在"我"面前展开的不是波光粼粼的大海，而是冷峻如铁的万重山峦，这时候，由于幻想的破灭而感到失望，是情所难免的。但是，真正的勇者不是在幻灭中颓唐，而是在失望后升起更坚毅的信念。坚信"在不停地翻过无数座山后/在一次次地战胜失望之后/你终会登上这样一座山顶/而在这座山的那边，就是海呀"——一个渴望已久的崭新世界，终将光彩夺目地展现在"我"的面前。

在年轻一代中国人的心灵深处，牢牢地牵系着一个解不开的"海恋"情结。在告别了老一辈的"山恋"之后，走向大海，已成为一代人矢志不渝的信念。尽管"海很遥远"，但他们仍将坚韧不拔地走下去。他们不满于山的亘古如斯的刻板，向往着海的喧腾澎湃的活泼；不满于山的四周如墙的封闭，向往着海的坦荡无涯的辽阔。他们纵览千古兴亡，横观世界历史，看清了古老的山地文明衰落而近代海洋文明勃兴的人类文明演进趋势。在他们的心目中，走向大海，已经成为走向开放的世界，走向现代文明的象征。为了梦中那片波光郯郯的蔚蓝，他们"衣带渐宽终不悔"，他们"不停地翻过无数座山"，他们"一次次地战胜失望"，他们可以生死以之。

王家新是20世纪80年代以来创作持久不衰的著名诗人，他曾一度在诗歌中静观对象，被诗歌评论界称为新古典主义者。但在写下这首诗的大学时代，他还是激情满怀的。在山和海之间，他直接走了出来，现身说法，抒写他走出群山的难以抑制的冲动。一次次失望，一次次奋起，对实现走向大海的理想坚定不移。诗意明朗，诗情真挚，诗心如火。他不像韩东通过托喻"山民"，也不像沈奇寄寓"上游的孩子"，来剖析由保守走向开放过程中国人的深层心态，而是直抒胸臆，在"山"和"海"两个主体意象构成整体象征的宏阔框架之间，开始他执着不倦的追求努力。韩东笔下的"山民"是只去空想而不去付诸行动，一时还难以摆脱沉重的因袭惰性；沈奇笔下的"上游的孩子"，则是去而又回，前功尽弃；看来他们都无法实现海之梦。而王家新诗中的抒情主人公"我"，则是幻想—行动—失望—希望—不停地走下去，直到千山万岭踏遍，大海出现在面前。这个抒情主人公"我"，也就成为肩负民族兴亡重任、背离旧图、一往无前地走向未来的新一代中国青年知识分子的典型代表。

在卑俗无聊中体认崇高

——于坚《尚义街六号》解读

尚义街六号

尚义街六号/法国式的黄房子/老吴的裤子晾在二楼/喊一声 胯下就钻出戴眼镜的脑袋/隔壁的大厕所/天天清早排着长队/我们往往在黄昏光临/打开烟盒 打开嘴巴/打开灯/墙上钉着于坚的画/许多人不以为然/他们只认识梵高/老卡的衬衣 揉成一团抹布/我们用它拭手上的果汁/他在翻一本黄书/后来他恋爱了/常常双双来临/在这里吵架 在这里调情/有一天他们宣告分手/朋友们一阵轻松 很高兴/次日他们又送来结婚的请柬/大家也衣冠楚楚 前去赴宴/桌上总是摊开朱小羊的手稿/那些字乱七八糟/这个杂种警察样地盯牢我们/面对那双红丝丝的眼睛/我们只好说得朦胧/像一首时髦的诗/李勃的拖鞋压着费嘉的皮鞋/他已经成名了 有本蓝皮的会员证/他常常躺在上面/告诉我们应当怎样穿鞋子/怎样小便 怎样洗短裤/怎样炒白菜 怎样睡觉等等/八二年他从北京回来/外衣比过去深沉/他讲文坛内幕/口气像作协主席/茶水是老吴的 电表是老吴的/地板是老吴的 邻居是老吴的/媳妇是老吴的 胃舒平是老吴的/口痰烟头空气朋友 是老吴的/老吴的笔躲在抽桌里/很少露面/没有妓女的城市/童男子们老练地谈着女人/偶尔有裙子进来/大家就扣好纽子/那年纪我们都渴望钻进一条裙子/又不肯弯下腰去/于坚还没有成名/每回都被教训/在一张旧报纸上/他写下许多意味深长的笔名/有一人大家很怕他/分在某某处工作"他来是有用心的,/我们什么也不要讲!"/有些日子天气不好/

生活中经常倒霉／我们就攻击费嘉的近作／称朱小羊为大师／后来这只羊摸摸钱包／支支吾吾　闪烁其词／八张嘴马上笑嘻嘻地站起／那是智慧的年代／许多谈话如果录音／可以出一本名著／那是热闹的年代／许多脸都在这里出现／今天你去城里问问／他们都大名鼎鼎／外面下着小雨／我们来到街上／空荡荡的大厕所／他第一回独自使用／一些人结婚了／一些人成名了／一些人要到西部／老吴也要去西部／大家骂他硬充汉子／心中惶惶不安／吴文光　你走了／今晚我去哪里混饭／恩恩怨怨　吵吵嚷嚷／大家终于走散／剩下一片空地板／像一张旧唱片　再也不响／在别的地方／我们经常提到尚义街六号／说是很多年后的一天／孩子们要来参观

　　尚义街六号，是一群文学青年的聚合场所，说是"沙龙"也可以，但绝无文艺沙龙常常带有的不食人间烟火的贵族气息，而更接近于大学文科学生的集体宿舍气氛。一群做着年轻人常做的成名梦的 20 世纪 80 年代大学生，常常来这里聚会。这是一个能够最大限度容忍个性并显示个性的地方，于坚和他的朋友们在这里以随意自如的方式生存着，他们在这里议论作品，切磋诗艺，高谈阔论，让思想碰撞出智慧的火花；当然也谈情说爱，互相调侃，逗闹取乐。理想色彩、雅士风度在这里荡然无存；琐碎、卑俗、荒诞、滑稽的真实生活场景历历在目，从而使这首诗与生活本身保持高度统一。

　　在开放的 20 世纪 80 年代，大学生面对的是较为宽松的社会和艺术环境。由于整个政治经济文化形势的改观，他们的心理随之从过去的严肃紧张状态放松下来，不再像 1980 年以前几届刚刚从"文革"梦魇中走出的大学生，时时被社会责任感、使命感所催迫，反思历史，批判现实，呼唤人性复归，崇尚理想主义、英雄主义，于坚们的心态已和他们的"学兄"们大不相同，他们更多地把关注投向自身的生命生存状态，以旁观者的满不在乎的眼光，来观照自身的生命生存的形形色色，一切都无可无不可，一切都带有随意性，没有绝对的是非、美丑、好恶标准，自恋、自渎、嘲人、自嘲。在宽容的时代背景下，他们以自己的价值观念选择着自己的生活方式，以自己的审美理想从事着自己的艺术实践。

　　崇高与优美的人生和艺术品格，在这首诗中被于坚放逐了。这首诗一开头，就如实写出城市居民生存空间的拥挤、窘迫、紊乱："老吴的裤子晾在二楼／喊一声，胯下就钻出戴眼镜的脑袋／隔壁的大厕所／天天清早排着长队。"文学青年聚会的"尚义街六号"就处在这样的环境中，很显然，在这里谈论纯诗、象牙塔之类是不协调、不相宜的。更加上他们这一群本身又是那么落拓不羁、不拘小节："老卡的衬衣　揉成一团抹布/我们用它拭手上的果汁""李勃的拖鞋压着费嘉的皮鞋"。这里的爱情失去了诗意的纯洁："后来他恋爱了/常常双双来临/在这里吵架　在这里调情/有一天他们宣告分手/朋友们一阵轻松　很高兴/次日他们又送来结婚的请柬/大家也衣冠楚楚　前去赴宴"。"童男子们老练地谈着女人/偶尔有裙子进来/大家就扣好纽子/那年纪我们都渴望钻进一条裙子"。很随便，很粗俗，很荒诞、很不在乎，甚至有些低级趣味；虽然不神圣但也很真实，绝无伪饰和矫情。这里的艺术追求也是呈现出闹剧和漫画色彩："桌上总是摊开朱小羊的手稿/那些字乱七八糟/这个杂种警察样地盯牢我们/面对那双红丝丝的眼睛/我们只好说得朦胧。"在乎别人的看法像在乎宣判。成名的李勃"有本蓝皮的会员证/他常常躺在上面"，告诉大家应当"怎样穿鞋子""怎样洗短裤"，如此等等，自我感觉也真良好得可以。而"没有成名"的于坚则是"每回都被教训"，"在一张旧报纸上/他写下许多意味深长的笔名"，以这等方式来恢复受挫的元气，维系失衡的心理。在这群人身上，还时不时流露出些舶来的"嬉皮士"风度和本土的"痞子气"：他们"称朱小羊为大师/后来这只羊摸摸钱包/支支吾吾　闪烁其词/八张嘴马上笑嘻嘻地站起"，这是集体耍花招敲同学竹杠；而当老吴"也要去西部"时，他们"心中惶惶不安"的却是"吴文光　你走了/今晚我去哪里混饭"，友情中居然掺杂着如此"实惠"的考虑！总之，在这首诗中，一切都世俗化、市民化了，不论是行为方式还是情感状态。

但我们又必须看到，聚集在"尚义街六号"的于坚们毕竟不是一群小市民，我们不要忘了于坚那句名言："像上帝一样思考/像市民一样生活。"行为方式和情感状态尽管平民化了，但在他们的心目中毕竟还有一个至高无上的"上帝"存在，这个"上帝"就是诗歌和艺术——尽管已不是英雄主义、理想主义的崇高优美的诗歌和艺术，而是平民式、世俗化地写日常生活情感的反崇高反优美的诗歌和艺术。他们的随意性中保有对艺术的独立见解，自恋自渎中有对艺术追求的不懈执着，嘲人自嘲不过是调整心理平衡的方式和手段，以坚持自己的艺术个性和继续自己的艺术创造。那双过分计较、在乎他人评价的"警察样盯牢"的"红丝丝的眼睛"，那许多"意味深长的笔名"，还有那份"许多谈话如果录音/可以出一本名著"的对自己一群的"智慧"的高度自信，在暗示出他们并非处于小市民浑浑噩噩、迷失自我的自在生存状态，而是相当执着、自信地追求着自己的人生目的，选择着自己的生活和艺术道路，这是个体生命意识高度清醒状态下的自为的存在。尤其值得注意的是这首诗的结尾："在别的地方/我们经常提到尚义街六号/说是很多年后的一天/孩子们要来参观。"这不是一个话中有话、很有寄托、耐人寻味的结尾吗？他们对自己的期待值不是很高吗？值得孩子们在许多年后参观的地方，绝不会是平淡无奇的地方；能给后人留下记忆和怀念的人，也肯定不是平庸之辈。说穿了，于坚们实际上仍是在追求一种不朽的价值，不过是以属于 20 世纪 80 年代大学生的具有鲜明个性特点的另一种方式。从这个意义上说，这首反崇高的诗，只不过是在卑俗无聊中体认崇高；这种庸常的生存，只不过是在无价值的人生中追求人生价值的实现。忽视了这一深层内涵，不能算是真正读懂了这首诗。

自甘于文化失落者的角色

——韩东《有关大雁塔》解读

有关大雁塔

有关大雁塔/我们又能知道些什么/有很多人从远方赶来/为了爬上去/做一次英雄/也有的/来做第二次/或者更多/那些不得意的人们/那些发福的人们/统统爬上去/做一做英雄/然后下来/走进这条大街/转眼不见了/也有有种的往下跳/在台阶上开一朵红花/那就真的成了英雄/当代英雄//有关大雁塔/我们又能知道些什么/我们爬上去/看看四周的风景/然后再下来

物极必反。在随便捡起一块瓦砾都是珍贵文物的秦中，在名胜古迹遍布的汉唐故都西安，在古老的西安那座古老的大雁塔上，从751年秋杜甫、高适、岑参、薛据、储光羲同登雁塔赋诗，到20世纪80年代初声言要建构东方史诗的杨炼写出他的大型组诗《大雁塔》止，面对这一包蕴丰厚的历史文化遗存，历代诗人均以其难抑的激情，写下过许多具有深厚历史文化感的诗篇。许是因为大雁塔的历史文化内涵被历代诗人反复吟咏，作了过多揭示的缘故，出于一种对文化的逆反心理，韩东在20世纪80年代中期，大学毕业来到西安登上大雁塔时，他便只好摆出一副"没文化"的面孔，去说"有关大雁塔/我们又能知道些什么"的风凉话了。

这是一首被论者公认的具有非文化倾向代表性的第三代诗。有关大雁塔，历代诗人的确已经说过许多许多，若从弘扬历史文化或反思历史文化的角度入手，恐怕难以再写出什么新意，弄不好还会落个拾人牙慧之讥。于是，聪明的韩东便把有关大雁塔的历史文化内涵统统舍弃，自认无知，只就自己登塔时所见和个人的观感体验着笔，这是出于创作上另辟蹊径以出新意的考虑。因为文章最忌随人后，特别是杨炼写了五首一组，长达二百十九行，囊括了古国的历史现实，思考着民族的过去未来，具有巨大的文化覆盖面的组诗《大雁塔》之后，回避大雁塔有关历史文化方面的内容，不失为明智之举。

然而，问题的关键还不在这里。韩东和杨炼同为当代青年诗人，表现的又是同一对象，反差如此巨大的根源恐怕还是基于他们不同的诗歌观念和不同的文化心理。对于杨炼来说，舍弃了大雁塔的历史文化内涵，便失去了他用来建构东方史诗的"建筑材料"；杨炼的兴趣是在他的"智力空间"中复活东方历史文化的精气灵光，因此他对历史文化题材情有独钟，兴味盎然，从《大雁塔》到《自在者说》，接连创作了一大批结构庞大的文化诗。而更年轻些的韩东等大学生（第三代）诗人，则更多地看到了历史文化的负面价值，因而对历史文化表现出了空前的冷漠，他们对江河、杨炼等人的文化寻根缺乏兴趣。他们想从历史文化的过分崇高走向芸芸众生的凡俗现世，想从历史文化的过分庄重（同时也沉重）走向"一无所有"式的解脱和轻松。他们自甘于文化失落者的角色，从文化崇拜、文化反思走向对文化的冷漠甚至亵渎。

与这种文化心态相适应，这首诗用漠然冷淡的语言构成反讽："有关大雁塔／我们又能知道些什么""我们爬上去／看看四周的风景／然后再下来"。稀松平常一件事，上去看看再下来，如此而已，压根就没有感到什么巍哉峨乎的历史、文化之类的存在。这当然是在说反话。还有诗中四次反复出现的"英雄"，也带有明显的嘲讽意味。那些从远方赶来的失意或得意（大约总不外鸡虫得失）的人们，一而再，再而三地爬上巍巍高塔，为的是"做一次英雄"。仿佛因为塔的高大，他们的形象也就高大起来了，一瞬间只缘"身在最高层"的他们自感很了不起，心中滋生出虚幻的满足和幸福，他们气喘吁吁、辛辛苦苦地爬上去，"然后下来／走进这条大街／转眼不见了"——仍旧是那样卑微、可怜。除了让人感到几分无聊和滑稽之外，他们如此这般反反复复地爬上爬下，究竟领略了些什么、体悟了些什么，恐怕都谈不上。近年游览仿佛成了流行性感冒，人们赶庙会般到处游逛的情形和附庸风雅的观光客心理，在这首诗中得到了简洁而传神的表现。

这可算作这首非文化的诗为我们提供的一种当代游览胜地的文化景观。

事物与存在的本质和宿命

——欧阳江河《玻璃工厂》解读

玻 璃 工 厂

1

从看见到看见，中间只有玻璃。从脸到脸 /隔开是看不见的。/在玻璃中，物质并不透明。/整个玻璃工厂是一只巨大的眼珠，/劳动是其中最黑的部分，/它的白天在事物的核心闪耀。/事物坚持了最初的泪水，/就像鸟在一片纯光中坚持了阴影。/以黑暗方式收回光芒，然后奉献。/在到处都是玻璃的地方，/玻璃已经不是它自己，而是 /一种精神。/就像到处都是空气，空气近于不存在。

2

工厂附近是大海。/对水的认识就是对玻璃的认识。/凝固，寒冷，易碎，/这些都是透明的代价。/透明是一种神秘的、能看见波浪的语言，/我在说出它的时候已经脱离了它，/脱离了杯子、茶几、穿衣镜，所有这些 /具体的、成批生产的物质。/但我又置身于物质的包围之中，/生命被欲望充满。/语言溢出，枯竭，在透明之前。/语言就是飞翔，就是 /以空旷对空旷，以闪电对闪电。/如此多的天空在飞鸟的躯体之外，/而一只孤鸟的影子 /可以是光在海上的轻轻的擦痕。/有什么东西从玻璃上划过，比影子更轻，/比切口更深，比刀锋更难逾越。/裂缝是看不见的。

3

我来了，我看见了，我说出。/语言和时间浑浊，泥沙俱下。/一片盲目从中心散开。/同样的经验也发生在玻璃内部。/火焰的呼吸，火焰的心脏。/所谓玻璃就是水在火焰里改变态度，/就是两种精神相遇，/两次毁灭进入同一永生。/水经过火焰变成玻璃，/变成零度以下的冷峻的燃烧，/像一个真理或一种感情/浅显，清晰，拒绝流动。/在果实里，在大海深处，水从不流动。

4

那么这就是我看到的玻璃——/依旧是石头，但已不再坚固。/依旧是火焰，但已不复温暖。/依旧是水，但既不柔软也不流逝。/它是一些伤口但从不流血，/它是一种声音但从不经过寂静。/从失去到失去，这就是玻璃。/语言和时间透明，/付出高代价。

5

在同一工厂我看见三种玻璃：/物态的、装饰的、象征的。/人们告诉我玻璃的父亲是一些混乱的石头。/在石头的空虚里，死亡并非终结，/而是一种可改变的原始的事实。/石头粉碎，玻璃诞生。/这是真实的。但还有另一种真实/把我引入另一种境界：从高处到高处。/在那种真实里玻璃仅仅是水，是已经/或正在变硬的、有骨头的、泼不掉的水，/而火焰是彻骨的寒冷，/并且最美丽的也最容易破碎。/世间一切崇高的事物，以及/事物的眼泪。

　　这是一首相当玄奥的现代诗。若用传统眼光看，其实也就是一首古典诗人经常写作的咏物类诗，或者说题咏类诗。作者的过人之处在于，能把很普通的玻璃写得如此深湛恍惚，这的确需要水平，这首诗也确实显示了诗人的水平。解读者众说纷纭，越说越玄，越说让人越发不得要领。我在这里只谈谈个人平实粗浅的看法，我认为这首《玻璃工厂》，是写事物和存在的本质与宿命的。

　　全诗一共五节。第一节从玻璃切入，写劳动的光芒（即事物的价值）被遮蔽，写存在所处的普遍遮蔽状态。玻璃工厂无疑是劳动的场所，玻璃无疑是劳动的创造物，玻璃的光芒无疑是一种劳动奉献牺牲的精神光芒。它无处不在，但就像是空气那样，人们已经失去了对它的存在应有的感知。

　　诗的第二节里引入了"水"意象，以水的结冰凝固、寒冷易碎，喻写玻璃因为水一般的"透明"而付出的代价。单纯与透明的事物与存在，在这个"生命被欲望充满"的世界上，极容易被损毁伤害："可以是光在海上的轻轻的擦痕。/有什么东西从玻璃上划过，比影子更轻，/比切口更深，比刀锋更难逾越。/裂缝是看不见的。"而这种看不见的无形的伤害，也是最容易被忽略的。

第三节里"我"出场了，说出事物和存在的真相，使之成为真理。"我"说出的成为真理的真相，就是事物和存在被普遍遮蔽、遭受伤害，并被轻易地忽略。敢于直面才能够说出，这不仅是一种睿哲的心智，这更是一种成熟的感情。真理都是浅显明晰的，成熟的感情都是稳定的。水与火相遇，水火不容，水与火共同毁灭、变成玻璃的过程，就是这个世界上事物和存在之间相反相成、相克相生的相互依存关系的真相。

诗的第四节继续展示"我"所看见的玻璃（即事物和存在）的真相：从失去到失去，即是得到。失去石头的坚固，失去火焰的温暖，失去水的柔软和流动，变成了玻璃。这种种失去，正是为成就一种透明的物质——玻璃，而必须付出的高昂代价。在这一节诗里，诗人借助的是道家的相对主义思维，诗作的玄学气息渐浓。

第五节继续深化上一节里的玄思，将玻璃分为物态、装饰和象征三种类型。从石头、水、火焰中诞生的玻璃是物态的，最美丽因而也最容易破碎的玻璃是装饰的，喻示世间一切崇高事物、崇高感情的玻璃是象征的。但不管是哪一种形态，都注定要历尽沧桑，充满痛苦，并最终毁灭。而这，也许就是一切事物和存在的本质与宿命。

从古今诗歌传承的角度看这首《玻璃工厂》，看这首极有知名度的"中年写作""知识分子写作"的代表作，其思辨议论的知性色彩很浓，诗人走的是一条主知的宋诗路径。第一节里出现的"泪水"，与第五节末行的"眼泪"，也构成了前后的呼应，使这首诗在章法结构上带有古老的复沓手法的痕迹。但是，《玻璃工厂》这一类新诗文本，也和宋诗一样"有奇而无妙"，即有新意而乏情韵，过于耽溺知性，缺少诗情的撩人风韵。而且，如果说得刻薄一点，写的或者是被诗论家阐释得如此玄奥的一首诗，最后竟然落实为"最美丽的也最容易破碎。／世间一切崇高的事物，以及／事物的眼泪"这样几句老生常谈，实在是有点煞风景，不仅无妙，就连"奇"似乎也看不到了。

渴望被征服的女性原欲

——陶宁《酋长的女人》解读

酋长的女人

　　所有男人/所有注视我的男人都应相信//许久以前/我们有着同一个故事/我们有同一个野火升腾的部落/我们的部落有同一个虎背熊腰的首领/我们的首领/只有他抬起头能辨认我们部落唯一的星座/只有他低下头能征服部落唯一的女人//在阳光静止的立交桥上你们注视我/在霓光暗眨的玻璃橱窗后你们注视我/在突然拐弯的月夜的街口你们注视我/注视着/你们/衣衫雪白头发齐齐整整/嘴唇躲闪挂满所有女人都懂得的复杂的/复杂的语言/只有眼睛/只有你们门窗大开的眼睛/撒来只我一人懂得的/简单的张望/简单的/如那桃形星下的部落/那许久以前你们毛发纷披的时候/暗暗渴望过的女人//然而这些张望搅动的空气里/我依旧呼吸均匀发辫光洁四肢安分/只有回落给你们的目光/摇摇晃晃/在你们当中就在你们当中/定有那发号施令的酋长/那看得懂星象读得懂女人的/男人//让目光躲开你们一模一样黑森林的须发/一模一样红山岩的肌肉/一模一样雨浪相拍的嗓音//有一双眼睛/应该有一双眼睛/在简单的黑色简单的张望后面/终藏不住那暗红的星座闪烁/是这个时辰/应该是这个时辰/我寻找的男人一定也在寻找我/我错过的男人一定不会错过我//即使是无星无月的夜晚/即使我闭上眼睛/总会在一个看不见的地方升起看不见的光/如闪电/突然刺痛我额上深藏至今的桃形徽纹/那只能是他一定是他/许久以前/就是这男人用粗糙的唇/把我们星座的形象/深刻在我虔诚仰起的额角/总会有一个如

入梦又如苏醒的时刻/重复起那遥远的熟悉的陌生的战栗/当我火一样喘息/水一样把长发披散到腰际/光一般扭动只给一个人看过的舞蹈/那是他一定是他/正从什么地方一步步向我走近/向我注视向我呼唤/用阳光用灯光用月光用主宰命运的星辰

呼唤强悍者，渴望被征服，是陶宁《酋长的女人》一诗的主旨。

阴盛阳衰，不仅是近年来国人对体育竞技场上现状的感叹，情场上的现状亦复如此。君不见那等面部光洁、衣履光鲜、头发油亮、笑意可人的"奶油小生"，正以十二分的体贴向女孩子们大献殷勤，以此赢得少女的心。然而，渐渐的，对这号软乎乎、嫩生生的"男孩"，有眼光的女孩不再青睐，甚至有些厌倦了。因为她们发现，这些"男孩"不是她们理想中的情人的样子。她们理想的情人应该是雄健、深沉、豪爽、粗犷，带几分生猛野性的汉子味十足的男人。在厌弃了"奶油小生"后，大学校园里的女孩子们一度不约而同地开始"寻找高仓健"的现象，正是这种爱情心态的集中显现。

归根结底，女人毕竟是女人。与男人相比，无论从生理角度还是从心理角度来说，她们都更柔弱些。阳刚的男人如松、如石、如巍巍山岩，阴柔的女人如花、如草、如涓涓水溪。正是有了男性的阳刚之美和女性的阴柔之美的互衬互补，才组成了一个完美和谐的世界。女性天生柔弱使她们天然地需要刚强的输入以实现刚柔相济。所以，温柔细腻的男人可以取悦女性，但在根本上并不符合女性的深度需求，因为她们本身并不缺少这些天性。最需要的总是最缺少的。陶宁在这首诗里集中地表现了女性的这种爱情心理。

青春期的女性，如一朵绽蕾的鲜花，引起了"所有男人"的注视"，"在阳光静止的立交桥上你们注视我/在霓光暗眨的玻璃橱窗后你们注视我/在突然拐弯的月夜的街口你们注视我/注视着/你们/衣衫雪白头发整整齐齐/嘴唇躲闪挂满所有女人都懂得的复杂的/复杂的语言"，这些衣饰齐楚的"男人"，只会"注视"而不敢表白，"嘴唇躲闪"显示出怯懦，显而易见，这都是些孱弱的"文明人"。这心怀想望而无力行动的男人无法打动"我"那颗女性的芳心，在他们的"张望搅动的空气里/我依旧呼吸均匀发辫光洁四肢安详"。原因很简单，因为"我"是一位懂得真正的爱情是什么样子的女大学生，"我"渴望遭遇激情，温情脉脉的"注视""张望"太疲软无力了，"我"需要的不是这些。

"我"需要的男人是"很久以前"的"野火升腾的部落"里那一个"虎背熊腰的首领"。"只有他抬起头能辨认我们部落唯一的星座/只有他低下头能征服部落唯一的女人"。"他"是体魄壮硕、强悍有力、所向无敌的"部落酋长"。"许久以前/就是这男人用粗糙的唇/把我们星座的形象/深刻在我虔诚仰起的额角/总会有一个如入梦又如苏醒的时刻/重复起那遥远的熟悉的陌生的颤栗"。这些诗句已经揳入女性原型心理中积淀的原始记忆。面对注视自己的"衣衫雪白头发齐齐整整"的现代男人,"我"不为所动,"我"希望就在那无数"注视""张望"自己的男人当中,"定有那发号施令的酋长/那看得懂星象读得懂女人的男人";"我"祈祷着:"我寻找的男人一定也在寻找我/我错过的男人一定不会错过我";"我"坚信一定能和那位真正的"男人"相遇:"即使是无星无月的夜晚/即使我闭上眼睛/总会在一个看不见的地方升起看不见的光/如闪电/突然刺痛我额上深藏至今的桃形徽纹/那只能是他一定是他";这遇合是在"一个如入梦又如苏醒的时刻"实现的,其时"我火一样喘息/水一样把长发披散到腰际/光一般扭动只给一个人看过的舞蹈"。得偿"做酋长的女人"的夙愿的"我"如痴如醉,青春女性的全部爱欲不可遏止地爆发了。整首诗的美感形态也因此闪烁出夺目的原始野性之美的光焰。

在此必须区别清楚的是:被动地被征服的女人无疑是弱者,而主动呼唤强悍的男性来征服自己的女人,则肯定是强者;唯其是强者,所以她才渴望遇上比自己更强的男人来征服自己;两强相遇,让爱情和生命撞击出令人目眩神迷的火花。诗中的"酋长"作为理想男性的象征,当然不代表权力和地位,他是一个"符号"、一个"原型",是雄健深沉的男性的力量气质的化身。"做酋长的女人"决不意味着向权力地位服从膜拜,而是表达了新时代女性对"真男子"而不是对"小男孩"、对"大丈夫"而不是对"模范丈夫"的向往追求;因为她们明白,"小男孩""模范丈夫"的爱充其量是柔情蜜意的"糖饴",甜得过了头令人发腻,没有辉煌的时刻,也找不到峰巅状态;而"真男子""大丈夫"的爱,则如烈性的烧酒,虽然辛辣,却能够点燃一个女人全部的情感欲望,烧起爱情的熊熊大火,那热烈的爱,销魂荡魄,更引人投入,更让人沉醉。

做女人,就做"酋长"的女人,"酋长"是强悍的征服者。"酋长"的阳刚之气和雄性之美,最值得女人去爱慕、去献身。

对传统文化负面的透彻省视

——阿吾《一只黑色陶罐容积无限》解读

一只黑色陶罐容积无限

诞辰之时注定是纯粹黑夜/那黑夜真正不可想象/在尚可承受的黑色暴雨中/在尚可感应的黑色烈火中/黑色陶罐继承了先人的黑眼睛//我们怎么也走不出她的视线/有时候我们以为她被抛在山的那边/抬头看时她又出现在山的这边/其实我们早已凝固了/象形的方块字凝固了/火药、指南针凝固了/经史子集凝固了/道与气凝固了/我们只好相信东方黑洞的幽灵//那/远道而来的佛家经典/没有枪炮只有十字架的基督/以及伊斯兰的芳名/一传入潮湿地带就完全脱胎换骨/熔化和凝固一样法力无边/东方黑洞的幽灵外人也只好相信/说世界就装在一只黑色陶罐里/真不是什么吹牛皮的话/她以不变的姿态满足你常变的要求//你感到异性的呼唤吗/请绕陶罐走上一周/你感到胜利的喜悦吗/请绕陶罐走上一周/你感到背井离乡的孤单吗/请绕陶罐走上一周/你感到人情世事的冷漠吗/请绕陶罐走上一周/你感到走上一周的疲倦了/请绕陶罐再走上一周/结果在墓穴中人与陶罐同葬/东方之路是逃离黑洞之路

　　黑陶是龙山文化标志性器物。哲学研究生阿吾捡来一只黑陶罐，当然不是作考古学的辉煌成果展览之用，而是把它视为传统文化的象征。这只"容积无限"的黑色陶罐，作为此诗的中心意象，凝缩了传统文化的诸多重要特征，透射出诗人对传统文化透彻的省视和洞察，"黑色陶罐"被立足现代意识反思传统的电光石火所照亮，闪烁着思想文化批判的眩目光芒。

　　任何一种文化的产生，都有它的必然性、合理性和价值。作为维系五千年华夏大邦联成一体的中国传统文化，自然有它几乎说不尽、道不完的优长之处，这是谁也无法否认的事实。对于传统文化的辉煌赫耀，诗人在第一节就首先作了形象凝练的精彩表现："黑色暴雨"搅拌出泥土，"黑色烈火"烧炼出陶罐。那是一种"纯粹"的"不可想象"的黑色，精美绝伦，它像一只东方"神采熠熠"的"黑眼睛"，昭示着我们智慧的祖先的杰出创造力。这一节写的是传统文化诞生之时的灿烂，是它的积极价值。但是，随着大一统的封建专制主义统治的确立，特别是宋元以还，以迄明清，传统文化日趋僵硬，停滞不前，天朝上国的自我中心吞没了几乎所有的外来的进步因素，民族的生机被无情地戕害，终于导致了中华民族在近代史上险遭灭顶，而且迄今仍蹒跚在不发达国家行列。传统文化在总体上早已不能适应中华民族进步的需要，已经沦落为被更先进的文明所淘汰的遗产。这也是每一个头脑清醒、思维正常的国人都能看得出的事实。

　　诗的第二节转入对传统文化的反省，注入强烈的批判意识，中国人历来引为骄傲、光荣的是，我们有着悠久的历史文化传统，有着令那些比较年轻的国家和民族惊羡不止的各种黑色的、彩色的、不断被发掘的"陶罐"。在西方，他们可以弄出航天飞机、宇宙飞船，可他们的土地上无论如何也挖不出我们拥有的无数"国宝"。我们那如岁月一样悠长又悠长的文化，给我们带来荣光，但问题往往也出在这里。文化制约着人类："我们怎么也走不出她的视线/有时候我们以为她被抛在山的那边/抬头看时她又出现在山的这边。"传统文化已经积淀为遗传基因和无意识心理，时刻跟随着你，纠缠不清，叫你永远也走不出她的视野。于是，历史的惰性力使我们停留在祖宗的辉煌业绩前，世世代代如数家珍般反复数说着"四大发明"之类自豪不已！只有创造出前人不曾有过的成果，才能继承和发展传统，构成连续不断的传统链条的新一个环节的，是和它以前的环节异质性的东西；仅仅有继承并不能使传统文化生辉，只有不断发展才能使传统文化绵延不绝、熠熠生辉。诗人看到传统文化的博大精深，使得一部分中国人转入对它的服从和膜拜，在传统中讨生活的人们不再从事积极的冒险和全新的创造。因此，传统文化因为缺乏必要的新质的不断加入，而日渐趋于麻木、僵化。火药用来放鞭炮，罗盘用来看风水，传统文化凝固为缺乏生机的"东方黑洞"，这"黑洞"是那么顽固地禁锢着人们的新生和再殖能力。这一节阿吾用深情而沉痛的语言反省着这种传统文化对国人禁锢之狠、禁锢之深！

　　诗的第三节切入了传统文化的内核，反思被国粹派们所津津乐道的"传统文化强大的同化能力"。传统文化的巨型肠胃在不断蠕动，千百年来确曾吞咽过许多外来的东西，但恰恰不是为了变异，而是为了求同，把那些异质文明的新鲜同化为传统的陈年古董，把舶来品点化成传统文化陈列馆中的展品，和本土的土特产品一起，共同证明伟大的传统文化的不可企及和不可替代。"道生一，一生二，二生三，三生万物""天不变，道亦不变""以不变应万变"，正是古代社会占主导地位的政治经济形态和思想意识形态的典型概括。同化的目的不是为了改变自身而是为了改变对象，同化也就不可避免地成为封闭性十足的排外：异质文明"传入潮湿地带就完全脱胎换骨"，那只黑色陶罐"熔化和凝固一样法力无边"，"她以不变的姿态满足你常变的要求"。近年来，文化学研究者曾把世界文明分成三大传播方式：即希腊、罗马多向交汇型文化传播模式，岛国日本由外向内选择吸附型文化传播模式，古代中国人基于文化优越意识的由内向外辐射型文化传播模式。华夏传统文化传播模式，可用亚圣孟轲的一句话来表述"吾闻用夏变夷者，未闻变于夷者也"（《孟子·滕文公》上），这是典型的自我中心、妄自尊大的文化优越心理。如果说孟子这句话在当时大致符合华夏族与周边民族的文明程度实际，那么，到明清以还，尤其是近代以来，则完全失去了现实的依据。阿吾的诗句正绝妙地写出了传统文化在已经落伍之后，仍热衷于"变夷"而拒绝"变于夷"的悲哀。

诗的第四节写的是凝固、封闭的传统文化对民族生机的摧残戕害。生机枯萎的传统文化是与实行愚民政策、追求万世一系、长治久安的大一统封建主义集权政治，与老牛铁犁、男耕女织的小农自然经济互相作用、互为适应的。超稳定的社会政治经济需要超稳定的思想文化，"存天理，灭人欲"的实质不过是要人们变成统治者的驯服工具。一切属于个人的、自然的、物质的、情感的欲望，一切活泼生命的血肉之躯的骚动，都在根除之列。人们年年岁岁、世世代代绕着这只陶罐，这个吞噬一切生机的可怕的无底黑洞，走着永无尽头的循环线，直至"在墓穴中人与陶罐同葬"。以"陶罐"为圆心的"生存圈"，把生命从鲜活生动导向麻木疲倦，直至导入坟墓。围绕"陶罐"周而复始的道路是一条可怕的死亡之路。人们在"绕陶罐走上一周""再走上一周"的过程中耗尽青春，老去生命，最终成为传统文化的殉葬品。阿吾就是用这样发人深省的语言给国人展示出这种历史发展逻辑所产生的必然结局。

在对传统文化进行了深刻的省视观照之后，诗人刻不容缓地亮明了结论："东方之路是逃离黑洞之路"。从而简洁、明快地结束了这首意象单纯、哲理深厚的象征之作。

读着这首意蕴很深的诗作，我们的脑子会跟随诗人一起，思考很多问题。

爱情的升华与异化

——唐欣《中国最高爱情方式》解读

中国最高爱情方式

　　我爱她爱了六十年/爱了六十年没说过一句话/我肯定她也爱我/爱了六十年没说过一句话/我们只是邻居/永远只是邻居/我有一种固执的想法/我一开口就会亵渎了她/我知道她也如此/我们只是久久地凝视着/整整六十年没说过一句话//六十年前相爱的人已经老态龙钟/老态龙钟地参加孙子的婚礼/回家就各自想自己的心事/他们早已不再相爱/他们互相躲避，互相设防，互相诅咒/他们早已不再相爱/而我们的爱情已经是陈年老酒/纯得透明，醇得透明/我们深深地知道/那是致命的爱情呀/一接近它我们就会死去//六十年就这样过去了/我已经老得成了一个孩子/她已经老得成了一个孩子/我们都将不久于人世/我想时候到了，时候到了/那个深夜呀，雪落下来/六十年的雪落下来/我叩响她的木门/我们的头发已经像雪一样/爱情已经像雪一样/她会心地看我，看我/我们没有说一句话/炉火熊熊，一切都和想象一样/她取出两杯酒，和想象一样/纯得透明，醇得透明/我们没有说一句话/我们只是久久凝视着/我们深深知道，这是致命的酒/我们将永远睡去/这就是我们的爱情方式/我们没有说一句话/外面的/还在落，沉重地落下来/盖住屋顶，盖住道路，盖住整个世界/六十年的苍茫大雪呀

　　面对这样的诗，我们几乎失去了评说能力。"最高爱情方式"已经成为不折不扣的"宗教方式"。在宗教徒般的神圣感情面前，我们还好说什么呢？不置一词或许是最明智的选择。然而我们不是在参禅，可以不立文字；我们是在

评诗，落入言筌是必然的，所以，对这首诗我们还是不得不评说一番。

唐欣的《中国最高爱情方式》，为读者提供了一个剖析标本，解读这首诗，读者可以对东方式的爱情有更深刻、更本质的认识。诗以第一人称写"我爱她爱了六十年/爱了六十年没说过一句话/我肯定她也爱我/爱了六十年没说过一句话/我们只是邻居/永远只是邻居/我有一种固执的想法/我一开口就会亵渎了她/我知道她也如此"。我爱她，她也爱我，彼此默契，心照不宣，灵犀相通。这是一种典型的精神之爱。漫长的六十年，"我们"不交一语，"只是久久地凝视"从孩子变得"老态龙钟"，又"老得成了一个孩子"。"我们的爱情"已是"陈年老酒"般"纯得透明，醇得透明"，陶尽世俗的杂质，决无丝毫的欲念，纤尘不染，圣洁纯粹。两性之爱被相爱双方视为禁忌："我们深深地知道/那是致命的爱情呀/一接近它我们就会死去。"于是"我们"只能在意念上十分珍惜地守护着它，决不在行动上靠近它，更不用说实现它了——就这样，青春耗尽，红颜凋落，"六十年就这样过去了"。当意识到"我们都将不久于人世"，时间已不允许"我们"将这场旷日持久的爱情继续相持下去，一个落雪的夜晚："我叩响她的木门"，鬓发雪白的"我们"会心地凝视着，仍然"没有说一句话"，她取出两只酒杯，斟上酿造了整整一生"纯得透明，醇得透明"的爱情之酒，我们饮下了这"致命的酒"，而后"永远睡去"，以这种方式最终完成"我们"的爱情。一场"六十年的苍茫大雪"落下来，"盖住整个世界"，也盖住了"我们"雪一样纯洁的爱情。洁白的雪是洁净的爱情的象征——这就是唐欣在诗中为读者展示的"中国最高爱情方式"。相爱六十年，做了六十年"邻居"，连一句话都没说过，遑论余事?! 须知连天上的神圣也有"思凡"的时候，诗中这一对"情人"真比神圣还要神圣。

——这是俗世爱情的"升华"，是爱情的道德化和伦理化，是爱情中"善"的极致状态。诗中展现的"中国最高爱情方式"，最能体现中华民族古老的礼仪之邦的美德。与西方民族外向、重感性、重物质、重个体享受的性格相比，作为东方民族代表的中国人的性格，显得更内向、重理性、重精神、重群体评价。西方人的爱情往往热烈、明朗、追求肉体的欢乐；中国人的爱情多数缠绵、含蓄、倾向心理的体验。西方人的爱情是热情似火，中国人的爱情则柔情似水。唐欣在这首诗中处理的这桩"情案"虽属极端，但不失其典型意义，它可以概括传统社会里中国人对待感情之事的普遍态度和方式。在传统的中国社会里，长时期默默相爱而不互诉衷肠、互通款曲的人并非个别。如果说西方人的爱情是通过"真"上升为"美"的，中国人的爱情则是通过"善"上升为"美"的，为了伦理和道德的善，中国人宁肯牺牲情感的真实需要。"中国最高爱情方式"之中体现出的正是中国人"以善为美"的共同民族心理。这首诗的美感主要来自伦理道德方面，与其说是情感美，不如说是伦理美和道德美更符合实际。

——爱情的伦理道德化是爱情的"升华"，更是爱情的"异化"。对"中国最高爱情方式"一味肯定赞赏不仅是片面的，更是麻木和缺乏良知的表现。爱情是灵与肉的完美结合，情爱与性爱的有机统一，纯粹的精神之爱与纯粹的肉体之爱一样，都不是真正的爱情，充其量不过是跛脚的爱情。诗中的"我"和"她"相爱六十年，竟然连一句话都没说过，永远只是疆界分明，井水不犯河水的"邻居"，这是不折不扣的"发乎情，止乎礼义"。"情在者理必无，理在者情必亡"，"情"与"理"是无法调和的，以理节情的结果只能是牺牲感情、扼杀感情。就如诗中的"我"和"她"，灵与肉、情爱与性爱显然处于分离状态，而抽取了血肉之躯的感性欲求，爱情就成了没有任何真实内容的空壳，就不成其为爱情。固执到认为开口表白就是对爱情的亵渎，正反映了封建礼教对正常人性扭曲之严重；"那是致命的爱情呀／一接近它我们就会死去"，正说明了诗中相爱双方对于扼杀爱情的封建礼教的惧怕敬畏。诗中的"我"和"她"实际上是以全部生命上演了一场爱情悲剧，最终沦为封建礼教的可怜的牺牲品。解读这首诗，读者在感受崇高的同时也感到悲怆，感染圣洁的同时也感觉沉重。作者虽然只是客观地叙写"中国最高爱情方式"，并没有直接议论抒情；但是，作者对待此种爱情方式的态度，当是倾向于否定性的。因为，作者比谁都更清楚地看到了——

"中国最高爱情方式"实质上是"取消爱情"的"方式"。

深度反讽中的理性之光

——张锋《本草纲目》解读

本草纲目

　　杨贵妃 深红醉花/剧毒不可服/梁山伯祝英台两只蝴蝶/可愈千年中国的/相思病/一两马致远的枯藤老树昏鸦/三钱李商隐家的寒蝉/半勺李煜的一江春水煎煮/所有的春天喝下/都传染上中国忧郁症//古苏州/见于隋炀帝这条运河的阴湿地带/全草入药可安眠/谭嗣同 落叶乔木/其根可治贫血/中国地图在清朝也患过重病/那贴李鸿章开的药方上/只有赔款的黄金/所以只一夜/它就瘦了一百万平方公里//人人都相信中医/虽然二三江湖郎中/卖过假药

　　张锋是浙江医科大学药学系学生，以《本草纲目》作诗题，可谓就便取材，当行本色。且看他在这题目下怎样施展手段，作出何等文章来。

　　端的高明。一副"老中医"临床把脉口吻，深谙药理，处方权威，对症下药：折一枝"深红醉花"杨贵妃，断然曰"剧毒不可服"；捉住"梁山伯祝英台两只蝴蝶"，用来"愈千年中国的/相思病"，称"一两马致远的枯藤老树昏鸦"，戢"三钱李商隐家的寒蝉"，舀"半勺李煜的一江春水煎煮"，管保让"所有的春天喝下/都传染上中国忧郁症"；要是还想在"相思忧郁"中"安眠"嘛，可去"古苏州"的"阴湿地带"采"全草入药"，它专治失眠症状。可叹李鸿章那厮不守家法，不袭祖训，处方上只用"黄金"而不用"本草"，导致中国地图一夜之间"瘦了一百万平方公里"的严重后果，实属庸人误断，坏我中医清誉，兀的不恨煞人也么哥！

　　"才人伎俩，真不可测！"张锋以《本草纲目》为题作出的诗句，可谓妙到毫端，颇能引起玩赏之兴。然则，他仅仅是为了显示纯正的幽默，说说精彩的调皮话吗？显然不是。"用典"向为中国传统诗人的看家本领，此诗写法上一连串的"用典"，助成了浑然天趣。但此诗用典，既不是为了追步老杜作诗"无一字无来历"，也不是为了效法山谷"夺胎换骨，点铁成金"，更不是为了发思古之幽情，而是表现了一代青年对古老传统的深度思考。历史传统中无疑有其积极因素，像"谭嗣同落叶乔木/其根可治贫血"，这是此中唯一闪现亮色的意象，但这一意象的亮色，恰恰来自戊戌志士对历史传统不惜牺牲性命的变革。至于历史传统本身，更多的却是色调灰暗的消极没落。尤其是在晚唐以后，中国封建社会已是日过中天，历经宋元明清漫长的走向下坡的时代，民族文化的病态成分暴露得愈益明显。从晚唐到晚清，从薄雾冥冥到夜色渐沉，国人的心理也由固执偏见到纤弱伤感再到忧郁昏昧，终至疲惫衰竭。传统文化因为阳刚血气的匮乏而过分阴柔，在这种过分阴柔的文化传统滋养下，整个中国的所有春天都染上了忧郁症，萎靡不振，万马齐喑。无怪乎中国地图在晚清患了重病，一夜之间就瘦掉一百万平方公里！一个被传统文化的梦魇纠缠得疲弱不堪、昏昏思睡的民族，怎能不沦为被动挨打、割地赔款的屈辱地步？"老中医"遵从《本草纲目》进行的药理、病理分析和诊断处方，无法治愈一个身染重疾的老大帝国的顽症，对李鸿章的指责也不得要领，只能显示出自身的颟顸、昏庸。这一切都说明中国传统文化在根本上已不适应近现代社会发展的需要。

此诗可和柏桦的《在清朝》、柯平的《深入秋天》对读，而构思更见巧妙，对传统文化的反思和讽刺也更趋深刻隐蔽。断定"杨贵妃 深红醉花/剧毒不可服"，总不外根深蒂固的"女人祸水论"在作祟罢了；至于"梁山伯祝英台两只蝴蝶"，果真能治愈礼教扼杀爱情的"千年中国的相思病"吗？在清朝患了重病的中国地图，一夜消瘦一百万平方公里，难道真是因了"那贴李鸿章开的处方上/只有赔款的黄金"而没有神妙的"本草"的缘故？诗人想说而没有明说的话是：近代史上李鸿章办外交丧权辱国，根本原因在于传统文化统治下的大清帝国已是腐烂透顶、衰朽不堪，绝对无法和锐爪尖喙、坚船利炮的列强抗衡，所以才落得任人宰割、国运不昌。以落后的古老文明和先进的近代文明争锋，焉有不败之理！诗作紧扣"本草纲目""中医论治"的巧妙构思和表现，透出幽默的机趣和荒诞的色彩，典故的运用和意象的组合在常人意想不到的地方，收到非常有趣也十分有力的谐虐嘲弄效果。让人在发笑之余，产生新的思考，意识到摒弃那份古典的纤弱、感伤、忧郁、疲软、颟顸的情调心态，对艰难步入现代社会的一个古老民族来说已是刻不容缓。

诗的最后一节："人人都相信中医/虽然二三江湖郎中/卖过假药。"作者在此表达的意向是肯定还是否定？是赞美还是针砭？是称道还是悲悯？传统文化作为遗传基因的普遍深入人心，是国人之幸抑或不幸？在"江湖郎中/卖过假药"之后，仍旧"人人都相信中医"，这究竟是心性的虔诚厚朴，还是心智的愚纯麻木冥顽？这一节比之前几节机趣虽嫌不足，但在意蕴上又有突进，强化了全诗的深度反讽效果，在深度反讽中闪烁出时代的理性之光。

实现自我生命价值的巨大内驱力

——傅亮《欲望号街车》解读

欲望号街车

好啊你们都上来了你们都想去遥远的地方寻找欲望吗/别光点点头你就说吧把想说的都说出来吧/你是去寻找欲望的吗/你是去寻找欲望的吗/去寻找酒寻找自由寻找康乐球寻找/立体的/舞曲/立体的/爱情/你是去寻找蓝湖寻找青春寻找温情吗/哪怕仅仅去寻找一个可以自自在在抽烟的地方/你们为什么都脸红了/你们为什么没人回答我的问题/你们为什么总要期/某一个人领头先开口呢/想得到的又不敢表白/想表白的又没有勇气/那你们为什么非要争着涌上我的这辆欲望号街车呢/我问你们到底想去哪儿/想去寻找什么欲望/你们为什么都红着脸不敢开口呢/为什么当我期待你的回答时你一阵惊慌/好像自己的内心是邪恶之所在呢//沉默……/沉默……/车上的沉默不语的人们和车外的阴沉沉的楼房/大概是一种同样的性格/任凭风吹日晒/任凭岁月侵蚀/只要没有一个成功的典范/没有谁敢越出半步/尽管远方或不远处有蔚蓝的大海的呼唤//那么就停车吧/把这些家伙统统赶下车去! /因为欲望/幸福的人之欲望决不属于任何一个懦夫!

欲望,是个体生命深不可测的内在需求,是催动人投入竞争、创造,催动人不停奋斗、进取,从而充分实现自我生命价值的巨大内驱力。个人欲望只要与社会进步的目标一致,就具有积极的意义。马克思曾指出"情欲是人强烈追求自己对象的本质力量"(《1844 年经济学哲学手稿》),恩格斯认为人的欲望,即使是那些恶劣的欲望,也是推动社会前进的杠杆(《费尔巴哈论》)。

因为马克思、恩格斯看到了无穷的欲望可以转成无限的创造力，没有创造便没有人类文明的进步，这是从人类社会发展的大处对欲望作出的历史性肯定评价。从个体生命需要的角度来说，先贤如孔子亦不讳言人的欲望，尝言："食、色，人之大欲所存焉。"鲁迅先生更强调，食欲和性欲是人的本能，"食欲是保存自己，保存现在生命的事；性欲是保存后裔、保存永远生命的事"。

但是，在人类社会发展过程中，由于物质财富在总体需求上的长期匮乏，导致统治者为了满足自己垄断有限物质财富的私欲，便大力提倡苦行的禁欲主义。在欧洲的中世纪，神学统治的漫漫长夜里，人生而有罪，必须禁欲受苦；而东方的儒学和佛学，在本质上也都是禁欲主义哲学。尤其是被汉代经师们改装后的儒学，作为中国两千余年封建社会的统治者奉行的官方政治哲学，其禁欲的特色尤为显著。"存天理，灭人欲""饿死事极小，失节事极大"等宋儒格言，则是其基本特征的口号性总结。少数人的纵欲必然要求全社会的禁欲，御用的道学家们又要用漂亮的言词把少数人的纵欲装饰为无私无欲的崇高。在充满了"虚伪的崇高"的社会里，真实合理的人生欲望，则被视为邪恶。"文革"时期"四人帮"一伙大搞"狠斗'私'字一闪念""灵魂深处闹革命"那一套把戏，可谓源远流长的封建主义禁欲传统的集大成表现。芸芸众生为了生存的需要，强忍着物质和精神双重渴求的熬煎："表面不能不装作纯洁，但内心却终于逃不掉本能之力的牵掣。"（鲁迅语）竞相伪饰，谁也不敢说真话，谁也不敢流露自己的心迹，互为戒备，讳莫如深，真情实感被埋藏心底，本能欲望麻木安眠，无欲的一生，一度痛苦得像干涸的古井，枯燥得像一片沙漠，苍白得如一张废纸。

终于，改革开放的时代春风，再次唤醒了中国人心中沉睡的欲望。"欲望号街车"迎着普通的中国人开过来了，人们不约而同地涌上车去"寻找欲望"；"寻找酒寻找自由寻找康乐球寻找/立体的/舞曲/立体的/爱情"，"寻找蓝湖寻找青春寻找温情""哪怕仅仅去寻找一个可以自由自在抽烟的地方"。中国人的确失落得太多了，从人生最起码的需求，比如抽一支烟喝一杯酒，到人生最崇高的需求，比如爱情、艺术和自由；从感官的满足到精神的享受，从肉体到灵魂，都曾长期遭受禁。在那整齐划一的年代，个体必须无条件地服从社会、群体，个人存在被完全忽略了，以"革命"的名义，个体生命的感性欢乐被掠夺殆尽。长此以往，个体人格变态扭曲，以至当新时期的宽松环境允许人们合理追求个人欲望之时，人们一下子竟无法从自我心理障碍中挣脱出来。尽管都怀着想去远方寻找欲望的目的涌上"欲望号街车"，可当街车驾驶者（诗人）关切地问起"你们到底想去哪儿/想去寻找什么欲望"的时候，人们的反应却是："一阵惊慌""都红着脸不敢开口"，"好像自己的内心是邪恶之所在"。长期的禁锢导致人们普遍产生心理疾患，曾经失去人生愉悦感的人们，一旦面对幸福的金苹果，谁也不敢伸手去摘取，表现出十足的疑惧畏缩。禁欲的传统使人们丧失了获取幸福的行动能力，这才是真正的悲剧之所在。

诗的第二节，是"街车"驾驶者（诗人）面对可悲的现状所作的理性思考。他已经意识到，人们的性格是特定社会环境长期影响的结果，与环境关系密切：车上"沉默不语的人们"和车外"阴沉沉的楼房"有着一种内在的性格同构，一种"灰色"的性格，基于一种"灰色"的生活。人们可以忍受暗淡人生岁月风吹日晒的炼狱般的侵蚀折磨，却不敢率先行动、理直气壮地宣告："我是凡人，我只要求凡人的幸福。"（彼特拉克语）热情的"街车"驾驶者（诗人）因此深感沮丧失望："那么就停车吧/把这些家伙统统赶下车去！/因为欲望/幸福的人之欲望决不属于任何一个懦夫！"这是"哀其不幸怒其不争"的一声断喝，足以警醒浑噩。这不是一种对孱弱者的鄙弃，而是以振聋发聩的方式，力图引起对孱弱者的有效疗救。同时，这更是新时代的新人们大胆追求幸福的人生欲望的坦诚宣言。

这首诗从"街车"驾驶者（诗人）的声声热切询问开始，经过对"红着脸不敢开口"的乘客的反复诘问，进而对噤若寒蝉的"沉默"所作的理性思考，最后以"幸福的人之欲望决不属于任何一个懦夫"的否定判断语气结束，表现了作者对国人心理疾患的深刻洞察，对病因的准确剖析。立国首在立人。要想使国家现代化，首先要使国人的现代化。自我封闭，怯懦畏惧，不敢冒险，不敢领先，缺乏独立人格，失去行动能力的人群是没有希望的。从这一角度上来理解，这首诗无疑有着重大的现实针对性和高度的思想意义。其实，"欲望号街车"不过是个比喻性的虚拟，它就是开放时代的滚滚生活洪流的象征符号。诗人选用"欲望"而不用"希望"，措词大有深意存焉。一字之差，判然划开了新旧两个时代的人生观和审美观：一边是古典的不无虚幻的崇高优美，一边是现代的不无卑俗的生动真实；一边是超我境界，一边是自我追求。愿我们都不做不敢正视内心世界的卑怯懦夫，勇敢行动起来，从真实的自我出发，去放胆追求幸福的人生欲望的满足，每个个体合理的人生欲望充分满足之日，就是我们民族灿烂的现代化明天降临之时！

生活与命运的深度哲学思考

——夏红雪《十三只鱼鹰》解读

十三只鱼鹰

十三只鱼鹰冷冷地站在船头／十三只鱼鹰的影子覆盖着河面／十三只鱼鹰一动不动／十三只鱼鹰像十三盏漆黑的灯／／十三只鱼鹰忽地插入水里／十三只鱼鹰又忽地从水里钻出／／十三只鱼鹰叼着十三条鱼儿／十三条鱼儿有莹洁秀媚的肌肤／十三条鱼儿有漂亮可爱的花纹／十三条鱼儿在痛苦凄楚地哀叫／十三只鱼鹰一动不动／十三只鱼鹰像十三盏漆黑的灯／／十三只鱼鹰又插入水里／十三只鱼鹰从水里钻出／十三只鱼鹰钻出的河面溅起／十三团腥红的血／／十三只鱼鹰是是十三位凶神恶煞／十三只鱼鹰却悄悄流泪

鱼鹰学名"鸬鹚"，是一种栖息河川、湖沼或海滨，以鱼类为食的水禽，体长个大，羽毛漆黑，又称"水老鸦"。渔人把它驯化后，带在船上使之替人捕鱼。作为渔人活的捕鱼工具、得力助手，鱼鹰曾被不少人吟咏过，但那些诗多是就鱼鹰而写鱼鹰，无所寓指，形同说明文，咏物诗托物言志的特征不见了。夏红雪的《十三只鱼鹰》则不同，作者成功刻画驯化后的鱼鹰为渔人捕鱼的动作情态，目的并不是为有功于渔人的鱼鹰传神写照，而是以鱼鹰为中介，传达自己对大千世界某种现象、某类角色的情感评价和理性思考。

诗的第一节，写鱼鹰等待渔人指令，伺机而动、准备捕杀的情形。十三只鱼鹰"一动不动"地站在船头，透出一派"冷冷"的杀气；它们的"影子覆盖着河面"，整个河面笼罩一层不祥的阴影；羽毛漆黑的"十三只鱼鹰"像"十三盏漆黑的灯"，这个比喻性描写大似李贺诗句"鬼灯如漆点松花"，"漆黑的灯"放射的是死亡之光。这一节诗浓重地渲染出一派阴森恐怖的气氛，预示残酷的捕杀即将开始，鱼儿们就要大难临头了。

诗的第二节写十三只鱼鹰"忽地插入水里"又"忽地从水里钻出"的捕鱼动作，迅猛异常，毫不犹豫，整齐划一。"插入""钻出"的动词选择，给人如刀似锥的锐利之感，强调鱼鹰的训练有素。如果换成"潜入""浮出"，词性、意思未变，但传神程度不够，感情色彩不明显，表现力将大为减弱。仅此一例，足见作者选词下字之讲究。

诗的第三节具体展示鱼鹰第一轮捕获的结果："十三只鱼鹰叼着十三条鱼儿"。肌肤"莹洁秀媚"、花纹"漂亮可爱"的鱼儿，是多么美好的生命，鱼儿在水里自在游动，并不妨碍、伤害谁。鱼儿是善良无辜的，却被鱼鹰叼在嘴里，"痛苦凄楚地哀叫着"。鱼儿不会叫喊，之所以这样写，是因为作者看到鱼儿在鱼鹰嘴里挣扎受难的情形，痛苦而凄楚，仿佛听见鱼儿在"哀叫"。于此可见作者对美丽柔弱的无辜被害者的恻隐之心、惋惜之意。这一节的后两句是第一节后二句的重复，但第一节是在捕鱼前，这里是捕鱼后，字句全同而效果全然不同。捕杀美丽弱小的鱼儿之后而能"一动不动"，对鱼儿的痛苦凄楚之状无动于衷，可见其冷酷无情到何种程度。并且，这里的"一动不动"，又预示着鱼鹰们正在伺机进行新的一轮捕杀。那"漆黑的灯"一样的鱼鹰，更觉森然可怖了。

第四节写鱼鹰的第二轮捕杀。因前三节对第一轮捕杀进行了详细的描写，这一节就略写捕鱼经过，作者只将焦距对准"十三只鱼鹰钻出的河面"上溅起的"十三团腥红的血"，拍摄定格，画面显示又有十三条无辜的鱼儿罹难了。绿水悠悠的河面，本是十分优美的去处，此刻，河面碧水染红，成了血腥气十足的场所。

在写足了鱼鹰的肆意捕杀无辜之后，作者指出："十三只鱼鹰是十三位凶神恶煞"，为鱼鹰"定性"。表现了作者对残忍、血腥行径的痛恨、斥责、否定，对美丽、良善、弱小的受难者的怜惜、同情。寄托了作者悯人悲天的人道主义情怀。诗的最后一句写"十三只鱼鹰却悄悄流泪"，将诗意又向深处拓进一层。"凶神恶煞"的鱼鹰竟然"悄悄流泪"，这是为什么呢？捕杀狂怎么换了一副菩萨心肠？叫人纳闷的问题在诗的结尾留给读者去思考，含不尽之意见于言外。诗到此结束了，带着疑问的读者将继续琢磨下去：鱼鹰为什么会"悄悄流泪"？

原来，野生的鱼鹰在驯化之前，只有饥饿时才捕鱼充饥，出于生存需要的行为，无可非议。驯化之后，鱼鹰受渔人的驱使，专事捕鱼，把一条条自在游息在河川里的鱼儿叼上来，让渔人市利。渔人欲壑难填，鱼鹰就得不停捕鱼，残忍血腥的行为就无休无止，这时，捕鱼已不是生命生存的需要，而完全异化为恶劣的习惯，习惯成自然，只要渔人发出信号，它就唯渔人之命是从，表现得奴性十足，麻木驯顺；对鱼儿却毫不客气，频频出击，滥施虐杀。作为渔人驯养的"职业杀手"，鱼鹰是"现场"作恶者，但它们却是受渔人指挥、受长期驯化养成的习惯支配的。驯化后的鱼鹰捕鱼，已是身不由己，操纵在人，它们已失去自由意志和自主精神，只能充当渔人手中的活渔具，扮演凶神恶煞的角色。这最后一句诗，揭示了鱼鹰性格的复杂性和命运的深刻悲剧性。鱼鹰一面为渔人作恶捕鱼，一面为无力改变自己的习惯、处境而悲悼，这就是它们"悄悄流泪"的原因。流泪的鱼鹰这一意象，寓有作者对生活、命运所进行的深度哲学思考。作者没有将诗笔停留在展示鱼鹰捕杀鱼儿的恶行上面，而是深挖导致恶行的根源。作者的眼光是敏锐的，思考力是过人的。

　　关于这首诗，还有一个问题需要再说几句：作者为什么选用"十三"这个数词，而非其他？恐怕不是出于写实或偶合，而是看中了这个数词特有的情绪色彩。"十三"这个数，不仅在西方人观念中是不吉利的，在中国民间它也是个禁忌，人们把它视为"凶数"。这首诗一共十八句，"十三"这个数词反复出现二十二次，如果算上标题，则有二十三次之多。一首小诗，触目皆是"十三"，标题换成《鱼鹰》，作品中只泛说"鱼鹰"如何如何，基本意思仍可以表现出来，但整首诗的阴冷格调和不祥气氛将无法形成，这首诗耸动人的艺术效果也就出不来了。"十三"这个数词直接关乎这首诗艺术的成败，读者于此不可不察。

突破神话原型的既定框架

——元刚《月从根生》解读

月从根生

月从根生，月从根生/从吴刚没有刨尽的桂根上生/那黑色的土壤中/月牙儿好嫩好嫩/月从根生，月从根生/生出桂枝，生出桂叶/生出枝枝叶叶的光明/人们又要抬头看天了/人们的心事又要变圆了/吴刚的斧头又霍霍地磨响了/月从根生，月从根生/幸好吴刚没有把桂根刨尽/十四十五，月亮好大/吴刚的斧头举得好高/叮叮，叮叮……/月光一枝枝地伐下/月光一叶叶地抖下/如玉屑溅落到人们眼里/人们猜不透蟠桃园里树千万/为什么单伐那棵月光树呢/叮叮，叮叮……/月光一捆捆地担走了/月亮一天天地消失了/幸好吴刚没有把桂根刨尽/月从根生，月从根生

这是一首咏月诗。民谣曰："初一初二，月从根生。"是说农历的月初，新月一痕，纤细嫩黄，像是从树根上萌发的幼芽。作者的诗情，就从"月从根生"这句民谣生发出来。

"月从根生，月从根生"，诗一开头，即以反复句呼起浓浓的情绪，是对月的祈愿，也是对光明的渴望，更是对生生不息精神的礼赞。"从吴刚没有刨尽的桂根上生"，是对"月从根生"的具体说明，"吴刚伐桂"神话因子的掺入，使得这一句诗容量增大，意味转深。民间传说，月亮上有一棵五百丈高的桂树，西河人吴刚因为学仙有过，被谪去伐那棵月桂树。吴刚抡起斧头向树砍去，树创随砍随合，树永远砍不倒，吴刚便永远不停地砍下去。其情形和西方神话中的西绪弗斯被罚往山上搬石头的故事相近。当然，此诗作者志不在此，

没有就此永无休止地徒劳展开书写。他的诗情亢奋点，在吴刚"没有刨尽的桂根上"。

　　既然说月亮从桂根生出，树根自然离不开泥土，顺理成章，作者接着就把"黑夜"比作生长月芽的"黑色的土壤"。以下写月桂从一茎幼芽，长成枝繁叶茂的大树的过程，也就是月牙由弦渐满的过程。"生出桂枝，生出桂叶/生出枝枝叶叶的光明"，月桂枝柯璀璨，叶片煜熿，洒银辉于大地，布清光于万类，成为照亮黑夜的光明之源。渴望光明的"人们又要抬头看天了/人们的心事又要变圆了"，月亮的"圆"，象征着人的团圆、事的圆满、心愿的遂了、结局的完美，由于理想与现实、情感与理智之间的矛盾无法彻底消除，人类生活中便有了许多缺憾，正像月亮"一夕成环，夕夕都成玦"一样，"人们的心事"也是"圆"少"缺"多，月圆花好人聚愿遂，十分难得。缘此，月亮成为人们寄托热爱生活、渴望幸福的美好情思的对象，月桂树成为人们心头的一棵光明树。

　　也许是触犯了黑夜的禁忌，"天谴"一般，当月桂树终于长大，枝枝叶叶放射光芒，月亮和人们的心事好不容易"又要变圆"之时，不失时机地，吴刚的"斧头又霍霍地磨响了"，"十四十五，月亮好大/吴刚的斧头举得好高"，这里是诗情的高潮。在此，吴刚充当的是与月桂树作对、与光明作对、与向往光明的人们作对的可恶角色。两个"又"字，两个"好"字，并列对比形势严峻。月桂树已是劫难在即、难逃劫数。"霍霍"磨斧的响声，"高举"斧头的动作，刻画了吴刚对于象征光明、完美、圆满的月亮（月桂树）的仇恨心理。

　　诗的后半写月桂横遭砍伐、月亮由盈而亏的过程："叮叮，叮叮……/月光一枝枝地伐下/月光一叶叶地抖下。"抖下的月光，"如玉屑溅落到"仰脸看天的"人们眼里"，人们眼睁睁地看着吴刚把砍下的"月光一捆捆地担走了"，看着"月亮一天天地消失了"。人们终于看不见月亮，溺于一片茫茫夜海之中。善良的人们生出疑窦："猜不透蟠桃园里树千万/为什么单伐那棵月光树呢？"疑问表达了人们的迷惘之意、惋惜之情、遗憾之恨，也揭示了站在光明的对立面的吴刚那一副"别样心肠"。这两句诗含蕴深湛，启人思索，使人由此联想到社会生活中某种并非罕见的现象：平庸者平安，出众者遭难，"木秀于林，风必摧之"，因为个性鲜明，不甘庸碌，才能卓越，而被嫉妒、受排挤、遭迫害。人才易得，但人才的命运往往比普通人悲惨许多。

　　这首诗显然是有寄托之作，从月桂由嫩芽到长大到被伐，月亮由一痕到渐满到亏缺，心事由变圆到落空的过程中，从"月从根生"一句的反复咏叹中，从"幸好吴刚没有把桂根刨尽"的一声叹息中，我们能够触摸到作者脉搏的起伏律动，感知作者在诗中寄寓的深沉的人生感慨！尤其是"幸好吴刚没有把桂根刨尽"一句，那岂止是一般意义上的"侥幸"，实乃不幸中的万幸——如果吴刚"歹毒"到把桂树连根刨尽，这个世界与这世界上的人，岂不是要沦入黑暗而万劫不复吗？那后果真正不堪设想！幸而吴刚不知出于疏忽还是手下留情，只砍桂树不刨桂根，只要根在，即能伐了又生、生生不息、万劫不灭。读"幸好"一句，人们真要以手加额，默念"南无阿弥陀佛"了。

"咏月诗"是一个老题材，从《诗经·月出》肇端，历数千年而不衰，这一题材领域中涌现过许多名篇杰作，以至让一位当代诗人说出如下的话：尽管美国宇航员20世纪60年代末登上了月球，但月亮早在千年之前就印下了李白、苏轼等中国古代诗人激情抚摸的手纹，柔美而皎洁的月亮是属于中国诗人的。"吴刚伐桂"的故事也是一个老话头，唐人段成式在《酉阳杂俎·天咫》中已有记载，后世的人们更是津津乐道，在一篇又一篇诗词中搬弄此典。元刚在《月从根生》中，采用了吴刚伐桂的传说而不拘泥于传说本身，突破了"神话原型"的既成框架，不写吴刚被罚砍桂没完没了的辛苦，转写吴刚与月桂树作对的敌意和恶行，创造性地赋予古老神话以崭新的内涵。由此，吴刚的形象发生质变，古代传说成为传达作者某种人世寓意、感慨的载体，作者在咏月诗的老题材里翻出了新意，有效地避开了与前人、他人盈箱累箧的咏月诗题旨重复的"撞车"现象。

"月从根生，月从根生"，月亮凝聚着华族子民渴望光明、向往圆满的美好心愿；"月从根生，月从根生"，生生不息的月桂树象征着历万劫而不灭的民族精神。

扬弃旧我走向新我的伟大行动

——兰羽《鱼》解读

鱼

　　一切/都缘于种种不可能//几亿年前的某夜/泛着墨光的海水拍着海岸/一条年轻硕大的鱼/终于爬上了陆地//据说 他是抗拒不了/每夜诱惑的月光/带着从未有过的幻想/疯狂似地扑向死亡//（群鱼讥笑他/斗胆背叛海洋/它们因此只能/永远在水里游荡）//最初的一瞬/是窒息与清新的混合/接下来是欲望的扩张/美妙的声响便充满荒莽/此后 涂抹着/模糊的绿色大地/出现了新鲜的一种印记/而那个诱惑却遥不可及//据说 那条鱼/后来化作亚当/他的子孙有的/终于飞上月亮

　　几亿年前，脊椎水生动物鱼类，从海洋上陆，演变成爬行动物。经历漫长的年代，爬行动物中进化出了脊椎动物的最高等类型灵长目，灵长目的古猿在觅食、御敌的活动中，逐渐学会制造工具、手脚分工、直立行走，天地之间终于有了脊椎动物顶天立地的垂直站立，人类从此宣告诞生——以上是关于人类起源的最简单的科普常识性质的说明。兰羽的《鱼》，就是以有关生命演进的科学常识作为知性依托，融入作者的情感评价和哲理思考，而写出的一首令人感奋的好诗。

　　鱼从海洋上陆，在生命进化史上具有无法估量的价值和意义。鱼的举动，是扬弃旧我、走向新我的伟大行动。在墨守成规的眼光看来，用鳃呼吸、用鳍翅游动的水生动物，在艰难的适应中变成用肺呼吸、用四肢走动的陆生动物，绝对是不可能的。然而，"一切/都缘于种种不可能"。鱼之上陆，这一生命进化史上的伟大奇迹的发生，也是从"不可能"开始的。"几亿年前的某夜/泛着墨光的海水拍着海岸/一条年轻硕大的鱼/终于爬上了陆地"，这条"年轻硕大的鱼"之所以不畏"群鱼"的"讥笑"，甘冒"死亡"的危险，离开"他"世世代代生活的海洋，以"疯狂"的态势扑向"陆地"，是因为"抗拒不了/每夜诱惑的月光"——这当然是一个富有浪漫诗意的假设，所以作者用了"据说"一词。照耀阒寂大地、照耀墨绿海水的"月光"，强烈诱惑着这条"年轻硕大的鱼"，赋予"他"从来未有过的"幻想"。这条鱼因"年轻"而富于激情，因体格"硕大"而富于魄力，当瑰丽的"幻想"诱惑"他"达到"疯狂"的程度时，他"终于"不顾一切后果，"斗胆背叛海洋"，带着"扑向死亡"的决心"爬上了陆地"，用年轻的生命做祭礼，孤注一掷，献身于"他"幻想中的目标——"月光"。这条"年轻硕大的鱼"，是一个伟大的幻想家，更是一个勇敢的行动者。

"敢于幻想，才有了破天荒的举动；敢于行动，才有了天地之间奇迹的发生"。尽管由海洋上陆那"最初的一瞬"是难耐的，但代表死亡的"窒息"之中，同时吹拂着生命的"清新"气息。在美妙幻想支配下扬弃旧我的行动，从"扑向死亡"开始，最终达到了超越"死亡"之上的新生："接下来是欲望的扩张/美妙的音响便充满荒莽。"熬过了最初的艰难，登陆的鱼进入了生命的全新境界："此后 涂抹着/模糊的绿色大地/出现了新鲜的一种印记。""荒莽""模糊"的寂寞大地之上，从此有了爬行动物生动的活动，大地的面貌为之改观，焕然一新。

然而，诱惑那条"年轻硕大的鱼"爬上陆地的"月光"却仍然"遥不可及"，远在天上。那么，上陆之"鱼"就继续自己的"幻想"，就"化作亚当"。亚当是《圣经》传说中的人类始祖，说"那条鱼/后来化作亚当"，意指从上陆的"鱼类"中进化出了"人类"。亚当是不存在的神话人物。但由鱼进化出爬行动物中的灵长目，从灵长目的猿猴进化出人类，已为科学考古所证实。从这个意义上说，"鱼"正是"人类"的"始祖"。人类基于超越有限生存的愿望而编织出的"羽人国""飞毯""快靴""奔月"的神话故事，正可视为那条最早上陆的"鱼"的"幻想"的继续。"他的子孙有的/终于飞上月亮"——那条"年轻硕大的鱼"，那个伟大的幻想家、勇敢的行动者的苗裔子孙们，一代代接续着"始祖"的"幻想"，一代代实践着"始祖"的行动，到20世纪60年代，人类乘坐宇宙飞船登上"月球"，终于把一个同人类起源一样悠久的"不可能"变成"可能"，并进一步变成"现实"，那个伟大幻想家的"幻想"终于实现了。

作者立足于有关人类起源的科学知识，通过富于激情的想象完成了这首诗的创作，诗意盎然的作品弥漫着迷人的浪漫主义气息。作者遥想几亿年前的某一个夜晚，一条年轻硕大的鱼抵御不住月光的诱惑，带着全新的幻想登上陆地，那条鱼后来又化作亚当，这当然都是浪漫情怀的诗人驰骋想象，对人类的起源、人类梦想的实现所作的诗化表述。作者的表述是瑰奇、美妙的，读这样的诗让人神思飞越、遐想联翩。一个时期以来的现代诗，过多地表现生命的呻吟、病态、苍白，沉湎于琐屑的世俗平庸，泛滥着脉脉的市侩温情，视野狭隘龌龊，格调沉浊低下，浪漫主义精神的匮乏使诗歌失去照人的光彩，变得黯淡萎蔫。诗歌艺术和浪漫主义有着不解之缘，诗人的心灵在本质上是童话式和神话式的。童话、神话式的美丽的浪漫主义激情，度越诗人、诗歌从浊世的尘泥中超拔而出，展开想象的翅膀飞向终极的彼岸，为人类寻找并建构永恒的梦境。所以伍尔芙说："诗歌从来不习惯于为日常生活中的普通目标效劳。"兰羽的这首《鱼》，关注的就不是某一个日常生活琐事，而是放出远大的眼光，激情十足地表现人类的起源、人类幻想的实现这样的宏大主题。它使我们对久违了的浪漫主义精神的缅怀之情，得到一次实在的安慰。

作者满怀激情地讴歌的那条首次登陆的"年轻硕大的鱼"，喻指的是人类历史上和现实中那些伟大的改革家。几亿年前月夜登陆的鱼，以其伟大的幻想和勇敢的行动，使生命由低级生物发展成高级生物，发展成灵长目，发展成人类：这生命史上开放的最为艳丽的花朵。生生不息的人类最终实现了那条非凡的"鱼"的梦想："飞上月亮。"作者对鱼的礼赞，正是对不满足现状、不循规蹈矩的改革家的礼赞。"鱼"的形象集合了改革家必须具备的素质：既是幻想者又是行动者，幻想者信奉理想主义，行动者实践英雄主义，为了理想的实现不惜英勇地献身。由是，一切的"不可能"在人类的精英——改革家的心灵里和行动中，一步步地变成了现实。据此，作者在诗一开头就写下的"一切/都源于种种不可能"就决不是耸人听闻之言，而是至理名言，是在"有了内在的真理"之后，"才开始有"的"艺术"的概括。

——让我们铭记这包含"内在真理"的诗句，怀揣伟大的幻想，投入勇敢的行动，把一切的"不可能"变为"可能"，再把"可能"变成现实——这是我们从这首诗中得到的鼓舞，也是伟大的变革时代对我们提出的要求。

一场真正对手之间的生死对峙

——苗强《猎人和黑豹》解读

猎人和黑豹

在一条长长的峡谷中/他们果然相遇了/一个/猎/人/一只/黑/豹//他们对峙着/空气绷得紧紧的/正午的阳光绷得/紧紧的//酒使人癫狂/他的脖子上还挎着酒葫芦呢/他的儿子/就是在那痉挛的嘴里/失去了脑袋/而它的儿子/就是在那黑洞洞的枪口下倒下的/他扔下猎枪亮出短刀/它蹲在一块石头上/他们对峙着//他们的呼吸绷得紧紧的/黄昏的阳光/拉长了——他们——的——影子——//它似乎疲倦了/微眯起双眼/慢慢地转过身//走了//他一屁股坐在地上//喝了两口酒/他又清楚地意识到/那家伙在前面的什么地方/等着他呢//他站起来/对着夕阳开了一枪

20 世纪 80 年代中期，作为那场沸沸扬扬的"文化热"的一个组成部分，在文学界也兴起一股"文化寻根"思潮，一批目光犀利的青年作家，痛感于程朱理学改造过的传统儒家文化的僵化腐朽和这种文化影响下的国民性格的孱弱萎缩，于是把追本溯源的探寻眼光投向了更为古老、更为原始的人类文明阶段。他们的"寻根"，并非为了接续被"五四"一代新文化启蒙先驱们奋勇斫断了的孔儒文化之根，而是试图在正统的孔儒文化之外，为中华文化找到那未经戕害、不曾阉割、生机充沛、元气淋漓的健旺根系。于是，高山林莽、荒漠大泽、江湖河海等自然物态和活动于其间的人类生态进入了他们关注的视野，在诸如韩少功、张承志、冯苓植、邓刚、郑万隆、扎西达娃、乌热尔图等人的文化寻根小说中，恣情张扬一派原始蛮荒气息中人类面对严酷的自然环境那大气磅礴的慓悍生存。一些诗人也加入了文化寻根者的行列，在作品中表现出和上列小说家共同的创作意向。苗强的《猎人和黑豹》，即是在这一宏大的文学、文化背景下出现的一篇较有代表性的诗作。

当然，诗和小说毕竟不同，创作意图的接近并不意味着表现方法的一致。诗不可能像小说那样展开大段大段的自然风景描写，也不可能去讲述长长的人物故事。现代诗，究其实质，是一种瞬间的表现艺术，它只能截取横断面切入表现，而无法去详细交代背景环境、来龙去脉。这首揭示人与环境、人与自然尖锐对立关系的诗，一上来便采用"逼近顶点"的表现手法，写"一条长长的峡谷中"，"猎人"和"黑豹"的"相遇"。"相遇"而曰"果然"，说明这次"相遇"的不可避免。

俗话说："不是冤家不聚头。"果然，他们是冤家。作者在第三节里腾出手来，补叙了他们的"冤缘"："他的儿子/就是在那痉挛的嘴里/失去了脑袋/而它的儿子/就是在那黑洞洞的枪口下倒下的。"他们的结怨盖出于原始自然环境中各自生存的需要，它需要他的儿子的血肉"果腹"，而他需要它的儿子的皮毛"暖体"。噬子之仇，杀子之恨，不共戴天，这仇恨驱使他们为复仇彼此寻找了很久。最后，他们共同选择了一条没有退路、不容回避的峡谷，作为他们为子复仇、了结冤缘的"决斗场"。看来，一场你死我活的血腥搏斗已是势所难免。

有道是："狭路相逢勇者胜。"一位粗犷的猎人、一头凶悍的黑豹在峡谷中"对峙着"。那情势极为紧张。作者通过第一节里诗行的窄长排列，形象地展现"长长的峡谷中"猎人和黑豹一对一的、没有回旋余地的"相遇"，突出紧张情势；接着，作者又通过反复渲染气氛，浓化紧张情势：先在第二节里写"空气绷得紧紧的/正午的阳光绷得/紧紧的"，再在第四节里写"他们的呼吸绷得紧紧的"，并连用四个破折号，一线拉长夕阳下他们的身影，再次借助诗行的排列形式去直观地呈现紧张情势；如此写足了峡谷中的对峙势态，作品便产生了千钧一发、摄人心魄的艺术效果。

毋庸置疑，猎人是强者，黑豹也是强者。两强相遇，除了互为对手之外，双方都另有一个潜在的、更加严峻的对手——自我。相信自己的实力，保证心理的常态，维持神经的韧性，乃是胜利之本。对峙，是一场意志与毅力的较量，是一场心理素质优劣的考验。"猎人"和"黑豹"之间的紧张对峙从"正午"持续到"黄昏"，终于，"它似乎疲倦了/微眯起双眼/慢慢地转过身/走了"，而他也"一屁股坐在地上"。一场如箭在弦的决死恶斗，竟以这种出乎意料的方式暂时结束了。是出于互为敌手、惺惺相惜的彼此敬重，是源于势均力敌、都不想轻举妄动、都想后发制人的策略考虑，还是因为都没有取胜的把握，都想侥幸回避，也就是说他们都是勇敢与怯懦的矛盾统一体、复杂混合物？抑或是在半晌对峙中悟出了冤冤相报何时了的道理，都不想旧冤未了再结新仇？但不管怎样，峡谷中的对峙都堪称一场真正的敌手之间的对峙，心力的付出，不亚于一场喋血的厮拼。

远方的永恒召唤

——潘洗尘《六月，我们看海去》解读

六月，我们看海去

看海去看海去没有驼铃我们也要去远方//小雨噼噼啪啪打在我们的身上和脸上/像小时候/外婆絮絮叨叨的叮咛我们早已遗忘/大海啊大海离我们遥远遥远该有多么遥远/可我们今天已不再属于儿童属于天真属于幻想//我们一群群五颜六色风风火火我们年轻/精力旺盛总喜欢一天到晚欢欢乐乐匆匆忙忙/像一台机器迂回于教室图书馆我们和知识苦恋/有时对着脏衣服我们也嘻嘻哈哈发泄淡淡的忧伤/常常我们登上阳台眺望远方也把六月眺望/风撩起我们的长发像一曲《蓝色的多瑙河》飘飘荡荡/我们我们我们相信自己的脚步就像相信天空啊/尽管生在北方的田野影集里也有大海的喧响//六月，看海去看海去我们看海去/我们要枕着沙滩/让沙滩多情地抚摸我们赤裸的情感/让那海天无边的苍茫回映我们心灵的空旷/拣拾一颗颗不知是丢失还是扔掉的贝壳我们高高兴兴/再把它们一颗颗串起也串起我们闪光的向往//我们是一群东奔西闯狂妄自信的探险家啊/我们总以为生下来就经受过考验经受过风霜/长大了不信神不信鬼甚至不相信我们有太多的幼稚/我们我们我们就是不愿意停留在生活的坐标轴上//六月是我们的季节很久我们就期待我们期待了很久/看海去看海去没有驼铃我们也要去远方

生活中多的是匍匐的日子，诵读潘洗尘《六月，我们看海去》，令人欣然兴起。那被岁月尘封已久的生命激情，那久违了的对远方的神秘渴望，那早已

作别而去的青春年华的蔚蓝憧憬，都被诗中"看海去看海去"的声声热切招呼——唤醒。于是我们举手拭去眼前的俗世云翳，再度眺望视野尽头的地平线，眺望地平线尽头的大海，我们重新感觉到青春梦幻的美丽，感觉到远方的强烈诱惑，感觉到生命情调的激动抚摸，一种新生般的巨大愉悦袭击我们全身，我们情不自禁地扯开已不太年轻的喉咙，动情地加入了一群大学生"看海去看海去没有驼铃我们也要去远方"的嘹亮合唱。

"看海去看海去没有驼铃我们也要去远方"，是这首诗的主体性句子，是这首热情洋溢的青春奏鸣曲的主旋律。诗的表层是一群北方大学生看海去时内心感觉的激情宣泄，他们那一大堆积压已久的心里话，在迈开年轻的脚步向着大海出发的一刻，再也按捺不住，终于洪水破闸般喷涌而出。他们不怕大海的遥远，他们不信自己的稚嫩，他们不去畏首畏尾、瞻前顾后、规行矩步，他们不安于已有的生命坐标，他们向往"大海，自由的元素"，向往海天无边的空阔苍茫，向往海边金黄的沙滩，沙滩上五颜六色的贝壳……"稚子生涯原是梦"，他们对六月，对远方，对大海已经"期待了很久"，他们在初夏终于远足天涯寻梦去了。诗中的这群大学生精力旺盛，乐观自信，气概豪迈，勇于探险，开拓进取，他们是行动的一代。诗句把 20 世纪 80 年代大学生的性格形象挥洒得痛快淋漓，富于艺术感染力。

诵读这首激情澎湃的诗作，我们从中分明可以感受到时代脉搏的有力跳荡。"六月是我们的季节很久我们就期待我们期待了很久"，"常常我们登上阳台眺望远方也把六月眺望"，"六月，看海去看海去我们看海去"，"看海去看海去没有驼铃我们也要去远方"，这里的"六月""海""远方"，已经不全是自然的时空概念，它们实际上已经上升为一个新鲜生动的开放时代、一片无边辽阔的自由天地的象征。诗中这群大学生对六月、对远方、对大海的难以抑制的冲动，无法阻遏的激情，既来自他们的青春生命深处，更源于对改革开放的大时代的热切向往。正是充满希冀的新时代搅得他们躁动不安，给予他们蓬勃的生机活力，同时又使他们的冲动中显示出成熟的自信，激情中饱含理性的执着："大海啊大海离我们遥远遥远该有多么遥远/可我们今天已不再属于儿童属于天真属于幻想""长大了不信神不信鬼甚至不相信我们有太多的幼稚/我们我们我们就是不愿意停留在生活的坐标轴上"。他们意气风发、乐观坚定、义无反顾地上路了。他们那令人倾倒的青春风采映现折射出的是这个自由开放的伟大时代的精神之光。

从更宏观的角度看待这首诗，诗中抒写的内容就更具备一种超越时空的普遍意义。诗中的"六月"，让人想起庄子《逍遥游》里的"六月海运"。对"六月"所暗示的时间季节的期待，对"远方"所喻指的未来未知的憧憬，对

"大海"所象征的自由开放的向往，生活在任何时代的任何人，都会怀有这一份美好情愫的。人类心灵对时间、对未来、对自由的希冀是永远的，那是一个恒久的"情结"，一个祖祖辈辈、子子孙孙、世世代代、岁岁年年永远难以释然的"情结"——人同此心，心同此理。而这也正是《六月，我们看海去》一诗能使不同年龄、不同地位、不同文化背景的广大读者血热心跳、深受感动的深层心理原因。

这首诗在形式技巧上也颇见特色："看海去看海去没有驼铃我们也要去远方"，作为全诗的主干句子，它反复出现在诗的开头、中间、结尾，贯穿全篇，构成复沓章法，使这群大学生"看海去"的情绪宣泄和情感抒发淋漓尽致。全诗由宣叙倾诉语气的长句子构成，一气贯注而又浩荡起伏，尽情尽兴，不板不滞，舒展洒脱。双声叠韵联绵词的大量使用：如"噼噼啪啪""絮絮叨叨""风风火火""欢欢乐乐""匆匆忙忙""嘻嘻哈哈""高高兴兴"等，以及同一词语的反复出现：如"看海去看海去""大海……大海""遥远遥远""属于……属于""我们我们""相信……相信""不信……不信""眺望……眺望""期待……期待"等，从声韵格律的角度再现了这群大学生如火如荼、热烈喧闹的气质和形象，共同助成了此诗飞流直下一泻千里的奔涌气势，既朗朗上口、易读易诵，又起到了渲染气氛、烘托主题的作用。

认同本土文化的一种有效方式

——林耀德《穿着中国的服饰》解读

穿着中国的服饰

穿着中国的服饰/头上捆扎着青春浑圆的发髻/臂上圈绕着记忆滑腻的银镯/衫上镶滚着少女琐碎的憧憬/襟上扣结着处子精致的愁怨/穿着中国的服饰/在适合穿着中国服饰的早晨/长堤走过/衣裙绣花//港都的臂弯在晨雾中渐渐褪去宿梦的/残灯点点……//穿着中国的服饰的时候/啊不要不要再说些什么/穿着中国的服饰的时候/啊请勿请勿打破了沉寂/穿着中国的服饰的时候/啊静默静默我失神凝视/穿着中国的服饰的时候/啊渐沙渐沙你长堤走过

这首《穿着中国的服饰》，通过对早晨从"长堤走过"的一位少女穿着的"中国服饰"的细致入微的刻画，从一个独特的角度，表现了海外游子的思乡情感和文化认同心理。

此诗一共三节。第一节正面描画"长堤走过"的少女的装饰打扮。头扎发髻，臂绕银镯，衫镶滚边，襟结纽扣，从发型到佩饰到服装样式，都是典型的中国特色民族风格。因为这个身穿中国服饰的女性是一位少女，所以她的发髻有"青春的浑圆"，她的银镯有"记忆的滑腻"，她的衫边是"琐碎的憧憬"，她的襟扣是"精致的愁怨"。这位少女文静、典雅、秀丽而又深含一缕幽怨的气质，通过对她的衣饰装扮的细微刻画显示出来。读这一节诗，仿佛欣赏一幅工笔重彩的仕女图，让读者对东方女性之美有了一次具体的鉴识与领略。

诗的第二节虽然只有两行，但在全诗中起着提示性的关键作用，我们将放在后面进行深入分析。这里先看诗的第三节。第三节诗在第一节对少女晨妆的正面描写刻画之后，转写中国服饰神奇的美感效果：早晨，"长堤"静悄悄的，没有一点声音，身着中国服饰的"你"从这里走过，衣裙摩擦发出轻微的"淅沙淅沙"的窸窣。"你"无言走过，"我"默然静观，"失神凝视"。这第三节诗渲染烘托穿着中国服饰的少女，早晨从长堤走过时的安谧、静穆气氛。这种气氛使人的心情不禁生出庄重、圣洁之感。

　　直接经验与间接经验一致告诉我们：人的穿衣打扮，尤其是"刻意"的穿衣打扮，不仅与其人的性格气质相适应，更是在特定的时空背景下对某种特殊的心理需要的满足。证之以现实生活是这样，证之以古今文艺作品，古代诗歌中像大家熟知的《孔雀东南飞》的"新妇严妆"、《木兰辞》的"木兰更衣"，当代诗歌如武汉大学乔迈的《风衣》等等，亦莫不如此。服饰不仅是一种性别、年龄、种族符号，它更是一种文化符号。中国服饰是中华民族文化的表征。这首《穿着中国的服饰》中的"少女"，为什么要在"早晨"穿上自己的民族服装，精心刻意地修饰打扮一番呢？她为什么感到这个早晨只"适合"穿着中国的服装呢？答案在第二节诗中可以找到："港都的臂弯在晨雾中渐渐褪去宿梦的/残灯点点……"它提示了"昨夜"发生的事情。由于众所周知的原因，几十年来台湾岛与大陆处于分离状态，台湾岛成了一座漂泊海外、载满乡愁的"流浪岛"。西方现代物质文化在台湾岛的高度发达，使岛人更加深了对乡土的怀念。隔着一湾海水，岛人遥望大陆，遥望故乡，遥望祖国，但瞻望弗及，有家难归，有国难投，故乡兮祖国，梦萦兮魂牵！这第二节诗揭示的答案，即是诗中少女昨夜的思乡梦。"宿梦的/残灯点点"，即是思乡梦境的暗喻。于是晨起后，这个少女选择了她表达思乡怀国的感情的独特方式：穿着中国的服饰。所谓"适合"，是说只有穿上属于自己民族的服饰，才能感到对心中乡愁有所慰藉。至于第三节诗的安谧静穆气氛中透出的庄重、圣洁之感，也是中国服饰作为文化符号与故乡祖国对应之后，所唤起的"少女"和看到少女的"我"心头共有的认同母国的崇高感情使然。

　　几十年来，台湾文学和海外华人文学联袂上演了一台现代游子的乡愁合奏。产生了一批像《乡愁》《月之故乡》《无根植物》这样的脍炙人口的名作。林耀德的《穿着中国的服饰》抒写的也是乡愁主题。对寄居台湾岛、漂泊海外、满目异俗的炎黄子孙来说，"穿着中国的服饰"，不正是他们思乡怀国、寻根溯源、认同本土文化的一种有效方式吗？

一支激昂悲壮的人类命运交响曲

—— 潞潞《肩的雕塑》解读

肩的雕塑

最后的/也是最陡峭的一座山冈/路，在山脚下消失了。黄土高原/干燥的春季的旱风卷起层层砂石//骨骼坚实却矮小的蒙古马迎风站着/喑哑地喷着响鼻，昂起疲惫的头/汗水浸湿敦厚的马皮，一绺绺酱褐色的毛/紧贴在起伏的勒紧肚带的马腹上/肌肉发达的马胯两侧被坚硬细腻的/榆栋辕以及岁月的重负，磨出/嫩红的皮肉，隐约可见鼓凸的/生命在其间微微颤流的血管/一根新铸的，青灰色的高压水泥电杆/在跋涉五十里山路之后，搁浅了//没有别的选择/所有/人都自然而然地想到那坠着/每个窑洞之家艰辛生活的——杠棒/于是，在绝望和困境前集结/山里小伙子们/力量隆起的肩头和碗口粗的杠棒/为两吨重的电杆组合了一个舒适的乘座/我，就是其中的一个支点/注满了血性和燃烧的渴望/时间、荆棘和愚昧再也不能阻止/山里小木格的窗口将采撷下满天星星/我感到几代人沉重的希冀，信念的力量/在凝聚，在每一个支点上凸起，形成铁/光明，由我们肩着——进山/每一步都如此艰难/四十五度的斜角使匍匐的身子/也在直立、向上的，太阳的方向/每一根黑亮的、汗水和油腻闪光的杠棒/都与肩焊牢，在两排对应的肩胛之间弯成弓/饱满的，显示着重量也显示着韧力的弧/脚印格外地深沉，服从着命运/一个压着一个，夯实新辟的路/脚趾在半旧胶鞋中近乎痉挛地扣死大地/从埋葬祖先英魂的土壤里汲取意志/被蹬断的灌木棵子、碎石和尘土/跌入山谷，扑啦啦惊起一群野性的石鸡/这是同舟共济的整体。每一根脊柱/都不能弯曲，淘汰着怯懦和自卑/光明在一寸一寸地登攀/淌着汗、吁喘着、哼着低沉的号子/黑色的梦也在一寸一寸地退缩/我是中学生，从世界历史中知道了爱迪生/知道我是在进行着持续一个多世纪的/像经络伸展到东西两个半球的光明接力/漫长的路上，有牺牲和化脓的创口/这是文明的进军。我突然发现/我们都是英雄，英雄亦如此平凡/我的祖国没能交给我们吊车和/高空运输线，贫困是事实/必然战胜贫困也是事实。只要/翻过这座山冈，只要不再等待/甚至没有歇肩的余地/颈部的咬肌在响，腿的骨节在响/这一切，使共和国更明亮//风，峭崖以及灼烤背脊的阳光/终于渐渐屈服——对于真正的人/屈服的还有原始的落后和烦恼/山里的老人、青年、孩子的命运/将被改变。收工回来，下学回来/在犁铧和书本上会有新的黎明升起/再不用赶着毛驴碾谷，生活的节奏/加快了，连语言和思想也急促而动听/贫瘠的土地被占领，一步步地/覆盖上电流、机械、繁荣的植被/高山与平原，陆地与海洋，幻想与现实/将不存在对比，一切都属于蓝色的创造/我们在山冈上种下现代化的标志/刺向天空的手臂，频频召唤未来//血红的夕阳，深情地照耀着/群山间的我们。一组青铜的/粗犷的群雕，力的完美造型/金色苍劲的线勾勒了弓起的腿，前倾的身躯和肩/呵！比山还高的举起苍穹的肩，一个不屈民族的肩

电的发明改变了世界。电灯的光芒辉煌了一个多世纪之后，东方古国的无数山村，还有大片大片电灯照不亮的地方。那里的父老兄妹依旧重复着世代沿袭的劳动生活方式，日出而作，日入而息，一盏昏昧的煤油灯，陪伴他们打发封闭在山沟里的悠悠岁月。瞻望山外日新月异的世界，他们是多么渴望改变这原始落后的生存方式，渴望世代生活在"山里的老人、青年、孩子的命运/将被改变"——

渴望过崭新的现代文明生活，是山里"几代人沉重的希冀"啊！

这种渴望在接受过一定现代文化知识教育的山村青年一代身上，表现得尤为强烈。他们曾经是"中学生"，从世界历史课本中"知道了爱迪生"，知道那一场"持续了一个多世纪的/像经络伸展到东西两个半球的光明的接力"。他们渴望加入这场接力赛，用他们青春燃烧的血性，用他们力量隆起的肩头，肩起光明进山，改变家乡贫穷落后的面貌。他们清楚祖国的"贫困是事实"，祖国没能交给他们"吊车和/高空运输线"；但他们更清楚："只要不再等待"

"必然战胜贫困也是事实"。于是，他们行动起来办电，他们要让"山里小木格窗口采撷下满天星星"。他们驱赶着"骨骼坚实"的蒙古马，拉起"青灰色的高压水泥电杆"进山。在"最后的/也是最陡峭的一座山冈"前，路，消失了，马车上不去。"肌肉发达"的蒙古马"暗哑地喷着响鼻，昂起疲惫的头"，显出一副无可奈何的沮丧样子。高压水泥电杆"在跋涉五十里山路之后，搁浅了"。

但是，山里"几代人沉重的希冀"并没有搁浅，年轻一代对光明的渴望并没有搁浅。他们毅然决然："没有别的选择"，让"碗口粗的杠棒"与自己"力量隆起的肩头"焊牢，把"两吨重的电杆"抬上山冈。"在绝望和困境前"发愤而起的山村青年，是如此的英武豪迈，壮怀激烈，他们发现自己"都是英雄/英雄亦如此平凡"。他们自豪地宣告："光明，由我们肩着——进山"。尽管"每一步都如此艰难"，但是在他们结成的"同舟共济的整体"面前，"风，峭崖以及烤灼脊背的阳光/终于渐渐屈服"，那座没有道路、连健壮的蒙古马都上不去的高山，终于被他们征服了。最后的最陡峭的山崖上升起了他们"比山还高"的肩头，——那是能够"举起苍穹的肩"，那是"一个不屈民族的肩"！

在新时期大学生诗歌中，《肩的雕塑》是一首少见的现实主义力作。大学生诗人受年龄、阅历的限制，多写理想幻想而较少正面触及生活现实。这首诗则是以亲历者和见证人的身份，十分切近地反映现实，叙事情节因素突出，对蒙古马、对抬电杆上山的过程，描写刻画得细致入微，非亲历其事者不能办，单靠冥想是绝对写不出来的。一个年轻的大学生，能够有如此强烈的现实意识，清醒的理性意识，主动的参与意识，能够与艰难奋斗的祖国人民共患难、同命运，的确值得称道！当都市诗人在咖啡屋、在啤酒馆、在灯光暗暧的舞池，在粉红色的夜晚和浅蓝色的早晨，刻意寻觅生命意识、生命体验时，在广大的山区农村，在山崖上砍柴，在风雨里播种，在烈日下除草，在油灯下缝补衣衫的父兄姊妹们，正以日夜不停地辛勤劳作，顽强地展现着生命意识，在为生命求得生存的过程中，他们的生命体验一如他们的生存意志一样强烈浓挚啊！在这首诗中，山里人的生命意识和生命体验以丰满凸突的雕塑般的立体形象，呈现在读者面前：像"肌肉发达的马胯两侧被坚硬细腻的/榆栋辕以及岁月的重负，磨出/嫩红的皮肉，隐约可见鼓凸的/生命在其间微微颤流的血管"，像"四十五度的斜角使匍匐的身子/也在直立、向上的，太阳的方向/每一根黑亮的、汗水和油腻闪光的杠棒/都与肩焊牢，在两排对应的肩胛之间弯成弓/饱满的，显示着重量也显示着韧力的弧"，像"脚趾在半旧胶鞋中近乎痉挛地扣死大地/从埋葬祖先英魂的土壤里吸取意志……光明在一寸寸地登攀/

淌着汗，吁喘着，哼着低沉的号子……没有歇肩的余地／颈部的咬肌在响，腿的骨节在响"，像"血红的／夕阳，深情地照耀着／群山间的我们。一组青铜的／粗犷的群雕，力的完美造型／金色苍劲的线勾勒了弓起的腿，前倾的身躯和肩"等诗句，传达出的生命意识和生命体验，异常深刻细微，又异常饱满浓烈，在近年颇见无病呻吟、莫名其妙之作的诗坛上，这样讴歌生活底层的人们顽强的生存意志和进步决心的诗并不多见。诵读一过，令人竦然动容！

这首诗是一支既沉重悲壮更亢奋激昂的人类文明进行曲，它以比摄影还要逼真的笔法，记录了人类文明艰难迈进的足迹。孤立地看，诗中所写抬电杆爬山这件事，也许并不具备多大的典型意义。因为山里人受环境条件的限制，干什么事情不比城里人付出更多的辛苦？山上没有马车路，需要人把电杆抬上去，实属正常。但由于在叙述描写事件人物的过程中，融入了诗人的理思、议论、抒情，事件的性质变了。其中深蕴的思想意义，被亲身参与其事，又以理性的眼光观照其事的诗人发掘出来，使我们清楚地看到：这一山村劳动事件，在本质上是人类文明整体进展的一个组成部分。抬起电杆的"肩头"，象征着人类对严酷的生存环境的强力征服，展示了人类向文明进军的不屈意志和深厚伟力。

高山仰止。抬起电杆进山的"肩"，比令人仰止的高山更高。艰难迈进的人类文明、古老民族的不屈灵魂，在这座"肩的雕塑"上，耸立起永远气势磅礴、壮烈激越的伟岸。

小 而 能 大

──王寅《非洲》解读

非 洲

夜晚海岸边缘的/一棵棕榈树/忽然梦见自己/变成/一个手握刀子的男人/一堆篝火/一头狮子//早晨醒来他看见/一头狮子/一堆灰烬/一个死者

从桑戈尔的诗集中，我们认识非洲；从索因卡的戏剧中，我们认识非洲；从乌斯曼的小说中，我们认识非洲；甚至，从海明威的《乞力马扎罗的雪》中、从三毛的《撒哈拉的故事》中，我们认识非洲，认识传奇的非洲；还有许多介绍非洲历史、地理、种族、习俗的书籍，它们大都卷帙浩繁，为我们提供了有关非洲的知识认识和情感理解。

王寅的这首小诗，也是写非洲的，只有短短的十一行，却标了一个非常惹眼的庞大标题：《非洲》──那一大片3000万平方公里的黑人家园，那里赤日炎炎，热风阵阵，雨林、草原、无边的沙漠，狮子、斑马、大象、象牙、黄金、宝石，共同幻化出的那片世界第二大陆的辽阔、富饶、诱人的美丽和蛮荒、贫瘠、野性的神秘。短短十一行的小诗，如何处理这个大题材、表现这个大题目呢？作为读者，初读这首小诗，心中起了一种隐约的不安。小诗引起了我们的担心、疑虑和格外的关注。

于是我们凝眸，审慎地注视这首"洲际题材"的小诗。

首先，我们从中读出了鲜明的地域特色：这是右有大西洋，左有印度洋、海洋环绕、海岸漫长的非洲。在它的海岸线上，生长着棕榈树这种热带树种。夜晚，狩猎者在棕榈树下燃起篝火，非洲野生动物中的"头号种子选手"狮子也在此出没。海岸、棕榈、篝火、狮子，这些意象具有鲜明的地域特色，在表现其他地域风物的作品中很难看到，因而它们是非洲的标志性风物，具有不可移易性。读这首小诗，我们感受到强烈的蛮荒气息和浓郁的异域情调，从短短的、不带任何主观色彩的诗行中拂拂而出，扑面而来，极富诱惑地吸引我们想去冒险、去开眼界。其次，从这首小诗中，我们还形象地了解了非洲民族（土著）的生存方式和他们面对的命运。从事狩猎的"男人"手握刀子，野宿在海岸边的棕榈树丛。夜幕降临了，猎人燃烧起一堆篝火烧烤食物，驱散夜气，同时也恐吓猛兽免遭侵袭。但凶猛的狮子还是来了。猎人和狮子展开了一场对峙、搏杀。天亮时，篝火烧成的灰烬旁，卧着那头嗜血的狮子，横陈着死去的猎人。一方面，与狮子的搏杀充分显示出非洲土著民族的勇敢，他们的身上仍保有一份原始族类的慓悍和壮烈。那"手握刀子"的男人是一条孔武的好汉，从他身上透出一种逼人的力量和壮美感，令我们这些膂力退化的孱弱的文明人羞愧报颜。同时，从诗中也不难看出，非洲土著民族面对的严酷生存环境，以及由落后的生产水平、生活方式决定的，他们那自在生存的蒙昧和命运的悲惨。诗中那位与狮子搏杀而死去的猎手，他的行为固然体现了生存意志的顽强和生命力的旺盛；另外，毋庸讳言，他的下场也证明了落后的社会形态下人生的无价值。

一首小诗能给读者提供如许内涵以供咀味，也就足够了；何况这首小诗呈现在我们阅读视野中的还不仅这些，它的艺术表现也是出色的。蛮荒地域带有原始色彩的生存，用奇幻荒诞的变形手法加以表现，真是再恰切不过了。作者把海岸上的棕榈树拟人化，通过意象转换生成，让棕榈树在夜间梦见自己变成"一个握刀子的男人／一堆篝火／一头狮子"，并且让棕榈在早上醒来时又看见"一头狮子／一堆灰烬／一个死者"的血淋淋的劫难场面，这就有效地渲染出非洲这一片蛮荒地域的浓重原始色彩：在这里生生死死无人知晓，只有海岸上的棕榈可做见证；人与自然，仍处在混沌未开的合一状态。

这首小诗除了匪夷所思的奇幻特点之外，手法上的扬长避短、举重若轻也值得称道，若用铺陈描写和叙述说明的手法，在"非洲"这样的大题目下真不知要写几千几万行诗句，才能完成表现。那也不是抒情诗所惯用的手法。丹纳说过："艺术品的本质在于把一个对象的基本特征，至少是重要的特征，表现得越占主导地位越好，越明显越好；艺术家为此特别删节那些遮盖特征的东西，挑出那些表明特征的东西。"（《艺术哲学》）这首十一行小诗正是如此。诗人是明智的，只用十分有限的诗行就凸显出了非洲这方土地、这方人的一些本质特征，从而扬长避短、举重若轻地解决了大题目和小诗之间的矛盾。

这首小诗的成功，再一次证明：真正的抒情诗，应该是"烈性酒"或

"浓缩铀",而不是可以豪饮的加糖白水、可口可乐等一次性消费的软饮料。它以质而非以量取胜,就那么不起眼的短短几行,一旦和读者遭遇,即释放出巨大的能量,给读者的阅读记忆和审美心理留下久久难忘的印象。《非洲》这首小诗就做到了这一点。读过此诗,我们的美感烙印深刻,我们的心灵震撼强烈。情不自禁地会使我们纵目张望遥远的非洲,而后又反观我们自身的生存和我们脚下的这片土地,感触良多!这首小诗表现上的成功,使我们最初的不安、担心、疑虑释然了。

哈哈镜里的真实

——李亚伟《中文系》解读

中文系

　　中文系是一条撒满钓饵的大河/浅滩边，一个教授和一群讲师正在撒网/网住的鱼儿/上岸就当助教，然后/当屈原李白的导游，然后再去撒网/要吃透《野草》《花边》的人/把鲁迅存进银行，吃利息//当一个大诗人率领一伙小诗人在古代写诗/写王维写过的那块石头/蠢鲫鱼或傻白鲢在期末渔讯中/挨一记考试的耳光飞跌出门外/老师说过要做伟人/就得吃伟人的剩饭背诵伟人的咳嗽/亚伟想做伟人/想和古代的伟人一起干/他每天咳着各种各样的声音从图书馆/回寝室后来真的咳嗽不止/诗人胡玉是个调皮捣蛋鬼/就是溜旱冰不太在行，于是/常常踏着自己的长发溜进/女生密集的场所用腮/唱一首关于晚风吹了澎湖湾的歌//二十四岁的敖歌已经/二十四年都没写诗了/可他本身就是一首诗/永远在五公尺外爱一个姑娘/由于没记住韩愈是中国人还是苏联人/敖歌悲壮地降了一级，他想外逃/但他害怕爬上香港的海滩会立即/被警察抓去考古汉语/万夏每天起床后的问题是/继续吃饭还是永还/不再吃了/和女朋友卖完旧衣服后/脑袋常吱吱地发出喝酒信号//大伙的拜把兄弟小绵阳/花一个月读完半页书后去食堂打饭也打炊哥/中文系就是这么的/学生们白天朝拜古人和黑板/晚上就朝拜银幕或很容易地/就到街上去凤求凰兮//诗人杨洋老是打算/和刚认识的姑娘结婚老是/以鲨鱼的面孔游上赌饭票的牌桌/这根恶棍认识四个食堂的炊哥/却连写作课的老师至今还不认得/他曾精辟地认为知识就是

> 书本就是女人/女人就是考试/每个男人可要及格了/中文系就这样流着/老师命令学生思想自由命令学生/在大小集会上不得胡说八道/二十二条军规规定教授要鼓励学生创新成果/不得污染期终卷面//中文系也学外国文学/着重学鲍狄埃学高尔基,有晚上/厕所里奔出一神色慌张的讲师/大声喊:同学们!/快撤,里面有现代派/中文系就这样流着/像亚伟洒在干土上的小便的波涛/随毕业时的被盖卷一叠叠地远去啦

　　无论如何,这类诗是有其存在价值的。正像一个人走进庙堂,敢去神像之前比比高低可能会比顶礼膜拜更有价值一样。因为,人们在神像面前总是身不由己屈膝下跪,而不是壮起胆子比个高下,更不用说再放肆些给神像抹一鼻子灰,看看会是如何效果了。

　　——这是一种只有极少勇者才敢做的实验。它带来的是一种新奇效应。它使神圣的不那么神圣。神圣是人的感觉,不神圣也是人的感觉。法相庄严是一种真实,滑稽可笑也是一种真实,谁能否认这后一种真实的存在往往更符合人事的本来样子呢?

　　李亚伟的《中文系》为我们展示的就是这后一种真实的存在。是法相庄严的高等学府内滑稽可笑的另一面,是往神像鼻梁上抹灰的亵渎神圣。反崇高、反优美、反文化以及由此伴生的荒诞幽默的"准嬉皮士"风格,是这首诗审美上的突出特征。

　　这是一面哈哈镜,在哈哈镜的映照里,中文系的教学方式乃是一种陈陈相因的、周而复始的循环:由助教而讲师而教授,讲屈原行吟,讲李白漫游,上一代如此,下一代仍是这样。述而不作,刻板僵硬,古老陈旧,了无生气,学生自然产生厌倦情绪,以至于"认识四个食堂的炊哥"却"连写作课的老师至今还不认得"。更有讽刺意义的是:"由于没有记住韩愈是中国人还是苏联人/敖歌悲壮地降了一级/他想外逃/但他害怕爬上香港的海滩会立即/被警察抓去考古汉语。"在这里,可怜可悲的当然已不仅仅是这个叫敖歌的学生,这是高等学校长期存在的封闭保守的教学模式所必然导致的结果,这是一枚苦果。在中文系里,教师一方面"命令学生思想自由",另一方面又"命令学生/在大小集会上不得胡说八道",陷学生于左右为难、无所适从的悖论般的难境之中。中文系里也学外国文学,但"着重学鲍狄埃学高尔基,有晚上/厕所里奔出一神色慌张的讲师/他大声喊:同学们/快撤,里面有现代派"。在这不无夸张的荒诞幽默的闹剧画面中,透出的不正是高校因学科封闭、教师视野狭窄而少见多怪,过分神经脆弱的真实。读之令人啼笑皆非。

　　这首诗除了对高校教学模式和教师治学态度的陈旧单调、封闭保守进行嘲讽之外，还切近地描画了几幅 20 世纪 80 年代中期大学中文系学生的逼真肖像。他们不乏勤奋、纯情的优良品质，像亚伟"每天咳着各种各样的声音从图书馆/回到寝室后来真的咳嗽不止"，像敖歌"永远在五公尺外爱着一个姑娘"。但更突出的却是游戏人生、放荡不羁、迷惘颓废、躁动不安、厌学混天的性格心态。他们身上带有一种相当典型的"准嬉皮士"风度，一副"垮掉的一代"的模样。他们的年龄阶段和生活阅历决定了他们敏感多思而又幼稚不成熟，自控力和意志力相对薄弱，浮躁有余而深沉不足。旧有的一切无法满足他们求知、求新、发展的欲望，但他们又看不到希望和出路何在，于是便在亵渎神圣的同时亵渎自我，以无所事事的胡闹来填充空虚。他们不无荒唐的作为，正是社会变革转轨时期，旧的人生观、价值观解体而新的人生观、价值观尚未确立的情况下，青年一代心理失衡、精神痛苦的反映。出现在这首诗中的年轻大学生的行为方式，和几年后方方、王朔、池莉、刘恒等新写实主义小说家笔下的人物颇为相似。

　　在常人看来，高等学校是知识的圣殿，大学生是"天之骄子"，是一般社会青年的理想人格楷模。这种仰视的目光自然看不到圣殿中的积年尘封，更看不清"天之骄子"们的性格缺陷。在李亚伟的《中文系》出现之前，没有人用这种格调来处理大学和大学生题材，李亚伟以几近荒诞的形式率先做了一次勇敢而严肃的实验。这首诗因之具有不小的认识价值和新异的审美价值，敢于并且较为成功地把高等学府那过分庄严了点的偶像还原成本来的样子，是需要胆识和才能的。读罢《中文系》，我们不能不对李亚伟喝一声彩：好一条四川莽汉！

人类行为中最有意义的活动项目

——燕晓冬《寻诗的我们几个》解读

寻诗的我们几个

去年三月有一个人站在桥头/三月不久我收到一封信//溯水而上伊在水中央/溯水而上伊在水中央//天色很暗，微露已打湿山野/我们几个一起去采扶桑//溯水而上宛在水中央/溯水而上宛在水中央//情人们站在树下/扫视我们打量我们/水天白茫茫/我们白茫茫/溯水而上，我们倒在扶桑树下/惊飞一群鸟/诗经醒来/屈原醒来/诗醒来/而我们，死亡……

诗，是青春的宗教，是爱情的天使，是生命的审美的最后归宿，是人们对世界上一切美好事物的最高褒奖、最高称谓。寻诗，无疑是人类行为中最有意义的活动项目之一。燕晓冬和他的几个朋友，正从事着这种对诗神缪斯的富有价值的追寻。

这首诗一共六节，可分为三层来理解。第一节是第一层，写追寻的开始。"去年三月有一个人站在桥头"，暗示"愿望"产生时的情形，那个"人"就是作者自己，"站在桥头"凭眺，已见出主体心灵的躁动不安和憧憬向往。有了内在的心理需求，仿佛天遂人愿，心想事成，对象便应和了主体的呼唤，结果是"不久我收到一封信"。这是一封发自季节的请柬，一封没有地址的信，这封信是由青春、生命、爱情和诗歌融合而成，并以诗的名义发出的。三月是萌发的季节，草木滋生蔓延，万类生机勃勃、欣欣向荣，人的生命意识和爱情意识也被季节空前强烈地唤醒。几个精力旺盛的大学生，青春的心灵感应着阳光的温暖、轻风的柔和、细雨的滋润；感应着小草的萌生、枝条的抽芽、蓓蕾的绽放、春潮的涌涨；情愫酝酿得极度饱满，遂产生释放的渴望、倾吐的需要。于是想到诗。而诗往往比音乐、绘画更便于表达那种源自生命深处的感情冲动。于是，他们几个开始了对诗的追寻。

诗的中间四节是第二层，写追寻的过程。他们追寻的对象在这里具体化为"伊"和"扶桑"。作者在此化用了《诗经·秦风·蒹葭》的意境和诗句："蒹葭苍苍，白露为霜。所谓伊人，在水一方。溯洄从之，道阻且长。溯游从之，宛在水中央。"借自《蒹葭》的"溯水而上伊在水中央""溯水而上宛在水中央"两句，在诗中反复出现，构成复沓章法，强调"溯水而上"的追寻过程的漫长、遥远、艰难，追寻者的执着眷恋和锲而不舍，以及追寻对象的可望而不可即、可见而不可求。反复的咏唱助成了此诗深婉缠绵的韵调。这一层里，还出现了"扶桑"这一上古神话和《楚辞》作品的意象。"扶桑"是一棵神奇的树木，太阳每天从它的枝柯间升起，它象征着光明。因为"天色很暗"，所以几个寻诗者便一起上路"去采扶桑"，也就是去寻求光明。这是出自青春生命的内在需求，尽管"微露已打湿山野"，道路曲折难行，但他们并不介意，毅然上路了。诗的第五节，写追寻者恍然发现："伊"和"扶桑"原在一处，伊人"宛在水中央"，扶桑"宛在水中央"，苦苦寻觅的"伊人"，原来就在苦苦寻觅的"扶桑"树下，在树下"扫视我们打量我们"——看来，执着的追求已经引起了追求对象的某种感动和关注。换"伊"为"情人"，表明追求者和追求对象之间的情感已开始呼应和交流，这预示着主客和物我在彼此观照中的深度契合。"水天白茫茫/我们白茫茫"，是空间距离、物象色彩，更是心理状态。苦寻不已的对象就在眼前，并且向"我们"投来了含情的一瞥，但"我们"一时还难以跨越那一片"茫茫"白水的障碍，最后进入对象，领略主客遇合的刹那，销魂一刻的高峰体验，实现梦寐以求的夙愿。这是多么令人遗憾怅惘的事情！作者以饱蘸感情的笔触渲染出的一片"白茫茫"恨水，正是这种惘然心绪的外化表现。

诗的最后一节是第三层，写追寻的结果。向着阻隔"我们"和"扶桑树下的情人们"的那段距离，继续"溯水而上"，作最后的冲刺。终于，在到达"扶桑树下"的同时，"我们倒在扶桑树下/惊飞一群鸟/诗经醒来/屈原醒来/诗醒来/而我们，死亡……"——这是"寻诗"的最终结局。这一节诗，意象美丽而悲凉，耐人咀味。作者在此暗示："诗经""屈原""诗"，就是他们苦恋不已的"宛在水中央"的"伊人""扶桑"；追"伊人"，采"扶桑"，就是"寻诗"。扶桑树下扑翅飞起的"一群鸟"，是寻诗者的青春、爱情和生命幻化而成的。在这里，"死亡"就是新生，旧我死亡了，新我诞生了。在"扶桑"树下，在"伊人"身边，在"诗醒来"的时候。能够选择这样美好的时空，来完成一次自然生命和艺术生命的蝉蜕，真叫人羡慕他们前世修来、三生有幸的福缘。但我们必须明白：其实这仅仅是他们执着追求的结果，正所谓精诚所至，金石为开。这一组意象的寓意是深刻的，在寻诗者以生命与艺术拼力撞击的一瞬，现代意识与传统精神接通了，传统被激活、唤醒了，在以《诗经》《楚辞》为代表的诗歌传统的博大母体中，年轻的寻诗者们告别浅薄幼稚的过去（死亡），感受着重新被孕育的欣悦，涅槃境界中，浴火的凤凰宣告再生。从这个意义上说：寻诗者为诗而献身的动人结局，正象征着他们更加美丽的艺术生命的开始，结局兆示一个全新的开端……

在总体上把握这首诗，有一点值得我们格外注意：那就是古典气韵与现代意识的统一。这首诗的历史文化感很强，它深深地根植于传统诗歌的沃土之中，不仅使用了古典诗歌的一系列意象，如"伊人""扶桑""诗经""屈原"等，而且活化了古典诗歌特别是《蒹葭》一诗的美妙意境。那一片"白茫茫"的水雾，那"宛在水中央"恍惚可见的"伊人"，都使我们再次具体感受到浓郁的古典美，那仿佛雾里看花的楚楚韵致。"夫悦之必求之，然唯可见而不可求，则慕悦益至"。正是由于"伊人""扶桑"的"可见而不可求"，对寻诗者产生出更其强烈的刺激，所以那"在水一方"的幻美理想境界，才以不可抗拒的诱惑，引发了寻诗者不惜以生命为代价作最后到达的努力。在这里，寻伊人、采扶桑、觅诗歌，便都成为人类追求真善美极境的象征。那是人类社会的终极彼岸，世世代代的人们都在进行着目标一致的追求，这是古今相同的。所不同的是，在古典诗歌比如《蒹葭》里，对这种追求的表现始终停留在瞻顾徘徊、缠绵不已的反复唱叹上，彼此的距离最终无法逾越；到了《寻诗的我们几个》中，"可见而不可求"的内心羡慕，终于转成了以牺牲生命为代价的实际行动，距离在接近的行动过程中最终消失。寻诗者虽然死去了，但那是在到达目的地后，可以死而无憾。这首诗中表现出的鲜明强烈的行动意识，为实现理想不惜生命的拼搏意识，则是典型的现代人的时代意识，而为古人所不具备。古典的缠绵与现代的果敢、古典的内在情绪与现代的外部行动的有机统一，赋予此诗融汇古今、气韵俱佳的思想艺术品位。

第 五 辑

评 论 与 序 跋

传统与现代之间

——余光中诗艺摭谈

余光中无疑是中国新诗史上一位标志性的诗人。在现代和传统之间、在古今诗歌的时间纵轴和中西诗歌的空间横轴交叉构成的纵横坐标上，他找到了自己的最佳立足点。他追求受过现代意识洗礼的"古典"和有着深厚古典背景的"现代"。他说"汨罗江在蓝墨水的上游"，指出了新诗与以屈原为代表的古典诗歌传统一脉相承的联系。他对屈原、李白、杜甫、苏轼念念不忘，写了《漂给屈原》《寻李白》《湘逝》《夜读东坡》等许多题咏诗；他"自信半个姜白石还做得成"。从余光中与古典诗歌传统关系的角度，可以清楚地看到：他那永不释然的祖国情结主要来自屈原赋，他那天马行空般的纵逸才气主要来自李白诗，而他的雅致琢炼的语言风格则主要来自姜夔词。余光中置身现代生活，横接西方，沐欧风美雨；纵承诗骚，浸唐风宋韵。广泛地吸纳熔铸、冶多元传统于一炉的余光中，终于成就了杰出的新诗艺术。

余光中骚情雅意，与屈原关系最深。他清楚自己作为一个中国新诗人，承继的是屈原的精神和诗美遗泽。这种深刻的联系，缘于他和屈原在身份、心境上的契合认同。屈原遭受流放、行吟泽畔的经历，"国无人莫吾知兮"的孤臣孽子的被遗弃感，他对祖国、故乡的"虽九死其犹未悔"的无限热爱之情，都让余光中产生共鸣。余光中少经战乱，大半生都是在颠沛流离中度过的，漂泊感、异乡感始终如影随形般伴随着他。置身满目异俗的异国他乡，常有一种文化放逐感，他无法割舍对家乡、祖国的深挚情恋，所以他无法不想到屈原并自比屈原。

余光中既在身份、心境上认同屈原，创作上也表现出乡愁与国爱一体不分的屈赋精神。他的大量乡愁主题诗歌中，浸透了渴望民族统一的爱国意识。这些乡愁诗的抒情主体，既是在思念亲人和家乡，又是在思念大陆和祖国。屈原式的乡愁和国爱，谱写出余光中诗歌的宏大交响乐曲的主旋律。他的名篇《乡愁》，便是把乡愁"母题"所包含的亲情、爱情、乡情和祖国情融合为一，语言虽然浅白，内涵却显得极为厚重。加之在形式上采用了由《诗经》作品确立的具有"原型"意味的复沓章法，更使这首诗易于流传。他的《当我死时》，即是屈原《哀郢》"狐死首丘"原型的展开。当余光中面对台北故宫博物院珍藏的一只"白玉苦瓜"，吟出"钟整个大陆的爱在一只苦瓜"时，我们毋宁把这诗句看作一种象征，他那屈原般的对故国九死不悔的执着的爱，已经全部凝聚到创造中国新诗艺术上，他要做承继屈原开创的伟大诗歌传统的"肖子"，这是他作为"茱萸之子"对乡土、对祖国的大爱，是他诗歌创作的内驱力和第一推动力。没有这种爱，就没有余光中向西方出发的现代寻求和他及时告别西化的"浪子回头"，也没有他熔古今东西于一炉的卓越诗艺。

如果说在身份境遇所决定的思想感情上，余光中最认同屈原；那么，在气质、才情和诗艺上，余光中最心仪的诗人就是李白。在余光中那里，李白就是中国诗人和诗歌的象征。追步李白，是余光中对自己的期许，写于1978年12月的《与永恒拔河·后记》中有这样一段话："所求于缪斯者，再给我十年的机会，那时竟无鬼神俱惊的杰作，也就怨不得她了。"可知他的理想是写出李白式的"笔落惊风雨，诗成泣鬼神"的杰作。余光中曾将李白与杜甫作过比较，在理性上他明知李白诗难学，但在创作中他还是恋恋不舍追摹李白，不仅传其衣钵，而且得其神髓。现代的和台湾的新诗人，旧学旧诗和西学西诗根底普遍较好，但在创作上能够融铸经史百家、驱遣诗词歌赋、点缀神话传说、出入古今中西者，似当首推余光中。新古典主义诗人的古雅之中多嫌拘谨、陈旧，唯余光中大气包举，运挦自如，饱满恣肆，淋漓酣畅，奇思妙想，出语惊人，有时"情来，气来，神来"，于盛唐、太白歌诗瑰玮绝世之风采，略得其仿佛。

余光中"中年以后"常用的"长段"或"从头到尾一气不断的诗体"，就是李白七言"古风"和西方古典诗中的"无韵体"的合璧。七古是李白最擅长的诗体之一，大篇长句，开阖自如，腾挪变化，奔放舒张，余光中的现代"古风"，正是借鉴李白七古的产物。如他的名篇《寻李白》，全诗长达50来句，就是一首深得"太白遗风"的自由舒展、恣肆跌宕的现代"古风"。龚自珍《最录李白诗序》说："庄屈实二，不可以并；并之以为心，自白始；儒仙侠实三，不可以合；合之以为气，又自白始也。其斯以为白之真原也矣。"指出李白诗歌思想情感、美学风格的渊源、内涵，可谓卓见。余光中师承李白，他的诗歌也杂糅了屈原、庄子、儒家、道教、侠义诸种观念的和艺术的因素。他的现实关怀来自儒家的入世济世思想，祖国情结来自屈原"一篇之中"三致其"存君兴国"之意的骚赋，他还写有不少像《呼唤》《与永恒拔河》这样满盈"道心"之作，而他的《五陵少年》《敬礼，海盗旗》等则迹近侠盗题材。滋育过李白的庄子文和屈原赋的超迈的想象力、变化莫测的结体、行云流水的文笔，与李白豪放飘逸的诗歌一起，又滋育了余光中非凡的灵性和飞扬的才气。

南宋词人姜夔对余光中的影响，主要有两个方面：一是以"健笔写柔情"；二是琢炼清雅的语言风格。余光中找到自己诗歌中心意象、开始形成个人风格的《莲的联想》时期，可以说是"姜夔时期"。这部诗集的情诗性质和意象选择、琢炼的语言、雅致的趣味，留下了明显的姜夔痕迹。如诗集里的《等你，在雨中》一诗，与姜夔咏荷词《念奴娇》就是互文性质。《莲的联想》中的情诗，不仅袭用了姜夔的"莲"意象，而且取法姜夔"健笔柔情"的写法。当然，余光中情诗的"健笔柔情"写法，不全来自姜夔，作为新月派作家梁实秋的入室弟子，余光中自述学诗得益于新月派出身的臧克家早年诗集《烙印》和现代诗人何其芳、卞之琳、冯至、辛笛等的佳作。这些给余光中较大影响的现代诗人中，早年何其芳多写情诗且香软浓艳，而臧克家、卞之琳的诗则字琢句炼，瘦劲节制，且基本不写情诗。余光中像何其芳一样写情诗，但表现上却多取法臧克家、卞之琳。余光中说："对于当代的中国作家，所谓传统应有两个层次：长而大的一个是从《诗经》《楚辞》起源，短而小的一个则始于五四。一位当代诗人如能继承古典的大传统与五四的新传统，同时又能旁采域外的诗艺诗观，他的自我诗教当较完整。"来自古典大传统的姜夔和来自五四新传统的臧克家、卞之琳，在琢炼清雅的语言风格上共同影响了余光中，余氏正是通过臧、卞这座桥上通姜夔的。余光中向有"语言的魔术师"之称，这一方面来自他的过人禀赋，对母语的微妙处确有解悟；另一方面，也得力于他近法新月、现代诸子，远师姜夔，像古典诗人词客那样刻苦锻炼语言。至20世纪80年代，随着年龄和诗艺的渐入老境，余光中诗歌的语言风格也发生了变化，在语言上，他"渐渐不像以前那么刻意去炼字锻句，而趋于任其自然"。

对待传统，余光中的认识清醒，态度明确："反叛传统不如利用传统。"他看清了"狭窄的现代诗人但见传统与现代之异，不见两者之同，但见两者之分，不见两者之合"的弊端。在传统面前，他是一位"知道如何入而复出，出而复入，以至自由出入"的"真正的现代诗人"。余光中自谓"艺术的多妻主义者"，"多妻"者，"转益多师"、全面借鉴之意也。他说："'转益多师是汝师'，善师者当如是。许多人自以为反尽了传统，前无古人后无来者，事实上他正在做着的恐怕在传统中早已有过了。"余光中就是一个免除了盲目自大的"善师者"。屈原、李白、姜夔之外，余光中博采旁骛，对中国古典诗歌的丰富营养加以充分吸收，他的《月光光》《摇摇民谣》《乡愁四韵》等诗，采用的是《诗经》、乐府、民歌的语言形式；《招魂的短笛》用的是楚辞体；中年时期的大量忧国伤时之作，分明有"少陵遗意"的流露，儒家关怀现实、忧国忧民的思想，正是通过屈赋、杜诗下及余光中的；苏轼调和儒释道三家的圆融、豁达和他豪放、清旷而又冲淡、谐趣的诗艺词风，也让余光中感悟良多；余光中有"情诗圣手"之誉，他的《吐鲁番》《双人床》等大量言情并时涉性事的作品，与杜牧、李商隐、温庭筠、柳永言情诗词大有干系，甚至散发出六朝宫体的气息；他的《孤独国》《圆通寺》《蠮梦蝶》等诗中，还恍惚可见玄言、禅诗的影子；李贺诗歌浓郁而阴冷的时间、死亡意识，奇兀的感觉印象，也对余光中渗透明显；乡愁、咏史、怀古，是他常常处理的题材；题咏、赠答、记游、写景，也是他喜欢的诗歌品类。冶多元传统于一炉，是余光中新诗创作大获成功的根本原因。

早在 20 世纪 60 年代初，充分西化的"浪子"余光中"生完现代的麻疹"，就已归宗传统，开始提倡"新古典主义"，主张"在接受现代化的洗礼之后，对传统进行再认识、再估价、再吸收的工作"。同他学习西诗"志在现代化，不在西化"一样，他的回归传统也是"志在役古，不在复古"，他的"最终目的"，是要以西方现代诗为参照，重新发现传统，创造"中国化的现代诗"，以期接续传统，构成中国诗歌传统链条上新的一环。应该说，余光中已经以其打通古今、融会中西的杰出创造，基本实现了自己预期的目标。这是让诗人、读者和中国诗歌史都感到欣慰的事情。

一个超现实主义诗人的古典诗学背景

——洛夫诗艺谈片

　　洛夫是台湾诗坛与余光中齐名的诗人。但在一般论者眼里，与余光中回归传统的新古典主义不同，洛夫总是被视为超现实主义诗歌的代表。所以，论者更多关注洛夫与西方现代诗学的横向联系，更多就他的《石室之死亡》一类早期诗作立论，而忽视他大量与中国古典诗学关系密切的诗歌文本，忽视他关于现代诗人如何纵向借鉴古典诗歌传统的理论表述，以及他在创作实践上苦心孤诣，尝试打通中国古典诗学与西方现代诗学的努力。鉴于此，本文将讨论洛夫这位被论者定格的超现实主义诗人，与中国古典诗学的纵向承传关系，为全面、准确、深入地认识和评价洛夫诗艺，提供一个不同的观察角度。同时，也希望借助对洛夫的讨论，引起当代诗歌创作和研究界对所谓现代派诗人与中西诗歌传统真实关系的再审视、再思考。

　　洛夫认为：一个"现代诗人在成熟之前，必然要经历长期而艰辛的探索和学习阶段，古典诗则是探索和学习的主要对象之一"，因为"中国古典诗中蕴含的东方智慧、人文精神、高深的境界，以及中华民族特有的情趣，都是现代诗中较为缺乏的"，洛夫向古典的学习"也正是为了弥补这种内在的缺憾"，所以他先后写下了《与李贺共饮》《李白传奇》《走向王维》《杜甫草堂》等题咏诗，以及赠李白、杜甫、李商隐、苏东坡的隐题诗。这些诗的基本思路，都是结合题咏对象的生平经历，敷演其名篇佳句，来凸显其思想性格和诗艺特色，见出他借薪火于古典的诗学取径，表达他对"李白的儒侠精神""杜甫的宇宙性和孤独感""李贺反抗庸俗文化的气质"的向往，对"王维的恬淡隐退的心境"的欣赏，对古典诗人、诗艺的追摹、理解与诠释（洛夫：《诗的传承与创新》）。

　　洛夫诗中的惊奇效果、出乎意表的想象力，来自李白和李贺，而与李贺更为接近。洛夫题咏古代诗人诸作，《与李贺共饮》总体效果最好，洛夫的惊奇紧张，以至阴森丑怪，都与李贺大有干系，故胜于题咏李白、王维之作，也比题咏杜甫一首写得集中。李贺对洛夫的创作与理论影响是多方面的，《大鸦》一诗通过对"大鸦"的题咏，表达了李贺式的"反抗庸俗文化"的气质。这种来自诗人所理解的属于李贺的精神文化气质，甚至影响了他对现代诗的评价，如他认为徐志摩等新月派诗人的诗"不可学"，于他是"负面影响"和"反面教材"，就是基于他对浪漫抒情的徐志摩诗歌"雅的俗"的"本质"的认识（《洛夫访谈录》）。洛夫的诗歌喜用"乍见""惊见""顿见""乍然""突然""惊得""吓得"等紧张剧烈的语词，甚至在题咏飘逸的李白、恬淡的王维时，在写微妙的禅诗时，都不免出现这类惊警突兀的字眼，足见李贺诗歌对他的浸淫之深。

　　洛夫诗歌的现实关怀、忧时伤事和沉郁格调来自杜甫。20世纪90年代，洛夫曾两次造访成都杜甫草堂，"前后数小时的盘桓，既是对大师真诚的瞻仰，也是时隔千载一次历史性的诗心的交融"（《洛夫精品》）。《杜甫草堂》一诗就是他对杜甫的理解和阐释，诗中最动人的部分是演绎《茅屋为秋风所破歌》一段，传统的忧患意识、关心民瘼的人道情怀、现代的解读与现实的关怀，在这里打成一片。洛夫诗歌的禅意、平淡来自王维。他的《走向王维》一诗，化用王维《鸟鸣涧》《鹿柴》《终南别业》《积雨辋川庄作》等诗句意，而颇有平淡、悠远的意趣，末节进入题咏对象，与题咏对象化合为一，表明他对传统的认同与接续。20世纪70年代初，洛夫研读了王维等唐人的诗，司空图的《二十四诗品》和严羽的《沧浪诗话》，发现盛唐的不少诗人的诗已达到禅的境界，诗禅一体。洛夫感觉通过冥想以求顿悟生命存在本质的禅，与诉诸潜意识的超现实主义是相通的。于是他写了《随雨声入山而不见雨》《有鸟飞过》《金龙禅寺》《秋日偶兴》《焚诗记》《寻》《水墨微笑》《禅味》等禅诗。诗中的超现实主义表现方式，恰与禅不立文字、一味妙悟的主张相合。

　　洛夫写作了大量的乡愁诗。他把自己的乡愁诗分为"大乡愁"与"小乡愁"两种，大乡愁写的是对神州大地、故国山河的怀念，牵动诗人心弦的是那千丝万缕由历史、地理积淀而成的中国情结，故称之为文化乡愁，这类作品有《国父纪念馆之晨》《时间之伤》《边界望乡》《蟋蟀之歌》《车上读杜甫》《登黄鹤楼》《出三峡记》等。小乡愁是抒发浓厚个人情感的乡愁诗，包括《家书》《剁指》《寄鞋》《与衡阳宾馆的蟋蟀对话》《血的再版》《湖南大雪》等，写的都是对亲人故友的深情眷恋。洛夫的乡愁诗歌，皆可归入中国古代乡愁主题诗歌"母题"范围之内。古代乡愁诗歌包含的乡情、亲情、爱情和祖国情等母题内涵，在他的乡愁诗中往往打并一处，他的"小乡愁"笼罩着

"大乡愁", "大乡愁" 含蕴着 "小乡愁", 漫溢在 "大小乡愁" 里的情感质, 就是中国传统文人的家国天下情怀。

在借鉴古典诗歌传统方面, 洛夫自认 "虽不是走得最早的, 却是走得最远, 做得最多的一个。不但在诗学精神上、美学特质上, 也在表现技巧上向古人学到不少"(《洛夫访谈录》)。的确如此, 洛夫在创作上对古典诗学的学习借鉴是全方位的。他在诗歌的语言形式方面进行了诸多现代性试验, 其间均有古典因素的加入。他的《车上读杜甫》共 8 节, 依次以杜甫《闻官军收河南河北》的 8 句诗为题, 构成一种古典与现代映衬共存的特殊体式; 他的《杜甫草堂》中, 直接嵌入或化用杜甫诗句、诗题数十处。可以这样说, 在洛夫的诗中, 不仅仅是题咏古典诗人、改写古典诗句诸作, 而是在他的几乎所有作品中, 即使是最现代的、超现实的诗中, 都有对古典诗歌字词、意象、诗句的活用化用。如《大冰河》一诗, 是洛夫夫妇与叶维廉夫妇游览阿拉斯加冰河湾国家公园的纪游之作, 写于现代且是异域, 但那现代异域的大冰河, 在第二节末仍不免 "误闯入一位唐代诗人的句子里", "没有飞鸟的群山/没有人迹的小径/唯一的老者, 用钓竿/探测着寒江的体温" 几句, 就是对柳宗元《江雪》诗句、意象的改写和演绎。

洛夫的小诗在形式上对古典绝句小令也有明显的借鉴。他的《无题四行》十首, 每首都是四行, 与绝句的行数相等。这些 "现代绝句" 诗意, 又多与古典相关。他的《绝句十三帖》径以 "绝句" 名之。洛夫的小诗, 大多用字经济, 构句简短, 多用比兴, 韵味悠长, 灵光一闪, 妙手天成, 颇有唐诗绝句的兴味。洛夫的《隐题诗》二十首, 形式来源就是古代诗歌中带有游戏趣味和实用目的的 "藏头诗", 洛夫借鉴这种形式, 祛除其实用目的, 独留其游戏趣味, 而又不是浅俗的游戏, 而是一种对现代诗形式、写法、语言的诸种可能的实验性探索。洛夫《爱的辩证》《猿之哀歌》等诗, 是对《庄子》《世说新语》中相关文本、句段的跨文体改写, 这种类似《文心雕龙》所说的 "檃栝"、西方文论所说的 "互文性" 手法, 在古典诗词创作中也多有使用。他的名诗《长恨歌》, 是一首和唐代诗人白居易的《长恨歌》同题的叙事长诗, 文本性质类同于古典诗学的 "戏仿""戏拟"。至于对古典诗歌意境的借鉴, 在洛夫研习王维等唐代诗人诗歌, 尝试写作的现代禅诗里, 也有着不俗的表现。他的禅诗意境悠闲、从容静谧, 而又活泼生动, 其间涵容着 "现代诗中较为缺乏的" 庄禅式的 "东方境界情趣"(《洛夫访谈录》)。洛夫禅诗这种 "无法言说的况味", 正是钟嵘所说的 "言已尽而意有余", 司空图所说的 "韵外之致", 严羽所说的 "诗有别趣", 王士祯所说的 "神韵"。

创作实践之外, 洛夫对于中国古典诗学的现代价值, 在理论认识上也有着高度的清醒和自觉。一些昧于自己的古典诗歌传统的论者，总是片面强调现代主义诗歌与西方的关系。洛夫则更强调他的现代诗写作与古典诗学传统的紧密联系，强调他和痖弦、张默领衔的"创世纪"诗社，对古典诗歌传统的有意接续与承传。洛夫等人明确提出"建立新民族诗型的刍议"，在观念上宣扬继承中国的文学传统，在精神上反对现代派的"横的移植"，他们的目标是"努力于一种新的民族风格之塑造"（洛夫：《诗坛春秋三十年》）。洛夫的超现实主义作品，内涵与技巧仍然东方的、民族的，是中国人写的现代诗，是中国的现代诗，而非"中国人写的外国诗"。在《诗的传承与创新》一文中，洛夫对现代与古典之间关系的思考更为深刻、全面、成熟，他强调："一个民族的诗歌必须根植于自己的土壤，接受本国文学传统的滋养，在创新的过程中也就成为一种必要。"他认为："人与自然的和谐关系""诗的意象化""诗的超现实性"三点，是现代诗人向古典诗歌学习的主要内容。他结合自己的创作实践说："我从中国古典诗歌中，发现许多类似超现实的手法，这对我日后的创作颇多启发。我曾写过这样的句子：'清晨，我在森林中/听到树中年轮旋转的声音'，这与杜甫'七星在北户，河汉声西流'的诗句，具有同样的超现实艺术效果。"正是缘于深思熟虑之后的理论上、认识上的自觉，洛夫在创作实践上对古典诗学的借鉴就较为全面深入，他长达三千行的力作《漂木》，更充分地显示出这位超现实主义诗人，与中国古典诗学之间一脉不断的血缘承传关系。

知性与感性交融的诗学理论名著

——李元洛先生《诗美学》读后

　　李元洛先生的《诗美学》，是一部饮誉当代诗坛和学界的诗学理论批评名著，在内地和港台地区都产生了持续广泛的影响。三十年前，我就曾听闻李先生这部名著，那时购书困难，虽然未能购得拜读，但在心里，却是不时念想。三十年后，终于捧读到人民文学出版社印行的《诗美学》修订版，感觉真如品啜陈年佳酿，滋味醇厚，让人一读之下，陶陶欲醉。《诗美学》不仅是一部名著，而且还是一部巨著，洋洋 60 万言，真所谓"建章宫殿不知数，万户千门深且长"，其"宗庙之美，百官之富"，非寻常可以管窥蠡测。这里仅就读后所见，谈几点不成熟的感想，就教于李先生和与会方家同好。

　　一是结构宏大，体系完备。《诗美学》全书十五章，涉及了诗歌创作和鉴赏的方方面面。对《文心雕龙》的"体大思精"之评，可以移作《诗美学》的总体评价。仿照龙学的体系构架，我们可以对《诗美学》的内涵进行如下梳理：第一章"诗人的美学素质——论诗的审美主体之美"，是诗歌创作主体论，从生活与心灵、先天与后天、才华与学力、思维与感觉、想象与创造等维度，全面论说一个诗人应该具备的基本素质，可以适用古今中外所有诗人，是一篇宏观、通用性质的"诗人论"。任何诗歌文本和诗美形态，都是作为创作主体的诗人创造出来的，没有诗人，何来诗歌和诗美？所以首论诗人，直探本源。第二章"如星如日的光芒——论诗的思想美"，第三章"五彩的喷泉，神圣的火焰——论诗的感情美"，可以说是诗的本体论，一切文学艺术门类，所表现的内容无论多么丰富复杂，析出的晶体无非"思想"和"感情"两大方面，诗歌自不例外，从某种意义上说，这是诗歌和文学艺术诸门类的质的规定性。第四章"诗国天空的缤纷礼花"，第五章"如花怒放，光景常新"，第六章"云想衣裳花想容"，第七章"观古今于须臾，抚四海于一瞬"，第十章

"五官的开放与交流"，第十一章"语言的炼金术"，第十二章"严谨整饬，变化多姿"，第十三章"高山流水，写照传神"，这八章分别论述诗的意象美、意境美、想象美、时空美、通感美、语言美、形式美和自然美，探讨诗歌美感构成的各个层面，可视为诗的文体论，也可视为诗的创作论，在这里，诗体的美感形态与创作的匠心孤诣，是体用不二、弥合为一的。第八章"白马秋风塞上，杏花春雨江南"，第九章"尊重读者是一门艺术"，分别论述诗的阳刚美、阴柔美和含蓄美，可视为诗歌的美学风格论。第九章的内容又和第十五章"作者与读者的盟约——论诗的创作与鉴赏的美学"有一致之处，这两章不仅从创作主体、诗歌文本着眼，更从接受主体——读者的角度着眼，可视为诗的鉴赏论。作者在殿后的第十五章，着意强调读者在诗美创造中不可或缺的积极参与作用，在结构上呼应第一章，全书以诗歌的创作主体诗人开卷，以诗歌的接受主体读者终篇，诗美创造的完成，也是全书论题的完成，整个理论体系显得格外缜密完整。

第十四章"以中为主，中西合璧"讨论"诗艺的中西交融之美"，这是近现代以来诗歌美学面临的新课题，在现当代新诗中表现得尤为突出。这个问题在古典诗歌中基本不存在，这是开放的近现代社会给中国新诗带来的"横移"因素，这里有古人所无的世界性诗歌资源，这是一个古人不曾闻见的全新的参照系。后面还要谈到这一章，这里暂且打住。

二是贯通古今，参酌中西。《诗美学》全书十五章，随着每一章论题的次第展开，著者以其渊博的学识为依托，对于古今中外的诗歌作品、诗学理论，左抽右旋，信手拈来，无不运用自如，恰切惬当。著者腹笥储宝之繁富，当代的诗歌理论批评著作似罕有其匹。以《诗美学》第二章"如日如星的光芒——论诗的思想美"第一节为例，理论方面，作者从《尚书·尧典》的"诗言志"切入论题，由"志"到"意"到"气"，先后征引了屈原《惜诵》、司马迁《屈原贾生列传》、曹丕《典论·论文》、杜牧《答庄充书》、胡仔《苕溪渔隐丛话》、魏庆之《诗人玉屑》、葛立方《韵语阳秋》、谢榛《四溟诗话》、叶燮《原诗》、鲁迅《摩罗诗力说》中的相关论说；诗人和作品方面，则以屈原、李白、杜甫、陆游、辛弃疾等中国文学史上的大诗人为例，涉及他们的经典作品数十首。这就从理论和创作两个方面，雄辩地说明了"真正的诗人，并不仅仅是一个写诗的人，而应该同时也是胸怀博大的思想家和站在时代前列的先驱"这一深刻的道理。然后放开眼光，从中国诗歌史投注世界诗歌史，征引分析了歌德、普希金、雨果、拜伦、雪莱、席勒、海涅、惠特曼、佛罗斯特等域外诗歌巨擘，用他们的理论和创作实践，进一步印证了这一节的主要论点："重视思想，追求诗的思想之美，是古今中外优秀诗人共同的美学主张，也是古今中外优秀诗作的共同美学特色。"经过这样充分论证的观点，特别令人信服。其实，真理往往就是常识，但在一些特定的时期和场合，总有一些人背离或遗忘常识。我们认为，在当下乱象纷呈、常识匮乏、共识缺位的诗歌生态场域，重温《诗美学》中的这类是常识又是真理的观点，具有突出的现实针对性和重要的理论实践意义。

　　读罢《诗美学》我们可以发现，该书每一章都是先提出论题，然后旁征博引，由古及今、由中到外、从理论到创作、从诗人到作品再到读者，这样一层层推扩开来，全方位论证，多角度辨析，在章节的最后，再加以总结、引申和适度的瞻望。据我在阅读过程中的大致统计，每一章涉及的古今中外诗学理论著作均达数十种，引用和提到的古今中外诗歌作品则多至百余篇。我们读当代诗学理论批评鉴赏论著，论题集中在古代范围的很少言及现当代，集中在现当代的也很少上溯古典，讨论中国或外国诗歌的一般也较少互相指涉。《诗美学》可以说是打破古今中外一切疆界畛畦的一部通才通识性质的诗歌美学专著，这是《诗美学》全书的一大特色，这一特色更是集中体现在第十四章"以中为主，中西合璧——论诗艺的中西交融之美"里，正是缘于谙熟古今中西诗歌创作和理论批评，著者才能精彩地完成对于核心观点的申说："坚定地立足于本民族的传统，同时又要以开放的心胸和眼光博采广收，以中为主，以西为辅，纵横结合，中西合璧，力求诗歌艺术的中西交融之美，力求中国新诗的民族化与现代化。"作者在这里实际上是为中国当代诗歌的发展指明了方向，这无疑是所有当代诗人都应当努力校准的一个正确方向。这种宏通之论，就不是诗学视野封闭狭窄、知识结构残缺不全、美感趣味怪异偏嗜、审美心理晦暗扭曲者所能够梦见的。

　　我们不妨把话题稍稍说开些。由于学科设置等原因，当代学者专家多而通才少，隅见多而通识少，详于古者昧于今，通于中者黯于外，几不能免。仅就诗学领域而言，此种局限就不为鲜见。这里仅举几个古典诗学知识欠缺的例子，比如有治现当代新诗的学者，在谈到胡适、闻一多等人三句一韵的诗作时，就认为中国古典诗歌逢双押韵，没有三句一韵的先例，这种押韵方法是从西方诗歌学来的。这样的说法，暴露出论者古典诗学基本修养欠缺的问题。三句一韵是从《诗经·魏风·十亩之间》就使用的古老韵式，在后世的七言古体中多有运用，惜乎这位当代新诗理论批评家所见不及，致有此失。再如20世纪80年代，一些诗论家和诗人对于意象诗、口语诗的诗艺渊源的误解，90年代，一些诗论家和诗人对于诗歌叙事性、戏剧化、互文性现象的误解，都是缘于中国古典诗学基本修养的欠缺。具体到作品评鉴，比如卞之琳先生的名诗《断章》，其主客体关联转换的手法，在南宋杨万里的《苦热登多稼亭》

中的诗句"偶见行人回头却，亦看老子立亭间"，清人厉鹗《归舟江行望燕子矶》诗句"俯江亭上何人坐，看我扁舟望翠微"中，早已使用过；再如李瑛先生的《谒托马斯·曼墓》中的诗句"细雨刚停，细雨刚停/雨水打湿了墓地的钟声"，钟声可以打湿，唐代杜甫《舟下夔州郭》里就写过"晨钟云外湿"。论者知不知道古人的相关作品，对卞诗和李诗的评鉴肯定是会有所不同的。这也从一个方面说明了一位当代诗人、一位当代诗学理论批评家，在从事诗歌创作和评论实践中贯通古今、参酌中西的重要性。在这方面，李元洛先生的《诗美学》无疑是大家学习的榜样。

三是持平立论，美言说诗。《诗美学》的著者，是一位真正贯通古今中西的优秀理论批评家，唯其如此，才能在纵向的古今和横向的中西构成的纵横交错的时空坐标上，找准自己演绎诗歌美学的着力点。他避免了拘墟之士的偏执和自是，视野宏阔，目光如炬，总能看清缤纷的诗美样态的本真，指出追寻、创造斑斓多彩的诗歌之美的康庄大道。他从不剑走偏锋，不故作惊人之论，不追求那种片面的深刻。《诗美学》的每一章节，都是在融会贯通古今中外诗歌理论和创作的前提下，持平立论，指示诗美的鹄的和根本。著者秉持的基本观点是："中国新诗应该纵向地继承传统，横向地向西方借鉴，以中为主，中西合璧；解决好社会学与美学、小我与大我、传统与现代、中国与西方、再现与表现、作者的创造与读者的再创造的辩证关系；力求民族化、现代化、多样化与艺术化。"这样的诗学理念，当得起"最上乘，正法眼，第一义"之评。"入门须正，立志须高"，欲学诗者，都应该从《诗美学》这样的著作中寻得通向诗美的坦途。

当然，我们强调著者"持平立论"，这不是说《诗美学》的观点四平八稳，《诗美学》的著者是好好先生。事实上，《诗美学》的著者在关涉诗歌美学、关涉中国当代诗歌健康发展的大是大非问题上，是态度鲜明、敢于批评的。著者在胪列剖析古今中西经典诗作和诗论的正面展开过程中，总是伴随着对时髦风潮、盲点误区等时弊的针砭，比如对现代诗晦涩、病态、破碎、随意的批评，就彰显了一位真正的诗歌理论批评家的胆识与风骨。《诗美学》有破有立，以立为主，著者坦率地亮明了自己的诗美标准："一是应有基于真善美之普世准则的对人生（生命、自然、社会、历史、宇宙）之新的感悟与新的发现；二是应有合乎诗的基本美学规范（鲜活的意象、巧妙的构思、完美的结构、精妙的语言、和谐的韵律）的新的艺术表现；三是应有激发读者主动积极参与作品的艺术再创造的刺激性（作家完成作品是初创造或一度创造，读者的非功利的主动欣赏是再创造或二度创造，任何真正的佳作，都是作者与读者乃至时间与历史共同创造的产物）。"这样的好诗标准，是真正的深造有得之言，绝非时下那类以艰深文浅陋的稗贩论者可以道出的。它简约而又详明，平实而又深刻，是常识更是真理，是经过时间和历史检验，并将经得起时间和历史进一步检验的不刊之论。

《诗美学》的理论观点是持平的，但该著的行文绝不平铺直叙，绝不是常见的直白干瘪或艰涩佶聱的那种论著文风。诗歌是有些唯美的文类，评鉴诗歌的文字，也应该带有一点唯美倾向，如此才不至于辱没诗歌之美。比如古代大量的诗话词话曲话文话著作，都写得非常漂亮，读之颊齿生香，令人回味无穷，极大地增富了所品评的文本的美感魅力。但这个好的传统，在现当代没有被很好地继承。现当代像闻一多先生、李健吾先生、李长之先生、林庚先生那样能写出漂亮的诗性浓郁的评论文字的学者，并不多见，因此，《诗美学》这部皇皇大著的文字之美，让人更觉可贵难得。《诗美学》不仅有理论性，而且有抒情性，不仅有思想性，而且有形象性，不仅有知识性，而且有可读性。全书十五章，都是著者精心结撰而成，每一章的开头，都由一段或两三段比喻句组领起，用《诗经》的比兴体，一上来就吸引并抓住读者，激发起读者浓厚的兴趣，加之全书的"理性文字"都带有程度不同的"感性血液与文学色彩"，所以，一旦你捧读此书，便会有欲罢不能之感，在且惊且喜、乍思乍悟的心理状态下，愉悦地完成对这部充满诗性的理论巨著的阅读，并从中获得极大的教益。

烈性酒与浓缩铀

——20世纪白话小诗艺术赏析

优秀的抒情诗，应该是"烈性酒"或"浓缩铀"，而不是可以豪饮的加糖白水、可口可乐等一次性消费的软饮料。它以质而非以量取胜。就那么不起眼的短短几行，一旦和读者遭遇，当即释放出巨大的能量，给读者的阅读记忆和审美心理以重创，从而烙下久久难忘的印象。20世纪的白话小诗，就是新诗中的"烈性酒"和"浓缩铀"。

从形式的角度审视20世纪白话小诗，其艺术优势便在于——行少字少，篇幅短小。诗歌是最精练的语言艺术，把诗写得尽量短些，符合诗艺的质性。白话新诗使用现代语言来写，表现的是现代人的生活与情绪。由于现代汉语不如古汉语简约省净，而现代人的生活、情绪比之古人又更为繁富复杂，新诗在表现上便往往出现诗句与篇章冗长芜杂的毛病，相当程度上影响了新诗的艺术质量和阅读欣赏。如何把新诗写得短一些、精粹一些，有效地克服新诗外部形式上的弊端，便成为提高新诗艺术品位、增强新诗的可传诵性、为新诗争得更广大的读者的关键所在。

其实不只是新诗，古典诗歌中真正脍炙人口的作品，也大多不是那些长篇的古风或歌行，而是五七言绝句和词曲中的小令。即便同为名篇，但能被一代又一代读者记忆和传诵的，也多是短小之什而非鸿篇巨制。高适的《燕歌行》是唐代边塞诗的压卷之作，其"思名将，安边关"的题旨，与同是边塞诗派诗人王昌龄的《出塞》之一完全相同。但高诗是七言歌行，篇幅长达28句，不要说一般的读者，就是专业研究者也不一定能够完整记诵。王诗是七言绝句，篇幅短小，仅4句28字，加之音律谐畅、情调悠然，无须专业研究者，普通的读者甚至孩童都能背诵。初唐诗人王绩的《在京思故园逢乡人问》和盛唐王维的《杂诗》其二，均写居京思乡，见乡人询问家乡的情况，两诗虽题材全同但表现全异。王绩的诗是五言古体，长达24句，一口气问了14个问题。王维的是五言绝句，只在诗中含蓄地问了一件看似无关紧要的事："君自故乡来，应知故乡事。来日绮窗前，寒梅着花未？"浓郁的乡情尽在不言之中。王绩的诗基本不具备可记诵性，王维的诗则令人过目难忘。类似的例子还有中唐诗人元稹的五绝《行宫》，只用4句20个字就完成了白居易《上阳白发人》40多句数百字的篇幅所表达的情感内涵。

上举例证给我们提供的启示是深刻的：新诗欲与古典诗词争读者，希望在于精短的小诗。与古典诗词中的绝句、小令这些古代的"小诗"相比，新诗中的小诗尽管是白话的、口语的，没有固定的字句和韵脚，不讲平仄格律，自由而无严格的规范，背诵起来困难多一些；但它的字少句短无疑给读者提供了记忆的方便。统观20世纪中国白话小诗，以一二行或三五行者居多，字数则从十几字到二三十字不等，最长的也不过六七行四五十字。小诗中的短者如20年代汪馥泉的《嫁妹》，80年代陈知柏的《给步鑫生的谶言》，皆为独句小诗。像《给步鑫生的谶言》第七首："名声如同寡妇。"全诗仅一行6字，类同格言。小诗中的尤短者当推北岛组诗《太阳城札记》中的《生活》，全诗仅一"网"字。20世纪新诗作品之中，真正能够让读者背诵下来、流播人口的，多是这些一二行十数字或三五行数十字的短章小诗。

20世纪白话小诗吸引读者的艺术优势，不全在它精短的形式，更在它内涵意蕴的"集中"。早在20世纪20年代初，俞平伯在致朱自清的信中就曾指出，短诗篇幅虽小并不容易做，它"所表现的，只有中心的一点。但这一点从千头万绪中间挑选出来"，它的艺术特点在于"集中"。对此，朱自清深表赞同：所谓短诗底短，和短篇小说的短一样，行数底少固然是一个不可缺的元素，而主要的元素即在俞平伯所谓"集中"，不能集中的虽短，还不成诗。对表现上"集中"的短诗，朱自清明确地表示："我喜欢这种短诗，因为它能将题材表现得更精彩些，更经济些。"（《杂诗三首序》）"精彩"和"经济"，也就是"集中"的意思。陈良运认为："现代短诗的艺术魅力，主要是蕴含在它的意蕴之中。因其短，字句少，其意蕴就要求浓缩得更紧一些，分量就显得更重一些。"（《现代短诗的艺术魅力》）小诗因为篇章短，字句少，都是将丰厚的意蕴高度浓缩于有限的字句之内，故其表现上多为"瞬间切入"中心，使小诗成为典型的瞬间艺术。周作人在20世纪20年代初就说过，小诗"不适于叙事，若要描写一地的景色、一时的情调，却很擅长"。（见周作人1920年前后译介日诗之文章）吕进在70年后也说："小诗的最大特征是它的瞬时性。"（《关于小诗的小札》）小诗表现片刻的体验、刹那的顿悟、一时的景观，让读者从有限中领受无限，从刹那中体悟永恒。俞平伯先生所强调的

"集中"，具体落实到 20 世纪短章小诗的创作实践上，便是"瞬间切入"和"高度浓缩"的表现手法。

先看"瞬间切入"。又分为三种情况。一是片刻的体验，侧重于心理和情感。徐志摩的《沙扬娜拉》一首是广为传诵的名诗："最是那一低头的温柔，／像一朵水莲花不胜凉风的娇羞，／道一声珍重，道一声珍重，／那一声珍重里有蜜甜的忧愁——／沙扬娜拉！"小诗以近乎完美的词藻音韵，摹写日本女郎告别时刻"一低头"的温柔情态和珍重再见的话语，而有千种缱绻柔情流溢于字里行间，使人血热心颤。片时分手的温情与缠绵的体验感受，在完美的诗艺表现中，定格为人貌人语人情人性的永恒美善。宗白华的《系住》仅只两行：

那含羞伏案时回眸的一瞬，／永远地系住了我横流四海的放心。

异性的魅力有多大？女性的魅力有多大？羞涩的魅力有多大？美的魅力有多大？有诗《系住》为证。诗写爱情心理中片刻的体验，但瞬刻即永恒。少女含羞伏案时回眸的一瞥眼波，竟能将"我横流四海的放心"永远地"系住"，那一瞥异性的羞涩眼波，包含着怎样的勾魂摄魄的巨大征服力量啊！宗白华是五四一代人，那是从传统中走出的一代人，是解放了的一代人，是被外部世界的进步文明深深吸引的一代人，是放眼天下足历万国的一代人。诚如诗中所言，那一代人生着一颗"横流四海"的放逸之心，怀着一腔刷新古国、再造文明的雄奇之志，他们见多识广、目标远大，并非足不出户、见闻寡陋、胸无大志、易于就范之辈。然而这一切，在女性的羞涩之美的不可抗拒的魅力面前，都无济于事，"我"还是轻易地被媚惑，永久地被俘虏了。"一阴一阳之谓道"，异性相吸，毕竟深合天道人情啊！这首小诗烙下了鲜明的时代印记。五四一代诗人对人性的直接大胆的表现、对爱和美的崇尚、对男女之大防的礼教的蔑弃，都充分地显露在这两行纯美的诗句之中。

二是刹那的顿悟，侧重于智性的悟得。王蒙的《西藏的遐想》之五："人／追求／生活／／生活／追求／什么。"人生本无意义，人们通过对生活的追求赋予人生以意义，至此，人也就因生命的充实而不再追思了。其后果是造成了人类智性的重大遮蔽，人们总是在需要进一步追问的情况下而欣欣然心满意足，到此为止。智者王蒙在天高地迥、宗教氛围浓郁的西藏，在生活因过度荒凉而近乎止步的地方，刹那顿悟，直逼终极地冷然一问："生活／追求／什么？"已是勘破三昧之言。徐玉诺的《夜声》：

在黑暗而且寂寞的夜间，／什么也不能看见；／只听得……杀杀杀……／时代吃着生命的声响。

《夜声》由听觉切入表现。抒情诗人摹写夜晚的声响，不外乎微风低语、虫鸣唧唧、蝉唱蛙鼓、夜莺啭啼之类，甚或能从一片清幽的月光中听见叩响银币的叮当声，无非一种良好心境与安谧环境的诗意契合。尽管据茅盾先生说，玉诺也"是个 Diana（月亮神）型的梦想者"，但生活在 20 世纪初兵匪横行的河南农村的徐玉诺，环境与心境都不允许他有如此曼妙的兴致。所以，在四面如漆的漫漫长夜，诗人盈耳"只听得……杀杀杀……时代吃着生命的声响"。这声响虽不悦耳，不动听，但更真实，更本质。这里表现的已不单纯是诗人"像猎人搜寻野兽一样特别灵警"的作诗"感觉"（叶圣陶：《玉诺的诗》），而是诗人对那个兵匪横行的黑暗残酷的时代的典型感受。诗人通过瞬间即逝的听觉印象，对这个吃人时代的本质真实作了深刻的揭示和典型的概括。

除从社会层面理解此诗外，也可以从生命哲学层面对诗意作一更宽泛的领悟。生命是一个时间过程，时间一分一秒不停地流逝，正是在一口一口不停地啮食着个体生命，每个个体生命都是在时间的不停流逝中消耗殆尽的。寂寞的黑夜里，人类生命并没有停止被啮食，仍在无形地损消着，尽管看不见，但敏感的诗人竖起灵耳，却听得了盈耳的"时代吃着生命"的"杀杀杀"的"声响"，并从中瞬间直觉到黑夜同人类生命消亡的联系。这种直觉把握的确颇富深邃的生命哲学意味。宜乎闻一多把"时代吃着生命的声响"推为"声响的绝唱"，把《夜声》推许为"超等的作品"（《致梁实秋等人的信》）。

三是一时的景观，侧重于意象和画面。又可分为自然景观和人世图相两类。柯原《街头》摄取的是人间世相："这是什么书？／——《丑陋的中国人》。／真他妈的！／尽给中国人抹黑！／呸！"一幅精彩的街头速写，一幅传神的"丑陋的中国人"的漫画像。那口吐脏话者貌似有强烈的民族自尊心，自认为坚定崇高的爱国者，但其言行适足证明了自己正是一个不折不扣的"丑陋"的中国人。柯原在这首小诗中抓拍街头一景，颇肖患某种痼疾的国人之嘴脸。以不加议论的客观描写去针砭讽刺，见出诗人"揭出病苦，引起疗救"的良苦用心。读这首小诗，让我们想起一幅很有名的漫画：街头的维纳斯塑像前，走过一个衣冠君子，看到半裸的维纳斯，痛心疾首的他毫不犹豫地把自己的上衣脱下来，赶紧给维纳斯穿上遮体。四周的围观者看着光了上身的他，他则看着穿了上衣的维纳斯，怀着崇高的道德感，十分满足地离去。那幅漫画与这首小诗，实有异曲同工之妙。舒婷《黄昏剪辑》之四则摄取自然景观：

马尾松恳求风，／还原他真实的形状。／风继续嘲笑他。／马尾松愤怒地/——却不能停止他的摇摆。

一幅黄昏风景速写。文字构成的画面寄托的是人世的寓意。树欲静而风不止。"马尾松"的存在是一种被动的生存、扭曲的生存。蛮横的"风",改变了马尾松的"真实形状",马尾松不论是软弱地"恳求",还是"愤怒"地抗议,均告无效。面对客体的异己力量,作为主体的马尾松,无法主宰自我,无法保持自己的尊严。被扭曲,被嘲笑,被摆布,被捉弄,仿佛早已命中注定。"恳求"已有几许可怜,"嘲笑"更带几分可恶;但"马尾松愤怒地/——却不能停止他的摇摆"之中,又包含着几多被动生存者的无奈和可悲。试问个体的人,在社会这个巨大的异己力量面前,谁不是一个被动的生存者呢?诗中有诗人生活经历的投影。作为思想和艺术的探索创新者,舒婷在20世纪70年代末80年代初,曾蒙受各种误解、猜忌、中伤、围攻,联系诗人的这一段遭遇,知人论世,读此诗时当别有会心。

再看"高度浓缩"。又分为四种情况。一曰时空浓缩,即在极有限的字句内容含极广大的时空幅度。臧克家的《三代》:"孩子/在土里洗澡;/爸爸/在土里流汗;/爷爷/在土里埋葬。"仅用6行21个字,就凝缩了农民一家三代、其实也是世世代代生生死死离不开土地的沉重命运。父子祖孙三代人次第更迭,绵绵不断。这种延续循环叠印构成了东方农民生命生存生活的模式,它已经程序化。祖孙三代的相继浓缩了世世代代的相继,一家人的命运象征着无数农民的命运。六行诗由三组排比句构成,凝练整饬。没有主观的议论,也不见外露的抒情。然而,艰辛忙碌,痴顽麻木,沉重苍凉,尽在其中。此诗以少总多,是一幅东方农民生存的写真,一部东方农民命运的史诗。刘大白的《旧梦之群》之三十六:

少年是艺术的,/一件一件地创作;/壮年是工程的,/一座一座地建筑;/老年是历史的,/一叶一叶地翻阅。

小诗由三个比喻构成整齐匀称的排比,分写人生三个不同年龄段的特征,在此姑称之为"诗的人生三段论"。在古今中外文学作品对人生不同阶段所进行的大量描述说明中,这首六行小诗堪称精要确切之最。少年阶段,阅历不广,经验不丰,人生基本上还是一片空白,每做一件事都是第一次新鲜的尝试,就像从事艺术创作一样。文艺创作除了不事沿袭、注重独创的尚新特点外,就是高度重视想象、幻想,而热衷想象、追求幻想也正是少年人的心理行为特征。虽说不切实用,但确美妙无比。人到中年,理想色彩渐褪,务实主义大增。不再编织青春期的五彩梦幻，转而注目现实的目标，并用踏实勤恳的劳作，去一件一件地完成。就像建筑工程一样，一砖一石地构筑起人生的亭台楼厦，而人的一生的基本框架格局，亦在这一阶段实打实的垒砌中大致成型。人到老年，既乏少年人的热情憧憬，又无壮年人的经营心力，不能奢望未来，也无力把握现在，所以只好回忆过去聊充慰藉。而老年人已然经历了人生诸事，往昔的一切都已成为"历史"，正好供"一叶一叶地翻阅"之用。这首小诗启示人们：少年时代一定要敢想敢做，为青春涂抹一片多彩多姿的斑斓；壮年时代一定要务实劳作，为自己也为他人筑起遮风挡雨的栖息家园；老年时则应回首人生路，好好省视总结一番，为后人留下宝贵的成功经验与失败教训。

二曰重大题材浓缩，即用极有限的字句，表现那些在常规情况下只有长篇巨制才能完成表现的重大题材。田间的《假使我们不去打仗》，选取的是抗日民族解放战争的重大题材，鼓舞"不愿做奴隶的人们"奋起抗战是其主旨，这一关乎民族生死存亡的重大题旨，诗人仅用5行35个字就完成了表现，用今天的眼光看，这首短小的"街头诗"的艺术容量和艺术生命力，甚或超过了他那首长达数百行的相同题材之作《给战斗者》。韩瀚的《重量》，讴歌张志新烈士献身真理的壮烈崇高，鞭挞芸芸无数的苟活者的卑琐可悯，谴责"四人帮"一伙封建法西斯专制的血腥残暴，如此重大的主题也只用了5行28个字的经济笔墨，字字都有"浓缩铀"般的千钧之力！王在军的《椅子》，6行54字，浓缩了一部几千年人类社会号称英雄豪杰的野心家者流的相斫史。贾平凹的《题三中全会以前》尤为奇作：

在中国／每一个人遇着／都在问：／"吃了？"

贾平凹是出色的多产小说家，偶尔为诗，也同样出色。贾氏迄今见诸报刊的为数不多的诗作，像《老女人的故事》《单相思》等，首首都是佳作。尤其是这首《题三中全会以前》，堪称杰构。中国是一个人口大国，据资料说，中国人的嘴加起来面积有4.5平方公里之大。这是一张足以吞噬一切的巨口。中国历史几千年，摆在统治者和老百姓面前的最大课题就是吃饭问题，老百姓有饭吃则不生乱、不造反，统治者让百姓有饭吃则国家治、天下安。然而，纵观几千年历史，历朝历代又都没有解决好这个首要问题。丰年里半年糠菜半年粮，荒年则草根树皮无所不吃，直到人相食。长久的饥饿和对饥饿的恐惧，积淀为中国人的潜意识心理，浮现在语言上，就是所有的中国人见面打招呼的礼貌用语："吃了？"不分时间，不分场合，中国人见面时无不用这句问话表示彼此的亲热问候和关怀爱护。这句中国人异口同声使用频率最高的话，也曾频频出自我们的口，我们却从来不曾品咀过它的滋味。经贾平凹把它推到十一届三中全会这个历史转折关头，让它直截了当地凸显在一切语言之上，便产生出触目惊心的阅读效果。它引发我们对中国的历史和国情、对国民的性格和命运，进行深重的反思和痛彻的解悟。粗看这首诗，每一行文字几乎都不能单独称为诗句，全诗也没有多少一般意义上的诗意可言。但与诗题结合起来看，这些最朴实、平常、司空见惯的文字便释放出巨大的意蕴张力。1978 年中共十一届三中全会决定在农村实行联产承包责任制，还土地给农民，一举解决了中国人吃饭这个历史性的老大难问题，三中全会的伟大意义就在这里。吃饭问题在中国是压倒一切的事情，反映在文学作品中，它无疑是属于重大题材。贾氏只用了四行十四个字就完成了对这一重大题材的表现，可谓举重若轻。

三曰理思浓缩，即对某种思想或哲理作高度集中的表现。小诗因形式精短，有时类同格言警句，所以这类浓缩理思的作品在小诗中也格外多。冰心的《繁星》三四、五五，《春水》三三，朱湘的《当铺》，鲁藜的《泥土》，卞之琳的《断章》，流沙河的《虞美人》，林希的《土》，周梦蝶的《角度》，非马的《脚与沙》，顾城的《一代人》等，都是这类作品中的翘楚。试看朱湘的《当铺》："美开了一家当铺/专收人的心。/到期拿票去赎，/它已经关门。"咀味此诗，对"美是难的"当别有会心，追求美，是要付出代价的，并且一旦付出即无法挽回。卞之琳的《断章》："你站在桥上看风景，/看风景的人在楼上看你。/明月装饰了你的窗子，/你装饰了别人的梦。"则以相关的两组美丽意象，喻指矛盾普遍存在的客观规律，揭示了大千世界万事万物互相联系的永恒哲理。林希的《土》："附着在大地上/你是土壤//沉浮在空间里/你是尘埃。"一样的"土"，自甘下位，成为万物赖以生存的"土壤"；高自位置的结果，则变成有害的"尘埃"，走向自己的反面。可见位置的高下决不等同于价值的高下，高位不一定有价值，下位不一定无价值；甚或，高位没有任何价值，下位则具有最大的价值。这首 4 行 20 字的小诗，从中心意象"土"派生出两个对比性的意象"土壤、尘埃"，提醒人们对价值观要进行严肃的审视和选择，其讽喻世人之意至深。周梦蝶的《角度》更是益人心智：

> 战士说，为了防卫和攻击/诗人说，为了美/你看，那水牛头上
> 的双角/便这般庄严而娉婷地诞生了

水牛头上的双角，庄严而娉婷。它的锋锐劲挺，既能作为防卫和攻击的战斗武器；它的曲线弧度，又能成为审美欣赏的对象。水牛的双角，具备双重的功用和价值。战士从战斗的角度，强调它的武器功用，认为它是为了战斗而

生；诗人从审美的角度，强调它的美感价值，认为它是为美而生。立场不同，角度便有差异；角度不同，所见自是各别。尽管面对的是同一对象。战士和诗人偏执于各自的立场和角度，说的虽然都有道理，但都不全面。水牛的双角不管那么多，在战士和诗人各执一词的时候，它只管自然而然地生长。它的"庄严而娉婷地诞生"，并不是为了什么，而是自然进化的结果。合乎自然也就合乎"道"，也就既合规律又合目的。

《庄子》云："曲士不可以语于道者，拘于虚（一隅）也。"如此说来，战士和诗人尚处在拘于一隅的乡曲之士的水准，并不解"道"之为物，纯任自然，并不为"什么"所囿，所以，他们都不能超越自身的局限，去辩证全面地看问题。而水牛头上的双角，生于自然，妙合大道，循其规律，充满自信，全不睬各执一端的"拘墟之士"的片面说辞。它只客观地呈示着"庄严"与"娉婷"的有机统一，大辩不言，让不同立场的人从不同的角度去任加评说。

四曰情感浓缩，即把饱满到可以漫溢泛滥的强烈感情作凝聚收敛的处理，这类小诗多为言情之作。冯雪峰的《山里的小诗》："鸟儿出山去的时候，/我以一片花瓣放在它嘴里，/告诉那住在谷口的女郎，/说山里的花已开了。"此诗是冯雪峰"湖畔"时代的作品，意象婉美，其情感浓缩得力于诗人极为含蓄蕴藉的信息传递方式。情诗也可以写得如此纯美超轶，不落迹象，真令人叹赏！夏宇的《甜蜜的复仇》："把你的影子加点盐/腌起来/风干//老的时候/下酒。"要把爱人青春的身影腌制风干，作保鲜处理，供老来下酒佐菜，以为暮年的慰藉。以极端的方式"复仇"，暗传爱到极时无以形容之甜蜜、爱惜。此诗格奇，匪夷所思。闻一多的《国手》，则显示了这位被现代史定格为"狮子吼"式的斗士诗人，其生命底色其实是一个不折不扣的爱情至上主义者：

> 爱人啊！你是个国手；/我们来下一盘棋；/我的目的不是要赢你，/但只求输给你——/将我的灵和肉，/输得干干净净！

《国手》选自闻一多诗集《红烛》的"青春篇"。诗以下棋为喻，抒发对"爱人"真诚热烈的爱。"国手"本指棋艺高超，全国一流。这里喻示在诗人的心目中，爱人具有天姿国色，令人倾倒，魅力无穷。向"国手"挑战下一盘棋，勇气可嘉，结局堪忧；但出人意料的是，诗人的"目的不是要赢你，/但只求输给你"。这种心理违反"下棋"的常情，但合乎痴爱的逻辑，突兀奇特，引人注目，却又"反常合道"，是这首小诗最"出彩"的地方。诗人接着表示：这盘对弈，不仅"求输"，而且要输得彻底，输个精光，将自己的"灵和肉"，都"输得干干净净"！也就是说，"我"要将自己的一切都拱手奉献给

"你"。诗人不想成为胜利者，赢取爱人，而是让爱人赢取自己；不是占有爱人，而是让爱人占有自己的一切。这不仅是爱人、爱情的巨大魅力在起作用，更表现了五四一代新青年的男女平等观念和对女性的真诚尊重。在两性关系的"对弈"中，女人是男人的真正的"对手"，甚至是比男人棋艺更卓异优秀的"国手"。这种爱情观，就不是持有男尊女卑的传统观念者所能想望、梦见的。这首诗不仅构思奇妙，而且饱含着与传统情感价值观相悖的全新的情感价值观。由比喻构成的这首小诗，是爱到极处掬出心来的祈愿。作为情诗，《国手》的浓郁热烈程度，可与智利诗人聂鲁达的《女王》比美，而表现上的简约似又过之。

李亚伟与新生代诗

　　新生代诗是 20 世纪 80 年代中后期中国诗坛继朦胧诗后的青年诗人的创作。新生代诗人最初接受朦胧诗的影响，但随着社会生活背景和文化环境的变化，这群更年轻的诗人在 80 年代初开始酝酿着对朦胧诗的突破和挑战，至 80 年代中期，"Pass 北岛""Pass 舒婷"的呼声四起，形成大规模"叛乱"的局面。安徽《诗歌报》和《深圳青年报》联手，于 1986 年 10 月推出了"中国诗坛 1986 现代群体大展"，集中展示了包括朦胧诗派在内的新传统主义、整体主义、非非主义、莽汉主义、日常主义、他们诗派、大学生诗派、撒娇派、超低空、三脚猫等数十个诗歌流派的作品，朦胧诗在大展中似乎只是一个象征性的陪衬，展示的主体是后来被笼统地称为"新生代"的五花八门的诗歌流派的作品。以这次大展为标志，揭竿而起、纷纭杂乱的诗派以团伙、山头的方式，几乎在一夜之间完成了对诗坛的占领，从地下刚刚浮出地表的朦胧诗被猝不及防地挤到诗坛一隅，新生代迅速汇聚为气势汹涌、泥沙俱下的诗坛主流。对于 80 年代中后期的这一令人眼花缭乱的诗歌现象，准确全面地归纳把握其特点，无疑是相当困难的。但仔细梳理仍能够发现，新生代诗歌可以概略划分为两大类型，这两大类型或被论者指认为"灵魂超越型想象方式"与"日常生命经验想象力模式"（陈超：《中国先锋诗歌论》，人民文学出版社 2007 年 4 月版），或被论者定性为"带有新传统主义倾向的诗"与"带有后现代主义倾向的诗"（李新宇：《中国当代诗歌艺术演变史》，浙江大学出版社 2000 年 4 月版）。韩东、于坚等的"他们诗派"，尚仲敏等的"大学生诗派"，李亚伟等的"莽汉主义"诗歌，以表现"日常生命经验"为主，带有明显的"后现代主义倾向"，更能展示新生代诗歌的新变性质和本质特征。在新生代诗歌的代表诗人中，于坚、韩东、尚仲敏等被论者广泛谈及，对李亚伟的谈论相对较少，为避免重复，本文主要以李亚伟的若干代表作为例，同时结合其他诗人诗作，对新生代诗歌的一般特征作一简要的评介。

一

题材选取的广泛性、驳杂性和语言形式的口语化、散文化，是新生代诗在题材内容和语言运用方面的特征。

新生代诗比之朦胧诗和此前的整个现当代新诗，在题材上呈现出空前的广泛驳杂的特征。除了表现此前新诗所表现过的题材诸如观照现实、反思历史、剖析社会、抒情言志等之外，日常生活、凡人微物、俗世图相、情绪心态以及难于示人的私生活、潜意识、梦幻等，都进入了新生代诗歌题材摄取的镜头视角。随着社会生活的转型，文学和诗歌与社会政治日渐疏离，不再头戴"桂冠"或"荆冠"的新生代诗人，已然从社会中心地位被迫退向边缘，从高高在上而沉沦社会底层，不是下基层体验生活，他们本身已是社会底层满面风尘的芸芸众生中的一分子。他们的诗歌观念也随之变化，诗歌作品日益贴近世俗社会的日常生活、庸人情绪，日益成为诗人个人化的自娱方式。所以，他们的创作比以往任何时候的新诗都更注重写普通人的衣食住行、生老病死、七情六欲，试图让诗的内涵和外观更贴近生活本来的样子。比如出身四川师大中文系的"莽汉主义"诗人李亚伟，"关心的是人的存在状况"，早期的李亚伟选择流浪的生存方式，出入于"破烂的小酒店或洗脸水都不供应的臭旅馆"（开愚：《中国的第二诗界》，《作家》1989 年第 7 期），混迹于社会底层，他自称其诗作是为中国的"打铁匠"和"大脚农妇"们演奏的轰轰隆隆的打击乐。与李亚伟相似，新生代诗人们多以平庸的"生活流"手法，摹写平民生活的艰难沉重以及欢欣愉悦，李亚伟的《生活》《硬汉们》、柯平的《自行车风度》、鲁子的《这个秋天的流水账》、蓝色的《中国人的背影》《圣诞节》、王小龙的《外科病房》《公共汽车总是在绝望时开来》、丁当的《房子》等都是代表性的作品。新生代诗在题材上无边宽泛的突破，还表现在对深层生命深度心理的沉潜窥探和开掘，在这方面，新生代诗人群中的青年女诗人走得更远，唐亚平的《生活方式》、翟永明的《女人》、伊蕾的《单身女人的卧室》等引起广泛关注的作品，已是正面直接地揳入了诗歌所不便于表现的女性隐秘的生活、意识、心理。

新生代诗在语言上非意象化，乐于采用口语化、散文化的宣叙调性的长句子。新生代诗人不再使用朦胧诗惯常运用的为隐喻、象征服务的意象化手法。李亚伟宣称，莽汉们"老早就不喜欢那些吹牛诗、软绵绵的口红诗"，如今也不喜欢依托意象的"精密得使人头昏的内部结构或奥涩的象征体系"（《莽汉主义宣言》，《中国现代主义诗群大观》，同济大学出版社 1988 年 9 月版）；尚仲敏也说新生代诗是"对语言的再处理——消灭意象！直通通地说出它想说的"（《大学生诗派宣言》，《中国现代主义诗群大观》，同济大学出版社 1988 年 9 月版）；于坚认为"诗是对隐喻的拒绝。诗并不是一把刀子，把世界的皮削开，以露出其内核。没有这种内核"（《拒绝隐喻》，《磁场与魔方——新潮诗论卷》，北京师范大学出版社 1993 年 4 月版）。新生代诗口语化的语言只是对事物的散文化的叙描，而不是隐喻的意象所指向的抒情言志，诗的语言是平面化的，诗的内涵也是平面化的，绝无比兴寄托的微言大义。试看李亚伟的《我和你》："我的脑袋在诗句中晃过我的身体在一片金秋天下朝你出发/好季节啊这地球长满酒店老板肥而又壮/来一场大丰收我真想/迅速遛遍中国/把日子混个透//李亚伟我们走吧/太阳刚刚升起大地上酒杯林立/阳光射来一片女人的尖叫！/睁开眼我的梦已经到站我的鼻子稳稳停靠在/脸上/真是和你不期而遇啊！//一旦醒来我便成了李亚伟真让人觉得这事儿严肃/拐过早晨房屋朝右边让开我想开头最好是去一个/随便什么地方做一个随便怎样的朋友这念头显然正经/一个女孩被活蹦蹦套在订婚戒指里在我面前挣扎了/两下然后继续用早餐/在中国每天五千多女孩结婚真是够惨的诗人再多也没什么/大不了互相抄袭诗句铺天盖地互相/混乱今早起床我和你便混成一个人啦！"这首诗很长，一共十四节，这里抄录的是前三节。全诗带有某种"恶作剧"味道，宣泄过剩的青春精力，倾诉对生活的直接情怀，调侃自嘲、滑稽乖张中也含有一定的严肃成分。但诗句太长太啰唆、太随意，读起来叫人目不暇接，头昏脑涨。这种"消灭意象"的诗歌语言，按于坚的说法叫"拒绝隐喻"，新生代诗人们想创造一种"拒绝隐喻"或"回到隐喻之前"的、具有"流动的语感"的新语言，让诗歌回到世俗生活、日常生命的本真状态，选择一种对日常生活进行复制、摹写的艺术立场。他们放逐意象之后的诗歌文本，既从形式上使新诗语言打破了凝练、整齐、节奏，同时也在意蕴上丧失了优雅、含蓄、深度，出自他们之手的非意象化作品，已几无传统意义上的美感可言，甚至可以说已经不再是诗。再如于坚的《二十岁》，全诗舍弃意象，使用大量的口语俗词、粗话脏话，诗行全部采用 20 字以上的比日常说话的语句还要长的长句子，使诗的语言彻底散文化。还有尚仲敏的《关于大学生诗报的出版及其他》，标题即是令人厌恶的公文体，揶揄凝练优雅的诗歌语言风格，这首新生代名诗开篇写道"关于这份报纸的出版说来话长/得追溯到某年某月的某个夜晚"，这语气更像说书人的开场白而不像诗的开头。这种基本不加提炼的口语性质的散文化长句子，不仅难以从中看出任何传统意义上的"诗歌语言"的痕迹，甚至不像是文艺作品所使用的艺术语言。新生代诗人这种在"消灭意象"的前提下上演的一场群魔乱舞般的语言狂欢，显示出了语言和诗歌的一种新的可能，但总体上看，它对诗歌语言和诗艺诗美的破坏意义远远大于建设意义。作为一种诗歌写作新向度的探索，或引起关注的策略，是可以允许的；但作为一个时期的大面积诗歌时尚现象，其负面作用不容小觑。诗歌理论批评应对此保持足够的理性和清醒。

二

新生代诗人的生存境遇作用于他们的审美心理，濡染着他们的艺术趣味，以俗为雅和以丑为美成为他们的艺术手段和美学追求。社会生活、思想情感有美丽高雅的一面，但毋庸讳言，也大量存在着卑俗甚至丑陋的另一面。诗可以高雅美丽，但高雅和美丽不是唯一和绝对的；既然卑俗和丑陋大范围地存在，不管是在现实世界或心灵世界，诗歌也就没有理由回避或将其放逐。更何况新生代诗人混迹的下层社会，本身就是世俗的，且不乏丑陋，题材无所不包并侧重写下层社会世相百态的新生代诗，必然要大量地容纳俗的和丑的东西。再从接受的角度看，今天的普通读者对阳春白雪的高雅艺术因无力欣赏而并不买账，他们更多追逐日常生活中的感性愉悦和官能满足。他们的社会地位、文化修养决定了他们的审美趣味，他们更喜欢那些世俗的粗卑的东西，因为对他们来说这更真实，更让他们感到亲切。受众的审美好尚也促成了新生代诗的以俗为雅和以丑为美。

整体上把握新生代诗，尤其是新生代诗中"莽汉主义""他们诗派""大学生诗派""撒娇派"诗人的作品。其以俗为雅和以丑为美的特质可以归纳为如下三个方面。

（一）**原生化**。在作品中直接展示生存的本然，不加提纯筛选，不加粉饰改造。具有突出的非优美倾向。李亚伟的《硬汉们》写道"打从我们被夏天推开/被沙发和女朋友拒于门外/我们这些不安的瓶装烧酒/这群狂奔的高脚酒杯/我们本就是/腰上挂着诗篇的豪猪/是一些不三不四的/漂流的沉桅/我们下流地贫穷/胡乱而美丽/提起裙子/我们都是男人"，这就是当代"硬汉们"其实就是文学青年们的生存状况。于坚的《作品51号》与20世纪30年代现代派诗人金克木的《邻女》，同写"我"对"邻女"的爱慕。于诗中"我紧挨着她在院子里看电视看一个男人吻另一个女人/我的手燃烧着去舔她的手但她一疼就缩开了"一类诗句，直写形而下的欲望本能，真实而原始。金克木则对"邻女"说："愿我永做你的邻人/愿意每天听着你咯咯的笑声/愿意每天数着你轻快的脚步/愿意每天得你代我念一章书。"形而上的精神之爱，优美而纯情。宋琳的《站在窗前一分钟》写城市居民的日常生活："作为一个城市公民/我必须习惯起早/我将带上饥饿的胃出去/排在任何一个屁股后面平静地等待/从上午到黄昏/迈动稳重的双脚/然后怀着做客的心情回来/像憋在喉咙里的一口痰/准确地进入瓷缸/想起生锈的膝盖还需要卸下来修理。"沉重而艰辛、灰暗而龌龊，小市民的生存现状在这里已毫无浪漫气息和优美诗意可言。

（二）**卑俗化**。具有突出的非崇高、非文化倾向。首先是对主体。上引《硬汉们》中，李亚伟自认"是腰上挂着诗篇的豪猪"，其自我嘲弄、自甘卑俗已到了令人惊讶的地步。于坚的《尚义街六号》，勾勒出包括本人在内的大学生群像，理想色彩和雅士风度荡然无存，琐碎、荒诞、卑俗、滑稽历历在目。尚仲敏的《自写历史自画像》，自揭脸上伤疤，自揭身上短处，整个新诗史上从没有任何一个诗人这样写过自己。韩东的《有关大雁塔》，是一首被论者公认的具有非文化倾向的名诗，诗人自甘于文化失落者的角色，从文化崇拜、文化反思走向对文化的冷漠甚至亵渎。与这种文化心态相适应，这首诗用漠然冷淡的语言构成反讽，是新生代诗歌冷抒情的典范。朱晓东用他养过的一条狗的名字"宁可"作笔名，其他像孟浪、二毛、京不特、胖山等，看名字倒更像小痞子的诨号。其次是对客体。新生代诗人既然能够如此自嘲，也就能够去无所拘忌地嘲人——下至普通百姓，上至贤哲帝王。如李亚伟的《苏东坡和他的朋友们》、尚仲敏的《卡尔·马克思》、王寅的《华尔特·惠特曼》、柯平的《登赏心亭吊辛弃疾》等，这些作品中的人物不管是什么身份、不管有何等功业，都一律不再神圣无比、头放毫光，而表现出某种世俗性和可笑性，具有共同的非崇高倾向。李亚伟非崇高、非文化的名作《中文系》堪称杰构，这是一首使用口语的莽汉诗，展示的是法相庄严的高等学府里滑稽可笑的另一面：教学方式陈旧，教师思想保守，学生厌学混天、浮躁颓废。诗作有着突出的非崇高、非优美、非文化倾向，是往庙堂神像鼻梁上抹灰的亵渎神圣。

（三）**大面积的幽默感**。生活中充斥着并不美好、事与愿违的一切，随处可见的是荒诞性和非理性，面对巨大的异己力量，个体的人又是那样的无力和无助。因此过分认真严肃不仅于事无补显得可笑，而且生气碰壁不利健康和生命。新生代诗人中有不少调笑的高手、死没正经的"侃爷"。其何以如此？《撒娇派宣言》如是说："活在这个世界上，就常常看不惯。看不惯就愤怒，愤怒得死去活来就碰壁。头破血流，得想想办法，光愤怒不行，我们就撒娇。与天斗，斗不过。与地斗，斗不过。与人斗，更斗不过。我们都是中国人，试试看，中国人死都不怕，还怕活吗？"（《中国现代主义诗群大观》，同济大学出版社 1988 年 9 月版）与其说这是诗学宣言，不如说这是一种处世态度；与其说这是开玩笑，不如说这是在"玩哭"。也许新生代诗人正是借助于那种嘻嘻哈哈的戏谑氛围，去淡化现实中揪心的一切。这种情形表现在作品中，便是大面积幽默感的产生。新生代诗如李亚伟的《中文系》《生活》《我和你》、柏桦的《在清朝》、柯平的《深入秋天》、京不特《瞄准》、张锋的《本草纲目》等都很典型。看一首李亚伟的《生活》：

> 教语文的小赵现在差不多是该快活了/自从当上副主任，身材越发苗条/他去检查清洁，由于地面已被校长看过/他就看傍晚的天空出没出什么娄子/他走到河边，吐了一口三米长的闷气/一个木匠老远斜着眼看他，等他打招呼的机会/一个初中男生从他扶着树的腋下一闪就没了影//上个月，在三百米远的县政府里/文教局的几个官儿们数了一下上级文件的字数/就派人事股的副股长爬进档案柜/用尺子把小赵量成了中学的领导之一//如今他站在河边，一个合同工跑来/请示维修楼梯的问题。继而他抽烟/大学毕业他就被分来这儿站着/那时全校的女生都隔着操场远远地爱他/河水飞快地流过，几个夏天就从他烟头上溜了/后来他上街见了该出嫁的女人/眼里就充满了毛遂自荐的恳求神情/悲壮的英雄主义感觉就在这时油然升起

在上举作品中，不是一个意象或一个句子的细节局部的幽默，而是一串句子或整个作品的持续不断的大面积幽默。这种整体性的幽默在现当代新诗史上，除却新生代诗，是极少见到的。

有一利必有一弊，有所得必有所失。反之亦然。观察的角度与判断的尺度转换了，对象的优缺点也随之转化。以此来观照新生代诗，不难发现——创作主体社会地位的下降迫使新生代诗人与最广大的下层社会认同，这导致他们的创作从题材、语言到美感、风格发生了一系列深刻裂变；但责任感、使命感的放弃，也使他们在人生理想和艺术追求上显得缺乏终极关怀。戏玩遣兴的文学观念有效地疏离了文学与政教伦理过分密切的关系，但玩世与玩文学的结合，又给新生代诗人的创作抹上了浓厚的盲目性、非理性色彩，滋长了其创作中的庸俗浅薄倾向。题材的广泛性使新生代诗的表现力几臻于诗歌的极限，但下者失之于滥，过于驳杂，缺乏选择。语言的解放性使新生代诗更易于被大众接受，但下者失于平浅，过于松散，缺乏诗意。以俗为雅，上者从大俗走向大雅，中者化俗为雅，下者失于庸俗油滑。以丑为美，拓开了审美的新领域，提供了审美的新范型，为诗歌增添了新的美质；但失之在于过于原生化、自然主义。所以，我们在评介新生代诗歌时，应该注意采取辩证的态度，对其利弊得失加以实事求是的认知和区分。

诗词阵营的双枪将

——王国钦的诗词创作与理论探讨

无疑，在当代中华诗词界，王国钦先生是国内颇具影响力的中青年领军人物之一。他的创作，尤其是度词、新词创作，已取得了可喜的成绩；他关于度词、新词的理论探讨，更具有开拓性的现实意义，在不同层次和较大范围内引起了关注和反响。本文拟从创作和理论两个方面，对王国钦所取得的成就进行初步的评估。

一、王国钦的诗词创作

王国钦的诗词创作，开始于20世纪80年代初的大学读书时期，迄今已有20余年的诗龄。他笔耕甚勤，作品颇丰，不断散见于《诗刊》《中华诗词》《中州诗词》《当代诗词》等数十家报刊，入选多种当代诗词选本，并获得国内多种大奖。从形式的角度看，王国钦在他的创作中，熟练地使用了旧体诗词的各种已有体裁，并适应时代的需要，发起创制"度词"和"新词"，为当代中华诗词范围增添了新品种；从内容的角度看，王国钦的诗词既有秉持"美刺"精神、反映重大题材和热点问题之作，也有酬唱题咏、寄怀写心之作。就我手头的一小部分作品来看，虽不一定说已达到"无意不可入，无事不可言"的程度，但也确实覆盖了传统诗词题材领域的一些重要方面。

传统的入世思想和古代诗词的泛社会化抒情倾向，对王国钦的影响是显著的。所以，在他的作品中，表现重大题材和反映热点问题的作品，占有比较显著的位置。例如，面对"每年有一百多万儿童因家庭贫困而失学，近十年来，累计有一千多万名儿童徘徊在校门之外"的严峻现状，我国实施"希望工程"救助失学儿童，王国钦为此奋笔创作了度词《展鸿图·为中国希望工程而作》，表现了失学儿童的痛苦心声："我要读书！听声声乳燕娇莺涕咽呼。魂里梦中，更纷纷稚蕾童心洒泪珠。"抒发了作者的满腔忧愤："念故国，堂堂汉月，何堪史鉴；泱泱夏土，又衍贫愚。青天试问，此千万龆龄学子竟何辜？风华初茂日，萧瑟却秋荼。"讽刺了那些肆意挥霍国家资财的腐败分子："独悲者，彼君子素餐兮，一掷千金无。"在词的下片，作者更是集中笔墨，热情讴歌了希望工程的实施，展示了实施希望工程的巨大意义和壮美前景：

> 喜神州希望工程曙光浮。爱心一片冰河暖，春雨三分草木苏。
> 看浩浩长风，涓涓细水；道义良知，哺凤安雏。把同学少年，书声
> 再亮；凋敝校园，重展鸿图。寰球小，待举双文明，一较赢输。

词作既直面现实，不回避矛盾和问题，体现了作者的良知道义；同时又看到了希望，给人以鼓舞和激励。全词情真意切，十分感人。

重大和热点题材的代表作，还有七律《朱总理答中外记者问》，歌颂爱民勤政、清廉务实的好总理；七绝三首，纪念抗日战争胜利五十周年；度词《水调秦川》，咏唱甘肃引大入秦水利工程；度词《春风着意》、新词《梦魂萦》，喜迎香港回归；新词《马蹄骄》，为省会郑州四桥一路竣工命笔；尤其度词《忆母亲·纪念中共建党八十周年》更是匠心独运，把对中国共产党建党八十周年的纪念和对母亲的怀念，有机地融合在一起，用一种相当个人化的手法，巧妙地完成了对重大题材的及时表现，有效地避免了应时之作常见的大而空和程式雷同的弊端，写来亲切具体，堪称佳构。

王国钦是一个怀有使命感的诗人。他首先在认识层面敏锐地看到，他和一大批同人所致力的当代中华诗词创作，不仅是一项承传文化的工作，而且是一件创造"历史"的事业；他更在行动上尽心尽力地践行自己的认识，发起、组织、参与了十多年来国内和省内的一系列大规模诗词活动，相继担任了中华诗词学会青年部副部长和河南诗词学会第三届理事会副会长兼秘书长，策划主编了《新纪元中华诗词艺术书库》六十卷，参与主编了《中华诗词十五年年鉴》等大型图书，为当代中华诗词历史立信存真。他的使命感在创作中也时有流露，如在七绝《新时期大学生诗词选编后》《全国第十二届中华诗词研讨会在武昌召开》《河南省第三届青年作家创作会口号》等作品中，均有其雄心壮志的抒写。相比之下，新词《雨潇潇·写在2001年第四期〈中华诗词〉付印之际》，忧念诗运，感怀人生，是他使命感和身世感结合得较好的成功作品之一。

在咏史怀古之作中，王国钦思接千载，视野开阔，显示了超卓的识见和敏锐的悟性。他的七绝《过朱仙镇感题岳飞庙》、七绝组诗《濠城组吟》，均如著名诗人林从龙先生所评："发前人所未发，在咫尺之间涵纳了深刻的历史内

容。"王国钦写得更为出色的是现实感怀之作，如组诗《庚辰感时》十首，触及了现实生活中诸如腐败、环境等最触目惊心的问题，其中的第三首写道："有钱便是草头王，猫鼠兔狐鹭爵忙。黄雀螳螂前复后，苍天无语对斜阳。"第八首则云："地球百孔千疮后，南极洞开臭氧层。水绿山青云白否？如何敢对子孙评。"诗人的感时伤世、悲天悯人情怀，至为浓挚。甚至在诗会雅集、吟友酬唱之际，诗人也没有忘怀现实，如《庚辰秋赴龙虎山诗会兴怀》的尾联，竟然结出了这样两句："世上贪官如蚁走，有无廉术问天师？"相比那些多如过江之鲫的、沉溺于一己得失不能自拔的所谓诗人，王国钦可谓高格自标、高境独造。

王国钦是一个感情丰富细腻、笃于情义的诗人。他题赠林从龙、张进义、蔡厚示、熊东遨等诗坛前辈、同侪之作，无不款曲体贴，情意殷勤。他对亲情更是感念不忘，屡屡形诸笔端。十岁的女儿，成了他的忘年吟友；解赏的爱妻，是和他比翼的燕侣；侄儿参军，他赋诗壮行；父母养育的高天厚地之恩，更使他"家严长忆泣天寒"，从深永的怀念中，握紧了生命的根本，汲取了催动人生事业前进的内驱力。此外，王国钦的流连山水、感悟人生之作，如七绝《三亚漫忆》《昭州速写》、五律《云台山小寨沟》、度词《寻芳草》等，亦颇可观。限于篇幅，这里就不多谈了。

二、王国钦的理论探讨

说王国钦先生是当代中华诗词阵营里一员骁勇的双枪将，恰如其分。他在用右手裕如地应对了繁忙的编务、创作了大量诗词作品的同时，腾出左手，写出了一系列有关"度词""新词"的理论文章。王国钦不是一个只顾低头拉车的人，他还要抬头看路。不仅是为自己，更为了当代中华诗词的创新发展、前途命运。

一般来说，理论总是晚于实践而生的，是实践的概括、总结、升华。王国钦为当代中华诗词寻找新路的"度词""新词"也是从创作实践开始的，时间大约在20世纪80年代中后期。经过数年的具体摸索，以一批"度词""新词"作品为坚实的依托，到90年代中期，王国钦正式打出了"度词""新词"的理论旗帜。他先后发表了《度词：为"自度曲"正名的最佳选择》《度词：当代诗词创作中的技术革命》《新词：直接一步到位的当代诗词新品牌》等系列文章，对他创制的新体诗进行概念的界定、内涵的阐述和必要的辩疑解惑与宣传张扬。一石击起千层浪，他的理论观点引起了广泛的关注和讨论。著名诗人霍松林、孙轶青、林从龙、丁芒等，均著文或写信对他的探索表示支持。2002年5月，在湖北赤壁召开的中华诗词学会成立十五周年纪念大会期间，王国钦与笔者曾就"度词""新词"的有关问题数度长谈。会后不久，他便在广州《诗词》报上发表长文《双轨行双制，新体绽新花——关于"度词""新词"创作特点的再思考》，对有关"度词""新词"的问题作出进一步深入的阐述和更为明确的表达。这篇文章可视为王国钦"度词""新词"理论的丰富、深化和完善，其价值和意义不容低估。

在这篇文章中，王国钦首先从中国诗歌发展史的角度指出："一部繁荣兴盛的中华诗词史，就是一部诗歌体裁的递嬗演变史。"接着强调了他的"度词""新词"创作，不是修修补补的"技巧"调整，而是一次根本性的"技术"革命。诗体创新，表明他要为中华诗词再造新形式的远略宏图。接着，他对"度词"和"新词"再次进行了概念界定和特点说明："度词"，就是适用于由具备一定诗词修养的作者进行文学实践的一种新型诗体。"新词"，则是由"度词"衍生出来的一个新品牌。"新词"与"度词"在语言形式上基本一致：句式组合自由，体式长短自由，用韵宽严自由，不受律诗之局限，没有词曲之约束，但却有词的潇洒与灵活；在语言上主要是以当代词汇表现当代思想为主，是一种真正由作者自己随心所欲从事创作的诗歌新形式。就用韵而言，度词采用旧声韵，新词采用新声韵。"度词"和"新词"分阕自由，每阕的句子多少自由。既然叫作词，须有词牌，其词牌则摘自词中最能表现主题的词句，鲜明醒目，题目和作品内容完全吻合。

王国钦的"度词""新词"理论，有两点值得高度重视。一是它适应了当代中华诗词呼唤诗体创新的时代需要，只有创造出能够完全容纳现代汉语词汇、音韵的新诗作，才能真正振兴中华诗词。在诗词领域，只有这样一种诗体，才能肩负起充分表达现代人生活、情感的文学使命。二是与近年来各地诗人纷纷亮出的种种新诗体名称相比，"度词""新词"的命名简洁准确，与传统诗词曲的关系处置得体，便于使用和流行。

当然，一切都还处于探索、发展的过程之中，还远远不到终端显示的时候，所以不完善是必然的。就迄今为止作者发表的大部分度词、新词作品来看，句子仍是以旧体诗词的三、四、五、七言为主，遣词用语亦偏于文雅，读之总有仿古意味，不似白话新诗自由舒展，与现实生活情感密合无分。而一些较为彻底地使用现代汉语的作品，又不免谣讴俚曲的意味。如何解决这些问题，恐怕只有假以时日，让以王国钦先生为代表的勇于探索的诗人兼理论家们，在具体的实践中加以改进提高了。读者期待着他更多更好的"度词""新词"作品问世！

再谈现当代旧体诗词
"经典化"与"入史"问题

2014 年 12 月，中华诗词研究院在京召开首届"现当代旧体诗词史问题"座谈会。笔者有幸受邀与会，交流了一篇题为《现当代旧体诗词进入文学史的几个问题》的文章，主要谈了文学学科的设置调整和重新建构、大文学史观念的重新确立、当代旧体诗词作品经典化的过程与进入文学史的形态、经典作品的评鉴标准和尺度等四个方面的看法。会后迄今，当代旧体诗词创研者和广大爱好者，仍在持续议论关注"经典化"和"入史"问题，笔者也在断续思考这个问题。笔者认为，"经典化"的前提是要有真正称得上"经典"的作品，写出"经典"作品才是硬道理；而作品是由作者写出来的，现当代旧体诗词作者是否已经写出了堪称"经典"的作品，以及如何才能写出"经典"性的作品，这才是"经典化"和"入史"问题的关键所在；如果现当代旧体诗词作者已经写出了"经典"性的作品，那么读者尤其是研究、评论者，怎样才能从无量数的现当代旧体诗词作品中，识别、挑选出那些少量的珍稀的"经典"性作品，这显然也是展开相关工作的一个必要条件；而所谓的"经典"，可能只是一个相对的存在，最终决定作品是否经典的，是后世的一代代读者和未来漫长的时间。这些方面，都是我们讨论现当代旧体诗词"经典化"与"入史"问题时，必须清醒地意识到并且需要认真面对的。

一、作品是硬道理

从数量的角度看，今天的诗词创作，比历史上任何一个时代都要繁荣。据中华诗词学会发布的权威信息，全国写作旧体诗词的当代诗人号称 300 万之众，可能还更多。由于媒体发达，发表便捷，一天产生的诗词作品，就远超《全唐诗》的数量。在庞大的当代旧体诗词作者群体中，不乏自许名家、大家，或被论者推许为名家、大家者，也产生了一些可读的、有新意的、出手不俗的诗词作品。但是，当代也可以包括现代，即从五四到今天，一百年来，被新诗挤到诗坛边缘的旧体诗词，从潜滋暗长、不绝如缕的地下写作，到近年来不择地而出的空前繁盛，重新回归诗坛中心位置，的确显示了诗词体式的巨大艺术魅力和顽强生命力。然而，放眼现当代旧体诗词界，从创作主体即诗人词人的角度看，号称300万之众的浩浩荡荡的作者队伍里，现当代的屈原、陶渊明在哪里，陈子昂、张若虚在哪里，李白、杜甫在哪里，高适、岑参在哪里，王维、孟浩然在哪里，韩愈、李贺在哪里，白居易、李商隐在哪里，苏轼、辛弃疾在哪里，柳永、周邦彦在哪里？我们的看法是，这样量级的现当代诗人词家不一定没有，也许会有吧，但是作为读者和研究者，我们却很难找到。

从作品的角度看，数量巨大的现当代旧体诗词文本之中，能够达到诸如《离骚》《归园田居》《登幽州台歌》《春江花月夜》《蜀道难》《将进酒》《梦游天姥吟留别》《三吏》《三别》《茅屋为秋风所破歌》《登高》《燕歌行》《白雪歌送武判官归京》《山居秋暝》《过故人庄》《南山诗》《金铜仙人辞汉歌》《长恨歌》《琵琶行》《无题》《锦瑟》《雨霖铃》《寒蝉凄切》《念奴娇·赤壁怀古》《水调歌头·中秋》《兰陵王》"柳阴直"、《摸鱼儿》"能消几番风雨"、《永遇乐》"千古江山"这样的经典之作的艺术高度的现当代旧体诗词作品在哪里？我们的看法是，这样水准的现当代旧体诗词作品不一定没有，也许会有吧，但是作为读者和研究者，我们却很难发现。

如果我们能够抛开其实难以抛开的面子和人际关系，超越其实难以超越的时代和认识的局限性，做到其实难以做到的像刘勰所说的那样"无私于轻重，不偏于憎爱"（《文心雕龙·知音》），那么我们就有可能不得不承认，现当代不少被人目为诗人词家者，或者敢以诗人词家自命者，其诗词艺术水准，基本上也就是粗能成体而已。更多的写作者，仅是出于爱好，或勉力而为，或顺口溜出，他们写下的大量旧体诗词作品，几无思想和艺术可言。这是不争的事实，但相当多的现当代旧体诗词写作者，由于并不真正具备清醒的文学史意识，没有立足文学史上的一流经典作品建立起真正的标准和尺度，所以往往恬然自喜，并不自知。跳出圈外、解除自蔽、眼界开阔的人都不难看清：现代尤其是当代旧体诗词作品，习惯于迎合跟风、应时应景和日常琐碎，基本上处在个人或圈子里自娱自乐的文化娱乐层次上，由于现代性和新意的大面积匮乏，其价值体现为更加宽泛的文化宣传和娱乐价值，并不具备严格的诗歌史和文学史意义。这些每天都在大量产生的、无法具体统计数量的当代旧体诗词作品，诗歌史和文学史对它们大体上是可以忽略不计的。而这些滔滔者天下皆是的庸常之作，正是制约现当代旧体诗词走向经典、进入史著的瓶颈。说到底，现当代旧体诗词和任何文学艺术门类一样，最终要靠作品本身说话，如果不能产生专业领域和社会大众公认的佳作、名作、杰作，甚至伟大的作品，那么其他一切的喧噪热闹、一切的价值和意义，都不过是花边缀饰，都与诗歌艺术、都与诗歌史和文学史无关。

二、批评是硬标准

和创作一样，当代旧体诗词研究和评论堪称空前繁荣。因为专业和业余的诗词研究、评论从业者众，而新的学术生长点难觅，大家为了职称、学位的需要，甚至是爱好和存在感的需要，纷纷转战现当代旧体诗词领域，把现当代旧体诗词当作一大研究对象。还有各级各类诗词学会的组织和倡导，集合了人数颇为可观的研究、评论队伍。所以，一些可能没有太大研究和评论价值的作者、作品，也被纳入研究和评论的范围之内。加上现代科技手段便于网罗资料，这些年来，近现代、当代旧体诗词文献集成类图书的编纂大热，学者竞相申报攒集文献材料的重大项目，几乎把所有的存量都推到读者眼前，佳作少而凡庸多，良莠不齐，是毋庸讳言的事实。这就需要研究、评论者的选择和导引，披沙拣金，把真正的精品推荐给社会和读者。

热衷编纂近现代诗词文献的学者，追求资料的尽全，可以不管审美标准。但是批评需要的是硬标准，作为研究者和评论者，应该把艺术审美标准放在首要位置。要严守尺度，敢说真话，秉持公心，删汰凡近。这样，提高研究者、评论者自身的专业素养，就成为当务之急。一个合格的研究者、评论者，天赋之外，后天的功夫一定要下到。要使自己具有"真赏"的眼光，成为佳作"千载其一"的知音（刘勰：《文心雕龙·知音》），就要以真正一流的作者如屈陶、李杜、苏辛的名作，作为标准和尺度，然后放开眼光来一览众山，审视众作。还要参酌时代的因素和外来的资源，深入研究艺术美学和诗学理论，仔细研读古今诗法、词法类著作，包括域外的文论著作。使自己不仅能从思想艺术的总体把握上判别高下，而且能从意象、语言、字法、句法、章法、声韵、格律等修辞技巧的细部，去锱铢较量，分辨优劣，从无量数的现当代诗词作品中，擢拔出真正的佳作、名作甚至杰作。

针对经典化标准的纷纭不定，我们在这里不妨重温刘勰主张的"博观""六观"评骘方法。在《文心雕龙·知音》篇里，刘勰首先指出评价作品时应注意避免的贵古贱今、崇己抑人、信伪迷真、偏于私爱等四个方面的问题，然后正面提出评鉴作品的正确方法："凡操千曲而后晓声，观千剑而后识器。故圆照之象，务先博观。阅乔岳以形培塿，酌沧波以喻畎浍。无私于轻重，不偏于憎爱。然后能平理若衡，照辞如镜矣。是以将阅文情，先标六观：一观位体，二观置辞，三观通变，四观奇正，五观事义，六观宫商。斯术既形，则优劣见矣。"刘勰说的"博观"，系从总体着眼，强调的是多看多听，多加分析比较，这样才能去蔽，避免私爱偏见，才能"晓声""识器"，提高审美鉴赏力。他说的"六观"，则是针对一篇作品的具体评鉴方法，需要从六个方面加以观察：一观"位体"，先看作品的体裁和风格；二观"置辞"，再看作品的文辞安排，语言运用，所谓"披文以入情"；三观"通变"，接着看作品是否"资于故实""酌于新声"，是否既继承传统、借鉴前人，又有新的发展变化；四观"奇正"，然后看作者如何执正守中、翻空出奇的表现手法；五观"事义"，还要看作品能否"据事以类义，援古以证今"，表现出内容上的丰富性；六观"宫商"，最后看作品的音声节奏之美。这样来对一篇作品的体裁、内容、形式、风格、修辞、声律、继承、创新等各个方面进行全方位的观察、分析、研判，那么一篇作品是否优秀、是否完美，也就能够看得很清楚，作为读者和研究者，就可以据此对作品加以取舍了。在当代天文数字的旧体诗词作品面前，进行准确的选择判断无疑是困难的，所以我们不妨借鉴刘勰的"博观"尤其是具有一定可操作性的"六观"评鉴方法，来帮助我们作出接近正确的选择判断。

三、难处方见作者

现当代旧体诗词作者，尤其是当代旧体诗词作者，写作过剩是一个突出的问题。看到什么都能写，随时随地都能写，出行几日，数首甚至十数首纪行记游诗词就写出来了。甚至不需出门，不用外物的触发，不用得江山之助，日课月课乐此不疲，同题社课刺刺不休，一周、一月就能辑存一众诗词作品，结为一集，这已是当代旧体诗词创作领域司空见惯之事。斗酒诗百篇的李白、八叉手成八韵的温庭筠若生在今天，都会自愧不如的。

这种态势，可喜亦复可惧。可喜者捷才遍地，作品井喷；可惧者出手太易，泥沙俱下，难见精品。是时候强调诗词写作的难度问题了。从理论上讲，陆机《文赋》、刘勰《文心雕龙》都深入探讨过构思和表现的微妙复杂情形，实际上就是创作难度问题。按照钟嵘的说法，诗歌是"动天地，感鬼神"的高上之物（《诗品序》），说明写诗起码需要心存敬畏，不能率尔下笔；按照况周颐的体验，词心乃"风雨江山之外万不得已者"（《蕙风词话》），亦非寻常情况下能够轻易得手的。姜夔强调作诗要"精思"，认为"诗之不工，只是不精思耳。不思而作，虽多而奚为"（《白石道人诗说》），所批评的正是一种率易随便的创作态度。他强调"难处见作者"，认为只有提高创作难度，才能脱弃凡近，真正见出作者的水平，才能产生好的诗歌作品。姜夔的说法和西方诗人的见解是一致的，马拉美曾说"不难的等于零"，米沃士追求"迟滞的纯熟"，都是说要写得慢一点，写得少一点，也就是要写得难一点。

揆诸创作实际，文学史上的许多名作，都是诗人苦心孤诣、惨淡经营的结果。天才如李白，曾"三拟《文选》"，这是多笨、多慢的铁杵磨针功夫啊！杜甫的"晚节渐于诗律细""新诗改罢自长吟"，都是一种慢工细活，反复推敲，切磋琢磨，千锤百炼，终至"语不惊人死不休"。所谓"文章千古事"，杜甫是把写诗当作终极关怀来严肃对待的。晚唐"二句三年得，一吟双泪流""吟安五个字，拈断数茎须"的苦吟不必说了，境界浑成的盛唐诗歌，似乎出于自然，不费力气，看不见匠心经营的痕迹。比如王孟山水田园诗，可以说是最朴素自然的盛唐诗歌作品，但《云仙杂记》卷二引《诗源指诀》说："孟浩然眉毫尽落，王维至走入醋瓮，皆苦吟者也。"可知，王孟等盛唐诗人诗歌，也是"极炼如不炼"、人工如天工的。现代和外国诗人也有很多类似的例子，如卞之琳那首《断章》，原是一首长诗，最后删改得只剩下四句，成为新诗中罕见的脍炙人口之作。菲律宾华侨诗人云鹤的《野生植物》，酝酿写作了十五年，删繁就简，精益求精，最后敲定为9行32字，字字珠玑，让人过目难忘。美国意象派诗人庞德的《在一个地铁车站》，原来写了30行，半年后改为15行，一年后改为2行"日本和歌式的诗句"，反复的修改使这首小诗成为一首蜚声世界的名诗。

上举中外诗歌史上的事例，提醒我们必须认识到，写诗绝非一件容易的事，好的作品来之不易，当代的旧体诗词作者手不能太滑，出手不能太快。天才如李白，登上黄鹤楼都发出过"眼前有景道不得，崔颢题诗在上头"的慨叹，天才都知道敛手，何况晚生的我辈常人乎！那些随时随地随手随口都可以作出来的诗词，难有深刻的情感体验，多是不疼不痒的应时应景之作。刘鹗《老残游记》自序说："《离骚》为屈大夫之哭泣，《庄子》为蒙叟之哭泣，《史记》为太史公之哭泣，《草堂诗集》为杜工部之哭泣，李后主以词哭，八大山人以画哭，王实甫寄哭泣于《西厢》，曹雪芹寄哭泣于《红楼梦》。"这段话大家都很熟悉，应该引起应有的重视，从而使我们真正懂得：文学史上的一切经典之作，都是作者全副心血灌注凝聚的结果，都是作者全部生命和情感长期郁积的发抒宣泄，都是作者的真疼痒真歌哭，而这样的作品，都不是唾手可得、等闲写就的。当代旧体诗词作者应该珍重笔下，知所戒止，增强定力，少写甚至不写，潜心研读经典，博采众善，长期孕育酝酿感情，逐渐提高表现技巧，待蓄积饱满、手法高超之日，一旦有所触动，灵感袭来，妙手偶得，才有望写出少量的上佳之作。这类少量的出于作者真疼痒真歌哭的上佳之作，可能就是我们近年来一直"千呼万唤不出来"的传世经典之作。

四、经典的相对性

所谓"经典",是相对于大量非经典作品而言的。一般情况下,指的是那些思想艺术上更接近于完美的、被当代和后世的专业研究者和广大读者所公认的优秀、杰出作品。但在对经典作品的认定和评价上,当代与后世、专业研究者与广大读者,认知往往是不尽一致的。比如初唐诗人刘希夷的名篇《代悲白头翁》和张若虚的名篇《春江花月夜》,写出来之后并没有立即引起好评。刘作在其身后被孙季良编入《正声集》,以其"为集中之最",由是"方为时人所称"(陈伯海辑:《唐诗汇评》)。张作直到明人李攀龙选入《古今诗删》,胡应麟《诗薮》又推崇它"流畅婉转,出刘希夷《白头翁》上",并由近人闻一多《宫体诗的自赎》一文大加赞赏,才最终成为"孤篇盖全唐"的旷代杰作。

单篇作品的际遇是这样,一些诗人的际遇也是如此。典型者如后世逐渐攀升到中国诗歌史巅峰之上的陶渊明和杜甫,在其生前乃至身后很长的时段内,作品并不被特别看好。陶诗在三品论诗的钟嵘眼中仅列为"中品"(《诗品》),处于二流水平,后经唐宋人如王绩、白居易、苏轼、朱熹等慕陶效陶、和陶评陶,直至汤汉注陶,陶诗才成为公认的"平淡自然"的诗美典范。陶诗的经典化过程,前后经历了漫长的六个世纪(《古典文学研究资料汇编·陶渊明资料汇编》)。杜诗的际遇与陶诗相似,编成于天宝十二载的《河岳英灵集》不选杜诗,最能说明当代人对待杜诗的态度。杜诗地位的抬升,从中唐元稹、白居易的推崇开始,至宋代"千家注杜",终于"陶杜"并尊,方才确立了"诗圣"不可撼动的诗史地位。

与之相对的,是另外一些诗人诗作的经典地位的塌陷坠落,比如西晋诗坛领袖陆机、潘岳的诗作,东晋的玄言诗,梁陈的宫体诗,晚唐苦吟诗人的诗作,明代的台阁体诗作,前七子领袖李梦阳、何景明的诗作,后七子领袖李攀龙、王世贞的诗作,上举这些作者或作品的后世评价,与当时的崇高地位、隆盛声誉相比,反差是巨大的。文学史上的诗人大致可分为四种类型:生前轰动,身后轰动,一直轰动者如李白,是极少数;生前默默无闻,身后地位上升,且呈愈来愈高之势者如陶渊明和杜甫,也不多见;生前轰动,身后渐趋冷寂者,为数不少;生前籍籍无名,身后默默无闻者,则是绝大多数。古今所有诗人,必占四型之一型,概莫能外。这四种现象的存在,说明对于经典的认知,当世和后世的意见往往是不一致的。除此之外,还有专业研究者与普通读者的分歧,比如专业研究者可能更看重杜甫,读者可能更喜欢李白;专业研究者可能更看重宋诗,读者可能更喜欢唐诗;专业研究者可能更看重周邦彦、吴文英，读者可能更喜欢柳永、秦观。专业研究价值，在很多时候并不能等同于阅读欣赏价值。至于近年被学术界普遍看好，投入越来越多精力进行研究的元明清诗文和近现代旧体诗文，很难说有多少读者会去关注它们，读者普遍喜爱的还是唐诗宋词、周汉唐宋文章、元明清及近现代的戏曲小说和新体文学。至于一百年来的新体文学作家作品，评价和地位的高低升降，更是大到惊人的程度，主流的宣传和读者的喜欢，有时候更是南辕北辙，以至于晚近有"各领风骚三五年""各领风骚三五天"的说法。也就是说，在专业研究者眼里与在广大读者眼里，所谓的"经典"有时候是重合的，而在更多的时候可能是不一样的。在上一时段被视为经典的诗人诗作，到下一时段可能已被冷落厌弃遗忘，成为明日黄花。

这就是我们所说的经典的相对性问题。认识到经典的相对性，对于我们今天推进现当代旧体诗词的"经典化"和"入史"工作，不无启示意义。一方面，我们要组织一批具有"真赏"眼光的学者切磋商量、斟酌权衡，精心挑选现当代旧体诗词佳作，编撰出版可读性强的选本；同时把挑选出来的佳作，配上专业的评点或细读性质的鉴赏文字，一并向读者和社会广泛推介；在高校工作的写作或研究旧体诗词的作者和学者，要力争在中文专业开设相关的专题选修课程；整体而言，当代旧体诗词界要改变目前等待被承认的被动状态，组织那些既研究旧体诗词，也研究新诗和新文学的学者，统揽全局，综合考量，尽早撰写出包含旧体诗词在内的现当代诗歌史、文学史。以上数端，都是在推进现当代旧体诗词"经典化"和"入史"的过程中，应该下大力气坚持不懈、执着不倦地做好的工作。另一方面，由于经典的相对性，时过境迁，若干年后，在未来的更长的时间段里，我们今天执意推出的、写进现当代诗歌史和文学史的经典作品，是否还被继续视为"经典"，我们其实是管不了的。也就是说，在推进现当代旧体诗词"经典化"和"入史"这件事上，我们尽到当代人应尽的一份心力，即可坦然释怀。我们其实不必过于执着，不必意气用事，剩下的事情，只能交给时间、交给一代代读者和研究者去决定，他们才是最后的权威裁判。也许，现当代旧体诗词的"经典化"和"入史"工作，本来就该是由历史和后人完成的事情，活在当下的我们，真的不能操之过急。

当代旧体诗词短论二则

"诗界革命"与当代诗词创新

在理论认识上，梁启超的"诗界革命"要比黄遵宪的"新派诗"站位高，但他的"入于古风格"的主张，注定了他的"诗界革命"不会成功。具有新变性质的诗歌革命成果，只能让渡给五四前后勃兴的内容和形式全面解放的、表现上言文一致的白话新诗了。

近现代诗词创作中程度不同地使用新名词、处理新题材，是一个普遍现象，这是文随世变的必然结果，就连保守的同光体诗人陈三立，也在诗中嵌入了不少新语汇。但总的来看，旧体诗词范围内"革命"的真正发生，应该是在当代诗词界。太阳底下并无新鲜之事，晚生的人没有机会开天辟地，以网络诗词写手为代表的、渐次在整个旧体诗词界全面铺开的创新尝试，基本上可视为晚清黄遵宪"新派诗"和梁启超"诗界革命"的继续和深化，表现得更为广泛和彻底。新语言已非书面雅言，而是白话口语和网络用语；新意境更是企图与东西方林林总总的思潮流派接轨，与现代生活保持同步；表现手法的使用，在借鉴学习新诗和外国诗歌的过程中已和新诗、外国诗基本打通；至于风格，则完全不受梁启超所说的"古风格"的笼罩，热情追摹新诗和外国诗的各种现代、后现代风格。叙事技巧上当然不限于黄遵宪所说的"古文家"以文为诗笔法，而是借鉴使用中外各种叙事文体的方法，像李子提出的"整体性虚构"理论，本质上是强化叙事性的极端表述。

这是旧体诗词领域里一种真正可以称得上"革命"的现象，是对晚清"新派诗"和"诗界革命"的全面继承与扬弃、推扩和光大。但是问题随之而来。结构亦即解构，成体亦即破体，变体亦即解体。读者不禁要问：这种与唐风宋韵面目迥异的作品还是诗词作品吗？干吗不直接写成新诗呢？干吗还要受诗律词谱之限制？既有这些限制，即使全用口语白话，全是新词新意，艺术表现上也仍旧不如言文一致的新诗来得舒展自如、充分完满。因为毕竟，没有人日常使用整齐的符合平仄格律的五言、七言句或固定程式的长短句说话交流，这样就和现实生活中人际的沟通、表达再度拉开、拉大距离，最终无法达成言文一致，因而也就不可能真正充分深入地表现当代人和当代社会。古色古香的当代诗词作品固然与现实龃龉违和；完全口语化、新诗化、域外化的诗词，势必也与诗词自身特具的体性、风貌、龃龉违和。这种似已无所不在的尴尬和难堪，确乎是一个无解的悖论和难题。

向当代诗词创作与批评进言

单从数量上说，当代诗词创作的繁盛，自有诗史以来实属空前。据中华诗词学会估算，目前全国约有 300 万诗词作者，实际情况可能更多。加之自媒体发表便捷，一天的作品量就有可能超过《全唐诗》许多倍，而与《全宋诗》持平甚或过之。这的确是一个十分惊悚的诗歌现象，它让人下意识地想起大跃进诗歌运动。然则当前天量数字的诗词作品，质量究竟如何呢？这恐怕也是一个没有悬念因而也毋庸回答的问题。

但这的确是个实质性的问题，是个扼住当代诗词命运喉咙的致命问题，是个让有艺术良知、有责任感的理论批评家无法回避的问题，是每一个思路明晰、意识清醒、目光锐利的诗词创研者，都应该看清并深怀殷忧的问题。

针对这个问题的破解之道，约而言之，不外以下几个方面：一、当代诗词创研者，要真正具备明确的文学史、诗歌史意识，明确前人、他人都写过什么，写到什么程度，当代诗词家如何避免与前人、他人重复雷同，甚至是低层次的重复雷同，彻底避免无意义的盲目写作。二、当代诗词家要明确认识到，自己是居于大河下游的"晚生"的人，在李白、杜甫写过诗，柳永、苏轼填过词之后，"晚生"的人还怎样写诗填词，怎样向大师学习，取法乎上并且力图有所超越突破，趋近王道。三、要有明确的文体盛衰意识，清醒地认识到唐宋的诗词高峰期已过，旧体早已进入持续漫长的衰微过程。五四白话诗文兴起之后，旧体的表现力受言文分离的制约，已经不可能完满充分地表达现当代人的生活生存、情感思想、意识潜意识，已经无法和言文一致的白话诗文度长较短，比权量力。因此，要正视并尊重新诗，要有向新诗学习的诚意。新诗不仅有语言层面的优势，更有吸纳转化世界文学、哲学、文化的优势，旧体的资源主要是本国的古典传统，局限性不言自明。当代有创意的旧体诗词家，如《南园词》作者蔡世平，如词坛二曾，他们很多时候实际是在用新诗的写法写旧体。四、破体写作。拙文《试论〈南园词〉对传统词学的承传与超越》《元曲精神对当代旧体诗词的影响》中已有讨论，此处不赘。五、现代意识。拙文《现当代旧体诗词进入文学史的几个问题》《旧体诗词应该向新诗学习什么》中已有讨论，此处不赘。六、相对的数量与绝对的质量。创作需要天赋，而天才总是极少数，杰出和优秀的也不会太多。剩余的庞大数量，无论作者还是作品，除了自娱自乐和诗词文化的功能，基本上没有文学史和诗歌史意义，其终极价值可以忽略不计。七、提升创作难度，抬高批评标准。姜白石云"难处见作者"，马拉美说"不难的就等于零"。当代旧体诗词病在出手太易，写作太多，熟俗凡近，陈陈相因。一些自谓名家者，作品打油之不若。这种状况必须改变，批评家在严肃的学术语境中，一定要秉持标准、严守尺度、敢说真话。八、天才的作者写出天才的作品，天才的作品需要天才的读者。或者倒过来说，只有天才的读者，才能够识别天才的作品。当代诗词理论批评家，当代诗词研究者，一定要下大力气努力提升自己，使自己真正具备敏锐准确的审美鉴赏力，具备"真赏"的眼光，力争成为汰尽凡庸的天才的读者，不让明珠沉海，在无量数的当代诗词作品汇成的一片汪洋大海里，打捞出少量的明珠般珍稀的可以传世的上佳之作。

一部开拓唐宋词研究疆域的力作

——张英博士《唐宋贬谪词研究》读后

现当代学术史上，唐宋词研究无疑是中国古典文学研究领域的一门显学。在这个研究方向上，汇聚了数代优秀学者，无论是词作汇总辑佚、词人谱传编制，还是文本笺注解读、词论整理阐释等方面，都产生了一大批高质量的研究成果，相关研究呈现某种程度的饱和状态，使后来者几无措手踏足之余地。晚近的词学研究者大多转向元明清词、近现代词，即说明了唐宋词研究趋于饱和之后，选题之困难与出新之不易。在这样的学术生态大背景下，我们读到了青年学者张英博士的新著《唐宋贬谪词研究》一书，让人顿生欣悦宽慰之感。该书是在著者当年师从杨海明先生读书时的博士论文基础上修订而成的，也是著者主持的教育部人文社会科学青年基金项目"宋代贬谪文人与贬谪文学"的阶段性研究成果。著者以五章十五节共计 30 余万字的宏大篇幅，展示了唐宋贬谪词的发展脉络，追溯唐宋贬谪词的文学渊源，探析文人贬谪施与唐宋词的深刻影响。细读之后，我们认为该书有三个方面的特色，值得充分肯定与关注。

一是对唐宋词研究领域的拓展。漫长的中国古代君主专制社会历史上，所谓"君上圣明，臣罪当诛"，无论罪与非罪，贬谪都是历代入仕文人经常遭遇的惩处。这种经历对于他们的生活而言，当然是一种挫折甚至灾难。但诚如韩愈所言"欢愉之辞难工，而穷愁之言易好"，凝结着血泪辛酸的贬谪经历，往往涤除了生存的遮蔽壅塞，深化了他们对于历史现实、人生命运的认识体悟，敞亮了他们的生命，催开了文学上的璀璨花朵，成就了许多文学史上的大家和至今传诵不衰的名篇。这其中，当然也包括词体文学的创作。20 世纪 80 年代以来，学术界对贬谪文学的研究已经取得相当多的成果，包括千余篇报刊论文，几十篇硕博士学位论文和数部专著，这些成果可以尚永亮先生《贬谪文化与贬谪文学——以中唐元和五大诗人之贬谪和创作为中心》《唐五代逐臣与贬谪文学研究》二书为代表。但这些研究大多偏重于贬谪诗文，对贬谪词的关注尚且不够。张英博士的《唐宋贬谪词研究》以时间为序，较全面地勾勒出从中唐到南宋的贬谪词发展进程和风貌，是该书的一大创新之处，也是著者对唐宋词研究领域的拓展，对难度颇高的唐宋词研究作出的很大的贡献。

　　贬谪是入仕的中国古代士人面临的一种具有普遍性的生平遭际，对中国古代文学产生了深刻的影响。唐宋是中国贬谪文学的鼎盛时期，以往的贬谪文学研究，在研究对象的时间段上明显偏重唐代，对宋代关注不够。从公开发表的相关研究成果来看，将近三分之二的论著着眼于唐代，宋代的贬谪文学研究显得相对匮乏。通观南北宋历史，北宋的新旧党争和南宋的和战之争，产生过大量的贬谪文人和相关文学创作，理应同样受到研究者的高度重视。在贬谪文学研究的文体选择上，以往明显偏重于诗文研究，对词体关注不够。词与诗文一样负载着作者的情感体验，离开对贬谪词的考察和探究，势必无法获得对贬谪文学全貌的把握，无法准确、深入、完整地了解词史。与诗文相比，词体有其独具的特质，如应歌而作的创作动机、娱宾遣兴的文体功能等，这些特点在文人贬谪的情况下，必然发生相应的变化，导致词体自身的演变转型。从贬谪的角度考察词史，必然会给词学研究带来新的收获。张英博士的《唐宋贬谪词研究》，正是基于这种研究现状进行选题的，说明著者具有的非同寻常的学术眼光。这一别开生面的选题，有效地避开了与前人、他人研究的重复雷同，拓开了唐宋词研究的一片崭新天地。著者通过对中唐、北宋、南宋这三个时段的贬谪词人的贬谪经历与贬谪词风貌的描述，在展现贬谪词人个体的词作特征与风采的同时，清晰地梳理了唐宋贬谪词史的发展脉络。在此基础上，著者追本溯源，通过考察屈原、宋玉、陶渊明的人生态度和作品风格对唐宋贬谪词的影响，进一步将唐宋贬谪词人的情感类型与词作风貌进行归纳提升，掘进到母题的深度，上升到原型的高度。全书的最后一章，著者透过整个唐宋贬谪词的历史，审视贬谪这一政治现象对词史发展进程起到的特殊作用，从一个独特的角度回答了唐宋词史上颇多歧见的词体"诗化"问题。

　　二是在完整勾勒唐宋贬谪词史的前提下，著者以贬谪为切入视角，对文人词的诞生、繁荣以及词体的"诗化"给予了一种全新的解读。对于文人词的诞生和繁荣，著者认为，文人词的真正确立是在中唐，而中唐文人词的出场，非但伴有美女、美酒和音乐，更与凄风苦雨、蛮荒猿啼的文人贬谪经历密切相关。中唐词史上几位重要人物如张志和、白居易、刘禹锡都经历过贬谪，贬谪使他们转换政治身份，从京官高位变成贬谪逐臣，被迫从中心走向边缘，得以接触到民间曲调并开始了填词的尝试；这样，他们的文学身份也从诗人蜕变为词人。贬谪也从深层次上改变了他们的心态，使他们从兼济变为独善，从进身变为中隐，从追求文学的社会政治功用，转换为对休闲、享乐生活的向往和体验。他们在贬谪中对民间文学和里巷俗乐的近距离接触，诱发了他们作词的灵感。贬谪促成的思想转变，又与唐宋词发展所需要的文化风气相吻合。缘此，著者得出了贬谪催生文人词并促成它此后的繁盛的结论。应该说，这个结论完全合乎事理逻辑，是令人信服的。

对于词体的"诗化"这一重大词史现象和词学理论问题，著者认为更是与贬谪前因后果密切相关。比如"以诗为词"的代表人物苏轼和辛弃疾，苏轼的《念奴娇·赤壁怀古》、《定风波》中的"莫听穿林打叶声"、《浣溪沙》中的"山下兰芽短浸溪"、《水调歌头》中的"落日绣帘卷"、《卜算子·黄州定慧院寓居作》等"诗化"名作，皆写于黄州谪居期间。把词写得"如诗如文"的辛弃疾，他的大部分作品都写成于贬官后闲居带湖和瓢泉时期。其他词人如黄庭坚的《念奴娇·断虹霁雨》、《定风波》中的"万里黔中一漏天"、《虞美人》中的"天涯也有江南信"，张元干为李纲和胡铨贬谪所作的两首《贺新郎》，张孝祥的《念奴娇·过洞庭》，陆游的《诉衷情·当年万里觅封侯》等，都是贬谪孕育的与寻常风月情词迥异的诗化之词。即便是婉约词"正宗"的秦观和集北宋婉约词之"大成"的周邦彦，也都在贬谪期间写出了像《踏莎行·郴州旅舍》、《满庭芳·溧水无想山作》这样有着鲜明的"诗质"的词作。对于这种唐宋词史上屡见不鲜的现象，著者论析了其所以发生的深层原因，指出缘于文人们在贬谪中的畏祸心理，使他们将诗文中的题材转移到词中，推动了词在题材上的拓宽；词人贬谪中行遍万水千山的途程，开阔了他们的眼界胸襟，使词境由狭小变阔大，词风由柔媚变刚健；贬谪的客观环境使词人失去了为歌女作词的条件和氛围，贬谪中内心强烈的抑郁苦闷，也使词人的兴趣由歌舞女乐转向自身境遇的审视，更加注重自我情感的抒发，词作的抒情主人公由女性转为男性，由代言变为自诉，改变了"男子而作闺音"的传统写作方式；贬谪也使词体中香草美人的寄托表现得更加明朗可解，使一向专注"言情"的词作意蕴更加丰厚，在很大程度上向"言志载道"的诗文靠近；贬谪词人惺惺相惜，以词酬唱，表现出情感上的共鸣和志向上的共勉，提高了词体的表现功能。确如杨海明先生所说：这些观点尽管在论证中尚有不够严密之处，但的确提供了新的想法，是非常有意义的。

三是本书的行文之中饱注情感且颇具文采，提高了学术著作的可读性。特别在解读具体词作的时候，作者往往能结合词中所写之意境，以现代美文式的语言加以阐释，如对黄庭坚《念奴娇·断虹霁雨》的解读片段：雨过天晴，彩虹斜挂于明净的秋空，远处的山峦因雨水的清洗，亦似新染修眉的女子一般妩媚可人。一轮明月朗然升起，清亮明丽，其中枝叶扶疏的桂影都仿佛清晰可见，升仙的嫦娥在这深蓝色的寥廓天空中，是否就乘坐着如玉般皎洁的月亮？再如对张孝祥《念奴娇·过洞庭》的解读片段更为精彩：洞庭湖本来就久负盛名，古今多少文人墨客在这里留下诗篇，因此"洞庭"二字本身就已经带有了几分诗意。更何况当下正是最富有诗意的"近中秋"时节；今夜又如此晴朗宁静，连风儿都屏住了呼吸。静静的湖水在月光辉映之下，就像一块巨大的玉镜，又像一片无垠的玉田，三万顷汪洋之中，唯有词人乘坐的一叶扁舟在湖水中荡漾。"三万顷"与"一叶"，是小和大的奇妙组合，更是茫茫宇宙与渺小自我的对立与和谐。此时，天上的明月与星河倒映湖水当中，天光水影，天上人间，相映成辉，形成一个冰清玉洁的通明世界。词人的内心也在这样的世界纤尘不染，更加明净纯洁。上引两例文本解读的语言，都像散文诗一般优美，此类例子书中很多，读者可以自行详观，此处不再赘述。需要强调的是，现在不少文学评论和诗词研究鉴赏类著作，大都过不了语言关，本来非常雅美的经典诗词文本，经研究者一分析鉴赏，他们那些缺乏美感讲析的文字直弄得原作面目全非，几乎让人无法卒读。这样的析论文字不仅辱没了经典名作，更严重地败坏了广大读者的阅读欣赏口味。我们认为，理想的诗词研究鉴赏之作应该既具备逻辑思维的理论条理性和犀利性，更不乏形象思维的语言形象性和美感色彩，应该是西方文论分析体系和中国传统诗话词话的审美直觉式的评点的有机融合。张英博士的《唐宋贬谪词研究》一书的行文，正有这样融合理论思辨和审美直觉之优长，值得同道中人借鉴取法。

当然金无足赤，《唐宋贬谪词研究》一书也还存在一些未能尽如人意之处。正如著者的博士导师杨海明先生在序中言及的，著者采用文史结合的方式，尤其在第二章、第三章，均先述史实而后谈文学，但著者显然长于论文，论史部分则觉功力稍欠，未若论文那般酣畅淋漓。还有在著作中除了运用本土传统的诗学词学理论，还可以适当采用域外的现代文论，比如适当借用母题原型理论阐释屈原、宋玉、陶渊明对唐宋贬谪词的影响，借用互文性理论解读词的诗化现象，当会使本书的观点更具新意。另外，对唐宋词人的贬谪情况，著者也可进一步用定量的方式去统计和分析，这样会更加具有说服力。欣闻这些方法已经在著者主持的教育部项目结项书稿《宋代贬谪文人与贬谪文学》中加以采用，我们期待着张英博士的又一部更趋完美的新著问世！

安阳地域文化与安阳历代地域诗歌

"洹水安阳名不虚，三千年前是帝都。"安阳，据河朔莽原，扼燕赵要冲，西倚巍巍太行，东接坦荡平原，有号称"居天下之中"的优越地理位置。公元前 14 世纪（前 1387 年），商王盘庚自奄（山东曲阜）迁殷（安阳小屯），定都于此，历八代十二王，"二百七十三年，更不徙都"（《竹书纪年》）。安阳东北四十里的邺城，在魏晋南北朝时期先后有六个朝代在此建都 120 多年。殷邺一体，是历史上的事实，也是近年来历史地理学界的共识。"中原文化殷创始"，作为殷邺旧址的安阳，有着悠久深厚的地域文化积淀。

一

安阳古迹遍布，名胜林立。早在盘庚迁殷之前，安阳一带就是上古华夏族活动的中心地区。安阳县的小南海，发现了距今 25000 年前的原始人洞穴。这是中原地区唯一的一处旧石器时代遗址，郭沫若称之为"小南海文化"。在安阳市区后冈，发现了 6000 年前的仰韶彩陶文化和 4000 年前的龙山黑陶文化层积。内黄东南部的帝丘和亳，是五帝中颛顼和帝喾两位古帝的都城，内黄南三杨庄有颛顼、帝喾二帝陵。夏帝胤甲和孔甲，曾都于汤阴羑水南的西河。商王太戊、河亶甲、祖乙皆都于内黄亳城，亳城东次范村有商中宗陵。殷商而下，安阳的名胜古迹多到难以数计。出土 16 万片甲骨和世界上最大的青铜器"司母戊鼎"的殷墟，中国第一座监狱羑里，西周封国滑伯故垒，战国赵南长城；蔺相如故乡古相村，苏秦相六国的拜相台，夏馥隐居的王相岩，高欢避暑的黄华宫，荆浩、关仝作画的洪峪山，欧阳修的秋声楼、画舫斋，韩琦的昼锦堂三绝碑，岳鄂王庙和岳飞故里，王庭筠读书的慈明院；神医扁鹊墓，西门大夫祠，惠子墓，甄妃墓，谢茂秦墓，袁世凯墓；北朝隋唐的灵泉寺石窟、浮雕、塔林，唐修定寺砖塔，五代天宁寺文峰塔，明赵王府高阁寺，明清古城角，府城隍庙，当代的人工天河红旗渠，殷墟博物苑……这里有观览不尽的人文胜景。

安阳山川毓秀、风景如画。漳水滚滚，卫河滔滔，淇水汤汤，洹河悠悠。小南海神秘诱人，珍珠泉琼玉互映。西郊林虑风景区集雄峻险秀于一体，汇今古奇观于一山，战国时赵国即于此置黄华会馆，南北朝时有北齐的行宫猎苑。魏晋以迄明清，仙释之徒乐意于此挂锡驻足，文人骚客欣然来此游赏栖息，寺观星罗，诗碣棋布，自然景观和人文景观高度统一。"太行最秀林虑峰"，这里是北中国少有的山水佳丽之地。景区内的黄华山、洪峪山、天平山、王相岩，峰峦耸峙，谷壑深幽，朝雾夕霏轻舒曼卷，晴岚雨烟仪态万千。春日野花吐芳，夏时林木苍翠，金秋红叶满山，冬月白雪皑皑。冰冰背盛夏酷暑凝水成冰，桃花洞山桃红花凌寒怒放，龙床沟百丈悬崖飞瀑直下，天桥断千尺峭壁湍流奔腾……这里有赏之不足的山川风光。

安阳地灵人杰、名士辈出。中兴商朝的商王武丁，奴隶出身的宰相傅说，历史上第一位女将军妇好，文学史上第一位女诗人许穆夫人，汉代名臣汲黯，隋朝开国元勋韩擒虎，瓦岗义军翟让，唐诗人沈佺期，史学家李延寿，天文学家一行，贞观名臣戴胄，"两朝顾命"的北宋名相韩琦，"精忠报国"的民族英雄岳飞，元人许有壬、郑廷玉，明人崔铣、郭朴，清人许三礼……这里有数不尽的风流人物。

安阳历史悠久，传说众多。武丁梦得贤相，殷末三仁谏纣，周文王被拘演《易》，苏秦挂六国相印，西门豹投巫治邺，信陵君窃符救赵，漳河岸项羽破釜沉舟，白马坡关公斩颜良诛文丑，魏武帝南馆招贤，曹子建铜雀台作赋，邺下文人西园宴游，瓦岗寨群雄反隋，九节度兵围邺城，泥马渡康王脱险……这里有说不完的动人故事。

二

形胜之地乃人文之邦，通都大邑乃诗文渊薮。殷邺故都滋育出古老而辉煌的民族文化，也绽放了无数诗歌的妍卉奇葩。

在中国诗歌史上，相传是渔猎时代的《弹歌》和农耕时代的《伊耆氏蜡辞》等一批古歌，因为出于后人追记，其真实性大成问题。而在殷墟出土的甲骨之上却有如下刻辞：

> 癸卯卜：/今日雨。/其自西来雨？/其自东来雨？/其自北来雨？其自南来雨？
>
> ——郭沫若《卜辞通纂》三七五片

冯沅君、陆侃如先生在《中国诗史》中指出："这首简单而朴素的古歌，体裁很近于汉乐府的《江南》。是我们诗史上年代最早而又最可靠的作品。"在此，我们把这首产生于"中华第一都"的古歌称之为"中华第一诗"。

"文王拘而演周易"。文王被拘演易的地方，在安阳城南三十里的羑里。在《易经》的卦爻辞中，至少保存了六七十首上古歌谣。像《渐·九三》《明夷·初九》《井·九三》《归妹·初九》《贲·六四》等，一定程度上反映了《易经》时代从政治领域到现实生活的社会状况。有成功的描写句子，多种韵脚形式，熟练的比兴象征手法的运用，显示了我国古代诗歌在萌芽阶段的艺术水准。卦爻辞诗歌的出现，是我国上古诗歌产生发展到一定阶段必然的文学现象，它展现了《诗经》得以产生的艺术渊源。

安阳一带春秋时属卫地，《诗经》的《邶风》《鄘风》《卫风》中，部分诗歌就是由这块土地上的先民们唱出的，据专家考证，《邶风》产生的地方，即在今汤阴县东南的邶城镇一带。《邶风》中的《柏舟》《燕燕》等诗，均为《诗经》的名篇。

降及于汉末建安年间，以魏都邺城为中心，在曹氏父子周围，团结了王粲、刘桢等一大批文人词客，"雄州雾到，俊采星驰"，笃好斯文的曹氏父子"并能体貌英逸，故曰俊才云蒸"。三曹、七子创作了大量五言诗，或申怀抱，或感时事，或叙宴游，大都词气慷慨，志深笔长，具有强烈的时代精神和鲜明的地域风貌。邺下孕育的建安文学，是中国文学史上五言诗的黄金时代，"建安风骨"成为唐宋以下历代诗人追摹难及的典范。

三

"人事有代谢，往来成古今。"曾经是数百年王都的殷邺故地上留下的数不清的名胜古迹，是流动的时间长河的定格，是过往的历史风云浪潮的凝结。"江山留胜迹，我辈复登临"。六朝隋唐而下，历代的"我辈"们，或者是行经殷邺故地，或是出任这里的守判宰令，或是生于斯长于斯的邑人乡贤，他们登临俯仰之际，神游千载，发思古之幽情；行旅过往之时，瞻顾盘桓，感山水之钟秀；蕴蓄丰富的人文地理景观和风光奇美的自然地理景观，激发了他们的创作灵感，为安阳咏唱出大量动人的诗篇。南北朝的谢朓、江淹、何逊、邢邵、庾信，唐代的王勃、沈佺期、张说、王维、李白、高适、岑参、韦应物、刘禹锡、温庭筠、韦庄，宋代的欧阳修、梅挚、韩琦、司马光、苏轼、黄庭坚、岳飞、范成大，金元的王庭筠、元好问、王磐、许有壬，明清的高启、李梦阳、何景明、谢榛、李攀龙、王世贞、杨慎、袁宏道、谭元春、陈维崧、查慎行、赵翼等等，真是群星灿烂，蔚成大国。以他们为主体构成了歌咏安阳的庞大诗人阵容。他们登临的虽然都是安阳名胜，游览的虽然都是安阳风景，但他们各自的生活时代、性格气质、文化素养、身份地位并不相同，加之山水名胜朝暮四时阴晴风雨的景观变化，相同的题材在不同的诗人手中得到的便是互异的处理。使用频率颇高的通用意象如二帝陵、亳城、羑里、邺城、三台、黎阳、林虑山、扁鹊庙、岳王祠、昼锦堂、归雁亭、秋声楼等等，被不同时代的不同诗人们摄入笔底，结撰成篇，"各师成心，其异如面"，歌咏安阳的诗词因而个性各异、风格纷呈，一派五光十色、互相辉映的洋洋大观。

观照历史是为了剖析现世，欣赏自然是为了确认自身。名胜古迹作为历史的遗存，因为有了历代诗人们的反复吟咏，它们的历史文化内涵呈现叠加增殖趋势，因而更加发人深省、引人深思。山水风光作为自在存在的自然物，因为有了历代诗人们的审美赏玩，一木一石、一丘一壑、行云流水、秋草春花，都在其天然的风姿中注入了人的灵性和情愫，而更加诗意盎然，诱人流连，引人入胜。

在此需要强调指出的是：我们在充分重视历代名人题咏的同时，也不应忽略那些次名人或无名人的作品。在中国文化史上，诗文书画以人而存的现象不少，而那些深怀才艺的布衣平民，因为身无名位而往往湮没无闻。大诗人、名诗人的创作不可能每出皆佳，小诗人、无名氏们也可能写出名作甚至杰作。那些大家名人们或行旅而过，或为官一任，登览之际的即兴之作多志一时所见所思。而那些无名的乡邑本土诗人，则长期生活在这片土地上，对这里的历史往往更为了解，对这里的山川往往更为稔熟，由少到老，耳濡目染，往往观察更细、理解更深、感受更多，反复酝酿陶冶，胸中诗情格外饱满，发为吟咏往往深得山水名胜之三昧。明代林县邑人冯栋的《桃源流水》、清代邑人万化的《桃源村》，野逸之风味俨如羲皇上人；万化的《鲁班壑》则颇得崇山巨涧的雄险气魄；李景云《登伞盖峰绝顶》《同人黄华谷访王学士碑迹》《龙泉谷》《游香水岩》诸诗，字句琢炼，富有意境；汤阴王绣的《游黄华诗草》更是清新俊逸，深契林虑山水的奇秀神韵。清末滑县人卢以恰咏欧阳修秋声楼七古，多有隽句："那有歌声来画舫，骚客宴集文湖上。欧梅唱和诗犹在，文湖已成芦花荡。芦花老去西风起，花飞乱扑湖中水……仰见明月照楼中，四壁唧唧虫声鸣。虫声愈急风愈雄，又闻秋声来半空。"追思先贤，致慨世事沧桑，浓烈的生命意识灌注其间，意绪甚为悲凉。魏庆云浮舟欧阳子文湖六绝句，其中如："风回兰楫下轻鸥，高歌流丹映画舟。两岸芙蕖偏向我，心随湖水共悠悠。""绿水迎来波漾漾，轻舟行处故迟迟。性情不属杯中酒，又恐西山是暮时。"则洋溢着浸润于先贤流风遗泽之中深深陶醉的愉悦情绪。

四

安阳地域文化在安阳现当代诗歌创作中呈现较为复杂的态势。现当代安阳诗坛和全国诗坛一样，由五四新文化运动中产生的白话新诗领衔主唱，但传统旧体诗词创作随着近年传统文化的持续升温，也和全国旧体诗词创作的活跃局面保持了同步。由于新诗与旧体诗词所继承的诗歌传统不同，作者的文化背景、知识结构、审美趣味、语言运用也有显著差异，所以，安阳地域文化在新诗和旧体诗词中的显现，也便有了较为明显的差别。

在旧体诗词领域，安阳多年来一直活跃着一支创作队伍。随着1993年底安阳诗词学会的成立和《殷都诗词》的创刊，旧体诗词作者形成了规模性的集结。张之、吴培泉、黄河、周凤池、黄京湘、张弛、路尚廷、朱现魁、党相魁、刘臻仲、梁广民、贾银富等旧体诗人词家，时有新作问世。除这些本土的诗人之外，当代的文化名人如郭沫若、赵朴初，域外的如欧阳可亮、渡边寒鸥等，在安阳观光、考察或出席会议期间，也写下了吟咏安阳历史、名胜的诗词。与新诗相比，安阳当代旧体诗词作品中蕴含的地方历史文化成分较重，这与旧体诗词作者大多拥有较为丰富的历史文化知识有关，也与他们继承的古代诗词传统有关。殷契甲骨、羑里、邺城、岳祠、府城属县的八景、十景等名胜古迹，三曹七子、韩琦、岳飞等历史人物，经常成为当代旧体诗词作者的吟咏对象，或高频率使用的典故意象，这使得安阳当代旧体诗词作品染上了浓郁的地域历史文化色彩。除了表现安阳名胜古迹、历史人物，安阳当代旧体诗词作品对林虑山水、内黄枣乡等自然风物也有较多的关注。

与旧体诗词创作相比，无论从作者队伍还是从作品数量上说，安阳新诗都是一个更为庞大的存在。张庆明、王汝海、范源、朱冀濮、刘晓廷、刘文喜、邓叶君、木叶、地铁、刘涵华、李新华、崔志光、王海桑、扶风、郁晴、嘉德、卢凤霞、张鸿雷、路晓骥等，都写下了数量可观的新诗作品。但从地域文化的角度审视，就会看到，安阳新诗作品中的地域文化含量并不太高。这和新诗几十年来习惯于跟紧形势的创作路数有关。它影响了新诗人地域文化意识的确立，导致了新诗人们的知识结构中历史文化内容的某种程度的缺失。不过，如果我们不把地域文化狭隘理解为在作品中使用几个历史典故，或描写几笔山水名胜，那么就不难发现，新诗中的地域文化因素主要体现在农村乡土题材作品里面。生活在城市以写城市日常感受为主的诗人诗作，看不出地域文化的痕迹。张庆明、范源的乡土诗，倒未必是有意识的发掘、表现地域文化内涵，但那些质朴、土气的诗句，确实在某种程度上生动、真实地再现了安阳民俗文化的风貌。比如张庆明的短诗集《路，就该这样走》中的作品，对改革开放初期安阳农村题材的处理，特别是范源的大量农村乡土题材作品，在讴歌古老的中原黄土地的宽广厚重、中原农民的勤劳善良的同时，也展示了这片古老的土地的风沙、干旱、贫瘠和这片土地上的人们的穷困狭隘、麻木知足。范源后期的诗小说系列作品，像《太行山，一个男人和一个女人》《黄土坟》《活鬼》《归乡的团长和手扶拖拉机》《村民和村长家的猫》《乞丐》《茅台村》等，则对中原农民的主奴根性、怕官心理、夫权意识、贞操观念、愚昧迷信、无赖习气、暴富心态等深层文化性格进行了入木三分的刻画剖析。中原农民文化的沉重的因袭包袱和在新的条件下的种种表现，让人触目惊心。这些作品把安阳当代新诗创作中对安阳地域文化的表现推到了一个空前的高度。

安阳地域文化包括安阳的历史传说、名胜古迹、自然山水、民俗风情等，安阳古代的地域诗歌创作，也是安阳地域文化的有机组成部分。无疑，包蕴丰厚的安阳地域文化是一个可资安阳当代新、旧体诗人不断开掘的富矿。安阳旧体诗词创作应尽量摆脱在作品中嵌入几个历史文化典故的修辞技巧性的匠气，从一种根深蒂固的写作惯性中走出来，真正把历史文化融解在生命体验之中，在历史文化题材中灌注饱满的个人生命生存的意识和感悟，加重现代生活气息，使之具含一种现代人的鲜活的生命生存的淋漓元气。新诗创作则应努力改变总体上缺少文化自觉的状态，充实地域文化知识内容，在关注、反映现实生活，处理现实题材的时候，透视现实生活背后的历史文化底蕴，把作品写得更深刻、更厚重、更富地域文化气息，使之在全省、全国的诗坛格局中，更具有不可混同的个性面目，从而避免被淹没的命运，在一片浩瀚的诗歌水域中，浮现出安阳新诗的鲜明独特的风姿。

生存的与写诗的方式

——序地铁诗选《倾听自己灵魂的喧响》

　　地铁的本名叫程波，生活中的程波是一个随意不拘的人。有一天，也许是在一次失恋之后，程波用笔名地铁写诗了。和人一样，地铁的诗也不是刻意为之。

　　地铁有这种举重若轻的本事，试看他的《西部牛仔》，简短的几行，满不在乎之中，西部片里的牛仔从形貌行头到行事准则、到内心世界，便得到传神凸现。异域文化和异国情调很重，诗却写得轻轻松松。这是一种真正的潇洒，人的潇洒气质外化为诗的潇洒风神。类似的作品还有《竹》："含一片细叶在口中/闭眼聆听竹韵"，"竹凳 竹梯 竹楼/躺在竹床上/梦里一排竹筏顺水漂移"，真是神仙也似悠然自在，毫不费力，无挂无碍。至于那首"从众人口中唱出/不断地串着味儿"的《流行歌曲》，更以亲切家常的口语切入了覆盖面极广的大众文化，平浅的诗句中包蕴的内涵足够人咀嚼一阵，它是浅而能深而非故作高深，就像流行歌曲作为社会趣味大众心理的载体，往往体现一个时代的某些本质方面，尽管它本身是轻音乐，却叫你轻视它不得。

　　地铁诗的随意洒脱的特点，在短章中表现得最突出。《涟漪》《吻》《城市风景》《看电视杂感》《片语只言》《三句》等诗，短短三五行，一时的景观、片刻的感受、刹那的顿悟，信手拈来，皆是轻灵隽妙，余味无穷。地铁的诗的这一特色的形成，得力于对现实功利目的的疏离。《精神病患者的错觉之三》写登沙山的感受"身后没有什么能逼迫我/前方没有什么能召引我/脚下没有什么能鼓励我"，《黎明》写"一茎野草 吸收阳光 醉饮露水之后/便自然生长/一只小鸟觅食后唯一要做的/便是歌唱/没有什么目的/只为快乐"，从中不难看出，人的登山、草的生长、鸟的鸣唱，纯粹听凭自我生命的律令，外在的一切功利性因素都消遁了，天人合一，任天而动，行为已完全内化为自我生命的本能需要。上引诗句形象地诠释了地铁对写诗的独特理解，不妨视为地铁的诗观和艺术哲学。

地铁的随意洒脱中贯注着一股充盈的灵性、才气，这是一个诗人必须禀有的先天资质。随着和地铁交往日久，随着读地铁的诗作日多，我曾不止一次对地铁本人和相熟的诗友们说过："地铁是写诗的胚子。"赞许赏爱之言外颇有规谏之意。意即地铁应该珍惜先天的禀赋，由本能上升为自觉，由自在上升为自为，在感戴造物于我独厚的同时加强后天的刻苦磨炼。

地铁也确实是在不断磨炼自己。他曾在一个不算太短的时间内，逸出人生的既定轨道，自我放逐，轮番扮演了底层社会的各种角色，深切体验了漂泊生涯的诸般滋味。他极为诗人气质地把诗意稀薄的生存等同于一道既具古典主义的浪漫又具现代主义的率性的诗，尔后兴之所至，用他的无目的、无意义又很有目的、很有意义的日子和过程，去恣意而不羁地尽兴书写。他行行重行行，只身孤旅，南下天涯海角，西出阳关敦煌，行万里路，师法自然；他一日复一日，青灯黄卷，从白话新诗到宋词唐诗，从《诗经》《楚辞》到《史记》《庄子》，从普希金、叶赛宁到波特莱尔再到金斯堡、帕斯，读万卷书，师法先贤。当然，地铁更不会放过对当代中国诗歌主潮的学习借鉴，他沐浴荡涤，赶海冲浪，对北岛、舒婷们的朦胧诗和于坚、韩东们的新生代诗，进行了较为广泛深入的研读。

于是我们看到，现实中的地铁还是程波，依然故我，一条牛仔裤，一件旧西装，一辆不加锁也无须防盗的自行车，不拘形迹地来了又去了；而诗中的程波真的成了"地铁"，行驶在大地的表层的下面，由表及里，眼看着一天天道行深了。

于是我们在他怀旧言情写景的《记忆的小路》《爱情十四行》《意象花瓣》《梦中的小岛》等诗中，读出了唐诗的意境、宋词的情调、普希金的挚恋、叶赛宁的清纯、舒婷的美丽、顾城的透明，在他的《蝴蝶》《无为掌》《双手合十》等诗的静穆、玄远、神秘、相对中，品味到庄子和禅宗的遗韵；在他的《死亡是一个无解的谜》等诗的以丑为美对崇高、优美、和谐等古典审美律则的突破中，领略了波特莱尔《恶之花》的趣味；在他的《凡·高向日葵的产生过程》《兽中王》等诗中，感受到逼人的现代派气息，它提请读者注意地铁的另一面确如"缓缓行进的河流/表面平静内心骚动不已"（《一条河》）；而他的最有深度的《案例》《老马》《日环食》等诗的隐喻象征，则是取薪火于纪玄、北岛；他的《夜深人静》的调侃，不少诗中用长句子宣叙日常生活情绪，乃是西方后现代诗歌和中国新生代诗潮双重熏染的结果。

然而并非无可挑剔。个别诗在结尾点明主旨的"卒章显志"手法，一些情绪泛滥的长诗语言失去节制、对当下揪心噬心主题的缺乏关注，以及如何变诗意的浅易熟滑为深新生涩，凡此，都是地铁今后应该花费心力锐意改进之处。不过，不老到、不成熟是弱点更是优势，它起码说明终端还远未显示，驰骋的天地发展的前景未来的可能都是无限广阔的。地铁，你加把劲！

　　生活中的程波还很年轻，诗歌中的地铁同样年轻。路漫漫其修远兮，一切都刚刚开始，一切便都来得及去做，并且做成。

古老意象的现代展示

——序邓万鹏诗集《火与流水》

如果诗人再年轻一点，也许写不出这样的诗；如果诗人再年长一点，也许不再写这样的诗。偶有几茎白发，心情微近中年的诗人，面对青春，面对生命，面对青春生命的不断流逝，油然而生的深刻无奈、尖锐痛楚、痴情眷恋、感伤与恐慌、平淡与坦荡，共同交融成这本诗集的复调变奏。

把时间比作一条河，或许不算新鲜了。把不歇的流水与无常的人生绾合一处，至少在上古哲人临川兴叹的那一刻已经开始。邓万鹏在此当然不是重复一个古老的意象。而是以此喻象为前提，展开了他深至独到的关于生命流逝过程的种种感受的抒写，他的个人化的抒写是绝对新鲜的。

生命是一个不断流逝的时间过程，对此，蒙昧的人无力正视，怯懦的人又不愿正视。只有勇者和智者，才能够并且勇于正视。诗集的作者庶几是这样的一位诗人。中国人的时间和生命意识觉醒很早，诗歌史上留下了许多表现惜时主题的名篇，无须列举。但热衷于表现外在事功的现当代诗人，尤其是当代诗人，对这一主题关注得少了，除了社会政治对诗歌的强力干预这层原因外，还与生活节奏的加快使人无暇内省有关。忙忙碌碌一头扎进生活拼力生存的当代人，很难有暇自外于生活生存，以旁观者清的目光打量一眼、审视一番生活和生存本身究竟合理与否，心眼被物欲遮蔽的现代人，灵性已然尘封。正像《早晨的石头》所写：当新的一天开始的时候，女人急于"手挽竹篮去抢购早晨"，男人则"布置好似曾相识的五官"，也就是披挂好一副人格面具，投入人生名利场上的又一轮征逐。高度热衷于现实功利的结果，是人的本质的全面沦丧。人们那紧盯股市指数的目光即使"偶然抬起"，也决不能看清一滴悬水"在生命之上进行恐怖表演"的危急情形；他们那充满喧嚣市声的耳朵更不能听清"秋风里响动"的提示人生终端的"智者的语言"（《从此我们不敢高傲》）。物欲横流的时日，有谁还能从浮躁中沉静片刻，全神贯注地自审一番形容、倾听一阵心跳——生命的内在律动。所以说，邓万鹏的这些诗出现在今日诗坛，真不啻空谷足音，它不仅标志着当代诗歌对生命主题的体验深度和表现高度，它更为欲海自溺、利薮自蔽的众生敲响了暮鼓晨钟，因而有着不同寻常的意义。

魄力极大而又体验极细，是这集诗的一大表现特点。古代诗人以流水喻时间，最宏大的意象要算李白笔下"奔流到海不复回"的黄河和苏轼笔下"淘尽千古风流人物"的大江。李白笔下的黄河之水和苏轼笔下的东去大江，已然卷裹得人们如无物。邓万鹏笔下浩浩涌流的"生命河"，则比太白的黄河和东坡的大江还要雄大得多。它无始无终："从哪里流来向哪里流去"；它无边无际："空蒙浩荡席卷天空和土地"；在它"滚滚而来又滚滚而去"的洪流里，"太阳月亮"这巨大的天体都被打磨成"圆硕的流沙"（《逆水而立》），渺小的人类又何足道哉！在这条生命河里，人类注定的姿势是"逆水而立"，承受河水无休止的淘洗。对生命在时光之水中不堪一击的惨状，诗人作了极为深细的刻画："多少美丽的脸丑陋的脸／都随水而逝随水而逝／那些眼睛那些望穿秋水的眼睛／最终被秋水一一啄空"（《逆水而立》），读之真是触目惊心。青春与生命是多么美好，但这美好的一切，终挡不住时光之水的无情荡涤。当然，达观地看，消逝本是人的宿命，是生之定数，九九归一，万生同赴。与其伤感无奈地侧目，何如平静坦荡地直面？纵浪大化中，不喜亦不惧，才是人类应取的态度。也正缘于此，人类知其不可为而为之地选择了"逆水而立"的姿势，与流逝作最后的悲壮抗争。虽然结局难以改变，但"逆水而立"的姿势，已然显示了人性的挺拔与桀骜，生命的风采已在此姿势中得到了大气磅礴的昭示。

看似平缓实则跌宕飞动，是这本诗集的又一表现特点，也体现了诗人形成的个人风格。邓万鹏的诗初看似较平缓，但细察则会发现平缓之中饶有潜力涌动，仿佛大河深水，若无跌宕，只是静静地流淌，并不飞花溅沫，做小溪喧闹状。若遇跌宕，卷起的便是洪波巨浪。就我所见，他这种平缓之中潜藏大气，沉静之中吐纳风云的个人风格，在处女集《走向黄河》中表现得尚不明显，到他的诗集《冷爱》中，已是相当鲜明，于此足见他的诗艺进境之速，收入《冷爱》中的《天空》《土地》诸作，皆是平平而起，并不发唱惊挺、先声夺人，但层层推进，步步蓄势，一路翻转，新意迭出，吸引你读下去，最有力度的诗句往往出现在诗尾，是整首诗情迸发而出的，像《土地》的末句"土地的高度／天空无法企及"，发人所未发，可谓结响遒劲，新警不俗。下面以收在这本诗集中的《但是他们已来不及惊慌》为例，略作剖析，以为印证。

　　这首诗先写少女长发披拂，打出世界上最美的转瞬即逝的旋涡，这是一层蓄势；再写草地上奔跑的孩子，从单纯稚嫩的心中发出香草般鲜绿的笑，这是又一层蓄势。这两层蓄势写足了生命的美好欢乐，以之反衬时光流水的无情"看不见的浪迎面打来/像虚无的石头透明又洁白/那些与生命为敌的石头/是多么柔软而残忍啊"，诗意至此是一个跌宕转折。诗人进而指出："上涨与沦陷从未停止/最凶猛的冲刷是无形的冲刷/最痛苦的感觉是没有感觉"，已是层层翻转之后的触着警醒之句，是感性显现之后的理性提示。人们往往只看到孩子一天天成长，少女一天天成熟，但忽略了成长与成熟的同时，也是在一天天接近消亡。时间是伟大的造物，它能成全一切，也能毁灭一切。世间万类，无不在时间过程中产生、成长，也无不在时间过程中归于寂灭。在某一时间诞生的生命，同样就遭受着时间的无情戕害；在时间过程中成熟的青春，同时就被时间残忍地废弃。生命正是在不易察觉的渐变中一步步地趋向消逝的。所以，在诗的结束部分，跌宕之后高潮涌起，展示生命在时间之河中灭顶的一幕"那些向晚而立的老者"，由于缺乏必要的心理准备，当灭顶之水溅到脸上、淹没前额之时，"他们已经来不及惊慌"。然而作为读者，作为生命遭遇灭顶的场面的旁观者，我们看清了，那些连惊慌都来不及的老者，正是由草地上奔跑的孩子和长发飘展的少女变来，老者的现在正是孩子和少女的未来。可是，孩子从来不去想自己会衰老，少女更以为有大把的青春挥霍不完，春往秋来不计年，春去秋来老将至，到那时连惊慌都来不及，这情形是多么可怕，又是多么可悲！于是，我们被震悚得惊慌失措之后惊心动魄，我们一下子便明白了：人之初，就应该珍惜时间，珍惜生命。

　　——这正是这本诗集最终启示我们应该严重关注的主题。也许有人会说，这是一个老话题了。但只要你举目四顾，看看这世界上还有多少人在物欲本能支配下盲目自在地生存，你即刻便会意识到，这个老话题是多么具有现实针对性。而生命本身的一次性与短暂性，更从根本上决定了珍惜时间、珍惜生命这个老话题，又是一个永不过时、常写常新的主题。

一方沃土，一片绿洲

——《邺土》副刊第 55 期读后

时值河朔莽原的数九隆冬，我的眼前却渐次呈现出一派翠色，仿佛置身阳春三月的沃野绿洲，弥望是芳草碧禾，满枝繁花……这是我捧读《邺土》副刊第 55 期时的鲜明印象和美妙感觉。

从某种意义上说，诗人也许是不属于现在的，诗人也许只属于过去和未来，灵感的触须伸缩于过去和未来之中，对过去的回忆和对未来的憧憬，构成了诗人几手全部的心灵生活内容。

郁晴的《渴雪》，属于过去的怀旧之作，写得优美感伤，酷肖精致的宋代婉约词。关怀是问，但有时是不问，一声"别来无恙"，徒然唤起旧梦难续的无限凄凉，所为何来？比较而言，相对古典意味更浓、一味怀旧的古典诗，郁晴的诗又有不同，颇富现代气息。日子在巷口的叫卖声中逝去又来临，季节瓦灰色，城市患重感冒，"树木、灰尘、噪声甚至爱情/都在渴望一种洁白的掩埋与覆盖"，不满与躁动，已隐然于诗行，这是一种现代意识。《渴雪》实际上是对生活、情感的渴望。纯洁仅只珍藏于回忆，就像那条白围脖里层层叠叠珍藏着的一枚雪花，回想着一个冬天、两个人，"四只鞋子沿着月光下小路的踩雪声"，这诗句读来真有锥心入骨之穿透力，这首《渴雪》和郁晴三年前的《如水的名字》等诗一样，说明诗人心中有一个解不开的结，笼罩着一片很大的云影。她的《两棵树》一诗，令人欣慰诗人终于在苦难的泥淖中挺起了凛然风骨，但读《渴雪》，却发现诗人缘于对现在或现实的失望，又不由自主地逸回了过去。好在从《渴雪》首尾呼应的反复询问中，我们已听出了热切的呼唤，读懂了诗人欲以纯洁的过去改造灰色的现在以营建美好未来的执着意向。郁晴的诗，主体意象凸出而不孤弱，从属意象丰腴而不枝蔓，既有传统的韵味意境，又富现代的气息意识，且结构讲究，抒情深挚，颇具发展潜力。

这一期《邺土》，是副刊责编特意安排的"岁末聚首"，荟萃了十余位有实力的新老作者，继续坚持了《邺土》思想艺术上高品位的一贯方针。在一些报刊纷纷拿弄姿作态的影视歌星们的照片和庸俗无聊的趣闻逸事来支撑版面，以迎合商品经济的低档次文化消费口味为能事时，《邺土》副刊不受世风熏染，五年风霜雨雪，五年花开花落，始终坚守纯文学阵地，推出了55期高档次的副刊文学作品，初步形成了自己独具的办刊特色，既属可喜可贺，更属难能可贵！诗歌类作品一直是《邺土》副刊的强项，我猜想这与责编本身是一位颇为优秀的诗人有关，责编懂行，所以诗稿的选发就有了质量保证。第55期《邺土》，出场的既有写诗四十年的老诗人，更有中青年先进后劲；诗歌体裁既以新诗为主，又有散文诗、旧体诗和译诗；可谓新老咸集，众体兼备。在内容、手法和风格上，更是各师成心，各擅胜场。王学忠的《战士·老人·枣树》一如标题那般朴实，但朴实中见出凝重，散文化的叙述中浓缩了血泪斑驳的历史，写出了人的命运和风采。路晓骥的《黄山》仍旧带着"青春的微笑"那份潇洒，但潇洒的又不再仅仅是年龄段，其中有他对现代都市工业亦即对现代物质文明的反思，回归自然，物我契合使他的潇洒中初露老成超越的端倪。"飞来峰其实是我们中的一个/是千千万万慕名者的灵魂/遥看光明顶上/是谁在与太阳品茗/笑谈天下山山水水/尽在杯中"，这几行最为出色，只可惜诗的末节较弱，影响了整体效果。

诗不能等同于哲学，但好诗总是离哲学不远，如此方能给人以心智的启迪。刘文喜的《心音》和《桥》，就是两首行句精短、坚实的哲理诗。大凡人在有所希冀时，心才向远方出发，而目标始终渺茫，又让人神魂飞越，心潮难平——这是情感的向往，还是艺术的追求？不必追问了。而"一片闪发着凶光的礁石"，也能转化为"通往彼岸的桥"，其间确乎包含着诗人对人生之路上的障碍、苦难的独特感悟。福祸倚伏，否泰相生，谁说不是这样呢？弦月的《看柳》以柳的四季显影人的一生，意象选择与展衍再次证明了老诗人的独到功力。嫩于黄金软于丝的稚柳报告春天，如雪的柳絮映衬着如火的榴花装点夏天，枯黄的柳叶在秋风中梳理绿色的记忆，"只有冬天，柳叶/无所留恋地去了/留下千万条长鞭/抽打着冰冻的岁月"。青春难再，盛年往矣，前两节的轻丽转成末节的忧伤无奈，而忧伤无奈中更有不甘和不屈。《看柳》的形象画面中也是深蕴理思的。扬子以评诗为主，业余写诗，《钓：人与鱼》继续着他几年来散文诗写作中的哲理探索，于平静的语调中不动声色地指明人生的重大忽略和遮蔽。人总是自以为是，总以为主宰着物，比物高明，《钓：人与鱼》则提醒你注意；其实未必如此，人在消遣、占有物的同时，物也给人以反弹，也在毫不吝惜地消磨着人。

　　商品经济刺激人们的消费欲望，大众文艺正日益沦为一次性快餐，感性与官能的满足越来越成为时髦们追求的兴奋点，所谓流行艺术，几乎等同于无聊的玩闹。文化沙漠的威胁正在逼近。所以，真正的有良心的文艺家和编辑，必须肩负起提升人的精神境界和审美趣味的使命，为广大读者营造出一块愉悦身心，栖居灵性的沃土绿洲。愿《邺土》这方沃土，这片绿洲，在新的一年里开满鲜花，缀满翠叶，结满硕果，更加葱茏繁茂，更为俏丽宜人！

用诗歌的光芒照亮生存

——序崔志光诗集《清澈的凉》

　　世纪末是适宜总结的时候，无论是对一个国家、一个民族，或是对一个阶层、一个人来说，都是如此。省事、回顾、估量、结算，发扬与克服，坚守与放弃，存留与删汰，保持与改易，何去何从，孰是孰非，一切心中有数，才会眼前有路，才好跨越世纪，走向未来，面对新的百年、新的千年。在这样的有着非常意义的时刻，一个从乡村走进城市、从体制走向自立、从诗人变成商人而又不改诗人本色的年轻人，把诗箧打开，检点清理一番，对将来的诗意进境和人生走向，无疑都会产生非同寻常的深远影响。

　　尽管志光还相当年轻，但诗龄已不算年轻了。这一摞从上千首习作中挑选出来准备结集的诗稿，最早的作品写于1982年，最迟的写于1999年，中间是17年的漫长时间跨度。志光的人生运行和诗艺进步的轨迹，就是在这17年的时间过程中次第展示出来的。总体上把握，志光的人生姿势在诗歌中呈现为搏击者、挣脱者、担当者、沉思者四种存在状态。

　　毋庸置疑，写诗需要激情。激情源于对生活的热爱、对理想的追求、对未来的憧憬、对自我的期许。初学写诗者多为激情型，原是很正常的，志光也不例外。这一特征在他的《献给黄土地》《站在初春的田野上，眺望》《树种宣言》《砖的自白》等20世纪80年代中期以前的作品中有较为突出的表现。而把激情写作推向极致状态的作品，是写于1985年春天的《太阳在升腾》，这首长达百行的诗，是诗人青春生命激情的总爆发，也是这类浪漫铺排之作的总集合。这一类激情飞扬的作品中，熊熊燃烧着的是诗人的青春的烈火，滚滚沸腾着的是诗人的生命的热血，汹涌翻动着的是诗人的搏击进取的理想与雄心。这些激情之作成为志光人生与诗艺初旅的标志。

　　然而，即便是在人生与诗艺的初旅的20世纪80年代，志光也决不是个一味纵情的少不更事者。也许是国情决定了一个乡村少年的成长历程，是注定要承受压力、经受磨难，是注定要与坎坷曲折结伴而行的。所以，少年崔志光从乡村走进城市的创业立业的人生阅历，留在诗歌中一个清晰显影的，便是他用诗行为自己定格的不屈不挠的奋力挣脱者形象。那条"推开石块与树木""顾不得枝丫狠命的撕扯""顾不得岩壁碰撞得生疼"的"从严冬奔向春""从僵死奔向新生"的解冻的河（《解冻的河》）；那道从"深山岩缝里挣出，从悬崖上飞泻，在山谷间冲撞，深坑处打起漩涡，岩石上激起浪花"的"向着大海的方向远去"的山溪（《河流》）；那棵使"僵硬的瓦砾在头顶上摇晃"的"极力把土层拱破"的小草（《小草的童话》），都是诗人此期心态的象喻。在这批作品中，使用最多的词语是"挣""拱""吃力"等，我以为这几个词语是深入理解崔志光的生命心态和诗歌意蕴的关键所在。若是闻不见这些词语中散发出的浓挚的"汗血味"，就读不懂崔志光的人和诗。诗人的个性，可以用他的《苦菜吟》中的两句诗来概括："好倔强的性格/硬要把命运撞破。"

　　这是具有现代主体意识的人，面对命运的积极进取态度和历史主动性的表现。"撞破命运"就意味着挣脱了命运的束缚，改变了命运，其时"一切苦，都是乐"，但诗人并没有忘乎所以，乐不思"蜀"。因为志光从未满足于个人小我之解脱，他不仅是一个"挣脱者"，更是一个"担待者"。他的出生、他的家世、他的故土、他的乡亲，使他过早地明白了作为农家子弟的自己，此生所扮演角色的内涵。早在写于1984年的《喻》里，他就意识到农民是泥土，自己是土地上生长的草丝："土地把我培育/我则要给这土地一丝鲜绿。"这首小诗勾画的心灵图式是：定位、感恩、报答。少年诗人已然认清自己与乡土的关系是血肉生命的牵连，自己对乡土的情感是源自生命深处的眷顾。对故乡亲人的感戴、对家族血缘的认同、对黄土地的历史命运的理解，凝聚为诗人的责任感和使命感，内化为诗人搏击、挣脱、奋斗、立业的第一推动力。诗人自比为一滴高祖的眼泪、曾祖的汗水、祖父的心血，洒落在黄土里面；自比为一只"父亲青筋突暴的大脚"留下的脚印，深印在黄土上面。所以，诗人渴望着自己更"是一颗希望的种子"，开出希望的花，结出慰藉的果儿（《我是……》）。血气方刚的诗人，捧着一颗燃烧的心，对"地母"起誓，要把自己的生命奉献给黄土地（《奉献给黄土地》）。为了改变故乡贫穷落后的面貌，为了翻新父老乡亲的痛苦悲凉的命运，"年少鲁莽"的诗人，勇敢地"走出小巷越过田垄 闯入/先辈足迹不曾涉及的闹市/冲撞命运"，期待着有朝一日"撞破命运归故乡"（《故里小巷》）。从20世纪80年代到90年代，许多年过去了，崔志光的"担待者"的形象依旧，"即使躲在诗歌的深处"，他也"无时不感应着"故乡"无言的期待"。虽然与80年代相比，已不复雄心勃勃，信心十足，而是多了一份成熟后的无力与无奈，但出于对故乡亲人苦难命运的深切体察，使志光永远无法释然对故乡亲人所期待的那份沉甸甸的使命与责任（《故土》）。

志光无疑是众多从乡村闯入城市寻找新的活法的年轻人中间，能够在城市站稳脚跟并开拓出属于自己的事业的少数成功者。但他并没有志得意满，即没有被斑斓的市容迷乱双眼，也没有被嘈杂的市声聒惑心神，而是慎独地保持了一份理性的清醒。在初尝都市生活的新鲜之后，他很快就开始用警惕的目光审视初级阶段发育尚不健全的都市生活，在投入商品经营的运作之后，他总是及时地抽身而出，反观颇为无序的市场规则究竟合理与否（《一位经商的诗人，在深夜》）。作为一个商人，他自然与现实保持着密切的联系，以便驾驭生活；作为一名诗人，他又自觉地与现实拉开适度的距离，以便思考生活。他以诗人的敏锐，察觉了城市人在热衷于商场摇奖，倾心于艳媚装扮，迷醉于酒吧摇滚的时候，"似乎缺少些什么"（《无雪的冬天》）。他"真实地感到"，那一条流了几千年的"最原始最清纯"的像"灵光一样穿透我们的每一个日子"的"哺育诗歌，洗涤音乐，滋养人性"的河，正在"渐渐与我们远离"（《一条河》）。于是他开始了严峻的城市反思和深刻的人性批判，志光20世纪90年代中后期的作品的焦点所聚即在于此，《金钱》直刺人性的贪婪，《巨额大抽奖》表现被贪欲所驱使的城市人的愚蠢，《现代无常》揭发世情如鬼的狞恶假面，《有关猛兽》暴露人类自身潜藏在文明外衣下的兽性一面的膨胀抬头，《吧女》展示了作为有钱者的和自身的双重欲望的奴隶的吧女们灵魂的扭曲与分裂。反思批判类作品中堪为代表的是《信任》："买货的怕货是假的/卖货的怕钱是假的//走来一位自称是打假的/买卖双方不约而同地说/请出示证件。"假作真时真亦假，真耶假耶？真假莫辨。一个时期以来，假为害之烈，已不仅仅在于物质的层面，它的恶性后果在于严重地动摇了作为社会契约的人与人之间的信任感，而人际的信任危机，是关乎现实生活稳定与否的重大社会问题，这一类诗在手法上也大多简练凝重，直探存在的本质，绝无游词赘语。

志光的写景诗与爱情诗也不乏精彩之作。以田园山水为表现对象的写景诗清新优美，笔致生动，感受细腻，有着宜人的牧歌情韵。牧歌向前跨越一步，就是爱情诗的小夜曲风味了。情诗在志光的作品中显然占有不轻的分量，有单纯的《小草青青》《致——》《花苞》《悟》，也有复调的《秋月夜》《多雨季节》《夜来香》《毛线与网》《二月十四日寄语》《思念》《美丽的迷》。志光情诗的总体感情状态是美丽而复杂的：故乡的村姑，伴着青梅竹马的温馨记忆；城市的情人，挟着现代的气息蓦然闯入，二者虽都无法实现但又皆释放出强烈的吸引、缠绵的牵扯，令诗人对前者不能忘怀，于后者难以解脱。在两难的情况下，诗人多层次体验，多方面设想，多角度描写，确是将感情作复杂化处理因而也是作真实性表现的高手。需要特别指出的是，志光情诗里出现频率最高的意象是"水"和"鱼"，这两个意象均有"原型"意味。尤其是"鱼"，毋宁说就是诗人的化身。纵观中国诗歌史，可以看到，从《诗经》开始，爱情便多是在水边发生，《关雎》《汉广》《溱洧》《蒹葭》即是明证。而"鱼"作为暗示象征意象，更多的是和性爱联系在一起，这在有关学者研究《诗经》的著作中早已指出过。《诗经》中的"鱼儿"是这样，汉乐府《江南》中那尾在荷塘里绕着莲叶快乐地戏遍东南西北的"鱼儿"，也是这样。志光在情诗中一再使用"鱼"和"水"这两个"原型意象"，除了比喻修辞的技巧因素之外，在更深的层次上，则是一名中国诗人文化心理中的原始记忆，作用于潜意识的结果。"原型意象"使最容易纯任感情的情诗，具含了难得的文化底蕴。

商业活动无疑是商品经济时代最主要的人类活动之一。商人正是商品经济时代最有活力的一类人。商业的可观的利润为商人的物质生活提供了优厚的保障，使他们赢得了一般世俗意义上的令人仰慕的地位、价值和尊严。但物质的富裕不一定能保证人的丰富、充实、健全。人性的全面完善，要靠诗歌精神的滋养；人性的温暖明亮，要靠诗歌光芒的照耀。海德格尔提出的人类如何在大地上"诗意地筑居"和"诗意地栖居"的命题，同样是摆在新世纪的商业家面前的一个重大课题。它的意义不仅在于缪斯的"在场"，可以有效地规范商业伦理道德，目前社会转轨时期的商品活动中，最缺乏的就是商业伦理道德规范意识。也就是说，真正具备良好的现代品质的商人，应该是在"写诗"者中间产生，他们应该有一种使命感，有一种文化上的自觉，为这个颇为无序的"商品名利场"树立榜样、展示风范。同时，"诗意地筑居"和"栖居"，也就意味着今天以至未来，"诗人"的含义不应该再等同于"清贫"，尽管诗人永远也不会热衷于金钱，但诗人也决不拒绝物质财富的创造和拥有，让"自古诗人多薄命"成为历史，让"饿死诗人"的叫嚣打上休止符。如果患有严重的精神近视症的社会不能为价值无上的优秀诗歌支付足够的物质报酬，那么，高智商的诗人们，是否应该腾出一只手，介入商品的运作，从而更迫切地切入现实，更逼真地透视人性，为自己在商品时代的诗歌创作汲取深澈的源头活水。这样做可能会冒顾此失彼的巨大风险，甚至须承受人格分裂的痛苦煎熬，但空前的成功也就孕育在不曾有过的风险和痛苦之中。像商人一样生活，像诗人一样思想，用商人的灵敏去捕捉商机，用诗人的良知去摆正义利。一个写诗的商人，他的利润和金钱散发出的是诗歌的芬芳气息；一个经商的诗人，他的生存和诗歌不再因为贫穷而营养不良，苍白无力。他的诗应该是面色红润，蓬勃壮硕的，而"诗人"这个称谓，在他那里，也会被重新定义为商品社会里最有生机和活力的一种人。

——这当然是一种理想的境界。也正因此，才值得包括崔志光在内的富有才情更不乏能力的诗人朋友们，去努力达到！

纯洁的心灵，纯真的歌声

——序北门西学校师生诗歌集《心灵放歌》

北门西学校的同志送来他们自编的第一本师生诗歌习作集《心灵放歌》的打印稿，嘱我写几句话。我便遵命放下手头的工作，把这本诗稿通读一遍，感觉暑热之中仿佛有习习清风拂过，心神不禁为之一爽。这种良好的阅读感觉，再一次印证了我的如下看法：中小学时代，是人的一生中最富有诗意的年龄段；中小学校园，是扰扰红尘中一片最富有诗意的人间净土。

适应实施素质教育、继承传统文化、弘扬人文精神、培养健全人格的需要，在语文教育改革大讨论所引发的语文教育理念转换、语文教材换代更新的形势下，中华诗词学会于世纪之交发出了"让中华诗词走进大学校园""让中华诗词走进中小学校园"的倡议，得到了教育主管部门和各级各类学校的热烈响应。诵读、欣赏、创作诗词的活动，已在全国各地校园内扎扎实实、有声有色地展开。

安阳自古以来就是一方诗歌的沃土。这方土地在上古时代曾孕育了《诗经》中《邶》《鄘》《卫》的大部分诗歌，在东汉末年又产生了彪炳诗史的建安诗歌。邺水朱华，馨香百世；流风余韵，邈远绵长。20 世纪 80 年代以后，以安阳诗词学会成立、《殷都诗词》创刊为标志，安阳的诗词创作活动又呈现出发展繁荣的趋势。安阳诗词学会响应中华诗词学会和河南诗词学会的倡议，落实全国第十二届、第十三届中华诗词研讨会精神，先后指导我市多所学校成立了诗词社，选定了诗词教育示范校，派出专家到这些学校为师生们讲授诗词创作、欣赏的知识技巧，举办了诗歌朗诵音乐会和"校园杯"诗歌朗诵演出比赛。我市的校园诗词诵读、欣赏和创作活动，在进入新世纪之后，正蓬蓬勃勃地开展起来。北门西学校是我市第一个成立诗词社、开展校园诗词活动并被确定为"诗词教育示范校"的中小学校。

这说明了北门西学校的领导和老师们，具有新颖开放的教育理念、高度的人文综合素质和长远的文化战略眼光，对开展校园诗词活动的巨大意义认识得很到位，找准了实施素质教育、培养健全人格的有效方法和途径。他们通过形式多样的校园诗词活动，提高师生的语言水平、审美能力，优化教书育人环境，促进学生的性情陶冶、品德养成、智力开发和创造意识培养。他们充分认识到，开展校园诗词活动不仅是对中华传统"诗教"的接续和重振，更是为新一代青少年进行的文化和人格的双重奠基。尤其是在文化教育曾经长期遭受极"左"路线糟蹋，而今又面临着商品大潮严重冲击的大背景下，在语文学科曾经长期片面强调工具性、交际性、实用性而忽略文学性、审美性、人文性之后，开采中华诗词这一座蕴蓄着取之不尽、用之不竭的人文精神的富矿，显得意义格外重大。

中华诗词之中表现出来的时间意识和生命意识，关爱同情、体恤悲悯的人道情怀，深长的乡情，深厚的亲情，深沉的友情，深挚的爱情，坚定的志向信念和崇高的责任感使命感，蔑视富贵、淡泊洒脱的高洁品格，强烈的批判意识与执着的追求精神，热爱祖国、热爱和平的思想感情，厚重的历史感和浓烈的忧患意识，匪夷所思的创新出奇和灵光熠耀的悟性哲理，博雅的日常情趣与审美化的人生观，天人合一、物我同构的身心、人际、人与社会、人与自然的整体和谐……凡此种种，均有助于避免青少年学生在技术理性、工具理性、实用至上、利益至上的商品经济时代，沦为只有知识没有文化、心理残缺灵魂荒芜的可怜而又可怕的技术人、工具人。用诗歌的真善美长时期地熏陶濡染、沉浸滋润青少年学生，就一定能收潜移默化之功，渐渐变易他们的形象气质、精神风貌、知识结构、思想情感、人生观念、价值取向，审美趣味，使他们分清是非，明辨美丑，厌弃痞混，告别粗鄙，疏离低俗，健康成长为一代志远气清、格高韵扬、器大声宏、思锐情深、灵心善感的气质高雅、风神秀美、体魄茁壮、人格健全、善于学习、勇于创新的新型公民。这是开展校园诗词活动、实施素质教育的目的所在。

这本《心灵放歌》编选的师生诗歌习作，总体质量是不错的。校园生活虽较单一，但师生们的作品题材相当广泛，这显示了他们关注现实的热情和思考生活的能力。作品在形式上有师法旧体诗的整齐行句，大多数则是自由的白话新诗，这显示了师生们审美趣味的多样性和开放性。老师们的作品自然更为成熟，学生们的习作虽觉稚嫩，但清风扑面，一团活泼，少年儿童的希望憧憬、灵性才情、想象力和创新意识，在他们用纯洁的心灵唱出的纯真歌声中，得到了较为充分的表露。"诗人者，不失其赤子之心者也。"从这个意义上说，怀有一颗"赤子之心"的少年儿童，就是世界上最纯粹的诗人；他们那未遭世俗污染、保持着原初新鲜的可爱生命，本身就是一首首美丽动人的纯诗。

可以肯定地说，北门西学校的校园诗词活动，已经有了一个良好的开端，取得了比较突出的成绩。不过，从集子里的作品看，水平还互有参差，出自老师之手的行句整齐的作品尚未合乎平仄格律，孩子们的诗歌语言也要更准确、精练些，构思立意也应当尽量避免与别人的雷同重复。这些不足之处，有待于在今后的活动中不断加以改进提高，百尺竿头，更进一步。

《心灵放歌》的结集，是北门西学校诗词活动的一次总结，更是一个崭新的开端。我们期待看到北门西学校的师生们写出更多更好的诗词作品，并相信通过富有成效的校园诗词活动，北门西学校的素质教育一定会结出更加丰硕的果实！

心 灵 的 和 弦

—— 熊元善诗集《一半湖北，一半河南》读后

很久以来，作者收拢自己几十首抒情短诗，结成一本薄薄的诗集印行，这在诗歌界早已是司空见惯之事。熊元善的《一半湖北，一半河南》却很不一样，这是一部厚达二三百页、收诗近二百首的诗集，捧读手中，直觉地就会给人一种"分量感"。倒不只是说这部诗集页码多、体量大，而是说它的内容和风格异常饱满丰富。厚重，应该是这部诗集最主要的品格。

诗集分为"河之弦""路之弦""思之弦""恋之弦""兵之弦"五辑。"河之弦"是由 8 首诗构成的大型组诗，礼赞中华民族的母亲河——黄河，展现黄河儿女的生存景观，自然气息和人文气息相交织，历史场景和现实场景相映衬，呈示民族的犷悍性格和壮阔命运，写来大气磅礴，读之荡气回肠。熊元善是湖北荆州人，可谓地道的"长江之子"，却以一组写黄河的诗为个人诗集压卷，可知生长在长江岸边的诗人，已然融入并且完全认同了自己的从军、工作之地河南，融入并且深度体验了大河之南的黄土文化、中原文明。"路之弦"收诗 55 题 103 首，是对人生道路的多角度、全方位思考，偏重哲理的提炼与开掘。《与灯有关的联想》《真正的剑客》《我们其实失落了家园》《左手，右手》《人》等，都是哲思渊永之作，开人眼目，益人心智。"思之弦"收诗 32 题 35 首，是对故乡亲人的深长思念，偏重抒情。父母子女的血缘亲情、桑梓热土的地域乡情与怅惘忧伤的文化乡愁，在这一辑诗中抒写得十分浓挚感人。这些思乡思亲之作，有意无意间契合了传统乡愁主题诗歌的远望当归、闻声思乡、秋风日暮起乡愁等原型模式，从而赋予这类纯粹的个人情绪抒写以丰厚的民族情感心理内涵积淀。该辑第一首《一半湖北，一半河南》是一篇重要作品，诗人用这首诗的题目作为书名，具有象征意味，这首诗是诗人感悟此生的身份归属和责任担当之后的自我定位。"恋之弦"收诗 20 首，是

诗人青春期的爱情经历的诗化表述。"兵之弦"收诗 19 首，是诗人军旅生涯的记录与军人情怀的坦露。由五辑诗结成的这部诗集，犹如一张五弦琴，弦声相应，弹奏出一曲动人的心灵和弦。

毋庸讳言，诗歌在近些年里已经鲜见关注时代、关注当下之作，几乎完全蜕变为私人化写作，或者投注兴奋点于"下半身"，或者竞相说"废话"、淌"口水"，而"穿越大半个中国去睡你"的公然标榜，在制造宣言般的耸动效应的同时，也着实难掩与诗歌不甚相宜的某种低俗气味。这样的写作在降低诗歌格调品位的同时，也疏离了诗歌与时代血肉相连的紧密依存关系。熊元善这部诗集中有一大批作品，如《黄河纤夫》《耕牛与麦子》《搬家》《山妹子》《母亲》《农民的双腿》等，注目时代的沧桑变迁，大量熔裁底层生活的现实困境与底层人物的心灵磨难，而能于其中淬砺出温暖的人性火花，推拉出光明的前景闪回，极大地密切了有些虚脱的诗歌与生活现实之间的关系。在《二十一世纪的第一个春天》《我们唱起军歌》《十月放歌》《中国士兵》《要做就做真英雄》等诗中，诗人以澎湃的激情，礼赞军人，颂美时代，歌唱祖国，高调弘扬一些人有意规避的主旋律，显得尤为难得。

也许是因为诗人高调弘扬主旋律，也许是缘于军旅出身的诗人特具的阳刚气骨，这部厚重的诗集，自有一种激越雄烈的风格特点。试看如下这些句段："一年四季/他们裸露健壮的臂膀/犹如那些寸草不生的山峦/裸露突兀的磐石/裸露一山雄性的峥嵘""黄河雄鹰蛰伏于崇山峻岭之间/犹如大片大片的风暴/蛰伏于幽深的山谷""再低矮平铺的山丘/只要听到声势浩大的黄河大鼓/也会隆起绵延万里的巍然脊骨""每个人青春的战马只有一匹/驯服青春的奔马方显男儿的豪气"，莫不大声镗鞳，震撼人心，令人心潮澎湃，热血沸腾。但这并不是说诗人只有这一副笔墨手腕。事实上，集子中抒写乡情、亲情、爱情的喁喁细语、低低吟哦，在壮美崇高之外，别具另一番优美的风格和动人的魅力，如《眺望南方》的末段"南方是甜蜜的忧伤的/我喜欢眺望南方/记忆的风车细细地吟唱"，诗句散发出叶赛宁诗歌一样的醉人乡土气息。

诗集中还有一些作品，如组诗《象形字解析》等，很见诗人的巧思妙想。诗人创造佳句的能力也值得称道，像"父母走时/就带走故乡""故乡的屋檐/覆盖天涯"等诗句，皆能让人过目不忘。凡此，无疑都增强了诗集的可读性，有利于诗作的广泛传播。当然，集子中也还有少量作品，或过于偏嗜议论说理，或是比喻性修辞不尽惬当，或是篇句不够凝练紧凑，虽曰大醇小疵，也都是诗人在今后的创作中应该注意改进的地方，以期诗艺续有进境，臻于完美。

地域诗歌的重镇

——序朱现魁先生诗词集《洹上吟》

《洹上吟》（增订本）精选朱现魁先生近二十年间的诗词、联语作品近九百首（副），萃为一编，内容广泛，形式多样，持律谨严，是一部出自今人之手的不可多得的旧体诗词集。通读一过，感觉是编的地域诗歌性质，厚重文化蕴涵，最为引人注目。

"洹水安阳名不虚，三千年前是帝都。"朱现魁先生的家乡安阳，乃殷邺旧地，号称"中华第一都"，有着深厚悠久的地域文化积淀。这里古迹遍布，名胜林立，有观览不尽的人文胜景；这里山川毓秀，景色如画，有赏之不尽的自然风光；这里地杰人灵，名士辈出，有数不尽的风流人物；这里历史悠久，传说众多，有说不完的动人故事。

形胜之地乃人文之邦，通都大邑乃诗文渊薮，殷邺故都滋育了古老而辉煌的地域文化，也绽放了无数诗歌的妍卉奇葩。甲骨卜辞《四方来雨》，是中国诗歌史上年代最早而又最可靠的作品，堪称产生于"中华第一都"的"中华第一诗"。"文王拘而演周易"，《易经》的卦爻辞中，至少保存了六七十首上古歌谣，显示了我国诗歌萌芽阶段的艺术水准，展示了《诗经》得以产生的艺术渊源。《诗经》"十五国风"中，《邶》《鄘》《卫》三风的部分诗歌，就是由安阳这块土地上的先民们唱出来的。而以邺下"三曹""七子"为代表的建安文学，是中国文学史上五言诗的黄金时代，"建安风骨"更成为唐宋以下历代诗人追摹难及的典范。

"人事有代谢，往来成古今。"曾经是数百年王都的殷邺故地上留下的数不清的名胜古迹，是流动的时间长河的定格，是过往的历史风云浪潮的凝结。"江山留胜迹，我辈复登临。"六朝隋唐而下。历代的"我辈"们，或者是行经殷邺故地，或者是出任这里的守判宰令，或者是生长于斯的乡贤邑人，他们登临俯仰之际，神游千载，发思古之幽情；行旅过往之情，瞻顾盘桓，感山水之钟秀；蕴蓄丰厚的人文地理景观和风光奇美的自然地理景观，激发了他们的创作灵感，为安阳咏唱出大量动人的诗篇。南北朝的江淹、何逊、庾信，唐代的王勃、张说、王维、李白、高适、岑参、韦应物、刘禹锡、温庭筠、韦庄，宋代的欧阳修、梅挚、韩琦、司马光、苏轼、黄庭坚、岳飞、范成大，金元的王庭筠、元好问、王磐、许有壬，明清的高启、李梦阳、何景明、谢榛、李攀龙、王世贞、杨慎、袁宏道、谭元春、陈维崧、查慎行、赵翼等等，真是群星璀璨，蔚成大观，以他们为主体，构成了歌咏安阳的庞大诗人阵容。在此需要强调指出的是，那些大家名家或行旅而过，或为官一任，登临之际的即兴之作，多志一时所见所思；而那些名不甚著的乡邑本土诗人，如林县邑人冯栋、万化、李景云，汤阳邑人王绣，滑县邑人卢以洽、魏庆云等，则是长期生活在这片土地上，他们对这里的历史往往更为了解，对这里的山川往往更为稔熟，由少到老，耳濡目染，往往观察更细，理解更深，感受更多，反复酝酿陶冶，胸中的诗情格外饱满，发为吟咏往往深得山水名胜之三昧。

大学中文系出身的朱现魁先生，博通文史，不仅有着本土邑人热爱家乡的深厚感情，而且有着明确的文学史和地域诗歌史意识。他的创作，不是那种常见的自发、盲目的无意义写作，而是有着自觉的目标追求的。作为安阳当代旧体诗坛上具有代表性的诗人，他除了广泛研习文学史上的大家名篇以为师承外，更自觉地继承了安阳历代地域诗歌的优良传统。他曾不止一次谈起乡贤诗人沈佺期、韩琦、许有壬、王绣和较长时期在安阳盘桓、生活过的诗人元好问、谢榛等，言辞语气间，流露着追慕先贤流风遗泽的企慕之情。明代后七子之一的谢榛，先后在安阳寄居20余年，并终老于斯，写过不少吟咏安阳的诗作。朱现魁先生不仅谙熟谢榛与安阳有关的作品，而且对谢榛的全集细加研读，于此足见他对古代安阳地域诗歌的重视程度。虽未听朱现魁先生明确表述过，不过我猜想，在他心中一定是怀有一种强烈的使命感的，他要创作出追步并超越前人的安阳地域诗歌，以弘扬安阳灿烂悠久的历史文化，描画安阳风光迷人的大好山川，抒发一个当代安阳人的热爱家乡之情，用诗歌创作的方式，报答家乡热土的养育之恩，并在中国当代旧体诗坛上，为安阳诗人、诗歌争得一席之地。他的名字及其诗词作品曾屡见于诸多省市乃至国家级报刊，而且迄今为止，已有近三百首作品入选五十余种全国性诗词选本，如《当代中华诗词集》《二十世纪名家词选》《当代诗词举要》等，就是最好的证明。

所以，朱现魁先生投注巨大的热情和精力，创作了大型组诗《安阳百咏》、组词《安阳好》《洹河新柳枝》等安阳地域诗词作品，表现出继武前修的鲜明意图。组词《安阳好》二十首，就是仿照北宋名相韩琦的组词《安阳好》而作；《洹河新柳枝》十首，也是对曾官安阳教谕的清人胡煦《洹河新柳枝》的仿写。大型组诗《安阳百咏》，包括"古今名胜杂咏""春节风俗杂咏"等七部分，举凡小南海遗址、二帝陵、殷墟、羑里城、西门大夫祠、铜雀台、韩陵片石、万佛沟、文峰塔、瓦岗寨、昼锦堂、岳飞庙等名胜古迹，温子升、韩琦、元好问、谢榛等历史人物，黄华山、珍珠泉等自然风景，蓼花、血糕、粉浆饭、道口烧鸡、内黄大枣等特产小吃，贺岁、回门、腰鼓、旱船、高跷、抬阁等节令风俗，尽收笔底，而这些内容，也正是古代安阳地域诗歌时常涉笔的题材。组诗中的红旗渠、殷墟博物苑、文化宫、火车站、亚细亚商厦、工业品市场、钢铁公司、彩玻公司等，则是当代的新事物，而为古代安阳所无。这些新的题材内容的拓展，扩大了安阳地域诗歌的表现范围，显示出朱先生超越前修的可贵努力。上举大型组诗、组词，再加上那些为数不少的题咏安阳的单篇作品，共同构成了作者"欲效古今才士为吾邺形胜写照、风物写真"的创作目的。可以毫不夸张地说，在朱现魁先生之前，没有一个诗人对安阳地域文化作过如此全面深入的反映，因此，朱现魁先生在安阳地域诗歌创作上取得的成就是空前的。

也许有人会问：局限于安阳一隅的历史文化、自然风物的诗歌创作，到底会有多大的普世价值呢？这种疑惑实际上是对历史与现实、自然与人的关系，对地域文学的性质，缺乏应有的了解所致。观照历史是为了剖析现世，欣赏自然是为了确认自身。安阳的名胜古迹作为历史的遗存，因为有了安阳地域诗歌的反复吟咏，它们的历史文化内涵呈现出叠加增值趋势，因而更加发人深省、引人深思。安阳的山水风光作为自在存在的自然物，因为有了安阳地域诗歌的审美玩赏，一木一石，一丘一壑，行云流水，秋草春花，都在其天然风姿中注入了诗人的灵性和情愫，而更加诗意盎然，诱人流连，引人入胜。这就是安阳地域诗歌的巨大价值所在。更何况，古今中外的地域文学都产生过杰出的作家和作品，像美国的福克纳在家乡"邮票大"的地方上，写出了诺贝尔文学奖；中国古代的边塞诗、田园诗，大多具有地域文学性质；现代诗人徐玉诺表现豫西南农村的诗歌、作家沈从文的湘西小说、当代作家莫言的高密东北乡红高粱系列小说，也都饮誉文坛。所以，对于朱现魁先生的安阳地域诗歌创作，我们一定要给予足够的关注。当然，《洹上吟》的取材绝非局限于安阳。朱现魁先生不仅读万卷书，而且行万里路，足历天下，见闻广阔，而又捷才敏思，灵心善感，凡游踪所至，辄有题咏，所以集子中收有许多纪行诗，像《湖杭道中》《西湖十咏》《西京杂咏》《少林行》《黄河游览区漫咏》《齐鲁行》《蜀游十律》《大江行》《庐山纪游》等，描摹勾勒，形象可感，使人披文得貌，如睹真容；朱先生非常关心时政，国家大事多见诸笔端，像《九帅咏》《给老战士》《全国人大、政协会议召开有感》《香港回归杂咏》《九八抗洪歌》《十五大召开喜赋》《蝶恋花·庆祝中国共产党诞生七十周年》《念奴娇·纪念毛泽东诞生一百周年》等，均是"主旋律"的演奏，而归旨于美颂。重大题材之外，朱先生也不卑凡近、不避琐细，"布市""酒家""秧歌""焰火""烧香""街头小吃"等，也能进入他的视野。诗人皆是性情中人，朱先生自不例外，《忆父》《忆母》《忆昔》《西行道中过郑州》《送儿从军二十四韵》《小孙女节日纪事诗》等抒写亲情之作，端的是血浓于水，字里行间流溢着诗人的真情至性，十分感人；亲情之外，朱先生同样笃于友情，凡所交接之人，皆有诗词赠之，或道离思，或叙欢聚，或忆旧游，或感遇合，或赞美祝愿，或微言箴规，无不妥帖惬当，发人深思；这类作品又往往和酬唱赠答、谈艺论文之作相交叠，成为《洹上吟》中分量颇重的部分。总之，《洹上吟》的题材内容是非常广泛的，刘熙载《艺概》评东坡词如老杜诗"无意不可入，无事不可言"，就取材之富、措意之广而论，朱现魁先生《洹上吟》庶几近之。

《洹上吟》的形式艺术也值得称道。朱现魁先生自谓"诗遵平水，词依正韵"，他的旧体诗词皆句烹字炼，律细韵谐，仅此一点，即可见出朱先生之精于此道，功力深湛。当代人写旧体诗，常见标明"绝句""律诗"，悬挂"词牌""曲谱"者，按诸实际，则往往不尽吻合；朱先生以今人而持旧律、守古韵，且法度森然，一丝不苟，殊觉难能可贵！《洹上吟》中的作品，有诗有词有联语；诗有五绝七绝、五律七律、五古七古；词有小令如《忆江南》二十余字者，亦有最长词调《莺啼序》二百四十字者；联语有精短之八字联，亦有百余字之长联。如所周知，诗歌史上有唯大家能够兼擅众体，朱现魁先生诸体皆长，抟运自如，实有大家之气象。收入《洹上吟》的各体作品，七绝最多，约占半数。七绝一体，讲究以少总多，含蕴不尽，最得风人深致，最见诗人才情，文学史上的名家如若不工此体，亦不免为人诟病。此体看似短小简单，实则有许多艺术上的讲究，娴熟掌握殊为不易，"故唐人皆尽一生之业为之"（宋沈括：《梦溪笔谈》）。元杨载《诗法家数》云："绝句之法要婉曲回环，删芜就简，句绝而意不绝。多以第三句为主，而第四句发之。有实接，有虚接，承接之间，开与合相关，反与正相依，顺与逆相应，一呼一吸，宫商自谐。大抵起承二句固难，然不过平直叙起为佳，从容承之为是。至如宛转变化，功夫全在第三句，若于此转变得好，则第四句如顺流之舟矣。"这段话对绝句的体制特点分析得很精到，指出了绝句创作的关键所在，从中亦可见出创作难度之大。以之对照朱现魁先生的诸多七绝，大抵合式中规。说朱现魁先生是一位富于才情的当代优秀诗人，不亦宜乎！

读丁东亚诗歌小记

在欲望与本能联袂狂欢的年代，还有谁张开灵视眺望远方？在权势与金钱结盟的生存困境里，还有谁思考怎样以人的尊严存活世上？在流行话语与权力话语的共享霸权之下，还有谁能发出个人的真实声音？在裹挟一切的盲目时尚的滔天浊浪里，还有谁懂得珍惜消逝的往昔那无价的时光？在新新人类蜂拥猬集城市商场里轮番更换斑驳陆离的包装时，还有谁记得儿时朴素的玩伴、村庄、麦田、牛羊？在霓虹灯魔鬼眨眼般迷幻的光谱里，还有谁会抬起眼睛仰望亘古神秘的星空、永恒清朗的月亮？在网络上放纵人生在碟片里亵渎青春的伪后现代，还有谁去认真坚守心灵的纯洁和人性的善良？

读了东亚的诗歌之后，心中蟠郁如许的沉重疑虑有所缓解了。东亚属于80后，年轻俊朗，朝气蓬勃，竟然和背负重荷的60后们有着相似的忧生忧世之心，相似的终极人文关怀、相似的美学追求、相似的诗歌理想——这真是让人讶异更让人欣喜的事情！从去年秋冬到今年春夏，每隔一些时日，就会从邮箱里读到东亚侧身城市回望乡村、置身现代回望古典、陷于喧嚣渴望宁静、湮于浑浊渴望清纯的诗歌，淑世的忧与悯人的悲，青春的乐与成长的痛，灵魂的拷问与存在的审视，难言的爱情与难忘的亲情，林林总总交错而成的诗的内涵，相当浑厚，让人感动。

写诗，先用心，再用技巧。东亚的技巧也堪称熟练。三千年诗国的大传统，一百年现代诗的新传统，域外异国的诗艺诗观，在东亚的诗中都有体现。意象，比兴，暗示，隐喻，象征，开放性的构思与想象，诗意灵动的转换与生成，诸般手法都能较好地操持。有华美的匹锦，也有闪光的碎片；有层深的抽绎，也有神来之笔；有从容的铺展，也有猝临的灵感。东亚诗的美感类型是多姿多彩的。

　　当然，如何在自由里求集中、在繁复中求简练、在朦胧中求单纯、在多义中求准确、在普泛的写法中凸显个人特色，都是今后应该注意用力的地方。也就是说，这些相当年轻的诗歌文本尚未臻于至善。

　　潜力很大，前路正长。竿头更进，层楼更上，是我对东亚诗歌的期望！

一个追求美好的人终将收获幸福

——序艾敏诗集《废墟上的梦》

多年来，诗歌阅读之于我，就像日常饮食呼吸一样，不可须臾或离。然而，在这个干冷无雪的漫长冬天，这半年紧张忙碌的倥偬日子里，我竟也久矣不复静下心来阅读诗歌了。放寒假后，心境稍觉闲暇，我才意识到这一点。不禁怆然暗惊。这时，得知诗人艾敏要出诗集的消息。于是心怀期待，打开了艾敏的诗集打印稿，开始了大半年来第一次系统集中的新诗阅读。

记得是在 20 世纪 90 年代初，通过诗人地铁，我认识了艾敏，此后零星地读到地铁转来的艾敏诗作，印象颇深。那时艾敏的笔名叫郁晴，主编一份报纸的文艺副刊，也断续约我写些小诗小文。后来在市作家协会、诗词学会的活动中，经常见到艾敏，简单的问候交谈，约略知道些她的生活、工作和写诗的情况。一个需要处理繁忙事务、承担繁冗家务的女性，能够长期坚持业余读书、写作，时有佳作发表并且在全国性的诗赛中多次获奖，取得了不俗的成绩，这在书香渐渺、诗意日稀的当下，不能不格外地令人感佩。

艾敏的创作起步很早，这部诗集选入的作品，起于 20 世纪 80 年代中期，那应该是诗人中学时代的"少作"，像《夏日》《伞》《花椒》《落花生》《那棵柳树》诸篇，但也并不显得多么稚嫩。而且，正是在这些"少作"中，初步展示了诗人的个性，预示了诗人未来的人生与创作走向。一个花季少女，最初的吟唱不是风花雪月的温馨或恼人，而是生活的严峻、现实的沉重、存在的苦难，以及对苦难的抗争。雨天的伞出现在诗歌里，多是一个带几许浪漫色彩的意象，但少年诗人笔下的"伞"，经受的是烈日烤炙、狂风撕扯、云雾威胁、暴雨击打；长条袅娜、拂水飘绵的柳树，也很宜于发抒依依柔情，但少年诗人题咏的"那棵柳树"，却是满身伤疤，枯死在断水的河床，被伐木者锯断；"夏日"被烘烤得憔悴枯黄，"花椒"遭遇灭顶之灾，"落花生"顶着凝聚的重压。但是，"伞"总在人们最需要的时刻"挺立"，"柳树"的灵魂爆出了不屈的"绿焰"，"花椒"勇敢地去赴一次"壮丽的煎熬"，"落花生"坚信"谁是强者/到秋天/果实会告诉你"。诗人早期这些比拟象征的咏物诗，托喻的是一种性格：直面现实，承受苦难，保持信念，不屈抗争。这种性格成为诗人日后创作中一以贯之的抒情基调和底色，而题咏类作品，也成为诗人日后创作中最常见的题材类别。

也许真的有所谓诗谶，也许真的是出于宿命，从吟唱现实生存的苦难开始创作的诗人，在一个没有任何异兆的秋日午后，猝然之间真个遭遇了一名年轻女性难以承受的巨大灾难。"大都好物不坚牢，彩云易散琉璃脆"，诗人原本美好的一切，都从那个脆弱的秋天的枝头倏然跌落粉碎了。从20世纪80年代末，到90年代中期，在长达数年的时间里，艾敏和她的诗歌都沉浸在浓郁的"悲秋"氛围里，无意间重复了一个中国诗人自古皆然的古老诗歌母题。"绵绵的秋雨"，成了"永远擦不干的泪水"，诗人与秋天"结下的是不解之恨"。虽说"世间只有情难诉"，但女诗人最是擅长抒情，《秋野独语》《声声慢》《让我是一株枯菊》《祈求》《铃兰已将你遗忘》《中秋》《秋天之后》等诗，把那种幽咽惨切的悲秋情绪，演绎得如怨如慕、如泣如诉。作为"悲秋"情绪的辐射和延伸，"秋天之后"依然是"孤独的春天"。春天的"花园"，在谷雨过后四月天，"依然一片荒芜"，再也"不能青青如初"。

然而，生活不会因苦难而停止。诗人的个性也不会屈服于虐戾的命运。追求幸福是人的天性，尽管在现实中，人不免要经受痛苦的折磨。不过泪尽之后还有泪，梦碎之后还有梦。只要还有泪和梦，心中就有绚丽的未来，生活就有闪光的明天，笔下就有簇新的诗篇。从20世纪90年代中期开始，诗人意识到既然"没有灵丹，能医爱的伤口"，那就只能"自救"。缘此，她的诗中奏出了复调，《独步》《故人》《故地》《遥望》《渴雪》和组诗《给你十四行》等，在过去与未来之间、在回忆与憧憬之间、在告别与迎迓之间、在悲怆与幸福之间、在痛苦与欢乐之间，释放出两种反向的张力。一边是难忘的刻骨铭心的记忆，一边是难抑的两美必合的欣喜。交响与变奏之中，向往新生的音调渐次嘹亮高亢。一个追求美好的人终将收获幸福。终于，在《给你十四行》里，诗人喊出了"当秋天之后/我是多么渴望"这宣告"新生"的心声。于是便有了与先生大著《邺下文人》相唱和的组诗《邺下风流》，洋溢出深层次的李清照赵明诚般的和谐欢乐。于是便有了接踵而至的《诞生》和《朝朝》，诗人全部的爱和喜悦，凝聚为"朝朝，世界将从你开始"的诗行，标志着历尽磨难之后，诗人"新生"的彻底完成。90年代中期以后的这批复调之作，情感内涵丰沛深厚，心灵维度繁缛富赡，不仅成就了动人的诗情，更成就了美好的人格和美善的人性。

古典诗词中的女性写作，多是伤感、哀怨、缠绵的情绪宣泄或流露。由于社会文化变迁、扮演角色转换、思想资源丰富等原因，现当代新诗中的女性写作，则多表现为感性和理性的有机结合。艾敏的诗也是如此。一方面，如上所论，艾敏把情感和生命的悲喜苦乐作了充分情绪化的抒写，因其感性所以十分感人；另一方面，她的抒写又不仅仅停留在感性的层面，而是在情绪之水中析出坚实的理性结晶。《沧桑》一诗可作代表。诗中有泪水涟涟的泣诉："一滴泪/沿着夜冰凉的面颊/凄绝地　无声息地/和着一个如水的名字/流淌　流淌/流淌了一千八百个日日夜夜"；但诗人并没有溺于咸涩的泪海不能自拔，而是毅然"将竹签　和手心上的命运/再次装入行囊，扛在肩上"，重新鼓起大无畏的生存勇气，并且辩证地看待人生的磨难，写出了"没有苦涩的人生/不能说不是人生的缺憾/没有悲剧的人生/或许才是/人生的悲剧"这样启人心智的警醒之句；并由此进至感悟命运的超越境界："我只想如一束纯净的火焰/或者　如菩提/在盛开的莲之上/倾听红尘　静观不语"。这是一种不同于传统女性写作的现代女性写作，不仅哀婉、忧伤，而且坚韧、勇敢、超脱，诗作具有鲜明的现代意识。沧桑之后，诗人和诗歌都趋于成熟了。

王国维在《人间词话》中说："有主观之诗人，有客观之诗人。"通观艾敏的诗作可以看到，她不仅是一个主观型的诗人，而且是一个客观型的诗人；不仅是一个情感型的诗人，而且是一个思想型的诗人；不仅是一个富有现实感的诗人，而且是一个富有历史感的诗人。这有诗集中的政治抒情长诗和咏史怀古之作为证。艾敏显然不属于那种一味沉迷个我情绪的"小女子"，她应该是入世阅世很深、现实关怀很强的现代知识女性。写抗击非典的《戴口罩的春天》，写焦裕禄精神的《与一棵树合影》，写城市农民工的《我是农民工》，写基层优秀工会主席的《写在黄河故道上的诗篇》，写现代大型企业鑫盛集团的《泰山石》，写城市新区建设的《这一片生长梦想的土地》等政治抒情长诗，均是切入现实、关注当下的重大题材之作，与时代脉搏共振，与主旋律相应和，集中体现诗人的社会责任感。这类诗多用赋体，气局开张，铺张排比，激情澎湃，是"大我"角色的放声高歌，但并不空洞说教，而往往借助典型的意象、精彩的细节、生动的修辞来表现主题。以组诗《废墟上的梦》《易之魂》《满江红》为代表的咏史怀古之作，则显示了女性诗人大多难得具备的厚重历史感。诗人的家乡安阳，是甲骨文的故乡、周易的发源地。"中原文化殷创始"，这里是有文字记载可考的中华文明史的开端。《易之魂》写"文王拘而演周易"，还原三千年前幽禁于羑里的那位"耄耋老人"推演周易的情景，揭示忧患中生长出的大智慧，那是我们这个历尽劫难的民族生生不息的力量的源泉。《废墟上的梦》题咏甲骨文的发现地小屯，审视殷商王朝的历史，为殷墟申遗成功而欢欣鼓舞。所谓"废墟"，就是前人留下的历史遗迹；所谓"梦"，就是今人接续前人，在辉煌灿烂的古老文明遗迹之上，创造出更为辉煌灿烂的现代文明成果；这组诗的主题是"文明的新生"，诗的标题极富象征性。多写苦难的艾敏诗歌中，隐现着一个贯穿的主题就是"涅槃与再生"，抒写个人的情感、生活如此，如《再生柳》；表现民族的历史文化亦如此，如组诗《我的黄河》和这组《废墟上的梦》。从个人的情感生活到民族的历史文化，诗人实现了诗歌题材领域和驾驭题材能力的双重跨越。这些咏史怀古之作，以其题材本身包蕴深厚的地域历史文化积淀，而昭示出一种非凡的诗歌气象。

我不知道艾敏是否读过中文系，但从其诗作中可以看出，她有着坚实的诗歌史知识积累和出色的诗歌艺术修养，对于古典诗歌和现当代新诗都能谙熟于心，信手拈来，为我所用。《我愿是一株枯菊》化用陶诗，《声声慢》仿佛后期易安词，《满江红》有岳武穆的慷慨壮烈。她的《失误》与郑愁予的《错误》，《四季青》与席慕蓉的《一棵开花的树》，《两棵树》与舒婷的《致橡树》，《给你十四行》与林子的《给他》，《情人节》与纪弦的《你的名字》，《一个农民的死》与范源的"诗小说"，《戴口罩的春天》等长诗与郭小川、贺敬之的政治抒情诗，其间均有着或隐或显的承传借鉴关系。凡此，都说明艾敏注重广泛阅读，转益多师，具有很强的对诗歌史上的名家名篇进行创造性转化的能力。

晚生的诗人是有幸的，诗歌史上辈出的名家和如林的名作，都可以成为取法的对象；晚生的诗人又是不幸的，面对名家辈出、名作如林的诗歌史，又很难再写出真正属于自己的个性和新意。在李白、杜甫写过诗之后，在艾青、北岛写过诗之后，我们还怎样写诗，这是摆在每一个晚生的诗人面前的不容回避的严峻问题。所幸"江山代有才人出"，一个真正的诗人，虽然晚生，但是经过艰辛的探索和不懈的追求，总是能够找到自己的个人意象，写出属于自己的个性和新意来。艾敏笔下的"秋天、小路、月亮、雪野、如水的名字"等意象，就是深深烙上诗人生命印痕的个人意象。她的《记忆》一诗颇富新意，不枝不蔓，简净精短的三节九行诗，尺水兴波，先把记忆喻为"一块石头"，时间的流水会把它消磨；然后"逆接"，再把记忆喻为一粒在"灵魂的伤口"里萌芽的"种子"；最后，疯长的"记忆之树结出一枚枚苦果"，任是能够消磨一切的"时间"，也"对记忆无可奈何"。可见，这痛苦的记忆是多么销魂蚀骨，沥血滴髓。这首小诗，在短短的篇幅里跌宕起伏，新意频出，让人过目难忘。至于局部修辞上的出新，像《迎春花》中"忍受严寒的烧灼"一类奇特新颖、反常合道的诗句，所在多有，就不一一列举了。

　　艾敏无疑是一位具有足够的创作潜力的诗人。未来发展的空间很大，前路正长。如何在个人与群体之间、小我与大我之间、感性与理性之间、意识与潜意识之间、古典主义与女权主义之间、普泛写作与女性写作之间、审美价值与社会价值之间，适度协调得恰到好处，当是诗人今后诗歌创作中需要审慎应对的课题。不知艾敏以为然否？

健康的人与明朗的诗

——序木叶诗集《天地情怀》

　　初识木叶先生，应该是在十多年前，当时的细节都在时光中模糊了，但他红润的面色、明亮的目光、热情诚恳的言谈，给我的记忆留下了深刻的印象。我直观地感觉到，不仅在体格上，更在人格心理的层面上，这是一个健康明朗的人。我喜欢这样的人。缘于对诗歌的热爱，自己幼稚简单得与年龄不相称，面对纷纭的人情世故，常有无措之感。日常晃动于眼前的，多是游移的眼神和虚饰的表情，让人心生叹息。而木叶给我的感觉，很是不同。在市诗词学会的活动中，与木叶接触渐多，对他诚恳热情、阳光春风般的性格，感受得也就更为具体深刻了。

　　后来有机会比较集中地读到木叶的诗作，果然诗如其人，无论题材内容还是美感风格，都是健康明朗的。放在我书案上的这厚厚一叠《天地情怀》打印稿，应该是木叶的第5本诗集清样了。一位长期在现代大型企业一线担负领导职务的人，能够在繁忙的工作之余，坚持不懈地写诗，且高产质优，这本身就是一件值得称道的事。大型企业改制转轨过程中丛集的矛盾，是相当棘手甚至足以让人焦头烂额的，但木叶却能应对裕如，用业余的时间和从容的心境，把身边的人和事、眼前的景和物转化为诗，这就足以证明他心态人格的健康明朗。他更多看到的是身边广大员工们对企业的无私热爱与奉献，看到的是领导和同事之间的团结协作、共谋发展，看到的是亲人朋友之间的相互体贴爱护与关心帮助，看到的是天地山水草木虫鱼的多情、灵动与美妙。也就是说，缘于人格心态的健康明朗，木叶更多地发现了生活中积极的一面、人性中良善的一面、现实中美好的一面、自然中诗意的一面。然后用他的勤奋执着与灵感才华，结撰成诗，比如第一辑"心萦神州"中的风景题咏诗，第二辑"曲水流觞"中的亲友赠答诗，还有他的诗集《流淌着的美丽》中的大部分作品，无论是题材择取、语言运用，还是情感表达、美感风格，都共同显示出一种明快欣悦的旋律和调性。可以这样说，在精神空间遭遇庸俗文化重度熏染的当下，木叶的诗，为读者提供的是可以放心品嚼的"绿色"精神食粮。

当诗歌和社会行进到今天这样的生存背景之下，木叶的写诗方式其实是相当难得的。中国诗歌史从中唐韩愈的"以丑为美"开始，西方诗歌史从波特莱尔的《恶之花》开始，就有丑陋变态、缺乏美感的东西，渐次渗入诗歌纯洁的领地里，且呈愈演愈烈之势。随着近代以来人的权利意识强化和行动自由度的扩大，人性中被传统禁欲文明所蛰伏的成分，不断地释放出来，冲撞着既有的道德伦理情感的堤防，使这道由深谙并恐惧于欲望本能之力的古圣先贤们，处心积虑地构筑起来的文明堤防溃败不已。于是诗歌也像环境与生活一样，越来越不纯粹，病态的、粗鄙的甚至下流的内容，都能够堂而皇之地写入诗歌并发表出来，而且不乏叫好捧场者。当然，我们并不否认这类诗歌可能触及生活和人性的潜隐层面，是对诗歌表达极限的扩展，并且不乏新创的复杂表现手法；但是，清洁纯净从此也离诗歌越来越远，那些因大气污浊而想到诗歌中呼吸一口新鲜空气的人，也越来越感到失望了。而木叶的几乎所有诗作，还都保有着那份原初的单纯，那份人性、伦理和情感的美善，完全没有沾染颇为流行的后现代病态习气。这也许就是木叶诗歌的重大价值所在。只要你正常，你就会认同：健康与明朗、清新与纯净，永远都应该是生活和诗歌的本然状态。

也许有人会说：那么木叶的诗就是走的大我出场、集体抒情的路子了。不可否认，木叶的诗确实受到 20 世纪 50 年代至 70 年代政治抒情诗的影响，但更应该看到，木叶自觉地扬弃了那种动辄代表时代、阶级、民族、革命抒情的大而空的架势，而出之以"个我"手眼，因而写来往往具体生动，不乏个性。他的诗既贴近大的时代政治走势，更注重个人的生活情感细部；既注意处理现实的重大题材，更关注普通人的价值、际遇和命运；既忠实于自身的经历和所属的意识形态、国家民族本位，更具有开阔的国际和人类视野。第四辑"西行掠影"中的诗，以欣赏和理解的眼光采撷异域风情，可以丰富并刷新读者的审美经验。《我和外国人》一诗所表现的不同地域、国度、种族的人们之间，深层次的交流和共同人性的友善，看似普通平淡，实则深刻感人。

需要强调的是，诗风的明朗并不意味着浅白，单纯也绝非单调的同义语。古典如《诗经》、乐府中的民歌，盛唐摩诘、太白诸公的"水晶绝句"，还有后主、小山词，现代如志摩的诗、顾城的诗，外国如彭斯的民歌、叶赛宁的诗，都是以单纯明朗著称的，但也是清新优美、韵味无穷的。木叶先生的诗总体上走的是这个路向，今后可以朝着这个路向更进一步，则追摹前修时贤，其庶几乎！何况木叶也非一味明快，收入这部诗集第三辑"梦里家园"中的诗，多有记梦之作，就是现实生存处境、心境在潜意识层面的折光，《梦中问路》写追求中的迷惘，《梦后小吟》的《鬼打墙》《破笼出》写人生的险境，《梦中的仓促》写日常的压力，《梦游绝壁》是人世的象喻，《海浪与乞丐并序》折射出"文革"年代的不堪记忆，显然，这几首诗与木叶的主体风格不俦。毕竟，木叶的社会角色是现代大型企业的领导者，他从阴晴不定的历史中一路冲风冒雨走来，必然留下"向来萧瑟处"的记忆，在现实中又承受着市场竞争与人际关系的巨大压力，甚至还有他的社会角色与诗人天性之间难以调和的矛盾牵扯，所以，潜意识层面的光影斑驳就是必然的和正常的。木叶诗情多激昂上行，《登山》一诗却出现了"下行"这一例外，也值得关注。说到底，诗人都是敏感多思的，如果你只看到木叶眼光的明亮而忽略了其中深蕴的睿智，恐怕亦非木叶其人其诗的知音。

木叶有"企业诗人"之称，他的诗集《流淌着的美丽》《鑫盛之歌》，可以说是为现代企业树碑立传的史诗，这部《天地情怀》和其他几部诗集里，也都收有现代企业题材的作品。这些作品的中心意象，有企业老总、高管，也有技术人员、普通工人，像铁钳、车床、车间、数控基地、组装、营销等现代社会才有的语词意象，频繁地出现在他的诗中。这些人物、环境和机械意象，考验着现代诗的脾胃和消化吸收功能。古典诗歌中的人物意象如士女、农夫、渔父，环境意象如田园、山水、林亭，器物意象如琴棋、蓑笠、扁舟等，都有深永的情韵义的积淀，焕发着触目即能感知的诗意美感。这些现代社会、企业的人物、环境和机械意象，何时才能获得与上举古典诗歌意象同样的情韵、诗意和美感，是直接关乎现代诗成败的大问题。现代人用现代语言写出的现代诗，肯定不能无休止地重复属于农业文明时代的古典意象，但现代工业文明、后工业文明的意象，又明显缺乏历代诗人反复抒写的古典意象的可入诗性。这是摆在现代诗人和诗歌面前的一道必须破解的难题。木叶相当成功的现代企业题材诗歌创作，为求索这一难题的破解之道，进行了有益的尝试，意义不容低估。

木叶诗歌的表现手法和形式运用也相当娴熟自如。他的诗多用赋体铺排，直接言志，趋近质实。但也有避实蹈虚、纯用比兴的佳构，如《流淌着的美丽》中的《小鸟在冬天里如何生活》《天堂和地狱都在人间》诸诗，让人过目难忘，深受感染和启迪。《赠荒原诗友》因题赠对象是李姓友人，所以拈来李白典事，颇为恰切；《戏改李白沙丘城下寄杜甫以寄拎文》也情文并佳，颇肖原作；《黄昏随想录》里有俄罗斯诗歌的影子，让人想起普希金的名诗《假如生活欺骗了你》；凡此，都说明木叶积累的深厚和视域的广阔。在语言形式上，木叶的诗新旧兼容，他的新诗并非纯自由体，而是吸取了戏曲唱词、鼓书弹词、歌词的句子节奏特点，如《爱人，我要陪你走过一生一世》《黎明时的歌吟》《把爱好好珍藏》《为中国体育健儿而歌》等，都是行句节拍大致均齐的半格律体。他的旧体诗可分两类：一类标明律绝或词牌，应是恪守诗词格律之作；另一类字句整齐，但不标出律绝字样，应该是未合平仄的"新旧体"诗。诗人不应该为形式所拘，一切形式皆为我所用，如不敷用，就要敢于突破旧形式并创造出新的形式，木叶正是如此。他在诗歌形式运用方面的开放态度，也值得更多的诗人朋友们加以借鉴。

古都本诗薮，新韵胜旧讴

——安阳诗词学会同仁作品选《古都新韵》读后

古都安阳是一方诗的沃土，有着深厚悠久的地域诗歌文化积淀。甲骨卜辞《四方来雨》，被称为产生于"中华第一都"的"中华第一诗"；《周易》卦爻辞中，包含着数十首上古歌谣，展示了《诗经》作品的艺术渊源；《诗经》十五国风的《邶风》《鄘风》《卫风》中，部分诗作是安阳先民的歌唱；汉末建安年间，魏都邺城滋育的建安文学，标志着文学史上五言诗黄金时代的来临，"建安风骨"更成为唐宋诗人追摹难及的典范；六朝隋唐而下，历代诗人或行经殷邺故地，或出任这里的守判宰令，写出过大量吟咏安阳的诗篇；本土的邑人乡贤如沈佺期、韩琦、岳飞、许有壬、崔铣、冯栋、万化、李景云、王绣、卢以洽等，也以其诗词创作，在中国文学史或安阳地域诗歌史上留下名声。当代的安阳诗人，继承了安阳地域诗歌的优良传统，随着1993年底安阳诗词学会成立和《殷都诗词》创刊，旧体诗词作者形成了规模性的集结。多年来，他们一直活跃在旧体诗词创作领域，为繁荣安阳当代诗歌艺术和文化事业，奉献出了自己的宝贵才华与精力。

《古都新韵》一辑的作者，大都是安阳当代旧体诗坛的实力派诗人，既有参与安阳诗词学会创会的斫轮老手，也有近年崭露头角的文场新秀。他们虽多非以诗词为专业，但庶务之余、为政之暇、退休之后，风流标格，雅好斯文，倾注心力，在诗词创作上大都取得了可观的成就。此辑共选诗词作品44首，其中绝句21首，五律4首，七律13首，五古2首，七古1首，词3首，代表着他们的最新创作水平。此辑诗选除七古一体稍觉薄弱外，其他各体水准较为均齐。绝句仍是作者们最青睐的诗体，写来大抵驾轻就熟，举重若轻，含蓄婉转，余味不尽。它如五律工稳，七律森严，五古高妙老成，七古腾挪变化，亦称合式得体，在艺术上确有足多之处。

记游写景、寻幽览胜之作，占据此辑的最大篇幅，这既是古典诗词一以贯之的传统，也是当代诗词难以突破的定式。但此辑作品的题材和风格，并不因此而显得单一。辑中既有《修剪盆景偶得》的个人生活感兴，也有《红旗渠》一类重大现实题材；既有《还乡》《冬景》的清幽，又有《魏县梨花节》《内黄三月风》的热闹；既有《砚边吟》的才人高致，又有《登云台山》的游客壮怀；既有《题林虑山洹水源》《游林虑山大峡谷》的题咏乡邦风物，又有《登居庸关》《过兰亭》的放足万里江山；既有《马氏庄园》《刘青霞颂》的历史回眸，又有《七夕云遮月》《赠邺社木叶吟首》的时事感怀；既有"一束幽篁探陋室，几枚酸枣挂疏荆"的村野小景，又有"神禹斧挥云岭摧，浊漳东泻万壑雷"的壮阔境界；凡此足见安阳旧体诗人在题材选取上的广泛性与艺术风格上的多样性。此外，如《金缕曲》的雄媚兼济、《访曹操墓》的悲慨苍凉、《香妃怨》的多情思古、《放生青蛙》的仁者心肠，均堪为集中拔萃；范育军和扈超峰的两首游万泉湖的同题诗，一侧重于客观描写形容，一侧重于主观体验抒情，亦伯仲相埒，各擅胜场。

使用现代汉语的当代诗人，在操持旧体诗词写作之时，必遵旧体诗词格律，用古代汉语词汇，方能成体。如若不然，则虽标律绝、悬词牌，也不过徒凑字数句数，写出的当然不是旧体诗词作品。而以现代口语入旧体诗词，稍有不慎，则流于打油一路，类同顺口溜、快板书，殊觉不宜。所以，尝试旧体诗词创作者，必须打下良好的古汉语基础，娴熟掌握声韵格律技巧，出手方为"合作"。此辑诗词绝大多数用平水韵，少数用中华新韵，张之、朱现魁、党相魁诸先生守律尤严，值得称道。作品的语汇大都以古雅为主，且能恰当用典，见出作者们高度的语言修养。以党相魁的《高阳台·殷墟怀古》为例，"玄鸟于飞"用《诗经·商颂·玄鸟》典故，"宫生禾黍"用《诗经·王风·黍离》典故，"戈出沉沙"化用杜牧《赤壁》诗句，"旧时燕子归来"化用刘禹锡《乌衣巷》诗句和晏殊《浣溪沙》词句，"莫听商女后庭曲"化用杜牧《泊秦淮》诗句，"郑卫声"用《诗经》的《郑风》、《卫风》及孔子论诗乐典故，"远征秦楚三巴""网不悬蛛，吾今占曰无他"则指涉了殷商史、甲骨传播和契刻占卜故实。而此词起句"天下名城，中州大邑，洹上十万人家"，也借鉴了柳永的《望海潮》上片"东南形胜，三吴都会，钱塘自古繁华。烟柳画桥，珠帘翠幕，参差十万人家"诸句。从以上简略分析，可以看出作者丰厚的传统文史、诗词知识积累，所以才能信手拈来，为我所用，无不妥帖如意。

作者们的艺术功力，还体现在琢句方面，不少篇章均有可圈可点的佳句，为全篇增色添彩。如张之的"山花散香白云开，谁转天梯敧侧回"，王希社的

"两岸青山浮绿影，一江春水醉白帆"，路尚廷的"攀雾拂云岩作径，御风撷翠绿为餐"，黄京湘的"风来燃赤火，雨去舞丹绸"，党相魁的"风梳长柳线，霞燃小桃红"，朱现魁的"官声在民意，风竹伴衙槐"，刘臻仲的"发妻恩厚即为福，爱女孝尤当是禧"，张弛的"古今多少事，望里满山川"，王爱宏的"红叶老树稀，黄花漫坡稠"，于养林的"村姑溪畔敲清韵，诗老林间醉雅怀"，谢斯坦的"心雄再树建安骨，气壮曾融宝鼎魂"，程兵的"细雨无声洗客尘，汴京草色入云深"，庞先进的"林隐疏村千壑秀，烟横古刹四围幽"等，或韵致天然，或琢炼工细，皆能给人留下较深的阅读印象。纵观文学史上的许多名篇，都是因为篇有佳句才流传久远，这确如胡仔《苕溪渔隐丛话》所说："古今诗人，以诗名世者，或只一句，或止一联，其余虽别有好诗，不专在此，然传播于后世，脍炙于人口者，终不出此矣。"当代诗人应该借鉴历史的经验，在佳句的锤炼上下大力气，费大工夫，力争写出无愧于前修、流传于后人的佳句名篇。

旧体诗词写作，最忌陈陈相因的熟词套语，随处可用，不着边际。破解此弊的关键，是要观察具体、表现准确，作品缘此才能文题相符，生出新意。李修声的《春游题开封》有句"文化玉成游世界，民俗烹就食乾坤"，姜建平的《贺石狮谜协》有句"奇思泉涌迷人眼，好句频得惹众惊"，朱现魁的《金缕曲》有句"层峦竞逐，千峰如铸"，"指荆关、柴扉依旧，碧萝红树"等，均深契题咏对象的特点，是扣题切当的不可移易之句。

当代人写旧体诗词，面临着很大的创作难度。"一代有一代之文学"，以"唐之诗""宋之词"为代表的古典诗词体裁，在李白、杜甫、柳永、苏轼等一代代诗人词客创作出无数名篇佳作之后，所留下的供当代人施展、发挥的余地，已经相当有限。当代"新韵"要想胜过传统"旧讴"，当代诗人就必须付出数倍于古人的心力。这就要求当代诗人一要增强文学史意识，遍读前人作品，明白前人、他人都写过哪些题材、写到何种水准，从而避免自己的重复无效写作；二要增强现实意识，关怀社会，关注民生，秉持正义，富有良知、写出一个时代独有的苦乐和疼痒；三要增强创新意识，择取新的意象，熔裁新的语词，凝练新的题旨，拓展新的境界，使自己的创作真正具有时代感和新鲜感。果若此，当代"新韵"胜过传统"旧讴"，就不会仅只是一种期待和展望，而必将在当代旧体诗人的笔下变成美好的现实。

求真的诗歌与务实的研究

——陈才生教授《用生命种诗的人》《地摊上的诗行》读后

安阳不仅是滋育甲骨文、《周易》的宝地，更是一方诗歌的沃土。《诗经》中《邶》《鄘》《卫》三"风"的部分诗歌，即是两千多年前安阳先民们的动人歌唱。东汉末年，三曹、七子汇聚于此，创造了彪炳诗史的建安文学，"建安风骨"成为历代诗人心仪神追的诗学典范。此后的安阳地域诗歌，时有佳作，代不乏人。降及当代，安阳的地域诗歌创作继承传统，开拓创新，取得了无愧于时代的可观成就。旧体诗词家姑且不论，单说成绩不俗的新诗人，如张庆明、范源、朱冀濮等，就可以开列出一串闪光的名字。诗人王学忠，无疑是其中焕发异彩的一位。

王学忠先生写诗四十年，出版诗集十几部，创作时间长，作品存量大，诗作内容和风格前后变化明显，从研究的角度说，王学忠诗歌是一个颇不易把握的庞大复杂的客体。陈才生教授历时数载，全力以赴，对王学忠的生平与创作进行了细致深入的还原和探讨，推出了《用生命种诗的人——诗人王学忠评传》《地摊上的诗行——王学忠诗歌研究》两部皇皇巨著，总字数逾百万，字里行间，凝聚着著者的斑斑心血汗水，着实令人感佩！从古到今，文学批评领域始终存在着一种相当普遍的现象，用曹丕的话说就是"贵远贱近，向声背实"（《典论·论文》）。陈才生教授不同流俗，慨然拿出数年宝贵时间，投入巨大的精力，摒弃好高骛远之习，殚精竭虑，专注于身边一个生活底层的作者，对之进行全方位的观照，这在当下显得尤为难能可贵。如果说王学忠先生以"平民诗人"知名，他的诗以"求真"著称，那么，陈才生教授这两部新著，则属就近取材，深耕熟土，发掘宝藏，是意义非同一般的"务实"研究，收获之丰厚，让人欣羡。这两部新著与王学忠的诗作珪璧相映，堪称王学忠其人其诗的正解、知音。刘勰尝叹："知音其难哉！音实难知，知实难逢。逢其知音，千载其一乎！"（《文心雕龙·知音》）有此两书，诗人王学忠得逢知音，可以无憾矣！

这两部著作的最大特点就是系统梳理，完整把握，客观评价，准确定位，少偏颇之言，多持平之论。《用生命种诗的人——诗人王学忠评传》用二十章近60万字的篇幅，对王学忠的生平创作进行了全面的描摹、评说，具体而微地展示了诗人的人生道路和创作历程；《地摊上的诗行——王学忠诗歌研究》用十四章近50万字的篇幅，对王学忠诗歌创作的嬗变轨迹、内涵特质、诗艺表现和诗学理念，进行了详尽的追索、解读、辨析，真知灼见，醒人眼目；两书以姊妹篇的方式结撰而成，既各有分工，又相依互补，构建出一个有机的整体。通观两书，著者既重知人论世的生平缕述，又有以意逆志的文本分析；既以思想内容的深度开掘为主，又有生动精彩、意味隽永的艺术评鉴；既坚持传统的社会学批评立场，又参用文艺美学、文化心理学、传播学等多学科的批评方法。这两部著作，不仅开创了以专著形式研究王学忠生平和诗歌的新路径，更以其厚重、结实的学术品格，提升了"王学忠诗歌现象"研究的理论层次，论定了王学忠作品在当代诗歌史上的价值和地位。在此之前，对安阳当代本土作家、诗人的研究，还从来没有出现过分量如此之重的大部头专著，陈才生教授的这两部著作，拔山扛鼎，允称安阳当代地域文学研究的杰出代表。

我和学忠、才生是相知多年的老友，他们二位每有大著问世，都会赐我拜读。市文联、市作协举办的"王学忠诗歌研讨会"，我也是与会发言者。学忠的诗歌创作和才生的学术研究，在我心目中一直占有极重要的位置。多年来，我给本市和外地的师友们写过为数不算太少的书序、评论，但却没有为学忠、才生写过诗评、书评。何以如此？除了日常教学、研究任务繁重，无法集中时间和精力这一原因外，最主要的原因当是我对学忠的创作和才生的学问看得太重，所以不敢轻易置喙下笔。日前才生赐我新著时，嘱我写几句话，自忖已没有推脱的理由，便在初读一过之后，写下了这篇拙陋的读后感，权作引玉之砖石。读者朋友们要想真正领略王学忠先生诗歌和陈才生教授研究的风采魅力，最佳的方法当然还是去细读他们的著作本身。

邺下旧体诗坛的新锐诗人

——《程兵韵语》序

　　当代诗坛上，操持旧体诗词的多为年辈较长的诗人词家，尤以离退休的机关事业单位公职人员居多，以至于在国内旧体诗词界有所谓"老干部体"一说。更多的年轻诗人，还是以写作白话新诗为主。这有着多方面的原因，比如旧体诗词的声韵格律问题，还有必须熟练掌握大量的古汉语词汇问题，都对从小学习白话诗文、使用现代汉语写作的年轻人，构成短时间内无法突破的制约瓶颈。所以，旧体诗坛上活跃的身影，以婆娑老者居多，旧体诗词界面临着后继乏人的危机，这是一个全局性的现象，在中华诗词学会举办的学术研讨会上，就曾多次以此为议题展开热烈的讨论，集思广益，寻求对策，试图破解难题，找到出路。与全国旧体诗坛的情况相似，安阳旧体诗坛上的主力军，亦是一批年长资深、相对高龄的诗人。因此，如何培养年轻人对旧体诗词的爱好，提高年轻人的旧体诗词读写水平，直接关乎着安阳旧体诗坛未来发展的走势。令人欣慰的是，近年来安阳有一些较为年轻的诗人，如王砺、李红星、崔志光等，主攻或转写旧体诗词，表现出良好的创作势头，为安阳旧体诗坛带来了蓬勃的生机活力。程兵就是这些较为年轻的旧体诗人中，成绩突出的一位。

　　与程兵的相识，大约始于21世纪之初，具体年份已经记不清楚了，应该是在某年岁尾的安阳诗词学会年会上，一位体格修长、面相俊朗的年轻人，参与学会的相关活动，开始负责《殷都诗词》的编印、学会同仁之间的联络等事务，这位斯文、干练的年轻人，就是程兵。但对于程兵的印象，仅止于此，对他的诗词创作情况，除了在报刊上零星读到一些他的作品，总体上并不十分清楚。直到去年底，看到《程兵韵语》的打印稿，才让我对他的创作有了一个较为全面的了解。《程兵韵语》共收七绝70首，七律35首，五律18首，五绝4首，古风14首，词4首，共计诗词145首，总量不算太大，可以肯定不是他的全部作品，只是一个选本。但已足可从中看出作为邺下旧体诗坛上的新锐诗人，程兵在创作上显示出的较为鲜明的个性特点。

首先是对题材定式的某种程度突破。安阳旧体诗词创作，根植于安阳深厚的地域文化积淀，旧体诗人的笔下，迤逦而来的常常是二帝陵、殷墟、羑里、昼锦堂、岳飞庙、袁林等安阳历史遗存和人文景观。或者是题咏林虑山水，王相岩、天平山、洪谷山、桃花谷、冰冰背、人工天河红红旗渠等景点，也是旧体诗人反复抒写的对象。还有就是对重要节日、会议和重大政治事件的回应，多是应景的颂美之作。大家总是不约而同地去写这些大致相同的题目，受题材内容和性质的先在限制，作品的构思立意和语汇意象的相似性较高，容易模糊作者的个性，难见作品的新意。《程兵韵语》的取材，当然也有与上述三个方面的重叠之处，约占作品总量的五分之一，毕竟，程兵也是生活在安阳这片土地上的当代旧体诗人。但他更多的作品，并不局限于一隅，逸出了安阳人文和自然景观的范围，视通万里，笼天地于形内，展示了年轻诗人更为开阔的眼界和更为宏大的视野。《程兵韵语》中的节令之作较少，仅只《洹园中秋赏月》《七夕偶作》《清明偶感》《新春寄怀》数首，而且都是基本摆脱思维定式的私人化写作，因而显得较有真情实感。政治性的重大题材之作，如《汶川五一二大地震感怀》《纪念改革开放三十周年》《感宋楚瑜访大陆秋夜有作》等，皆是有为而作，关心国家的前途、人民的命运和两岸的和平统一，亦非那种常见的条件反射般的标语口号式的泛泛表态之作所可比数。

其次是对各种诗体的娴熟掌握。从诗体择用的角度看《程兵韵语》，以绝句、律诗、古风为主，兼及词体。其中又以七绝、七律二体的写作，最觉得心应手。比较而言，绝句体制短小，须注重以少许胜多许，以含蕴不尽为贵。《洹园中秋赏月》用"无限清辉生碧水，一分秋色二分凉"侧面烘托中秋月，咏月而通篇不出一"月"字，月色的皎洁清凉却宛然如在，可见可感，深得含蓄蕴藉之妙。《壬辰年春访曹操高陵》之三："英雄长寐故园荒，铜雀难寻旧画梁。陌上春苗新雨足，年年无语送流光。"浓郁的凭吊悼惜之情与历史沧桑之感，于新雨春苗回黄转绿的季节轮替、年光流逝之中无语传出，含不尽之意见于言外。《韵语》中的70首七绝，当推此二首为上乘。《韵语》中七律35首，亦占有不轻的分量。七律一体，格律最为森严，求工殊为不易。从诗史上考查，七律是近体诗中成熟最晚的诗体，五律、绝句在初唐和盛唐前期均已成熟之后，七律到老杜手中才得以最后完成，其创作难度之高已不难想见。程兵钟情此体，可知其身手历练有素，自是不凡。通观《韵语》中的七律，颔联、颈联佳句颇多，诸如"幽谷迁莺应有梦，孤山放鹤岂无端"（《蜡梅》）、"一城明月半城水，十里秋风百里香"（《开封观菊花》）、"人入画中人亦画，雨余亭外雨如油"（《游张家界》）、"曾傲雪霜非作秀，不争长短为托红"（《咏劲草》）等皆是。至如《春来》的中二联"一时欲绽花如海，几寸能消愁满肠。倦客曾经早落雨，宜人犹是晚来香"，倒装顿挫，显然摹习杜律句法；《春日抒怀》颈联"望月家山天远大，力田父老日甘辛"，上句自山谷《登快阁》"落木千山天远大"变来，《游桃花谷》颈联"丹阳射水生光柱，白练喧声下玉潭"，也颇有几分山谷琢句的生新瘦劲；《无题》中二联"歌飘白雪谁同调，魂寄清风自不群。晓梦千般归枕泪，韶光一寸付飞云"，则俨然是玉溪生的丽密朦胧境界。七律作手，在唐人允推老杜小李，在宋人应属山谷，程兵追摹数子，取法乎上，走的是一条七律写作的正路。

再次是悲悯情怀和抒情调性。当代旧体诗词创作，号称百万大军，作品量更是大得难以数计。但应景趋时，浮泛雷同，陈陈相因，无关痛痒，此类作品比比皆是，成为旧体诗词写作的通病，致令广大读者对之颇生反感，辄有微词。究其深层原因，主要是作者缺乏关注现实的眼光和体贴民生的情怀，酒足饭饱之后，志得意满之时，信口道来，附庸风雅，刺刺不休，言不及义，所以很难写出感人的作品。程兵显然不是这样，《韵语》中题咏"环卫工人""卖早点者""修自行车者""卖菜小贩""卖蒸馍者""农民建筑工""出租车司机""街头修鞋者""收废品者""理发师"的一组绝句，在题材选取上最值得称道，它表现了程兵对于底层社会、芸芸众生的关注，眼睛向下看的作者，才能发现存在的真实，从而写出生活的真相，万家忧乐，应该常挂诗人心头。还有《韵语》中两首为纪念杜甫诞生 1300 周年而作的古风，熔铸杜甫感时伤事的诗句，体贴杜甫忧患黎元的衷肠，感应杜甫悲悯同情的襟抱，最得杜诗真髓，尤其是第一首，结尾免去了今昔比较的颂体俗套，直揭杜甫"不为命达著华章"的现实主义创作精神，值得每一个写作者警醒和记取！由此说到旧体诗词的抒情调性问题，不少人总是习惯古今对比，篇末拔高，贬低古人，任意升华，谀词阿世，旨归颂美，浮华虚饰，不见真情，严重损害、大幅度降低了诗人和诗作的价值与品位。程兵显然避免了这样的问题，《韵语》中的不少诗篇，如《送别》《思友人》《怀友人》《错过观桃花有感》《杂诗》《清明偶感》等，调性均较为低抑甚至感伤，恰如其分地传达了人在特定情境中的特定心境，显得真实感人。登山临水、看月观花、诗书怡情、知音心赏，《韵语》中流溢出一个本色的文人骨子里的风雅趣味，让人感觉到作者是一个性情中之真人。真人方有真诗。对于大众的深切悲悯情怀，加之并不故作乐观豪壮的自我抒情调性，成为《韵语》诸作获得成功的前提和保证。

《程兵韵语》值得称道之处尚多，诸如严守声韵格律、善于融化前人的语词意境等。还有《韵语》中的五律，亦颇多隽句，诸如"天光忽明暗，禅意自空灵"（《少林咏》）、"晚风迎面冷，峭壁对窗青"（《少林咏》其二）、"花绽香袭骨，春回绿满衣"（《少林咏》其三）、"百年思雨顺，万物乐风薰"（《北蒙果林》）、"云霞增璀璨，雨露润甘甜"（《摘红枣》）等，莫不可圈可点。《韵语》模拟经典亦颇见功夫，如四首《观玉兰花感赋》同题七律，细读一过，让人恍然记起王渔洋名作赋大明湖秋柳四章。作为郑下旧体诗坛的新锐诗人，《程兵韵语》已然取得了如前所论的多方面成绩，作者潜力很大，前路正长，层楼更上，来日可期，勉之勉之！

文士之悟　学者之诗

——序王永宽先生诗集《诗兴悟语》

　　王永宽先生长期在河南省社会科学院文学研究所工作，曾被聘为安阳师范学院中文系兼职教授，而我一直就在安阳师范学院中文系工作，我们的专业都是从事中国古代文学研究，自然有许多来往。我作为河南省文学研究界的普通一兵，多年来得到王先生的关心和帮助，我是把王先生当作老师看待的，通常称他为"王老师"，感觉亲切家常。前时，王老师的新体诗集《诗兴悟语》编定，嘱我作序，从资历和水平来说，我都是远远不够格的。虽再三辞谢，然师命难违，于是只能恭敬不如从命，奉上这篇小文，权作拜读王老师诗集的读后感言。

　　要想较为准确地评估王老师诗歌创作和学术研究的价值，我想把话题稍稍说开一些。这里不妨从五四时期说起。面对"五四"一代和 20 世纪二三十年代的人文知识分子，我们时常感叹：他们学贯古今中西，兼擅创作研究，令我辈歆羡不止。比如胡适先生，既是白话新诗和白话新文学的开山者，从少年时代起又一直写作旧体诗词；既在文学研究领域著有《白话文学史》、《国语文学史》和大量的新文学、新诗评论，又在哲学领域著有《中国哲学史大纲》，同时是杜威实验主义哲学的传人；在明清小说考证、《水经注》考证和佛学研究领域，胡适先生也取得了卓越的成就。又如鲁迅先生，既是"五四"时期最优秀的白话短篇小说作家，又在大学教授中国文学课程，著有《汉文学史纲要》《中国小说史略》。再如闻一多先生，留学美国专业习画，却以《红烛》《死水》两部新诗集名震诗坛，大力倡导新格律诗理论，是著名的新月派诗人和诗歌理论家；闻先生长期执教大学中文系，发表中国古代神话、《诗经》、《楚辞》和唐诗研究方面的著作，又是著名的古典文学学者。也就是说，我们很难用一种单一的身份和角色来框定他们。正因为他们学贯古今，兼擅创研，他们的理论研究有古今中西的多向度参照，有创作实践的甘苦体验，所以往往能够透彻底里，切中肯綮；他们的创作有渊博的学问做底子，所以也常常能够避免一味恃才者的浅薄习气。但是这种情况到 20 世纪 50 年代以后发生很大变化，由于大学专业设置的调整和其他一些原因，古今分离、中西分离、创研分离，成为普遍的现象，从此之后，像"五四"时代和二三十年代那样学贯古今中西、兼擅创作研究的通才型学者就很少见了。

在这样的大背景下观照王老师，我认为才能较为充分地认识其诗集的特殊价值和意义。王老师大学本科是中文系，硕士研究生是文学系，数十年来一直从事的专业是中国古代文学研究，退休之后又被聘为河南省文史研究馆馆员，这样的经历，决定了他的身份是一位真正的文士和学者。在自己的专业研究领域，王老师的著作与文章涉及中国古代文学的戏曲、小说、曲论、文论等方面，而且还超越了古代文学研究的范畴而涉及中国古代文化研究的各个方面，包括古代哲学、历史、典章制度、神话传说、世风民俗等，以及古代文化典籍的校注整理等。在这样的专业研究基础上，王老师还写诗，既写旧体诗词与散曲，又写新体诗，他的诗作自然也反映出他对于古代文学研究和文化研究各方面问题的思考，具有学术研究和诗歌创作的双重特点。我看过王老师的旧体诗词集《春华秋实集》（大象出版社 2009 年版），他读硕士研究生时的导师刘世德先生作的序中就指出了这一特点。刘先生说："在中国学术界，从来是'文史不分家'，研究古代文学的工作常常并不是单一的，而是和其他历史文化方面的研究相兼顾的。中国古代的学者如此，'五四'以来的现当代许多学者也同样如此。"于是又指出，他的旧体诗"和他从事的专业研究有密切的关系"，"具有了古代文学研究的一些特征，是研究的诗化或诗化的研究"，"是文人之诗，更是学者之诗"。我赞同刘世德先生这样的看法。

现在，王老师又编定一本新体诗集，名为《诗兴悟语》，其中的诗作是以诗写悟的，也具有他的旧体诗词那样的特点。新体诗的题材以及由此而表现的认知与思想，也涉及古代文学与古代文化的广阔领域，具有专业研究的一些特征。如《人体之研究》这一组诗，大题目就明白标出"研究"二字。当然，这是诗化的研究，是具有诗的情感与趣味的研究，是带有诗的调侃与幽默的研究。这一组诗以及写数字、写五味与七色的《十四行诗》，都包容了丰富的专业文化知识，具有一定的专业研究性质。诗中对于经史子集、诗词歌赋，古今中外，唯我所需，信手拈来，左抽右旋，借以表达对于某些事物与事理的感悟。这样的诗，性情与学问互藏其宅，天赋与功夫妙合无垠，白话中有文化，口语中有故实，才华中有学识，现实中有历史，表现出才、学、识的相济兼融。这样的"悟"是文士之悟，这样的"诗"是学者之诗。由此我觉得，王老师同五四时期和 20 世纪二三十年代那些学贯古今中西、兼擅创作研究的文人学者有某些相通的地方，因而这本诗集应当具有特殊的意义与价值。

当代通常所说的"学者"，在前人的著作中或者称为"学人"，其实是相同的概念。清末民初著名诗人、学者陈衍说："余平生论诗，以为必具学人之根柢，诗人之性情，然后才力与怀抱相发越。"（陈衍：《聆风簃诗叙》，见《陈石遗集》，福建人民出版社 2001 年版，第 688 页。）陈衍还提出合"诗人、学人之诗二而一之"（陈衍：《近代诗钞述评叙》，见钱仲联编校《陈衍诗论合集》，福建人民出版社 1999 年版，第 879 页。）的诗学理想，期望构建一种融通性情与学识、感性与理性、唐诗与宋诗的新诗型。陈衍的看法，为"晚生"的诗人们指出了一条写诗的出路，即不论是写旧体诗还是写新诗，皆当才学兼用，不宜偏恃。根据这样的认识，我以为，王老师的新体诗作品，从总体上看，是学人之诗与诗人之诗的有机结合。

关于诗人之诗与学人之诗的话题，从宋代起就有过许多讨论，在区别二者或"源于学问"、或"发于性情"的不同后，论者普遍认识到二者各有所长，应该合二为一，不可执一而偏。我观王老师《诗兴悟语》中的许多作品，就有"诗人、学人之诗二而一之"的特点。如《石板路》一诗，先描写"掩映在林木中间"，被山里人的"脚底板磨光"的"石板路"，作者行走其上，展开了联翩浮想：这样的石板路，原始人走过，先秦及唐宋明清的山民走过，大诗人李白、王维也走过。李白诗句"磴道盘且峻"里的"磴道"，就是有台阶的石板路；王维曾对着漫过石板路的小溪，吟出过"清泉石上流"的佳句。因为有了这样"思接千载"的联想，作者赋予自然美以丰富的文化内涵和浓郁的诗情画意，一条普通的山间石板小路，增富了厚重的历史感，所以在诗的末行，作者感觉走在石板路上，是在用自己的脚"丈量着历史"。这样的诗，不是单纯写眼前景物，也不是一味罗列典故意象，而是诗人兴会与学人腹笥的交相为用，既新鲜又耐读。再如《山村》一诗的三、四两节："早上天不亮/就有公鸡打鸣/夜里稍有动静/家家的狗就乱叫/老子说——/'鸡犬之声相闻'/这山村里的鸡和狗/从先秦时期喂养到如今//清晨，炊烟袅袅升起/融进绚丽的霞光里/傍晚，又有炊烟袅袅/融进黄昏的雾霭里/陶渊明说——/'依依墟里烟'/这山村里的炊烟/从晋朝飘散到如今。"山村晨昏的鸡鸣犬吠与炊烟，这些至为普通的村景，因为典故的加入，恍惚中让人生出不知人间何世、今夕何夕之感，这就有力地表现了偏远的山村的古老淳朴，山村生活内容的重复，山村生活节奏的缓慢。当然，诗的最后一节写"村里装了广播喇叭"，"这喇叭和广播/老子和陶渊明都没有见过"，仍然借助老子和陶渊明作今昔对比，表明这个偏僻封闭的山村，也在向现代生活发展，这是人类社会历史演进的必然趋势。这首小诗既有浓郁的乡土风味、生活气息，又有厚重的历史文化感，这正是作者才、学、识相济为用的结果。

由于这样的相济为用，作者面对大千世界的事物现象，往往能够目击道存，用常得奇，新意频出。如《"爱"的解析》开头一节"过去，繁体的'爱'字/本义是'心受'/后来，爱字简化了/'心'没有了"，用繁简字的比较，巧妙地进行世态人情之讽喻。再如《秋之瘦》中对"瘦"字的诠释"形声与会意的结合/'瘦'字就是一个生病的老头"，并由此生发出对"瘦金体"书法和宋朝国运的议论："宋徽宗创造了瘦金书/瘦坏了大宋朝的国运/你看那'宋'字下面的'木'字/瘦得支撑不动'家'的屋顶。"诗心之妙，已是不可言喻，正如王士祺指出的"学力深始能见性情"，作者能从一个惯见的汉字敏锐地悟入，得力处正是丰厚的学养。《惜时》中写道，"人的一生，前面除去少年无知/后面除去年老无能/中间再除去三分之一的睡眠/有知觉的生存时间还有多少"。这一段在浑然不觉之间，化用了元代散曲家卢挚《蟾宫曲》的算细账方式："想人生七十犹稀，百岁光阴，先过了三十。七十年间，十岁顽童，十载尪羸。五十年除分昼黑，刚分得一半儿白日。风雨相催，兔走乌飞。子细沉吟，不都如快活了便宜。"这种"算细账"的方式，把人生短暂的意思，凸显得触目惊心。不过《蟾宫曲》因此更强调及时行乐，而《惜时》则由此转出"珍惜这有限的时间"用于"工作和创造"的及时有为的积极人生态度，这是属于新时代的崭新的生命观和价值观。

诗集中最出新意的作品，应属《割麦子》一诗。不管是高级动物人类，还是低级动物田鼠，要生存就都离不开一个"吃"字，于是便有了诗中展示的一幕：人类和田鼠在成熟的麦田里，互相诅咒对方"为何来抢夺我们的粮食"。站在"人类中心论"的立场，田鼠以及一切与人类争食者，都可被归入"害虫"之列；但是如果转换立场，人类其实也难逃"害虫"这一恶谥。这首诗除了"此亦一是非，彼亦一是非"的相对主义理念予人启迪，更重要的命意当是提醒过于"自是"的人类，要认真反省自己，用更加多元的眼光看待世界上的万事万物，只有这样，吃着"成熟的麦子"的人类，自身也才有可能真正变得"成熟"起来。香港诗人温乃坚写过一首小诗《蝗虫》"满地的庄稼对漫天的蝗虫说/快来吃我们吧/你们不来吃/人类也要吃"，表达的意思与王老师的《割麦子》为近，这两首诗都是寓言诗佳构，可以放在一起对读。而《品茶》一诗，则不仅出新意，而且营构了动人的意境，试看此诗如下句段："壶里乾坤大/我们品味着乾坤/人间日月长/我们品味着日月/人生光阴短/我们品味着光阴"，"座钟的滴答声/把下午的时间敲碎/阳光从窗外照进来/茶里溢满了灿烂/我们把时间和阳光都泡进茶里/一口一口地品尝着它的滋味"，

"我们把一下午的时间和阳光/泡完饮净/又把黄昏的暗影和灯光的橙黄/也泡入壶中/于是这壶里的茶/就泡成了一篇诗",真是有滋有味、有光有影,茶香氤氲出的优美意境之中,洋溢着生命的从容与生活的美好,读之令人意醉神迷,感觉单是为了能与友人对坐品尝这盏下午茶,人都值得来到这个世界上活一遭。

除了在作品内容上"出新",王老师在诗歌形式的运用方面,也是多样化的。这部新体诗集中,有自由体,也有外来的十四行体;自由体中有四句一段的传统形式,也有每段不限行的任意形式。王老师对诗体的择定,是为表现内容服务的,内容与形式在诗歌文本中完满适应。比如列于诗集卷首的"数字篇""五味篇""七色篇",以及"人体篇",从中国现代新诗的形式律则看,皆属半格律体,这些诗总体上使用赋的手法,广泛铺陈相关典故,句式较为整齐,多用骈偶对仗修辞,大致遵从逢双押韵的规则,体格显得稳重厚实。选择使用这种诗体,与这些诗内涵上思接千载,视通万里,指涉儒释道玄各家思想,古今中西、历史现实混沦一气,是相辅相成的。"数字篇""五味篇""七色篇"等组诗,又属西洋十四行体,但非彼特拉克式十四行体,而是较为自由的莎士比亚式十四行体。王老师之所以作出这样的取舍,在我理解,他倒不是从难易角度考虑,而是莎士比亚十四行体式正好适应了他表现上的需要,这种体式前十二行可以满足赋法的摛文铺排,使诗篇容量加大,气局开张,末两行总结归纳,议论点题,升华哲理,便于完成题旨的表达。诗人这 3 组 28 首诗作,其巨量的知识文化信息、博雅的情趣、渊深的理悟,应该说都得益于对莎士比亚式十四行体的成功借用。当然这种"卒章显其志"的手法,也让读者想起白居易的《新乐府》五十首来,《新乐府》组诗都是先用赋法铺叙描写,然后在篇末点出题旨的。王老师谙熟古典诗词,在使用西洋诗体的时候,有意无意之间借鉴了某种中国古典诗体的写法。

这部诗集中还有一些作品,可以归入跨文体改写一类。这种手法在古典诗词创作中多有使用。比如唐朝元稹的传奇小说《莺莺传》,被宋人赵令畤改写为《商调·蝶恋花》鼓子词,金人董解元又将赵令畤的鼓子词改写为长达数万字的诸宫调《西厢记》,元代王实甫在董解元《西厢》的基础上,"刮垢磨光",写出了规模宏大的《西厢记》。况周颐指出:"两宋人填词,往往用唐人诗句。金元人制曲,往往用宋人词句。尤多排演词事为曲。"(清周颐:《蕙风词话》卷一,人民文学出版社 1960 年 4 月版,第 18 页。)况氏所指出的都是诗词曲嬗递演变过程中的跨文体改写现象。还有"隐括"一体,亦多为跨文体改写。语本刘勰《文心雕龙》:"蹊要所司,职在熔裁。隐括情理,矫揉文采也。"(刘勰:《文心雕龙·熔裁》,见王利器《文心雕龙校证》,上海古籍出版社 1980 年 8 月版，第 209 页。）所谓隐括，即依原有文本的内容、语句，加以剪裁、改写，而往往变换文体。苏轼曾以《哨遍》隐括陶潜的《归去来兮辞》，以《水调歌头》隐括韩愈诗《听颖师弹琴》，蒋捷曾以《贺新郎》隐括杜甫诗《佳人》。脍炙人口的李白绝句《早发白帝城》，本于盛弘之《荆州记》以及郦道元《水经注·江水》中"至于夏水襄陵"一段文字，李白在改写时，除了用七绝诗体改变了盛弘之、郦道元的山水散文文体，也改变了原文的情绪和风格。新诗中跨文体改写的文本也很多，这类名作如任洪渊的组诗《司马迁的第二个创世纪》《女娲 11 象》，前者改写了《史记》多篇传记中的人物故事，后者改写了女娲、嫦娥、后羿、刑天等神话传说。还有江河的组诗《太阳和它的反光》12 首，改写、置换了有关女娲、夸父、吴刚、愚公等十余则古代神话传说文本。台湾诗人洛夫的名作《爱的辩证》《猿之哀歌》等，是对《庄子》《世说新语》中相关文本、句段的跨文体改写。改写成的新诗文本灌注饱满的现代意识，对古老的神话传说和历史人物作出了新的诠释。王老师的《梦见庄子》一诗，也是一首跨文体改写之作。此诗不仅对《庄子·齐物论》中梦蝶一段加以改写，同时也对《庄子·秋水》中庄子与惠施辩鱼乐一段加以改写。作者白天阅读《庄子》，夜晚梦到庄周，庄周是乘坐"七五七"大飞机，前来寻找梦中丢失的蝴蝶的。于是，作者和庄周展开了一番对话，机锋相摩，妙趣横生，不啻是两千年前庄惠濠梁之辩的重演。在"时光隧道"的"穿越"中，主与客、物与我、梦与醒、古与今、作者与庄子，梦中的蝴蝶与眼前的蝴蝶，作者的梦与庄子的梦以及弗洛伊德关于梦的解析，恍漾一片，浑然不分，在诙谐的调侃中流溢出深湛的理悟与活泼的趣味。

这样，通过这首跨文体改写的《梦见庄子》，可以把话题转换到王老师这部诗集的风格特征上来。毫无疑问，《诗兴悟语》一集，侧重于哲理的发掘与表现，总体上与宋诗为近，也与西方主知的现代派诗歌可有一比。诗歌与哲学是近邻，二者的结合，在上古时代就开始了。上古的哲人，多用诗体表现哲思，古希腊哲人如此，中国先秦时代哲人亦如此，比如《老子》一书，就多是用韵语写成的，《论语》的不少章句也如隽永的散文诗，庄子更有"诗人哲学家"之称誉。此后的中国诗歌史上，东晋玄言诗、宋代理学、道学诗，以至大部分宋诗，都是主知主理的，是诗歌与哲学的复合体。这类诗中的成功之作，皆能化哲理为意趣，所谓"活泼泼地"，方可在启人心智的同时，给人以阅读的快感和审美的享受。王老师这本诗集中的许多篇什，都是有为而作的，寄托着作者的警世之意与淑世之怀。这些诗整体上属于承载理悟的"庄语"，但是也不乏谐趣。如《山里生活的记忆》组诗中的一些诗，运用"谐语"叙写原汁原味的乡村社会底层生活，而能于谐谑之中妙合大道，其间蕴蓄的理路，则与庄子所云"厉与西施，道通为一"并无二致，可谓"善为谑兮"。这样的诗作，若与古典对接，可看作元散曲本色派之流脉；与西方对比，可视为后现代主义之绪余；与当代对应，则与20世纪八九十年代的新生代生活流诗歌同步。这类活泼风趣的诗作，对《诗兴悟语》一集总体上博雅典重、渊深睿智的格调，是一种有效的调剂和弥补，丰富了诗集的美感风格，提高了诗集的可读性。

王老师这本诗集内涵丰赡、手法繁复，能够引发的话题以及触发的感想是多方面的，一篇文章难以说尽。以上只是概述大端，略陈管见，就教于王老师，也就教于本诗集的读者，期望能够"奇文共欣赏，疑义相与析"。王老师虽然已经退休多年，但是他仍然在自己的专业领域笔耕不辍，并以闲情逸致化为诗篇。新诗集的出版就反映出他的丰富的生活内容、良好的工作状态，以及兼顾科研和创作的积极进取的热情。在今后的岁月里，我期望能够持续不断地拜读到王老师的学术新著和诗歌新作，那将是我们最感快慰的事情。

或与东坡作后身

——朱现魁先生《竹素词》序

　　词作为隋唐流行音乐"燕乐"孕育出来的新体歌诗，产生在"花间""尊前"的娱乐场合，"娱宾遣兴"是其最大功用。故其所咏，多男女情爱、离别相思之内容，风格情调也以绮艳缠绵为主，唐五代和两宋婉约词都是如此。直到苏轼出现在北宋中期词坛，以诗为词，拓宽词材，提升词格，推尊词品，写出一批"自是一家"的抒情言志之作，词坛的状况才得到大的改变。刘熙载《艺概·词概》评东坡词取材之宏富如老杜之诗，"无意不可入，无事不可言"。今观朱现魁先生《竹素词》，集中之作在取材的广泛性上，大似东坡，完全不受"词为艳科"的传统观念局限，题材内容显示出无边的展延性和包容性。举凡历史现实、山川人物、时政大事、身边琐故、名公巨子、摊贩卒夫，百态万象，纷至沓来，天上人间，尽收笔底。像《安阳好》中所写钢城、红旗渠，《西江月》中所写清道夫、下岗工、早市，《金缕曲》中所写乡镇企业，《鹧鸪天》中所写奥运圣火，《高阳台》中所写神七上天等，都是词史上未曾触及的新事物，时代色彩鲜明。迎香港回归、赋汶川地震的《金缕曲》等，则有某种类似新闻报道的时效性。

　　与题材内容的广泛开放相适应，《竹素词》的作品风格以豪放为主，亦似东坡。这从《竹素词》的择调即可看出。如所周知，词调与词情有着密切的联系，如《水调歌头》奔放、《满江红》激昂、《相思引》缠绵、《木兰花慢》悲凉等，词调往往规约词情的发抒，因此，从词人的择调上，即可大致了解其词风宗尚。《竹素词》作者喜填《念奴娇》《满江红》《水调歌头》《水龙吟》《金缕曲》等长调，这正是宋代苏辛刘蒋等豪放词人喜欢使用的体调，这些词调多是笛曲，高唱揭响，穿云裂石，与从温韦到柳秦喜用的流丽婉转的琵琶曲调，大异其趣，也与南宋姜夔自度的清雅低回的箫曲判然有别。试看一首

377

《水调歌头·呈张之、吴培泉二先生并邺下诸诗家》：

> 诗运式微久，烟草满汀洲。建安风骨何在？为问古漳流。横槊铜台寄慨，啸月西园被酒，挥泪赋登楼。遗瓦逐风雨，文采炳千秋。
>
> 怀往哲，歌今世，结吟俦。回黄转绿，旧都骚国建新旃。缶鼓同敲佳句，丝竹争弹别调，豪韵自清遒。邺下风流在，慷慨起曹刘。

作者择取豪放词人喜用的《水调歌头》，填词言志，寄语同道，继武建安、振起风骚之意甚明。全词豪韵慷慨，风骨清遒，表现出克绍诗国前修、再创诗坛辉煌的强烈责任感与使命感。这首《水调歌头》，可以代表《竹素词》中慢词长调的主体风格特色。

《竹素词》不仅在词材、词风上近似东坡豪放一派，词作中透射出的作者为人与心态，也与东坡仿佛。东坡尝云"眼前见得无一个不好人"，"上可陪玉皇大帝，下可陪卑田院乞儿"，一派天真烂漫的赤子情怀，展现出心地胸襟的大光明。与人处事，待人接物，东坡总是往好处想，往宽处看，与人无忤，与物无碍，虽历尽坎坷磨难，而心里不留阴影，坦荡依然。《竹素词》的作者也是如此，回首往事，看待现实，总能够以喜乐心、宽容心对待过往和正在发生的一切，以赞美心和感恩心对待与自己发生联系的人与物。对于和自己有过交接的人，不论名位尊卑、成就高下，都能一体善待，最大限度地发现对方的价值和长处，并加以倾心的称美。这在《眼儿媚·忆昔》《鹧鸪天·河大忆旧赠新老校友》《蝶恋花·百泉遇少时故旧》《烛影摇红·教师节感怀》《八声甘州·改革开放二十年抒怀》以及大量的赠答题咏词作中，都有充分的体现。作者的心里没有怨尤，没有责难，仿佛云淡风轻，一切就都一笔带过了，剩下的是永远不变的对时代的颂美，对未来的信念，对亲人和朋辈的感戴、称赏、思念、祝福，是永远不变的乐观向上、积极进取的人生态度。

论者尝言东坡"短于情"，这里所云"情"者，特指儿女之情、风流艳情，只是"情"的一个方面。其实，东坡对于夫妻恩爱之情、兄弟手足之情、师弟友朋之情，都在词中做过不俗的表现，《水调歌头·中秋》《江城子·记梦》《八声甘州·寄参寥子》等，皆是词史上耳熟能详、脍炙人口的佳作。对于古人旧事，东坡也表现得一往情深，《东坡乐府》中多有咏史怀古之作，即是明证。可知"短于情"的说法，并不符合实际。朱现魁先生《竹素词》与之相类，集中虽少见倚红偎翠的绮思艳语，但于血缘亲情、夫妻之情、师友之情，亦皆有感人至深的抒写。如《鹧鸪天·与二弟三弟为双亲扫墓》《如梦令·端午寿张之先生》《如梦令·端午寿吴培泉先生》《生查子·悼友生》《鹊桥仙·挽安阳诗词学会会长黄运然先生》《沁园春·忆旧赠老同学》《金缕曲·

读〈宋词诗词集〉赠宋词先生》《金缕曲·呈宋景昌师》等，皆是真情至性的自然流露，读来足能感发人意。《小秦王》十首"情人节杂写"，忆夫妇半生情事，风怀旖旎，诚如朱彝尊《红盐词序》所云"盖有诗所难言者，委曲倚之于声"，组词再次证明了词体的确是私人化情感的最佳载体。《临江仙·结缡四十五周年纪念》值得特别拈出：

> 过却中秋花月夜，来朝犹是良辰。牵丝月老系嘉姻。兰汤洗玉，双喜共临门。
> 往岁尽输今岁好，阳台兰菊抽新。鸾鸣凤和胜天钧。青山不老，太极驻丰神。

八月既望是爱妻生日，十月一日是结婚纪念日，今岁农历八月既望恰逢阳历十月一日，正是"双喜临门"，喜不自胜的词人于花月良夜，再次感谢"牵丝月老"牵出的这桩人世"嘉姻"，祈愿这鸾凤和鸣的美满婚姻"青山不老"，亲爱的人"丰神永驻"。词句温情脉脉，洋溢着爱情婚姻的美满幸福之感，暖人心怀，令人叹羡。况周颐《蕙风词话》云："'真'字是词骨。"这些真情流露之作，祛陈言浮词，无门面装裹，无疑都是《竹素词》中的上乘佳制。

在此需要专门加以强调的，还有作者抒写家乡安阳的诸多词作。小到血糕粉浆等特色吃食、易园洹园等休闲场所，大到甲骨文、青铜器、周易、殷墟、林虑山水，以及妇好、文王、西门豹、曹操、韩琦、岳飞等历史名人，在《竹素词》中都被反复题咏。作者用五首《金缕曲》赞遍安阳所辖各县之后，再用词中最长之调《莺啼序》总赞安阳。这些词作不是应景点缀，不是罗列凑数，而是作者对生长于斯的这一片桑梓热土，发自肺腑的由衷热爱、歌赞。正是这些词作，赋予《竹素词》浓郁的地域文化特色，烙下了醒目的地域诗词印记，在当代旧体诗词的无数作者、无量作品之中，有效地凸显了《竹素词》的个性特征。

《竹素词》作者对各种词体的娴熟掌握，也值得称道。《安阳好》《忆江南》《杨柳枝》等令词，写来含蓄蕴藉，韵味悠长，如《洹河新柳枝》："洹上风光惹梦思，清波潋滟碧参差。云痕丝缕都非旧，听唱新翻杨柳枝。"允称该集令词翘楚。集中的双调词，在结构上讲究处于承上启下的关键位置的过片安排。沈义父《乐府指迷》指出，过片既不可失了原意，才高者又要于此生发新意。《竹素词》中的双调过片，大都精心布置，既承上束旧，又启下开新。如《鹧鸪天·河大忆旧赠新老校友》二首之一："四载梁园结友朋，灯窗共读壮心惊。风翻杨柳枝头月，雨打庭槐叶底莺。　怀旧雨，迓新晴，长天又见日东升。当年一掬忧时泪，已作春涛万里行。"此词上片回忆河南大学四年读书生活，政治运动的风雨不断袭扰，同窗友朋在这让人"心惊"的时日里艰难走过，结下了非比寻常的深厚情谊。过片先以"怀旧雨"三字承接上片的往事回忆，再以"迓新晴"三字一转开出新局：风雨岁月已经过往，眼前春涛万里，旭日东升，国家进入了改革开放的新时代。这过片二句在结构意脉上，起到了很好的承上启下的转折作用。一些双调词的过片，还有需要特别着力之处，如《浣溪沙》，出彩的地方在过片的对句，《竹素词》中有《浣溪沙》数阕，过片如"别后音容劳远梦，聚来杯酒放高歌""娲女补天非旧梦，精禽填海有新碑""凄切蝉声悲远树，腾欢蛙鼓吊高嗓"等对句，或记聚散悲欢，或用神话喻指，或摹自然物象，均能借助对仗手法，映衬虚实，凝聚精神，展示新境。《竹素词》的作者尤喜慢词长调，集中有《满江红》《念奴娇》《贺新郎》《高阳台》等近百首，多为豪放词人常用之体调。其中《贺新郎》一调，又名《金缕曲》《乳燕飞》《风敲竹》，此调即首见于《东坡乐府》，《竹素词》中填写此调多达54首，超过作品总数的四分之一，可见作者对于此调的偏嗜。《竹素词》中的这类慢词长调，铺陈敷畅，开合收纵，勾勒提顿，极见法度。尤堪称道者如择用《宝鼎现》词调，写殷墟司母戊大方鼎发掘、保护的极具传奇色彩的故事，词调与词的内容完全一致，词心之妙，真正妙到毫端。《莺啼序》是词集的压卷之作，这首以《安阳颂》为题的词中最长之调，四叠二百四十字，借助赋法，结构宏篇，敷陈了中华民族文明源头安阳的悠久灿烂历史，全词侧重人文之美，兼顾山水之秀，侧重古昔，展望未来，立意庄重，气度恢宏，黄钟大吕，镗鞳铿镗。这首《莺啼序》，可与作者的五古长篇《学诗抒怀六十韵》比美，作者力大才雄的碧海掣鲸手段，由此可见一斑。

　　上文主要以东坡词作参照，略谈了《竹素词》内容和表现上的一些特点。这样立说，当然不是指《竹素词》已经可以比肩《东坡乐府》，而是指二者之间确有不少相通之处。所以然者，除了才性和学养的因素之外，恐怕就是"晚生"的《竹素词》作者，对于"早生"千年的坡翁词作，心仪神追、摹习承传的结果了。晚生的词人尽管转益多师，但东坡的豪放词风，无疑让他涵养最久，对他熏染最深，所以，《竹素词》无论取材还是风格，都与《东坡乐府》为近。这里不能忽略的，还有《竹素词》作者大学读书和参加工作之后，也就是20世纪50年代以后，在婉约词遭贬斥、豪放词受推崇的特定时代背景之下，词坛风习转移的深层因素，给予词人的不容小觑的决定性影响。在婉约豪放之间，词人疏离婉约，归趋豪放，也就自在情理之中了。以上所谈，拉杂道来，权充序文之用，所言未必中肯，或者干脆不得要领。那么，对于《竹素词》的佳妙处，最终只能依靠读者诸君的"真赏"，来加以感知鉴别了。

感受知时斋主人的诗词创新力

——王国钦先生《知时斋说诗》序

正值当下"全民创新、万众创业"的时代，中华诗词界也正经历着一个"求正容变、承旧创新"的黄金时期。著名诗人王国钦先生从 20 世纪 80 年代末开始进行的诗词创新活动，至今也已硕果累累了。

21 世纪之初的 2002 年 11 月，笔者曾写过一篇《诗词阵营的双枪将——王国钦的诗词创作与理论探讨》，刊发在《中州诗词》杂志上。那时候，国钦先生还是一个刚过"不惑"之年的青年。记得在 2004 年，他一次性出版了文集《知时斋丛稿·守望者说》、诗集《知时斋丛稿·歌吟之旅》两本书，这篇文章被作为"任人评说"内容收进了他的文集。

十多年时间过去了，年过半百又五的国钦先生已是霜发满头。端午节刚过，他来电话说要再出版一本文集《知时斋说诗》，并且邀序于我。听口气不像开玩笑，笔者便郑重地答应下来。

诗言志与内容创新

创新是国钦先生生命的主题。在他的创新理念中，内容创新是第一位的创新。《"诗言志"之言在"当下"》是他近年来的一篇代表性论文，其中就有这样一段比较"创新"的话：

> 在这里，笔者愿改用白居易的名言来表达对我们当下诗歌的热切期望："文章合为国而著，歌诗当为民而作。"

这段话是 2014 年 9 月中华诗词研究院第二届"雅韵山河"当代中华诗词学术研讨会上，国钦先生发言论文的点睛之笔。无论是作为一个读者，或是作为一个朋友，我都为他的这个"创新"热烈点赞。白居易的原话在《与元九书》中，是这样说的："自登朝来，年齿渐长，阅事渐多。每与人言，多询时务；每读书史，多求理道。始知文章合为时而著，歌诗合为事而作。"国钦先生虽仅仅改动了其中两个字，但其境界似已胜出许多。

胡适先生20世纪初在《文学改良刍议》一文中，曾就旧文学提出过"文学改良八事"："一曰须言之有物，二曰不模仿古人，三曰须讲求文法，四曰不作无病之呻吟，五曰务去烂调套语，六曰不用典，七曰不讲对仗，八曰不避俗字俗语。"其实，这里所谓的"八事"，大部分都是针对诗词创作的。而其中的一些"改良"内容，至今仍具有着重要的参考价值。1999年，国钦先生在《走向新世纪的中华青年诗词》一文中，曾将胡适的文学"改良八事"改造为指导当代创作的"诗词八事"：

> 一曰须言之有物，二曰不无病呻吟，三曰倡双规韵制，四曰敢承旧创新，五曰弃陈词僻典，六曰少模仿古人，七曰要走向社会，八曰对时代关心。

从1999年到2014年，这十五年间社会所发生的变化太大了。但仅就所见到的文字来看，十五年的时间贯穿着国钦先生关注国家、关注人民的一条红线，始终如一地表现了他心系"兴观群怨"、心系"内容创新"的诗家情怀。《知时斋说诗》把全书内容类分了九个专题，其第一个专题就是"诗言志"。由此即可见出作者对于"诗言志"这个问题的看重。

"诗言志"这个专题中的另一篇文章也十分值得珍视：《诗词：说不尽的"红色情结"》。在这篇文章中，作者深情回忆了从童年就开始濡染的"父辈精神"，真切述说了其大量作品对党热切而自觉的情感渴望，诚挚揭示了至今萦绕于心的"红色情结"。以笔者十多年的观察，国钦先生不仅是个言行一致的君子，而且是个真正表里如一的"红色诗人"。他的作品里回荡着风雅"正声"，用比较时兴的词汇说，就是充满了"正能量"。而且，无论别人怎么看待党在成长或执政过程中的不足或者错误，他都痴心不改地保持着对党的一腔挚爱深情。如他在七律《初访西柏坡中共中央旧址》中写道：

> 青山一座立丰碑，西柏坡前访翠微。
> 正气曾教天下折，新风再绽雨中梅。
> 游人影剪千秋画，旧址情留万里晖。
> 勿忘毛公双务必，征途望眼尽芳菲。

这一首七律的内容，完全是当代社会新人物、新事件、新情感的艺术表达，同时也是一个不太好表现的"重大题材"。作为一名中国民主同盟盟员，国钦先生的这首诗，既包含了对中共"曾教天下折"的无比钦仰，也寄寓了对中共"再绽雨中梅"的殷切期望！而"勿忘毛公双务必"一句，不知是否会让一些只在作品中纠结于个人小情调、小恩怨或者经常在作品中发泄个人不满情绪的作者感到些许的羞愧？！

探索者与理论创新

客观地说，国钦先生既不属于学院型的理论研究者，也不属于专业型的理论从业者，而是一个颇有见地、颇为执着的性情化的诗词探索者。从1987年创作出第一首度词开始，从1990年第一次正式提出"度词"概念至今，他一直默默无闻地执着于"度词新词"的创作实践与理论探索工作。

就《知时斋说诗》的"说创新"专题来看，作为国钦先生在度词新词方面的代表性理论成果——《度词、新词问题答疑系列（之一、之二、之三）》，既是探索，更是创新。这组系列文章篇幅虽然不大，但却融入了作者近三十年的心血。从文章最后的标注说明中，即可分别梳理出作者创作、修订、定稿的大致轨迹。如在《度词：为"自度曲"正名的最佳选择》文尾，就有明确的标注："本文乃1991年全国首届中华诗词表现艺术研讨会暨海南行吟会宣读论文，原题为《度词——一种值得倡导的新诗体》；2005年5月30日重新修改定稿；2009年8月再次修订。"又如《度词：当代诗词创新中的技术革命》文尾，亦明确标注曰："本文乃1993年全国首届中华青年诗词研讨会宣读论文，原题为《再论度词与创新》；2000年8月10日重新修改定稿；2009年8月再次修订。"再如《新词：直接一步到位的当代诗词新品牌》文尾，也标明了写作、修改的具体情况："本文专为'答疑系列'而写，2001年2月1日零时终稿与中州知时斋；2009年8月再次修改。"

曾经有人誉国钦先生为"度词新词之父"，据称被他莞尔一笑婉拒了。现在看来，这个称呼对他来说还真是比较名副其实的。其原因如下：

第一，对度词新词的创作实践是第一个从国钦先生开始的（1987年）；第二，对度词新词的理论探讨是第一个由他开始的（1993年），而且比较完善、系统；第三，"全国度词新词大赛"是第一个由他主持举办的（2008年），至今已举办四届；第四，关于度词新词创新实践与理论探讨的第一本专著《春风着意出阳关》，是由他策划并正式出版的（2010年）；第五，在固始、项城、开封、永城、商丘、洛阳、安阳、河北承德等地"度词新词研究小组"的基础上，是他第一个首倡成立了中华诗词创新研究会（2013 年）；第六，中华诗词创新高峰论坛，也是第一个由他首倡举办的（2015 年）。

关于什么是度词、什么是新词？二者有什么相同、有什么不同？为什么要探索度词、新词？度词、新词对当代诗词发展的意义何在？国钦先生在相关文章中阐释得非常清楚。在其他有关的序文中，也分别谈到了理论创新的具体问题。这些文章的理论价值到底如何？笔者无须置喙，高明读者自会作出正确的判断。

其实，关于度词、新词的理论探索与创作实践，很早就受到了一些著名学者、诗人的充分肯定与高度赞扬。1997 年 11 月，著名诗人丁芒先生就曾撰文《谈诗词改革兼论王国钦先生之"度词"》，分上、下篇专门论述度词的开创性理论价值及度词作品的艺术成就。他在文章结尾这样写道："中国诗歌的改革推进和新、旧诗接轨的尝试，已经在新、旧诗界分头进行……我相信其（王国钦先生）精力与才力，是可以担当这一列车的前驱重任的。"2002 年 5 月，霍松林先生专门给国钦先生写信，非常明确地表态："我支持你把这'新体'搞下去！"林从龙先生也曾在 2002 年元月撰写了题为《"樊篱"要突破，自由度"新词"》的文章。在谈到度词的另一个新品种、新词时，林先生写道："新词的提出，不仅与中华诗词学会的《纲要》精神相吻合，实际上也是在中华诗词学会会长孙轶青的直接指导下开始的。"

现在看来，度词、新词原本就是当代诗歌百花园中的一支"奇葩"，早已赢得这么多前辈专家和广大诗人的肯定与支持。多年的艰辛探索，其成果是宝贵的，其精神是可嘉的，理应得到更多诗人和理论家的理解与支持。但令人不解的是，他这些纯粹艺术性的探索与实践，后来反倒遭遇了种种的质疑、责难甚至打击。许多人为此感到困惑，笔者也一样深深地感到困惑：为什么会是这样？这么大的诗坛，为什么就不能海纳百川，容许一个诗人可贵的艺术探索？再退一步讲，即便是度词、新词被证明"开创"错了，那也为后来者提供一个"此路不通"的教训，其价值同样是不容低估的。

令人感到欣慰的是，国钦先生并没有在这些责难或者打击面前畏缩，反倒在长期的坎坷遭遇与艰辛途程中站得更稳、走得更好！这有国钦先生的《度词·气如虹》为证：

　　……鼓掌何轻松？细说丹城。灵魂圣地自深情。腐鼠鹓鶵身外事，大水总朝东。 守望任从容。莫道苦衷。歌吟二九路重重。窗外依然红日照，雨过气如虹。

再看他在《度词·康桥惜别》中，是如何展露自己的复杂心情，并乐观坦荡地展望未来的：

> ……守望歌吟最不堪，只身唯有气如兰。知否风光凭手绘？康桥惜别再扬帆。乱云渡，情自安；心热热，意憨憨。把来鸿去雁千忧百虑捐。新词喜度更无前。寻芳草，出阳关。

当一个人达到"把来鸿去雁千忧百虑捐"的境界的时候，还有什么困难能够阻挡住他前进的步伐呢？在这里，笔者衷心希望度词、新词的理论研究及创作实践，能够取得更大成就，衷心祝愿国钦先生能够早日寻得"芳草"、走出"阳关"。

双枪将与多面创新

笔者曾在一篇旧文中称国钦先生为"双枪将"，主要是指他在诗词创作与诗词理论两个方面都颇有斩获。但是后来发现，国钦先生同时还是多个方面的"双枪将"呢。

1983 年 3 月，还是大四学生的国钦先生，在距离毕业只有三个多月之际，与他的五位同学一起创办河南大学"羽帆诗社"，并且担任了首任社长。他在"羽帆诗社"成立大会上充满期待地说："若干年之后，如果能够从我们的'羽帆诗社'走出一个、两个著名的诗人，那就是我们的骄傲与光荣!"实际上，从"羽帆诗社"走出来的著名诗人远远不止一个、两个，而是一批、一群，代表性的诗人名字就可以列出一长串：如张鲜明、李暄、李霞、杨吉哲、董林、高金光、吴元成、萍子、刘静沙、西屿等等。

2013 年 12 月，"羽帆诗社"成立三十周年暨十卷本《羽帆诗选》座谈会在河南大学新校区隆重举行。应邀与会的河南诗歌学会会长马新朝深有感慨地说："现在看来，如果没有'羽帆诗社'，我省当代诗歌史是要重写的。"是的，在恢复高考之后的河南乃至全国大学里，由学生自己创办的诗歌社团比较普遍。但这些社团能够由学生一届接一届地传承三十多年仍然生机勃勃者，应该说是凤毛麟角了。正因为如此，他于 2004 年出版的《知时斋丛稿·歌吟之旅》中，就有"羽帆卷""新诗卷"两部分内容。在河南诗词学会、河南省诗歌学会甚至河南省散文诗学会的活动上，也经常能够见到国钦先生的身影。而他对于诗（词）歌的这些特殊贡献，则让我们充分感受到了一个诗人令人惊叹的艺术创造创新能力。由此而产生的影响力，无疑是要更为广泛、更为持久地在当代诗坛发挥作用的。

不唯如此，国钦先生在诗词评论与诗词出版方面所取得的成果，也有着非常突出的特色与引人注目的亮点。

除《"诗言志"之言在"当下"》《度词、新词问题答疑系列（之一、之二、之三）》之外，国钦先生在诗词理论方面还有《中华诗词当代创作之我见》《中华诗词纵横谈（系列之一、之二、之三）》《中国诗圣的襟怀》等文章先后面世。而他这些文章的观点，大都卓有创见并且令人耳目一新。

如《胡适和他的"白话词"》一文，在客观肯定胡适对白话新诗的开创性贡献的同时，也充分评价了胡适在格律诗词方面的艺术成就。尤其是胡适在《尝试集》自序中以一首词《沁园春·誓诗》的形式来表达他"文章革命何疑"的信心与决心，确实是一个很生动、很有趣的例子。国钦先生对这个有趣现象的独特发现和巧妙诠释，给胡适在新、旧文学史上找到一个不言自明的合适位置。

如《诗词，该如何对待毛泽东》一文，原为1993年"海内外纪念毛泽东诞辰100周年学术研讨会"论文，在会议开幕式上宣读时竟为八次掌声所打断。当时，他还是一个刚刚30来岁的年轻人。十年后的2003年，他的这篇文章又先后被《文艺报》《中华读书报》刊发。直至20多年后的今天，其中的许多观点仍然令人感到惊诧，也仍然被很多研究者所引用。

如《平仄人生"高大上"，"毛氏唱和"尽奇观》一文，条分缕析、层层推论，第一次明确地为毛泽东诗词确立了"高大上"的文学地位，也第一次提出了"毛氏唱和"的学术观点。正是这篇文章，为他在中华诗词学会常务理事的社会兼职之外，又赢得了中国毛泽东诗词研究会常务理事的社会兼职。他是本埠唯一拥有两大学会"双常务"兼职的人，这一"殊荣"的获得，确属实至名归、名副其实。

如《试论"诗词入史"及与新诗的和谐发展》一文，就当代诗词是否能够进入当代文学史的问题，与钱理群、王富仁、王泽龙、陈国恩等著名学者进行商榷。文章的基本观点，不仅深刻而且犀利，颇有独到之处。

按照国钦先生自己的说法，文学出版是他一生"安身立命"的职业。他在长达30多年的本职工作岗位上，先后策划、编辑、出版了《毛泽东诗词鉴赏·增订二版》《毛泽东诗词唱和》《中华新韵府》《唐宋诗词名家精品类编（十卷）》《中国历代咏月诗词全集》《历代倡廉养操诗选》《春风着意出阳关——关于度词新词的创新实践与理论探讨》《江水北上——南水北调全国诗词大赛获奖作品选》以及五十五卷的国家出版基金项目"民国诗词学文献珍本整理与研究"等相关的诗词图书。同时，他还主编了六辑六十卷的"中华诗词艺术书库""丁亥诗丛"《中州诗词精华》，参与主编了《中华诗词十五年》《河南当代诗词选》《河南当代诗词选·续》以及十卷本的《羽帆诗选》，编著出版了《云中谁寄锦书来——宋代诗词欣赏》等。而笔者的《古典诗词曲与现当代新诗》一书，也是由国钦先生于2004年春天责编出版的。

　　应邀作序，笔者不得不多说几句实话、真话。一不小心，拙序显得有点长了。即便如此，笔者还是觉得有很多话要说。好在国钦先生的文章尽萃一书，还是让各位读者省些时间，直接从他的文章中寻找自己的答案吧！

　　是为序。

诗歌与生命秩序的重建

——黎蓝诗集《微事物》序

今夜，把友人转来的这一沓诗稿三复之后，初读的印象愈趋清晰：这是用分行写作的方式，构筑起来的只属于一个人的栖居场所。在作者为自己营构的这处居所里，满贮孤独寂寞之美，并时有打乱、打破这一片孤寂的冲动发生。作者明敏而多思，近乎神经质，对周围事物的感受与回应纤细入微，捕捉与传达灵动新奇。凡此，足证作者生性适合写诗，具备做一个诗人的先天禀赋和内在潜质；作者后天养成的写诗功力和水准，也已达到了相当可观的程度。

贯穿这沓诗稿的抒情基调，是作者走出自画心狱、走出自我封闭的强烈渴望。作者用诗歌写作的方式筑居的过程，同时就是个人生命秩序重建的过程。作者没有过分的奢望，她只渴望得到正常的爱，渴望过上那种简单朴素而又饱满充实的日常生活："我只要/抬一抬头，飞走的云雀就飞回。"（《春·山》）为此，作者激荡起生命的原欲，去勇敢地反叛、大胆地追求，这有组诗《春·山》为证：当春天来临，"桃花的城池，一座又一座/沦陷"，作者明知花朵般燃烧的情欲并不那么美好，但还是不由自主地感到"心神不宁"，虽然怀有"在摇晃的吊桥上颤抖"着"不知怎样过渡"的紧张恐惧心理，但最后还是"想用冶炼过的火/驱散骨缝里盘踞的严寒/和犹豫不决"，终至发生"躺了下去"的决绝行为，说出了"我爱你，孤注一掷，全心全意"的旦旦信誓。但这只是事情的一个方面；另一方面，作者又疑心重重，本能地对人、对情感、对世界持有不信任的态度："当你离开我，以及所有的你们/撕裂，早从最深处开始。"（《春·山》）诗句直指根植于人性的情感欲望的矛盾分裂性。

组诗《秋·山》是对《春·山》的深度应和，仿佛交响乐曲的复调与变奏。时间的过往和季节的寒凉，使春天泛滥的情感波澜逐渐沉落下去，终于臻至"水落石出"的境界，作者准备以自己的"粉身碎骨"，换取一次对"忠贞不渝的表白"的倾耳聆听。她甚至想在"那个乱石滩头的小村子"里,"画一场老式的婚礼",这里透露出作为第二性的女人,对于爱情必要达成婚姻的特殊性别关怀。但她最终还是"摇了摇头",用"不是否定"的方式"否定"了这一切(《秋·山》)。这倒不全是因为秉性的贞介与孤高,而是缘于作者把生存的本质和底蕴看得太透彻:"秋凉。颓败。/这是一直妄想的边缘。我的快乐/却被人诊断为疑难杂症//我假装咳嗽了几声/强忍住没有笑出来。"在这个误会随时可能发生、充满隔膜悖谬的喜剧感的悲剧世界里,作者已然洞穿了两性情爱的华丽虚饰"花瓣上写着的箴言",其实不过是"一列交易的数字",一句誓言虽有"堡垒的外形",却同时具有"废墟的实质",爱的海誓山盟,往往是不大靠得住的(《微事物》)。《老子》云:"知人者智,自知者明。"就此而论,作者显然是一个极其聪慧的人,既看透了对方,也看透了自己,既看透了男人,也看透了女人。但在看透一切之后,生命和情感无所寄托、无所附丽,人便容易堕入幻灭和虚无的渊薮。可是,全部的麻烦在于这庸常的生存毕竟还得继续下去,那么靠什么来支撑一个伤痕累累的人生,靠什么来救赎一颗荒芜斑驳的心灵呢?

靠写诗显然是不行了,"即使多如虮虱的诗人拼命繁殖/把每一首诗都写成千古绝唱"(《星期六的晚上》),也粉饰不了夜晚城市的脏污和丑陋;那么就靠回忆,但"每一种回忆/都像是一处陷阱"(《光的回声》);靠幻想,但幻想既"不开花,也不打算结出什么好果子"(《空白》);看来只能靠音乐了,对于音乐,作者显然有着过人的领悟,能"从一段管弦乐中,细细甄别长笛金子般的音色"(《摇曳》),但听着听着,就听见"天鹅已在大提琴的弓弦上死去"的哀音(《秋·山》);或者,靠阅读过程中获得的古典或异域经验吧,但好像也都虚幻缥缈得不着边际,它们"于我实际需要的高潮/无异于杯水车薪"(《凌晨一点的呓语》),完全无济于事。到此地步,那就只有返璞归真,彻底放纵一次久遭压抑的原欲,或能暂得缓释"在堕落的晕眩中,与你共享深深的恩情",然后人才会变得"好起来",懒懒地"仰卧在平静的海上/一如暴风雨后的天空"。这首《午夜一般纯正》,无疑是这一沓总体调性低抑的诗稿的高潮迭起的华彩乐段。

但是,这场"一半清醒,一半疯狂"的情爱欢宴,难于持久进行。因为"虚无,我,和我的影子,三位一体",已经结成一个"离开时间,离开空间"的超"稳定的三角形"(《虚无》),也就是说,虚无之感已经内化为作者挥之不去的真实生存体验。于是,作者无法再去相信星星闪动的希望之光,而宁肯去"相信更多黑色的星星"(《光的回声》),但这份反常的信任,似也无法真正建立起来。作者尽管无比执着于那一抹"吉祥的蓝色"——但那一抹

"蓝色"到底暗示什么？是自己的生命底色、灵魂密码，还是童真象喻，原始记忆？借助"蓝色"虽然能"想起籍贯"和"丢失多年的乳名"，甚至还能"找回些时间的清白"，但却再也回不到"创世的第一天"了（《秋日，蓝色的召唤》）。当"佛"也无能为力的时候，剩下的事情，就只有靠自己的"泪水"来抚慰、拯救自己了："泪水也是亲骨肉。"（《紫》）这诗句虽然过于孤绝凄苦，但又散发丝缕温情暖意，它起码证明了作者的生命生存状态，尚未跌落到不可收拾的地步。因为只要还有眼泪，就说明作者最终没有放弃生活的希望和梦想，没有放弃重建生命秩序的努力。

所以，在看似孤苦的另一端，"寂静"又似乎是圆满的，你看那"一枚鲜红的圣女果"，不正盛放"在白瓷盘的中心"吗（《寂静》）；而那一段刺目的"空白"，竟是一封尚能"收回的信笺"，虽然"不着一字"（《空白》）；在一片虚无之中，抬眼竟然还能瞥见为"开放的桃花"而回来的"好心的绵羊"（《虚无》）。这样最终，人的基本需要就会以无法遏止之势，情不自禁地凸显出来，那是潜意识的本能流露：秋天来临，当"我"那"分为前后两段，各不相属"的"初凉无人可以诉说"时，"怀念一张英俊的面孔"就成情所不免（《一滴水里的秋天》）；作为一名"香客"，当"我"敬神祈福时，对这个世界是否"一切都好"并不特别关心，"我只盼望一次相遇，只等一个人"（《苏醒》）；而在凌晨一点钟，"寂寞"虽然惊心地"辽阔"，却也切实具体得如同"一张床空出的半边"（《凌晨一点的呓语》）。《易》云："一阴一阳之谓道"，而大道至简，说白了，生命秩序的重建，其实就是回归正常的生活。作者的表达坦率诚挚，本不需要加以解释，但作者在另一首诗里还是给出了注脚："菩提因为树／我因为人"（《且再等一等》），这就使我们看得更为明白。正因为是一个血肉之躯的正常的人，故而这一切便都顺理成章、不存疑义了。属于人的这种最基本、最简单的欲求，真正妙合大道："当无处安置的肉体，有一天／不再受到任何限制／像花一样开放，像鹰一样飞翔／我想说，那些为生所做的事，其实／既无耻辱，也无荣光。"（《不存在与无意义》）这样的诗句，绝对是勘破三昧的悟道之言，它拆解了伦理和道德的捆绑、意义和价值的缠绕、对错是非的纠结，祛除遮蔽，还原本然，回到初始，让人真正不敢小觑。

于是在三复这一沓厚厚的诗稿之后，我又迫使自己更加专注地把诗稿再仔细看上一遍，果然，就有了不同以前的、令人惊喜的新发现。在作者的本我、自我之外或曰之上，还有一个类似的"超我"，在不动声色又不无悲悯地关注着他人和时代。在作者那些抒写、挖掘自我潜意识本能的作品里，虽然时或闪跳出诸如"一把拂尘／总归扫不去尘世的不平"一类句子（《春·山》），但那毕竟是局部性的，只是一些闪光的碎片。我们终于欣慰地看到：在这沓诗稿中，至少还有《继续》和《矿工》这两篇作品，完整地表达了作者的人世关怀。《继续》写的是斯皮尔伯格第二次世界大战经典电影场面，纳粹对犹太人的血腥屠杀，以类似镜头闪回的方式，在诗中跳转呈现。诗的结尾已超越具体，可以引发读者产生相似联想，斯皮尔伯格大声提醒广场上聚集不散的人们"应该待在家里"，在传达生命关切的人道情怀的同时，确乎弹拨出某种弦外之音。《矿工》一诗用第一人称抒情，写矿工一路"向下走"的人生轨迹，走进"黑色的门"，在比双脚、比苦难、比墓穴更低的"地心深处"，与"死去的森林/几亿年前腐烂的枝叶"为伍，那里虽有"折叠的太阳/储存的火焰"的强烈诱惑，有"珊瑚、三叶草、灿烂的银杏树叶"以及"含羞草积攒亿万年的颤抖和瞬间的妩媚"，都让人怦然心动。但那里终归是一抹漆黑：黑色的乌鸦、黑色的眼睛、黑色的眼泪、黑色的话语、黑色的空气、黑色的夕阳、黑色的云霞、黑色的海洋潮汐。黑色是死亡的象征。矿工挖去每一个白天和夜晚，挖去一生的时间，"却仍穿不透黑暗"。黑暗太强大了，几乎无所不在，像"拔节的地狱"一般无边"生长蔓延"。诗作散发出浓烈的死亡气息，反复渲染的一片黑色，令人沉重压抑得透不过气来。诗中展示的生存环境的恶劣、生命过程的艰辛、生活道路的苦难，恐怕亦不仅仅属于"矿工"这个特定的身份和职业，而具某种指向整个人类社会、大千众生的普适性质。如此说来，即是像作者这样全力表现个人私生活、挖掘潜意识的诗人，也可以在某些行有余力的时候，分出身心去关注现实人生，去关注他人和时代。也正因此，诗人和诗歌才得以超越日常琐碎状态，变得高大庄严起来，诗歌秩序的重建才有了某种切实的可能。

　　总体上审视这一沓诗稿，对其诗艺的长短得失，我们大致可以作出如下品评：《印象》《告别是干净的》《湖水》《岚》《秋日，蓝色的召唤》等诗，以及长诗中的一些片段，内容单纯优美，富有意境韵味，又不乏现代感，不乏解读弹性与张力，无疑都属上乘；《时间》《无题》《城市》《孤独》《雪》《露》《矮小的房屋》等诗，题旨相对集中，形式较为整饬和谐；大量私人化抒写，于情感欲望的矛盾、深度人性的开掘以及潜意识心里的揭示，均不乏独到之处；其感知和表达方式，诸如比拟、暗示、象征、通感乃至白描手法，时或给人以不同熟俗的生鲜新奇之感；凡此，都是值得肯定和称赏的。但是我们也应该看到，作者对于自身以外的事物关注较少，取材和表现的范围略显狭窄，诗歌与现实的关系过于疏离，诗歌悲天悯人的功用无从体现和发挥。为数不少的作品虽说各有胜处，但在内容和形式上，似乎都还可以作进一步的提炼凝缩，删芜就简，去杂存精，取约用宏，都可以表现得更深入一些，更简洁一些，更讲究一些，更完美一些。诗歌作为一种特殊文类，无疑是以简短取胜而不是相反，篇章和句子的散漫芜累现象，必须引起重视并得到有效克服，诗歌秩序的重建，应该从这里起步。我们期待看到作者的诗艺进境。

这样，在上文较为充分地讨论过这沓诗稿的一些主要特点之后，我们就可以接着讨论由此引出的，也是诗歌界普遍面临、不容回避的一个重大问题：时至今日，我们到底应该怎样写诗？当一切可能的尝试几乎都进行过之后，今天的诗到底应该怎样去写，或许是一个永远没有标准答案的问题了。于是在今天，每一个写诗的人，都可以按照自己所理解的样子去写诗，或者说写自己能够写出来的那个样子的诗。诗人获得了最大限度的写作自由，诗歌得到了最大限度的形式解放。这是从积极的方面来看来说的。但任何事物都不会只有一个层面、一个向度，于是麻烦不可避免地随之产生了——每个诗人按照自己的方式，写出来的分行或不分行的文字，到底是不是诗？每个诗人都在随心所欲地写，诗歌最基本的形式律则都被抛诸脑后，意蕴传达功能也被消解殆尽，飘忽，混乱，随意，芜杂，阴暗，变态，丑陋，怪异，看上去纷纭繁复、花样百出，究其实并没有多少创获、几许新意。这样，在最大限度的创作自由里，每个人写出来的东西，非但没有最大限度地表现出个人独创性，反而不约而同，都长一副表情差不多的不知所云、莫名其妙的面孔。一种新的大面积的贫乏和单调，就这样在不知不觉之中吞噬了当代诗歌本该蓬勃旺盛的生机活力。

面对当前诗歌客观存在的从内容到形式的双重危机，理论批评界似未引起足够的警觉，一时也无力给出应对良策。我们认为：应该尽快化解当前的诗歌危机，从速重建诗歌的良性秩序。从内容上说，诗人不能继续任性，不能再去随意乱写，当务之急是在表现自己和隐藏自己之间，尽快找到那个合适的度，度是底线，把握不当失去分寸，则诗不成诗；诗人要倾力讲求熔裁功夫，痛下杀手，删汰枝蔓冗余；诗人要懂得炼意的重要性，以意贯文，不要放任自己的文字，沦落为一群溃不成军的散兵游勇、乌合之众；诗质要尽可能纯净唯美一些，略含几分浪漫气息，要远离粗鄙低俗，把那些脏乱的东西，从诗苑放逐出去，它们太过不洁，于诗不宜，对诗美构成了极大的伤害；在关心自己的同时，诗人切莫忘记社会与自然、民族与人类、历史与未来，因为这一切都和个人搅和在一起，相伴相随，牵绕纠缠，难解难分，构成了一个无法分离切割的、硕大浑沦的命运共同体。诗人关注自身以外发生的一切，其实就是关注自身的命运。从手法上说，诗人一定要有最起码的形式感，平仄、对仗、固定韵脚等传统的写诗规矩不必遵守了，但句子大致整齐、大致押韵还是要争取做到的。完全失去外部形式，写出来的文字可能会是任何一种东西，但一定不是诗了。那些句子任意长短，看上去极为碍眼、极不协调，读起来聱牙拗口，完全不遵守形式律则，不遵守语法逻辑、修辞习惯，前言不搭后语，比梦呓谵语还要颠倒错乱，比蹩脚的散文还要累赘的文字，肯定不能称之为诗。硬说这样乱七八糟的拙劣文字是诗，乃是对诗歌的误解和污名化。

最后需要强调的是，在今日诗坛，创新不应该当作自护其短的万能符箓，自由写作也不应该成为躲避批评的挡箭盾牌。在合适的限度之内的自由创新，容易被读者理解和接受；适度的突破，可以刺激受众更新自己的审美观念和阅读趣味，产生惊喜效果。但诗人切莫忘记，任何事情都有基本的游戏规则，如果不遵守游戏规则，你所做的可能就已经不是这件事情本身了。比如足球，因为脚比手笨，所以一场球赛下来，踢进三两球就很了不起，有时一球都未踢进，但这并不妨碍观众看得情绪高涨，因为在限制中的发挥，才更加激动人心。如果在足球场上，有人改用双手破门扔球，那样毫无疑问会频频命中，但观众肯定不会答应，要吹口哨、扔鞋子起哄了，因为他们是来看"足球"而不是来看"手球"的。要之，真理往往就是常识，所以还是记住那句老话：不以规矩，难成方圆。诗歌是形式律则最强的文体，形式而非内容，才是诗歌文体质的规定性。写诗就是典型的在限制中的发挥，当然更不可能超出形式律则之外。被随意写作过度搅乱和蔑弃的诗歌正常秩序，必须得到有效重建，之后才有写出传诵乃至传世好诗的可能。愿以此与诗稿作者和写诗的朋友们共诫共勉。

世间只有情难诉

——序魏延庆诗集《再顾已倾城》

　　中国古代诗歌史上，似乎没有严格意义上的专业作家诗人。传统的作家诗人，大多是在从政之余、俗务之暇，濡染笔墨，为诗为文，抒怀寄慨，留下或言志、或缘情的诗文佳篇。中国传统教育主要是诗教，读书人从小就接受了诗歌的基本功训练，及至年岁渐长，投身社会生活，肩负起修齐治平的现实责任和历史使命，其心灵蕴含与生存体验往往格外饱满，发而为诗文，亦水到渠成、顺理成章之事。因是为情造文，有感而发，不吐不快，故多情真意切之作，足能感发人意，令读者叹赏共鸣。在我看来，延庆也是这样意义上的诗人，他的诗文即属于这种性质的创作。延庆的职业身份是"学官"，本职岗位是思政管理，业余时间酷嗜读写，已经有多部著作问世，近期又编定一部诗集《再顾已倾城》，嘱我写几句话。我便先睹为快，在愉悦和感动中完成了延庆诗集的初始阅读。

　　这是一部爱情诗集。从集名《再顾已倾城》即可知道，集中所写皆是爱情往事的回忆省视，虽说情人眼里，所爱自是"倾城"，原本不在话下，但这个诗集名称取得甚好，却是显而易见的事实。集名好就好在既不失爱情的秾丽温婉，更别具一种惊心动魄之特殊美感，唯其惊心动魄，才格外让人刻骨铭心，难以忘怀。所以，作者在春暮、在秋夕、在花朝、在月夜、在醒时、在梦里，抽绎心中纤细绵长、不绝如缕的情思，织成这一匹有如璇玑回文般无始无终的情诗锦缎。世间只有情难诉，作者笔下的爱情诉说如此美妍动人，真让人赞叹不置！

　　统观《再顾已倾城》中的诗作，浓挚中有淡然，执着中有超越，迷思中有感悟，绮艳中有清新，但总体上看，是青春型的浪漫与感伤、执迷与耽溺，这当然是缘于爱人太过魅惑，爱情太过迷人，更缘于作者丹心一点，用情深至。诗集虽在编排上分为三辑，但三辑里的诗都是同一性质，作者的妙手，在三辑诗中演绎着不变的抒情基调和主题乐句，即那份剪不断、理还乱的对青春、爱情的眷恋牵系，它让作者丢不开放不下，坐不安睡不宁，怨不能恨不成。于是只能写诗。写诗，不过是一种永不撒手的挽留方式。在岁月时光中留不住的，可以通过这些唯美的诗句分行方式，永久地留住，并时时重温，以为无可奈何花落去之后的慰藉凭依。

诗集的作者无疑是富有诗才的，阅读范围相当广泛，视野相当开阔，于古今中外诗歌皆有借鉴。从最古老的《诗经》里的"桃夭""静女"，到南朝小乐府，到唐宋爱情诗词，到现代的徐志摩、戴望舒，当代的舒婷、席慕蓉，乃至汪国真与流行歌曲，以及域外的普希金、叶赛宁、彭斯、勃朗宁夫人等，直用或化用、有意或无意，作者不主一家，多方支取。在表现上，三辑诗歌不纯粹出于写实，也不完全凌空蹈虚，而能虚实互渗、真幻相映。有非常微妙传神的细节，也不乏奇异的比喻拟人和联想想象。初遇的惊喜、相爱的甜蜜、离别的感伤、独处的孤寂、思念的悠长，借助雨丝风片、星光月色、花开叶落、灯影虹晕的点染缀饰，在心理意识的流动过程中，缠绕纠结成一个封闭自足而又开放展延的循环系统。方之古典诗词，依约有李商隐《无题》诗的影子，但更像温庭筠为鼻祖的花间情词和唐宋婉约词。诗集中散发着古典诗词芬芳气息的句段俯拾皆是：比如"谁在静夜思念/婉约成一朵花的低语""思念折成小令/所有的恬静被写进诗行""一地相思几许清愁/岁月依然沧桑着旧梦/沉淀着生命的悲欢离合""触摸着你的气息/我用最柔婉的初心/书一笺漫过心湖的明媚/心念如花浅喜""那些低眉浅笑/滋生出了十里相送的温暖"等。大量的这类抒写，纯美，温柔，轻情，可人，确实是古典爱情诗词的现代承传。但这只是诗集的一个方面；另一方面，超越古典雅美含蓄的，是现代的大胆热烈告白，比如"我好想/能和你有个现在/无论风吹雨打春去秋来/我希望啊/能和你的思念系在一起/能跟你的双手握在一起/始终相濡以沫举案齐眉/我好想/能和你有一个未来/无论生老病死海枯石烂/我希望啊/能跟你的名字写在一起/不管是在那婚礼的喜帖/还是在这葬礼的墓碑"等。看来，长相思勿相忘，长相守勿相离，白头偕老，生死不渝，是作者也是所有恋爱中人的共同心理指向。这其实是对永恒的渴盼和梦想，是渺小短暂的人类，在消解万有的岁华流光里、在孤寂无助的生命旅途上的锲而不舍的自我救赎，是卑微的人类在无常的时空中诗意筑居的不懈坚持和努力。

在诗型的使用上，诗集的作者选择了自由体，这样做的好处是最大限度地解放了语言和情绪，但也因此不可避免地影响到诗作的谋篇布局、构思立意和字句锤炼。作者今后是否可以尝试格律体或半格律体写作，以使略显漫溢的诗情借以表现得更加集中、更为内敛、更觉凝重。在手法技巧上，过多的直抒告白是否可以适度调适为暗示象征、隐喻变形，这样不仅可以把情绪提纯为美感，而且可以升华为生命美学和存在哲学。果若此，才子型的浪漫感伤的浅吟低唱，就会蜕变为结实干爽、深湛渊永的知性纯诗，比如卞之琳、穆旦笔下的那样一种更耐解读嚼味的情诗，其质量和成色是否显得更好更足些？

    是为序。

《中国当代大学生诗歌精选欣赏》后记

　　岁华如流。一转眼十多年过去了。检视自我，已从十多年前一个狂热写诗、幼稚可笑的大学生，变成教了十多年大学生的年轻的"老"教师。然而，胸腔里那颗恋诗之心未曾老去，爱诗的深意痴情没有被岁月的流水洗磨。限于个人才力，写诗虽然不成气候，但于教书之暇，始终保持着对新时期诗坛的关注，尤其是对大学生诗歌发展流变轨迹的凝瞩。

　　在我看来，新时期大学生诗歌总体上可以划分为三大段。第一段从 20 世纪 70 年代末到 80 年代初，此时正值朦胧诗在诗坛上崛起，这一时期的大学生诗歌可视为朦胧诗潮的侧翼或支脉。王家新、孙武军、王小妮、徐敬亚、吕贵品等大学生诗人列名朦胧诗派，他们在校期间的诗歌创作从内容构成到艺术手法都与朦胧诗的特征吻合。第二段从 80 年代中期到 80 年代末，这一时期的大学生诗歌与朦胧诗后的新生代诗保持同步。韩东、于坚、张小波、尚仲敏、李亚伟、杨榴红、王寅、潞潞、柯平、阿吾、西川、苗强、傅亮、张锋等大学生诗人，皆是新生代诗的中坚。与整个诗坛的形势一样，这时的大学生诗歌也是旗帜林立、宗派纷呈，诗人与作品量多质高，一派热闹非凡的全面繁盛局面。此期的大学生诗歌一方面继承了第一段运用意象、象征、变形、通感、错觉等现代诗艺技法去观照现实、反思历史、剖析社会的优良思想艺术传统，并使之更加成熟、深化；同时，日常生活、凡人微物、俗世图相、情绪心态、潜意识、梦幻等等，都进入了诗歌题材摄取的镜头视野，宣叙调、口语化、冷抒情、生活流、冥想独自、隐喻反讽蔚为大观，非崇高、非优美、非文化、非价值成为一时风尚，从内容到形式全面溢出了原有的诗歌规范矩度，诗歌的探索实验功能得到了进一步的强化。第三段从 90 年代初算起，受制于社会经济、文化生活的一度疲软，大学生诗歌也在一二年时间内显出疲软态势，缺乏引人瞩目的诗人和有分量的作品。不过，前此一二段的十年积累毕竟是相当深厚的，诗神仍在大学校园诗坛上歌唱。1992 年春天东方风来，改革大潮再度浩荡澎湃，整个社会经济、文化环境大为改观，这一切无疑为大学生诗歌的再度繁盛提供了良时、契机，当然也提出了严峻的挑战。可以预期，"穿过浓重的季节雾"的大学生诗人和诗歌，在感应世纪末大趋势，呼唤新世纪曙光，继续进行观念形态和语言形式的实验的同时，若能有勇气重新审定商品经济社会里生活、生存、生命的意义，有魄力在价值观念体系中渗透更深更高层次的质素，用不拒外来、完全开放的艺术姿态坚守自己的民族诗歌阵地，保持校园诗青春爱情主题的诗美特质并进一步超越之，兼顾大众传播媒介和文化消费市场，如此，接受良好教育的大学生诗人的诗歌创作，是应该并且能够为当代中国诗歌的发展繁荣作出重大贡献的。

从 20 世纪 70 年代末到 90 年代初，正当如诗年华的大学生朋友们，饱蘸青春生命的激情汁液，挥写出了巨量的诗歌作品，虽然无法统计其具体数目，但那肯定是一个天文数字。本书择优选录 1979—1991 年间中国大学生 84 人（含台湾大学生 2 人，研究生 1 人）在校期间的诗作 100 首加以评析，虽曰沧海一粟，但"尝一脔肉"，可知"一镬之味，一鼎之调"。入选作品来源于近年公开出版的多种大学生诗选、青年诗选、诗歌报刊、文艺报刊和大学生文学社团的自印刊物。选评兼顾，以评赏为主，这是本书不同于其他各种只选不评的大学生诗选本的地方。选诗坚持一般的好诗标准，不拘泥于校园流行色，现代诗与传统诗并重，优先考虑有代表性的大学生诗人诗作。但因"选"不是目的，"选"是为了"评"，所以，入选本书的每一篇作品又都必须是首先打动了笔者，令我欣然赏之，感到有话要说，不吐不快，而后才写成评赏文字的。这样就使一些声名颇著的作者作品或成"遗珠"，另一些无名者的佳诗一旦叫我爱不释手，则理所当然地被奉为"上宾"。作为"选本"，本书的主观局限性也许是在所难免的；不过，选本的局限果真能够助成评析文字的某种特色，那么，本书的主要目的还是达到了。

在终极意义上，诗是散文语言难以表述的部分，诗是无法阐释的。诗歌创作是灵魂的探险，试图对诗进行解读，则是对灵魂探险活动的"再探险"，其间困难重重自不待言。尤其勉为其难的是，可供参考的有关大学生诗歌的评论资料几乎看不到，而笔者的水平又相当有限，不消说，这本书的稚拙是显而易见了。幸好它不是什么"名山事业"，而是一本为满足大中学生和广大诗歌爱好者欣赏需要的"应时之作"。"档次"定位之后，我决计抛弃常见的艺谭文论艰深含混的行文风格，既不搞从理论到理论的旁征博引，堕读者于五里雾中；也不搞看似精警含蓄，实则似是而非、不着边际的印象式直觉评点；我始终坚信，搞那等玄妙莫测到不知所云的把戏，对一般读者深入理解作品并无切实的帮助。因此笔者走的还是以往鉴赏诗歌的老路，即注重质实周详的分析，在赏诗者常常面临的"言与不言""畅言与寡言"的两难境况中，我选择的是"言"与"畅言"。小到一个字词、意象，一种句式，大到整首诗的题旨和艺术特点，以及与之相关的共时历时、横向纵向的联系比较，都尽量作出具体细致的鉴赏、评析、说明，使读者通过评赏文字进而对诗作有一个较为完整深入的理解把握。当然，我不敢自是。诗歌鉴赏本来就是见仁见智之事，古人说得好："诗无达诂"，"作者未必然，读者何必不然"，世界当代著名诗人奥克塔维奥·帕斯也说："每一个读者就是另一首诗。"所以，我既期待读者朋友看过赏析文字生出"实获我心"之感，共鸣、认可并接受下来，我更由衷希望读者朋友自有不同于我的"胜解"——因为，我的理解仅仅是"一种"理解，面对一首好诗，是可以有"多种"理解的，一首好诗的内涵是不会被穷尽的。我的解读，充其量不过是向读者朋友们贡献出的一得之愚，如此而已。

　　至于本书赏析文字的风格——如果谈得上所谓"风格"的话，那就是描述评说、议论抒情了。因为是在赏诗，我尽量追求散文式的笔调，多作情绪化的表述，目的只有一个，即增强可读性。略见文采，才不至于太辱没诗作本身。我想，不吝感情的投入或许不是坏事，自己既然是在一种感动状态下鉴赏诗歌的，何不写出充满感情的文字去感染自己的读者呢？这不是"滥情"。

　　河南人民出版社是帮助我把梦想变成现实的人，我怎能不怀有一份深挚的感铭呢？！安阳教育学院中文系91级学员吕瑜明、李何林君，不辞辛苦，为我抄写了全部书稿，成书之际，我谨向他们表示衷心的谢忱！

　　岁华如流。从今年夏天动笔撰此书，到此刻写后记，岁云暮矣，大半年的日子又逝水般流去了。但流去的是时间，流不去的，是胸中一颗童稚到永远的诗心。为了诗，我们已痴迷得不悔不悟；为了诗，我们更能够生死以求之。试问诗之外，我们的精神家园里还会生长些什么呢？除了诗，我们寻求一枝栖依的灵魂早已别无选择……

《短章小诗百首》后记

     这本小书，是"20世纪中国诗歌精品分类导读系列"之一种。

     "分类导读系列"从内容和形式的双重角度，把20世纪中国诗歌分为"政治抒情诗""爱国诗""哲理诗""爱情诗""乡土诗""城市诗""题咏诗""新边塞诗""短章小诗""旧体诗词""散文诗""翻译诗"等十二类，从每一类作品中，精选出百首左右的代表作独立成册。十二类、册合在一起，构成20世纪中国诗歌的洋洋大观，基本上囊括了20世纪百年内各体各类诗歌的精华。

     对20世纪中国诗歌进行分类导读，在现当代诗歌研究领域尚数首次。可以说，这既是对传统诗歌批评鉴赏方法的借鉴，也是一次批评角度转换和鉴赏方式创新的尝试。

     20世纪中国诗歌的百年发展历程中，产生了一大批优秀诗人和诗歌精品，积累了丰富的创作经验和教训。如何有效地对20世纪中国诗歌这个庞大的客观存在，进行整体性评价而不失之空泛笼统，进行具体性评析而不失之琐碎偏狭，是一个不易解决的难题。"分类导读系列"从宏观着眼，从微观入手，把20世纪中国诗歌视为一个可分解性的整体，对之加以分类，在广泛深入的文本阅读、比较的基础上，筛选出各类诗歌的代表作，展开宏观与微观结合、以微观证实宏观、以宏观统揽微观的系统性研究和评鉴。

     宏观性的研究，是每一类作品的"总论"，也即每一册的"前言"。

     在"总论"性质的"前言"里，编撰者系统而又深入地描述本册所选类别诗歌在百年内的发展演进轨迹，论析其思想、艺术成就，比较其对同类传统诗歌或域外诗歌的继承借鉴和突破超越，并预测此类诗歌在21世纪的发展趋势。从而对20世纪中国诗歌进行一次眉目清晰的历史回眸，给读者一个完整的"史"的把握；并在纵向和横向的比较中，见其长短得失，对其作出恰当的成就估算和价值定位；同时，也为 21 世纪的中国诗歌创作，提供一个前瞻性的预测和可行性的参照。

微观性的评鉴，即是对每篇入选作品的具体赏析。编撰者采用评点的方式，拈出每篇作品内在意蕴和表现形式上的特色，力求见解精要，语言精美，既起导读文章指示门径之功效，又给读者留下较为广阔的审美再创造的余地，更在个别的意义上印证"前言"中的宏观性结论。

"20 世纪中国诗歌分类导读系列"的编撰工作，由国内高等院校、科研机构、新闻出版界长期从事诗歌研究、创作的中青年专家学者承担，他们经过将近两年的不懈努力，于 1999 年 6 月完成了全部工作任务。1999 年盛暑 7 月，北京大学谢冕先生慨然允诺，审阅了作品选目，并欣然命笔，为"分类导读系列"作序。河南文艺出版社孙鑫亭先生、杨贵才先生、任骋先生，责任编辑王国钦先生，对"分类导读系列"和这本《短章小诗百首》，从确定选题体例到具体定稿出版，始终给予热情指导和大力支持。王国钦先生付出的辛劳尤多。在此，我向各位先生致以衷心的谢忱！

本书选收一百二十五位诗人的小诗佳作一百五十九首，受视野、眼光和体例的限制，遗珠之憾，在所难免。诗无达诂，诗歌研究和评赏，是乐山乐水、见仁见智的事。笔者的一得之见，或许有未契不中之处，热诚欢迎诗界方家和读者朋友教正。

《古典诗词曲与现当代新诗》后记

　　这本书是我研习古今诗歌比较专题的一个小结。统古今而观之，只是主观上的期许。才疏学浅如我，实际上未必做得到，勉力而为，也未必做得好。这一点自知之明还是有的。不过，将古典诗词和新诗放在一起对读，与孤立地谈论古诗或新诗，所见确有不同。倒不是因为具备什么独到眼光，而是观察的角度变了，映入视野的风景自然会显出新异的面目来。

　　记得幼时，父母教我读诗，内容有古典诗词，也有白话新诗，那时我虽似懂非懂，却一例地喜欢。父亲是早期白话诗人徐玉诺先生的学生，经常兴味盎然地说起徐先生的诗和逸事，让我童稚的心里，渐渐起了一份对诗人和诗歌的欣羡。在"文革"时期贫穷闭塞的山区小镇，几乎什么书也看不到的情况下，童年的我从父母那里接受了古典诗歌和新诗的启蒙，现在想一想真是很幸运的。我后来"不薄新诗爱古诗"的阅读趣味，大约也是在那时培养的。

　　书中的一些基本想法，萌生在我的学生时代。读诗渐多，常有白话新诗与古典诗词相似的感觉，于是便对一些流行的新诗与古典诗词关系的成说，产生了朦胧的疑惑，遂有弄清它们之间瓜葛的愿望。随着年岁的增长、阅读面的扩大、思考的逐步深入，我开始积累相关资料，拟就古今诗歌之间的关系进行一些探讨。20 世纪 90 年代初，在撰写《唐宋词佳句》《中国当代大学生诗歌精选欣赏》《中外哲理诗鉴赏辞典》时，我已经有意识地采取古今比较的视角去解读作品。1993 年前后，我开始动手撰写本书的部分专题。1996 年开始，这些专题在国内刊物上陆续发表，并在中华诗词学会年会等学术会议上交流，还派生出《20 世纪中国诗歌分类研究》《短章小诗百首》等小书。到 2000 年，本书的初稿已基本写完。之后又对初稿进行了几次充实修改，便成了现在这个样子。

　　本书共分三编二十章。第一编六章，讨论古典诗歌在思想观念层面对新诗的渗透；第二编八章，讨论古今诗歌在方法技巧上的传承；第三编六章，选取诗人、诗派、诗体的若干个案加以剖析。我的目的，主要是想多层面、多角度地贯通古今，探寻现当代新诗的诗学背景和诗艺渊源，弄清古典诗歌对现当代新诗所产生的影响若何，对古典诗歌的现代价值和现当代新诗的艺术成就作出较为准确的评估；打破诗学领域人为划出的古今分治疆界，在古今诗歌的交叉部位，为古典诗歌研究拓展出新的空间。这当然是一个相当奢侈的想法。需要说明的是，由于本书着眼于现当代新诗对古典诗歌优良传统的继承，所以对古典诗歌施与新诗的负面影响较少涉及；着眼于古今诗歌传承的积极意义，所以对任洪渊先生在组诗《汉字，2000》中表达的"影响的焦虑"心理，也暂时回避。俟日后再对"负面影响"和"影响焦虑"等问题加以专门探讨。

在我研习古今诗歌比较专题的过程中，得到赵山林先生、谢冕先生、陶文鹏先生、孙鑫亭先生、解正德先生、李怡先生、潘万提先生、王国钦先生等的热情鼓励和具体指导；赵山林先生是我在华东师范大学进修硕士课程时的导师，多年来一直对我关爱有加，这次又欣然为本书赐序，高情厚谊，令我感铭；查洪德先生、王卓华先生、姬学友先生帮助我以"中国诗学精神与现当代诗歌"为题，申报了河南省教委资助的高等学校人文社科项目；翟传增先生、张成全先生支持我给安阳师范学院中文系学生开设了"古今诗歌比较研究"选修课，同学们的浓厚兴趣让我感动；方亚平老师为本书的出版，付出了许多辛劳，在此，我向他们一并表示衷心的感谢！

诗心微妙。古今诗歌之间，虽有千丝万缕的联系，而一旦坐实比较，即不免落入形迹，洵非说诗之所宜。但在本书所选择的论题上，这不宜又似乎是注定的。过多关注具体问题，微观实证有余而宏观的理论概括不足，所谓"不贤者识其小"，也是本书存在的一个问题。恳望方家同好和读者朋友大力教正！

《中国古典诗学与新诗名家》后记

　　这本书稿，是河南省哲社规划项目《中国古典诗学与新诗名家》（2006BWX001）的研究成果，和国家社科基金项目《中国古典诗学与20世纪新诗》（09BZW038）的阶段性研究成果。

　　自20世纪80年代以来，我对古今诗歌之间的传承关系问题持续关注。在个人已有的相关研究基础上，我于2006年夏天和2009年春天，以《中国古典诗学与新诗名家》《中国古典诗学与20世纪新诗》为题，申报了河南省哲社规划项目和国家社科基金项目，皆得顺利获准立项，这是对我尝试进行的古今诗歌传承研究的巨大支持与有力鞭策！在项目研究次第展开的过程中，我对原来预设的思路有所调整，目的是为了能够最大限度地开掘项目的学术内涵，提升项目成果的学术质量。

　　书稿的绪论部分，对中国古典诗学全面影响20世纪新诗的状况加以概述，并初步反思文学研究领域学科时段机械划分产生的弊端，指出开展扎实有效的古今诗歌传承研究，所具有的重大现实意义。

　　上编十二章，分别探讨以胡适先生为首的一批新诗名家，在创作实践上和理论上对中国古典诗学的薪火借取。下编则主要从诗学主题、表现方法的角度，梳理古典诗学与新诗名家之间的施受端绪。第二十章的文本解读，为古今诗歌之间的传承关系，提供具体而微的例证。第二十一章讨论古典诗学对20世纪新诗人的负面影响，兼及影响焦虑问题。把上下编合而通观，古典诗学在20世纪新诗创作、批评领域的影响，与20世纪新诗人的诗学背景、诗艺渊源，以及中国诗歌古今传承演变的一些规律性现象，庶几可以于焉见出。古典诗学的现代价值，与20世纪新诗人的艺术成就，也可以在古今互为参照的视野中，得到较为准确公正的评估。

　　书稿的部分章节，曾在《文学评论》《文学遗产》《文艺研究》《光明日报·文学遗产》《诗探索》《中国诗学研究》《中外诗歌研究》《河北学刊》《西南大学学报》《山西师大学报》《名作欣赏》《殷都学刊》等报刊上发表过，并被《中国文学年鉴》《新华文摘》辑录，在专业领域内产生了积极的反响。书稿的一些内容，还以专题论文的形式，在复旦大学主办的"中国文学古今演变研究"国际学术研讨会、安徽师范大学主办的"中国古典诗学的现代转换"学术研讨会、福建师范大学主办的"《文学遗产》论坛"、西南大学主办的"华文诗学名家国际论坛"、南京师范大学与中国韵文学会主办的"中国韵文学国际学术研讨会"等专业学术会议上宣读过，得到了与会专家们的热情鼓励和肯定。

成书之际，最为感念的是父母对我进行的诗歌启蒙教育。记得幼时，父母教我读诗，内容有古典诗词，也有白话新诗，那时我虽似懂非懂，却是一例地喜欢。父亲是早期新诗人徐玉诺先生的学生，徐先生不仅以新诗名世，旧体诗词也写得好。父亲经常饶有兴味地说起徐先生的诗和逸事，让我童稚的心里，渐渐起了一份对于诗人和诗歌的歆羡。

在"文革"时期贫穷闭塞的山区小镇，几乎什么书也看不到的情况下，童年的我从父母那里接受了古典诗歌和新诗的启蒙，现在想一想真是很幸运的。我后来"不薄新诗爱旧诗"的美感趣味，大约也是在那时培养的。正是这种没有偏颇和成见的美感趣味，引导着我后来对古典诗歌和新诗作品互不排斥的大量阅读，并在持续不断、兴味不减的阅读过程中，逐渐形成了自己的古今诗歌传承关系问题的思路和看法。在此，谨以这本小书献给我的父亲母亲，借以报答他们养育教诲的深恩！

成书之际，我要衷心感谢学校科研管理部门领导和系里同事们的关心帮助，感谢河南省哲社办和国家哲社办的立项资助，感谢至今不知姓名的项目评委先生们的青眼相加，感谢刊发拙文报刊的编辑先生们的眷顾厚爱，感谢邀我与会的先生们提供的宝贵交流平台，感谢章培恒先生、谢冕先生、陶文鹏先生、胡明先生、赵伯陶先生、吕进先生、赵山林先生、钟振振先生、王兆鹏先生、曹旭先生、曲冠杰先生、王保生先生、王毅先生、刘庆云先生、胡益民先生、张善文先生、丁放先生、孙鑫亭先生、王永宽先生、王立群先生、张鸿声先生、孙先科先生、李超先生、蒋登科先生、李怡先生、王维国先生、向天渊先生、解正德先生、吕晓东先生、畅引婷先生、杨四平先生、王国钦先生、徐炼先生等学界前辈、师友们，长期以来对我的古今诗歌传承研究工作的关怀、扶持与指导，感谢吴思敬先生拨冗审阅并慨然推荐拙稿，感谢管士光先生欣然接受拙稿并提出重要的修改意见，感谢刘伟先生在编审拙稿时付出的艰辛劳动——此刻，笔者最想表达的，就是心中这份深挚的感激之情！

古今诗歌传承研究是一片边缘交叉的崭新学术领地，可供拓展的疆域还很辽阔。希望以本书的出版为新的起点，继续在这个研究方向上作出自己更大的努力。

欢迎方家同好和读者朋友们大力教正！

当代旧体诗词应该向新诗学习什么

——《传统与现代之间：中国现当代诗歌论稿》代后记

　　这本书稿是河南省高等学校哲学社会科学创新团队支持计划项目（2013-CXTD-02）的阶段成果之一。书稿三辑二十章，加上"前言"和"后记"，都是在中国诗歌古今传承的总体视野下展开论述的。笔者秉持中国诗歌史发展演变的整体观，以之审视 20 世纪中国各体各类诗歌，一方面厘清 20 世纪各体各类诗歌与中国古典诗学的一脉血缘关系，另一方面凸显 20 世纪各体各类诗歌的自身特点和长短得失，试图让 20 世纪各体各类诗歌之间建立起一种良性的互动关系，以利于彼此取长补短、并存共生，合力达成中国当代诗歌的再度繁荣。这是笔者自 20 世纪 80 年代以来的一贯思路，这一思路始终贯穿在此前发表的相关论著当中。这里，笔者呼应"代前言"中讨论的 20 世纪新诗对古典诗学的承传问题，再专门讨论一下现当代旧体诗词如何向新诗学习借鉴的问题。

　　首先是眼光、气度与格局。五四文学革命先驱之所以要用白话取代文言、用新诗取代旧诗，主要是出于"言文一致"的考虑，只有"言文一致"，用自然舒展、清楚明白的现代汉语为文作诗，才能够发挥语言和文学的最大教育启蒙功用，从而更为有效地提高中国人的文化素质，推动中国从总体上已经落伍的传统文明向先进的现代文明转型。胡适提出，应以创作"国语的文学"作为普及国语的途径，作为教科书，作为国语文法的规范，从而形成"文学的国语"，普及"全国人的公共权利"的"国语教育"，进而创造中国的文艺复兴，使中国古老的文明重新焕发生机活力。在五四一代文学革命先驱的努力下，"言文一致"的白话诗文，逐渐成为整个社会交流思想、抒发感情、传播信息和发展教育的主要工具。受到各地自编语体文教科书的形势推动，北京政府教育部顺应历史潮流，于 1920 年初通令各省区，改小学国文为语体文。此后，中学、大学各科教科书、讲义，也采用语体文编撰，文言被淘汰，扫除了科学教育传播和普及的语言障碍，使当时的科学教育大发展大变革如虎添翼，语言文字工具的解放，有力地促进了现代科学教育的蓬勃发展。鲁迅在《无声的中国》的演讲中，指出胡适提倡文学革命，使中国人能用"活着的白话"发出了感动世界的"真的声音"，白话与文言的选择，关乎国家民族的生死存亡。革命家廖仲恺在致胡适的信中说："我辈对于先生鼓吹白话文学，于文章界兴一革命，使思想能借文字之媒介，传于各级社会，以为所造福德，较孔孟大且十倍。"20世纪50年代美国的《展望杂志》，以胡适"替中国发明了一种新语言"为理由，推举他为当今世界百名伟人之一，表述虽不尽准确，但也证明了胡适的文学语言革命对中国社会的巨大贡献，及其所产生的世界性的影响。

讲清楚这一点非常重要。因为从一开始，提倡白话文、白话诗的新文学先驱们，就不是出于到底是让文言还是白话执文坛、诗坛牛耳的狭隘考虑，目光如炬的他们，无暇计较这些枝节问题，这不是他们的目标和目的。他们改造语言、改造文学、改造诗歌，都是为了顺应语言发展变化的现实，以现代白话口语为利器，推动文化教育普及、国民素质提升，以期实现社会文明和社会转型的宏大文化战略目标。正因为如此，他们主张"文当废骈，诗当废律"，因为骈文、律诗总体上已经不适应现代社会传播科学文化知识、表现远比古代丰富复杂的生活经验与思想感情的需要了。但他们并没有把古汉语、古典诗歌当作敌人，前文已详细讨论了他们全面学习借鉴古汉语、古典诗歌的情形。相比之下，旧体诗词阵营的人士，眼光、气度和格局明显要技术化得多。一是仅出于对传统文化、古典诗词的热爱，而没有把语言、文学、诗歌的发展变化，纳入整个社会、文明转型的宏大背景下加以审视思考。二是斤斤于到底是由新诗还是旧诗占据诗坛盟主地位，这更多是一种基于热爱情绪，甚至是出于其他考量的意气之争，往往显得狭隘而偏执。三是因此把新诗当作敌人，极尽挖苦讽刺之能事，只见其短，不见其长，罔顾新诗在创造性地转化古典诗歌传统方面已然取得的不菲成绩，动辄叫喊推倒新诗的诗坛盟主地位，在百年新诗已经创作出许多旧体诗词无法比拟的名作甚至杰作之后，仍然有人轻率地宣布"彻底否定新诗"。四是最根本、最致命的一点，就是旧体诗人鲜有正视语言这一无法总体突破的瓶颈问题者。旧体诗词的音韵、格律、词汇，都已经退出现代社会生活的交流实践，在旧体诗词里，言文已经根本分离，现代生活、思想、感情、心理，已经丰富复杂到远非古汉语词汇所能胜任表达的程度。所以，旧体诗词创作如果完全使用古典语汇和声韵格律，写出来的作品可能就是与时代现实脱节的"仿古"赝品；如果过多使用现代语汇和音韵，则势必"破体"，类似打油诗、顺口溜，最高也不过散曲调侃幽默、机智谐趣的境界。这是一个死结，仿佛如来的手掌，你一旦选择了旧体这一形式，任你有孙行者十万八千里筋斗的本领，也永远不可能翻腾出掌心来。所以大家干脆采取鸵鸟政策，忽略这个致命问题不谈了，就像干脆忽略新诗已然取得的重大成就不谈一样。

其次是价值观念。新诗与中国社会现代化进程同步，为民主、自由、科学、人性讴歌。现代文学界讨论的"现代性"问题，确实是一个触着本质的问题。早期新诗对启蒙的执着，对五四狂飙突进精神的表现，对现代世界进步的思想和艺术观念的承载、传播，对下层社会、平民世界的艰难生存真相的展示，这一切，在现当代旧体诗词中都是相对欠缺的。仅举一个例子，比如对待共和的态度，新诗人基本不会对共和持有怀疑或提出疑义，废除帝制、走向共和，这是人类社会发展进步的潮流所向、大势所趋，每一个头脑和人格、心理健全正常的人，都应该认清这一点，这是一个具备现代观念的现代人应该坚守的底线。用传统的话说，这是做人的"大节"和"大处"。可是在旧体诗词界，反对共和的却大有人在，清末民初那些遗老遗少身份特征明显的旧体诗词家不必去说了，大艺术家如吴某，大学者如陈某，都在诗中不止一次地认专制腐朽的清朝政府为故国，视共和和革命为乱党，表露出对于清廷和帝制的深切眷顾怀念。某著名学者自沉的具体原因，可以再讨论，但其在北伐胜利前这一时间节点上采取的这一决断行动，为旧制度陪殉的意味不言而喻。我们不能总拿一句高大上的"与文化共命""为文化续命"来搪塞，一些写作旧体诗词的人在价值观念层面存在致命的欠缺，是一个无法遮掩的事实，这是一个关乎国家、民族乃至人类命运的大是大非问题，我们不必曲为回护，为尊者贤者讳。其实，在文言已经退出现实社会生活之后，继续选择与时代脱节的文言旧体、拒绝使用并敌视与时代同步的白话新体，这本身就是价值观在起着决定作用，而不仅仅是个人的兴趣爱好所致。辛亥革命、五四运动之后，现代性和国民现代化的问题远远没有解决，不仅下层百姓普遍崇拜皇帝、盼望清官，知识阶层中持有这样想法的也大有人在。具体到旧体诗词界，趋时应景，无关痛痒，谀辞阿世，颂声盈耳，几成常态。这都涉及作为创作主体的旧体诗词作者，其主体意识、独立意识、反思意识与批判意识，亦即现代意识是否真正确立这一根本问题。这里有几个典型的例子，比如前时有旧体诗词作者撰文，将辛弃疾词中的"补天情结"与郑文焯词中的"补天情结"相提并论，对郑文焯"杀贼有心，回天无力"的所谓"忠君爱国"大表理解和赞赏，肯定就是价值观层面出了问题，所以才会导致如此舛错的价值判断与审美判断。最近出版一套民国旧体诗词作法丛书，对于旧体诗词创作研究来说本是好事，惜乎编者在长篇五古题辞中，又一次把矛头对准了首倡文学革命、新诗革命的胡适，认为新诗是"雕龙为虫，画虎类犬"，而且匪夷所思地把当代"老干体"旧诗，也归罪于新文学和新诗革命，显然也是价值观念层面出现了根本问题。更有甚者，进入新世纪后仍有旧体诗人公开宣布"彻底否定新诗"，则更是让人莫名其妙，不知其欲将语言、文学、诗歌和时代演进之大趋势置于何地，聆听这种骇人之论，确能让人生出不知今世何世、今夕何夕之感。

再次是态度和方法。新诗除了对中国古典诗学进行多角度、全方位的学习、借鉴、转化，还横向连接了世界诗歌，对于西方从荷马史诗以降的古典主义、浪漫主义、象征主义、现代主义和后现代主义诗歌，对于东方的印度诗歌、日本诗歌和阿拉伯诗歌，进行了广泛的学习和借鉴，与之建立起一种有效的"互文性"关系。上举外国诗歌林林总总的主义、流派的理论和方法，新诗界都作过程度不同的译介，并在译介的基础上加以摹习仿作，在传习诗法的同时，对世界各国各民族的哲学、历史、文化，进行全面深入的了解和吸收。所以，新诗在使用现代汉语、具有语言上的先天优势的同时，通过对世界诗歌和历史文化的充分吸纳消化，创造了许多古典诗歌所不具备的崭新美感形态，创生了许多新鲜的诗歌艺术和美感经验。比如郭沫若诗歌在纵向继承屈原、李白诗歌的同时，横向借鉴了歌德、惠特曼诗歌艺术精神，所以才有了《女神》的横空出世；闻一多在倡导新格律体的同时，不忘横向借取西方象征主义诗歌的以丑为美，写出了《死水》这样的新诗经典，他的三美之一"绘画的美"，不纯是王维"诗中有画"的翻版，其中正有着济慈、罗瑟蒂的影子；戴望舒在其酷似晚唐诗和婉约词的感伤情绪浓郁的诗作中，也深度借鉴了法国象征派诗歌，所以才有了《雨巷》《印象》《寻梦者》《乐园鸟》等名诗的产生，这些诗不单是古典诗歌美人香草、比兴象征传统的产物；何其芳早期诗歌在追摹温庭筠词的浓艳色彩时，亦借鉴了法国班纳斯派后期诗人诗歌的色彩感觉，所以才能创作出《预言》《季候病》《罗衫》《爱情》《欢乐》等色调斑斓、仪态妩媚的新诗佳作；洛夫在揣摩唐人王维诗歌和古代禅诗的同时，旁取西方超现实主义和后现代主义的语言生成技巧，成就了他的《金龙禅寺》《水墨微笑》《随雨声入山而不见雨》等传世之作。其他像李金发的象征诗、邵洵美的爱情诗、冯至的十四行诗、九叶派诗歌、朦胧诗、新生代诗、文化诗、中年写作诗歌、台湾的现代派、蓝星诗派、创世纪诗派，乃至贺敬之、郭小川的政治抒情诗，刘湛秋的无题抒情诗等，都与外国诗歌有着直接间接的关联，彼此构成"互文性"关系。其间表达的思想情感与审美经验，在现当代旧体诗词中基本无法见到。这种"别求新声于异邦"的做法，值得操持旧体的诗人们特别关注。旧体诗从晚清诗界革命开始，虽也注意吸收使用舶来的新名词新语汇，但主要是嵌入，没有深度融入，没有在整体上创生新美。新诗借鉴西方，是整体性的，是从哲学到美学到诗学的深度融化，所以创生了许多新鲜的美感经验，像上文提到的新诗名家名篇，以及《小河》《口供》《圆宝盒》《十二月十九夜》《花一样的罪恶》《邻女》《诗八首》《金黄的稻束》《航》《律动》《古罗马大斗技场》《华南虎》《悬崖边的树》《火与婴孩》《在地球上散步》《你的名字》《西螺大桥》《呼唤》《石室之死亡》《漂木》《角度》《阡陌》《山路》《斯人》《风景：涉水者》《一百头雄牛》《野马群》《履历》《结局或开始》《回答》《诺日朗》《敦煌》《中国，我的钥匙丢了》《致橡树》《帕斯捷尔纳克》《零档案》《一只黑色陶罐容积无限》《山民》《黑色睡裙》《汉英之间》《玻璃工厂》等诗，其生新、深度和境界，皆是旧体诗词无法达至的。就是处理传统题材的诗作，比如名家的《采莲曲》《再别康桥》《都会的满月》《诗的复活》《寻李白》《乡愁》《白玉苦瓜》《莲的联想》《那一只蟋蟀》《杜甫草堂》《与李贺共饮》《边界望乡》《爱的辩证》《错误》《献给妻子们》《她永远十八岁》《那几声钟，那一夜渔火》《褒姒》《神女峰》《太阳和他的反光》等诗，以及非名家的《诗经：诗与世界的初遇》《端午，写给屈原》《戏填履历》《杜甫故里》等诗，其内蕴的复杂繁复、美感的新颖生鲜，恐怕都是相同题材的旧体诗词难以望其项背的。当代旧体诗词在借鉴外国诗歌经验以增强表现力、创生新美方面，应该向新诗大力看齐。

　　在新诗已经拓开全新的艺术天地的时候，当代旧体诗词主要还在仿古上狠下功夫，但相当多的旧体诗词作者，穷其毕生精力，其建树也就仅止"成体"而已，即此已属难能可贵，十分不易。稍有出格的"破体"写作，又往往落入"曲趣"套路里，究其实也很难说有何本质上的全新创获。在太白子美写过诗、美成稼轩填过词之后，使用旧体诗词的形式，确实已经很难实现总体的突破，操持旧体诗词的人，对此应该保有一份清醒的认知，应该具备明确理性的文学史和诗歌史意识，否则极易流于盲目的无意义写作。现当代新诗人可以声言他们的创作总体上突破了旧诗的藩篱，但操持旧体的诗人，恐怕就很难说自己的诗已经超过屈陶李杜，词已经超过柳周苏辛。这是一种客观存在的与语言相关联的体式上的先在限制，总体的突破超越似乎已经没有可能。受这种体式和语言上的制约，现当代旧体诗词欲像新诗那样自由开放地摄取吸纳世界诗歌的经验和技巧，又确实多有不便。所以我们看到的当代旧体诗词作品，也多是摹习古近代一家或众家，在总体步趋中争一字之巧，竞一句之奇，多数情况下，呈示出一种小机智、小趣味、小清新、小结裹，并以此而沾沾自喜，其实不过仿古仿得逼肖，打油打得文雅而已。悠久深厚的传统底蕴早已流失殆尽，这个时代已无长养古典美的适宜气候土壤，自然与人文环境已被严重损毁，人在本质上早已粗俗不堪，做那等看上去很美的古雅诗词，某些时候就会让人觉得是在惺惺作态，是为了某种目的刻意营造出来的仿古式的"伪美"，是一种与生存真相差距过大的"隔"，其情感态度的真诚性未免令人生疑。当然，对于"晚生"的现当代旧体诗人来说，这也属无可奈何之事。它基本不是旧体诗人的诗才问题，现当代真正的旧体诗人，学养和才华都是相当出色的。但是选择使用古汉语的旧体，似乎也只能如此了，这大概就是所谓宿命吧！所以，真正的当代旧体诗词佳作，不可能是什么"百万大军"们写出来的，诗社、诗刊、诗人、诗作的海量涌现，不过是一种附庸风雅的诗词文化现象，对于诗歌史和文学史来说，没有任何实质性的意义。当代旧体诗词，只能成为一少部分旧学根基深厚的才士的"雅玩"，即景即事，酬唱赠答，咏物寄意，因为有现成的形式提供方便，所以表达日常感兴十分便捷，这是迄今无形式依托的新诗无法比拟的优势。但要让语言和体式都存在先天限制的旧体诗词，承担起全面、深入地表现时代生活本质的责任与使命，恐怕就是旧体诗词这一体式力不能及的。

当然，任何事情都有两面或多面性，与新诗相比，旧体诗词的优点和长处很多，这都是显而易见、毋庸赘言的常识。新诗与旧体诗词之间，当然不仅仅是旧体诗词学习新诗的单向度关系，二者之间的正常关系，应该是双向的交流互补、共生共荣。在旧体诗人准备正视并学习新诗的优长之处时，新诗人也应该进一步加强对旧体诗人、古典诗词的学习，比如新诗的体式建设、语言锤炼，新诗意境氛围的营构、天人境界的追摹，以及新诗人的旧学旧诗修养等方面，无疑都应该向旧体诗人和古典诗词多所借取，方有进一步提升之可能。

在结束这篇较长的"后记"的时候，请允许笔者借此机会，衷心感谢发表本书相关章节的《文学遗产》《文学评论》《诗探索》《河北学刊》《西华师范大学学报》《心潮诗词评论》《殷都学刊》等学术期刊的编辑先生们的青目，感谢刘跃进先生热情推荐书稿，感谢郭燕鸿女士欣然接受书稿，感谢慈明亮先生编校书稿过程中付出的辛勤劳动！同时，笔者热诚欢迎方家同好和读者朋友们对书稿内容大力批评指正！

《曾有一朵玫瑰——20世纪华语经典情诗赏析》前言

　　这本小书，是20世纪中国诗歌分类导读之一种，也是河南省高等学校哲学社会科学创新团队支持计划项目（2013-CXTD-02）的系列成果之一。书名原作《20世纪爱情名诗导读》，实话实说，很直白的一个名字。河南文艺出版社和责编老师认为名字应该取得更美一些，于是替我挑选了书中所收辛茹的《曾有一朵玫瑰》作为书名，这个名字因为使用了比喻和象征修辞，确实比原来的书名显得美丽了许多。

　　20世纪中国现代新诗中的爱情诗写作，是一个繁复庞杂的存在。本书从无量诗作中选出100首代表性作品，加以简略的评点式解读。但这100首诗相对于整个20世纪中国现代爱情诗写作来说，无疑是九牛之一毛，读者朋友们披阅此书，也只能说是"尝一脔肉"。爱情鼎镬中种种难言的复杂微妙滋味，固然可以借此尝到，但更需要读者朋友们结合自己的爱情生活体验，才能真正探得个中之三昧。爱情是文学艺术的永恒主题，也是人类社会生活和个体生命的永恒主题。代入读者个人的生命情感经历，才能真正读出每一首诗的佳妙之处。

　　体例所限，本书的"导读"文字无法采用文本细读的方式，所以对每一首诗的解析，也只能言其大略，得其仿佛而已。这样正好给读者朋友们留下很大的审美再创造的空间和余地，读者正可以见仁见智，各求胜解，原不必为笔者的简略"导读"所囿。与文本细读的详尽相比，评点文字的简短，给读者朋友们带来发挥审美想象力的极大自由。短有短的好处，说的大概就是这种情形吧。

　　当然除了短的，还有长的。为了方便读者朋友们整体把握，笔者撰写了一篇较长的"代前言"——《百年歌哭诉悲欢：20世纪中国爱情诗初论》，把近一个世纪里中国现代爱情诗创作的发展演变过程，分成几个大的阶段加以论述，而以中国古典爱情诗作为参照，借此映衬凸显 20 世纪爱情新诗在继承民族传统的基础上，横移世界诗歌所导致的具有现代性质的新变。这篇 20 世纪中国爱情诗歌史论性质的"代前言"，原稿近 4 万字，虽经大力删改到现在 15000 字的篇幅，但仍稍显冗长，这是笔者感觉抱歉的。不过，长也有长的好处，这篇"代前言"正因其长，所以起到了类似"史"的宏观引领作用，它像一条长线，穿起了一百篇爱情诗文本的粒粒"散珠"。

感谢著名诗人、河南文艺出版社副总编辑王国钦先生的热情慷慨，使这本完稿许久的小书有了和读者朋友们见面的机会。感谢责任编辑王淑贵老师的认真严谨，使这本小书从内容到体例都变得更完善一些。作为作者，写出一本书也许真的算不了什么。编者的眼光和水平，对一本书来说，才真正具有决定性的意义。

欢迎读者朋友们批评指正！

《诗词曲新论》后记

这是一本拖延过久的书稿，本来打算4月底校订完毕，身体原因，眼看着就要推迟到7月底了。其间，出版社方面数次催促，真是抱歉得很！不过还好，现在总算是能够交稿了。酷暑炎天，竟感觉从原本焦虑疲惫的心底，起了一丝淡淡的清凉。

书稿正编分五辑，收录笔者长短习作36篇；附录一收录笔者几种拙著的前言、后记6篇，诗教文章2篇，书评2篇；附录二收录师友为拙著撰写的序评3篇；书稿共收录文章49篇，其中笔者的习作46篇。正编五辑里的习作，最早的是《李白考论二题》，写于1980年冬天，曾转呈郑州大学耿元瑞先生指教，虽得到耿先生相当的鼓励，但是这类文章后来却是不敢写了。最晚的是《抒情与叙事的互动转换》，写于2016年春天，是笔者主持的国家社科基金项目的阶段成果之一，曾在2016年5月南开大学举办的中国韵文学国际学术讨论会上宣读交流，得到王伟勇先生等与会专家的关注肯定。其他习作，分别写于20世纪八九十年代和21世纪初的十几年里。这些习作，曾先后在《文学评论》《文学遗产》《文史知识》《古籍研究》《词学》《中国韵文学刊》《河北学刊》《河南社会科学》《大学文科园地》《中国诗学研究》《名作欣赏》《殷都学刊》《中华读书报》等学术报刊上发表。《诗词曲的艺术比较》一文，是笔者卅余年前呈交万云骏先生的课程作业，得万先生允许，投稿连载发表于《大学文科园地》1987年第1期和第2期，之后被《中华诗词年鉴》首卷收录。李梅实《精忠旗》和路迪《鸳鸯绦》的三篇鉴赏稿，则是应上海辞书出版社《明清传奇鉴赏辞典》编委会的约请而作。

20世纪八九十年代，对文章注释格式等方面尚无统一要求，引文不需要详细标注相关文献的版本和页码。书稿中将近半数写于那时的习作，现在皆需一一核对引文、补充详细注释，因此耗费了不少时间。由于笔者集书较多，叠床架屋，所以那时征引、参考的旧版书一时找不到，就得查阅顺手可以找到的比文章写作时间晚许多年出版的相关书籍，这样就出现了写于二三十年前的旧文，注释中使用了二三十年后的新版书的现象。其实这也无妨，书还是那本书，只不过出版时间不同，完全不影响笔者旧年习作的内容。再者就是有两三篇习作，内容上略有重叠，但由于各自独立成篇，所以决定保留原貌，不作修改。这些都是需要在此特别加以说明的。

这本书稿较为集中的研习对象是古典诗词曲，涉及唐宋词的文章篇数最多，主要是笔者已于中华书局出版的《花间集校注》、《蒋捷词校注》和尚未刊印的《宋五家令词校注》等书的伴生物，即从文献整理研究延伸出的相关理论研究。也有两篇涉及诗文关系的习作，重心仍然在诗，这是不言而喻的。至于明清传奇，本身就属于"曲"的范围，所以三篇传奇鉴赏稿也收入书中。从几十年的文稿中挑选出这些篇子结集时，原定的书名叫《诗词曲散论》。后来听从社方的建议，改名为《诗词曲新论》。但是，书稿中的习作究竟有多少新意，还需读者朋友作出评鉴。

成书之际，衷心感谢教导我成长的父母和师长，感谢发表这些习作的报刊编辑先生，感谢长期关心、帮助、支持我读书写作的亲朋好友！尤其感谢中国文史出版社给予这本书稿宝贵的出版机会，感谢方云虎先生为拙书的出版付出的巨大辛劳！

欢迎方家同好和读者朋友们不吝赐教！

《古典诗词曲与现当代新诗》
(增订本) 后记

　　成就一本书，关键在于一个人。这个人，其实不是作者，而是编者。编者的视野眼光和格局气度，决定了一本书的命运走势。14 年前，拙著《古典诗词曲与现当代新诗》的面世，以及今天这本书的增订重印，都是具有贯通古今诗歌史眼光的著名诗人、诗论家王国钦先生高瞻远瞩、青目垂顾的结果。

　　该书原版于 2004 年 3 月，共分三编二十章，40 万字。今次的增订本，共分三编二十七章，增加了七章内容和两篇附录文章，计 20 余万字。新增的七章分别为：第十六章、第十七章、第十八章、第十九章、第二十一章、第二十二章、第二十三章，主要集中在诗人层面，分别讨论了闻一多、戴望舒、卞之琳、纪弦、洛夫、郑愁予、任洪渊等现当代新诗人与古典诗学的密切联系。作为附录的《月亮的背面——古典诗歌的负面影响》《中国现代新诗的诗体建设问题——以古典诗歌为参照》两篇文章，也在某种程度上对全书的论题构成补充丰富，使全书的内容更趋完整。

　　该书的绪论部分，对中国古典诗学全面影响 20 世纪新诗的状况加以概述，并初步反思文学研究领域学科时段机械划分产生的弊端，指出开展扎实有效的古今诗歌传承研究，所具有的重大现实意义。第一编六章，讨论古典诗歌在思想观念层面对新诗的渗透；第二编八章，讨论古今诗歌在方法技巧上的传承；第三编十三章，选取诗人、诗派、诗体的若干个案加以剖析，探讨以胡适先生为首的一批新诗名家，在创作实践上和理论上对中国古典诗学的薪火借取，并为古今诗歌之间的传承关系，提供具体而微的例证。"附录"两篇，一篇讨论古典诗学对 20 世纪新诗人的负面影响，兼及影响焦虑问题。一篇以古典诗歌为参照，讨论新诗的诗体建设问题。

　　撰写和增订本书的目的，主要是想多层面、多角度地贯通古今，探寻现当代新诗的诗学背景和诗艺渊源，弄清古典诗歌对现当代新诗产生若何影响，对古典诗歌的现代价值和现当代新诗的艺术成就，作出较为准确公正的评估；增添诗学领域的中国话语元素，打破诗学领域人为划出的古今分治疆界，在古今诗歌的交叉部位，为诗学理论研究拓展出新的学科空间；促进新旧各体诗歌互相借鉴、取长补短、共存共生，携手开创民族诗歌再度繁荣的大好局面；并在更加宽广的层面上，培养当代读者和学人丰富的审美趣味、弘通的历史视野，和对民族优秀文化传统进行现代创造性转化的能力。

书稿的部分章节，曾在《文学评论》《文学遗产》《文艺研究》《光明日报·文学遗产》《中国文化报》《诗探索》《中国诗学研究》《中外诗歌研究》《中华诗词》《河北学刊》《西南大学学报》《山西师大学报》《郑州大学学报》《东吴学术》《名作欣赏》《殷都学刊》等报刊上发表过，并被《中国文学年鉴》《中华诗词年鉴》《新华文摘》辑录，在专业领域内产生了积极的反响。《中国韵文学刊》发表书评，对该书作出了较高评价。书稿的一些内容，还以专题论文的形式，在复旦大学主办的"中国文学古今演变研究"国际学术研讨会、安徽师范大学主办的"中国古典诗学的现代转换"学术研讨会、福建师范大学主办的"《文学遗产》论坛"、西南大学主办的"华文诗学名家国际论坛"、南京师范大学与中国韵文学会主办的"中国韵文学国际学术研讨会"等专业学术会议上宣读过，得到了章培恒先生、胡明先生、曹旭先生等与会专家们的热情肯定。该书原版曾获河南省政府第四届文学艺术优秀成果奖，书中相关章节曾获河南省社会科学优秀成果奖等奖项。该书贯通古今的研究思路，被《文学遗产》评价为"大有助于学术创新的研究路向"。该书原版面世后，被著名学者推许为20世纪中国文学研究"中国中心观"的代表性著作之一，受到国内学术界的普遍好评，产生了较为广泛的学术和社会影响。

该书原版已出版15年，书店早已售罄。网上偶现一本，单价炒作奇高。不少学者和读者遍寻此书而不得，现在增订再版，正当其时。感谢吴思敬先生长期以来对我尝试进行的古今诗歌传承研究的大力支持和指导，这次又于百忙之中拨冗赐序，让我再一次具体感受到前辈学者的热情关怀！感谢王国钦先生的学术眼光和魄力，感谢书桂老师辛苦编校，感谢河南文艺出版社赐予的宝贵机会，感谢同行方家和读者朋友们的厚爱！

欢迎大家不吝批评指正！

附录

《山海经》英雄神话三则浅析

夸父逐日

　　夸父与日逐走，入日。渴欲得饮，饮于河、渭；河、渭不足，北饮大泽。未至，道渴而死。弃其杖，化为邓林。

——《山海经·海外北经》

　　这则神话塑造了一个敢于和太阳竞赛的巨人夸父的形象，象征着远古人民对光明和真理的追求，与大自然竞胜的雄心壮志；表现了远古人民对勇敢、力量和伟大气魄的歌颂，对至死不忘为人类造福的崇高精神的赞美。

　　根据《山海经》的记载，我们知道这位追赶太阳的旷世英雄，是巨人种族夸父族的一员；这个种族的国家夸父国，也是一个巨人的国度。这个伟丈夫的形象是这样的：他的两只耳朵上各穿一条黄蛇作为耳珰，左右两只手里也各握一条黄蛇；龙蛇可能是这个巨人种族的图腾标志吧，它们确实为夸父平添了许多粗犷、豪迈、雄健的气质。另据《朝野佥载》说：辰州的东面有三座山，鼎足直上，各有几十丈高，是夸父曾在这里煮饭支鼎（锅）用过的三块石头。可见，在人们的心中，夸父的形象是多么高大！就是这样一位英雄，以无与伦比的宏伟气魄，去迈开巨步追逐太阳，和太阳赛跑，最后闯入烈日之中；炽热的太阳烧得他遍体通红，烤得他焦渴难耐；他俯下身来，一口气喝干了黄河、渭河里的水，可是还不能解渴；便前往北方的大泽去饮水，但没等赶到就渴死在半路上了。夸父临死时留下自己的手杖，化为一片大小数千里的桃林；让鲜美的嘉桃为后继者消热解渴，以完成他的未竟之志。逐日的夸父虽然在半路上牺牲了，但他毕竟追上了太阳，闯入了太阳的光轮；他渴死了，但他并没有失败，正如女娲化为精卫鸟填海报仇一样，夸父的精神化为桃林留给了后之来者，激励着后来人去寻求光明和真理，激励着后来人去与大自然试比高下！夸父的自我牺牲为后继者开拓了成功之路，我们中华民族正是在这条前仆后继追求美好的路上成长为伟大的民族。夸父那勇往迈进、凌厉无前的精神，永远留给人们以无限的振奋！

至于夸父为什么要去逐日，推其原因恐怕是这样的：首先可能是出于对太阳神的崇拜，但这崇拜不是表现为跪倒在太阳神的脚下，而是表现为奋起直追，与之并驾齐驱，甚至要超轶它——这是夸父式的"崇拜"。其次，天天在高空来往运行的太阳，对原始人来说始终是一个谜：它早晨从东方升起，晚上在西山坠落；它普照万物苗壮生长，却又能带来巨大的干旱，使绿水断流、草枯苗黄。原始的人们多么想了解这神秘的太阳啊！再有，古人生活条件十分艰苦，例如钻燧取火，保存火种来照明、取暖就相当不易；每当夕阳西下，黑暗而寒冷的漫漫长夜，对人们的生活是一个严重的威胁；原始的人们是多想留住给人类送来光明和温暖的太阳，不让它下落啊！因此，他们幻想出一个名叫夸父的巨人，让他去追赶太阳、了解太阳、征服太阳。这一点也证明了神话是现实生活在先民们头脑中的反映的产物。

这则神话塑造的形象具有象征的意义：陶潜在他的组诗《读山海经》第九首中以赞叹的笔调写道："夸父诞宏志，乃与日竞走！"这支配着夸父与日竞走的"宏志"，是由夸父身上体现出的远古人民共同的理想。夸父逐日，不仅是表面上的与日竞走，那是没有多大意义的；夸父逐日，应该视为古代人民对光明和真理的追求，是他们渴求了解大自然、征服大自然的美好愿望的表现。夸父的壮举所体现的是远古先民们在几乎是不可战胜的自然力量面前的大无畏的精神力量！故事在描写夸父这个英雄时，是十分夸张的，为了突出夸父的神奇，让他在口渴时一口气喝干滔滔黄河、浩浩渭水，但仍不能消除口渴；这种夸张的描写，有力地突现了追日巨人的非凡形象。唯其有吞河饮渭的宏伟气魄，才敢于，也才能够与太阳竞走！这则神话的磅礴的气势、宏大的构思、瑰丽的神采，足以说明我们的民族不仅不缺乏想象力，而且是一个有着无穷的幻想、闪烁着奇光异彩、既有深刻的务实精神又有丰富的浪漫情调的伟大民族！

精卫填海

发鸠之山，其上多柘木。有鸟焉，其状如乌，文首，白喙，赤足，名曰"精卫"，其鸣自詨。是炎帝之少女，名曰女娃。女娃游于东海，溺而不反。故为精卫，常衔西山之木石，以堙于东海。

——《山海经·北山经》

　　这是一个尽人皆知的悲壮动人的故事：很早很早的时候，炎帝神农氏的小女儿女娃在东海边游玩，这个天真烂漫的女孩子只顾嬉戏那飞溅的浪花，最后不幸淹死在东海里。像一枝鲜花在狂风中夭折，如一颗珍珠在大海里失落，她死的是那样可惜，那样冤屈。她的灵魂变成一只叫精卫的小鸟，这小鸟头上有漂亮的花纹，长着洁白的嘴壳和一双鲜红的小爪，和生前的女娃一样美丽。她常常从遥远的西山上衔起一粒小石子或一段小树枝，然后不远千里飞到东海去，把石子或树枝抛进汪洋浩渺的大海里。她誓志要把曾经吞噬了她鲜花般的生命，也可能继续吞噬掉无数年轻的兄弟姊妹的生命的茫茫大海填平。这个故事可能产生在东南沿海地区的原始部落。由于人们经常遭受海浪的侵袭，生存受到威胁，于是便产生了填平大海的想法。这则神话幻想的意志顽强、死而不屈的精卫鸟的形象，反映了远古人民在征服自然、与自然作斗争时的百折不挠的坚忍精神。

　　陶渊明在《读山海经》组诗第十首中写道"精卫衔微木，将以填沧海"，表达了诗人对精卫的悲壮举动的赞美之情。小鸟对大海进行的斗争在这里构成了鲜明的对比：向波涛汹涌、无边无际的大海俯冲下来的是一只微不足道的小鸟，小鸟投下来填海的是微木和细石，这对比太强烈了，强烈得使人禁不住发出浩叹！大海恐怕是永远填不平的，可是她毫不畏惧、去而复来、一木一石、积年累月，在无望的希望中从事着感天动地的报冤雪恨，为人类除害的工作。从理智上看，她这样做肯定是徒劳的；但从感情上说，沧海固然浩大，然而小鸟发誓填平大海的志愿却比沧海还要浩大！精卫鸟不填平大海誓不罢休的行动，是悖于理的，但却是合乎情的。这则神话的悲壮处与感人处也正是在此：知其不可而为之，可以说这就是中华民族敢于挽狂澜于既倒、支大厦于将倾的回天旋地的伟大精神、坚毅雄强的伟大性格的先河。

　　这则神话和《夸父逐日》《刑天舞干戚》一样，弥漫着浓郁的悲壮的感情色彩。它们的共同精神是：生命的终结并不是斗争的停止，旧有的生命形式结束了，不死的精神还会幻化出新的生命形式，去继续进行更为英勇的斗争！因此它们给人的不是悲哀，而是鼓舞，英雄神话的积极浪漫主义精神也从这里表现出来。

　　读这则神话，还会使人们不禁联想到"为虎作伥"的传说：同是被恶物所害，精卫矢志报仇，而伥鬼却助恶为虐；两相比较，多么发人深思！精卫鸟的志节令人肃然起敬，而伥鬼的卑劣丑恶也格外使人切齿痛恨！

鲧禹治水

> 洪水滔天，鲧窃帝之息壤以堙洪水，不待帝命；帝令祝融杀鲧
> 于羽郊。鲧复生禹，帝乃命禹卒布土以定九州。
>
> ——《山海经·海内经》

这则神话表现的是鲧禹父子两代前仆后继治理洪水的英勇壮烈的故事。它曲折地反映了我国氏族社会末期广大人民同洪水灾害进行的长期艰难的、代价巨大的斗争，并且最终战胜洪水灾害的史实。

鲧禹治水是我国古代流传最广、内容最丰富的神话之一。据《山海经·海内经》说："黄帝生骆明，骆明生白马，白马是为鲧。"可知，在神话中鲧的形象是一匹白色的神马，并且是黄帝的嫡亲孙子。鲧由于不忍心看着大地上黎民百姓的田土被洪水冲光，生命财产被洪水吞噬，于是就不惜违反天帝的意志，偷来天帝垄断的神土"息壤"，要把人类从灭顶之灾中拯救出来。暴戾的天帝命令火神祝融在羽山的郊野杀害了鲧。鲧死后三年尸体不腐烂，从腹中生出了儿子大禹，这匹天马也变成一条黄龙沉入羽山的深渊中。禹勇敢地继承了他父亲的遗志，继续挑起了治理洪水的工作重担。据一些古书记载，禹在领导人民治水时，累得本来肌腱隆起的大腿又干又瘦；由于整日泥里水里来往，小腿上的汗毛都磨光了。禹一心扑在治水上，到了30岁还没有娶妻。后来和涂山氏的一位姑娘结婚，四天后就又匆匆忙忙地离家治水去了。以后10年在外，三过家门而不入。传说大禹曾凿开龙门，疏通九河，让洪水流入大海；也曾化为熊开山，命令神龙用尾巴划地引水，具有广大的神通。在古代神话中，受人们爱戴的劳动英雄总是被赋予许多神性，并且由人上升为神的，鲧禹父子也是如此。经过鲧禹父子两代的艰苦奋斗，终于制服了滔天洪水，使天下的人民都过上了安定的生活。

鲧禹治水这则长期流传、深受历代人民喜爱的神话故事的最感人之处就在于鲧禹父子的伟大献身精神。为了让天下黎民免受洪水灾难，鲧不惜违抗天帝，不惜牺牲自己的生命，这和古希腊神话中从天庭盗火给人间的普洛米修斯，不惜被宙斯把他锁禁在奥林帕斯山上，叫岩鹰终年啄食他的心肝的情节一样光辉动人！鲧在同大自然的洪水灾害的斗争中被天帝杀害了，但他拯救人类的耿耿此心并未泯灭；这颗博大的爱心，这种伟大的牺牲精神，这种不屈的斗争意志，在他的腹中凝结成为禹。禹终于能够实现他的未竟之志，完成他的未竟之业，成为他的事业的最好继承者。大禹在长期治水过程中的一切忘我劳

动，可以说都是他父亲的崇高自我牺牲精神的直接延续。鲧禹父子前仆后继战胜洪水的故事，正是古代人民不屈不挠的斗争决心、征服自然的强烈愿望、勇于献身的高尚美德的生动体现。

在鲧禹治水的一长串闪光的故事中，除了悲壮刚烈的情节之外，还有一些富有神奇色彩的生活情节的穿插。《吕氏春秋·音初篇》就记述了禹和涂山氏女的爱情故事。大禹治水路过涂山，涂山氏女对这位忘我劳动的英雄一见就生出爱慕之心；这位多情的姑娘心里挂记着大禹，让自己的侍女到涂山的南边去等候大禹的还来；并且唱了一支动人的《候人歌》"候人兮猗"，来寄托她对大禹的深切思念之情。《尚书·皋陶谟》里说禹和涂山氏女结婚四天就生下了儿子启，在婴儿呱呱坠地的时候，他顾不上照顾可爱的妻子，也顾不上爱抚亲爱的儿子，就出门继续治水去了。《淮南子》里还叙述了一段大禹的更为神奇的家庭生活故事：禹在治水开轩辕山时，变成一头强健有力的大熊。他事先和妻子约定，让妻子听到鼓声再来送饭。但他在"跳石"的时候"误中鼓"，涂山氏听到鼓声赶忙前来，看到自己崇敬的丈夫竟是一头笨拙丑陋的大熊，就羞愧地扭头跑了。她一口气跑到嵩山下，当禹气喘吁吁地赶来时，她已经变成了一块石头。禹焦急地对石头说"归我子"，这块石头应声裂开，生出了启。直到今天，"启母石"的影子还映在嵩山下石淙河的清澈水流里。这些神奇美丽的生活小故事，既为鲧禹治水的全部内容增添了一层迷人的色彩；同时，通过这些富有人情味的情节的穿插补充，也都从更加具体感人的角度折射出了鲧禹治水的勤劳忘我精神，因而使神话故事本身显得更加丰富多彩，使人物形象显得更加丰满生动。

左 手 的 缪 斯

——评邓万鹏散文集《不敢说谎》

随着近年散文热的持续升温，不少学者、诗人、小说家或改行或业余，纷纷操练起散文这个行当，助成了散文创作的繁荣。邓万鹏是中州诗坛知名的青年诗人，近年也时有散文作品见诸报刊，并结集为《不敢说谎》，作为文心出版社编辑的"朋友文丛"十二种之一出版。在此，若借用台湾诗人余光中的现成说法，出自诗人邓万鹏之手的散文，亦可称为"左手的缪斯"。

不必以为"左手"就一定不如右手熟练，或者"左手"练出的"活儿"必不如右手的那么"绝"。"左手"者，比喻性说法也，意为写诗的同时兼营散文创作。如所周知，余光中右手写诗固然出色，"左手"为文亦不逊色，散文成就不让其诗，这已是海内外论者的共识了。邓万鹏在写诗和繁忙的编务之余，涉入散文领地辛勤笔耕，收获颇丰，通读《不敢说谎》一过，便觉其散文创作的才力似亦不在其诗才之下。

《不敢说谎》共收入邓万鹏近年来的散文作品51篇（组），内容上最引人注目之处是对故乡和往事的回忆。正如作者在"代自序"中所说：人不远行永远走不进故乡。远处异乡的作者在刻骨铭心的乡愁里，把故乡旧事化为一篇篇橄榄般耐人咀味的散文作品。难能可贵的是，在近年颇有一些舞文弄墨之人出于某种难言的怀旧心理，刻意美化不正常年代的苦难的时尚中，身在异乡守望乡土乡情的作者，慎独地保持了一份理性的清醒。那一个个积久酿深的故事，沉淀着那一段艰难岁月的苦涩辛酸，它唤醒的是过来人亲身领受的切肤之痛感。和无数同龄人一样，作者生逢一个不正常的年代，从孩提长成少年，一边忍受着物质的极度匮乏，像《失踪的鸽子》《要吃"脚后根"》《8分钱买不了一双棉鞋》《第一次吃香蕉》《鞋子三题》《想念一顶狐皮呢帽》《天下第一香》等篇中所记种种，对今天物质富足时代的孩子来说，不啻是天方夜谭了。在忍饥受寒的同时，还要承受精神的摧残和心灵的重压，《背黑锅》所写家庭成分问题给一个少年造成的巨大屈辱感，读来真有锥心之痛。还有《小错子》一篇，写一个16岁的少女竟因为不堪家庭出身的重负，以跳井自杀的方式结束了自己如花的生命，更是对那不正常年代的血泪控诉。那个时代虽然早已宣告结束，但一代人的沉重辛酸不应该被遗忘，邓万鹏用他的散文作品为那一个时代留下了一份"信史"，它让读者看到，历史曾经在怎样的艰难曲折中行进，而一代人又为之付出了何等沉重的代价！

　　然而，苦难中也有欢乐，因为那毕竟是童年；更因为作者在结撰这些篇章时，毕竟和那一时代拉开了一段长长的距离。在距离之外回首童年往事，物质的匮乏和精神的重压已转化为审美的观照，童年的苦难缘此也就不再难以荷担，而变得颇堪回味了。像作者写的小时候放学后吃葱充饥，竟从涕泪横流的辛辣中吃出"天下第一香"的美妙滋味，就恐怕是难以重复的"享受"了（《天下第一香》）。更何况，作者从儿时起就在过早地懂得了人生的沉重后，早早地树立了自己的人生追求目标。没有地方读书，他就到大自然中去"走读"（《当年的书房野外》）；没有灯光照明，他就去昼夜营业的邮局"借光"（《当了一夜囚徒》）。天道酬勤，作者终于品尝到了发表作品的初次成功带来的巨大喜悦（《那年，我二十岁》）；天不负人，作者终于在恢复高考的第一年考上大学，凭借一个崭新时代的伟大臂力，对过往的苦难酸楚实现了超越（《圆了大学梦》）。

　　这部集子体现了作者鲜明的自审自省意识。作者没有自我美化的企图，而是老实地交给读者一个"真我"：诸如儿时偷吃糖果（《天下没有白吃的糖》）、戏弄傻子（《幸存的脑袋》）、对家长和老师说谎（《不敢说谎》），作者都一一抖搂出来，自揭老底的同时何尝不是给读者一面镜子？《我与"老白山"》对"我"一味让"老白山"为自己服务而从未关照过"老白山"的疏忽的反思，《烟民悔悟录》对自己作为烟民的陋形勾勒和陋习的思考，自我反省的同时又何尝不给世人以启迪？还有《爱上了一个人》抒写的自爱，亦不是青春期幼稚可笑的自恋症，而是在清醒认识到此生任重道远之后，一个成熟生命的自我珍重。这些篇子都有一个鲜明特点就是：真诚。真诚，是散文这一文体最重要的品格，更是做人的最重要的品格。人品和文品在真诚方面的统一，便是人生和艺术的高尚境界。

　　浓挚的生命意识也是这部集子在内容构成上的引人瞩目之处。《右耳保卫战》《幸存的脑袋》《车轮错过的生命》《两个世界》诸篇，在跌宕、惊险的情节和森然可怖的场面中，演绎着生命的脆弱、存在的偶然、活着的幸福，还有感于"死生亦大矣"这一生命哲学命题而发的沉甸甸的喟叹！《逃向野外》《漏网之鱼》《失踪的鸽子》《我是一个阴天乐》《飞翔的灵魂》诸篇，则表现了当代都市文明对纯洁人性和美好自然的戕害，以及作者对滞闷的都市文明的超越努力。作者呼唤着人与人之间、人与自然之间的双重和谐，追求的是天人合一的境界。作者反反复复地叙写的"跑步"和细致饱满地描述的"放风筝"，无非都是超越努力的象征。

由此可以转入下一个话题，即这本散文集的文体特点。一是它的寓意象征性。"跑步"和"放风筝"的寓意已如上述，《与狗相处》《狗本怕人》《突围犬吠》几篇，虽都是写与狗的遭遇和厮缠，但那"狗"的嘴脸性情行径，分明是社会上某一类人的象征。还有《空谷迷踪》《那一脉淡蓝的炊烟》，仿佛寓言般益人心智。二是从具体到抽象。集子中几乎每篇作品都是从具体叙描入手，从个别到一般、从感性到理性。行文至卒章，由议论升华思想，予人以哲理启迪。三是故事情节性。集子中相当一部分叙事之作故事性、情节性很强，有悬念，有起伏，抓人可读，胜过时下某些所谓小说。尤其是一些细节非常精彩，像《失踪的鸽子》里那一双整齐摆放在柴门底下的小小脚丫，《逃向野外》里那只野兔的影子、绒毛和血，艺术效果强烈，令人过目难忘。此外，以诗人而作散文，篇章的精短和诗意的葱茏，意象的选取和语言的张力，也都值得称道。

虽说对"左手的缪斯"不应苛求，但也应指出其美中不足。既然本文的标题借自余光中，这里索性再拿余光中的散文作个参照——那么，我们是否可以建议作者，文笔不妨再放纵些、恣肆些，思路和视野不妨再开阔些，思接千载视通万里，笼天地于形内挫万物于笔端，强化意象密度，淡化情节因素，融化具象和抽象。如此，邓万鹏的散文会更厚重、更浑成，也更大气。

山阴道上的迷人风光

——说"集"

小易：谭博士，跟着您的指点一路走来，领略了"经"的神圣，见识了"史"的浩瀚，感悟了"子"的深邃，我可真是大开眼界，受益匪浅啊！今天，您该给我谈谈"集"了吧？

谭博士：呵呵，想不到小易小小年纪，竟说出一番大道理来。看来，你前一段对"经""史""子"部书，是用心加以了解的，而且也记住了我介绍的"经、史、子、集"四部分类法，这很好！今天我们就一起谈谈"集"部书。

小易：这说明您教导有方啊，所以，我的文化品位也在提高嘛！谭博士，您就开"谈"吧！嘻嘻。

谭博士：你今天倒蛮轻松的，这正是学习的良好状态。今天我们要谈的"集"，确实是比前几次谈过的"经、史、子"要生动活泼得多呀！

小易：这是为什么呢？

谭博士：这还得从什么是"集"说起。"集"就是作家诗文集的意思。我国古代虽然有"诗以言志""文以载道"的传统，但大多数作家在从事文学创作的时候，能够不同程度上摆脱封建正统意识的束缚，勇敢地面对现实，自由地抒发自己的思想感情，真实地表现自己的个性，形成了千姿百态的艺术风格。"集"部所收的书，都是文学作品和文艺评论方面的著作，所以，读起来要比"经、史、子"三部的书轻松愉快了。

小易：那您快具体说说吧！

谭博士：先别光贪图轻松愉快，知识的学习和掌握，首先是系统性和条理性。要了解"集"部书，就应该知道它在《四库全书》中，又细分为"楚辞类""别集类""总集类""诗文评类""词曲类"等五种，然后再分门别类加以了解。

小易：我记住了。那我猜一猜，"楚辞类"是屈原写的诗歌吗？

谭博士：小易真聪明！基本上猜对了。"楚辞"是战国时代产生在楚国的一种新体诗歌，主要作家是屈原和宋玉，汉朝人刘向把这种新体诗歌收集起来编成一本书，书名就叫《楚辞》。"楚辞类"收录的就是屈原、宋玉等人的作品，和后人对他们的作品进行注释研究的著作。

小易：语文老师给我们介绍过端午节和粽子的来历，我知道屈原是伟大的爱国诗人，我们都很敬仰他。老师经常拿他的诗句"路漫漫其修远兮，吾将上下而求索"，来鼓励我们努力学习、勇于探索呢。

谭博士：和屈原一样伟大的作家诗人，像陶渊明、李白、杜甫、白居易、苏轼、陆游、辛弃疾等人，他们的作品都是收在"集"部的"别集类"中。"别集"就是作家、诗人个人的作品集。陶渊明的《陶渊明集》，是以作家姓名作为书名的；李白的《李太白集》，是以作家的字作为书名的；苏轼的《苏东坡集》，是以作家的别号作为书名的；杜甫的《杜工部集》，是以作家曾经担任过"工部员外郎"这样的官职名作为书名的；还有以作家的籍贯作为书名的，如韩愈祖籍河北昌黎，他的集子就叫《韩昌黎集》。或者以谥号作为书名，如欧阳修谥"文忠"，他的集子叫《欧阳文忠集》。这些作家都有作品入选中学语文教材。

小易：同学们都喜欢背诵他们美妙的诗文，我们学校每学期都举办古典诗词朗诵演唱会，同学们参与的热情可高了！李白的《行路难》、杜甫的《茅屋为秋风所破歌》、苏轼的《水调歌头》，我可是都能背下来的。我特喜欢李白，他的心透明得像我们孩子一般，他又特自信，"长风破浪会有时，直挂云帆济沧海"，一读他这样的诗句，浑身就绷足了劲儿！

谭博士：没想到中学生朋友们对古诗文有这样浓厚的兴趣。多读多背千古名篇，对你们未来的发展会有很大的帮助。下面我再谈谈"总集类"，总集是汇集许多人的诗文编成的书，以前谈过的《诗经》，其实就是我国最早的诗歌总集，不过它作为儒家的五经之一归入了"经部"书。现存最早的诗文总集，是南朝梁代昭明太子萧统编辑的《文选》，收录了楚辞及汉魏晋到南朝梁代的129位作家的700多篇作品，对后世影响很大，有一句谚语说："文选烂，秀才半。"天才诗人李白学习写作时，把《文选》中的作品当作"范文"，曾经全部模仿了三遍。

小易：哇！真下功夫，怪不得李白的诗写得那么好呢！

谭博士："宝剑锋从磨砺出，梅花香自苦寒来"嘛。"总集类"中还有许多名著，像南朝徐陵编的《玉台新咏》，收录的都是妇女题材作品，长篇叙事诗《孔雀东南飞》就是出自这部书；宋代郭茂倩编的《乐府诗集》，收入历代乐府诗，想想你们的哪篇教材选自《乐府诗集》？

小易：当然是《木兰诗》了，我们还根据诗中的故事编演过"课本剧"呢。

谭博士：同学们学习得真活泼！《木兰诗》不仅是爱亲人、爱祖国的好教材，它的"女扮男装"的生动情节，也被后世的许多戏剧、小说故事采用。还有一些规模宏大的总集，像宋朝人编的《文苑英华》，上接《文选》，全书1000卷，收录梁、陈、隋、唐、五代诗文2万篇；清朝人编的《全唐诗》，收录了我国诗歌高峰期的唐朝2200余位诗人的诗歌将近5万首。这些总集为保存我国优秀的文学遗产，发挥了巨大的作用。总集中还有一些著名的选本，像殷璠的《河岳英灵集》，是现存最早的唐朝人编的唐诗选本；明朝茅坤编的《唐宋八大家文钞》，第一次使用了"唐宋八大家"的称号。小易，你知道八大家都是谁吗？

小易：唐朝的韩愈、柳宗元，宋朝的欧阳修、曾巩、王安石、苏洵、苏轼、苏辙，对吧？

谭博士：完全正确，加十分！哈哈。小易，"八大家"中的欧阳修，不仅诗文写得好，他还写了我国第一部诗话《六一诗话》，收录在"诗文评类"里。"诗文评类"收录的都是诗文评论著作，像刘勰的《文心雕龙》、钟嵘的《诗品》、司空图的《二十四诗品》、严羽的《沧浪诗话》等都是名著。适当了解这一类书，对于提高阅读欣赏文学作品的水平大有好处。像《文心雕龙》说"观千剑而后识器，操千曲而后晓声"，通过比喻强调了多读的重要性。《六一诗话》说好诗应该做到"状难写之景如在目前，含不尽之意见于言外"，强调描写要逼真，抒情要含蓄，都是阅读、写作的经验之谈啊！

小易：听老师说过"含不尽之意见于言外"，原来是《六一诗话》里的话呀。

谭博士：古代的文艺评论特别形象生动，分析概括又特别准确，像《诗品》用"滋味"来评诗，我们今天感到哪首诗写得好，还会咂着嘴说"有滋味"。《沧浪诗话》把李白、杜甫的诗歌风格分别概括为"飘逸"和"沉郁"，也成了李、杜不同风格的定评。还有一些文艺评论著作收入了"词曲类"，像"词话""曲话"著作。"词曲类"包括词人别集和总集、词话、词谱、词韵著作，以及少量曲话、曲谱著作。像你们教材选的晏殊的《浣溪沙》，出自他的词集《珠玉词》；辛弃疾的《破阵子》，出自他的词集《稼轩词》。可惜的是，像关汉卿的《窦娥冤》、王实甫的《西厢记》、汤显祖的《牡丹亭》等元明戏曲作品，《四库全书》的"集部·词曲类"一部也没有收。

小易：那我们还能看到这些剧本吗？

谭博士：还能，许多优秀的剧本都流传下来了，有些至今还活跃在戏剧舞台上。还有《四库全书》不收的散曲、小说作品，按四部分类，也应该归入"集部"的范围内。

小易：现在的作家、诗人的作品，都算是"集部"的书吧？

谭博士：可以这样说。小易能够举一反三了，不简单！

小易：从古到今这么多的文学作品，我们都很喜欢，应该怎样入手去读哇？

谭博士：读者面对汗牛充栋的古今名著，确实如行走在风光无限的"山阴道上"，大有"应接不暇"之感。所以方法很重要。对中学生朋友来说，首先要把教材中和教育部推荐的文学作品掌握好，新教材突出人文性，加强文学和审美教育，增选了许多古今文学名篇，都要熟读或背诵。然后扩大范围，读一些适合中学生的历代名著；还可以找像《古文观止》《唐诗三百首》一类优秀选本，精读背诵传世佳作；阅读时若能结合一点诗文评论，对作品思想艺术的理解会进一步加深。总之，多读属于"集"部的文学类书籍，对于积累知识、提高欣赏和写作水平、丰富情感、陶冶心灵、健全人格，都有很大的益处。

可疑的散文家

——散文集《一个人的村庄》献疑

用作者一再使用的词儿说，他算是"一锤子"打响了。一本《一个人的村庄》，为他赢得了"乡村哲学家""中国二十世纪最后一位散文家"等多种封号，《天涯》《大家》《北京文学》《散文选刊》《南方周末》等报刊都作了隆重介绍，严谨持重如林贤治先生，也将他的散文与高更笔下的塔希提岛相提并论，这真是无以复加的推许。他次第上了央视的"读书时间"节目，出席了全国青年作家创作会议。一时间炙手可热，大有"圣贤不世出"之势！在到处都是书但读到一本好书极难的今天，我便忙不迭地蹿了几家书店觅宝，惜乎均无此书，弄得亟欲一读为快的我十分沮丧，几乎食不甘味。有机会外出到济南，没顾上看大明湖趵突泉，先奔书店购得这部"名著"，真是如获至宝。夜里在旅店迫不及待地一气呵完，感到确比小女人散文和抄旧书的随笔高明许多。回来之后，再捧书细读，感佩之余，读着读着，意外地竟读出了几许可疑。

一是描写的真实与态度的虚假。这部散文集的作者，对村庄、村人、牲畜、庄稼、野物的体察、感受和描写，是相当深细独到的，在最容易浮泛一般、陈腔熟词的散文领域里，作者的眼力、思力和笔力，可谓戛戛独造、新人耳目。但隐含在文本中的作者的态度，却是相当虚假的。张口闭口说自己几十年生活在一个村庄并将终老于斯的作者，同时又告诉读者，他17岁考上中专，就离开了他的僻远贫陋的"黄沙梁"，毕业后分到另一个靠近县城的乡镇当农机管理员。他不仅自己在这里盖房安家、娶妻生子，而且凭着能力（关系）把父母兄弟都迁到这个条件较好的城郊乡镇。然后又举家搬进县城，他自己则辞了小小的乡镇农机管理员职务，凭着笔头的实力和鹊起的名声，上首府乌鲁木齐发展去了，并信心十足地表示要把妻儿弄到首府，想来这点事不难办到。作者一边刻意强调自己是一个农民，一边处心积虑地远离农村；一边以农民的原始生猛向孱弱虚浮的城市示威，一边主动积极地向他十分蔑视的城市投怀送抱。作者的态度为什么要这样矛盾，令人生疑？须知散文是一种真诚的文体，文本中的态度，就是人的态度、作者的态度，这态度是来不得半点虚假的。作者花费那么大的力气把自己说成地道的农民，又以自己的行动拆解并反讽了自己的说法，人们不禁要问：作者到底出于什么样的心理，又想要达到什么目的呢？

二是心态眼光和价值标准。在骨子里，这本散文集的作者是一个有才华的农民，所以农民的心态眼光和趣味，时常流露在他的笔下。在这本收有二三十篇散文的集子里，作者不厌其烦、津津有味地几十次写到性事，从人写到牲畜，再从牲畜写到人，或者人和牲畜一块儿写。不知为啥，在乡下，白天他总是看见"公驴腰间的黑警棍一举一举"，看见雌畜的"亮汪汪的水门"；晚上他总是听见"男人和女人在一起时发出的那种呻吟"；到了喧闹的大城市之后，夜晚邻居家"女人的尖叫和不间断的呻吟"，也照样"破墙入耳"让他听到。作者的兴奋点所在，由此可见。作者是很自负的，但这位"发出了天才声音""在任何场合都没自卑过"的人，"和驴一比，却彻底自卑了"，于是他情不自禁地赞美把他"比翻"的公驴"两腿间粗大结实、伸缩自如的那一截子，黑而不脏，放荡却不下流"这几句充满诗性的叹赏，的确很能显示作者的审美癖好。你看，当他想到一个又一个的鲜美女子在很远处长大成熟，他便将"闲吊的家什朝着她们，举起放下"；当他拿起钥匙开锁时，联想的是打开女人的性器；夜宿一片坟地，他也思谋着"若睡在一个女坟上，也算睡在女人身上了"；甚至在荒野猝遇一匹狼，他也要冒着生命危险，"把头低下朝它的后裆里看"，执着地对狼进行性别鉴定；对性事的入迷，真到了舍生忘死的地步！作者认为，"人一生中的某些年龄可能专为某个器官活着"，他坦率地承认："十七岁之前我的手和脚忙忙碌碌全为了一张嘴——吃；三十岁左右的几十年间，我的所有器官又都为那根性器服务，为它手舞足蹈或垂头丧气，为它费尽心机找女人、谋房事。它成了一根指挥棒，起落扬萎皆关全局。"传统农民文化的本质是"食色"文化，作者可谓得了衣钵真传，不过农民只是局限于做和说，没法子写成饮誉文坛的所谓"后工业化社会的乡村哲学散文"，作者是天才的"农民"作家，便笔飞墨舞地把这一切都制作成表达他的"乡村哲学"的文本，让读者去开眼咋舌。

作者对农村和城市的态度，也是典型的农民式的狭隘和自以为是。他对农村充分理解而对城市充分不理解。他用农民的"小理"压倒社会的"大道"。他振振有词地为小农的狭隘自私辩护："当他们因为一个鸡蛋亲戚为仇、邻居反目，为半截麻绳大打出手、刀叉伤人时，你能说他们心胸狭窄，不该为这些琐碎之事争斗计较吗？……这些天下大事，哪一件有牛啃了他们的庄稼这事更大！当张三为自家麦地先淌进水而甩开膀子堵渠拦坝时，你能说他的拦坝工程比三峡工程小？不伟大？……谁要在这时阻止他，没准他会操起铁锨和你拼命呢。"看看，作者混淆"小大之辨"的水平，比相对主义的祖宗庄子还完全彻底，不过他忽略了，把相对主义相对到绝对，就变成了荒谬。说到底，农民为一个鸡蛋、半截麻绳之类琐事大打出手、性命相拼，还是因为日子过得太贫困、太平淡、太滞闷、太压抑，一个小小的由头，就会使潜意识支配他们的盲目性，借机宣泄的集体无意识心理，足以酿成流血事端。对此深层问题，作者显然缺乏应有的认识。当代青年诗人易青滑的小诗《含黛小村纪实》也写到过类似情形："这时村东传来吵骂／村西的人揭竿前来／'打破了，一只饭碗'／碎片在一双双大手中传来传去／像革命的火种。"小诗形象深刻透辟，对比之下，便见出这位散文家的肤浅和偏颇。

用农民的眼光、心态和价值标准对待城市，作者就缺少起码的友善、理解和宽容。他其实知道他离不开城市，他正在一步步地进入城市，以他的才华和勤奋，也以他的农民式的聪明和狡黠。他很懂得拉关系和利用关系，为弄到城郊的一块房基地，他会给管事的人"送一只羊"；他可以用自己管农机油料配给的权力，让邻村的推土机为自己平整房基。他一边相当刻毒地羞辱着城市："浑厚无比的牛哞在他们的肠胃里翻个滚，变作一个嗝或一个屁被排掉——工业城市对所有珍贵事物的处理方式无不类似于此。"一边又很懂城市的"行情"，在编辑部打工时为干出成绩，站住脚跟，迎合市民的不同口味，并且"像看天色一样看清当前的时态政治"，对"上头"和"下头"照顾得很是周全。在做这一切的时候，他驾轻就熟，看不出有什么心理障碍。他也许是为给自己壮胆，或是表白自己不忘农民本色，在扔掉铁锨之后，感觉中却示威般地"扛着铁锨进城"，并十分牛气地对城市所代表的现代文明宣称："我扛着锨呢，怕啥。"城市给了他名声、地位、财富，肯定了他的才华，他的读者在城市有文化的人群中，他的那些村庄散文的价值需要在城市里实现，他在城市已经游刃有余，料想还会有更大的发展。他需要城市，离不开城市，城市待他不薄，以博大的襟怀接纳、认同了他，但他却在作品中一再表示他对城市的轻蔑和敌视，扮酷装愣作秀，确实叫人疑惑不解。

三是文体和手法。《一个人的村庄》是"90年代思想散文精品丛书"的第一种，书中却有将近20页的篇幅收入了24首诗，大约为节省版面也为了看起来更像散文，这些诗一律不分行连排。可诗也许只能分行排列，一旦连排，直觉中便少了诗味。也使一本散文集的文体，显得杂乱不纯。在手法上，作者也不像论者说的是"整个中国文坛"的"异类"，他在文中布下的迷阵，那匹不知逃向何处的马，那块父亲埋在地界上的石头，那修了半年却是别人家的房子，那与活人的名字完全吻合的墓碑上的名字，那条熟悉的却让他迷失的村

433

路，那些出去割草浇地而不断走失的村人，那把压在门口土坯下面生锈的钥匙，那在感觉中总是扛在肩头的铁锨，用的都是近些年小说家们不断采用的拉美魔幻现实主义的笔意，作者不过是把这种手法从小说界移植到散文领域罢了。还有那篇被反复选载、引用评说的《对一朵花的微笑》，开头一段是这样写的："我一回头，身后的草全开花了。一大片。好像谁说了一个笑话，把一滩草惹笑了。"这段话曾受到选评者的激赏。初次看到就觉得眼熟，早先肯定在哪里见过相似的说法。后来记起是余光中先生的《木棉花》一诗的开头："一场醒目的清明雨过后／满街的木棉树／约好了似的，一下子开齐了花／像太阳无意间说了个笑话／就笑开城南到城北／那一串接一串镶黑的红萼。"余诗写于1981年春天，此文写于20世纪90年代后期，余诗在前，此文在后；余光中的诗自80年代以来即受到大陆诗歌界的广泛欢迎，各种版本的余氏诗选不断出版，持续热销，产生了很大的影响。此文的作者也是写诗出身，出过两本诗集，在诗歌道路上跋涉有年，对风靡大陆诗坛20年的余光中不会不加研读。创作时有意无意间加以借鉴，也是顺理成章的事情。作者在他的文章里，只是把余光中"好像太阳无意间说了个笑话"，变成"好像谁说了一个笑话"，结果不仅"惹笑了一滩草"，更惹得读书不多见闻欠广的好事君子，欢呼雀跃，赞叹不止。这不怪此文的作者，创作中的借鉴是常有的事，只怪那些选评者好心办坏事，硬要把新奇比喻的发明权送给他，从而置他于尴尬的境地。

其实，弄得作者可疑的都是那些选评家。若不是他们那些过火的吹捧，也不至于非得把作者拉出来质疑一番不可。他们在高度评价作者的同时，理应客观地指出他对待农村和城市，实质是对待农业文明和工业文明的矛盾困惑；指出没有接受过系统深入的现代教育的作者，那农民式的心态眼光和价值标准；指出他的散文艺术上的诸多可议之处。这些局限在文化转轨时代所有作家，尤其是农村出身的青年作家身上，都程度不同地存在，作者当然无法免除。评论应该谨慎、持重、公正，一味的捧抬有违事实，好话说过了令人生疑，有了疑问就会有质疑，这就是写作此文的全部原因。需要说明的是，质疑并非否定，我们在总体上肯定《一个人的村庄》高出时辈的成就，质疑只是为了给作者一个实事求是的评价，相信这样做对作者和读者都有好处。

轻云出"轴"及其他

——漫评两台电视文艺节目

　　夜里看书困了，拧开央视《天涯共此时》节目，主持人正与访台演出归来的绍兴小百花越剧团当家小生对谈。当家小生说到彼岸有许多人十分喜爱越剧，演出备受欢迎的情形，抑制不住激动地唱起越剧名段"天上掉下个林妹妹"。她的即兴演唱，不仅表情生动、眼角留风，而且唱腔袅娜、温存可人。我不禁兴致大起，听下去时，第二句却唱成了"像一朵轻云刚出轴"。又让我兴致陡落。"轴"显然是"岫"之误，"岫"读"Xiu"，是岩穴的意思。古人认为云是从山岩中生出的，所以说岩石是"云根"，唐诗就有"移石动云根"的句子。东晋陶渊明的《归去来兮辞》中说"云无心以出岫"。唱林妹妹"像一朵轻云刚出岫"，是形容黛玉娇如纤柳的轻盈体态和高洁不俗的性格。"岫"误为"轴"，就不成解了。我总以为，戏曲演员的唱念做打功夫和文化知识素养，要比流行歌手高一个层次。流行歌手唱出不通的词句，诸如"北京的金山上光芒照四方"或"我看见一座座山川"之类，甚至整首歌词哼哼叽叽，死呀活的，似通非通，不知所云，老实说，对此许多人早已见惯不怪了。但吴越文化之乡著名剧团的著名演员，竟出此不该出的差错，我那已然接通的欣赏"线路"一下子便"短路"了，只好关掉电视，有点儿悻悻然地回了书房。

　　心里别别扭扭的，就想起了央视直播的"香江明月夜"2000 年中秋晚会。中秋夜是月之夜，诗之夜，稍有文化的中国人，谁不会背几首关于月夜的美妙诗篇！晚会果然穿插了描写月夜的诗词名篇朗诵。第一个出台的青年艺员，用浑厚的音质朗诵了唐代诗人张九龄的名诗《望月怀远》。十分帅气的他十分可惜地把一首五言八句的诗，读错了两句，将"灭烛怜光满，披衣觉露滋"的"灭"错读成"天"，"滋"错读成"游"，让入神品赏的我吃惊不小。更叫我莫名惊诧的是，伴着错读同步打出的"天烛怜光满，披衣觉露游"的字幕，则说明从剪辑到编审，这节目是整个错到底了。须知这是由央视向全世界华人直播的节目啊！

连带着又记起了北大百年校庆。也是在央视播出的节目，记者采访百年校庆徽标的设计者，是位 30 来岁的女画家，她介绍那颇有几分潦草的设计，说是文字图画，看起来既像"100"，又像两只展翅的"燕子"。她感觉良好地一口一个"燕（Yan 去声）京大学"。人们都知道，现今的北大是燕（Yan 平声）大的旧址。北京在先秦是"燕（Yan 平声）国"的都城，郊外有燕（Yan 平声）山，所以称"燕（Yan 平声）京"。但这位设计者，竟连作为地名的"燕"字的正确读音都不知道。那年夏天去北大时，我专门到未名湖岛上，实地查看了那座像两只"燕子"的百年校庆徽标雕塑。对比出自鲁迅先生之手的北大老徽标，便觉有几分莫名的难过。一所号称"天下第一校"的泱泱文化大国的最高学府，在庆祝自己的百年华诞时，竟由一个连"燕京""燕大"的"燕"字该怎样读都不知道的人，去设计徽标，这实在是太匪夷所思了。由不得你心里不生出关于龙种和跳蚤、鸿鹄和燕雀迁化的联想。

一个时期以来，经常在电视上露脸的各路"名星"，制造油腔滑调、死没正经的"搞笑"性质的"脱口秀"，个个内行；但真让他们说几句有些文化内涵的正经话时，则往往是"脱口错"。这让人在看节目时，总有砂子硌牙和吃出苍蝇之感。按说"错"原本也不可怕，只要有一个谦虚、严谨的态度，知错改错。可怕的是，差错频出却没有发现，还把错误当作正确，满不在乎。就如上举的例子中，当演员把"岫"唱成"轴"时，字幕也跟着错成"轴"，主持人还直赞唱得精彩。朗诵者把"灭"错成"天"，"滋"错成"游"时，字幕也跟着错，接下来演出结束，演员们手执鲜花摇头晃脑向观众致意，朗诵者也在其中。那一刻我都替他不好意思，而不忍心看他那副"恬"不知错、十分得意的可爱模样。更为可怕的是，这些重要节目中的错误，都在没有得到纠正的情况下，由"央视"堂而皇之地播出了。

其实，上举错误本不是什么深奥的专门知识错误，全属于常识范畴。一个人，只要中学语文和历史地理学好了，就不会闹出这类笑话。因为，有"云无心以出岫"一句的《归去来兮辞》，选入了中学语文教材；中学的历史、地理课，也要讲到"燕国"和"燕山"；张九龄的《望月怀远》，更是普及性唐诗读本的必选篇目。——这就叫观众无法不产生关于演艺明星的文化知识水准到底有多高的疑问。而一个艺员的文化知识底子太差了，是不会有什么真正的艺术可言的。所谓德艺双馨、为广大观众奉献艺术精品云云，也只能是一句空话。并且，这些显而易见的常识性错误，竟浑然不觉地在"央视"重大节目中一再出现，作为观众，除了疑虑有关人士的文化底线外，还平添了一层关于"敬业精神"的殷忧！

一部 "走" 出来的书

——简评周艳丽散文集《印象安阳》

　　周艳丽教授不仅是一位有实力的女性文学研究学者，也是一位有才华的散文作家。继 2009 年夏天第一部散文集《牵着手走》出版之后，她又于 2012 年秋天推出了第二部散文集《印象安阳》。这部《印象安阳》，是她 2009 年冬天开始，背起行囊，不惮辛苦，走遍安阳一市四县四区文化采风的丰硕成果，从性质上说，应该属于大文化散文。全书由 "印象安阳" "邺水朱华" "洹畔采风" "内黄寻踪" "汤阴觅古" "滑县拾萃" "林州探幽" 等七辑 80 多篇文章组成，举凡安阳的历史地理、人物故事、山川风景、民情风俗乃至饮食习惯，都得到了全方位的生动展示。一册在手，眼前仿佛展开了一幅画面联缀、多姿多彩的安阳地域文化长卷。

　　书是写给读者看的，要想吸引读者，首要的就是 "好看"，《印象安阳》就是一部 "好看" 的书。图文并茂，是该书的一大看点。首先是行文，叙述的明晰，描写的细致，人物的传神，故事的曲折，作为一个有才的学者型散文家，文笔的种种精彩自是不消说的。但作者并不满足于文字的出色表述，书中精选了很多插图，有置于第一辑之前的标出主要景点的安阳辖区图，有置于每辑之前的景点标注更加具体的安阳所辖一市四县四区分图，介绍主要景点诸如二帝陵、殷墟、羑里城、曹操墓、岳庙、袁林、瓦岗寨、文峰塔、修定寺塔、明福寺塔、昼锦堂、马家大院、珍珠泉、王相岩、红旗渠、中国文字博物馆的篇章，都配有作者亲自摄制的景点照片，与文字互相映衬，彼此诠释，收相得益彰之效，大大增强了该书的直观形象性和读者的现场亲临感。有道是 "百闻不如一见"，尤其是在当今这个读者更注重现场直观的 "读图时代"，这种以图辅文、以文释图的编排方式，可谓锦上添花，无疑是该书强力吸引读者的出彩之处。

　　与书斋里单纯依赖文献资料的写作方式不同，《印象安阳》是一部 "走"出来的书。作者在长达两年多的时间内，一次次走出书斋，走向人文和自然景观，走向考古发掘现场，走向历史文化的神秘处，走向山水风景的奇异处，走向人物命运的幽深处，在甲骨坑旁、在文峰塔巅、在王相岩头、在红旗渠畔、在演易坊前、在殷商陵庙、在汉代村落、在清代大院、在现代博物馆，都留下了作者徘徊瞻顾、寻觅搜求的目光和身影。历史、故事、人物、风景，不是从方志史乘上引录到作者笔下，作者选择了直接面对、亲自参与，用脚去行走，用眼去打量，用手去抚摸，用心去加入，用自己的知性、情感和生命，去理解、感受、融化、体悟这一切，于是古老的历史文化现代了，过往的人物故事复活了，远处的自然风景拉近了，映入读者眼帘的图文逼真了——作者在做足了书斋中的资料准备工作之后，开始的一次次行走，对于该书的意义是非同寻常的，正是在持续不断的行走中，作者真正进入了安阳历史文化的核心，摄取了安阳地域文化的精魂，然后才有了书中精彩迭出的书写，所谓"登山则情满于山，观海则意溢于海"，这种在"走"的过程中产生的文字，触物而兴感，目击而道存，是田野考古、文献征引与情感体验、心灵感悟的有机结合，与书斋里的静态写作可能出现的平板、陈腐、沉闷、疏离不同，而显得格外真切灵动、清新鲜活。

该书的文体使用也值得称道。总体上看，《印象安阳》当然属于一部大文化散文集。散文，是一种极富包容的文类，与韵文相对的一切文体，均可纳入其中。因其涵盖极广，所以其文体特征，也往往失之于模糊和笼统。因此落到实处，还应该具体问题具体分析，而不是拿"散文"这顶大帽子罩上了事。我读《印象安阳》，感觉作者使用的文体类别相当丰富，驾驭各种文体的水平相当高超，根据内容表达的需要，作者自如地择用不同的文体，收到的是同样良好的表现效果。书中的篇章，有的像游记，如《我和天平山有个约会》《遥远的金灯寺》；有的像地志，如《四季八景说安阳》《灵山圣水长春观》；有的像人物传记，如《尴尴尬尬说袁君》《坦坦荡荡马丕瑶》；有的像对话独白，如《青霞啊，青霞》《文王，文王》；有的像通讯特写，如《记林虑山国际滑翔基地》《滑县民俗博物馆走访记》；有的像考古报告，如《三杨庄汉代村落遗址》《是是非非曹操墓》；有的像传奇故事，如《练鞭石的传说》《神奇冰冰背》；有的像民俗采风，如《挤挤挨挨赶庙会》《飘香诱人扁粉菜》。不同文体的使用，随之以不同的语体风格和文字调性的转换，与该书的丰富内容相适应，有效地避免了读者阅读时可能产生的单调感。

读完这部大著，也引发了一些不成熟的思考，主要是关于"广、多"与"少、深"的关系，究竟如何把握的问题。作者在"自序"中曾提到余秋雨的《山居笔记》11篇，认为"确实少了点"，转换角度看，大约也正因其篇数少，才能够写得较为集中、饱满、精致、深刻。我想，《印象安阳》中涉笔的素材，林林总总，陆离斑斓，可谓多矣，其中如二帝陵、殷墟与甲骨文字、妇好、文王、扁鹊、曹操、韩琦、岳飞、袁世凯、刘青霞、瓦岗传奇、红旗渠故事等，以及作者未曾涉笔的欧阳子秋声楼、荆浩关仝洪谷山隐居作画等，都是值得花费大力气进行深度开掘，并且能够打出见水的深井的好题目，以作者的材料积累和文笔功夫，今后若是继续关注安阳地域文化，就应该从中挑选若干个做几篇大文了。也许，作者在一次次走出书斋，获得了大面积的采摘丰收之后，如今已是收视反听，平心静气，涤除玄览，正坐在书斋里锻铸重器、熔裁鸿篇——作为读者，我们有理由对此怀有期待！

谜人本色是诗人

——序刘二安先生《黎国廉花鸟谜笺注》

初识刘二安先生，是很久以前的事了。大约在 20 世纪 70 年代末，我十六七岁时，就拜读、抄录过二安先生的新诗作品。作为恢复高考后第一届中文专业的学生，入学的时候正值浩劫刚过书荒尚且严重的新时期之初，我们千方百计地寻找、如饥似渴地阅读着一切能够看得到的古今中外文学作品。这些作品有正式出版的，也有不少手抄油印的。碰到自己特别喜欢的书，看过仍觉不舍，没钱买也买不到，就借来抄，我就整本抄录过《诗经》《楚辞》《唐诗别裁集》以及钟嵘《诗品》、司空图《诗品》、严羽《沧浪诗话》等不少诗词作品集和诗论著作，也抄录过数十万字的大部头经典名著，至今仍能背诵的新诗和外国诗歌作品，也是通过抄录的一笔一画刻进脑海里的。那几年抄书抄得捏钢笔的手指磨肿甚至磨烂，然后肿了又消，消了又肿，日复一日变成茧子，真不是什么稀罕事，以致右手中指末节至今仍稍显畸形。回首当年读书，最感震撼的还数与朦胧诗的相遇。随着社会生活的日渐清明，朦胧诗从地下流传走向半公开传播，但正式出版的朦胧诗集还买不到，于是就抄。抄北岛、舒婷、顾城、江河、杨炼的，也抄刘二安先生的。记得二安先生的诗作，登在一本蜡版刻印的多人合集里，是一个本市的同学不知怎么搞到的，那些诗总体上表现一代人的压抑、苦闷和觉醒这一新诗潮的基本主题，有新颖的情思，也有新鲜的意象与新巧的手法，和多年来流行的东西不一样，带给我们新奇的心理刺激和美感享受。读罢爱不释手，于是就把这些诗抄了下来。因为同住在一个不大的城市里，也因为诗，很自然地，后来就和刘二安先生认识了。

从小爱好诗歌的我，是把写得一手好诗的刘二安先生当作老师和兄长景仰着的。印象中二安先生言语不多，总是面带和善的微笑，睿智的目光敛藏于浅淡的笑意里，仿佛已经了然这个世界和存在的底蕴。再后来，我又和二安先生的夫人刘涵华女士成了市内一所大学中文系的同事，我教中国古代文学史，涵华女士教中国现当代文学史。涵华女士是新时期著名校园诗人，大学时代的诗作就曾引起过谢冕先生的关注，于是和景仰二安先生一样，我也景仰着涵华女士这位珍稀的诗人同事。在大家的感觉里，二安先生和涵华女士，不啻是当代的赵明诚和李清照、赵子昂和管道升，或者就是身边的陈仲义和舒婷，真正让人叹羡不置！岁月推移，涵华女士和舒婷一样，逐渐把创作重心转向散文和随笔。二安先生则日益沉醉于灯谜创作、整理、研究、参与、发起省市、全国乃至东南亚华人地区的大型谜语活动，编撰出版了几十种谜学著作和刊物，成为成就卓著、名满天下的一代谜人。对舒婷的创作转向，我在 20 世纪 90 年代的一篇梳理舒婷诗学传承背景的文章里曾有评说，一如对舒婷的理解，我也大概理解涵华女士的创作转向。然而对于二安先生由新潮诗人大幅度转身为谜人，则始终不得正解，且暗觉惋惜。这个困惑，成了颇有几分好奇的我心里一直解不开的"谜"，几次欲就此"谜"请教二安先生本人和涵华女士，但终是没有说出。

内心所以生此困惑，其实是我自己视野有限、孤陋寡闻所致。缘于生性迟钝，自己一向不曾涉猎谜事，虽然读过荀子《赋篇》，熟悉古代大量题咏类诗赋和比兴手法，知道东方朔等人的滑稽故事，但均不曾把这些和谜语牵连一处。遇上单位节日联欢竞猜灯谜，自己总是不得要领，莫名其妙，所以只能敬谢不敏，而益发畏避，终至对谜事一窍不通。直到前时，二安先生又一部谜学新著《黎国廉花鸟谜笺注》撰成，嘱我作序，虽知万难胜任，但终不获辞，只好恭敬不如从命，这才重读刘勰《文心雕龙·谐隐》、朱光潜《诗与隐》等文献，终于有了一点对谜学常识以及谜学与诗学渊源关系的初步认识。刘勰在《文心雕龙·谐隐》篇里，把"隐"与"谜"并论，解"隐"为"遁辞以隐意，谲譬以指事"，解"谜"为"回护其辞，使昏迷也；或体目文字，或图象品物"。厘清"隐"的源流，指出先秦的外交活动即用隐语，荀卿的《蚕赋》"已兆其体"，汉代有《隐书》十八篇，刘歆和班固编书目时，都把它们附在赋的后面。而历代臣下对于君上的讽谏，往往借助隐语施行。隐语的功用很大，可以"兴治齐身，弼违晓惑"。朱光潜先生的文章，更是大量举证中西历史典故，追溯谜语的古老源头，说明谜语在古代社会生活中的多方面重大作用，并举出许多诗赋的例子，论证谜语和诗赋的滋孽、伴生关系。朱光潜先生认为：

> 隐语为描写诗的雏形，描写诗以赋规模为最大，赋即源于隐。后来咏物诗词也大半根据隐语原则。诗中的比喻（诗论家所谓比、兴），以及言在此而意在彼的寄托，也都含有隐语的意味。就声音说，诗用隐语为双关。如果依近代学者佛雷泽和弗洛伊德诸人的学

说，则一切神话寓言和宗教仪式以至文学名著大半都是隐语的变形，都各有一个"谜底"。

旨哉斯言！证之以刘二安先生的《黎国廉花鸟谜笺注》，宜信朱光潜先生之说不诬。

清末民初著名谜家黎国廉，有"谜国雁臣""谜中亚圣"之誉，一生制谜数万则，有《玉鬟楼春灯录》（又名《六禾谜稿》）四卷传世，收录其谜作五千余则。黎国廉是近现代存世谜作最多的谜家，石光瑛在《玉鬟楼春灯录序》中称道黎氏谜作"其词悉用古语，自经史、谶纬、子集、小说、传奇、戏曲，分门别类，靡不甄采。其运思巧合若天衣之无缝，其精切若西域胡贾炫巨宝，光气熊熊不可逼视，其浩博若长江大河深灏流转，而卷轴之富左右逢源，有投之所向无不如意之奇，盖非读破万卷而神明变化之不克有此。盛矣哉！古未尝有也"。可谓中肯之论。黎国廉的谜作中有大量动植物灯谜，二安先生参考花鸟画、花鸟诗的名称，首次在灯谜界提出"花鸟谜"这一概念，以之命名黎国廉的动植物灯谜，并从其谜作中精选"花鸟谜"三百则，作了详切准确而又简洁生动的笺注。这些精选出的花鸟谜，谜面均采用古诗文成句，字字有来历，句句有出处，诗意盎然，文采斐然，谜面与谜底扣合谨严巧妙，结合二安先生的笺注品读，感觉诗的意境与谜的趣味浑然一体，既能从中领略极高的审美欣赏价值，同时又能借此"多识于鸟兽草木之名"，丰富读者的知识面，与孔子论诗之功用相吻合。精彩者如：

邀我至田家，绿树村边合（鸟名）青庄

注：面出唐孟浩然《过故人庄》。绿树，以颜色扣"青"，田家、村边均扣"庄"。青庄鸟即为苍鹭。

依约遥峰，学敛双蛾（鸟名）山画眉

注：面出宋词人陈允平《庆春宫》："眉痕留怨，依约遥峰，学敛双蛾。"遥峰，着山。蛾，蛾眉。双蛾，指美女的两眉。

行人曾见，帘底纤纤月（鸟名）踏莲露

注：面出南宋词人辛弃疾《念奴娇·书东流村壁》。纤纤月：形容美人足纤细。面意为"行人曾在帘下见过她的美足"。唐朝牛僧孺《玄怪录》：鹦鹉数千，丹嘴翠衣，尾长二三尺，翱翔其间，相呼姓字，音旨清越。有名"武游郎"者，有名"阿苏儿"者，有名"武仙郎"者，有名"自在先生"者，有名"踏莲露"者……莲，即金莲，旧指缠足妇女的小脚。

绿叶成阴子满枝（兽名）不花

注：面出唐诗人杜牧《叹花》，感叹春尽花谢，绿叶繁茂，果实累累。不

花，蒙语音译。牛的别名。明朝沈德符《野获编·词曲·蔡中郎》："胡语以牛为不花也。"

钿合金钗寄将去（虫名）肥遗

注：面出唐诗人白居易《长恨歌》："唯将旧物表深情，钿合金钗寄将去。"钿盒和金钗，相传为唐玄宗与杨贵妃定情之信物。肥遗，蛇名。《山海经·北山经》："（浑夕之山）有蛇一首两身，名曰肥遗，见则其国大旱。"晋代张华《博物志》卷十："华山有蛇名肥遗，六足四翼，见则天下大旱。"晋代郭璞《山海经图赞·肥遗蛇》："肥遗为物，与灾合契。"唐宗贵妃杨玉环体胖而貌美，因以"环肥"指体态丰满的美女。遗（wèi）给予，馈赠。

霄汉常悬捧日心（蔬名）天葵

注：面为唐诗人钱起《赠阙下裴舍人》诗句，意指自己有一颗为朝廷做事的衷心。葵倾一词指像葵花向日一样地倾慕，此谜之"葵"字取此意。

天上何所有（蔬名）榆耳

注：汉诗《陇西行》有"天上何所有，历历种白榆"之句，谜以此扣。榆耳即榆蘑。

南朝四百八十寺（果名）庵罗

注：面为唐诗人杜牧名诗《江南春》句。罗，散布。庵罗即菴摩勒，也叫余甘子。

买丝绣作平原君，有酒惟浇赵州土（牡丹名）独胜

注：面为唐诗人李贺《浩歌》诗句，平原君即战国四公子之一的赵胜。

三月正当三十日（草名）接余

注：面为唐诗人贾岛《三月晦日送春》句。《尔雅·释天》："四月为余。"三月三十日之后接着就是"余"月。"接余"是一种水草，一名"荇"。

读过这些绝妙的花鸟谜语与笺注，我终于明白——谜人本色是诗人。自己心里那个困扰有年一直未曾解开的"谜"，也随之释然，而无须再向二安先生和涵华女士请教了。二安先生本是 20 世纪七八十年代的新潮诗人，兼擅旧体诗词创作，黎国廉也曾列于民国年间香港词八大名家之数，有《玉簪楼词钞》结集。可以这样说，黎国廉精妙的花鸟谜语和二安先生同样精妙的笺注，皆根植于熟参经史子集、遍读诗词歌赋的淹博学问基础，而济之以敏感多思的诗人天性，触处生春的诗意联想，悠然心会的诗兴感悟。诗亦是谜，谜亦是诗，这些以古诗文成句做谜面的花鸟谜语和笺注，本质上与诗无异，非诗人不克办此。它们类同于因难见巧的诗文佳作，而谜面与谜底丝丝入扣，又因巧成趣，奇情四溢，可视为对古诗文原作的二度创作。读者一卷在手，悬赏揣度之际，

显然比解读诗文原作要多出几分豁然贯通的惊喜和轻松游戏的快乐。至于以诗人身份转而致力于谜事，黎国廉的一段夫子自道透露了个中消息：

> 阅历既深，觉古今作者浩如渊海，竭吾生之精力，其所造诣尚难与昔人争一日之长，悄然不敢以问世。唯谜学一途，其英华尚为古人所未发，且自幼好之，堪资消遣无聊之岁月。尽将生平所读之书，借吾驱策。积之既久，得数万则，芟其浅近，可存者尚有万余，所谓无一字无来历者，庶几近之。后有作者，不得而知；以方前人，则自信可称创作。

可知，作此选择，既是缘于天性所好，而又出于创作策略上的考虑。我想二安先生由诗人而谜人，心理发生的内在驱动机制当与黎国廉大致相似，不知二安先生以为然否？由此我又记起二安先生敛藏于和善笑意里的睿智目光，似诗也似谜，灵妙而超逸——或许，这个世界和存在的谜面与谜底，都已由二安先生的目光和笑意给出过了。

唐五代文学研究的新收获

——评张同利博士《长安与唐五代小说研究》

青年学者张同利博士的新著《长安与唐五代小说研究》，近日由人民出版社出版。拿到他的赠书后，我怀着欣喜的心情，津津有味地阅读了全书，感觉收获颇丰。我认为：这部著作展现了作者的探索精神和研究能力，在学术上取得了较大的进步，是唐五代小说研究的新收获。综合起来看，同利博士这部新著具有以下几个特点。

一、唐五代小说创作过程的新开拓

唐代文学研究称得上是古代文学研究的"显学"，但学界对唐代作家的创作环境、创作过程、创作心理、创作动机等研讨尚不充分，就唐五代小说来说，人们还常常局限于探讨小说观念与创作的关系，对其余问题并未深究。缘乎此，本书第二章"士人在长安的小说创作"，就别具开拓意义。长安是大唐王朝的首都，大量的唐五代小说都创作于长安，一些创作于外地的作品，在题材传播等方面也与长安有着紧密联系。同利博士从唐长安政治中心地位影响下的士人生活样态及其素材产生和传播入手，探讨了长安与唐五代小说作家及其创作的关系。主要从话谈、闲游中的素材搜集，闲职、闲居情形下的创作，京中生活与创作旨意，文友聚会切磋，家族群体创作现象等五个方面论述，分别涉及唐五代小说的素材收集、创作过程、创作意图以及创作的场景和现象，显得完整而又系统。在第一节"话谈、闲游中的素材搜集"中，作者依据现有资料，选择了话谈、闲游两个小说作家搜集资料的特殊场景来切入论题。在具体的论述中，作者运用大量相关文史资料，尽可能地还原和描绘出话谈和闲游两个场景的面貌，在此基础上，再以具体实例列举小说作家于话谈、闲游场景中搜集资料的情况，贴切自然，水到渠成。又如第四节"文友聚会切磋"，作者以白居易、白行简、元稹、李绅、陈鸿、李公佐等形成的"朋友圈"为例，详细探讨了他们在与朋友的聚会交往中，受到朋友鼓励和影响而进行小说创作的情况，这种激励有的是单纯的鼓动，有的则以同题诗歌创作与小说创作相互激发、砥砺，这都直接推动了唐五代小说的创作繁荣。

二、唐五代小说与士人政治的新探索

唐五代小说与士人政治生活的关系，学界业已推出不少成果，例如卞孝萱、王汝涛两位先生分别有《唐人小说与政治》《唐代小说与唐代政治》等著作问世，集中研讨二者关系。但就研究现状来说，目前还鲜有人专门研讨唐五代小说与士人在长安政治生活的关系，同利博士将唐五代小说与士人在长安的政治生涯、政治追求联系起来，研究由此而带来的创作题材、创作主旨、艺术特色的变化，具有创新意义。正如作者在书中所说，长安具有强烈的政治中心特征，科举与铨选是两个与士人命运最为密切的政治中心场景。虽然士人命运题材的故事发生地，并不都是都城长安，但长安却是这类题材的主要故事发生地，而且有的故事主人公身在都城之外的某个地方，而一旦主人公以某种方式进入虚幻情境，故事的发生地即又转移到了长安。因为，只有长安才是大唐王朝政治权力的中心所在，也只有在这里，士人才能获得自己梦寐以求的政治出身。因此，以长安的政治中心场景为切入点，比较符合唐五代士人命运故事的实际。接下来，作者对唐五代以长安为故事发生地的小说作了统计，进而分析了士人都城命运题材的主要内容及其模式，主要有术士为士人测命、梦中预见自己的仕途命运、逢神遇鬼从而预知仕途命运、异象显现等四类。最后，作者阐释了士人都城命运故事的文化内涵，指出其主要内容是宣扬定命思想，从主观创作追求上来说，唐五代士人都城故事旨在劝诫，而这类题材也透露了一些真实的历史文化信息，具有一定现实批判意义，暴露了现实政治丑陋的一面，同时还呈现出一定的悲剧色彩。本书的以上论述，无疑拓展了唐五代小说的题材内容研究，也丰富了其主题思想和文化内涵，在研究领域和思路上，有明显的进步。

三、唐五代小说与都市社会的新研究

在唐五代小说乃至唐五代文学研究领域，人们集中关注文学作品与都市文化的关系，以这样的思路为背景，学者对长安景观、长安娱乐活动等具有浓厚兴趣，仿佛"长安文学"只是单纯地描绘了长安的城市景观和民俗娱乐活动，事实上，唐五代小说以及相关文学作品与长安的关系，比上述两端要复杂得多。本书中，作者从七个方面阐发了唐五代小说与长安都市社会的关系，充分证明了它们之间关系的复杂多样、丰富多彩。这七个方面分别是居民游观、长安游侠、异域情调、北里浮华、城南遗事、百姓小传、仆卒剪影。其中，长安游侠、异域情调、北里浮华等三个方面，是以往学界较为关注的，它们分别涉及长安侠文化、长安胡文化、长安狎妓文化等，亦是唐五代小说中的显要题材。作者在长安侠文化的探讨中，认为侠客故事为长安人所盛传，本身就说明"侠"业已升华为一种精神或曰气质性的东西，具有很强的主观色彩；胡人故事部分，作者集中论述胡人给长安社会带来的异域情调；士人长安狎妓的表述，作者则重点论述了这类故事所展示的都市世俗社会浮华和妓女生活可悲的一面。可以说，对于学界探讨较多的三个问题，本书均能不落俗套，有新发现。居民游观、城南遗事、百姓小传、仆卒剪影四部分，则属于作者的全新探索，它们分别关注了长安居民的行为习尚、长安城南的独特文化场景，以及以往鲜被学界留意的长安都市社会百姓群体和仆卒群体。居民游观，作者引用唐五代小说作品的相关描写，展示了长安城的一些公共场所，例如曲江、承天门街、佛寺、里巷等的游玩观赏活动，而普通居民的游观活动成为一种自发的习尚，是古代都市公共空间扩大和世俗性增强的重要表现。城南遗事，作者以《本事诗》《开天传信记》中的两个城南故事为例，分析了城南独特地理文化环境与故事情节、文化内涵的关系，别致有趣。百姓小传，通过一些唐五代小说作品中关于市民、商户等的描写，形象生动地展示了普通百姓的物质和精神生活状况，这虽然不是唐五代小说这种典型的"士人文学"的主要内容，但在古代城市生活的发展过程中，却是需要引起注意的。仆卒剪影，作者眼光独到，把唐五代小说中大量关于童仆走卒的描写集中到一起，发现他们在故事情节中或为背景、或为道具，只留下一个个模糊的剪影，这种情形，与唐长安作为统治者政治军事中心的地位是相关联、相适应的。

四、唐五代小说中的都城影像的新描绘

唐五代诗歌、小说等文学作品有很多都描绘了长安都市景观，因此，这也成为学者重点关注的研究对象，但就唐五代小说来说，作品中的都市景观还只是它所描写和反映的表象，因为大量的唐五代小说作品中，都城长安的描写的重点是写"虚"，而不是写"实"，反映的是精神文化层面，而不是简单的物质景观。因此，本书设计了"神异都城描写"和"都城历史记忆"两章来论述唐五代小说中的长安影像。第五章"神异都城描写"，主要包括长安的神迹仙踪、长安的奇人异术、长安"九鼎图"、长安"双城记"等四部分，分别涉

及神仙、异人、精怪、虚幻之城等超现实的物事，正如作者在书中所说，唐五代小说家笔下的长安城所展示给我们的神奇怪异色彩，主要源于它的社会生活环境、精神文化环境，透露出丰富繁杂的长安居民物质和精神生活的印迹。作者认为，在唐五代小说中，长安"双城"形象的出现，是古代都城发展过程中，民间信仰和宗教观念在人们城市观念上的形象展现。人们出于自己的精神需求，需要在"城外"构建一个用以解决自身命运困惑的城市，并以之作为命运的依托，因此它有意在这鬼神之城中，放大长安城的政治权力工具性特征和宗教化色彩。第六章"都城历史记忆"，则是要召回"失去的长安城"。安史之乱戡定以后，时人并没有看到希望中的复兴局面，内忧外患使得中央集权一蹶不振，对当朝政治失去信心的文人士子，是多么希望从开天盛世的历史记忆中找到王朝的精神力量，所以从德宗朝开始，人们有意识地搜集整理开元天宝年间以李杨二人为核心、以都城长安为主要发生地的遗闻逸事，形成一个绵延不绝的开元天宝遗事系列。作者指出："唐五代开天遗事题材小说，以长安为主要故事发生地，以李杨及其周围人物为核心，细致详尽地书写了一群人、一个城的兴衰成败。并由一人一城，言说国家命运，寄寓国家政治兴衰成败的讽喻之旨，都城'长安'遂成为'国家'寓言。"这是很有见地的观点。可以说，本书形象贴切地描绘了唐五代小说中超现实的都城影像，揭示了其中深蕴的意涵，这在唐五代小说研究领域，具有较大的拓新力度和良好的示范意义。

同利博士治学勤奋，年富力强，而立之年即能成就如兹，假以时日，定能在中国古代小说研究方面取得更大的创获，对此，我充满期待。

抟扶摇而上者九万里

——序扶风散文集《流觞记》

　　坦率地说，和扶风相识，成为好朋友好弟兄，并不是从他的"诗文"开始的。缘于职业，平日交接的朋友们，多是先读过他们的作品，留下深浅不等的印象，然后由诗及人、由文及人，大家彼此逐渐熟悉起来的。扶风是个例外。多年前的一次小聚场合，一个慢声低语的年轻人，看上去似有几分文弱，自始至终，都没有说起自己有哪首得意的诗哪篇得意的文章，甚至也没有说到过别人的诗文，对，应该是压根就没有说到诗文，就没有多说几句话。这和一般的情况不大一样。爱好写作的人聚在一起，大都喜欢谈论自己的东西，唯恐为朋辈所不知，自己的文章嘛，原本也算是人之常情。这个不多说话的年轻人，超出"一般情况"之外，但并不矜持或高冷，只颜色怡悦地与大家聚拢一起，气氛融洽和易。听朋友介绍说"这是扶风"，大脑就闪回出庄子《逍遥游》"抟扶摇而上者九万里"的字句，暗自惊讶这个文弱的年轻人，有这么一个大气不俗的名字，真如黄山谷说的"平淡而山高水深"啊。从此，我便记住了这个名字，当然也记住了这个名字叫"扶风"的年轻人，日居月诸，大家自然是越来越熟悉了。

　　后来才知道，扶风业余喜写散文，偶亦为诗，诗也写得相当舒展漂亮。前面之所以在"诗文"二字上加引号，除了表明扶风诗文双修这一层意思，更为重要的就是想突出强调扶风散文特具的诗性。扶风散文有诗的意象，有诗的联想想象，有诗的断接与跳跃，颇具解读弹性与张力，与这些年寻常所见的那等家长里短、谷子芝麻、油盐酱醋、鸡毛蒜皮之类的过于质实、过于形而下的所谓散文，大不相同。"诗文"者，诗性散文之谓也。散文而有诗性，正是散文本质的回归。君不见老子的《道德经》八十一章用韵同于楚辞，被称为"哲学诗"；《论语》二十篇，钱穆先生说读来"亦如一首散文诗"；《庄子》的著者庄周，有"诗人哲学家"之美誉；司马迁的《史记》，更被鲁迅先生推许为"无韵之《离骚》"。可知但凡真正上好的散文，源头性质的散文，其本

449

质属性都是结穴于"诗"的。

扶风的名字既出自《庄子》寓言，"名者，实之宾也"，我们便可稍稍收拢话题，从名字这个"宾"，去找寻名字后面或名字里面隐藏的"主"——这就是扶风散文所接受的主要来自庄子散文的影响。名典出于《庄子》的扶风，焉有不精研《庄子》散文之理，焉能不仰承《庄子》散文的雨露霑溉。我一直认为，就中国散文史而言，有两座不可逾越的高峰，那便是庄周及其后学的《庄子》，和太史公司马迁的《史记》，后世包括唐宋八大家在内的所有散文家，在总体成就上都无法望《庄子》和《史记》之项背。扶风散文从《庄子》入手，可谓"从最上乘，具正法眼，悟第一义"，蓬山顶上，直探本源。所以你看他的笔下，几乎每一篇散文都"深于取象"，像《榴园》《郎舍杏如梅》《春秋记》《流苏坠子》《油纸伞》《残荷》《空竹》《鹤影》《梅雪》《国色》《崆峒》《殷墟问鼎》《妇好钺》，乃至《相州八记》《红楼十记》两组系列散文，皆是缘象生意，添枝加叶，绽花缀果，生发跳转，结撰成篇。这正是章学诚《文史通义》指出过的，包括《庄子》在内的先秦诸子散文的一大特点。"深于取象"必妙用比兴，比兴乃"《诗》之用"，先秦诸子散文与诗歌，正是处在一体不分的水乳交融状态。诗性散文的代表就是《庄子》，择取精妙的中心意象，围绕中心意象络绎联翩的意象群落，其功用大致等同于《诗》之比兴手法，取譬设喻，隐指暗示，寄托象征，旁敲侧击，余味曲包，义理微湛，情韵悠长，行文用笔因此有"虚活"之风致，无胶柱之呆相，也就是刘熙载《艺概·文概》所说的"文之神妙，莫过于能飞。庄子之言鹏曰'怒而飞'，今观其文，无端而来，无端而去，殆得'飞'之机者"。这里的"飞"，形容的就是庄周散文凌空蹈虚、汗漫恣肆的诗性想象和断接跳跃。以之反观扶风散文，确实能看出其间师法承传的一些脉络和痕迹。

论者曾指出《庄子》一书极富创意的文体，兼容了诸如诗歌、寓言、神话、童话、故事、小品、小说甚至戏剧等诸种文类因素。我们看扶风的散文，好像也能得其仿佛。扶风散文的诗体属性已如前所谈，不再讨论。他散文中明显可以看出的借用杂糅其他文体的成分，亦所在多有。比如《踏春记》，类似一部有一定规模的多场次剧本；将季节与人叠印合写的《花旦的春天》，亦如一出写意的心理戏剧。他的散文语言、故事、人物，也与笔记体小说多少有些瓜葛，全书的编排分若干回，则直是宋元以来讲史、言情、神魔等通俗小说家的做派。戏剧和小说因素的添加，使扶风散文多了几许脂粉烟花气息和市井众生样态，当然这在扶风，是以类似旧年的世家子弟的情调趣味，从容优雅地欣赏和把玩眼前这一切的。这种调性几乎贯穿、渗透于扶风散文的字里行间，为他的文字平添了不少诱人惑人的魅力。《大红袍》等篇，则是晚明清言小品的格调，用语构句接近于散文诗了。扶风散文讲述的一些内容，不管是历史的还是现实的、近处的还是远方的、身边的还是异域的、世相的还是心相的，恐怕也都不大能当真对待，你权当寓言和传说去赏读就可以了。这种跨文体写作，显示了扶风娴熟驾驭、自如运用各种文类、各种笔法的水准和能力，收到了"咸酸杂众好，中有至味永"的表现效果。

扶风身上确实有一种澄澈、绵柔、虚静的道家气息，智商情商双高，他的为人和为文，都透出以道家哲学和美学为底里的柔性和灵光。如所周知，从道家派生出的道教，是不排斥世俗嗜欲的。有道家气的扶风文字的深处，也常有嗜欲的云气氤氲，这说明他并没有因为道家风度而不食人间烟火。嗜欲其实不是别的东西，它就是基本人性，是人和生活可爱可亲的地方，正不必刻意讳言掩饰的。但是这里面有着潜藏的危险性。一个人设若嗜欲过深而又过于聪明，把生存的底蕴看得太透彻、太明白，则容易遁入游世和玩世的泥淖，凡事无可无不可，人生不过如此，一切也都无所谓了。一个写作者若到这步田地，最轻地说，文笔的滑易和不纯恐怕就是不可避免的。灵心善感、敏慧过人的扶风，是否应该对此稍加留意，始终保有一份适度的警惕呢？

我们从扶风的名字出典，谈及他的散文和《庄子》散文的若干联系，这当然不等于说，扶风散文已经可以和庄子散文相提并论了。事实上，庄子散文境界的奇幻壮丽、幽邃愀怆，庄子散文"独与天地精神相往来"的超轶瑰绝，庄子散文呈示出的那种"不言"的"天地之大美"，那种"风行水上，自然成文"的真正"自然"之美，还有庄子其人的"眼极冷，心极热"的貌似超脱旷达的淑世济人的大悲悯、大关怀，恐怕都是扶风今后在人文修为方面，需要格外加力之处，也是我们深怀期待之所在。

既以扶风散文比附《庄子》散文，不消说，那些"移步换形""形散神不散"之类的箴规戒律，相形之下，便显得多少有些幼稚，可以免谈了。扶风的散文，早就超越了那些基本功训练的层面，已然进至成熟老到之境。在此还需说明的是，我们这样谈论扶风散文，也只是选取一个切入角度，提示了一种可能性，扶风散文其实是有多种可以谈论的角度与可能性的。有《流觞记》这么好成色的文本在手，毋庸我再辞费了，各种角度与可能性正在等待读者诸君的加入呢。

欲知扶风散文如何好法，且看《流觞记》八回五十篇的分解便是。

中州辞赋斫轮手

——评王国钦先生的辞赋创作

盛世用赋。随着近年来综合国力的持续上升，传统文化热的不断升温，文艺苑囿里辞赋的作用日益凸显，越来越引起作者的青睐和读者的关注。盖为润色鸿业，势所必然也。在国家的层面上，《光明日报》副刊相继发表规模宏大的系列赋作《百城赋》，成立了中华辞赋学会，创办了《中华辞赋》杂志，这一系列举措在全国范围内产生了广泛的影响。在省内则有郑州、洛阳、安阳等地的辞赋社团活动和辞赋作家群的崛起。王国钦先生就是中州辞赋作家群体的标志性人物。

国钦先生赋作的一大特点，就是取材丰富，时代感强。纵观国钦先生的作品，有赋现代都市的，如《郑州赋》《新乡赋》；有赋高等学府的，如《河南大学赋》《中南财经政法大学赋》；有赋改革开放时代新事物的，如《郑州高新区赋》《中原出版产业园基业碑碑文》；有赋名胜古迹的，如《告成赋》；有赋活动或人物的，如《拜诗圣文》《丁亥年黄帝故里拜祖大典拜祖文》；有赋花卉草木的，如《荷花赋》；有赋地域河流的，如《贾鲁河赋》；这些取材林林总总的赋作，充分展示了赋家驾驭题材的高超能力，真可谓"无意不可入，无事不可言也"（刘熙载：《艺概》）。赋是一种古老的有着较高创作难度的文体，如何让它和时代吻合、为时代服务，是现代赋作者无法回避的问题。国钦先生的赋作，大都注入了饱满的时代感。这在具体作品里又分两种情况：一是在历史文化的铺排中，或开篇点明，或顺延而下，着笔新时代，展现当代性。如《郑州赋》的开头："郑州者，当代河南省府也。北枕黄河千秋入梦，南依嵩岳万里凭高，东邻古汴菊香醉客，西望牡丹国色呈娇，自古繁华于中州也。位居铁道交通之枢纽，扼控高速往来之咽喉，可建空航网运之中心，独占中部崛起之龙头，今日更商贾云集也。"再如《新乡赋》第七段："新乡者，创新更新鼎新之乡也。忆当年人民公社，曾领先时代，留几多思辨；看今日城乡统筹，再与时俱进，敢万里弄潮。刘庄群众感念史来贺，几多传奇色彩；太行公仆碑树吴金印，一段岁月流金。刘志华好个巾帼英雄，缔造乡村都市；张荣锁梦圆挂壁公路，致富且看回龙。耿瑞先宏图大展领头雁；裴春亮富而思源惠乡邻……群星灿烂兮典型辈出，为民服务兮感动中国，风流人物兮还看新乡。"二是正面铺写新时代新事物，比如《郑州高新区赋》《中原出版产业园基业碑碑文》，所写内容均是往昔所无、改革开放的新时代独有的题材。前者用"热土拓荒""生态蓝图""中原追梦""创造辉煌""使命如山"五部分结构，艺术地表现了郑州高新区 20 年来的发展过程及其巨大成就。后者云："出版园者，中原出版传媒集团之千秋基业、文化基石、精神家园也。""道道光标闪烁心灵之生动，方方胶片珍藏历史之云霞。承甲骨之风韵，探索新世纪出版之路；传华夏之文明，张扬大中华文化之旌。"使用"者也"呼应的判断句，为中原传媒出版园定性定位，光标、胶片的现代化印刷新技术，与古老的甲骨文字对接，昭告了有着深厚悠久的华夏文明传承的现代出版人的雄心远图，和他们所从事的现代出版事业的辉煌前景。《兰考赋》是国钦先生在十九大召开前夕应邀而作又一篇名赋，精心营构一年有余，在全方位展示兰考这个豫东名县政治、经济、文化、历史等方面的内容之中，抒发了对焦裕禄和焦裕禄精神的崇高敬佩之意与无限热爱之情："茫茫大中原，生民繁衍早。荡荡大中原，星月何皎皎。莽莽大中原，黄河更渺邈。鼎鼎大中原，巍巍仰兰考。泱泱大中原，希望在兰考。"读之真有一唱三叹、荡气回肠之感。而"公仆人人入画境""党员个个踏歌行"的说辞，正是对焦裕禄精神的表率群伦作用和非凡感召力的生动形象的概括。如果把这篇赋作和国钦先生主编的大型丛书《焦裕禄精神文献典藏》对读，将会对焦裕禄精神有更深的认识和更新的体会。可以这样说，这篇赋作正是对焦裕禄精神的提炼浓缩和艺术升华。

国钦先生赋作的第二个特点是铺陈排比，内容博雅。"赋者，铺也。铺采摛文，体物写志也。"铺陈排比，正是赋体文学的一大表现特色。大规模的铺写，需要腹笥丰裕，贮宝足多，才能够左抽右旋、堪敷取用。熟悉国钦先生的人，都知道他是罕见的多栖人才，是当代文坛罕见的全才，在现代新诗、旧体诗词、度词新词、辞赋碑铭的创作方面，在诗词评论和理论研究方面，在组织诗词文化活动方面，在图书策划编辑出版方面，都取得了卓著的成就。他读书面广，学殖深厚，视野开阔。所以写起赋来，不仅有善于选材的敏锐眼光，更重要的是博闻强志，有丰富的学识，能够支撑起赋体的宏阔构架。2004 年至今，国钦先生先后出版了诗词作品集《知时斋丛稿·歌吟之旅》《知时斋诗赋》，理论集《知时斋丛稿·守望者说》《知时斋说诗》等著作。前者是他的创作结集，彰显他的横溢的才华；后者是他的学术思考，见出他的学养深厚。我们知道，辞赋一体是有着创作上的特殊性的，仅靠先天的才气，不仰仗后天的积学，是无法写好赋体，尤其是无法写好气局开张的大赋的。国钦先生的几篇规模较大的赋作，比如《郑州赋》《新乡赋》《告成赋》《河南大学赋》等，都是全方位铺陈敷演一城一地一校的历史、现实、沿革、成就、政治、经济、文化、人物、故事、地理、物产等，如果作者思路不开，闻见不广，积学不富，运思不深，是根本无法胜任并完成相关作品的创作的。作为读者，我们只需看看赋后的注释便会明白，国钦先生的学识是何等深厚！《郑州赋》出注 20 个，2000 余字；《告成赋》出注 28 个，字数在 3000 左右；《新乡赋》出注近百条，字数更多达万字上下。它如《兰考赋》《河南大学赋》《贾鲁河赋》《拜诗圣文》等，均有数十条数千字的文献出处征引和介绍说明。读罢赋作，详按注释，我们对作者所赋对象就有了最细致具体的了解，在享受赋作词采之美的同时，也极大地增加了我们的知识信息总量，让我们止不住感叹作者真是一个百科全书式的人物。

国钦先生赋作的第三个特点是不拘程式、注重创新。王国维尝言：一种"文体通行既久，习套渐多。虽豪杰之士，亦难于其中自树立耳。"众所周知，辞赋一体肇端于战国，大兴于汉魏，两千余年间，作手众多，名家如林。"晚生"的当代作者，要想在这一"通行既久，习套渐多"的古老的高难度文体创作上有所突破和建树，真是谈何容易！要之，在于作者的胆识如何。比如中唐诗人生当盛唐之后，在诗歌创作盛极难继的困境中，他们"诗胆大如天"，拓展题材领域，转换思路写法，创生美感风格，终于取得了几乎比美盛唐的崭新艺术成就。比照中唐诗人的胆识，我们也可以说国钦先生的"赋胆大如天"。他的赋作，完全摆脱了文学史上辞赋写作的定体定式，无论是骚赋、大赋、小赋、骈赋、文赋、律赋，都不能规范国钦先生的自由创造。实际上，国钦先生是把文学史上辞赋家族的所有体式全部吸收消化，又借鉴了其他文类的优长之处，打破一切既有的规范，重组成他的自家面目。首先是他的大赋，没有采用主客问答的结构形式，也不使用难字僻字，所以读起来格外顺畅明白。其次是他的兼容众体，在《郑州赋》的起始部分和结尾部分，作者分别植入的度词《钟声远·登郑州二七纪念塔》、新词《马蹄骄·为郑州四桥一路竣工命笔》，与赋文本身交融辉映。再如《贾鲁河赋》的结尾："赋毕，意犹未尽，复有同韵组诗《贾鲁河边走》流出笔端也。"以一组五首同韵题诗，分押东西南北中，暗合金木水火土，大胆巧妙，在辞赋史上当属绝无仅有之创格。再次是语言上，国钦先生的赋作中，既有"骈赋"的骈四俪六，"律赋"的工稳偶对，也有"骚赋"语气词的偶尔点缀，而更多使用文赋的散体句法。还有借助特定语言环境，嵌入俗语方言，比如《郑州赋》的结尾："天下人同声笑曰：'中！'何者？中州、中原、中流乃至中华之千秋好梦，皆源之于此且必将梦圆也!"尽显作者的语言机智,使得本来容易显得板滞的赋文体,顿时生动起来。最后是比兴寄托和感情投入。赋体若一味铺排堆砌,则缺乏文笔的灵动,缺乏深远的意蕴和艺术感染力。国钦先生的难能可贵之处,即在于能用比兴手法,如《荷花赋》,略见文采和寓托,感发读者的兴味。更在于作者用此客观性较强之文体时,灌注了饱满强烈的主观情感和生命体验,这在他的《拜诗圣文》《河南大学赋》《兰考赋》等佳作中,都有着突出的表现。作者不吝感情的投入,无疑有效地改变了赋体的"质木"状态,提高了赋作艺术感染力。

我是国钦先生的老朋友、老读者,多年来和国钦先生谊兼师友,情同兄弟。国钦先生惠我良多,我当然只能知无不言、言无不尽。所以每当拜读国钦先生的大作之后,便欣欣然缀数语志感,虽长短不一,但说的都是心里话。国钦先生的赋作,如同他的诗词和诗论,带给我的审美享受和思想启迪,当然不是这篇简短的读后感所能尽言的,今后有机会再和同好细论共赏。在此,希望国钦先生的辞赋创作在歌赞美颂时代的同时,能够更加全面地发挥赋体文学的功能,兼顾"劝百而讽一",承传骚赋和小赋的抒情精神,尽显斫轮手段,以使自己的辞赋创作跃升到一个新的思想艺术高度。

我眼中的国士国手

——《洹上听涛记》序

颜涛兄己亥岁末的文化大讲堂压轴讲座，盛况空前。我因在京参加"中国现当代旧体诗词发展史"编写工作会议，而错失了聆教的宝贵机会。当颜涛兄嘱我写几句话时，并未在场且完全不懂书法的我，之所以敢于应承下来，主要是和颜涛兄几十年的兄弟情义给我壮了胆气。既为兄弟，那就不容推辞，不管说得到或说不到点子上，关键时刻总得说几句吧。

我和颜涛兄相识在 20 世纪 80 年代，那时我们正年轻。在不同的场合，我常听到吴培泉先生、张之先生、朱现魁先生、党相魁先生等前辈学人，对颜涛兄发自内心的真诚揄扬。后来在市文联、市诗词学会的活动中，与颜涛兄偶有面遇，然彼此忙碌，平时少有联系。可能是气味相投、惺惺相惜吧，我们虽然交往不多，但对于彼此操持，都有一个基本的认知和判断，所以能够指事会意，莫逆于心。相识甚早，相知甚深，相从甚少，相见甚欢，这几句话大概可以指说我和颜涛兄之间 30 余年的交往关系。

在漫长岁月的有限往还中，颜涛兄惠我实多。20 世纪 90 年代，我做一家院校的中文系主任和语委办主任，在学生中成立了书法协会，筹办了以学生作品为主的豫北七高校书法展，颜涛兄不仅题写作品以壮声势，而且亲临学校指导学生创作和展览布置。颜涛兄和省市其他书法名家的大力支持，是这次校园大型书法活动成功举办的有力保证。耗费我 10 年时光的《花间集校注》将在中华书局出版，颜涛兄听说后，欣然题签，为拙书增光添彩。以颜涛兄之名气和功力，题写小笺，一挥而就可也，但是他却变化笔法写了近十幅，出版社选用其中一幅，把余下的全部存档收藏。《花间集校注》出版后，获评中华书局年度"十大好书"，又获全国优秀古籍图书奖，颜涛兄再次题诗并作跋语相赠。犹记我家孩子结婚前夕，颜涛兄专门打电话询问孩子的名字，赠送书作表示祝贺，孩子们得到颜涛伯伯的特殊礼物，真个是欢喜不置。搬迁新居或逢年过节，颜涛兄都会送上寓意吉祥的字幅或春联。平时他有书画作品集出版，也会签名赠送，与我分享快乐。朋友聚会，喝颜涛兄的酒次数最多，颜涛兄埋单次数最多。甚至有一次，外地一个仰慕颜涛兄的朋友，想通过我求一幅颜涛兄的墨宝，这让我感到为难。不成想颜涛兄爽快地一口答应了，并具体询问了那位朋友的姓名和职业，很快就写成一幅内容恰切的篆书作品，交我转赠，那位朋友到现在提起这件事，仍然感动不已。

　　回顾与颜涛兄的交往相处，让我切实地感受到，他在待人处事方面，是非常仁厚慷慨的。但颜涛兄有他自己恪守的原则，有他自己不变的坚持，他的所值不菲的书作，可以大方馈赠如我等无用的朋友兄弟，乃至素昧平生之人，但绝不借此攀高接贵，拿自己的书艺去做交换，即使因此遭到误解非议、损失利益也在所不惜。即此可见，他的凛然操守和卓然风骨，果真是戛戛独造，非同凡俗。颜涛兄是在改革开放的大时代里成长起来的杰出书法艺术家，他衷心拥护改革开放的各项方针政策，在大是大非面前，一贯爱憎分明，从不模棱两可。他是一个抗颜希古、怀有大爱的谔谔之士，具有深刻的忧患意识，悲悯大地和苍生，关切民族和人类的命运，有着博大的人道情怀。在读书人争做精致的利己主义者、普遍犬儒化的时世里，颜涛兄横对流俗，诚为不可多得的具有"国士"之风的真男子。

　　题目中"国士国手"的定位，是我第一次在朋友圈内转发颜涛兄书法作品时，不假思索按出来的。当时直觉得"国士国手"四字，是颜涛兄的真实写照。后来仔细想想，颜涛兄的人品和书艺，完全当得起这四个字。于是以后每次转发颜涛兄的作品，都以这四字压题。但是颜涛兄非常谦逊，多次表示不敢接受这四字评价。我曾就此给他作过解释：我说的"国士"，是指世风颓靡之际，那些有原则、有担当的特立独行的读书人，这样的人虽不太多，但绝不止一个。我说的"国手"，只是对他的书艺，尤其是大篆书艺臻于海内一流的客观评价，能够臻于一流的书家虽不太多，但也不止一个。所以说，我眼中的"国士国手"，并不含有"举世无双"这一层意思。可能是无独有偶，双峰并峙，也可能是骖乘齐驱，结驷连骑，使君五马，天子驾六，所以颜涛兄大可不必为此感到压力。话虽这样说明白了，但以颜涛兄一贯的谦谦君子风度，还是坚执不允。不过我也因此而释然了，他有一贯恪守的谦逊美德，我有自认不虚的主观看法，这四个字便与他既有关却也无关了。这次承蒙颜涛兄不弃，嘱我写几句话，我还是觉得题目里用"国士国手"这四个字，最为恰当妥帖。好在是能担待得起的多年朋友加兄弟，于是干脆不管颜涛兄意下如何，反正文章是我写的，表达的主要是我的看法，那就索性再用它一回。

　　我是一个从小受家庭影响喜爱书法，但又完全不懂书法的门外汉，自谓平生遗憾，第一就是没有写好自己的母语汉字。由于和玄远的书法理论、高妙的书法技艺的隔膜，我对书法秉持的审美标准，就只有简单幼稚的两个字：好看。私以为，晋唐书法入眼就是好看的，二王行草，颜柳楷书，张旭怀素草书，不惟好看，简直妙不可言。宋元书法入眼就是好看的，宋四家苏黄米蔡，由宋入元的赵孟頫，皆从晋唐变化而来，比之前贤，未遑多让。明人如文征明、祝枝山、唐寅、徐渭等，较之晋唐宋元名家似觉稍逊，但大体上说也是相当好看的。明清之际的王铎书法，长枪大戟的笔势结体之中，尚余丰神秀韵，所以基本上也还是好看的。书法的不好看，大概是从清中叶扬州八怪开始的，后来愈演愈烈。像我这样的门外汉，是不怎么看好晚清近代如何绍基、康有为等人的书法的，因为他们很多写得疲软无神，并不好看。及至近年，假创新之名风行的所谓"现代书法""探索书法"，大多丑不可视、惨不忍睹，丑书之风行，已经到了糟蹋汉字美感的地步。书法艺术的"守正容变"，一定要"变"得好看，如果越"变"越不好看，那还是退回原地，"守正"可矣。记得小时候在老家，那些旧时给东家做过账房先生的人，或是读过私塾的乡村小学老师，他们给左邻右舍写的春联，给小学生新书包皮上写的书名，往往都比现在的名家手笔好看得多，因为他们的字写得"正"，基本功扎实，看上去就觉得舒服顺眼。所以我对当代书法与安阳书坛的评价，一直都以出自审美直觉的"好看"二字为标准，朱长和先生、刘顺先生、徐学萍先生、张伯瑄先生、焦智勤先生等书家，擅写的书体各不相同，但他们的书法都是好看的，颜涛兄尤如是。

颜涛兄是以甲骨文书体、篆书书体创作驰名天下的。他的甲骨文书作曾获2011中国书法年度佳作奖，以他为代表的甲骨文书法，把三千年前殷商王室占卜的实用契刻文字，升华到书法艺术的崭新高度，这是颜涛兄等当代甲骨文书法家对中国书法艺术史的一大贡献。甲骨文书法之外，颜涛兄更以大篆作品获得首届中国书法兰亭奖，首届翁同龢书法大奖，他的大篆书写，高古沉厚，朴茂生动，摄取钟鼎铭文之神魂，颇有王者尊崇雍容的正大气象，海内独步，允称"国手"。赏鉴颜涛兄的甲骨篆籀书法，如睹鼎彝斑斓，如见圭角峥嵘，如辨天文鸟迹，疑似之间，水穷云起，太初有象，回归本源，让人顿生"天雨粟，鬼夜哭"之幻视幻听。字如其人，我曾看到过颜涛兄的一张正面照，五官表情俨如狮象；他的另一张侧面顾盼照，则让我想起唐人李颀《赠梁镈》诗句："回头转盻似雕鹗。"鸷鸟之不群兮，他就是天生的非常之人，所以才能成就当代古文字书法的非常之事。还有他的行书创作，从二王入手，得苏长公笔意，浓郁的文人书卷气息，拂拂指端，芳气袭人。按我这个不懂书法的门外汉的管窥蠡测，凡世上习书者，大多始于临帖，待技法熟练之后，便一味放手挥写，书卷多被抛掷一边，如此虽能独出心裁，然亦容易空枵枯竭，一旦形成习气，即难以超越自拔，到时回头看看，书坛不过又多一名写字匠罢了。颜涛兄则不然，他与流辈大异其趣，他之所以能够可持续发展，不落习套，层楼更上，于书艺的百尺竿头再进一步，实得力于他对易学、儒经、道藏、佛典的深入研习，从博大的传统文化中汲取源头活水，涵养浸润自己的书法创作。与此同时，颜涛兄又旁通诗画乐舞，将诗情画意乐理舞容，融入书法线条的笔墨趣味之中，所以超越了世俗书法的鄙俚匠气。他的行书作品，秀整蕴藉而又姿态横生，可谓当代文人书法之翘楚。

颜涛兄书法的总体美感特征，似可以王静安先生倡言的"古雅之美"目之。但难能可贵的是，颜涛兄能做到古雅而不陈腐，好看而不媚俗。特别是他的行书，包括他的尺牍手札，既如仕女簪花，又像壮士舞剑，于娟秀温存之中，时露拗怒生新之处。这种笔墨表达效果，可能与他的身世和心态大有干系。颜涛兄早岁孤寒，学书不易，饱经人情事态的冷暖炎凉；成名之后，耿介的书生性格一如既往，未尝稍加删削屈抑。所以胸中每有磊落不平之气，流露于笔端，使他的书作涤尽凡近，别开生面，创造出一种生新劲挺的美感形态。颜涛兄的这路笔法，某种程度上类似于老杜的破体拗律，或江西诗派拔出流俗的瘦劲生硬诗法。这是一种与工巧熟俗拉开距离的别样的美感，我们在欣赏颜涛兄书法这种别样的美感的时候，如果方之以人物，大约就像唐太宗看魏徵："人言魏徵举动疏慢，我但觉其妩媚。"或者像笔者看鲁迅先生："人但见其睚眦拗峭，我却见其格外的妩媚姣好。"《稼轩词》有句"我见青山多妩媚"，伟岸青山而多妩媚，不外亦雄亦奇亦豪亦秀之景色萃集于一山，对颜涛兄书法亦当作如是观。

颜涛兄书法成就如此之大，造诣如此之高，有着多方面的原因。就主观而言，在天生我才、常人难及的超轶禀赋之外，是他自幼立志、克服困难、长期苦练、临破前贤三千纸的结果。颜涛兄之于书艺，仿佛轮扁斫轮，匠石运斤，佝偻承蜩，庖丁解牛，皆是熟能生巧，巧能生仙，由技入道，得心应手，终至妙到毫巅，变化通神的。谚曰：无志之人常立志，有志之人立志长。颜涛兄在几十年的书法生涯中，不管面临何种境况，都不曾动摇意志，荒废笔墨。从少年到青年到中年，颜涛兄一直处在向着书法艺术极境的精进过程之中。用志不分乃凝于神，坚持不懈终有大成。"笔成冢，墨成池，不做羲之做献之"，这句话对古今习书者来说，永远都是硬道理。

就客观来说，颜涛兄之书名满天下，则是大气候和小气候、传统积淀和时会因缘共同作用的结果。安阳是甲骨文的故乡，中国文字的源头，后世汉字书写的一切神明变化，都是从这个字源挈撃而出的。安阳人习书，具有其他任何地方都无法比拟的地域文化方面的先天优势。借用以禅喻诗的话头，就是最上乘，正法眼，第一义，所谓蓬莱顶上，自是出世高境。于是我们看到，当结束动乱，改革开放，社会生活趋于正常之后，传统文化热持续升温，大气候的不断向好，不断优质化，必然作用于小气候，助力小气候形成良性循环。春风能长物，秋色最宜人，安阳这一片孕育过甲骨文、周易的沃土之上，老中青几代书法家渐次形成了规模性的集结，他们以出手不俗的表现，享誉中国书坛，占有书法艺术界一席举足轻重的位置。刘彦和《文心雕龙》云"兴废系乎时序"，颜涛兄可谓生逢其时。时来天地皆同力，时代的伟力催动着颜涛兄，得以一步步从边缘走向书坛中心，成长为洹上和海内名家，凌云千尺，秀出林表，荣身益世，成为当代安阳书法和中国书法的杰出代表人物之一。

颜涛兄无疑是当代书坛的真名家、艺苑的真名士，是真名士自风流，这些真名士，都有自己的硬核标配，作为他们的倜傥风采的标志性的徽章符号。古代如屈灵均的蓉裳荷衣，王右军的曲水流觞，陶渊明的东篱菊花，现代如胡适之的口角笑意，周树人的寸头短髭，路易士的手杖烟斗等皆是。在颜涛兄，则是那一丛异常茂盛的披头白发，不羁而飘逸，正像他的为人，他的书艺。人到中年，渐生华发，一般人都喜欢将之染黑，以使自己显得年轻些。用染发的方式挽留青春，抗衡时间，不是现代人的发明，古代人早就会这么做，染发之事最迟从西汉末年就开始了。但颜涛兄不用染发，他不需要那样的黑，因为他不缺少黑，他的青春和生命，都是从漆黑的墨池里濡染浸泡出来的。他最理解黑的含义和本质，他的人生和艺术，毋宁说就是从一团墨黑，渐次走向光明灿烂的。所以他格外钟情这熠熠生光的满头白发，人才渐入中年，书艺早臻老境，满头飘潇的白发，正是他的书法艺术高度成熟的喻示和象征。颜涛兄是具仙风道骨的真人，涤除玄览，深谙计白当黑的壶奥。太极黑白，焦墨飞白，水墨留白，华颠飘白，在颜涛兄，这都是书画也是人生的布局和章法。你尽可以把颜涛兄蓄留多年的满头标志性的白发，视作一种肢体语言和行为艺术，形而下与形而上的和谐统一，人书一体，技道一身。那满头白发飘逸出的名士风流，在在都是八尺宣纸上氤氲开来的道心禅意，神品妙笔。

颜涛兄这次文化大讲堂岁末讲座，我本来是提前做好准备，要去认真聆听的。自己虽然完全不懂书法，却也算是个从小接触过书法的人，所以对书法艺术长存向慕之心，对书法家长存景仰之情。那还是在上学之前吧，父母教我临过一年多唐楷，字帖是劫火焚毁的《玄秘塔》残页。入学之后就不再写了，"文革"时期，学校不开书法课，父母也懒得再管束我。但有这一颗幼年播下的种子，情况就有些不一样了。后来自己虽不习字，却时时萌生出对于书法的莫名喜欢，遂陆续购买了为数不少的历代碑帖，闲来展读，赏心悦目，只图好看，饱个眼福。长期在高校教书，自然得服从游戏规则，倾力撰写论文专著，这是作为一名高校教师当务的正业。但在我内心里，对这种游戏规则其实是颇有些抵触情绪的，皓首穷经的学术研究，似乎并不符合我的天性所好。自忖真正喜欢的生活，还是栖居山里的一个小院，几畦菜苗，几垄庄稼，浇水松土之余，朝晖夕月之下，写几行字，诹几句诗。一个天性笨拙、习惯懒散的人，庶几能够从山林田园之中得一些实实在在的安慰和快乐。

　　缘此，我早就与师友们有约在先：等到退休了，拜托才生兄略尽地主之谊，帮我在太行山里物色几间旧房，春秋佳日，盘桓其间，跟着颜涛兄、学友兄学写字，跟着才生兄、兴顺兄、扶风兄学写文，跟着山间的朝暮四时佳景、风声水声鸟声学写诗，过自己真正想过的那样一种物我同构的，舒缓惬意的慢节奏的日常生活。这样想着，就觉得因事错过颜涛兄的这场讲座，在我也许不算一件太过遗憾的事情。因为毕竟，颜涛兄和我是相熟30多年的朋友兄弟，我果欲学书，可以随时随地向他请教，原不在大讲堂讲座这一时半刻的。而在颜涛兄，他早已超越了"我未成名君未嫁"的困窘境地，如今早已是"天下谁人不识君"的闻人达士，慕者影从，粉丝无数，所以大讲堂来自本埠外地的满座师友生徒，旧雨新知，济济多士，原不差我这一个不懂书法的外行听众的。何况还有文化大讲堂公号和聚力阅读公号陆续推出的学友兄、才生兄、兴顺兄、扶风兄、兴舟兄、布衣兄、凤森兄暨文凤女史、咏梅女史、亚明女史、雨薇女史、静月女史、砺影女史等几十位师友们撰写的现场听讲美文，供我连日拜读，如同排开的满汉全席，花色菜样，品类繁多，让我大快朵颐，连呼过瘾。他们的生花妙笔，足可再现大讲堂的空前盛况，转述颜涛兄的璨花之论，从而让我生出身临其境之感。一众师友美文中旁及的颜涛兄生平细节和励志故事，他们对颜涛兄书法艺术和书法史的诠释评价，都让我增长见识，加深我对颜涛兄人品书艺和书法史演变过程的进一步理解。真心感谢妙笔撰文的师友们，通过你们的文章，我得以扎扎实实地补上了颜涛兄大讲堂讲座这无比精彩的一课。

　　于是，我的思绪开始向着过去和未来的两个维度发散。此刻，如果可以选择，我宁肯回到过去，回到颜涛兄成名之前，回到他艰难奋斗的那些日子里，在他孤独痛苦的时候，我愿意去陪他喝几杯酒，聊半夜天，听他指点江山，评骘人物，助他消解胸中积年的悒郁块垒。当然，我更愿意前瞻几年以后的退休生活，老家伏牛山可能是不方便回去了，但学习、工作几十年的安阳南太行，已经成为我此去人生的不可或离之地。我爱荆浩隐居过的南太行的雄秀奇丽，爱这里满山满谷的红褐色彩石，那都是女娲补天留下的不尽弃材。我能在这里跟从颜涛兄等师友习字学文作诗，这才是真正让我感到快慰平生的事。

　　正当我对窗隐几，想入非非的时候，己亥岁末一场迟到的大雪，忽如天花乱坠一般，洋洋洒洒地飘落下来。恍惚之间，我看到颜涛兄满头白发当风，飞散开来，化入这漫天彻地的壮丽雪景。

后　记

　　这本小书，是笔者所写部分古今诗歌鉴赏评论文章的汇集。全书包括正编五辑，附录一辑。所收文章，以古代诗歌名篇和新诗名篇的文本解读赏析为主，计有 99 篇；古今诗歌评论和序跋，计有 36 篇；"附录"部分，另收诗歌之外其他文体的评论 11 篇；全书共收古今诗歌和其他文体的鉴赏评论文章146 篇。

　　收入本书的多数文章，都在学术或文学报刊上公开发表过。这一百多篇长短不一的文章，最早的写于 1980 年前后，最迟的写于 2019 年，时间跨度近四十年。犹记 20 世纪 80 年代初，那时笔者正迷恋新潮诗歌，曾挑选代表作，撰写鉴赏稿，拟成一本《新潮诗评析》而未果。那些稿子都写在 16 开备课白纸上，除了公开发表的几篇还能找到，剩余的手稿因为几次搬家，集书多乱，不知道丢到哪里去了。丢失的那批稿子，包括食指的《相信未来》《这是四点零八分的北京》、北岛的《履历》《黄昏，丁家滩》《雨夜》、芒克的《天空》《四月》、顾城的《生命幻想曲》《我是一个任性的孩子》、江河的《纪念碑》《补天》《填海》、杨炼的《大雁塔》《诺日朗》、梁小斌的《雪白的墙》《中国，我的钥匙丢了》等诗的评析。这次结集时，本想把那些未曾发表的鉴赏稿收入书中，结果还是没有找到。已发表的余光中《乡愁》、舒婷《祖国呵，我亲爱的祖国》二诗的解读文章，也因故未收录。看来留下一些缺憾，或许是早就注定了的。

　　收入书中的文章，以笔者一贯秉持的中国诗歌史发展演变的整体观为指导，以古今贯通的诗学思想为统摄，于旧体诗和新体诗一视同仁，无所轩轾。笔者注重新旧比较辨析，彼此互为参照，致力寻绎古今诗歌之间的血缘传承关系和继承创新规律。微观层面的鉴赏，追求行文的优美和解析的新意；中观和宏观层面的评论序跋，追求视野的开阔和理论的深度。从主观上说，笔者希望这是一本角度较新颖、可读性较强的诗歌鉴赏批评著作。

感谢河南省高等学校哲学社会科学创新团队项目（二〇一三—CXTD—〇二）、河南省高等学校哲学社会科学优秀学者项目（二〇一三年度）对于本书出版的资助！感谢中国文史出版社给予本书宝贵的出版机会！感谢方云虎先生在本书出版过程中付出的辛劳！

欢迎方家同好和读者朋友们大力批评指正！

杨景龙

2021 年 12 月记于洹上扬子居